包公案

中國古典名著

明・無名氏　編撰
顧宏義　校注
謝士楷　繆天華　校閱

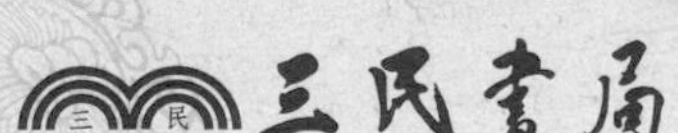

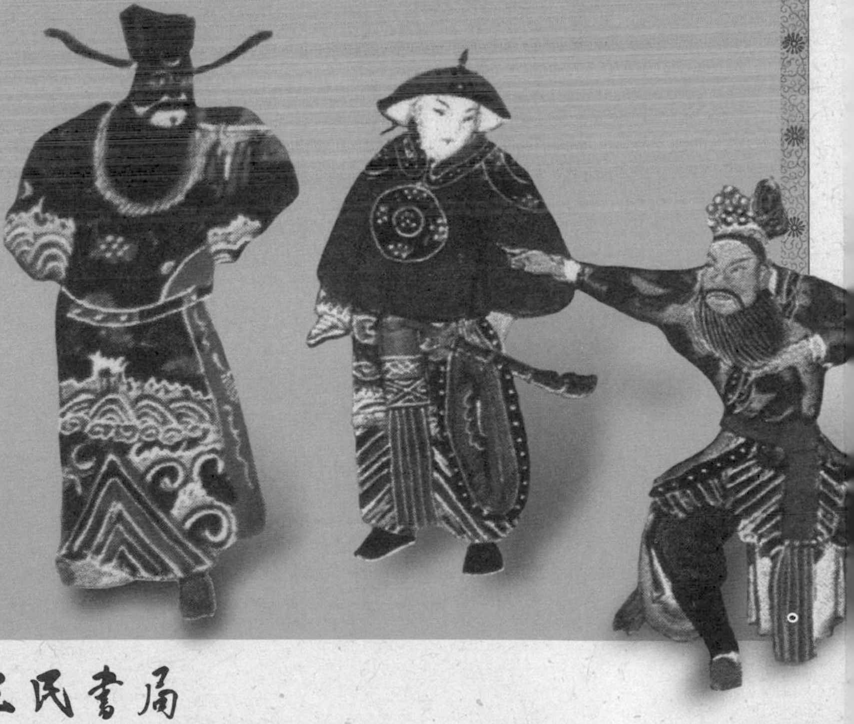

三民書局

國家圖書館出版品預行編目資料

包公案／明・無名氏撰;顧宏義校注;謝士楷,繆天華校閱.——二版三刷.——臺北市：三民，2016
面；　公分.——(中國古典名著)

ISBN 978-957-14-2699-0 (平裝)

857.44

© 包公案

撰　　者	明・無名氏
校注者	顧宏義
校閱者	謝士楷　繆天華
發行人	劉振強
著作財產權人	三民書局股份有限公司
發行所	三民書局股份有限公司
	地址　臺北市復興北路386號
	電話　(02)25006600
	郵撥帳號　0009998-5
門市部	(復北店) 臺北市復興北路386號
	(重南店) 臺北市重慶南路一段61號
出版日期	初版一刷　1998年1月
	二版一刷　2008年3月
	二版三刷　2016年4月
編　　號	S 853710

行政院新聞局登記證局版臺業字第〇二〇〇號

ISBN 978-957-14-2699-0 (平裝)

http://www.sanmin.com.tw　三民網路書店

包公案　總目

附錄

引言

顧宏義

包公案又名龍圖公案，是一部專講宋朝仁宗時期名臣包拯斷冤折獄故事的公案小說。

包拯（九九九～一〇六二年）字希仁，廬州合肥（今安徽合肥市）人。父包令儀，官至朝散大夫、虞部員外郎。包拯幼時，聰穎睿智，刻苦攻讀，宋仁宗天聖五年（一〇二七年）中進士第，歷任知天長縣（今安徽天長縣）、知端州（今廣東高要縣）、監察御史、三司副使、知諫院等官，授天章閣待制、龍圖閣直學士（後世因而稱之為「包待制」、「包龍圖」）。至和二年（一〇五五年），知開封府，次年，調任御史中丞，陞拜主持軍政機要的樞密副使。死後，追贈禮部尚書，諡孝肅。

包拯一生為官近三十年，清正廉潔，節清風冽，不畏權貴，執法如山。宋史本傳稱其主政開封府時，「立朝剛毅」，京城貴戚官宦因此大為收斂其不法之行。同時，包拯還整飭吏治，大革貪官污吏的種種蠹行。當時慣例，百姓到開封府訴訟，不得徑至公堂，須由府吏轉交訟狀，於是府吏朋比為姦，魚肉百姓。包拯知開封府後，大開正門，使告狀者「得至前陳曲直，吏不敢欺」。由此當時開封城中流傳著這樣一句話：「關節不到，有閻羅包老。」連婦孺也知其名，是我國封建社會著名的一位清官，尊呼為「包公」。

在數量甚多的包公斷獄故事中，能作為信史者，僅宋史本傳所載的「割牛舌」一事：

（包拯）知天長縣，有盜割人牛舌者，主來訴。拯曰：「第歸，殺而鬻之。」尋復有來告私殺牛者，拯曰：「何為割牛舌而又告之？」盜驚服。

由於包拯為官剛正不阿、不畏權貴的經歷，大為深受貪官酷吏之害的百姓歡迎，從而在民間傳說和市民文學中，有關包公斷獄故事不斷出現，廣為傳播。南宋中期以後，出現了諸如合同文字記、三現身包龍圖斷冤等話本。不過其所描寫的僅為普通「衙門」審理案件的經過，敘事也平淡無奇，沒能突出理想的清官包公形象。到元代，由於民族矛盾和階級矛盾十分尖銳，那些寄託著廣大百姓「除暴安良」希望的包公審案故事，就不斷地創造出來，並迅速流傳，有關包公的公案劇也大量出現。劇作家筆下的包公形象，不僅是平反冤獄、除暴安良的清官，還被用來寄託百姓反對享受特權的蒙古統治貴族的願望，因此包公的地位凌駕於一切權貴之上，在陳州糶米一劇中，人們口中的包公是「包龍圖那個鐵面沒人情」。而在灰欄記裡的包公，則是：「敕賜勢劍金牌，體察濫官污吏，與百姓伸冤理枉，容老夫先斷後奏。」在同劇的滾繡球曲中這樣描寫道：「兩邊廂擺列著勢劍銅鍘，中間裡端坐個象簡烏紗。」這個「鐵面沒人情」的包公形象，所做的是「與百姓伸冤理枉」，而把「勢劍銅鍘」用在皇親國戚、贓官酷吏的頭上。人們在創造包公形象時，還神化這一形象，使包公不僅能處理人世間的冤枉奇獄，還能判處冥間陰司之案。在玎玎璫璫盆兒鬼一劇中，劇中人張憋古口中的包公是「人人說你白日斷陽間，到得晚時又把陰司理」，成為一個人神合一、專門「除暴安良」的古今第一清官明吏。

由於這一「除暴安良」的清官形象，並不反對整個封建社會和封建統治，所以得到統治者的容許，未加禁毀。明朝中葉，因政治黑暗，吏治腐敗，社會衝突不斷，嚴重地威脅著明王朝的統治。為此，統治者迫切需要清官能吏來澄清吏治，籠絡民心，以緩和社會矛盾。在這樣的社會背景下，明朝中後期出現了大量的公案小說，其主題已不主要是暴露政治的黑暗，而轉向歌頌清官的明察和廉潔。包公案就是其中一部較著名者。

包公案共十卷，作者不詳，由一百則內容互不相干的有關疑難案件的斷獄故事彙編而成。因此一百則故事來源駁雜，有採自史書、筆記者，有採自民間傳說者，有採自小說戲劇者，非出自一時、一人之手，故包公在各則故事中的形象並不完整統一：有時是封建社會的執法者，有時是破案的智者，有時僅以斷案官吏的上司面目出現，甚至有時以陰司冥判的形象出現。但包公案中稱美包公清官形象的主旨卻貫徹始終：如愛民如子、執法如山、正直無私、斷獄如神，肩負著澄清吏治、革除社會醜惡現象之重任。因此，包公案中的包公不僅是封建制度的維護者，還是封建道德的說教者，如卷一阿彌陀佛講和，寫秀才許獻忠和蕭淑玉相愛，半年後淑玉因反抗歹徒強暴被殺，包公因命許生以正妻禮葬之，以表彰她的貞節；許生中舉後，包公又為娶側室繼嗣，以全其孝。類似事例書中甚多。由此可見，包公案中的包公形象，既不同於歷史上的包拯，也不能與其他小說戲劇中的清官包公形象等量齊觀。

總體說來，包公案文字相當粗俗，其中地理、史實、制度多信口開河、牽強附會而來者。因此，魯迅認為是民間「僅識文字者所為」，胡適指出此書為「明、清的惡劣文人雜湊成的」。不過書中也有一些較為雅致、較有詩意的段落，如卷三賣皂靴中的一段文字：

（包公）正決事間，忽階前起陣旋風，塵埃蕩起，日色蒼黃，堂下侍立公吏，一時間開不得眼。怪風過後，了無動靜，惟包公案上吹落一樹葉，大如手掌，正不知是何樹葉。包公拾起，視之良久，乃遍示左右，問：「此葉亦有名否？」內有公人柳辛認得，近前道：「城中各處無此樹，亦不知樹之何名。離城二十五里有所白鶴寺，山門裡有此樹二株，又高又大，條幹茂盛，此葉乃是白鶴寺所吹來的。」包公道：「汝果認得不錯麼？」柳辛道：「小人居住寺旁，朝夕見之，如何會認差了？」

包公案對於後來的話本、小說和戲曲的影響相當深刻。如扯畫軸，與古今小說卷十滕大尹鬼斷家私一篇，除斷案官吏姓名外，其故事情節、人物姓名等大體相同，由於包公案成書於明代中葉，這一斷案故事，也收載於編刊於明代萬曆年間的海剛峰居官公案及皇明諸司廉明奇判公案傳，時代較成書於明代晚期的三言為早，因此可以這樣說，扯畫軸當是滕大尹鬼斷家私的藍本。

市民喜聞樂見的包公斷獄故事，也成為後世曲藝說唱等的重要題材。清代嘉慶、道光年間的評書演員石玉昆最初所演說的包公案故事，不能滿足聽眾的要求，於是，石玉昆便挖空心思進行構想，某年端午，偶然看到一幅以貓撲蝴蝶為內容的耄耋圖，觸動靈機，從玉面貓中神貓抓五鼠的故事中衍生出長篇評書，塑造出御貓展熊飛、花蝴蝶花沖、雙俠丁氏兄弟、龍天彪、艾虎等人物，以及性格各異的五鼠五義，故事情節起伏跌宕，引人入勝。由此包公案中的五鼠鬧東京演延成完整的故事。當時有人將石玉昆說唱的龍圖公案記錄下來，只存講說部分，不收唱詞，題作龍圖耳錄。後人又據以改編成為長篇章回小說，題名忠烈俠義傳，亦名三俠五義，仍頂用石玉昆之名。不過包公斷案故事在三俠五義中僅是個線索，做個背景。再後，經過許多演員、文人的演繹、改編，續出小五義、續小五義，成為一部長篇蔓子話。

包公案對清人的彭公案、施公案、劉公案等公案小說影響極大。這些公案小說凡寫到斷獄部分，十九利用包公案來改頭換面。調查審詢、實地踏勘、分析判案的方法，神斷、鬼斷、夢斷等手段，無不來自包公案。

包公案對後世戲劇的影響也極其深刻。據鄭振鐸中國戲曲的選本統計，涉及包公斷案故事的戲劇有烏盆記、探陰山、雙包案、斷太后、狸貓換太子等十四種。而各地戲劇上演的包公戲就更多，如雙包案有昆劇、高腔、弋腔、徽腔、湘劇、桂劇、河北梆子；碧油潭，越劇改為追魚，晉劇改編成鯉魚鬧洞房（亦名五鼠鬧）就有滇劇、湘劇、漢劇；雙釘記有川劇、秦腔、河北梆子、湘劇名包公判雙釘；烏盆記等等。這些都是當代百姓所喜聞樂見、百看不厭的劇目。

包公案作為中國第一部公案小說集，為清代龍圖耳錄、三俠五義等公案俠義小說的大量出現開了先河，對研究公案小說與公案劇的故事演化，有著重要的參考價值。雖然包公案一書的情節、文字有些駁雜、粗糙，其主題也基本上為鞏固封建制度服務的，但其內容有符合廣大百姓要求減輕封建統治殘酷壓迫的一面，懲惡揚善，除暴安良，並「教人之明」、「教人之公」，所以能在社會上廣為流傳，經久不衰，在人們心目中樹立起一個廉潔奉公、秉公執法、明察秋毫的清官形象，這就是包公案一書的價值所在。

一九九七年十一月於上海

考證

顧宏義

包公案約成書於明代萬曆年間（一五七三～一六二〇年），初名龍圖公案，撰者不詳。魯迅中國小說史略稱其「文意甚拙，蓋僅識文字者所為」。胡適於三俠五義序中說此書「是晚出的書，大概是明、清的惡劣文人雜湊成的，文筆很壞；其中的地理、歷史、制度，都是信口開河，鄙陋可笑。」當是明朝中葉書商所編刊。

有關包公斷獄判案故事，在南宋時期已於民間廣為流傳，今日我們還能見到的，如合同文字記、三現身包龍圖斷冤等話本。至元代，以包公斷獄故事為題材的公案劇大量出現，如陳州糶米、盆兒鬼、灰欄記等。發展到明代中期，人們將當時社會上流傳的有關包公斷案故事搜集起來，並摭拾他人事跡，滲雜一些史書、雜記的資料，彙編成一部包羅著百件訟案的短篇公案小說集——龍圖公案。

包公案十卷，每卷收十則故事，共收有一百則斷案故事。每則故事，大體是先敘述案情和訴狀，後面為破案經過，最後為判詞和結局。各則故事之間互不相通，不過每卷十則故事分為五組，以兩篇為一組，篇目文字對偶，並且內容和性質也較接近，稍加分類，如姦案歸在一起，盜案歸在一起，神斷、夢斷又歸在一起等等，這顯是經過編者刻意整理而成。

從包公案內容來看，其文字粗俗，風格很不一致，顯非出自一人、一時之作，且其故事來源駁雜：

有採自史書者，僅卷五割牛舌一則，見於宋史包拯傳。

有摭拾他人斷獄故事並加以改頭換面、借題發揮者，如卷六奪傘破傘一則，據風俗通記載，是漢代臨淮太守薛宣之事。時有一人擕匹縑往市場出售，途中遇雨，披縑避雨，有一路人求共披戴，允之，須臾雨霽當分別，兩人各持匹縑一端不捨，皆曰縑為我有，因共詣府求判決。薛宣道：「縑值不過數百錢，何足紛紛？」令吏斷縑，各給一半遣出，使吏追聽二人作何語，歸報一喜一怒，因捕喜者，責償其縑。包公案易縑為傘，收入書中。又如折獄奇聞所記明代浙江按察使周新斷案事，在包公案中發揮成木印（收入卷八）和賣皂靴（收入卷三）兩則，僅將周新改作包公。此外，卷九兔戴帽是由神斷奇聞剪舌篇所記劉夔事發揮而成，卷二石獅子採自太平廣記卷四六八長水縣，卷七韋姓走東邊的故事極似玉堂閑話中的審無頭案等。

有採自民間傳說的，如卷六玉面貓記五鼠鬧東京的神話，在明代很流行，載有很多民間傳說的三保太監下西洋記也予收錄。卷七桑林鎮記包公斷宋仁宗母李太后事，從民間流傳的「狸貓換太子」故事，到明代已把這一公案歸在包公名下。據鍾敬文考證，「狸貓換太子」是一個流播於東、西洋各地的民間故事，在麥苟勞克小說的童年第十三章中也有專文加以論述。

還有的故事與小說戲劇有著密切的聯繫，如卷二偷鞋、烘衣可能受到清平山堂話本中簡帖和尚的影響；卷六紅牙球與醒世恆言卷十四鬧樊樓多情勝僊的情節相似；卷九借衣相同於古今小說卷二陳御史巧勘金釵鈿，只是人物姓名不同而已。而卷二白塔巷案，宋代折獄龜鑑中已有類似記載，至元無名氏包待制勘雙丁雜劇，已索性算作包公判案，至此收入包公案。又明代成化年間刊本說唱詞話中的仁宗認母傳、包龍圖斷曹國舅公案、包龍圖斷歪烏盆傳、師官受妻劉都賽上元十五夜看燈傳，其內容見於包公案中的桑林鎮、獅兒巷、烏盆子、黃菜葉，這四則均不似包公案中其他故事有訴狀、判詞的體例，文字上顯有把說唱詞話去掉唱詞縮寫摹移而來的痕跡。

由於包公故事深受民間喜愛，故包公案自成書以來，流傳甚廣，版本繁雜。歷代刊本主要有：

一、新鐫全像包孝肅公百家公案演義，六卷百回，書前自序署「饒安完熙生」，生平不詳，記年丁酉（萬曆二十五年），為萬卷樓所刊刻印行。圖嵌正文中，左右各半葉為一幅，圖左右有題句。正文寫刻甚工，半葉十三行，行二十六字。版心題全像包公演義。本世紀前期，在朝鮮的日本「朝鮮總督府」藏有此書殘本七十餘回。此乃包公案祖本，書極不多見。

二、龍圖公案，書不題撰人，據孫楷第中國通俗小說書目考證，此本分繁簡二種。

繁本十卷，收故事百則，每一組兩則故事後附有聽吾齋評語。「聽吾齋」，或誤作「聽玉齋」、「聽五齋」，據柳存仁倫敦所見中國小說書目提要說，以「聽吾齋」為是，「玉」字、「五」字皆為「吾」字之誤。

繁本又分為兩個系統。

1. 明代萬曆刊本，名龍圖公案，序署「江右陶烺元乃斌父題於虎邱之悟石軒」。書前有繡像十幅。正文每半葉九行，行十九字，單欄，有人名線。除聽吾齋評語外，尚有總批、眉批。諸家書目多未著錄，阿英曾見此本殘卷。後有清初刊大本，有圖；四美堂刊本，版心題「種樹堂」，有圖，半葉十行，行二十二字，題「李卓吾評」，實無；乾隆四十一年重刊本。又嘉慶十五年所刻繡像龍圖公案，五冊，題增美堂藏版，卷首有圖五葉，十幅，正文書題為「新評龍圖公案」。同治六年翰寶樓刻本據此本翻刻，然無圖。

2.藻文堂刻本，名百斷奇觀龍圖公案，書前有嘉慶十三年春月孝岡李西橋序，卷首有繡像十幅。其正文文字與陶烺元序本稍有異同，互有長短。此後，北京寶文堂書店於一九八五年、河南中州古籍出版社於一九九六年即據此本整理出版了校點本，名包公案。

簡本係據繁本刪節而成，所刪大都為每卷的後幾則故事，顯是書賈為減少成本所為。簡本所據刪之繁本當為陶烺元序本，有圖，附聽吾齋評語。簡本亦有數種，一收故事六十六則，有乾隆四十年書業堂刊本，版式與四美堂本同，半葉九行，行二十字；道光二十三年黎照樓重刊小字本；光緒十七年上海正誼書局排印三公奇案本，錯訛較多。另一收故事五十八則，有上海廣益書局、鴻文書局、民眾書店、新文化書社、大新書局等排印本，名包公奇案，或名不副實地稱包公七十二件奇案。為此，文業書局又出版了包公案後集，封皮題包公七十二件無頭案，收故事十四則。蓋是書賈為射利，湊成七十二之數，然而此十四則故事內容卻不在龍圖公案百則故事之內，當是別有所本。

三、新刊京本通俗演義增像包龍圖判百家公案全傳，明代萬曆後期刊本，題「錢塘散人安遇時編集，明書林景生楊文高刊行」。屯溪舊書店書目著錄有一至五卷，極為少見。按昌啟間刊的明鏡公案第三卷盜賊類陳風憲判謀布客條，有「閑閱包龍圖公案，曾有蝿蚋迎馬之事」。所說的包龍圖公案，可能就是指此刊本，而非指陶烺元序本。此本每頁上橫刊圖，中縫刊「包公傳」三字。卷首刊「包文拯國史本傳」和「包待制出身源流」，亦用小說體演述，大體敘其幼年困苦情形，至得中進士赴任為止。下為公案部分，共十卷百則故事，內容與龍圖公案有所出入，篇目、詳略、次序亦多所不同。

四、龍圖剛峰公案合編，清代嘉慶十四年刊本。卷首有金陵雲崖主人序，說明合編之理由，基本是取明本重編。書分上下兩欄，上欄為剛峰（即海瑞）公案，半葉十一行，行十字，開篇為皇明都御史忠介公海剛峰傳。下欄為包龍圖公案，半葉十二行，行十六字。此書雖為清代刊本，但不多見。

此次整理標點包公案，即以清代翰寶樓刊本為底本，校以藻文堂刻本百斷奇觀龍圖公案等版本，參補闕訛，訂正脫漏，文中明顯錯別字徑改之，假借字一般不加修改，以盡量保留原貌。書中原有之聽吾齋評語，因其有助於讀者了解小說寓意，故仍予收錄。原書行文介於口語與文言文之間，而且有些詞語、典故等為今人所陌生，因此，為便於讀者閱讀理解，我們對文中引用的較為冷僻之詞語、不太常見之典章制度，以及部分歷史人物、地名等酌情加以注釋。此外，我們還選錄陶烺元、李西橋兩人之序和部分有關本書之評介、議論以及宋史包拯傳等，作為本書之附錄，以備參考。

一九九七年十一月於上海

包龍圖神斷公案序

眼底臭銅，畢竟萬年遺臭；面前香火，怎如半夜焚香。如此數語，真進賢冠公案，而又何有於龍圖？夫龍圖非有四手四目也，乃今世遇無頭沒影事，必曰待包龍圖來。童稚婦女亦知其名，不知「龍圖」之為官也，亦不知「龍圖」之為諱與號也。僉曰：龍圖龍圖，甚之列以閻羅，比以天師，萬世而下，其謂龍圖為人乎？為神乎？及閱宋史所載謂其「峭直剛毅，與人不苟」。合無一毫妄取，平生無私書，故人親黨干謁，一切謝絕之。惟其無妄取，故一段靈慧之性，不為錢神迷昏；惟其無私書，故一生正直之氣，不為分上壓倒。宜當時京師為之語曰：「關節不到，有閻羅包老。」以其笑比黃河清焉。當事者須略著些精神纔好，若一味作馬頭上公堂帳了事，胸中既滿者也之乎？眼裡只有七黃八白，堦前三尺從事，案上片紙是憑，吾恐屋角之雀鼠與，而田中之虞芮頑也。抑吾夫子嘗以片言折獄贊仲由氏。予謂兩造具陳，煩言迭起。不得其情，雖萬言亦覺少；苟得其情，雖片言亦為多。康誥曰：「服念五六日至於旬。」呂刑曰：「察辭于著，非從惟從。」曾子之告陽膚又曰：「如得其情，則哀矜勿喜。」夫子又曰：「無情者不得盡其辭。」當思如何是得情，如何是不得盡？此處關頭莫要草草看過。倘處心未必青天白日，遇事漫云行雲流水，吾不知於龍圖以為何如？雖然，堂上堂下遠於萬里，左右蔽之耳。滑吏舞文積書弄法，吾未如之何也已矣。昔包公嘗惡吏擅權，民有得重罪者求救於吏，吏曰：「汝當鞫問時，但哀求不已，我自有處。」臨刑，民果哀呼不已，吏在旁喝道：「快領罪去，不得在此叫號！」包公惡其侵權，竟與以輕罪而去。夫以包公之明，不免為衙蠹侵權如此。乃今之擬招，多是衙人用事，吾不知弊將安極也。又況操刀而割者，未必龍圖乎！願為民父母者，請焚香讀龍圖公案一過。龍圖其真龍也，其真神人也。具知在生龍圖，在陰為閻羅，自是實話，非誕非誕。

江右陶烺元乃斌父題於虎邱之悟石軒

序

明鏡當空，物無不照，片言可折獄也。然理雖一致，事有萬變，聽訟者於情偽百出之際，而欲明察秋毫，難矣。龍圖公案世傳為包公所斷之案，嘗閱一過，靈思妙想，往往有鬼神所不及覺；而信手拈來，奇幻莫測，人人畏服。所以然者，包公非有異術，不過明與公而已矣。宋史所載：包公性峭直，寡色笑，平生無私書，不妄取，不苟合。千古而下，聞風敬畏，遇無頭沒影之案，即云：非包爺不能決！其見重於世也如是。說者曰：包公為閻羅主。乃因當時京師有語云：「關節不到，有閻羅包老。」以其剛毅無私，遂以神明況之。若以為果任陰司，有是理乎？夫人能如包公之公，則亦必能如包公之明；倘不存一毫正直之氣節，左瞻右顧，私意在胸中，明安在哉！故是書不特教人之明，而並教人之公。蓋虛偽百出，一斷不差，究非理在事外，總由中無執泥，惟求真耳。故視奇異之案，亦屬平常之斷，一如明鏡當空，物自無遁形焉。初非勉強之為，亦非鬼神之說。存是意也，可以讀是書。

歲嘉慶十三年戊辰春月孝岡李西橋題

目錄

包公案

卷之一

卷之二

卷之三

卷之四

卷之五

卷之八

卷之九

卷之十

包公案後集

包公案

卷之一

阿彌陀佛講和

話說德安府❶孝感縣❷有一秀才❸，姓許名獻忠，年方十八，生得眉清目秀，丰神俊雅。對門有一屠戶蕭輔漢，有一女兒名淑玉，年十七歲，甚有姿色，每日在樓上繡花。其樓近路，常見許生行過，兩下相看，各有相愛的意。時日積久，遂私通言笑。許生以言挑之，女即微笑首肯。其夜，許生以樓梯暗引上去，與女攜手蘭房❹，情交意美。及至雞鳴，許生欲歸，暗約夜間又來。淑玉道：「倚梯在樓，恐夜間有人經過看見不便。我今備一圓木在樓枋上，將白布一匹，半掛圓木，半垂樓下，汝夜間只將手緊抱白布，我在樓上吊扯上來，豈不甚便。」許生喜悅不勝，至夜果依計而行。如此往來半年，鄰舍頗知，

❶ 德安府：今湖北省安陸縣。

❷ 孝感縣：今湖北省孝感市。

❸ 秀才：科舉時代稱入府、州、縣學生員為秀才。

❹ 蘭房：女子居室的美稱。

只瞞得蕭輔漢一人。

忽一夜，許生因朋友請酒，夜深未來。有一和尚明修，夜間叫街，見樓上垂下白布到地，只道其家曬布未收，思偷其布，停住木魚，寂然過去手扯其布，忽然樓上有人吊扯上去。和尚心下明白，必是養漢婆娘垂此接姦夫者，任他吊上去，果見一女子。和尚心中大喜，便道：「小僧與娘子有緣，今日肯捨我宿一宵，福田❺似海，恩大如天。」淑玉慌了道：「我是鸞交鳳配❻，怎肯失身於你。我寧將銀簪一根捨你，你快下樓去。」僧道：「是你吊我上來，今夜來得去不得了。」即強去摟抱求歡。女怒甚，高聲叫道：「有賊在此！」那時父母睡去不聞。僧恐人知覺，即拔刀將女子殺死，取其簪珥❼、戒指下樓去。

次日早飯後，其母見女兒不起，走去看時，見殺死在樓，竟不知何人所謀。其時鄰舍有不平許生事者，與蕭輔漢道：「你女平素與許獻忠來往有半年餘。昨夜許生在友家飲酒，必定乘醉誤殺，是他無疑。」蕭輔漢聞知包公神明，即具狀赴告：

告為強姦殺命事：學惡許獻忠，心邪狐媚❽，行醜鶉奔❾。覘❿女淑玉艾色⓫，百計營謀，千思

❺ 福田：佛教用語。意人能供養僧侶，就可以受到福報，好像農夫耕種田畝，就能獲得秋收一樣。

❻ 鸞交鳳配：喻夫婦和諧，門戶相當。鸞，傳說中鳳凰一類的瑞鳥。舊時以鸞鳳喻夫婦。

❼ 簪珥：音ㄗㄢ ㄦˇ。簪，用來綰住頭髮的一種首飾。珥，用珠子或玉石做的耳環。

❽ 狐媚：俗傳狐善魅人，因稱用陰柔的手段來迷惑人為狐媚。

❾ 鶉奔：詩經鄘風篇名。詩序認為是衛國百姓以此來諷刺宣姜與公子頑私通，斥為「鶉鵲之不如」。

污辱。昨夜帶酒佩刀，潛入臥室，摟抱強姦，女貞不從，拔刀刺死，遺下簪珥，乘危盜去。鄰右可證。托跡黌⑫門，桃李⑬陡變而為荊榛⑭；篤稱泮水⑮，龍蛇⑯忽轉而為鯨鱷⑰。法律實類鴻毛，倫風⑱今且塗地。急控填償，哀哀上告。

是時包公為官極清，識見無差，當日准了此狀，即差人拘原被告、干證⑲人等聽審。

包公先問干證，左鄰蕭美、右鄰吳範俱供：「蕭淑玉在沿街樓上宿，與許獻忠有姦已經半載，只瞞過父母不知。此姦是有的，特非強姦。其殺死緣由，夜深之事眾人實在不知。」許生道：「通姦之情瞞不過眾人，我亦甘心肯認。若以此擬罪，死亦無辭；但殺死事實非我。」蕭輔漢道：「他認輕罪而辭重罪，情可灼見。女房只有他到，非他殺死，是誰殺之？縱非強姦致死，必是女要絕他勿姦，因懷怒殺

---

⑩ 覘：音ㄓㄢ。窺視。

⑪ 艾色：比喻少女姣好的容色。

⑫ 黌：音ㄏㄨㄥˊ。古時稱學校。

⑬ 桃李：喻學生。

⑭ 荊榛：喻草野或愚昧。

⑮ 泮水：即古代學宮前面的水池，形狀如半月形，故稱之為「泮」。泮，音ㄆㄢˋ。

⑯ 龍蛇：春秋左氏傳云：「深山大澤，實生龍蛇。」意為非常之地生非常之人物。後世喻非常的人物。

⑰ 鯨鱷：此處喻惡人。

⑱ 倫風：人倫；風俗。

⑲ 干證：與訟案有關係的證人。

之。且後生輕狂性子，豈顧女子與他有情！老爺若非用刑究問，安肯招認？」包公看許生貌美性和，似非凶惡之徒，因問道：「汝與淑玉往來時曾有人樓下過否？」答道：「往日無人，只本月有叫街和尚夜間敲木魚經過。」包公因發怒道：「此必是你殺死的。今問你罪，你甘心否？」獻忠心慌，答道：「甘心。」遂打四十收監。

包公密召公差⑳王忠、李義問道：「近日叫街和尚在何處居住？」王忠道：「在玩月橋觀音座前歇。」包公吩咐二人可密去如此施行，討出賞你。

其夜，僧明修復敲木魚叫街，約三更時分，將歸橋宿，只聽得橋下三鬼一聲叫上，一聲叫下，又低聲啼哭，甚是淒切怕人。僧在橋打坐，口念彌陀。後一鬼似婦人之聲，且哭且叫道：「明修，明修，你要來姦我，我不從罷了。我陽數未終，你無殺我道理；無故殺我，又搶我釵珥。我已告過閻王，命二鬼使伴我來取命，你反念阿彌陀佛講和；今宜討財帛與我並打發鬼使，方與私休，不然再奏天曹㉑，定來取命。念諸佛難保你命！」明修乃手執彌陀珠，合掌答道：「我一時欲心似火要姦你，見你不從，又要喊叫，恐人來捉我，故一時誤殺你。今釵環戒珠尚在，明日買財帛並念經卷超度你，千萬勿奏天曹。」女鬼又哭，二鬼又叫一番，更覺淒慘。僧又念經，再許明日超度。忽然，兩個公差走出來，將鐵鏈鎖住，僧驚慌：「是鬼！」王忠道：「包公命我捉你，我非鬼也。」嚇得僧如泥塊，只說看佛面求赦。王忠道：「真好個謀人佛，強姦佛。」遂鎖將去。李義收取禪擔、蒲團㉒等物同行。原來包公早命二公差雇一娼

⑳ 公差：舊時衙門裡的差役。

㉑ 天曹：傳說中天宮裡的官署。

婦，在橋下作鬼聲，嚇出此情。

次日，鎖了明修並帶娼婦見包公，敘橋下做鬼嚇出明修要強姦不從因致殺死情由。包公命取庫銀賞了娼家並二公差去訖。又搜出明修破衲㉓襖內釵、珥、戒指，輔漢認過，的確是伊㉔女插戴之物。明修無詞抵飾，一款供招，承認死罪。

包公乃問許獻忠道：「殺死淑玉是此賊禿，理該抵命；但你做秀才姦人室女㉕，亦該去衣衿㉖。今有一件，你尚未娶，淑玉未嫁，雖則兩下私通，亦是結髮㉗夫妻一般。今此女為你垂布，誤引此僧，又守節致死，亦無玷㉘名節，何愧於汝？今汝若願再娶，須去衣衿；若欲留前程，將淑玉為你正妻，你收埋供養，不許再娶。此二路何從？」獻忠道：「我稔㉙知淑玉素性賢良，只為我牽引故有私情，我別無外交，昔相通時曾囑我娶他，我亦許他發科㉚時定謀媒完娶；不意遇此賊僧，彼又死節明白，我心豈忍

㉒ 蒲團：用蒲草編結成的圓形墊具。信仰佛道的人，在蒲團上打坐和跪拜。

㉓ 衲：音ㄋㄚˋ。僧衣。

㉔ 伊：彼；他；她。

㉕ 室女：未出嫁的女子。

㉖ 去衣衿：衿即襟。詩經鄭風子衿：「青青子矜。」毛傳注云：「青衿，青領也，學子之所服。」後以指讀書人，亦指秀才。去衣衿，就是革去秀才功名的意思。

㉗ 結髮：本指年輕之時。文選蘇武詩：「結髮為夫妻，恩愛兩不疑。」後世據此作結婚解。俗稱元配為結髮。

㉘ 玷：音ㄉㄧㄢˋ。白玉上面的污點。

㉙ 稔：音ㄖㄣˇ。熟悉。

再娶！今日只願收埋淑玉，認為正妻，以不負他死節之意，決不敢再娶也。其衣衿留否，惟憑天臺㉛所賜，本意亦不敢欺心。」包公喜道：「汝心合乎天理。我當為你力保前程。」即作文書，申詳學道㉜：

審得生員㉝許獻忠，青年未婚；鄰女淑玉，在室未嫁。兩少相宜，靜夜會佳期於月下；一心合契，半載赴私約於樓中。方期緣結乎百年，不意變生於一旦。惡僧明修，心猿意馬㉞，夤夜㉟直上重樓；狗幸狼貪，糞土將污白璧。謀而不遂，袖中抽出鋼刀；死者含冤，暗裡剝去釵珥。傷哉淑玉，遭凶僧斷喪香魂；義矣獻忠，念情妻誓不再娶。今擬僧抵命，庶雪節婦之冤；留許前程，少獎義夫之概。未敢擅便，伏候斷裁。

學道隨即依擬。後許獻忠得中鄉試㊱，歸來謝包公道：「不有老師，獻忠已作囹圄㊲之鬼，豈有今日！」包公道：

㉚ 發科：指科舉及第。
㉛ 天臺：對包公的尊稱。臺，古代官署名，又用為對高級官吏的尊稱。
㉜ 學道：明代掌管一省學校事務的官吏，清代稱學政。
㉝ 生員：即秀才，也稱諸生。
㉞ 心猿意馬：原是道家用語，後喻人的心思流蕩散亂，把握不定。
㉟ 夤夜：深夜。
㊱ 鄉試：三年一次在各省城舉行的科舉考試。
㊲ 囹圄：音ㄌㄧㄥˊ ㄩˇ。古代稱監獄。

「今思娶否？」許生道：「死不敢矣。」包公道：「不孝有三，無後為大。」許生道：「吾今全義，不能全孝矣。」包公道：「賢友今日成名，則蕭夫人在天之靈必喜悅無窮；就使若在，亦必令賢友置妾。今但以蕭夫人為正，再娶第二房令閫㊳何妨？」獻忠堅執不從。包公乃令其同年㊴舉人㊵田在懋為媒，強其再娶霍氏女為側室㊶。獻忠乃以納妾禮成親，其同年錄㊷只塡蕭氏，不以霍氏參入。可謂婦節夫義，兩盡其道。而包公雪冤之德，繼嗣之恩，山高海深矣。

㊳ 令閫：對他人之妻的尊稱。閫，音ㄎㄨㄣˇ。舊時指婦女所居住的內室，借指婦女。
㊴ 同年：指同一年及第的進士、舉人。
㊵ 舉人：鄉試合格者。
㊶ 側室：妾。
㊷ 同年錄：記載同一年及第的進士、舉人的姓名錄，有姓名、籍貫、父母妻子情況等內容。

觀音菩薩托夢

話說貴州道❶程番府❷有一秀才丁日中，常在安福寺讀書，與僧性慧朝夕交接。性慧一日往日中家相訪，適日中外出，其妻鄧氏聞夫常說在寺讀書，多得性慧湯飲，因此出來見之，留他一飯。性慧見鄧氏容貌華麗，言詞清雅，心中不勝喜慕。後日中復往寺讀書月餘未回，性慧遂心生一計，將銀雇二道士假扮轎夫，半午後到鄧氏家道：「你相公在寺讀書，勞神太過，忽然中風死去，得僧性慧救醒，尚奄奄❸在床，生死未保。今叫我二人接娘子去看他。」鄧氏道：「何不借眠轎送他回來？」二轎夫道：「本要送他回來，奈程途有十餘里，恐路上冒風，症候加重，便難救治。娘子可自去看來，臨時主意或接回或在彼處醫治，有個親人在旁，也好伏侍病人。」鄧氏聽得即登轎去。天晚到寺，直抬入僧房深處，卻已排整酒筵，欲與鄧飲酒。那鄧氏即問道：「我官人❹在哪裡？領我去看。」性慧道：「你官人因眾友相邀去游城外新寺，適有人來報他中風，小僧去看，幸已清安。此去有路五里，天色已晚，可暫在此歇，

❶ 貴州道：今貴州省。
❷ 程番府：即程番司，今貴州省惠水縣。
❸ 奄奄：氣息微弱的樣子。
❹ 官人：舊小說、戲劇中妻子對丈夫的稱呼。

明日早行。或要即去，亦待轎夫吃飯，娘子亦吃些點心，然後討火把去。」鄧氏遂心生疑，然又進退無路。飲酒數杯，又催轎夫去。性慧道：「轎夫不肯夜行，各回去了。娘子可寬飲數杯，不要性急。」又令侍者小心奉勸，酒已微醉，乃照入禪房去睡。鄧氏見錦衾繡褥，羅帳花枕，件件精美，以燈照之，四邊皆密，乃留燈合衣而寢，心中疑慮不寐。及鐘聲定後，性慧從背地進來，近床抱住。鄧氏喊聲：「有賊！」性慧道：「你就喊到天明，也無人來捉賊。我為你費了多少心機，今日乃得到此，亦是前生夙緣注定，不由你不肯。」鄧氏罵道：「野僧何得無恥，我寧死決不受辱！」性慧道：「娘子肯行方便一宵，明日送你見夫；若不憐憫，小僧定斷送你的性命，將屍埋在廁中，永不出輪❺！」鄧氏喊罵鬧至半夜，被性慧行強剝去衣服，將手足綁縛，恣❻行淫污。次日午朝方起，性慧謂鄧氏道：「你被我設計騙來，事已至此，可削髮為僧，藏在寺中，衣食受用都不虧你，又有老公陪。你若使昨夜性子，有麻繩、剃刀、毒藥在此，憑你死吧！」鄧氏暗思身已受辱，死則永無見夫的日子，此冤難報；不如忍耐受辱，倘得見夫，報了此冤，然後就死。乃從其披剃❼。

過了月餘，丁日中來寺拜訪性慧，鄧氏認得是夫聲音，挺身先出，性慧即趕出來。日中方與鄧氏作揖，鄧氏哭道：「官人不認得我了？我被性慧拐騙在此，日夜望你來救我。」日中大怒，扭住性慧便打，

---

❺ 永不出輪：佛教認為眾生各依所作善惡業因，一直在六道（天、人、阿修羅、地獄、餓鬼、畜生）中生死相續，升沉不定，有如車輪的旋轉不停，故稱「輪迴」。永不出輪，意指沉入地獄，永遠不得超昇。

❻ 恣：音ㄗˋ。放縱；無拘束。

❼ 披剃：佛教僧尼依戒律規定，必須剃除鬚髮，披上袈裟。故通稱出家為披剃。

被性慧呼集眾僧將日中鎖住，取出刀來將殺之。鄧氏來奪刀道：「可先殺我，然後殺我夫。」性慧乃收起刀，強扯鄧氏入房吊住，再出來殺日中。日中道：「我妻被你拐，夫又被你殺，我到陰司也不肯放你。若要殺，可與我夫妻相見，作一處死罷。」性慧道：「你死則鄧氏無所望，便終身是我妻，安肯與你同死！」日中道：「然則全我身體，容我自死罷。」性慧道：「我且積些陰功❽。方丈❾後有一大鐘，將你蓋在鐘下，與你自死。」遂將日中蓋入鐘下。鄧氏日夜啼哭，拜禱觀音菩薩，願有人來救他丈夫。

過了三日，適值包公巡行其地，夜夢觀音引至安福寺方丈中，見鐘下覆一黑龍。初亦不以為意，至第二、三夜，連夢此事，心始疑異，乃命手下徑往安福寺中，試看如何。到得方丈坐定，果見方丈後有一大鐘，即令手下抬開來看，只見一人餓得將死，但氣未絕。包公知是被人所困，即令以粥湯灌下，一飯時稍醒，乃道：「僧性慧既拐我妻削髮為僧，又將我蓋在鐘下。」包公遂將性慧拿下，但四處搜覓並無婦人。包公便命密搜，乃入復壁❿中，有鋪地木板，公差揭起木板，有梯入地，從梯下去，乃是地樓，點燈明亮，一少年和尚在坐。公差叫他上來，報見包公。此和尚即是鄧氏，見夫已放出，性慧已鎖住，鄧氏乃從頭敘其拐騙情由，害夫根原。性慧不能辯，只磕頭道：「死罪甘受。」包公隨即判道：

審得淫僧性慧，稔惡貫盈⓫，與生員丁日中交游，常以酒食征逐；見其妻鄧氏美貌，不覺巧計橫

---

❽ 陰功：即陰德。

❾ 方丈：維摩詰經說維摩詰的居室方一丈，能廣容大眾。後世用此稱禪寺的長老或住持所居之處。

❿ 復壁：即夾牆。兩重的牆壁，中空，可以藏物或人。

⓫ 稔惡貫盈：即惡貫滿盈。

生。賺其入寺看夫，強行淫玷；劫其披緇⑫削髮，混作僧徒。雖抑鬱而何言，將待機而圖報。偶日中之來寺，幸鄧氏之聞聲。相見泣訴，未盡衷腸之話；群僧拘執，欲行刃殺之凶。懇求身體之全，得蓋大鐘之下。乃感黑龍之被蓋，夢入三更；因至方丈而開鐘，餓經五日。丁日中從危得活，後必亨通⑬；鄧氏女求死得生，終當完聚。性慧拐人妻，坑人命，合梟首⑭以何疑；群僧黨一惡，害一生，皆充軍⑮於遠衛⑯。

判訖，將性慧斬首示眾，其助惡眾僧皆發充軍。

包公又責鄧氏道：「你當日被拐便當一死，則身潔名榮，亦不累夫有鐘蓋之難。若非我感觀音托夢而來，汝夫卻不為你而餓死乎？」鄧氏道：「我先未死者，以不得見夫，未報惡僧之仇，將圖見夫而死。今夫已救出，僧已就誅，妾身既辱，不可為人，固當一死決矣！」即以頭擊柱，流血滿地。包公乃命人扶住，血出暈倒，以藥醫好，死而復生。包公謂丁日中道：「依鄧氏之言，其始之從也，勢非得已；其不死者，因欲得以報仇也。今擊柱甘死，可以明志，汝其收之。」丁日中道：「吾向者正恨其不死，以圖後報仇之言為假；今見其撞柱，非真偷生無恥可知。今幸而不死，吾待之如初，只當來世重會也。」

---

⑫ 披緇：此處借指緇衣，即僧衣。緇，音ㄗ。黑色。

⑬ 亨通：通達順利。

⑭ 梟首：古代刑法，即斬首高懸以示眾，秦代已有。梟，音ㄒㄧㄠ。

⑮ 充軍：古代刑法，把死刑減等的罪犯或其他重犯押到邊遠地方去服苦役。

⑯ 衛：古時軍隊編制名稱，在軍事或水陸要害處設衛，駐紮軍隊防守。

日中夫婦拜謝而歸，以木刻包公之像，朝夕奉侍不懈。其後日中亦登科第，官至同知⑰，餘不盡曉。

聽吾齋評曰：

著述此書大有深意，初視皮毛，若止為刑名⑱家作津梁⑲，而叩其精微，實念念慈悲，言言道德，治世可，度世可，超世亦可。蓋儒而參之以禪、玄⑳者也。首敘彌陀、觀音感應㉑，而結以玉樞、三官經之效驗，且特附孝烈、貞節於後，補其所未盡。此可見種種勸善苦思矣。姑勿論其全，即此一段公案，僧明修殺蕭淑玉於樓頭，後遇鬼聲啼哭，便念阿彌陀佛解圍；僧性慧蓋丁日中於鐘下，其妻鄧氏痛切，默禱觀音菩薩救苦。畢竟以不善感諸佛中不與講和，以善感諸菩薩即為託夢，然則佛、菩薩亦自有主張，若無分善不善，而一概示現㉒，亦不成其為佛、菩薩矣。凡一切誦經報應，亦復如是。嘗聞人間私語，天聞若雷；暗室虧心，神目如電。可信哉！可信哉！

⑰ 同知：知府、知州的佐官。
⑱ 刑名：舊時官署中主辦刑事判牘的幕僚，稱刑名師爺。
⑲ 津梁：橋梁，此喻能起橋梁作用的事物。
⑳ 玄：指道教。
㉑ 感應：佛教指信徒之虔誠為能感，佛菩薩之願力為回應。
㉒ 示現：指神佛顯示其神通、法力。

嚼舌吐血

話說西安府❶乜❷崇貴，家業巨萬，妻湯氏，生子四人，長名克孝，次名克悌，三名克忠，四名克信。克孝治家任事，克悌在外為商，克忠讀書進學，早負文名，屢期高捷，親教幼弟克信，殷勤友愛，出入相隨。克忠不幸下第，染病臥床不起。克信時時入房看望，見嫂淑貞花貌驚人，恐兄病體不安，或貪美色，傷損日深，決不能起，欲兄移居書房，靜養身心，或可保其殘喘。淑貞愛夫心切，不肯與他出房，道：「病者不可移，且書齋無人伏侍，只在房中，時刻好進湯藥。」此皆真心相愛，原非為淫欲之計。克信心中怏然。親朋來問疾者，人人嗟嘆克忠苦學傷神。克信嘆道：「家兄不起，非因苦學。自古凡多英雄豪傑皆死於婦人之手，何獨家兄！」話畢，兩淚雙垂。親朋聞之駭然，須臾罷去。克忠疾革❸，蔣淑貞急呼叔來，克信大怒道：「前日不聽我言移入書房養病，今必來呼我為何？」淑貞悄然。克信近床，克忠泣道：「我不濟事❹矣，汝好生讀書，要發科第，莫負我叮嚀。寡嫂貞潔，又在少年，幸善待

❶ 西安府：今陝西省西安市。

❷ 乜：音ㄋㄧㄝˋ。姓。

❸ 疾革：病危。革，音ㄐㄧˊ。危急。

❹ 不濟事：指人之將死。

之。」一語罷，遂氣絕。克信哀痛弗勝，執喪禮一毫無缺，殯葬俱各盡道，事奉寡嫂淑貞十分恭敬，了無怠慢。自克忠死後，長幼共憐憫之。七七追薦❺，請僧道做功果❻，淑貞哀號極苦，泣血漣漣，湯水不入口者半月，形骸瘦弱，憂戚不堪。及至百日後，父母慰之，家庭長者妯娌眷屬亦各勸慰，微微飲食舒暢，容貌逐日復舊，雖不戴珠翠，不施脂粉，自然美容動人，十分窈窕婀娜，聞其哀一聲者皆牽情，見其縐❼雙眉者皆動念。但其性甚介❽，守甚堅，言甚簡靜，行甚光明，無一塵可染。

倏爾❾一週❿將近，淑貞之父蔣光國安排禮儀，親來祭奠女婿，用族侄蔣嘉言出家紫雲觀為道士者作高功⓫，亦領徒子蔣大亨，徒孫蔣時化、嚴華元同治法事。克信心不甚喜，乃對光國道：「多承老親厚情，其實無益。」光國佛然⓬不悅，遂入內謂淑貞道：「我來薦汝丈夫本是好心，你幼叔大不歡喜。薄⓭兄如此，寧不薄汝？」淑貞道：「他當日要移兄到書房，我留在房伏侍。及至兄死時，他極惱我不

---

❺ 七七追薦：佛經上說人生有六道流轉，人死後尋求生緣，以七日為一期，若七日不得生緣，更續七日，至第七個七日終，必生一處。世俗在此期舉行超度、祭奠。

❻ 功果：舊謂迷信者做功德佛事，超度亡魂。

❼ 縐：通「皺」。

❽ 介：正直。

❾ 倏爾：極快地。倏，音ㄕㄨˋ。

❿ 一週：一週年。

⓫ 高功：指道教中比較熟悉道經和宗教儀式，被認為道功最高的法師。

⓬ 佛然：忿怒的樣子。

是。到今一載，並不相見。待我如此，豈可謂善！」光國聽了此言，益憾克信。及至功果將完，追薦亡魂之際，光國復呼淑貞道：「道人皆家庭子侄，可出拜靈前無妨。」淑貞哀心不勝，遂拜哭靈前，悲哀已極，人人慘傷。獨有臊⑭道嚴華元一見淑貞，心中想道：「人言淑貞乃絕色佳人，今觀其居憂⑮素服之時，尚且如此標致；若無愁無悶而相歡相樂，真個好煞人也。」遂起淫姦之心。迨⑯至夜深，道場圓滿之後，道士皆拜謝而去。光國道：「嘉言、大亨與時化三人，皆吾家親，禮薄些諒不較量；惟嚴先生乃異姓人物，當從厚謝之。」淑貞復加封一禮。豈知華元立心不良，陽言一謝先行，陰實藏形高閣之上，少俟人靜，作鼠耗聲。淑貞秉燭視之，華元即以求陽媾合邪藥彈上其身。淑貞一染邪藥，心中即時淫亂，遂抱華元交歡恣樂，翻雲覆雨，播弄無窮，綢繆⑰不已，任從輕薄，不肯釋手。俄而天明，藥氣既消，始知被人迷姦，有玷名節，嚼舌吐血，登時悶死。華元得遂淫心，遂潛逃而去，乃以淑貞加賜禮銀一封，貽⑱於淑貞懷中，蓋冀其復生而為之謝也。

日晏之時，晨炊已熟，婢女菊香攜水入房，呼淑貞梳洗，不見形蹤，乃登閣上尋覓，但見淑貞死於氈褥之上。菊香大驚，即報克孝、克信道：「三娘子死於閣上。」克孝、克信上閣看之，果然氣絕。大

---

⑬ 薄：感情冷淡。

⑭ 臊：音ㄙㄠˋ。難聞的氣味，此用作罵人語。

⑮ 居憂：居喪；守喪。

⑯ 迨：音ㄉㄞˋ。等到。

⑰ 綢繆：猶纏綿，謂情意深厚。

⑱ 貽：音ㄧˊ。遺留。

家俱驚慌，乃呼眾婢女抬淑貞出堂停柩。下閣之時遺落胸前銀包，菊香在後拾取而藏之。此時光國宿於女婿書房，一聞淑貞之死，即道：「此必為克信叔害死。」忙入後堂哭之，甚哀甚忿，乃厲聲道：「我女天性剛烈，並無疾病，黑夜猝死，必有緣故。嚼舌吐血，必是強姦不從，痛恨而死。若不告官，冤苦莫伸。」遂歸家語其妻子道：「克信既恨我女留住女婿在房身死，又恨我領道人做追薦女婿功果，必是他乘風肆惡，強姦我女，我女咬恨，故嚼舌吐血而死。必作狀告之。」遂作狀告到包公道：

告為滅倫殺嫂事：風俗先維風教⑲，人生首重人倫。男女授受不親，嫂溺手援⑳非正。女嫁生員乜克忠為妻，不幸夫亡，甘心守節。獸惡克信，素窺嫂氏姿色，淫凶無隙可加；機乘齋醮㉑完功，意料嫂倦酣臥。突入房帷，恣抱姦污。女羞咬恨，嚼舌吐血，登時悶死。狐綏綏㉒，犬靡靡㉓，每痛恨此賤行；鶉奔奔，鵲彊彊㉔，何堪聞此醜聲。家庭偶語㉕，將有丘陵之歌㉖；外眾聚談，

---

⑲ 風教：風化；教化。

⑳ 嫂溺手援：孟子離婁上：「男女授受不親，禮也；嫂溺援之以手者，權也。」其意說，按封建社會戒規，男女之間不親手接遞物件，但遇嫂子掉在河中，有溺水危險時，小叔可以從權，用手救人。

㉑ 齋醮：道教設壇祭禱，借以求福免災的一種儀式。

㉒ 狐綏綏：詩經衛風有狐：「有狐綏綏。」毛傳：「綏綏，匹行貌。」意指狐狸雌雄相隨而行的樣子。綏，音ㄙㄨㄟ。

㉓ 靡靡：淫佚柔弱的樣子。

㉔ 鶉奔奔鵲彊彊：語出詩經鄘風鶉之奔奔篇。此詩諷刺宣姜與公子頑淫亂之事。奔奔，形容鶉鳥居住時有固定的配偶，飛行時相隨不離。彊彊，即強強，意同奔奔。

豈無牆茨之句㉗。在女申雪無由，不殉身不足以明節；在惡姦殺有據，不填命不足以明冤。哀求三尺㉘，早正五刑㉙。上告。

此時，七克信聞得蔣光國告已強姦服㉚嫂，羞慚無地，撫兄之靈痛哭傷心，嘔血數升，頃刻立死。魂歸陰府，得遇克忠，叩頭哀訴。克忠泣而語之道：「致汝嫂於死地者，嚴道人也。有銀一封在菊香手可證。汝嫂存日已登簿上。可執之見官，冤情自然明白，與汝全不相干。我的陰靈決在衙門來輔汝，汝速速還陽，事後可薦拔㉛汝嫂。切記切記。」克信蘇轉，已過一日。包公拘提甚緊，只得忙具狀申訴道：

訴為生者暴死、死者不明，死者復生、生者不愧事：寡嫂被強姦而死，不得不死，但死非其時；嫂父見女死而告，不得不告，但告非其人。何謂死非其時？寡嫂被污，只宜當時指陳明白，不宜死之太早；嫂父控冤，會須訪確強暴是誰，不應枉及無干。痛身拜兄為師，事嫂如母，語言不通，

㉕ 偶語：相對說話。

㉖ 丘陵之歌：孔叢子：「哀公使以幣如衛迎夫子而卒，不能賞用也，故夫子作丘陵之歌也。」此指幽怨難明之情。

㉗ 牆茨之句：指詩經鄘風牆有茨篇。詩序以為此詩諷刺衛宣公妻宣姜私通公子頑之事。

㉘ 三尺：即三尺法。秦、漢時把法律條文寫在三尺長的竹簡上，故名。

㉙ 五刑：中國古代五種刑罰，一般指笞刑、杖刑、徒刑、流刑、死刑。

㉚ 服：指按喪禮規定穿戴的喪服。此指穿喪服的人。

㉛ 薦拔：舊謂迷信者追薦亡魂，使其超脫地獄之苦難。

禮節尤謹。毫不敢褻，豈敢加淫？污嫂致死，實出嚴道；嫂父不察，飄空㉜誣陷。兔爰得計，雉罹實出無辜㉝；魚網高懸，鴻離難甘代死㉞。泣訴。

包公亦准乜克信訴詞，即喚原告蔣光國對理。光國道：「女婿病時，克信欲移入書房服藥養病，我女不從，留在房中伏侍。後來女婿不幸身亡，克信深怒我女致兄死地，故強逼成姦，因而致死，以消忿怒。」克信道：「辱吾嫂之身以致吾嫂之死者，皆嚴道人。」光國道：「嚴道人僅做一日功果，安敢起姦淫之心入我女房，逼他上閣？且功果完成之時，嚴道人齊齊㉟出門去了，大眾皆見其行。此全是虛詞。」包公道：「道人非一，單單說嚴道人有何為憑為證？」克信泣道：「前日光國誣告的時節，小的聞得醜惡難當，即刻撫兄之靈痛哭傷心，嘔血滿地，悶死歸陰。一見先兄，叩頭哀訴，先兄慰小人道，嚴道人致死吾嫂，有銀在菊香處為證，吾嫂有登記在簿上。乞老爺詳情。」包公怒道：「此是鬼話，安敢對官長亂談！」遂將克信打三十板。克信受刑苦楚，泣叫道：「先兄陰靈尚許來輔我出官，豈敢亂談！」包

㉜飄空：憑空；無證無據。

㉝兔爰得計二句：詩經王風兔爰：「有兔爰爰，雉離於羅。」爰爰，意同「緩緩」。指逍遙自得的樣子。雉，野雞。離，同「罹」。遭受。羅，指捕鳥的網羅。詩句意為本欲張網捕兔，誰知狡兔依舊逍遙得意，而野雞卻反落入網羅之中。

㉞魚網高懸二句：詩經邶風新臺：「魚網之設，鴻則離之。」離，同「罹」。意謂架起漁網捕魚，不料飛鴻卻落入網內。

㉟齊齊：虔敬的樣子。

公大罵道：「汝兄既有陰靈來輔你，何不報應㊱於我？」忽然間包公困倦，曲肱而枕於案上，夢見已故生員乜克忠泣道：「老大人㊲素稱神明，今日為何昏昧？污辱吾妻而致之死者，嚴道人也，與我弟全不相干。菊香獲銀一封，原是大人季考㊳賞賜生員的，吾妻賞賜道人，登注簿上，字跡顯然，幸大人詳察，急治道人的罪，釋放我弟。」包公夢醒，撫然嘆曰：「有是哉！鬼神之來臨也。」遂對克信道：「汝言誠非謬談，汝兄已明白告我，我必為汝辨此冤誣。但汝執汝嫂之簿乎？汝使汝嫂之婢乎？」克信道：「嫂之簿，嫂自記自收，小人不知在何處；嫂之婢，嫂自使自役，小人並不呼喚他。」包公遂即差人速拿菊香拶㊴起，究出銀一封，果是給賞之銀。問菊香道：「汝何由得此？」菊香道：「此銀在娘子身上，眾人抬他下閣時，我從後面拾得。」又差人同菊香入房取淑貞日記簿查閱，果有用銀五錢加賜嚴道人字跡。包公遂急拿嚴道人來，纔一夾棍，便直招認，不合擅用邪藥強姦淑貞致死，謬以原賜賞銀一封納其胸中是實，情願甘罪，與克信全無干涉。包公判道：

審得嚴華元，紊跡玄門，情迷欲海，濫叨羽衣㊵之列，竊思紅粉之嬌。受賞出門，陽播先歸之語；貪淫登閣，陰為下賤之行。彈藥染貞婦之身，清修安在？貪花殺服婦之命，大道已忘。淫污何敢

㊱ 報應：告知。

㊲ 老大人：舊時百姓、下屬對官員、上司的尊稱。

㊳ 季考：舊時州縣學每三月考試學生一次，稱季考。

㊴ 拶：音ㄗㄢˇ。拶指，古代一種用拶子夾手指的酷刑。

㊵ 羽衣：用鳥羽毛製成的衣服。後世用以稱道士。

對天尊㊶，冤業幾能逃地獄？淑貞含冤，喪嬌容於泉下；克忠托夢，作對頭於陽間。一封之銀足證，數行之字可稽。在老君既不容徐身之好色，而王法又豈容華元之橫姦？填命有律，斷首難逃。克信無干，從省發㊷還家之例；光國不合，擬誣告死罪之刑。

㊶ 天尊：道教徒對該教所奉天神中最高貴者的尊稱。

㊷ 省發：核示；批示。

咬舌扣喉

話說山東兗州府❶曲阜縣，有姓呂名毓仁者，生子名如芳，十歲就學，穎異非常，時本邑陳邦謨副使聞知，憑其子業師❷傅文學即毓仁之表兄為媒，將女月英以妻如芳，冰議❸一定，六禮❹遂成。越及數年，毓仁敬請表兄傅文學約日完娶，陳乃備妝奩送女過門，國色天姿，人人稱羨。學中朋友俱來慶新房，內有吏部尚書公子朱弘史，是個風情澆友❺，觸色薰心，鍾情快活，興盡方回，不覺天明。自夫婦合巹❻之後，陳氏奉姑至孝，順夫無違。豈期喜事方成，災禍突至，毓仁夫婦雙亡，如芳不勝哀痛。守孝三年，考入黌宮，聯捷秋闈❼，又產麟兒，陳氏因留在家看顧，如芳功名念切，竟別妻赴試。陡遇倭警❽，中途被執，惟僕程二逃回，報知陳氏，陳氏痛夫幾絕，父與兄弟勸慰乃止。其父因道：「我如今

---

❶兗州府：今山東省兗州市。

❷業師：本人受業的老師。

❸冰議：指做媒。舊稱媒人為冰人。

❹六禮：據禮記昏義，古代婚姻成立需納采、問名、納吉、納徵、請期、親迎六道環節，稱作「六禮」。

❺澆友：淺薄無義之朋友。

❻合巹：古代婚禮儀式之一。後以之代稱結婚。巹，音ㄐㄧㄣˇ。

❼秋闈：也稱秋試，即鄉試。因在秋天舉行，故名。

赴任去急，慮汝一人在家，莫若攜甥同往。」陳氏道：「爺爺❾嚴命本不該違，奈你女婿鴻雁分飛❿，今被擄去，存亡未知，只有這點骨血，路上倘有疏虞，絕卻呂氏之後。且家中無主，不好遠去。」副使道：「汝言亦是。但我今全家俱去，只汝二位嫂嫂在家，汝可常往，勿在家憂悶成疾。」副使別去。陳氏凡家中大小事務，盡付與程二夫妻照管，身旁惟七歲婢女叫做秋桂伏侍，閨門不出，內外凜然。不意程二之妻春香，與鄰居張茂七私通，日夜偷情。茂七因謂春香道：「你主母青年，情欲正熾，你可為我成就此姻緣。」春香道：「我主母素性正大，毫不敢犯，輕易不出中堂，此必不可得。」茂七復戲道：「你是私心，怕我冷落你的情意，故此不肯。」春香道：「事實難圖。」自此，兩人把此事亦丟開不提。

且說那公子朱弘史，因慶新房而感動春心，無由得入，得知如芳被擄，遂卜館⓫與呂門相近，結交附近的人，常常套問內外諸事，倒像真實憐憫如芳的意思。不意有一人告訴：「呂家世代積德，今反被執，是天無眼睛。其娘子陳氏執守婦道，出入無三尺之童，身旁惟七歲之婢，家務支持盡付與程二夫妻。程二毫無私意，可羨可羨。」弘史見他獨誇程二，其婦必有出處，遂以言套那人道：「我聞得程妻與人

❽ 倭警：明代日本海盜侵擾，劫掠江、浙、閩等沿海地區，山東、廣東也遭波及，時稱倭寇、倭警。倭，音ㄨㄛ。古代稱日本。

❾ 爺爺：宋時俗以稱父親。下文「爺爺」，係當時百姓官吏或有威勢者的尊稱。

❿ 鴻雁分飛：喻夫婦生離。

⓫ 卜館：也稱卜宅、卜居，意指擇地而居。

有通，終累陳氏美德。」其人道：「相公何由得知？我此處有個張茂七，極好風月⑫，與程二嫂朝夕偷情。其家與呂門連屋，或此婦在他家眠，或此漢在彼家睡，只待丈夫在莊上去，就是這等。」弘史心生計道：「我當年在他家慶新房時，記得是裡外房間，其後有私路可入中間。待我打聽程二不在家時，算定無人，稱此洗浴天氣，趁便藏入裡房，強抱姦宿，豈不美哉！」計較已定。次日傍晚，知程二出去，遂從後藏入已定。其婦在堂喚秋桂看小官，進房將門扣上，脫衣將洗，忽記起裡房透中間的門未關，遂赤身進去，關訖就洗。此時弘史見雪白身軀，淫心大動，玉莖猖狂，元精已出矣。陳氏浴完復進，忽被緊抱，把口緊緊掩住，靠近床前。陳氏洗完，未穿衣服，陰物水氣未乾，一鎗直入，任其輕薄，不得分身。弘史情慾方張，不管皂白，把舌舔入口內，令彼不能發聲，把玉莖往來，春色已酥矣。陳氏婦人胸次⑬，猝然遇此，舉手無措，心下自思道：「身已被污，不如咬斷其舌，死亦不遲。」遂將弘史舌尖緊咬。弘史不得舌出，將手扣其咽喉，陳氏遂死。弘史潛跡走脫，並無人知。

移時⑭，小兒啼哭，秋桂喊聲不應，推門不開，遂叫出春香，提燈進來，外門緊閉，從中間進去，見陳氏已死，口中出血，喉管血蔭，袒身露體，陰戶流膏，不知從何致死，乃驚喊。族眾見其婦如此形狀，竟不知何故。時內有吳十四、吳兆升說道：「此婦自來正大，此必是強姦已完，其婦叫喊，遂扣喉而死。我想此不是別人，春香與茂七有通，必定是春香同謀強姦致死。」就將春香鎖扣伴死⑮，將陳氏

⑫ 風月：此指男女情愛之事。
⑬ 胸次：心思。
⑭ 移時：過了一段時間。

幼子送往母家乳哺。

次日，程二莊上回來，見此大變，究問緣由，眾人將春香通姦同謀事情說知。程二即具狀告縣：

告為強姦殺命事：極惡張茂七，迷麯蘗⑯為好友，指花柳⑰為神仙。青樓上調情，常醉擁紅粉之佳人；黃河中偶語，每結交金剛⑱之漢子。貪妻春香姿艾，乘身出外調姦，恣意橫行，往來無忌。本月某日，潛入主母臥房，窺見浴盆，強抱行姦，主母發喊，剪喉殺命。身妻喊驚鄰甲⑲共證。眾視滿口血凝，任挽天河莫洗⑳；裸形床上，忍看被垢屍骸。痛恨初姦某妻，似一馬而兩人並騎，碗羹而收筯㉑並啜；再姦主母，又似一人而騎思兩馬，一筯而冀啜兩羹。姦妻事小，殺主事大。姦殺主母事小，姦殺貞婦事大。懇准正法填命，除惡申冤。上告。

當時知縣即行相驗。只見那婦人屍喉管血蔭，口中血出。陰戶流精，令僕將棺盛之。帶春香、茂七一干

⑮ 伴死：陪伴死屍。

⑯ 麯蘗：酒母。借指酒。

⑰ 花柳：舊指娼妓。

⑱ 金剛：原指金剛力士，佛教中的護法天神。此用以形容強橫不法之徒。

⑲ 鄰甲：古代十戶為一甲。鄰甲，指同甲的鄰居。

⑳ 任挽天河莫洗：唐人杜甫洗兵馬詩：「安得壯士挽天河，淨洗甲兵長不用。」此處反其意而用之。意謂就是挽來天河水也不能洗乾淨。

㉑ 筯：音ㄓㄨˋ。筷子。

人犯鞫問。即問程二道：「你主母被強姦致死，你妻子與茂七通姦同謀，你豈不知情弊？」程二道：「小的數日往莊上收割，昨日回來，見此大變，詢問鄰族吳十四、吳兆升，說妻子與張茂七通姦，同謀強姦主母，主母發喊，扣喉絕命。小的即告爺爺臺下。小的不知情由，望爺爺究問小的妻子，便知明白。」縣官問春香道：「你與張茂七同謀，強姦致死主母，好好從直招來。」春香道：「小婦人與茂七通姦事真，若同謀強姦主母，並不曾有。」知縣道：「你主母為何死了？」春香道：「不知。」官令拶起，春香當不起刑法，道：「爺爺，同謀委實㉒沒有，只茂七曾說過，你主母青年貌美，教小婦人去做腳㉓。小婦人道，我主母平日正大，此事畢竟不做。想來必定張茂七私自去行也未見得。」官將茂七夾起問道：「你好好招來，免受刑法。」茂七道：「沒有。」官又問道：「必然是你有心叫春香做腳，怎說沒有此事？」當時吳十四、吳兆升道：「爺爺是青天，既一事真，百事也是真了。」茂七道：「這是反間計。爺爺，分明是他兩個強姦，他改做小的與春香事情，誣陷小的。」官將二人亦加刑法，各自爭辯。官復問春香道：「你既未同謀，你主母死時，你在何處？」春香道：「小婦人在廚房照顧做工人，只見秋桂來說小官在那裡啼哭，喊叫三、四聲不應，推門又不開，小婦人方才提燈去看，只見主母已死，小婦人方喊叫鄰族來看，那時吳十四、吳兆升就把小婦人鎖了。小婦人想來，畢竟是他二人強姦扣死出去，故意來看，誣陷小婦人。」官令俱各收監，待明日再審秋桂決斷。次日，又拿秋桂到後堂，官以好言誘道：「你家主母是怎麼死了？」秋桂道：「我也不曉得。只是傍晚叫我打水洗浴，我打水在外房，他去洗浴，

㉒ 委實：確實；的確。

㉓ 做腳：指做引線，做內應。

叫我看小官，他自進去把前後門關了。後來聽得腳聲亂響，口內又像是說不出，過了半時，便無聲息，小官㉔才啼，我去叫時他不應，門又閉了。我去叫春香姐姐拿燈來看，只見衣服也未穿，死了。」官又問：「吳十四、吳兆升常在你家來麼？」秋桂道：「並不曾來。」又問：「茂七來否？」秋桂道：「常在我家來，與春香姐姐笑。」官審問詳細，取出一干人犯到堂道：「吳某二人事已明白，與他無干。張茂七，我知道你當初叫春香做腳不遂，後來你在他家稔熟，曉得陳氏每日傍晚在外房洗浴，你先從中間藏在裡房，俟陳氏進來，你掩口強姦的事真。你姦完，陳氏必然喊叫，你恐怕人來，將咽喉扣住死了。不然，他家又無雜人來往，哪個這等稔熟？後來春香見事難出脫㉕，只得喊叫，此乃掩耳盜鈴的意思。你二人的死罪定了。」遂令程二將棺埋訖，開豁㉖鄰族等眾，即將行文申明上司。程二忠心看顧小主不提。

越至三年時，包公適巡行山東曲阜縣，那茂七的父親學六具狀進上：

訴為天劈奇冤事：民有枉官為申理，子受冤父為代白。梟惡程二，主母身故，陷男茂七姦殺，告縣慘刑屈招。泣思姦無捉獲，指姦惡妻為據；殺不喊明，駕㉗將平日推原㉘。伊妻姦不擇主，是

㉔ 小官：俗稱主人家的小孩。

㉕ 出脫：開脫罪狀。

㉖ 開豁：免除；豁免。

㉗ 駕：稱人行動的敬辭。此指知縣審訊之事。

㉘ 推原：推究根原。

夜未知張誰李誰，路人盡人情人；主母死無證據，當下何不扭住截住？放手難究兇手。惡欲指鹿而為馬㉙，法豈易牛而以羊㉚。男死必控閻王，不若先控明府㉛。老身之申昭昭，勝男申之冥冥。乞天鏡㉜，照飛霜㉝。詳情不雨㉞，盆下㉟銜恩。哀哀上訴。

包公准狀。次日，夜閱各犯罪案，至強姦殺命一案，不覺精神疲倦，朦朧睡去。忽夢見一女子似有訴冤之狀。包公道：「你有冤只管訴來。」其婦未言所以，口吟數句詩而去，道：「一史立口阝人士，八厶還誇一了居。舌尖留口含幽怨，蜘蛛橫死恨方除。」時包公醒來，甚是疑惑，又見一大蜘蛛，口開舌斷，死於卷上。包公輾轉尋思，莫得其解。復自想道：「陳氏的冤，非姓史者即姓朱也。」次日，審問各罪

㉙ 指鹿而為馬：史記秦始皇本紀說趙高把鹿說成是馬獻給秦二世，並把不附合其言而說是鹿的大臣誣以罪名。後比喻有意顛倒黑白，混淆是非。

㉚ 易牛而以羊：孟子梁惠王上云，齊宣王見人正牽牛去「衅（以血塗器）鍾」，不忍看見牛怕死恐懼的樣子，命「以羊易之」。後世以「易牛以羊」泛指替代。

㉛ 明府：漢代對郡守的尊稱，唐以後則多專稱縣令。

㉜ 天鏡：傳說中能纖微畢見的神鏡。

㉝ 飛霜：淮南子：戰國時，鄒衍盡忠卻被誣陷下獄，鄒衍仰天而哭，「正夏而天為之降霜」。後世常以飛霜指冤獄。

㉞ 不雨：漢書于定國傳云：東海孝婦被郡守枉判死刑，隨後該郡大旱三年，待冤獄昭雪，天立降大雨。後世以「不雨」喻冤獄。

㉟ 盆下：比喻含冤負屈的境遇。

案明白，審到此事，又問道：「我看起秋桂口詞，他家又無閑人來往，況你在他家稔熟，你又預托春香去謀姦，意盡露矣，到如今還訴什麼冤？」茂七道：「小的實沒有此事，只是當初縣官做殺了，小的有口難分。若有此事，如今罪問三年，料應難脫，怎麼不吐一句真情在父親處？畢竟冤不得伸，故此父親纔來訴狀。今幸喜青天爺爺到此，望爺爺斬斷冤根。」包公復問春香，亦道：「並無此事，只是主母既死，小婦人分該死了。」包公乃命帶春香出外聽候，單問張茂七道：「你當初知陳氏洗浴，藏在房中，你將房中物件一一報來。」茂七道：「小的無此事，怎麼報得來？」包公道：「你死已定，何不報來！」茂七想道也是前世冤債，只得妄報幾件：「他房中錦被、紗帳、箱籠俱放在床頭。」包公令帶春香進來，問道：「你將主母房中使用物件逐一報來。」春香不知其意，報道：「主母家雖富足，又出自宦門，平生只愛淡薄，福生帳、布被、箱籠俱在樓上，裡房別無他物。」包公見二人各報不同，姦殺必非茂七，又問：「你家親眷並你主人朋友，有姓朱名史的沒有？」春香道：「我主人在家日，有個朱吏部公子相交，自相公被擄，並不曾來，只常年與黃國材相公在附近讀書。」包公發付收監。次日觀風㊱，取弘史作案首㊲，取黃國材第二。是夜閱其卷，復又夢前詩，遂自悟道：「一史立口卩人士，一史乃是吏字，立口卩是個部字，人士乃語詞也。八厶乃公字，一了是子字。此分明是吏部公子。舌尖留口含幽怨，這一句不會其意。蜘蛛橫死恨方除，此公子姓朱，分明是蜘蛛也。他學名弘史，又與此橫死聲同律；恨方除，必定要問他填命方能泄其婦之恨。」次日，朱弘史來謝考，包公道：「賢契㊳好文字。」弘史語話

㊱ 觀風：舊時學政及地方官到任時，命題考試士子，稱「觀風」。

㊲ 案首：各省學政於考試後揭曉名次，稱出案，凡縣試、府試、院試之第一名因此稱作案首。

不明，舌不叶律㊴。包公疑惑，送出去。黃國材同四名、五名來謝。包公問黃生道：「列位賢契好文字。」眾答道：「不敢。」因問道：「朱友的相貌魁昂，文才俊拔，只舌不叶律，可為此友惜之。不知他還是幼年生成，還是長成致疾？」國材道：「此友與門生四年同在崇峰里攻書，忽六月初八日夜間去其舌尖，故此對答不便。」諸生辭去。包公想道：「我看案狀是六月初八夜告強姦殺命事，此生亦是此日去舌，年月已同；兼相單㊵上載口中血出，此必是弘史近境探知稔熟，兼前四年同慶新房，知門路去向，故預藏在裡房，俟其洗浴已完，強姦恣欲，將舌入其口以防發喊。陳氏烈性，身已被污，恐脫身逃去，將口咬其舌，弘史不得脫身，扣咽絕命逃去。試思此生去舌之日與陳氏姦殺之日相符，此正應『舌尖留口含幽怨』也，強姦殺命更無疑矣。」隨即差人去請朱弘史。及至，以重刑鞫問，弘史一一招承。遂落審語道：

審得朱弘史，宦門辱子，黌序㊶禽徒。當年與如芳相善，因慶新房，包藏淫欲。瞰㊷夫被擄，於四年六月初八夜，藏入臥房，探聽陳氏洗浴，恣意強姦，畏喊扣咽絕命。寃死貞魂，禍移張茂七，生死銜怨恨積。含舌訴寃於夢寐，飛霜落怨於臺前。年月既侔，招辭亦合。合擬大辟㊸之誅，難

㊳ 賢契：舊時老師對學生的敬辭。

㊴ 叶律：叶，音ㄒㄧㄝˊ。通「協」。律，音律。

㊵ 相單：記載檢驗死屍情況的文書。

㊶ 序：庠序，古代的學校。

㊷ 瞰：望；俯視。

逃梟首之律。其茂七、春香，填命雖謂無事，然私謀密策，終成禍胎，亦合發遣問流㊹，以振風化。

聽吾齋評曰：

嚴華元之致死蔣淑貞，起釁在作法事；朱弘史之扣殺陳月英，蓄禍在慶新房。然則薦亡功德，賀親杯酒，是亦不可以已乎？即使骨肉至情，親知美意，必不可已而不已。乃華元道士也，非真親屬；弘史同袍㊺也，不過朋友。靈前出拜，閨房得入，何為也哉？防微杜漸之戒，所從來遠矣。所可憐者，乜克信之被誣，雖受縲絏㊻而實非其罪；張茂七之牽陷，久繫囹圄而始識其冤。造訟者恣無情之口，聽訟者徇一面之詞，亦大不足以憑矣。曾參殺人㊼，三人成虎㊽，又何疑焉。雖然茂七固不足惜；克

㊸ 大辟：死刑。

㊹ 流：古代把罪人放逐遠方的刑法，俗稱充軍。

㊺ 同袍：詩經秦風無衣：「豈曰無衣，與子同袍。」後指極有交情的友人。

㊻ 縲絏：音ㄌㄟˊ ㄒㄧㄝˋ。捆綁犯人的繩索，借指監獄。

㊼ 曾參殺人：戰國策秦策二：曾參是孔子的學生，品高行賢。有與其同姓名者殺人，有人告訴曾參母親：「曾參殺人。」曾母不信，織布自若。後又有人來說「曾參殺人」，曾母聽了心中害怕，丟下織機逃走。後以此比喻流言可畏。

㊽ 三人成虎：戰國策魏策二：「夫市之無虎明矣，然而三人言而成虎。」比喻說的人一多，就能使人認假成真。

信亦屬自取悻悻㊾乎？嫂氏之留病兄，不無因愛生嗔恣恣乎？春香之牽王母，亦為謀而未就，卒至因風生浪，見影疑形，未受其利，先受其害。忿之不可過，欲之不可動如此。古聖賢豪傑每兢兢㊿於懲忿窒欲，思深哉！

㊾ 悻悻：怨恨；怒。

㊿ 兢兢：小心；謹慎。

鎖匙

話說潮州府鄒士龍、劉伯廉、王之臣三人相善，情同管鮑，義重分金❶。後臣、龍二人同登鄉薦❷，共船往京會試❸。鄒士龍到船，心中悒怏❹。王之臣慰解道：「大丈夫所志在功名，離別何足嘆？」士龍道：「我非為此。賤內懷有七月之娠，屈指正月臨盆，故不放心。」之臣道：「賤內亦然。想天相吉人，諒獲平安，不必掛慮。」龍道：「你我二人自幼同學從師，稍長同進黌宮，前日同登龍虎❺，今又彼此內眷有孕，事豈偶然。兄若不棄，他日若生者皆男，呼為兄弟；生者皆女，呼為姊妹；倘是一男一女，結為夫妻。兄意何如？」臣道：「斯言先得我心。」命僕取酒，盡歡而飲。後益相親愛。至京會試，龍獲聯登❻，臣落孫山。臣遂先辭回家，龍乃送至郊外囑道：「今家書一封勞兄帶回，家中事務乞兄代

---

❶ 情同管鮑二句：管仲與鮑叔為知交。列子力命說兩人合夥經商，管常多分錢，鮑體諒他貧困，不以為他貪財。後以「管鮑分金」比喻知心朋友間互相信任、不計得失的關係。

❷ 登鄉薦：指鄉試中式合格。

❸ 會試：每三年一次在京城舉行的科舉考試。

❹ 悒怏：愁悶不安的樣子。

❺ 龍虎：指龍虎榜。新唐書歐陽詹傳云韓愈等一榜進士「皆天下選，時稱龍虎榜」。後因以「龍虎榜」稱一時知名之士同登一榜。

為兼攝一二。」臣道：「家中事自當效力，不必掛念，惟努力殿試❼，決與前三名爭勝。」遂掩淚而別。臣抵家見妻魏氏產一男，名朝棟。臣問是何日，魏氏道：「正月十五辰時。鄒大人家同日酉時得一女，名瓊玉。」臣心喜悅，遂送家書到龍家。龍妻李氏已先得聯登捷報，又得平安家信，信中備述舟中指腹❽的事。李氏命婢設酒款臣，臣醉乃歸。自後龍家外事，臣遂悉為主持，毫無私意。數月後，龍受知縣而回，擇日請伯廉為二家交聘，臣以金鑲玉如意❾表禮為聘，龍以碧玉鸞釵一對答之。及龍赴任，往來書啟通問，每月無間。臣越數科不中，亦受教職，歷任松江府❿同知。病重，遺書一紙於龍，中間別無所云，惟諄諄囑以扶持幼子。既而，卒於任所。龍偶歷南京巡道⓫，得書大慟，親往弔奠。臣為官清廉，囊無餘剩，龍乃贈銀百兩，代為申明上司，給沿途夫馬船隻，奔柩歸葬。喪事既畢，欲接朝棟來任攻書，朝棟辭道：「父喪未終，母寡家貧，為子者安敢遠行。」龍聞言頗嘉其孝，常給貲⓬以贍之，令之勤讀，而家資日見頹敗。十四歲補邑庠⓭生，龍聞知甚喜，亦特遣賀。

---

❻聯登：聯名登第。

❼殿試：科舉制度中皇帝對會試取錄的貢士在殿廷上親發策問的考試，也稱廷試。

❽指腹：舊時凡在胎中就由雙方父母訂定婚約的叫指腹為婚，簡作指腹。

❾如意：用竹、玉等製成的器物，頭如靈芝或雲葉狀，柄微曲，供指劃和賞玩之用。

❿松江府：今上海市松江縣。

⓫巡道：舊時御史分赴各省巡視，考核吏治，稱巡按。後以一省為一道，分道出巡，故也稱巡道。

⓬貲：音ㄗ。同「資」。錢財。

⓭邑庠：庠為古鄉學名。科舉時代稱縣學為邑庠。

自後，朝棟惟知讀書，坐食山崩，遂至貧窮。而龍歷任參政⑭，以無子致仕⑮回家。朝棟亦與伯廉往賀，衣衫襤褸⑯。偶府縣官俱來拜，龍自覺羞恥，心甚不悅。朝棟已十六歲，乃托劉伯廉去說，擇日完娶。參政遂道：「彼父在日雖過小聘，未嘗納采⑰。彼乃宦家子弟，我女千金小姐，兩家亦非小可人家，既要完娶，必行六禮。」朝棟聞言乃道：「彼亦知我家貧無措，何故如此留難？我當發奮，倘然僥幸，再作理會。」竟不復言。

一日，參政謂夫人道：「女兒長成，分當該嫁。」夫人道：「前者王公子來議完親，雖家貧，我只得此女，何不令其入贅我家，豈不兩便，何必要他納采？」參政道：「吾見朝棟將來恐只是個窮儒，我居此位，安用窮儒做門婿。諒他無銀納采，故爾留難。且彼大言不慚；再過一年，我叫劉兄去說，既不納采，叫他領銀百兩另娶，我將女別選名門宦宅，庶不致耽誤我女。」夫人道：「彼即雖貧，喜好讀書，將來必不落後。彼父雖亡，前言猶在，豈可因此改盟？」參政道：「非汝所知，我自有處。」不意瓊玉在屏後聽知。次日，與丹桂在後花園中觀花，見朝棟過於牆外。婢指道：「這就是王公子。」各各相盼而去。瓊玉見朝棟丰姿俊雅，但衣衫襤褸，心中暗喜。至第三日，乃又與丹桂往花園。朝棟因見女子星眸月貌，光彩動人，與婢觀花，意其必是瓊玉，次日又往園外經過。瓊玉令丹桂呼道：「王公子！王公

⑭ 參政：古時布政使下設左右參政，以分領各道，後僅作為兼銜。
⑮ 致仕：古代官員辭官還家。
⑯ 襤褸：音ㄌㄢˊ ㄌㄩˇ。衣服破爛。
⑰ 納采：古代婚禮「六禮」之一。指女家答應議婚後，男家備禮前去求婚。

子！」朝棟恐被人見，不敢近前。婢又連呼，生見呼切，意必有說，竟近牆邊。瓊玉乃令婢開了小門，備以父言相告。朝棟道：「此親原是先君所定，我今雖貧，銀決不受，親決不違父命而退。令尊欲將汝遣嫁，亦憑令尊。」瓊玉道：「家君⑱雖有此意，我決不從。你可用心讀書，終久團圓。身上怎不穿些好衣服？」朝棟道：「其無奈何？」瓊玉道：「你既無衣，晚上可在此來，我有事問你。此時恐有人來，今且別去。」

朝棟回去，候至人靜更闌，徑去門邊，見丹桂立候，乃道：「小姐請公子進去說話。」朝棟道：「恐你老爺知道，兩下不雅。」丹桂道：「老爺、夫人已睡，進去無妨。」朝棟猶豫，丹桂促之乃入。但見備有酒肴，留公子對坐同飲。朝棟欲不能制，竟欲摟抱行雲雨。玉堅不許，乃道：「今日之會，蓋憫君之貧耳，豈因私欲致此；倘今苟從，合巹之際將何為質？」朝棟道：「此事固不敢強，但令尊欲易盟將如之何？」玉道：「我父縱欲別選東床⑲，我豈肯從！古云：一絲已定，豈容再易。」朝棟道：「你能如此，終恐令尊勢不得已。」玉道：「我父若以勢壓，惟死而已。」遂牽生手，對天盟誓。既而又飲。時至三更，女年尚幼，飲酒未節，遂乃醉倦，忘辭生回，和衣而睡。生欲出，丹桂道：「小姐未辭，想有事說，少坐片時，俟小姐醒來。」生往視之，真若睡未足之海棠，生興不能制，抱而同睡。玉略醒，乃道：「我一時醉倦，有失瞻顧。」生求合，玉意綢繆，亦不能拒，遂與同寢。是夜，鸞顛鳳倒，不覺

⑱ 家君：對別人稱自己的父親。

⑲ 東床：晉書王羲之傳說，太尉郗鑒求女婿於王導家，時王羲之「一人在東床坦腹食」。郗聞之曰：「正此佳婿邪！」後因稱女婿作東床。

腥紅恣衣。生乃半推半就，女乃一進一避，嬌啼數聲，不知春從何處來。二人纏至雞唱，生女同起。玉以絲綢三匹，金手鐲一對，銀釵數雙授生。臨別，又令次夜復入。生自後夜來曉出，兩月有餘。

一晚，朝棟偶因母病未去，丹桂候門良久，不見生來，忽聞有腳步響，連道：「公子來矣。」不意祝聖八慣做鼠竊⑳，撞見衝入。丹桂見是賊來，慌忙走入。聖八遂乃趕進，丹桂欲喊，聖八拔刀殺死。陡然㉑人來，瓊玉於燈下見是賊至，開門走至堂上暗處躲之。聖八入房，盡擄其物而去。玉至天微明，乃叫母道：「房中被賊劫。」參政道：「如何不叫？」玉道：「我見殺了丹桂，只得開門走出，躲藏於暗處，故不敢喊。」參政往看，見丹桂殺於後門。問玉道：「丹桂緣何殺於此？」女無言可答。參政心甚疑之。玉乃因此驚病不能起床。

參政欲去告官，又無贓證，乃令家人梅旺到各處探訪。朝棟因母病久無銀討藥，將金手鐲一個請銀匠饒貴換銀，貴乃應諾，未收，朝棟出鋪。梅旺偶在鋪門經過，望見銀匠桌上有金手鐲一個，走進問道：「此誰家的物件？」銀匠道：「適才王相公拿來待我換銀的。」梅旺道：「既要換銀，我拿去見老爺兌銀與他就是。」匠人道：「他說不要說出誰的，你也不必說，勿令他怪知我。」遂付與梅旺拿去。旺回家告參政道：「此物像我家的，可請夫人、小姐來認。」夫人出見乃認道：「此是小姐的，從何處得來？」旺道：「在饒銀匠鋪中得來的，他說是那王朝棟相公把來與他換銀的。」參政道：「原來此子因貧改節，遂至於此。」即去寫狀，令梅旺具告巡行衙門：

⑳ 鼠竊：小偷。
㉑ 陡然：突然。

告為殺婢劫財事：強盜內出衣冠㉒，千古流芳；衣冠中有強盜，萬載遺臭。狠惡王朝棟，係故同知王之臣孽子，不守本分，傾敗家業。充腸嗟㉓無飯，餓眩目花；蔽體怨無衣，寒生肌栗㉔。因父相知，往來慣熟。突於本月某日二更時分，哨黨㉕衝家，抱婢丹桂逼姦，不從殺死，劫去家財一洗。次日，緝獲原贓金鐲一只，銀匠饒貴現證。姦婢猶可，劫財且奈何；劫財猶可，殺人且奈何。伏乞追贓償命，除害安良。上告。

時巡行包公一清如水，明若秋蟾㉖，即差兵趙勝、孫勇，即刻往拿朝棟。棟乃次早亦具狀訴冤：

訴為燭姦止姦事：東家失帛，不得謬向西家爭衣；越人沽酒，何故妄與秦人索價？身父業紹箕裘㉗，教傳詩禮。叨登鄉薦，歷任松江府佐；官居清節，僅遺四海空囊。鯫生㉘樗櫟㉙，名列黌

㉒衣冠：古代士大夫的服裝，後引申指世族、士紳。

㉓嗟：感嘆。

㉔栗：因寒冷而肌膚、肢體顫抖。

㉕哨黨：糾集黨羽。

㉖秋蟾：古代神話說月亮中有神蟾，後以代指月亮。秋蟾，秋月，此喻包公明察秋毫。

㉗箕裘：禮記學記：「良冶之子，必學為裘；良弓之子，必學為箕。」良冶、良弓，指善於冶金、造弓的人。其意指兒子往往能繼承父業。後世亦以「箕裘」比喻祖先的事業。

㉘鯫生：音ㄗㄡ。古代稱小子、小人。

㉙樗櫟：音ㄕㄨ ㄌㄧˋ。比喻無用之材，常用作自謙之詞。

宮。岳父鄒士龍曾為指腹之好，長女鄒瓊玉允諧伉儷之緣。如意聘儀，鸞釵為答。孰意家計漸微，難行六禮。瓊玉仗義憐貧，私遺鐲釵緞疋；岳父愛富嗔貧，屢求退休另嫁。久設阱機㉚，無由投發；偶因賊劫，飄禍計坑。欲絕舊緣思媾新緣；賊殺婢命坑害婿命。吁天查姦緝盜，斷女畢姻，脫陷安良。哀哀上訴。

包公問道：「既非你殺丹桂，此金鐲何處得來？」朝棟道：「金鐲是他小姐與生員的。」包公道：「事未必然。」朝棟道：「可拘他小姐對證。」包公沉吟半晌，問道：「你與瓊玉有通乎？」朝棟道：「不敢。」似欲有言而愧視眾人。包公微會其意，即退二堂，帶之同入，屏絕左右，問道：「既非有通，安肯與你多物？」朝棟道：「今日非此大冤，生員決不敢言以喪其德；今遭此事，不得不以直告。」遂將其事詳述一遍。包公道：「只恐此事不的。倘事果真，明日互對之時，你將此事一一詳說，看他父親如何處置，我必拘他女來對證。果實，必斷完娶；如虛，必向你償命。」朝棟再三叩頭道：「望大人周全。」

包公次日拘審，士龍親出互對，謂包公道：「此子不良，望大人看朝廷分上，執法斷填。」包公道：「理在則執法，法在何論情。朝棟亦宦家子弟，庠序後英，何分厚薄？」乃呼朝棟道：「父為清官，子為賊寇，你心忍玷家譜？」朝棟道：「生員素遵詩禮，居仁由義，安肯為此！」包公道：「你既不為，贓從何出？」朝棟道：「他女付我，豈劫得之！」鄒士龍道：「明明是他理虧，無言可對，又推在吾女身上。」包公道：「伊女深閨何能得至？」朝棟道：「事出有因。」包公道：「有何因由？可細講來。」

㉚ 阱機：為獵取野獸而設的陷坑。

朝棟道：「春三月，因事過彼花園，小姐偶同婢女丹桂觀花，相視良久而退。生員次日又過其地，小姐已先在矣。小姐令丹桂叫生員至花園，備言其父與母商議欲悔婚，要叫伯廉來說，與銀一百退親，只夫人不肯。小姐見生員衣衫襤褸，約生員夜來說話。生員依期而去，丹桂候門，延入命酒。雞鳴，生起而出，遂付金鐲一對，銀釵數雙，絲綢三匹。臨別令生又來，是以夜去明回，每夜丹桂開門，以至於今。前十一夜，因母有恙，生未及去，不知何賊窺知，故遭此變。偶因手迫，無銀為老母買藥，故持金鐲一個托饒銀匠代換銀應用，被伊家人梅旺哄去。其殺死丹桂一事，實不知情。望大人體好生之德，念先君只得生員一人，母親在疚，乞臺曲全姻事，緝訪真賊，以正典刑，銜結㉛有日。」包公道：「既然如此，老先生亦箝束不嚴，安怪此生？」參政道：「此皆浮談。小女舉止不亂，安得有此？」包公道：「既無此，必要令愛出證，涇渭㉜自分。」朝棟道：「小姐若肯面對，如虛甘死。」士龍心中甚是疑惑：「若說此事是虛，我對夫人說的話此生何以得知？倘或果真，一則不好說話，二則自覺無顏。」心中猶豫不決。包公遂面激之道：「老大人身繫朝綱㉝，何為不加細察？」士龍被激乃道：「知子者莫若父。寒家有此，學生豈不知一二？」包公道：「只恐有此事便不甚雅。既無此事，令愛出來一證何妨？」士龍一

㉛ 銜結：銜環結草。干寶搜神記云，漢代楊寶幼時救了一隻黃雀，後黃雀銜來玉環四枚，作為報答。又左傳載，春秋時，魏顆沒有遵照其父病危昏亂時的話將其父嬖妾殉葬，而是令她改嫁。後魏顆與秦將作戰，見一老人結草為索，把秦將絆翻。魏顆後夢老人來說，他就是所嫁妾之父，以感恩而為報。後世詩文小說中，常把「銜環」與「結草」連用，以表達生死報恩的思想。

㉜ 涇渭：二條河名，均在陝西省，涇濁而渭清。後常以喻人品的清濁。

㉝ 朝綱：朝廷綱紀。

時不能回答，乃令梅旺討轎接小姐來。梅旺即刻回家，對夫人將前事說了。夫人入室與女兒備說前事，小姐愕然自失，數日臥床，毫不知父已告生，初不肯去，自思：「此生非我出證，冤不能白。」旺又催道：「包老爺專等小姐聽審。」小姐無奈只得登轎而去。二門下轎，入見包公。包公道：「此生說金鐲是你與他的；令尊說是此生劫得之贓。涇渭在你，公道說來。」小姐害羞不答。朝棟道：「既蒙相與，直說何妨，你安忍令致我於死地？」小姐年雛，終不敢答。包公連敲棋子，厲聲罵道：「這生可惡！口談孔孟，行同盜跖㉞，為何將此許多虛話欺官罔上？重打四十，問你一個死罪！」朝棟嬰兒之態復萌，乃睡於地下，大哭而言道：「小姐，你有當初，何必有今日？當夜之盟，今何在哉？我今受刑是你誤我，我死固不足惜，家有老母，誰將事乎？」小姐亦低首含淚，乃道：「金鐲是我與此生的，殺丹桂者不是此生。其賊入房，燈影之下，我略見其人半老，有鬚的模樣。」包公道：「此言公道，饒你打罷。」生乃洋洋㉟起來，跪在小姐旁邊。小姐見生髮皆散了，乃跪近為之挽髮。參政見了心中怒起，乃道：「這妮子嚇得眼花，見不仔細，一發胡言。」小姐已明白說過，因見父發怒，越不敢言，包公道：「令愛既嚇得眼花，見不仔細，想老先生見得仔細，莫若你自問此生一個死罪，何待學生千言萬語？況丹桂為此生作待月的紅娘，彼又安忍心殺之？」參政道：「小女尚年幼，終不然有西廂故事麼？」包公道：「先前真情，已見於挽髮時矣，何必苦苦爭辯。」參政道：「知罪知罪，憑老大人公斷。」包公道：「若依我處，你當時與彼父既有同窗之雅，又有指腹之盟，兼有男心女欲，何不令速完娶？」參政道：「據彼

㉞ 跖：音ㄓˊ。相傳為春秋、魯國大盜，亦稱之為盜跖。

㉟ 洋洋：舒緩的樣子。

之言，丹桂之死雖非彼殺，實彼累之也。必要他查出此賊，方能脫得彼罪。」包公道：「賊易審出，俟七日後定然獲之，然後擇日畢姻。」參政忿忿而出，包公令生女各回。

是夜，朝棟回家，燃香告於父道：「男不幸誤羅此禍，受此不美之名，奈無查出賊處，終不了事。我父有靈，詳示報應。」祝畢就寢，夢見父坐於上，朝棟上前揖之，乃擲祝筶㊱一雙於地，得聖筶若八字形。朝棟趨而拾之，父乃出去，朝棟遂覺。卻說包公退堂，心中思忖，將何策查出此賊。是夜，夢見一人，峨冠博帶㊲，近前揖謝道：「小兒不肖，多叨培植。」擲竹筶而去。包公視之，乃是聖筶若八字形。覺而思道：「賊非姓祝即名聖或名筶。」次早升堂，差人喚王相公到此有事商議。朝棟聞喚，即穿衣來見包公。包公將夜來夢見擲竹筶事說知。朝棟道：「此乃先父感大人之德，特至叩謝。門生是夜亦曾焚香祝父，乞報賊名，即夢見先父亦如此如此，夢相符合，想賊名必寓筶中。」包公道：「我三更細想，此賊非姓祝，即名聖，或名筶；若八字形，或排第八。賢契思之，有此名否？」適有一門子㊳在旁聞得，稟道：「前任劉爺已捕得一名鼠竊祝聖八，後以初犯刺臂釋放。」包公道：「即此人無疑矣。」即升堂，朱筆標票，差二人魆魆㊴拿來。公差至聖八門首，見聖八正出門來，二人近前，一手扭住，鐵

㊱ 筶：也寫作筊、珓，用蚌殼或形似蚌殼的木、竹兩片做成，用時擲於地，觀其俯仰，以占吉凶。擲筶地上，一正一背，稱之「聖筶」，為吉利之象。

㊲ 峨冠博帶：高帽和闊衣帶，古代士大夫的裝束。

㊳ 門子：守門人。

㊴ 魆魆：音ㄒㄩˋ。暗暗地。

鎖扣送。包公道：「你這畜生，黑夜殺人劫財，好大的膽！」聖八道：「小人素守法度，並無此事。」包公道：「你素守法，如何前任劉爺捕獲刺臂？」聖八道：「劉爺誤捉，審明釋放。」包公道：「以你初犯刺臂釋放，今又不改，殺婢劫財。重打四十，從直招來！」聖八推托不招，今將夾起，並不肯認。包公見他腰間有鎖匙二個，令左右取來，差二人徑往他家，囑咐道：「依計而行，如有泄漏，每人重責四十，革役不用。」二人領了鎖匙到其家，對他妻子道：「你丈夫今日到官，承認劫了鄒家財物，拿此鎖匙來叫你開箱，照單取出原贓。」其妻信以為實，遂開箱依單取還。二人挑至府堂，聖八愕然，無詞爭辯，乃招道：「小人是夜過他宅花園小門，偶聽丹桂說道：『公子來矣。』小人衝入，彼欲喊叫，故爾殺之，擄財是真。」包公即差人請參政到堂，認明色衣四十件，色裙三十件，金首飾一副，銀妝盒一個，牙梳，銅鏡，一一收領明白。包公判道：

審得祝聖八，素行竊詐，猖獗害民；犯刺不悛，恣行偷盜。殺侍婢劫擄財物以利己；誤朝棟幾陷縲紲以離婚。原贓俱在，大辟攸宜。鄒士龍枉列冠裳㊵，頗殘忍而不顧仁義；負心死友，思退親而欲悔前盟。箝束不嚴，以致怨女曠夫私相授受；防閑有弛，俾令戴月披星密自往來。侍女因而喪命，女婿幾陷極刑。分宜按法，念爾官休年老，姑從減等㊶。王朝棟非罪而受叢脞㊷，合應免

㊵冠裳：官吏或士大夫的代稱。

㊶減等：依法減輕刑罰。

㊷叢脞：尚書益稷：「元首叢脞哉！」意為因小小之事而亂大政。引申為細碎之意。此處指王生因細故險遭牢獄之災。脞，音ㄘㄨㄛˇ。

擬；鄒瓊玉永好而締前盟，仍斷成婚。使效唱隨❹❸而偕老，俾令山海可同心。

王朝棟擇日成婚，夫婦和諧，事親至孝。次年科舉，早膺鶚薦❹❹，赴京會試，黃榜❹❺聯登，官授行人❹❻，餘不俱述。自來顯晦，豈可論英雄哉！

❹❸ 唱隨：夫唱婦隨。

❹❹ 鶚薦：漢代孔融薦禰衡表：「鷙鳥累百，不如一鶚；使衡立朝，必有可觀。」後因稱推薦有才能的人為鶚薦。

❹❺ 黃榜：皇帝的文告用黃紙書寫，故名，也稱皇榜。此指宣告及第進士名第的文告。

❹❻ 行人：古官名，掌傳旨、冊封等事。

包袱

話說寧波府定海縣❶僉事❷高科、侍郎夏正二人同鄉，常相交厚，兩家內眷俱有孕，因指腹為親。後夏得男名昌時，高得女名季玉。正遂央媒議親，將金釵二股為聘，高慨然受了，回他玉簪一對。但正為官清廉，家無羨餘❸，一旦死在京城，高科助其資用奔柩歸葬。科尋亦罷官歸家，資財巨萬。昌時雖會讀書，一貧如洗，十六歲以案首入學，托人去高岳丈家求親。高嫌其貧，有退親的意，故意作難道：「須備六禮，方可成婚。今空言完親，豈不聞聘則為妻，奔則為妾，若草草苟合，是不成禮，吾不能許。彼若不能備禮，不如早早退親，多送些禮銀與他另娶則可。」又延過三年，其女嘗諫父母不當負義爽信❹，父輒道：「彼有百兩聘禮，任汝去矣，不然，難為非禮之婚。」季玉乃竊取父之銀兩及己之鐲、鈿❺、寶釵、金粉盒等，頗有百餘兩，密令侍女秋香往約夏昌時道：「小姐命我拜上公子。我家老爺嫌公子家

❶ 定海縣：今浙江省舟山市。
❷ 僉事：按察使下屬官，分領各道事。
❸ 羨餘：有餘；餘剩。
❹ 爽信：失信。
❺ 鈿：音ㄉㄧㄢˋ。用金翠珠寶等製成花朵形的首飾。

貧，意欲退親，小姐堅不肯從，日與父母爭辯。今老相公道，公子若有聘金百兩，便與成親。小姐已收拾銀兩釵鈿約值百兩以上，約汝明日夜間到後花園來，千萬莫誤。」昌時聞言不勝歡喜，便與極相好友李善輔說知。善輔遂生一計道：「兄有此好事，我備一壺酒與兄作賀禮。」至晚，加毒酒中，將昌時昏倒。善輔抽身徑往高僉事花園，見後門半開，至花亭，果見侍女持一包袱在手。輔接道：「銀子可與我。」侍女在月下認道：「汝非夏公子。」輔道：「正是。秋香密約我來。」侍女帶包袱回見小姐道：「來接者似非夏公子樣。」季玉道：「此事只他知，豈有別人？月下認人不真，你可與之。」侍女再至花亭，再又詳認道：「汝果不是夏公子，是賊也。」輔遂拾起石頭一塊，將侍女劈頭打死，急拿包袱回來。昌時尚未醒，輔亦佯睡其旁。少頃，昌時醒來，對善輔道：「我今要去接那物矣。」輔道：「兄可謂不善飲酒，我等兄不醒，不覺亦睡。此時人靜，可即去矣。」昌時直至高宅花園，回顧寂然，至花亭見侍女在地道：「莫非睡去乎？」以手扶起，手足俱冷，呼之不應，細看又無餘物，吃了一驚，逃回家去。

次日，高僉事家不見侍女，四下尋覓，見打死在後花園亭中，不知何故，一家驚異。季玉乃出認道：「秋香是我命送銀兩釵鈿與夏昌時，令他備禮來聘我。豈料此人狠心將他打死，此必無娶我的心了。」高科聞言大怒，遂命家人往府急告：

告為謀財害命事：為盜者斬，難逃月中孤影；殺人者死，莫洗衣上血痕。狠惡夏昌時係故侍郎夏正孽子，因念年誼❻，曾經指腹；自伊父亡，從未行聘。豈惡串婢秋香，搆盜釵鈿；見財入手，

❻ 年誼：古代稱同年登科的關係為年誼。

殺婢滅跡。財帛事輕，人命情重。上告。

訴為殺人圖陷事：念身箕裘遺胤⑦，詩禮儒生。先君侍郎，清節在人耳目；岳父高科，感恩願結婚姻。允以季玉長姬⑧，許作昌時正室。金釵為聘，玉簪回儀。誰期家運衰微，二十年難全六禮；遂致岳父反覆，千百計求得一休。先令侍女傳言，贈我厚賂；自將秋香打死，陷我深坑。求天劈枉超冤。上告。

昌時亦即訴道：

顧知府拘到各犯，即將兩詞細看審問。高科質稱：「秋香偷銀一百餘兩與他，我女季玉可證。彼若不打死秋香，我豈忍以親女出官證他。且彼雖非我婿，亦非我仇，縱求與彼退親，豈無別策，何必殺人命圖賴他？」夏昌時質稱：「前一日，汝令秋香到我家哄道，小姐有意於我，收拾金銀首飾一百兩零，叫我夜到花園來接。我痴心誤信他，及至花園，見秋香已打死在地，並無銀兩。必此婢有罪犯，汝要將打死，故令他來哄我，思圖賴我。若果我得他銀兩，人心合天理，何忍又打死他？」顧公遂叫季玉上來問道：「一是你父，一是你夫，汝是干證。從實招來，免受刑法。」季玉道：「妾父與夏侍郎同僚，先年指腹為婚，受金釵一對為聘，回他玉簪一雙。後夏家貧淡，妾父與他退親，妾不肯從，乃收拾金銀釵鈿有百

⑦ 胤：音ㄧㄣˋ。後代。

⑧ 長姬：長女。姬，古代對女子的美稱。

餘兩，私命秋香去約夏昌時今夜到花園來接。夜間果來，秋香回報，我著令交銀與他。竟不知何故將秋香打死在花亭，銀物已盡取去，莫非有強姦秋香不從的事，故將打死；或怒我父要退親，故打死侍婢泄忿。望青天詳察。」顧公仰椅笑道：「此干證說得真實。」夏昌時道：「季玉所證前事極實，我死亦無怨；但說我得銀打死秋香，死亦不服。然此想是前生冤業，今生填還，百口難辯。」遂自誣服。府公即判道：

審得夏昌時，仗劍狂徒，濫竽❾學校；破家蕩子，玷辱家聲。故外父高科棄葑菲❿而明告絕；乃笄⓫妻季玉重盟誓而暗贈金銀。胡為既利其財，且忍又殺其婢；此非強姦恐泄，必應黷⓬貨瞞心。赴約而來，花園其誰到也；淫欲以逞，暮夜豈無知乎？高科雖曰負盟，絕凶徒實知人則哲；季玉嫌於背父，念結髮亦觀過知仁。高女另行改嫁，昌時明正典刑。

昌時已成獄三年，適包公奉旨巡行天下，先巡歷浙江，尚未到任，私行入定海縣衙。胡知縣疑是打點衙門者，收入監去。及在獄中，又說：「我會作狀，汝眾囚若有冤枉者，代汝作狀申訴。」時夏昌時

❾濫竽：韓非子內儲說上：齊宣王使人吹竽，必三百人。南郭處士混跡其間。宣王死，湣王喜歡聽人一一吹竽，南郭只得逃走了。後比喻無真才實學，聊以充數者。

❿葑菲：詩經邶風谷水：「採葑採菲，無以下體。」葑菲，即蔓菁和葍。下體，指根莖。兩者葉和根莖都可食，但根莖有時味苦。詩意謂採者不可因此連其葉也不要。後因用作有一德可取的謙詞。

⓫笄：音ㄐㄧ。古代用來挽髮的簪子。禮記士昏禮：「女子許嫁，笄而禮之，稱字。」後特指女子成年為及笄。

⓬黷：貪污。

在獄，將冤枉從直告訴，包公悉記在心後，用一印令禁子⑬送與胡知縣，知縣方知是巡行老爺，即忙跪請坐堂。及升堂，即吊昌時一案文卷來問，季玉堅執「是伊殺侍婢，必無別人。」包公不能決，再問昌時道：「汝曾泄漏與人否？」昌時道：「只與相好友李善輔說過，其夜在他家飲酒，醒來，輔只在旁未動。」包公猜道：「這等，情已真矣，不必再問。」遂考校寧波府生員，取李善輔批首，情好極密，所言無不聽納。至省後又召去相見，如此者近半年。一日，包公謂李善輔道：「吾為官拙清，今將嫁女，苦無妝資，汝在外看有好金子代我換些。異日倘有甚好關節⑭，准你一件。汝是我得意門生，外面須為我慎密。」李善輔深信無疑，數日後送到古金釵一對，碧玉簪一對，金粉盒、金鏡袋各一對，包公亦佯喜。即吊夏昌時一干人再問。取出金釵、玉簪、粉盒、金鏡袋，盡排於桌上。季玉認道：「此盡是我以前送夏生者。」再叫李善輔來對，見高小姐認物件是他的，嚇得魂不附體，只推是與過路客人換來的。此刻夏昌時方知前者為毒酒所迷，高聲喝道：「好友！害人於死地。」善輔抵賴不得，遂供招承認。包公批道：

審得李善輔，貪黷害義，殘忍喪心。毒藥誤昌時，几筵中暗藏機阱；頑石殺侍女，花亭上驟進虎狼。利歸己，害歸人，敢效酈寄賣友⑮；殺一死，坑一生，猶甚蒯通⑯誤人。金盒寶釵，昔日真

⑬ 禁子：管牢房的人。

⑭ 關節：暗中之請託。

⑮ 酈寄賣友：漢初丞相酈商之子，與呂后侄掌兵權的呂祿關係密切。呂后死，大臣欲殺諸呂。太尉周勃使人劫酈商，令酈寄騙呂祿出外郊遊。周勃乘機入掌兵權。天下稱其賣友。

贓俱在；鐵鉞斧鑕⑰，今秋大辟何辭。高科厭貧求富，思背故友之姻盟；掩實弄虛，幾陷佳婿於死地。若正倫法⑱，應加重刑；惜在縉紳⑲，量從末減⑳。夏昌時雖在縲紲之中，非其罪也；高季玉既懷念舊之志，永為好兮。昔結同心，曾山盟而海誓；仍斷合巹，俾夫唱而婦隨。

夏昌時罪既得釋，又得成親，二人恩愛甚篤，乃畫起包公圖像，朝夕供養。後夏昌時亦登科甲，官至給事。最惡姻戚薄恩，朋友負義者，有鑒於已云。

聽吾齋評曰：

鄒瓊玉出證救夫，恩不掩義；高季玉證夫殺婢，愛而生嗔。總出於祝聖八之偷竊，李善輔之假冒所致，當日二女何以知之？則於彼固為多情，於此亦非負義。若律以治身之道，似瓊玉之先自私偷，決不如季玉之守貞到底。

---

⑯ 蒯通：即蒯徹。漢初人，曾勸說韓信取齊地，致使劉邦派往齊國的使臣酈食其被殺；後又勸韓信背叛劉邦自立，雖未成，終使韓信遭猜忌而被殺。蒯，音ㄎㄨㄞˇ。

⑰ 鑕：古代腰斬用的墊具。

⑱ 倫法：人情；法理。

⑲ 縉紳：也作「搢紳」。舊時官宦的裝束，亦作為官宦的代稱。

⑳ 末減：定罪後減等處刑。

葛葉飄來

話說處州府❶雲和縣進士❷羅有文，知南豐縣事有年。龍泉縣舉人鞠躬，與之係瓜葛之親❸，帶僕三人，貴十八、章三、富十，往謁有文，僅獲百金，將銀五十兩買南豐銅鎦金❹玩器、籠金篦子，用皮箱盛貯，白銅鎖鑰。又值包公巡行南京，躬與相知，欲往候見之。貨齊，辭有文起身。數日，到了瑞洪❺，先令章三、富十，二人起早往南京，探問包公巡歷何府，約定蕪湖相會。次日換船，水手葛彩搬過行李上船，見其皮箱甚重，疑是金銀，乃報與家長艾虎道：「幾只皮箱重得異常，想是金銀，決非他物。」二人乃起謀心，議道：「不可再搭別人，以便中途行事。」計排已定，乃佯謂躬道：「我想相公是讀書人，決然好靜，恐搭做客雜人同船，打擾不便。今不搭別人，但求相公重賞些船錢。」躬道：「如此更好，到蕪湖時多與你些錢就是。」二人見說，愈疑銀多。是日，開船過了九江，次晚，水手將船艄❻在

❶處州府：今浙江省麗水縣。
❷進士：科舉時代貢士經殿試賜出身者稱進士。
❸瓜葛之親：瓜和葛，是兩種蔓生的植物，此喻輾轉牽連的親戚關係。
❹鎦金：一種中國特有的鍍金方法。
❺瑞洪：地名，在今江西省餘干縣西北鄱陽湖濱，為湖東南水陸要衝。
❻艄：船尾，又指船舵。此指停泊。

僻處，候至半夜時分，艾虎執刀向躬頭一砍，葛彩執刀向貴十八頭一砍，主僕二人死於非命，丟入江中。搜出鑰匙將皮箱開了，見滿箱皆是銅器，有香爐、花瓶、水壺、筆山❼，精緻玩器，又有篦子，皆是籠金故事❽，止得銀三十兩。彩道：「我說都是銀子，二人一場富貴在眼下，原來是這些東西。」虎道：「有這樣好貨，愁無賣處？莫若再至蕪湖，沿途發賣，即是銀子。」二人商議而行。

章三、富十探得包公消息，巡視蘇州。徑轉蕪湖，候過半月，未見主來，乃討船一路上來，並未曾有；又上九江，直抵瑞洪原店查問。店主道：「次日換船即行，何待如今？」二人愕然。又下南京，盤費用盡，只得典衣為路費，往蘇州尋問。及於蘇州尋訪，並無消息。不意包公已起馬往巡松江，二人又往松江去問，亦無消息。欲見包公，奈衙門整肅。商議莫若假做告狀的人，乘放告❾日期帶了狀子進去稟知，必有好處。遂各進訖。包公見了大驚，問道：「你相公此中途如何相別？」章三道：「小人與相公同到南豐羅爺任上，買有鎦金銅器、籠金篦等貨，離南豐而抵瑞洪。小的二人起早先往南京，探問老爺巡歷何府，以便進謁，約定蕪湖相會。小人到京得知老爺在蘇，復轉，候主半月未來。小的二人直上九江，沿途尋覓，沒有消息，疑恐來蘇。小的盤纏已盡，典衣作費到蘇，老爺發駕，遍覓皆無。今到此數日，老爺衙門整肅，不敢進見，故假告狀為由，門上才肯放入，乞老爺代為清查。」包公道：「中途別後，或回家去了？」富十道：「來意的確，豈回家去。」包公道：「相公在南豐所得多少？」答道：

❼ 筆山：擱筆的文具，形似山巒，故名。

❽ 故事：花樣。

❾ 放告：官府於每月定期開堂受理案件。

「僅得百金。」又問：「買貨多少？」答道：「買銅器、豐篚用銀五十兩。」包公道：「你相公最好馳逞，既未回家，非舟中被劫，即江上遭風。我給批文一張，銀二兩與你二人做盤費，沿途緝訪，若被劫定有貨賣，逢有賣銅器、豐篚的，來歷不明者即給送官起解❿見我，自有分曉。」二人領批而去，往各處捕緝皆無。章三二人路費將盡，歷至南京，見一鋪有一副香爐，二人細看是真，問：「此貨可賣否？」店主道：「自是賣的。」又問：「還有甚玩器否？」店主道：「有。」章三道：「有則借看。」店主抬出皮箱任揀。二人看得的確，問：「此貨何處販來的？」店主道：「蕪湖來的。」富十一手扭結，店主不知其故，乃道：「你這二人無故結人，有何緣故？」兩相廝打。適值兵馬司⓫朱天倫經過，問：「何人囉唕⓬？」章三扭出，富十取出批文投下，帶轉司去，細問來歷。章三一一詳述，如此如此。朱公問道：「你何姓名？」其人道：「小人名金良，此貨是妻舅由蕪湖販來的。」朱公道：「此非蕪湖所出，安在此處販來？中間必有緣故。」良道：「要知來歷，拘得妻舅吳程方知明白。」朱公即將眾人收監。次日，拿吳程到司。朱公問道：「你在何處販此銅貨來？」吳程道：「此貨出自江西南豐，適有客人販至蕪湖，小人用價銀四十兩憑牙掇來。」朱公道：「這客人認得是何處人否？」吳程道：「萍水相逢，哪裡識得！」朱公聞言，不敢擅決，只將四人一起解赴包公。

包公巡行至太平府⓭。解人解至，正值審錄考察，無暇勘問，發委董推官問明繳報，解人起批到，

---

❿ 起解：押送犯人。解，音ㄐㄧㄝˋ。

⓫ 兵馬司：在京城掌捕盜等事務的官署。

⓬ 囉唕：糾纏；吵鬧。

董推官坐堂，富十二人即具投狀：

告為謀財殺命事：天網⑭疏而不漏，人冤久而必伸。恩主鞠躬，往南豐謁戚，用價買得銅器、豐篦，來京叩院，中途別主，杳無蹤影。豈料凶惡金良、吳程，利財謀命，今幸獲原贓，投天正法，懇念縹緲之冤魂可悲；急追浮沉之白骨何在。泣告。

吳程亦即訴道：

訴為平地興波事：冤頭債主，各自有故相當；林木池魚，亦非無因可及。念身守法經商，蕪湖生意。偶因客帶銅貨，用價掇回，當憑牙儈⑮段克己見證。豈惡等飄空冒認，無端坑殺。設使貨自御至，何敢開張明賣？縱有來歷不明，定須詳究根由。上訴。

那時推府受詞，研審一遍收監。次日，牌拘段克己到，取出各犯聽審。推府問段克己：「你作牙行⑯，吳程稱是憑你掇來，不知原客何名何姓？」克己道：「過來往去客多，安能久記姓名。」推府道：「此一案乃包爺發來，兼且人命重事，知而不報，必與同謀。吳程你明白招來，免受重刑。」程道：「古言：

---

⑬ 太平府：今安徽省當塗市。

⑭ 天網：謂天道如網，作惡者逃不出天的懲罰。老子：「天網恢恢，疏而不失。」後用以比喻國法。

⑮ 牙儈：市場買賣的中介人，也稱牙人。

⑯ 牙行：舊時市場中為買賣雙方說合交易，並抽取傭金的商行。

有眼牙人無眼客。當時貨憑他買。」克己道：「是時你圖他貨賤，肯與他買，我不過為你解紛息爭，以平其價，我豈與你盤詰奸細？」推府道：「因利而帶貨，人情也，倘不圖利，安肯乘波抵險，奔走江湖？吳程你既知貨賤賣，必是竊來的物。段克己你做牙行，延攬四方，豈不知此事？二人自相推阻，中間必有話說。從直招來。若是他人，速報名姓；若是自己，快快招明，免受刑拷。」二人不招，俱各打三十，夾敲三百，仍則推阻不招。自思道：「二人受此苦刑竟不肯招，且權收監。」但見忽有一片葛葉順風吹來，將門上所掛之紅彩一起帶下，飄至克己身上，不知其故。及退堂自思：衙內並未栽葛，安有葛葉飛來？此事甚異，竟不能解。

次日又審，用刑不招，遂擬成疑獄，具申包公，倒文令著實查報，且委查盤儀徵等縣。推官起馬，往蕪湖討船，官船皆答應上司去，臨時差皂快⑰捉船應用，偶爾捉艾虎船到。推府登舟問道：「你是何名？」答道：「小人名艾虎。」「彼是何名？」虎道：「水手名葛彩。」推府自思：「前疑已釋，葛葉隨彩而下，想謀人者即是葛彩。」遂不登舟，令手下擒捉二人，轉公館拷問，二人嚇得魂飛魄散。推府道：「你謀害舉人，前牙行段克己報是你，久緝未獲。今既獲之，招承成獄，不必多言。」艾虎道：「小人撐船，與克己無干，彼自謀人，何故亂扳我等？」推官怒其不認，即令各責四十，寄監蕪湖縣。乃往各縣查盤回報，即行牌取二犯審勘。蕪湖知縣即將二犯起解到府，送入刑廳，推府即令重責四十迎風⑱，二人毫不招承，乃取出吳程等一干人犯對審。吳程道：「你這賊謀人得貨售銀，累我等無辜受此苦楚，

⑰ 皂快：舊時衙門的差役。

⑱ 迎風：迎風棒，亦稱殺威棒，新犯人收監前施行的杖刑。

幸天有眼。」葛彩道：「你何昧心？我並未與你會面，何故妄扳？」吳程道：「銅貨、豐篦得我價銀四十二兩，克己可作證。」艾虎二人抵飾不招，又夾敲一百。艾虎招道：「事皆葛彩所起。當時鞠舉人來船，彩為搬過皮箱三只上船，其重異常，意是金銀，故萌此心，不搭別人，待過湖口，以刀殺之，丟入江心。後開皮箱見是銅貨，止得銀三十餘兩，二人悔之不及。將貨在蕪湖發，得吳程銀四十兩。是時只要將貨脫卸，故此賤賣，被段克己覺察，分去銀一十五兩。」克己低首無言。推官令各自招承。富十、章三二人叩謝道：「爺爺青天！恩主之冤一旦雪矣。」推府判了參語，申詳包公。包公即面審，毫無異詞。即批道：

據招：葛彩先試輕重，而起朵頤⑲之想；艾虎後聞利言，而操害命之謀。駕言多賞船錢，餂⑳探囊中虛實；不搭客商囉唣，裝成就裡機關。艄船僻處，豫備人知。肆惡更闌，操刀殺主僕於非命；行凶夜半，丟屍滅蹤跡於江湖。欣幸滿箱銀兩，可獲貧兒暴富；誰知盈篋銅貨，難以旦夕脫身。裝至蕪湖，牙儈知而分騙；販來京鋪，二僕認以獲贓。賊不知名，飄葛葉而詳顯報應；犯難遽獲，捉官船而吐真名。悟符前讖㉑，非是風吹敗葉；擒來拷鞠，果是謀害正凶。葛、艾二凶，利財謀命，合梟首以示眾；吳、段二惡，和騙分贓，皆充配於遠方。金良無辜，應皆省發。各如擬行。

---

⑲ 朵頤：指飲食之事。朵，動意。頤，面頰。

⑳ 餂：音ㄊㄧㄢˇ。探取。

㉑ 讖：音ㄔㄣˋ。迷信者指將來要應驗的預言、預兆。

遂將葛彩、艾虎秋季斬市，吳程、克己即行發配訖。

按：此斷雖鞠躬之幽魂死不瞑目，實包公之英哲，委勘得人，乃能斷出此冤。上則不致三綱㉒解紐，次則不致姦凶漏網，是可見天理昭然而法紀大明矣。

㉒ 三綱：白虎通三綱六紀：「三綱者，君臣、父子、夫婦也。」

招帖收去

話說廣東有一客人，姓游名子華，本貫❶浙人，自祖父以來在廣東發賣機布，財本巨萬，即於本處討娶一妾王氏。子華素性酗酒凶暴，若稍有一毫不中其意，遂即毒打。妾苦不勝，一夜更深人靜，候子華睡去時走出，投井而死。次日，子華不知其妾投井而死，乃出招帖遍處貼之，貼過數月，並無消息。子華討取貨銀已畢，即收拾回浙。

適有本府一人名林福，開一酒肉店，積得數塊銀兩，娶妻方氏名春蓮。豈知此婦性情好淫，嘗與人通姦。福之父母審知其故，詳以語福。福懷怒氣，逐日打罵，淩辱不堪。春蓮乃偽怨其父母道：「當初生我醜陋，何不將我淹死？今嫁此等心狠丈夫，貪花好色，嫌我貌醜，晝夜惱恨，輕則辱罵，重則敲打，料我終是死的。」父母勸其女道：「既已嫁他，只可低頭忍受，過得日子也罷，不可與他爭鬧。」那父母雖以好言撫慰其女，實疑林福為薄幸之徒。

忽一日，春蓮早起開門燒火，忽有棍徒❷許達汲水經過，看見春蓮一人，悄無人在，乃挑之道：「春蓮，你今日起來這般早，你丈夫尚未起來，可到吾家吃一碗早湯。」春蓮道：「你家有人否？」許達道：

❶ 本貫：即籍貫。

❷ 棍徒：即光棍，不務正業者，無賴者，亦稱無妻室者。

「並無一人，只我單身獨處。」春蓮本性淫賤，聞說家中無人，又想丈夫每日每時吵鬧，遂跟許達同去。許達不勝歡喜，便開櫥門取些果品與春蓮吃了，又將銀簪二根送與春蓮，掩上柴門，遂即抱春蓮上床交合，兩意綢繆。雲雨事散，眾家俱起，不得回家，許達遂匿之於家中，將門鎖上，竟出街上生意去了，直至黑晚回來，與春蓮取樂。及林福起來，見妻子早起燒火開門不見回來，意想此婦每遭打罵，必逃走矣，乃遍處尋訪無蹤，亦寫尋人招帖貼於各處，仍報岳父方禮知之。禮大怒道：「我女素來失愛，嘗在我面前說你屢行打罵，痛恨失所，每欲自盡，我夫婦常常勸慰，故未即死。今日必遭你打死，你把屍首藏滅，故詐言他逃走來哄騙我，我必告之於官，為女伸冤，方消此恨。」乃具狀詞，赴告本縣湯公。其詞道：

告為倫法大變事：婚娶論財，夷虜之道；夫婦嫌醜，禽獸不如。身女春蓮，憑媒嫁與林福為妻。豈料福性貪淫，嫌女貌醜，更恨奩薄，誣毀淫污，日加打罵，凌辱不堪。今月日仍觸惡毒，登時毆死。懼罪難逃，匿屍埋滅；駕言逃走，是誰見證？痛思人煙湊密，私奔豈無蹤影；女步艱難，數日何無信音？明明是惡殺匿隱，藏下機謀。女魂遭陷黑天❸，父朽仰於白日。總念父子情深，生死事大。已歸三尺土❹，天恩賜屍；未歸三尺土，天恩賜生。哀哀上告。

本縣准狀，即差役拘拿林福，林福亦具訴詞，不在話下。

---

❸ 黑天：黑夜，此喻邪惡。
❹ 三尺土：指墳墓。

且說許達聞得方禮、林福兩家告狀，對春蓮道：「留你數日，不想你父母告狀問夫家要人，在此不便，倘或尋出，如何是好？不若與你同走他鄉，又作道理。」春蓮聞言便道：「事不可遲，即宜速行。」遂收拾行李，連夜逃走，直至雲南省城住腳，盤費已盡。許達道：「今日到此，舉目無親，食用欠缺，此事將何處之？」春蓮本是淫婦，乃道：「你不必以衣食為慮，我若捨身，盡你足用。」許達亦不得已從之。乃妝飾為娼，趁錢度日，改名素娥。一時風流子弟，聞得新來一妓甚美，都來嫖耍，衣食果然充足。

且說當日春蓮逃走之後，有耆民❺呈稱：「本坊井中有死人屍首在內。」縣官即命仵作❻檢驗，乃廣東客人游子華之妾。方禮認為己女，遂抱屍哭道：「此係我女身屍，果被惡婿林福打死，丟匿此井，今幸得見。」遂稟過縣官，哀求拷問。縣官提林福審問：「汝將妻子打死，匿於井中，此事是實？」林福辯道：「此屍雖係女人，然衣服、相貌俱與我妻不同。我妻年長，此婦年少；我妻身長，此婦身短；我妻髮多而長，此婦髮少而短。安得影射以害小人？萬望爺爺詳情。」方禮向前哀告道：「此是林福抵飾的話，望老爺驗傷便知打死情由。」縣官嚴行刑法，林福受刑不過，只得屈招，申院未行在獄。

及至歲終，包公巡行天下，奉敕來到此府，審問林福情由，即知其被誣，嘆道：「我奉旨搜檢冤枉，今觀林福這段事情，甚有可疑，安得不為伸理。」遂語眾官道：「方春蓮既係淫婦，必不肯死，雖遭打罵，亦只潛逃，其被人拐去無疑。」乃令手下遍將各處招帖收去，並諸捕亡字跡，一一查勘，內有一帖，

❺ 耆民：老人。古稱六十歲為耆。

❻ 仵作：舊時衙門中檢驗死傷的吏役。仵，音ㄨˇ。

原係廣東客人游子華尋婦帖子，與死屍衣服、狀貌相同，乃拘游子華來證，子華已去。包公日夜思想林福這段冤枉，我明知之，安可不為伸雪？乃焚香告司土之神道：「春蓮逃走事情，胸中狐疑❼不決，伏望神祇大彰報應，徐徐發露。」告祝已畢。次日，發遣人役往雲南公幹，承行吏名湯琯，竟去雲南省城，投下公文，宿於公館，候領回文，不覺延遲數日。聞得新娼素娥風情出色，姿麗過人，亦往素娥家中去嫖耍。仔細看看，卻像林福的妻春蓮模樣，便問道：「汝係何處女子為娼於此？」其婦道：「我亦良家子女，被夫打罵，受苦不過，故爾逃出，奈衣食無措，借此度日。」湯琯道：「聽你聲音好似我同鄉，看你相貌好似林福妻子。」其婦一驚，滿面通紅，不敢隱瞞，只得說出前事：「如此如此，乃是鄰右許達帶我來，望鄉人回府切勿露出此事，小婦加倍奉承，歇錢亦不敢受。」湯琯佯應道：「你們放心，只管在此接客，我明日還要來耍。我若歸家，決不露出你們機關❽。」乃相別而回，至公館中嘆道：「世間有此冤枉事。林福與我切近鄰舍，今落重獄。」恨不得即到家中報說此事。次日，領了回文，作速起程歸家，即以春蓮被許達拐在雲南省城為娼告知林福，林福狀告於包爺臺下。包公遂即差人同林福隨湯琯徑往雲南省城，拘拿春蓮、許達兩人還家，包公鞫問明白，把春蓮當官嫁賣，財禮悉付林福收領；擬許達徒罪❾；方禮反坐誣告；林福無辜放歸；仍給官銀三兩賞賜湯琯。包公道：「我叩神明徐徐報知，今且果然。舉頭三尺有神明，不益信乎！」即判道：

---

❼ 狐疑：古代傳說狐狸性多疑。後以「狐疑」謂遇事猶豫不決。

❽ 機關：指周密而巧妙的計謀或計策。

❾ 徒罪：即徒刑，古代服勞役的刑罰。

審得方氏，水性漂流，風情淫蕩。常赴桑中之約⑩，屢經濮上之行⑪。其夫聞知有污行，屢屢打罵，理所宜然。夫何頓生逃走之心，不念同衾⑫之意。清早開門，遇見許達；遂匿他家，縱行淫佚。而許達乃奔走僕夫，負販俗子，投甘言而引尤物⑬，貴麗色而作生涯。將謂覓得愛卿，不願封侯之貴；哪知拐騙逃婦，安免徙流之役。方禮不咎閨門之有玷，反告女婿之不良。誣以打死，誑以匿屍。妄指他人之艷妾，認為親女之傷骸。告殺命而女猶生；控匿屍而女尚在。虛情可誑，實罪難逃。林福領財禮而另娶，湯琯受旌賞而奉公。取供存案。

包公判訖。遠近百姓聞之，莫不醉心悅服。

聽五齋評曰：

船家謀財殺客，往往有之；淫婦跟人逃走，比比而是。是大為可恨。若論做官的方

---

⑩ 桑中之約：詩經鄘風桑中篇，詩序認為是諷刺男女私奔之詩。桑中，桑林，古代男女聚會歡樂的場所。桑中之約，即男女幽會之約。

⑪ 濮上之行：漢書地理志：「衛地有桑間濮上之阻，男女亦亟聚會，聲色生焉。」濮，河名。舊因稱男女幽會為「桑間濮上之行」，亦簡稱「桑濮」。

⑫ 同衾：喻夫婦。衾，被褥。

⑬ 尤物：指特出的人物或珍貴的物品，多指美貌的女子。

法，船家若有失脫，定須重究船頭；姦夫若犯姦情，決宜倍責姦婦。何以故？船家來歷不明，船頭決不敢來寫船；婦人不要養漢，男人決不敢去偷婦。此言不差，請各理會⑭。

⑭理會：領會。

夾底船

話說蘇州府吳縣船戶單貴，水手葉新，即貴之妹丈，專謀客商。適有徽州❶商人寧龍，帶僕季興，來買緞絹千有餘金，寫雇單貴船隻，搬貨上船。次日，登舟開船，徑往江西而去，五日至漳灣艄船。是夜，單貴買酒買肉，四人盤桓❷而飲，勸得寧龍主僕盡醉。候至二更人靜，星月微明，單貴、葉新將船魆魆抽綁，潛出江心深處，將主僕二人丟入水中。季興昏昏沉醉，不醒人事，被水淹死。寧龍幼識水性，落水時隨勢鑽下，偶得一木緣之，跟水直下，見一隻大船悠悠而上，龍高聲喊叫救命。船上有一人姓張名晉，乃是寧龍兩姨表兄，聞其語係同鄉，速令艄子❸救起，兩人相見，各敘親情。晉即取衣與換，問以何故落水，龍將前事備細說了一遍，晉乃取酒與他壓驚。天明，二人另討一船，知包公巡行吳地，即寫狀具告：

告為謀命謀財事：肆惡害人，船戶若負嵎之虎❹；離鄉陷本，客商似涸水之魚❺。身帶銀千兩，

❶ 徽州：今安徽省歙縣。

❷ 盤桓：逗留。

❸ 艄子：船工。

❹ 負嵎之虎：孟子盡心下：「有眾逐虎，虎負嵎，莫之敢攖。」攖，觸犯。後多指憑險頑抗，十分凶暴。負，

一僕隨行，來蘇販緞，往貿江西，尋牙雇船裝載。不料舟子單貴、水手葉新等，沉溺泉❻貨，乾沒❼利源。駕一葉之舟，欲探珠於驪龍❽項下；蹈不測之險，思得絹於蛟螭❾室中。攬身貨載，行至漳灣，艄船設酒，苦苦勸醉，將身主僕推入江心。孤客月中來，一篙撐載菰蒲❿去；四顧人聲靜，雙拳推落碧潭忙。人墜波心，命喪江魚之腹；伊回渡口，財充餓虎之頤。無奈僕遭淹死，身幸張晉救援。惡喜夜無人知，不思天理可畏。乞准追貨斷填。上告。

包公接得此狀，細審一番。隨行牌捕捉，二人尚未回家。公差回稟，即拿單貴家小收監，又將寧龍同監。差捕快⓫謝能、李雋二人即領批徑巡水路挨訪。豈知單貴二人是夜將貨另載小船，將空船揚言被劫，將船寄在漳灣，二人起貨往南京發賣。既到南京，將緞絹總撥上鋪，得銀一千三百兩，掉船而回。

憑依。嵎，山彎。

❺ 涸水之魚：即涸轍之鮒。鮒，小魚。語出莊子外物篇。後以比喻身處困境，急待援助的人。

❻ 泉：古代一種錢幣的名稱。

❼ 乾沒：侵吞他人的財物。

❽ 驪龍：黑龍。莊子列禦寇篇：「夫千金之珠，必在九重之淵，而驪龍頷下。」探珠於驪龍項下，比喻幹冒險之事。

❾ 蛟螭：古代傳說中的一種動物，似蛟龍而色黃。

❿ 菰蒲：南朝謝靈運從斤竹澗越嶺溪行詩：「草萍泛沉浮，菰蒲冒清淺。」菰和蒲，都是淺水植物。冒，覆蓋。此借指水澤邊地。

⓫ 捕快：舊稱州縣官署擔任緝捕事宜的差役，也稱捕役。

至漳灣取船，偶遇謝、李二公差，乃問道：「你往何處去？」謝、李二人道：「奉公差遣往松江而來，搭船回去。」貴道：「既然回家，可搭我船而去。」謝、李二人毫不言動，同船直回蘇州城下。謝、李取出扭鎖，將單貴、葉新鎖起。二人魂不附體，不知風從何來，乃道：「你無故將我等鎖起，有何罪名？」謝、李道：「去見老爺就有分曉。」二人捉入城中，包公正值坐堂，公差將二人犯帶進道：「小的領鈞旨⑫挨拿單貴一起人犯，帶來投到，乞金筆銷批。」包公問道：「你二人在何處捉獲？」謝、李道：「小的從小路緩緩遊去密訪，聞往南京。二人欲下船去，偶遇單貴二人回轉。他問小人何處去，小的佯言奉公由松江而回，在此討船。單貴說載我二人回來。小人路上並不曾說出因由，恐他知風奔走。直回城中，方鎖送老爺。」包公又差四人往船上，將所有盡搬入府來。問：「單貴、葉新，你二人謀死寧龍主僕二人，得銀多少？」單貴道：「小人並未謀人，知甚寧龍？」包公道：「方有人說憑他代寧龍雇船往江西。中途謀死，何故強爭？」單貴道：「寧龍寫船，中途被劫，小人之命險不能保，安顧得他？」包公怒道：「以酒醉他，丟入波心，還這等口硬。可將各打四十。」葉新道：「小人縱有虧心，今無人告發，無贓可證，緣何追風捕影，不審明白，將人重責，豈肯甘心！」包公道：「今日到此，不怕你不甘心。從直招來，免受刑法；如不直招，取夾棍⑬來夾起。」單貴二人身雖受刑，形色不變，口中爭辯不一。俄而眾兵搬出船上行李，一一陳於丹墀⑭之下。監中取出寧龍來認，中間動用之物一毫不是，銀子一兩沒有，

---

⑫ 鈞旨：鈞，舊時下級對上級所用的一種敬辭。旨，旨意，命令。

⑬ 夾棍：古代刑具之一。

⑭ 丹墀：古代宮殿前的石階以紅色塗飾，故名。墀，音ㄔˊ。

緞絹一匹也無——豈料其銀併得寧龍的物件皆藏於船中夾底之下——單貴見陳之物無一樣是的，乃道：「寧龍你好負心！是夜你被賊劫，將你二人推入水中，緣何不告賊而誣告我等？你沒天理。」龍道：「是夜何嘗被賊？你二人將酒勸醉，魆將船抽出江中，丟我二人下水，將貨寄在人家，故自口強。」包公見二人爭辯，一時狐疑，乃思：「既謀寧龍，船中豈無一物？豈無銀子？千兩之貨置於何地？」乃令放刑收監。

包公退堂，心生一計。次早升堂，取單貴二人，令貴站立東廊，新站立西廊。先呼新問道：「是夜賊劫你船，賊人多少？穿何衣服？面貌若何？」新道：「三更時分，四人皆在船中沉睡，忽眾賊將船抽出江心，一人七長八大，穿青衣，塗臉，先上船來，忽三隻小船團團圍住，寧龍主僕見賊入船，驚走船尾，跳入水中。那賊將小的來打，小的再三哀告道：『我是船戶。』他才放手，盡擄其貨而去。今寧龍誣告法臺，此乃瞞心昧己。」包公道：「你出站西廊。」又叫單貴問道：「賊劫你船，賊人多少？穿何衣服？面貌若何？」貴道：「三更時分，賊將船抽出江心，四面小船七、八隻俱來圍住，有一後生身穿紅衣，跳過船來將寧龍二人丟入水中，又要把小的丟去，小的道：『我非客商，乃是船戶。』方才放手，不然同入水中，命亦休矣。」包公見口詞不一，將二人夾起。皆道：「既謀他財，小的並未回家，其財貨藏於何處？」並不招認，無法可施，又令收監。親乘轎往船上去看，船內皆空。細看其中，見船底有隙，皆無稜角，乃令左右啟之。內有暗栓不能啟，令取刀斧撬開，見內貨物廣多，衣服器具皆有，兩皮箱皆是銀子。驗明，抬回衙來，取出寧龍認物。龍道：「前物不是，不敢冒認；此物皆是，只是此新箱不是。」包公令取單貴二人道：「這賊可惡不招，此物誰的？」貴道：「此物皆是客人寄的，何嘗是他的？」龍道：「你說是他人寄的，皮箱簿帳諒你廢去，此舊皮箱內左旁有一鼎字號，難道沒有？」包公令左右開看，果然有一鼎字號。乃將單貴二人重打六十，又夾起，不認，又加夾起，熬刑不過，乃招出其貨皆在南京賣去，得銀一千三百兩，分作兩箱，二人各得一箱。包公判道：

審得單貴、葉新，乾沒利源，駕扁舟而載貨；貪財害客，因謀殺以成家。客人寧龍，誤寫其船。舟行數日，攜酒頻斟。杯中設餌，腹內藏刀。趁酒醉兮睡濃，一篙抽船離伴；俟更深兮人靜，雙手推客入江。自意主僕落江中，決定⓯葬於魚腹；深幸財貨入私橐，得以遂其狼心。不幸暮夜無知，猶慶皇天有眼；雖然僕遭溺沒，且喜主獲救援。轉行赴告，挨批誘捉於舟中；真贓未獲，巧言爭辯於公堂。船底中搜出器物銀兩，簧舌⓰上招出謀命劫財。罪應大辟，以償季興冤命；贓還舊主，以給寧龍寧家。

判訖，擬二凶秋後斬首，餘各省發。可謂民姦不終隱伏，而王法悉得其平矣。

⓯ 決定：一定；肯定。

⓰ 簧舌：巧舌如簧的意思。

接跡渡

話說徐隆乃劍州❶人，家甚貧窘，父喪母存，日食不給。有弟徐清，雇工供母。其母見隆不能任力，終日閑游，時常罵詈❷，隆覺羞顏。一日，奮然相約知己馮仁，同往雲南生意，一去十數餘年，大獲其利，滿載而歸。歸至本地接跡渡頭，天色將晚，只見船在河背，叫喊昔年渡子張傑，張傑應之，將船撐接，兩人笑容拱手。問道：「隆官你去多年不歸，想獲大利。」徐隆步行負銀力倦，微微答道：「錢雖積些，所得不多。」遂將雨傘、包袱丟入船艙，響聲頗重。張知其雲南遠回，其包袱內必是有銀，陡起梟❸心，將隆一篙打落水中淹死，天晚無人看見。

傑將包袱密藏歸家，一時富貴，漸漸買田創屋。有子名曰張尤，年登七歲，傑單請一師詁訓❹，其師時常對傑稱譽道：「令郎善詩善對。」傑不深信。至端陽日請先生慶賞佳節，飲至中間，傑道：「承先生常譽小兒能為對句，今乃端陽佳節，莫若將此佳節為題以試小兒何如？」先生道：「令郎天資雋雅，

❶劍州：今四川省劍閣。
❷詈：音ㄌㄧˋ。罵。
❸梟：一種兇猛的鳥。
❹詁訓：也作訓詁，解釋古書的文義。此指教誨小孩識字、讀書。

聯句何難。」隨口占一聯與之對道：「黃絲繫粽，汨羅江上弔忠魂❺。」張尤沉思半晌，不能答對。傑甚不悅，先生亦覺無顏。張尤亦羞顏無地，假意廁房出恭。那冤魂就變作一老人在廁房之旁，問張尤道：「汝今日為何不悅？」張尤答道：「我被父親叫先生在席上出對考我，甚是難對，故此不悅。」冤魂問道：「對句如何？」尤道：「以今日端陽佳節為題，曰黃絲繫粽，汨羅江上弔忠魂。」冤魂笑道：「此對不難，我為汝對之。」尤道：「這等極好。」冤魂對道：「紫竹挑包，接跡渡頭謀遠客。」尤甚歡喜，慌忙奔入席間稟告先生道：「先生所出之對，我今對得。」先生不勝歡悅：「汝既對得，可速說來。」答道：「紫竹挑包，接跡渡頭謀遠客。」其父駭然失色。先生道：「對雖對得，不見甚美。」其父道：「此對必是汝倩❻人對的，好好直說出來，免受鞭笞。」其子受逼不過，將那老人代對的事說出。其父問：「這老人今還在廁房否？」尤道：「不知。」傑慌忙奔看不見，心中自疑：「此必是渡頭謀死冤魂出現。」駭得膽戰心驚，胡言亂語，悉以謀死徐隆的事直告先生，不覺被堂侄張奔竊聽。奔為昔年與傑爭占有仇，次日遂具狀出首。董侯准其狀詞，即差精兵五名密拿張傑赴臺鞫問。張傑拿至臺下，面無人色，手足無措。董侯知其謀害是實，將傑三拷六問。張傑受刑不過，將謀害徐隆事情一一供招，將傑枷鎖入監。次日申明上司，上司包公弔問填命，家業盡追入官，妻子逃走不究。

❺ 汨羅江上弔忠魂：俗傳五月五日端陽為楚國大詩人屈原投江日。是日，民間在汨羅江邊祭祀忠魂，用黃絲繫粽投入江中，以飼水底蛟龍，使其不侵擾屈原。汨，音ㄇㄧˋ。

❻ 倩：請人代為做事。

聽五齋評曰：

諺有言「神仙老虎狗」，蓋言船家也。言遇順風，則手足不動，而數百里可到，不啻神仙快活。若討船錢，張牙露目，狠面厲色，比老虎又似過之。一遇險難行，風逆水急，便曲背軟腰，真與狗無異。此就大概說耳。看單貴、張傑等之殺客謀財，神仙固難與比論，老虎亦無此陰險。及至事敗就刑，雖欲為狗得乎！凡我客商，當各置一冊於匣中，每至下船，揭出與船戶講講，乃是一樁大陰德事。

卷之二

黃菜葉

話說西京河南府❶，離城五里有一師家，弟兄兩個，家道殷富。長的名官受，二的名馬都，皆有志氣。二郎現在揚州府當織造匠。師官受娶得妻劉都賽，是個美麗佳人，生下一個兒子，取名金保，年已五歲。其年正月上元❷佳節，西京大放花燈。劉娘子稟過婆婆，梳妝齊備，打扮得十分俊俏，與梅香❸、張院公❹入城看燈。行到鰲山寺，不覺眾人喧擠，梅香、院公各自分散。娘子正看燈時，回頭不見了伙伴，心下慌張。忽然刮起一陣狂風，將逍遙寶架燈吹落，看燈的人都四下散走，只有劉娘子不識路徑，立在街前簷下。正在驚慌之際，忽聽得一聲喝道❺，數十軍人隨著一個貴侯來到，燈籠無數，卻是皇親

❶ 西京河南府：今河南省洛陽市。

❷ 上元：夏曆正月十五日，亦稱元宵節。

❸ 梅香：舊時多以「梅香」為婢女的名字，因此小說中多以梅香為婢女的代稱。

❹ 院公：老僕。舊小說、戲劇中稱家僕為院公或院子。

趙王，馬上看見娘子美貌，心中暗喜，便問：「你是誰家女子，半夜在此為何？」娘子詐道：「妾是東京❻人氏，隨丈夫到此看燈，適因吹折逍遙寶架燈，丈夫不知哪裡去了，妾身在此等候。」趙王道：「如今更深，可隨我入府中，明日卻來尋訪。」娘子無奈，只得隨趙王入府中來。趙王心生一計，遂著使女將娘子引到睡房，趙王隨後進去，笑對娘子道：「我是金枝玉葉，你肯為我妃子，享不盡富貴。如不允從，亦必難脫。」那娘子嚇得低頭無語，尋死無路，怎當得那趙王強橫之勢，只得順從，宿卻一宵。趙王次日設宴，不在話下。

且說張院公與梅香回去見師婆婆說知，娘子看燈失散，不知去向。婆婆與師郎煩惱無及，即著家人入城尋訪。有人傳說在趙王府裡，亦不知的實。

不覺將近一月。劉娘子雖在王府享富貴，朝夕思想婆婆、丈夫、兒子。忽有老鼠將劉娘子房中穿的那一套織成萬象衣服咬得粉碎，娘子看見，眉頭不展，面帶憂容。適趙王看見，遂問道：「娘子因甚煩惱？」娘子說知其故。趙王笑道：「這有何難，召取西京織匠人來府中織造一件新的便了。」次日，趙王遂出告示。不想師家祖上會織此錦，師郎正要探聽妻子消息，沒得因便，聽了此語，即便辭了母親來見趙王。趙王道：「汝既會織，就在府中依樣造成。」師郎承命而去。眾梅香傳與娘子，王爺著五個匠人在東廊下織錦。娘子自忖：「西京只有師家會織，叔叔二郎現在揚州未回，此間莫非是我丈夫？」即抽身來看。那師郎認得是妻子，二人相抱而哭。旁邊織匠人各各驚駭，不知其故。不道趙王酒醒，忽不

❺ 喝道：古時大官出行，前導吏役呼喝，使行人聞聲讓路。

❻ 東京：今河南省開封市。

見了劉都賽，因問侍女知在看匠人織造，趙王忙來廊下看時，見劉娘子與師郎相抱不捨。趙王大怒，即令刀斧手押過五個匠人，前去法場處斬，可憐師郎與四個匠人無罪，一時死於非命。那趙王恐有後累，命五百劊子手將師家門首圍了，將師家大小男女盡行殺戮，家財搬回府中，放起一把火來，將房屋燒個乾淨。當下只有張院公帶得小主人師金保出街坊買糕，回來見殺死屍無數，血流滿地，房屋火燒尚未滅。張院公驚問鄰居之人，乃知被趙王所害。張院公沒奈何抱著五歲主人，連夜逃走揚州，報與二官人去了。

趙王回府思忖：「我殺了師家滿門，尚有師馬都在揚州當匠，倘知此事，必去告御狀。」心生一計，修書一封，差牌軍❼往東京見監官孫文儀，說要除師二郎一事。孫文儀要奉承趙王，即差牌軍往揚州尋捉師馬都。是夜師馬都夢見一家人身上帶血，驚疑起來，去請著先生卜卦，占道：「大凶，主合家有難。」師馬都憂慮，即雇一匹快馬，徑離了揚州回西京來，行至馬陵莊，恰遇著張院公抱著小主人，見了師馬都大哭，說其來因。師二郎聽罷，跌倒在地，移時方蘇，即同院公來開封府告狀。師馬都進得城來，分付院公在茶坊邊伺候，自往開封府告狀，正遇著孫文儀喝道而過，牌軍認得是師馬都，稟知文儀。文儀即著人拿入府中，責以擅衝馬頭之罪，不由分說，登時打死。文儀令人搜撿，身上有告趙王之狀。忖道：「今日若非我遇見，險些誤了趙王來書。」又慮包大尹知覺，乃密令四名牌軍，將死屍放在籃底，上面用黃菜葉蓋之，扛去丟在河裡。正值包大尹出府來，行到西門坊，座下馬不進。包公喚過左右牌軍道：「這馬有三不走：御駕上街不走，皇后、太子上街不走，有屈死冤魂不走。」便差張龍、趙虎去茶坊、酒店

❼ 牌軍：官衙的役卒，或武官的親隨。

打聽一遭。張、趙領命，回報：「小巷有四個牌軍抬一籃黃菜葉，在那裡趨避。」包公令捉來問之。牌軍稟道：「適孫老爺出街，見我四人不合將黃菜葉堆在街上，每人責了十板，令我等抬去河裡丟了。」包公疑有緣故，乃道：「我夫人有病，正想黃菜葉吃，可抬入我府中來。」牌軍驚懼，只得抬進府裡，各賞牌軍，分付：「休使外人知道來取笑，包公買黃菜葉與夫人吃。」牌軍拜謝而去。包公令揭開菜葉視之，內有一死屍。因思：「此人必被孫文儀所害。」令獄卒且停在西牢。

且說那張院公抱著師金保等師馬都不來，徑往府前去尋，見開封府門首有屈鼓❽，張院公遂上前連打三下，守軍報知包爺。包公分付：「或是老翁幼婦，不許驚他，可領進來。」守軍領命，引張院公到廳前。包公問：「所訴何事？」張院公遂一從頭將師家受屈事情說得明白。包公又問：「這五歲孩兒如何走脫？」張院公道：「因為思母啼哭，領出買糕與他吃，逃得性命。」包公問：「師馬都何在？」張院公道：「他侵早來告狀，並無消息。」包公知其故，便著張院公去西牢看驗死屍，張院公看見是師馬都，放聲大哭。包公沉吟半晌，即令備馬到城隍廟來，當神祝道：「限今夜三更，要放師馬都還魂。」祝罷而回。也是師馬都命不該死，果是三更復蘇。次日，獄卒報知包公，喚出廳前問之，師馬都哭訴被孫文儀打死情由，包公分付只在府裡伺候。思量要賺趙王來東京，心生一計，詐病在床，不出堂數日。

那日，仁宗知道了，即差御院醫官來診視。李夫人道：「大尹病得昏沉，怕生人氣，免見罷。」醫官道：「可將金針插在臂膊上，我在外面診視，即知其症。」夫人將針插在屏風上，醫官診之，脈全不動，急離府奏知去了。包公與夫人議道：「我便詐死了，待聖上問我臨死時曾有甚事分付，只道：惟薦

❽ 屈鼓：古代懸掛在官衙門前的鼓，有冤屈者可擊鼓鳴冤告狀。

西京趙王為官清正，可任開封府之職。」次日，夫人將印綬入朝，哭奏其事，文武盡皆嘆息。仁宗道：「既臨死時薦御弟可任開封府之職，當遣使臣前往迎取趙王。」一面降敕差韓、王二大臣御祭包大尹。是時使命領敕旨前往河南，進趙王府宣讀聖旨已畢，趙王聽了，甚是歡喜，即點起船隻，收拾上任。不覺數日，到東京入朝。仁宗道：「包拯臨死薦汝，今朕重封官職，照依他的行事。」趙王謝恩而出。次日，與孫文儀擺列鑾駕❾，十分整齊，進開封府上任。行過南街，百姓懼怕，各各關門。趙王在馬上發怒道：「汝這百姓好沒道理，今隨我來的牌軍在路上日久，欠缺盤纏，人家各要出綾錦一匹。」家家戶戶搶奪一空。趙王到府，看見堂上立著長幡❿。左右稟道：「是包大尹棺木尚未出殯。」趙王怒道：「我選吉日上任，如何不出殯？」張龍、趙虎報與包公，包公分付二人準備刑具伺候，乃令夫人出堂見趙王說知，尚有半個月方出殯。趙王聽了愈怒，罵包夫人不識方便⓫。罵未三聲，旁邊轉過包公，大喝一聲：「認得包黑子否？」趙王愕然。包公即喚過張龍、趙虎，將府門關上，把趙王拿下，監於西牢，孫文儀監於東牢。次日升堂，將棺木抬出焚了，東西牢取出趙王、孫文儀兩個跪在階下，兩邊列著二十四名無情漢，將出三十六般法物⓬，掛起聖旨牌，當廳取過師馬都來證，將狀念與趙王聽了。趙王尚不肯招，包公喝令極刑拷問，趙王受刑不過，只得招出謀奪劉都賽殺害師家滿門情由。次及孫文儀，亦難抵諱，

❾ 鑾駕：皇帝的車駕。

❿ 幡：音ㄈㄢ。用竹竿等挑起來直掛的長條形旗子。

⓫ 方便：權宜；機會。

⓬ 法物：指宗廟樂器、車駕、鹵簿等物品。

招出打死師馬都情弊。包公疊成文案，擬定罪名，親領劊子手押出趙王、孫文儀到法場處斬。次日，上朝奏知，仁宗撫慰之道：「朕聞卿死，憂悶累日。今知卿蓋為此事詐死，御弟及孫文儀擬罪允當，朕何疑焉！」包公既退，發遣師馬都寧家；劉都賽仍轉師家守服；將趙王家屬發遣為民，金銀器物，一半入庫，一半給賞張院公，以其有義能報主冤也。

石獅子

話說登州❶管下一個地名市頭鎮，居民稠密，人家並靠河岸築室。為惡者多，行善者少。惟有鎮東崔長者好善布施，不與人爭。娶妻張氏，性情溫柔，治家勤儉。所生一子名崔慶，年十八歲，聰明穎達，耽嗜詩書，父母惜如掌上之珠。忽一日，有個老僧來家抄化❷道：「貧僧是五臺山❸雲游僧家，聞府中長者好善，特來化齋飯一餐。」崔長者整衣冠出，延那僧人入中堂坐定，崔長者納頭便拜道：「有失款迎，萬勿見罪。」那僧人連忙扶起道：「貧僧不識進退，特候員外❹見一面。」長者大悅，便令作齋款待僧人，極其豐厚。長者席上問其所來，僧人答以：「雲游到此，要見員外有一事稟知。」長者舉手請道：「上人❺若要化緣或化齋，老拙不敢推阻。」僧人道：「足見長者善心。貧僧不為化緣而來。即日本處當有洪水之災，員外可預備船隻伺候走路。敬以此事告知，餘無所言。」長者聽罷，連連應諾。便

❶ 登州：今山東省蓬萊縣。

❷ 抄化：僧道沿街募化。

❸ 五臺山：佛教四大名山之一，在今山西省北部。

❹ 員外：本謂在定額之外設置的官員，可以納錢捐買。後漸用為對地主富豪的一種稱呼，常見於宋代以來的小說、戲曲中。

❺ 上人：對僧人的尊稱。

問道：「洪水之災何時當見？」僧人道：「但見東街寶積坊下那石獅子眼中流血，便要收拾走路。」長者道：「既有此大災，當與鄉里說知。」僧人道：「你鄉皆為惡之徒，豈信此言；就是長者信我逃得此難，亦不免有苦厄累及。」長者問道：「苦厄能喪命否？」僧人道：「無妨。將紙筆來，我寫幾句與長者牢記之。」

天行洪水浪滔滔，遇物相援報亦饒；只有人來休顧問，恩成冤債苦監牢。

長者看了不解其意。僧人道：「後當知之。」齋罷辭去，長者取過十兩花銀相贈。和尚道：「貧僧雲游之人，縱有銀兩亦無用處。」竟不受而去。

長者對張氏說知，即令匠人於河邊造十數隻大船。人問其故，長者說有洪水之災，造船逃避。眾人大笑。長者任眾人譏笑，每日令老嫗前往東街探石獅子有血流出否。老嫗看探日久，往來頻數，坊下有二屠夫問其緣故，老嫗不隱，直告其故。二屠待嫗去，自相笑道：「世上有此等痴人。天旱若是，有甚麼水災？況那石獅子眼孔裡哪討血出！」二屠相約戲之，明日宰豬，用血灑在石獅眼中。是日，老嫗看見，連忙走回報知，長者即分付家人，收拾動用器物，一齊搬上船。當下太陽正酷，日氣蒸人。等待長者攜得一家老幼登船已畢，黃昏左側，黑雲並集，大雨滂沱，三晝夜不息，河水擁入市頭鎮。一時間那人民居屋流蕩無遺，溺死二萬餘人。正因鄉民作孽太過，天以此劫數滅之，止有崔長者夫婦好善，預得神人救之。那日長者十數大船隨洪水流出河口，忽見山岩崩下，有一初養黑猿被溺不能起，長者即令家人取竹竿接之，那猿及岸得生而去。船正行間，又見一樹木流來，有鴉巢在上，新乳❻數鴉飛不起，長者又令家僮取船板托之，那鴉展開兩翼各飛將去了。適有灣處，見一人被浪激流下來，口叫「救命」，長者聽得，即令人接之。張氏道：「員外豈不記僧人所言遇人休顧之囑。」長者道：「物類尚且救之，況人而不恤哉！」竟令家僮取竹竿援之上船，遂取衣服與換。忽次日雨止，長者乃令家僮回去看時，只見洪水過去，盡成沙丘，惟有崔長者房屋，雖被浸損，未曾流蕩。家僮報知，長者令工人修整完備如前，攜老幼回家。同鄉鄰里後歸者，十有一二而已。長者問那所救之人願回去否？那人哭道：「小人是寶積坊下劉屠之子，名劉英，今被水沖，父母不知存亡，家計盡空，情願為長者隨行執傘之人，以報救命之恩。」長者大悅道：「你既肯留我家下，就作養子看待。大於我兒，你當居長。」劉英拜謝。

時光似箭，日月如梭，長者回家不覺又有半載。時東京國母張娘娘失去一玉印，不知下落。仁宗皇帝出下榜文，張掛諸州，但有知玉印下落者，官封高職。忽一夜，崔長者夢見神人說：「今國母張娘娘失落玉印，在後宮八角琉璃井中。上帝以君有陰德，特來說與你，可著親兒子去報知，以受高官。」長者醒來，將夢與妻子說知。忽家人來報，登州衙門首有榜文張掛，所說與長者夢中之言相同。長者甚喜，欲令崔慶前去奏知受職。張氏道：「只有一子，豈肯與他遠離。富貴有命，員外莫望此事。」劉英近前見父母道：「小兒無恩報答，既是神人報說，我情願代弟一行，前往京都報知，倘得一官半職，回來與弟承受。」長者歡然，準備銀兩，打點劉英起程。次日，劉英相辭，長者再三叮嚀：「若有好事，休得負心。」劉英領諾而別，上路往東京進發，不一日來到京城，徑來朝門外揭了榜文。守軍捉見王丞相，劉英先通鄉貫姓名，後以玉印下落說知，王丞相即令牌軍送劉英於館驛❼中伺候。次日，王丞相入朝奏

❻ 新乳：新生的。

知，仁宗召宮中嬪妃問之，娘娘方記得，因中秋賞月，夜闌，同宮女八角琉璃井邊探手取水，誤落井中。遂令宮監下井看取，果有之。仁宗宣劉英上殿，問其何知玉印之由。劉英不隱，直以神人夢中所報奏知。仁宗道：「想是你家積有陰德。」遂降敕封英為西廳駙馬❽，以偏后黃娘娘第二公主招之。劉英謝恩，不勝歡喜。過數日，朝廷設立駙馬府與劉英居住，當下劉英一時顯達，權勢無比，就不思量舊恩了。

卻說崔長者，自劉英去後將兩個月，日夜懸望消息。忽有人自東京來，傳說劉英已招為駙馬，極其貴顯。長者遂分付家人小二同崔慶赴京。崔慶拜辭父母，往東京進發，不一日來到東京，尋店歇下。次日，正訪問駙馬府，那人道：「前面喝道，駙馬來矣。」崔慶立在一邊候過了道，恰好劉英在馬上端坐，昂昂然來到。崔慶故意近前要與相認，劉英一見崔慶，喝聲：「誰人衝我馬頭？」便令牌軍捉下。崔慶驚道：「哥哥緣何見疏？」劉英怒道：「我有什麼兄弟？」不由分說，拿進府中，重責三十棍。可憐崔慶，打得皮開肉綻，兩腿血流，監入獄中。此時小二在店中得知主人被難，要來看時，不得進去。崔慶將其情哀告獄卒，獄卒憐而濟之。崔慶原是富家，每日肉食不絕，一旦受此苦楚，怎生忍得。正在飢渴之際，思想肉食，忽牆外一猿攀樹而入，手持一片熟羊肉來獻。崔慶俄然記得，此猿好似我父昔日洪水中所救者，接而食之。猿去，過了數日又將物食送進來，如此者不絕。獄卒見了，知其來由，嘆道：「物類尚有恩義，人反不如！」自是隨其來往。又一日，牆外有十數烏鴉集於獄中，哀鳴不已。崔慶亦疑莫非是父所救者，乃對鴉道：「爾若憐念我，當代我帶書一封寄回吾父。」那鴉識其意，都飛向前。慶即

---

❼ 館驛：招待賓客的房舍。

❽ 駙馬：漢代設駙馬都尉一職，魏、晉以後例以皇帝的女婿為此官，故稱帝婿為駙馬。

向獄卒借紙筆修了書，繫於鴉足上，即飛去，不數日，已飛到其家。正值崔長者與張氏正在說兒子沒音信之事，忽鴉飛下，立於身邊。長者驚疑，看鴉足上繫一封書，長者解下看之，卻是崔慶筆跡，內具劉英失義及獄中受苦情由。長者看罷大哭。張氏問知其故，遂痛哭道：「當初叫汝莫收留他人，果然恩將仇報，陷我兒子於縲紲之中，怎能得出？」長者道：「鳥獸尚知仁義，彼有人心，豈得如此負恩之甚！我只得自往東京走一遭，探其虛實。」張氏道：「兒受苦，作急而行。」

次日，崔長者準備行李，辭妻赴京。數日，已到東京，尋店安下。侵早，正值出街訪問消息，忽見家人小二身穿破衣，乞食廊下，一見長者，遂抱之而哭，長者亦悲，問其備細。小二將前情訴了一遍，長者不信，要進府裡見劉英一面。小二緊緊抱住，不放他去，恐遭毒手。忽報駙馬來了，眾人都迴避，長者立廊下候之。劉英近前，長者叫道：「劉英我兒，今日富貴不念我哉！」劉英看見，認得是崔長者，哪裡肯顧盼他，只做不見。長者不肯休，一直隨馬後趕去，不料已閉上府門，不得進去。長者大恨道：「不認我父子且由你，何又將吾兒監禁獄中受苦。」即投開封府告狀。正值包公行香❾轉衙，長者跪馬頭下告狀，包公帶入府中審問，長者哀訴前情，不勝悲慼。包公令長者只在府廊下居止，即差公牌去獄中喚獄卒來問：「有崔慶否？」獄卒覆道：「某月日監下，獄裡飲食不給，極是狼狽。」包公遂令獄卒散誕❿拘之。

次日，即差人請劉駙馬到府中飲酒。劉英聞包公有請，即來赴席。包公延入後堂相待，分付牌軍道：

---

❾ 行香：去寺觀燒香。

❿ 散誕：也作「散淡」。閒悠；自在。

「今日我要判理崔慶獄事，你等緊閉上府門，不許閑雜人走動。」牌軍領命，便將府門閉止，然後排過筵席。酒至半酣，使不繼斟，包公故意怒道：「緣何不添酒來？」廚下報道：「酒已盡了。」包公笑道：「酒既完了，就將水來斟亦好。」侍吏應諾，即提過一桶水來。包公令將大甌⓫來斟，先斟一甌與劉英道：「駙馬大人權飲一甌。」劉英只道包公輕慢他，怒道：「包大尹好欺人，朝廷官員誰敢不敬我劉某？哪有相請用水當酒！」包公道：「休怪休怪，衆官要敬駙馬，偏包某不敬。今年六月間尚飲一河之水，一甌水難道就飲不得？」劉英聽了，毛髮悚然。忽崔長者走近前來，指定劉英罵道：「負義之賊！今日負我，久後必負朝廷！望大人作主。」包公便令拿下，去了冠帶，拖倒階下，重責四十棍，令其供招。劉英自知不是，吐出實情，招認明白。包公命取長枷繫於獄中。次日，具疏奏知。仁宗宣召崔長者至殿前審問，長者將前事奏知一遍，仁宗稱羨道：「君之重義如此，親子當受爵祿，朕明日有旨下。」長者謝恩而退。次日，旨下：「劉英冒功忘義，殘虐不仁，合問死罪；崔慶授武城縣尉，即日走馬赴任；崔長者平素好善，敕令有司起義坊⓬旌之。」包公依旨判訖，請出崔慶，換以冠帶，領文憑赴任而去，長者同去任所。是冬將劉英處決。

聽五齋總評：

近來人家中了一點舉人進士，便要大聲呼么喝六⓭，學得謀人田房子女，那裡顧人舊

⓫ 甌：音ㄡ。小盆。

⓬ 坊：牌坊。

恩！今日之為包公者誰？噫！殺人者可恕，忘恩者難恕；十惡⑭可赦，負義者難赦。余少時讀書家祠中，有族叔將傭值三錢助余油薪。余年二旬奇矣，頭顱如故⑮，補報何時？「中心藏之，何日忘之！」此情不報，願隨逝者！

⑬ 呼么喝六：擲骰喝采聲，借為呼喝聲。

⑭ 十惡：中國古代為維護專制統治所規定的不可赦免的十大罪名。

⑮ 頭顱如故：指未取得功名，不能佩戴象徵士族的冠帶。

偷鞋

話說江州❶城東永寧寺有一和尚，俗姓吳名員城，其性風騷❷。因為檀越❸張德化娶南鄉韓應宿之女蘭英為妻，多年無子情切，懇請求嗣續後，每遇三元❹聖誕，建設醮祠；凡朔望❺之日，專請員城在家裡誦經。員城每覷蘭英貌如花嬌，鬢似雲堆，兩眼瞧著，無意誦經，須臾慾火竦動，展轉難禁，意圖淫姦。晚轉寺中，心生一計。次日，瞰德化往外，假討齋糧為由來至張家，賄托婢女小梅，求韓氏睡鞋一雙，小梅悄然竊出與之。員城得鞋，喜不自勝，回到寺中，自以為慶，每日捧著鞋沉吟無奈。適次日張檀越來寺議設醮事，行童❻報告，員城故將睡鞋一隻丟在寺門，德化拾起，心甚驚疑。既與員城話畢，歸家大怒，狠究睡鞋不見之由，遂將韓氏逐回母家，經官休退。員城聞知計就，潛跡逃回西鄉太平原，

---

❶ 江州：今江西省九江市。

❷ 風騷：原本指姿容俏麗，後也借指女子的態度放蕩輕佻。

❸ 檀越：佛寺僧侶對施捨財物給寺廟者的尊稱，是梵文「施主」的音譯。

❹ 三元：唐六典卷四：道士有「三元齋：正月十五日天官為上元，七月十五日地官為中元，十月十五日水官為下元，皆法身自懺愆罪焉。」佛寺中逢三元日也設齋醮祈祝。

❺ 朔望：夏曆每月初一稱朔，十五日稱望。

❻ 行童：寺院中當差的小和尚。

改姓名為馮仁，蓄髮二年，值應宿將蘭英改嫁，仁買求鄰居汪欽，徑往韓宅求姻。宿與欽素交好，遂允其姻，令擇吉日過聘，刻期畢姻。欽回覆馮仁，即納彩親迎，徑成婚配。

倏忽韶光❼掣電❽，時光正值中秋佳節，月色騰輝，樂聲鼎沸，夫婦對飲於亭，兩情交暢，仁樂飲沉醉，攜妻而笑道：「昔非小梅之功，安有今日之樂。」韓氏心疑，詢其故，仁將前情一一說出。韓氏聽罷，敢怒而不敢言，身雖遭仁計襲，心恨馮仁刻骨，洒罷仁睡，時至三更，自縊而亡。次日，韓應宿聞知馳視，正欲赴縣伸冤告狀，適遇包公出巡江州，應宿便寫狀呈告：

呈為滅節殺命事：痛女蘭英嫁婿張德化為妻，久調琴瑟❾，無愧唱隨。禍遭惡僧吳員城即今更名馮仁者，乘婿設醮，窺女青年艾色，買婢竊鞋陷女，若有私情。致婿堅執七出❿之條，念女實無一生之路。特原其素抱貞節，又見其事無實據，姑自狐疑，權為收養。豈意反中惡計，蓄髮改名，大恣淫心，即託鄰而求配。女思名已傷矣，身寔未污，雖生猶自可以問心；生不白矣，死又不白，雖死必不能以瞑目，聊且曲從其請，度日久必露蹤跡，庶幾求顯其報。得目下自吐根因，幾載之冤由既白，三更之縊死何辭？妻不得不釋夫疑，痛一女之冤魂渺渺；父不得不雪子恨，祈三尺之

❼ 韶光：美好的時光。

❽ 掣電：猶言閃電，形容迅疾。

❾ 琴瑟：兩種樂器名。詩經周南關雎：「窈窕淑女，琴瑟友之。」比喻夫婦間感情和諧。

❿ 七出：也稱「七去」，古代休棄妻子的七種理由。大戴禮記本命：「婦有七去：不順父母去，無子去，淫去，妒去，有惡疾去，多言去，竊盜去。」

嚴威栗栗⓫。民秉⓬絕而復續，女即九死無悔志；天網疏而不漏，惡必萬斬乃甘心。仁天王法主，天倫主。法正則身等父子夫婦之倫獲全，倫伸則惡僧姦盜詐僞之法必整。為此上呈。

那時馮仁亦揑虛情抵訴，包公即將兩人收監。其夜，坐在後堂至夜分，忽然一陣黑風侵人。包公道：「是何怨氣？」既而有一女子跪在堂下，包公問道：「汝是何處人氏？有甚冤屈？直對我說。」那女子即韓氏也，將前情訴說一遍，訴訖忽然不見。次日，包公坐堂，差張龍、薛霸去禁中取出韓、馮二人審問，即將馮仁捆打，追究睡鞋之事，馮仁心驚色變，俯首無詞，只得直招。包公將馮仁家產入官，判斷馮仁抵命。自此韓氏之冤得申，遠近快之。

⓫ 栗栗：同「慄慄」。恐懼貌。

⓬ 秉：通「柄」。指權柄。

烘衣

話說東京離城二十里，地名新橋，有一富人姓秦名得，原亦有名之裔，娶南村宋澤之女秀娘為妻。那秀娘性格溫柔，幼年知書，年十九歲嫁到秦門，待人御下，調和中饋❶，甚稱夫意。一日，秦得表兄有婚姻之期，著人來請秦得，秦得對宋氏道知，徑赴約而去，一連留住數日。宋氏懸❷望不回，因出門首探望。忽見一僧人遠遠而來，將近行過秦宅門首，見宋氏立在帘子下，僧人只顧偷眼視之，不提防石路凍滑，正向前拜揖，忽一跤跌落於沼中，時冬月寒凍，僧人爬得起來，渾身是水，戰栗❸不能當。秀娘見而憐之，叫他入來在外舍坐定，連忙到廚下燒著一盆火出來與僧人烘著，那僧人滿口稱謝，就將火烘焙衣服。秀娘又持一甌熱湯與僧人飲。秀娘問其從何而來，和尚道：「貧僧居住城裡西靈寺，日前師父往東院未回，特著小僧去接，行過娘子門首，不覺路上冰凍石滑，遭跌沼中。今日不是娘子施德，幾喪性命。」秀娘道：「你衣服既乾，可就前去。倘夫主回來見了不便。」僧人允諾，正待辭別而行，恰遇秦得回來，見一和尚坐舍外向火，其妻亦在一邊，心下大不樂。僧人懷懼，徑抽身走去。秦得入問秀

❶ 中饋：家中飲食。饋，進食於人。

❷ 懸：掛念；牽掛。

❸ 戰栗：也作「戰慄」。發抖、恐懼的樣子。

娘：「僧人從何而來？」宋氏不隱其故，秦得聽了怒道：「婦人女子不出閨門，鄰里間有許多人，若知爾取火與僧人，豈無議論？我秦得是個清白丈夫，如何容得汝不正之婦？」即令速回母家，「不許再入吾門！」宋氏低頭不語，不能辯論，見夫決意要逐他，沒奈何只得回歸母家。母氏得知棄女之由，埋怨女身不謹，惹出醜聲，甚輕賤之。雖是鄰里親族，亦疑其事，秀娘不能自明，悔之莫及，累日憂悶，靜守閨門不出。

不覺光陰似箭，日月如梭，在母家有一年餘。那僧人聞知宋氏被夫逐出，便生計較，離了西靈寺，還俗蓄髮，改名劉意，要圖娶宋氏。常言：和尚喫人心。此語說得真。比髮齊，遂投里嫗來宋家議親。里嫗先見秀娘之父說道：「小娘子與秦官人不睦，故以醜事壓之，棄逐離門，未過兩月，便娶劉宅女為室。如此背恩負義之人，顧戀他甚麼？老妾特來議親，要與娘子再成一段好姻緣，未知尊意允否？」其父笑道：「小女不守名節，遭夫逐棄，今留我家，嘗自怏怏，嫁與不嫁由他心意，我不做主張。」里嫗遂入見其母親，說知與小娘子議婚的事。其母歡悅，謂嫗道：「我女兒被逐來家有一年餘，聞得前夫已婚他家的女，往日嫌疑未息。既有人議婚，情願勸我女出嫁，免得人再議論。」里嫗見允，即回報劉意，劉意暗喜。次日，備重聘於宋家納姻。秀娘聞知此事，悲哀終日，飲食俱廢，爭奈❹被母所逼，推托不過，只得順從，歸劉氏的門。花燭之夜，劉意不勝歡喜，親戚都來作賀，待客數日，劉意重謝里嫗不題。

卻說秀娘雖則被前夫所逐，其心自謂實無虧行，亦望久後仍得團圓，誰想已失身他人。劉意雖則愛戀秀娘，秀娘終日還思念前夫不忘。將有半載，一日，劉意為知己邀飲，甚醉而歸，正值秀娘在窗下對

❹ 爭奈：怎奈；無奈。

鏡而坐，劉意原是個僧人，淫心狂蕩，一見秀娘，乘醉興抱住，遂戲謔道：「汝能認得我否？」秀娘答道：「不能認。」劉意道：「獨不記得被跌沼中，多得娘子取火來與之烘衣那個僧人乎？」秀娘驚問：「緣何卻是俗家？」劉意道：「汝雖聰明，不料吾計。當日聞汝被夫棄歸母家，我遂蓄髮，待成冠後，遣里嫗議親，不意娘子已得在我枕邊。」秀娘聽了，大恨於心。過了數日，逃歸見父說知此情。其父怒恨道：「我女兒施德於你，你反生不良。」遂具狀徑赴開封府衙呈告。包公差公牌拘得劉意、宋氏來證。劉意強辯不認，再拘西靈寺僧人勘問，委的是寺中逃離之徒還俗是真。包公令取長枷監於獄中跟究，劉某不能抵諱。包公遂判道：

失腳遺跌，已出有心；蓄髮求親，真大不法。

遂將劉意決杖刺配❺千里；宋氏斷回母家。秦得知其事，再遣人議續前姻，秀娘亦絕念，不思歸家。於是宋氏之名節方雪。

聽五齋評曰：

莫毒於和尚，莫柔於婦人。韓氏為求嗣，宋氏為慈心，而二僧遂各起不良之意，不

❺刺配：把犯人臉上刺字發配邊遠地服刑。

亦毒乎！

但二僧亦只自速其戾❻。算來和尚真是孤單命，而女子中之剛烈者盡多矣。韓氏之自縊，不如宋氏之逃歸。

❻ 戾：罪過。

龜入廢井

話說浙西有一人姓葛名洪，家世富貴。葛洪為人最是行善，仁德及物。一日，忽有田翁擒得一籃生龜來賣。葛洪問田翁道：「此龜從何得來？」田翁道：「今日行過龍王廟前窟中，遇此龜在彼飲水，被我罩得來送與官人。」葛洪道：「難得你送來賣與我。」便將錢打發田翁走去，令安童❶將龜蓄養廚下，明日待客。是夜，葛洪持燈入廚下，忽聽似有眾人喧鬧之聲。葛洪怪疑道：「家人各已出外房安歇去了，如何有喧鬧之聲不息？」遂向水缸邊聽之，其聲出自缸中。洪揭開視之，卻是一缸生龜在內喧鬧。葛洪不忍烹煮，次日侵早，令安童將此龜放在龍王廟潭中去了。

不兩月間，有葛洪之友，乃邑東陶興，為人狠毒姦詐，獨知奉承葛洪，以此葛洪亦不疏他。一日，葛洪令人請陶興來家，設酒待之，飲至半酣，葛洪於席中對陶興道：「我承祖上之業，頗積餘財，欲待收些貨物前往西京走一遭，又慮程途險阻，當令賢弟相陪。」興聞其言便欲起意，故作笑容答道：「賢兄要往西京，水火之中亦所不避，即當奉陪。」洪道：「如此甚好。但此去盧家渡有七日旱路，方下船往水程而去，汝先於盧家渡等候，某日我裝載便來。」陶興應承而去。比及葛洪妻孫氏知其事，欲堅阻之，而洪行貨已發離本地了。臨起身，孫氏以子年幼，猶欲勸之，葛洪道：「吾意已決，多則一年，少

❶ 安童：小僮僕；小廝。

則半載便回。汝只要謹慎門戶，看顧幼子，別無所囑。」言罷，徑登程而別。孫氏掩泣雙眸，悵悵轉入閨中。那陶興先在盧家渡等了七日，方見葛洪來到，陶興不勝之喜，將貨物裝於船上，便生著計較，對葛洪道：「今天色漸晚，與尊兄前往前村少飲幾杯，再回渡口投宿，明早開船。」洪依其言，即隨興向前村黃家店買酒而飲，陶興連勸幾杯，不覺醉去。時已黃昏左側，興促回船中宿歇，葛洪飲得甚醉，同陶興回至新興驛，路旁有一口古井，深不見底，陶興想道：「此處好下手。」探視四面無人，用手一推，葛洪措手不及，跌落井中。可憐平素良善，今日死於非命。陶興既謀了葛洪，連忙回至船中，喚覓艄子，次日侵早開船去了。及興到得西京，轉賣其貨時，值價騰湧，倍得利息而還，將銀兩留起一半，一半徑送到葛家見嫂孫氏。孫氏一見陶興回來，就問：「叔叔既轉，你兄為何不同回來？」陶興道：「葛兄且是好事，逢店飲酒，但聞勝境❷便去游玩。已同歸至汴河❸，遇著相知，攜之登臨某寺，我不耐煩，著先令帶銀兩回交，尊嫂收之，不多日便回。」孫氏信之，遂備酒待之而去。過二日，陶興要遮掩其事，生一計較，密令土工死人坑內拾一死不多時之屍，丟在汴河口，將葛洪往常所繫錦囊縛在腰間。第三日，自往葛宅見孫氏報知：「尊兄連日不到，昨聽得過來者道，汴河口有一人渡水溺死，暴屍沙上，莫非葛兄？可令人往視之。」孫氏聽了大驚，忙令安童去看時，認其面貌不似，及見腰間繫一錦囊，遂解下回報孫氏道：「主人面貌腐爛難辨，惟腰間繫一物，特解來與主母看。」孫氏一見錦囊，悲泣道：「此物吾母所製，夫出入常帶不離，死者是我夫無疑了。」舉家哀傷，乃令親人前去用棺木盛貯訖。陶興看得

❷ 勝境：風景名勝之地。

❸ 汴河：古代河名，流經河南等地，今大部已湮廢。

葛家作超度功果完滿後，徑來見孫氏撫慰道：「死者不復生，尊嫂只小心看顧侄兒長大罷了。」孫氏深感其言。

將近一年餘，陶興謀得葛洪資本，置成大家，自料其事再無人知者矣。一日，包公因省風謠❹，經過浙西，到新興驛歇馬，正坐公廳，見一生龜兩目睜視，似有告狀之意。包公疑怪，遂喚軍牌隨龜行去，離公廳一里許，有廢井，那龜遂跳入井中，不復出，軍牌回報包公。包公道：「井裡必有緣故。」即喚里社❺命工人下井探取，見一死屍，吊上來驗之，顏色未變。及勘問里人可認得此屍是哪裡人，皆不能識。包公諒是枉死，令搜身上，有一紙新給路引❻，上寫鄉貫姓名明白。包公記之，即差李超、張昭二人徑到其縣拘得親人來問，云是某日因過汴河口被水溺死。包公審問愈疑道：「彼既溺於河，卻又在井裡，安得一人有兩處死之理。」再喚其妻來問之，孫氏訴與前同，包公令認其屍，孫氏見之，抱而痛哭：「這正是妾的真夫！」包公云：「彼溺死者何人說是汝夫？」孫氏道：「得夫錦囊認之，故不疑也。」包公令看身上有錦囊否？及孫氏尋取，不見錦囊。包公細詢其來歷，孫氏將那日同陶興往西京買賣之情訴明。包公道：「此必是陶興謀殺，解錦囊繫他人之屍，取信於汝，瞞了此事。」復差李、張前去拘得

---

❹ 風謠：民歌；民謠。古代有官府派人採訪民謠以了解民情、風俗的說法。

❺ 里社：里正、社長，古時鄉官。

❻ 路引：通行證。

陶興到公廳根勘。陶興初不肯招，包公令取死屍來證，興驚俱難抵，只得供出謀殺之情，疊成文案，將陶興償命，追家財給還孫氏。判訖，將那龜代夫伸冤之事說知孫氏，孫氏乃告以其夫在日放龜之由。包公嘆道：「一念之善，得以報冤。」乃遣孫氏將夫骸骨安葬。後來葛洪之子登第，官至節度使。

鳥喚孤客

話說江陰有一布客，姓謝名思泉，從巴州❶發布回家，打從捷路苦株地經過，一片山路崎嶇，五里不聞雞犬，山大無比。其山凹中有一人家姓譚，兄弟二人，假以討❷柴營生。兄名貴一，弟名貴二，二人人面獸心，凡遇孤客經過，常常謀劫。思泉正欲借問路程，望見二人迤邐❸而來，忙近前唱個喏道：「大哥休怪。此去江陰還有幾日路程？」貴一答道：「只有三日之遙。」貴二便問：「客官從何處來？」泉答道：「小弟自巴州發布回，到此失路❹，望二兄相引。」二人指道：「那山凹小路可去。」泉只道二人是樵子，不在意下。來到前途，又是峻嶺難攀，只得等人問路。不覺貴一兄弟趕到，將刀揮中思泉後腦，鮮血淋漓，氣絕而死，二人將屍埋在山旁。當得銀千兩，兄弟歸家將銀均分，半年未露。

包公出巡巴州，從苦株地經過，人喝道，馬嘶風，行至半路間，忽聽鳥音連喚：「孤客孤客，苦株林中被人侵克！」包公遂轉鎮撫司❺安歇，差張龍、李虎尋到鳥叫之去所，看是甚麼冤枉。張、李領命

❶ 巴州：今四川省重慶市。
❷ 討：覓；取。
❸ 迤邐：音ㄧˇ ㄌㄧˇ。曲折連綿的樣子。
❹ 失路：迷路。

去到苦株林，仍見那鳥叫聲如前，即看那鳥所在尋個蹤跡，只見山凹土穴露出死人屍首。張、李回報，包公大驚。是夜，憑几而臥，夢見一人散髮泣於案前，歌絕句云：

言身寸❻號是咱門，田心白水❼出江陰。流出巴州浪漂泊，砥柱中流❽見山凹。桂花有意逐流水，

潭涯絕地起蕭牆❾。若非文曲星❿台照，怎得鰲⓫魚上釣鉤。

歌罷又訴道：「小人銀兩俱編千字文⓬號，大人可差人去他床下搜取，便見明白。」訴訖，乃含淚而去。包公遂會其意，待天明升堂，差張、李二人徑往苦株林，牌拘貴一、貴二到堂審究。喝道：「你兄弟假以砍柴為由，慣惡謀人，好生細招，免受重刑。」二人強辯不認。又差趙虎、李萬往他家床下搜出白絲銀若干，包公將銀細看，果編得有字號。遂大怒罵道：「劫銀在此，這賊還不直招！」令左右將兄弟捆

❺ 鎮撫司：舊時在諸衛所設的官署。

❻ 言身寸：合起為「謝」字。

❼ 田心白水：「田心」合為「思」字，「白水」合為「泉」，影指死者姓名。

❽ 砥柱中流：砥柱，原為河南省三門峽東的一個石島，屹立於黃河急流之中。此影指謝某行程受阻於山凹。

❾ 桂花有意二句：「桂」為「貴」諧音，「潭」為「譚」的諧音。蕭牆，門屏，此喻兄弟。此二句影指兇手姓名。

❿ 文曲星：古代傳說中主宰功名、祿位的神，為讀書人所崇祀。民間傳說包公為天上文曲星下世，所以此以文曲星指包公。

⓫ 鰲：傳說中的海中大龜。

⓬ 千字文：舊時兒童蒙學課本，有字一千個。

打一番，重挾長枷。二人受極刑不過，只得從實招認。於是喚張龍、李虎押貴一兄弟二人去法場，斬首懸掛巴州門，曉喻示眾，其家抄洗，銀物入官。

聽吾齋評曰：

今人不如物類多：龜不言，目睜視而告狀；烏能鳴，喚孤客以訴冤。可以人而不如物乎？況物類尤極公道，不論報施。吾聞葛某之放龜，未聞謝某之養烏也。在包公尤可謂善體物情。

臨江亭

話說開封府有一富家吳十二，為人好交結名士。娶妻謝氏，容貌風情極侈❶。吳十二有個知己韓滿，是個軒昂丈夫，往來其家甚密。謝氏常以言挑之，韓滿以與吳友交厚，敬之如嫂，不及於亂。一日冬殘，雪花飄揚，韓滿來尋吳友賞雪。適吳十二莊上未回，謝氏聞知韓滿來到，即出見之，笑容可掬，便邀入房中安頓坐定，抽身入廚下，整備酒食進來與韓滿吃，坐在下邊相陪。酒至半酣，謝氏道：「叔叔，今日天氣甚寒，嬸嬸在家亦等候叔回去同飲酒否？」韓滿道：「賤叔家貧，薄酌雖有，不能夠如此豐美。」謝氏有意勸他，飲了數杯，淫興勃然，斟起一杯起身送與韓滿道：「叔叔，先飲一口看滋味好否？」韓滿大驚道：「賢嫂休得如此。倘家人知之，則朋友倫義絕矣。從今休使這等見識。」說罷推席而起。走出門，正遇吳十二冒雪回來，見韓滿就欲留住。韓滿道：「今日有事，不得與兄長敘話。」徑辭而去。吳十二入見謝氏問：「韓故人來家，如何不留待之？」謝氏怒道：「汝結識得好朋友，知汝不在家故來相約，妾以其往日好意，備酒待之，反將言語戲妾，被我叱幾句，沒意思走去。問他則甚？」吳十二半信半疑，不敢出口。過了數日，雪霽天晴，韓滿入城來，恰遇吳友在街頭過來，韓滿近前邀入店中飲酒。滿乃道：「兄之尊嫂是個不良之婦，從今與兄不能相會於家，恐遭人有嫌疑之誚❷。」吳十二道：「賢

❶ 侈：誇大；過分。

弟何出此言？就是嫂有不周之言，當看我往日情分，休要見外。」韓滿道：「兄長門戶自宜謹密，只此一言，餘無所囑。」飲罷，各散而去。次年春，韓滿有舅吳蘭在蘇州販貨，有書來約他，滿要去，欲見吳十二相辭，不遇徑行。比及吳友知之，已離家四日矣。

吳十二有家人汪吉，人才出眾，言語捷利，謝氏愛他，與之通姦，情意甚密。一日，吳十二著汪吉同往河口收討帳目，汪吉因戀謝氏之故，推不肯去，被吳十二痛責一番，只得準備行李，臨起身，入房中見謝氏商議其事。謝氏道：「但只要你有計較謀害了他，回來我自有主張。」汪吉歡喜領諾，同主人離家，在路行了數日，來到九江鎮，問往日相識李二艄討船，渡過黑龍潭，靠晚泊船龍王廟前，買香紙❸做了神福。汪吉於船上小心服侍，吳十二飲得甚醉。李艄都去歇息。半夜時，吳十二要起來小便，汪吉扶出船頭，乘他宿酒未醒，一聲響，推落在江中。故意驚叫道：「主人落水！」比及李艄起來看時，那江水深不見底，又是夜裡，如何救得！挨到天明，汪吉對李艄道：「沒奈何，只得回去報知。」李艄心中生疑，吳某死必不明。撐回渡船受了僱錢自去。汪吉忙走回家，見謝氏密道其事。謝氏大喜，虛設下靈席，日夜與汪吉飲酒取樂，鄰里頗有知者，隱而不言。古云：家有淫蕩之婦，丈夫不能善終。信斯言矣。

話分兩頭，再說韓滿因暮春時景，偶出鎮口閑行，正過臨江亭，遠遠望見吳十二來到，韓滿認得，連忙近前攜住手道：「賢兄因何來此？」吳十二形容枯槁，皺了雙眉，對韓滿道：「自賢弟別後，一向

---

❷ 誚：音ㄑㄧㄠˋ。責備。

❸ 香紙：祭祀用的香燭、冥幣。

思慕。今有一事投托，萬望勿阻。」韓滿道：「前面亭上少坐片時。」遂邀到亭上坐定，乃道：「日前小弟因母舅書來相約，正待要見兄長一辭，不遇徑行。今幸此會，為何沉悶不樂？」吳十二泣下道：「當日不聽賢弟之言，惹下終天❹之別，一言難盡。」韓滿不知其死，乃道：「兄長烈烈❺丈夫，為何出此言？」吳十二道：「賢弟休驚。自那日相別之後，如此如此。」韓滿聽了，毛骨悚然，抱住吳十二道：「賢兄此言是夢中耶？如果有此事情，必不敢負。且問，當夜落水之時可有人知否？」吳十二道：「鎮江口李艄頗知。吾與賢弟幽明❻之隔，再難會面，今且從此別矣。」道罷，韓滿忽身便倒，昏迷半晌方醒。比尋故人，不見所在，連忙轉蘇州店中見母舅道：「家下有信來催促，特來辭別，回去無事便來。」吳蘭挽留不住。比及回到鄉里訪問，吳友已死過六十日矣。韓滿備了香紙至靈前哭奠一番。謝氏恨之，不肯出見。惟吳十二妾陳氏知之，出接納，含悲訴其冤情，韓滿撫慰良久而別。

韓滿回家，思量要去告狀，又沒有頭緒，復來蘇州見母舅，道知故人冤枉之事。吳蘭道：「此他人事，又無對證，莫惹連累。」韓滿哭道：「愚甥與吳友結交，有生死之誓，只因不良嫂在，以此疏闊❼。近日曾以幽靈托我，豈可負之！」吳蘭道：「既如此，即日包大尹往邊關賞勞，才回東京。具狀往告其家人與主母通姦之情，故人冤可理矣。」滿依其言，連夜來東京，侵早入府告狀。包公審問的實，即差

❹ 終天：終身，一般用於死喪不幸的事。

❺ 烈烈：氣勢盛大。

❻ 幽明：指生與死，陰間與陽間。

❼ 疏闊：久別。

公牌拿得汪吉及謝氏當廳根勘❽。汪吉、謝氏爭辯，不肯招認，究問數日，未能斷決。包公思量通姦之弊的有，謀死主人未得證見，他如何肯招？乃密召韓滿問道：「汝故人既有所托，曾言當日渡艄是誰？」韓滿道：「鎮江口李二艄也。」包公次日差黃興到鎮江口拘得李二艄來衙，問其情由。李艄道：「某日夜深，落水之後，彼家人叫知，待起來時，救不及矣。」包公遂取出人犯當廳審究。汪吉見李艄在旁邊，便有懼色，不用重刑拷究，只得從直招出，疊成案卷。將汪吉、謝氏押赴法場處斬；給了賞錢與李艄回去；韓滿有故人之義，能代申冤枉，訪得吳十二有女年十四歲，嫁與韓滿之子為妻，將家貲器物盡與女兒承其家業，以不負異姓而骨肉云。

❽根勘：查勘；查究。

白塔巷

話說包公守東京之日，治下寧靜，姦宄❶斂跡，每以判斷為心，案牘不致留滯。皇祐元年❷正月十五日，包公同胥吏❸去城隍廟行香畢，回到白塔前巷口經過，聞有婦人哭丈夫聲，其聲半悲半喜，並無哀痛之情，包公暗記在心，回衙即喚值堂公差鄭強問道：「適來白塔前巷口有一婦人哭著甚麼人？」強告道：「是謝家巷口劉十二日前死了，他妻吳氏在家中哭。」包公心上忖道：「這人定死得不明。莫是吳氏謀了丈夫性命，不然哭聲如何半悲半喜？」便差人去拘吳氏來，問其夫因何身死？吳氏供道：「妾身夫主劉十二以賣小菜為生，忽於前月氣疾身死，埋在南門外五里牌後，因家中有小兒子全無倚賴，以此悲哭。」包公聽了，看那婦人臉上似搽脂粉，想：「她守服如何還整容顏？」隨喚著土工陳尚押吳氏同去墳所，啟棺檢驗丈夫有無傷痕。土工回報：「劉十二身上並無傷痕，病死是實。」包公拍案怒道：「陳尚隱匿情弊，故來我跟前遮掩，限三日內若不明白，決不輕恕。」陳尚回家憂愁，雙眉不展。其妻楊氏問尚有何事憂愁，尚以此事告知。楊氏道：「曾看死人鼻中否？」尚道：「此人原是我收殮，鼻中

❶ 宄：音ㄍㄨㄟˇ。壞人。

❷ 皇祐元年：皇祐為宋仁宗年號。皇祐元年為西元一〇四九年。

❸ 胥吏：小官吏。

未看。」楊氏道：「聞得人曾用鐵釘插入鼻中，壞了人性命。何不勘視此處？」尚亦狐疑，即依妻言再去看驗，劉十二鼻中果有鐵釘二個，從後腦髮中插入。遂取釘來呈知。包公便將吳氏勘審，吳氏初不肯招，及上起刑具，只得招認為與張屠戶通姦，恐丈夫知覺，不合謀害身死情由。案卷既成，遂判吳氏謀害親夫，押赴市曹處斬；張屠姦人妻小，因致人死，發配軍州。判斷已定，司吏依令施行。只因此件公案，又判出一件案枉來。

再說包公當下已決吳氏謀殺其夫情由，遂究問陳尚：「是誰人教你如此檢驗？」尚稟道：「當日小人領命前去檢看，劉十二屍身並無傷痕。臺前定要在小人身上根究，回家憂悶，不料小人妻子倒有見識，教我如此檢驗，果得明白。」尚道罷，堂上諸吏覆道：「既陳尚之妻有如此見識，不是個等閑婦人，乞老爺支酒錢賞給楊氏。」包公道：「汝諸吏所言有理。」即使差人去喚楊氏來給賞。不多時喚楊氏來到，賜以錢五貫❹，酒一瓶，楊氏歡喜拜受。方欲出衙，包公喚轉楊氏問道：「當初陳尚與你是結髮夫妻，還是半路夫妻？」楊氏道：「妾身前夫早亡，再嫁與陳尚為妻。」包公又問：「前夫姓甚名誰？」答道：「姓梅名小九。」包公道：「得何病身死？」楊氏見包公問得情切，不覺失色，勉強對道：「他染瘋癲病而死，埋在南門外亂葬崗上。」包公道：「你前夫也死得不明。」便差王亮押楊氏同去墳所，檢驗梅小九屍骨。楊氏思量道：「亂葬崗有多少墳墓，終不然個個人鼻中有釘。」遂乃胡亂指一個別人的墳墓與差人，掘開視之，並無傷痕，檢驗鼻中，又無緣故。楊氏道：「人稱包老爺如秋月之明，今日此事直欲逼人於死地。」王亮正沒奈何之際，忽見一個老人，年七十餘歲，扶杖而行，前來問亮在此何事。亮

❹ 貫：舊時把方孔錢穿在繩索上，每一千錢稱一貫。

告道，如此如此。老人聽了，指著楊氏道：「你休要胡指他人墳墓，枉拋了別人骸骨，教你一干人受罪。」便指與王亮道：「這便是梅小九墳墓。」言訖，化陣清風而去。亮遂掘開取棺檢驗，果見鼻中有兩個釘。亮便押了楊氏回報。包公遂勘得楊氏亦曾謀殺前夫是實，將楊氏押赴市曹處斬，聞者無不稱奇。

聽五齋總評：

看來婦人家終是淫情有餘，見識不足。如謝氏之於汪吉，以主母而下通廝僕，謀死於舟，取樂於家，固宜共敗。至若阿吳之釘，如何與阿楊之釘不約而同，包公乃以哭聲之悲喜辨之，豈所謂聲發於心耶？但胭脂之飾，且根心生色矣。總是見識不足。近來朋友托相知而亂閨中者不少，如韓滿者真難其人矣。

血衫叫街

話說包公守肇慶之日，離城三十里有個地名寶石村，村中黃長老家頗富足，祖上惟事農業。生有二子，長曰黃善，次曰黃慈。善娶城中陳許之女瓊娘為妻，瓊娘性格溫柔，自過黃家門後，奉事舅姑❶極盡孝道。未及一年，忽一日，陳家著小僕進安來報瓊娘道：「老官人因往莊中回來，偶染重疾，叫你回來看他幾日。」瓊娘聽說是父親染病，如何放心得下，分付進安入廚下酒飯，即與丈夫說知：「吾父有疾，著人叫我看視，可對公婆說，我就要一行。」黃善道：「目下正值收割時候，工人不暇，且停待數日去未遲。」瓊娘道：「吾父臥病在床，望我歸去，以日為歲，如何等得！」善固意要阻他，不肯放他去。瓊娘見丈夫阻他，遂悶悶不悅，至夜間思忖❷：「吾父只生得我一人，又無別兄弟倚靠，倘有差失，悔之晚矣。不如莫與他知，悄悄同進安回去。比及知時，料亦無妨。」

次日侵早，黃善徑起去趕人收稻子。瓊娘起來，梳妝齊備，分付進安開後門而出。瓊娘前行，進安後隨。其時天色尚早，二人行上數里，來到芝林，霧氣漫漫，對面不相見。進安道：「日還未出，霧又下得濃，不如入村子裡躲著，待霧露散而行。」瓊娘是個機警女子，乃道：「此處險僻，恐人撞見不便，

❶ 舅姑：公婆。
❷ 思忖：思量；揣度。

可往前面亭子上去歇。」進安依其言。正行間，忽前面有三屠夫要去買豬，亦趕早來到，恰遇見瓊娘，見他頭上插戴金銀首飾極多，內有姓張的最凶狠，與二伙伴私道：「此娘子想是要入城去探親，只有一小廝❸跟行，不如劫了她的首飾來分，勝做幾日生意。」一姓劉的道：「此言極是。我前去將那小廝拿住，張兄將女子眼口捫了，吳兄去奪首飾。」瓊娘見三人來的勢頭不好，便將首飾拔下要藏在袖中，徑被吳兄用手搶入袖中去，瓊娘緊緊抱住，哪肯放手。姓張的恐遇著人來不便，抽出一把屠刀將女子左手砍了一刀，女子忍痛跌倒在地，被三人將首飾盡行奪去。進安近前來看時，瓊娘不省人事，滿身是血，連忙奔回黃家報知。正值黃善與工人吃飯，聽得此消息，大驚道：「不聽我言，遭此毒手。」慌忙叫三、四人取轎來到芝林，瓊娘略醒，黃善便抱入轎中，抬回家下看時，左手被刀傷及其掌，一面分付家人請醫調治，一面具狀領進安入府哭訴包公。

包公看狀沒有姓名，乃問進安：「汝可認得劫賊人否？」進安道：「面貌認他眾人不著，像是伙買豬屠夫模樣。」包公道：「想賊人不在遠處，料尚未入城。」分付黃善去取他妻子那一件血染短衫來到，並不與外人揚知，乃喚過值堂公皂黃勝，帶著生面人，教他將此短衫穿著，可往城中遍街去喊叫，稱道，今早過芝林，遇見三個屠夫被劫，一屠夫因與賊鬥，殺死在林中，其二伴各自走去了。勝依教，領著一生面人穿著血染短衫，滿城去叫，行到東巷口張鑾門首，其妻朱氏聞說，連忙走出門來問道：「我丈夫侵早出去買豬，不知同哪個伙伴去，又沒人問個的實❹。」勝聽見，就坐在對門酒店中等著。張屠至午

❸ 小廝：舊稱年輕僮僕。

❹ 的實：真實；確實。

後恰回來，被勝走近前一把抓住，押來見包公，隨即搜出金銀首飾數件。包公道：「汝快報出同伙伴來，饒汝的罪。」張鑾只得報出吳、劉二屠夫。包公即時差黃勝、李寶分頭去捉。不多時，吳、劉二屠夫正回來，被黃勝、李寶不待他入門，逕捉拿解來，吳、劉初則不知官府捉他根由，及見張鑾跪於廳下，驚得啞口無言，亦搜出首飾各數件，三人抵賴不過，只得從直招供謀奪之情。著司吏疊成案卷，擬判張鑾三人皆問斬罪；給還首飾與黃善收訖去。後來瓊娘亦得名醫醫好，仍與黃善夫婦團圓。

青靛記穀

話說許州❶有光棍，一名王虛一，一名劉化二，專一詐騙人家，又學得撮摶之術❷。二人探得南鄉富戶蔣欽穀積千倉，遂設一計，將銀十兩，徑往他家糴❸穀。來到蔣家，見了蔣欽道：「在下特來向翁糴些穀子，做些買賣。」蔣欽道：「將銀來看。」虛一遞過銀十兩，蔣欽收了，即喚來保開倉發穀二十擔付二位客人去。二人得穀暗喜，遂用攝法將穀攝將去了。又假行了半里，將穀推回還欽，說是吃了虧，要退銀別買。蔣欽看穀入倉，付還原銀。那二人得了原銀，遂將欽穀一倉盡行攝去。沿途車聲喧嚷，地塵狂起，鄰右望見，都說蔣家發出這多穀何為？忽有佃夫張小一在路遇見，來到蔣家道：「恭喜官人，糶❹了許多穀，得了若干銀兩。」蔣欽回說：「沒有糶得。」小一道：「我明明遇見推去許多車子，官人何故瞞我？我聞得有一起撮摶的，休要被他攝了去！」欽大驚疑，忙喚來保開倉來看，只見先開糶穀倉全無半粒。蔣欽大驚道：「此攝去真矣！」悶上心頭，無如奈何，遂具狀投告開封府，包公准狀，發

❶ 許州：今河南省許昌市。
❷ 撮摶之術：民間傳說一種利用符咒在人不知覺中搬運物品的方術。摶，ㄊㄨㄢˊ。
❸ 糴：音ㄉㄧˊ。買糧食。
❹ 糶：音ㄊㄧㄠˋ。賣糧食。

欽且回。

次日，乃發義倉❺穀二百擔，內放青靛❻為記，裝載船上，自扮作湖廣❼客人，徑往許州來糶。到了許州河下，那虛一、化二聞知，徑來船上拜訪，動問客官何處來的。包公捏造道：「在下湖廣姓褚名景先，敢問二糴戶尊姓名？」二人直答道：「在下王虛一、劉化二。」包公記姓名在心，二人揖畢，虛一道：「小弟特來與尊客糴些穀子。」包公道：「借銀來看。」當時虛一遞出銀子，議定價錢，發穀二十餘車布在岸上。那二人見了穀，先撮將去了。少頃，那二人假相埋怨，說是糴虧了，將穀退回還褚客人，取銀另買。包公遂付還原銀，看將原穀搬入船倉。等待那二人去後，開艙板驗看，一船之穀並無一粒。

包公回衙，心生一計，出示曉諭百姓，建立興賢祠缺少錢糧，有民出糧一百擔者，給冠帶榮身；出穀三百擔者，給下帖免差❽。令耆老各報鄉村富戶。當時王虛一、劉化二摶得穀上千餘擔，有耆老不忿他家穀多，即報他在官。他二人欲圖免差，雖被耆老報作富戶，自以為慶。包公見報王虛一等名，即差薛霸牌喚他到廳領取下帖。那二人見了牌上領帖二字，遂集人運穀來府交割。包公見穀內有靛子，果然是我原穀，喝問：「王虛一、劉化二，你乃是有名光棍，今日這多穀從何而來？」王、劉二人道：「是

❺ 義倉：古代地方上為防荒年而設置的糧倉，民間在秋收後根據其貧富情況出糧，儲入義倉，以備兇年之需。

❻ 青靛：一種藍色的染料。靛，音ㄉㄧㄢˋ。

❼ 湖廣：今湖南、湖北二省。

❽ 免差：免除差役。

小人收租來的。」初不肯認，包公罵道：「這賊好膽大。你前次摶去蔣欽穀，後又摶我的穀，還要硬爭。這穀我原日放有靛子作記，你看是不是？」便令左右將虛一、化二捆打一百，長枷聟號，二人受刑不過，一款❾招認。包公便將二人擬徒，追還義倉原穀，並追還蔣欽之穀，人共稱快。

聽吾齋總評：

看來欺心事一點做不得。三屠謀奪首飾，脚未入門而被捉；二術❿撮摶倉穀，帖不及領而受刑。事莫審於三屠，法莫神於二術。其敗也，亦如汎之密，如此之神。然非血衫之叫，青靛之記，其能破之乎？今之狼使君恨不奪人首飾攜人穀，曰著血衫，將靛染心肝耳。

❾ 一款：舊謂罪人吐出實情，承認罪過。款，款引。

❿ 術：此指術士。

卷之三

裁縫選官

話說山東有一監生❶，姓彭名應鳳，同妻許氏上京聽選❷，來到西華門，寓王婆店安歇，不覺選期還有半年。欲要歸家，路途遙遠，手中空乏，只得在此聽候。許氏終日在樓上刺繡枕頭、花鞋，出賣供饌。時有浙江舉人姚弘禹，寓褚家樓，與王婆樓相對，看見許氏貌賽桃花，徑訪王婆問道：「那娘子何州人氏？」王婆答道：「是彭監生妻室。」禹道：「小生欲得一敘，未知王婆能方便否？」王婆知禹心事，遂萌一計，答道：「不但可以相通，今監生無錢使用，肯把出賣。」禹道：「若如此，隨王婆區處❸，小生聽命。」話畢相別。王婆思量那彭監生今無盤纏，又欠房銀。遂上樓看許氏，見他夫婦並坐。王婆

❶ 監生：舊時在國子監肄業的，稱監生。後一般所稱監生，指由捐納而取得的。

❷ 聽選：聽，聽候。選，指銓選，謂通過吏部考察量才授官。明史職官志一：「凡選，每歲有大選，有急選，有遠方選，有歲貢就教選。」下文彭生「告遠方詞」得授官，即為「遠方選」。

❸ 區處：籌劃；處置；處理。

道：「彭官人，你也去午門❹外寫些榜文，尋些活計。」許氏道：「婆婆說得是，你可就去。」應鳳聽了，隨即帶了一枝筆，前往午門討些字寫。只見欽天監❺走出一校尉❻，扯住應鳳問道：「你這人會寫字麼？」遂引應鳳進欽天監見了李公公，李公公喚他在東廊抄寫表章。至晚，回店中與王婆、許氏道：「承王婆教，果然得入欽天監李公公衙門寫字。」許氏道：「如今好了，你要用心。」王婆聽了此言，喜不自勝，遂道：「彭官人，那李公公愛人勤謹，你明日到他家去寫，一個月不要出來，他自敬重你，日後選官他亦扶持。娘子在我家中，不必掛念。」應鳳果依其言，帶兒子同去了，再不出來。王婆遂往姚舉人下處說監生賣親一事，禹聽了此言大悅，遂問王婆幾多聘禮。王婆道：「一百兩。」禹遂將銀七十，又謝銀十兩，俱與王婆收下。王婆道：「姚相公如今受了何處官了？」禹道：「陳留❼知縣。」王婆道：「彭官人說叫相公行李發船之時，他著轎子送到船邊。」禹道：「我即起程去到張家灣船上等候。」王婆雇了轎子回見許氏道：「娘子，彭官人在李公公衙內住得好了，今著轎子在門外，接你一同居住。」許氏遂收拾行李上轎，王婆送至張家灣上船。許氏下轎見是官船俟候迎接他，對王婆道：「彭官人接我到欽天監去，緣何到此？」王婆道：「好叫娘子得知，彭官人因他窮了，怕誤了你，故此把你出嫁於姚相公，相公今任陳留知縣，又無前妻，你今日便做奶奶❽可不是好！彭官人現有八十兩婚書在此，你看

---

❹ 午門：皇宮的正門。

❺ 欽天監：明、清官署名，掌管觀察天象，推算節氣曆法。

❻ 校尉：低級武官，亦稱衛士，地位尤低。

❼ 陳留：今河南省開封市東南陳留鎮。

是不是？」許氏見了，低頭無語，只得隨那姚知縣上任去了。

彭監生過了一月出來看妻，不見許氏，遂問王婆。王婆連聲叫屈：「你那日叫轎子來接了他去，今要騙我家銀，假揑不見娘子誆❾我。」遂要去投五城兵馬❿。那應鳳因身無錢財，只得小心別過王婆，含淚而去。又過半年，身無所倚，遂學裁縫。一日，吏部鄧郎中衙內⓫叫裁縫做衣，遇著彭應鳳，遂入衙做了半日衣服。適衙內小僕進才遞出二饅頭來與裁縫當點心，應鳳因兒子睡濃，留下饅頭與他醒來吃。進才問道：「師傅你怎麼不用饅頭？」應鳳將前情一一對進才泣告，「我今不吃，留下與兒子充飢。」進才入衙報知夫人。彼時那鄧郎中也是山東人氏，夫人聞得此言，遂叫進才喚裁縫到屏帘外問個詳細，應鳳仍將被拐苦情泣訴一番。夫人道：「監生你不必做衣，就在衙內住，俟候相公回，我對他講你的情由，叫他選你的官。」不多時鄧郎中回府，夫人就道：「相公，今日裁縫非是等閑之人，乃山東聽選監生，因妻子被拐，身無盤纏，故此學藝度日，老爺可念鄉里情分，扶持他一二。」郎中喚應鳳問道：「你既是監生，將文引⓬來看。」應鳳在胸前袋內取出文引，郎中看了，果然是實，道：「你選期在明年四月方到。你明日可具告遠方詞一紙，我就好選你。」應鳳大喜，領命寫詞上吏部具告遠方。鄧郎中徑除他

---

❽ 奶奶：尊稱主婦。

❾ 誆：音ㄎㄨㄤ。欺騙。

❿ 五城兵馬：即兵馬司。

⓫ 衙內：唐時為掌禁衛之官，宋以後用以稱呼貴家子弟。

⓬ 文引：文書；證明。

做陳留縣縣丞⑬。應鳳領了憑，往王婆家辭行。王婆問：「彭相公恭喜，今選哪裡官職？」應鳳道：「陳留縣縣丞。」王婆忽然心中惶惶無計，遂道：「相公，你大官⑭在我家數年，怠慢了他。今取得一件青布衣與大官穿，我把五色絹片子代他編了頭上髻子⑮。相公幾時啟程？」應鳳道：「明日就行。」應鳳相別而去。

王婆喚親弟王明一道：「前日彭監生今得官，鄧郎中把五百兩銀子托他寄回家裡，你可趕去殺了他頭來我看。劫來銀子，你拿二分，我受一分。」明一依了言語，星夜趕到臨清⑯，喝道：「漢子休走！」拔刀就砍，只見刀望後去。明一道：「此何冤枉？」遂問：「那漢子，曾在京師觸怒了何人？」應鳳泣告王婆事情，明一亦將王婆要害之事說了一番，遂將孩兒頭髮編割下，應鳳又把前日王婆送的衣服與之而去。明一回來見王婆道：「彭監生是我殺了，今有髮編、衣服為證。」王婆見了，心中大喜，道：「禍根絕矣！」

應鳳到了陳留上任數月，孩兒游入姚知縣衙內，夫人見了：這兒子是我生的，如何到此？又值弘禹安排筵席，請二長官相敘，許氏屏風後覷看，果是丈夫彭監生，遂搶將出來。應鳳見是許氏，相抱大哭一場，各敘原因。時姚知縣嚇得啞口無言。夫婦二人歸衙去了，母子團圓。應鳳告到開封府，包公大怒，

⑬ 縣丞：縣令屬官，掌文書及倉獄。

⑭ 大官：民間對人家小孩的稱呼。

⑮ 髻子：梳在頭頂上的髮結。髻，音ㄐㄧˋ。

⑯ 臨清：今山東省臨清縣。

遂表奏朝廷，將姚知縣判武林衛⑰充軍；差張龍、趙虎往京城西華門速拿王婆到來，先打一百，然後拷問，從直招了，押往法場處斬。大為痛快。

⑰武林衛：今廣西省平南縣東武林鎮。

廚子做酒

話說包公在陳州❶賑濟飢民，事畢，另賜各省衙審察獄案，忽把門公吏入報，外面有一婦人，左手抱著一個小孩子，右手執著一張紙狀，悲悲切切稱道含冤欲訴。包公聽了道：「吾今到此，非只因賑濟一事，正待要體察民情，休得阻擋，叫她進來。」公人即出，領那婦人跪在階下。包公遂出案看那婦人，雖是面帶慘色，其實是個美麗佳人。問：「汝有何事來告？」婦人道：「妾家離城五里，地名蓮塘。妾姓吳，嫁張家，丈夫名虛，頗識詩書。近因交結城中孫都監❷之子名仰，來往日久，以為知己之交。一日，妾夫因往遠處探親，彼來吾家，妾念夫蒙他提攜，自出接待。不意孫氏子起不良之意，將言調戲妾身，當時被妾叱之而去。過一二日，丈夫回來，妾將孫某不善之意告知丈夫，因勸他絕交。丈夫是讀書人，聽了妾言，發怒欲見孫氏子，要與他定奪❸。妾又慮彼官家之子，又有勢力，沒奈何他，自今只是不睬他便了。那時丈夫遂絕不與他來往。將一個月，至九月重陽日，孫某著家人請我丈夫在開元寺中飲酒，哄說有甚麼事商議。到晚丈夫方歸，才入得門便叫腹痛，妾扶入房中，面色變青，鼻孔流血。乃與

❶ 陳州：今河南省淮陽縣。

❷ 都監：宋代兵馬都監的簡稱，掌地方軍隊的屯戍、訓練和邊防等事。

❸ 定奪：裁決。定，決定。奪，否定。

妾道：『今日孫某請我，必是中毒。』延至三更，丈夫已死。未過一月，孫某遣媒重賂妾之叔父，要強娶妾，妾要投告本府，彼又叫人四路攔截，道妾若不肯嫁他，要妾死無葬身之地。昨日聽得大人來此賑濟，特來訴知。」包公聽了，問道：「汝家還有甚人？」吳氏道：「尚有七十二歲婆婆在家，妾只生下這兩歲孩兒。」包公收了狀子，發遣吳氏在外親處伺候。密召當坊里甲❹問道：「孫都監為人如何？」里甲回道：「大人不問，小里甲也不敢說起。孫都監專一害人，但有他愛的便被他奪去。就是本處官府亦讓他三分。」包公又問：「其子行事若何？」里甲道：「孫某恃父勢要❺，近日侵占開元寺腴❻田一頃，不時帶領娼妓到寺中取樂飲酒，橫行鄉村，姦宿莊家婦女，哪一個敢不從他！即今寺中僧人恨入骨髓，只是沒奈何他。」

包公聞言，嗟嘆良久，退入後堂，心生一計。次日，扮作一個公差模樣，後門出去，密往開元寺游玩，正走至方丈，忽報孫公子要來飲酒，各人迴避。包公聽了暗喜，正待根究此人，卻好來此。即躲向佛殿後，在窗縫裡看時，見孫某騎一匹白馬，帶有小廝數人，數個軍人，兩個城中出名妓女，又有個心腹隨侍廚子。孫某行到廊下，下了馬，與眾人一齊入到方丈坐於圓椅上，寺中幾個老僧都拜見了。霎時間軍人抬過一席酒，排列食味甚豐，二妓女侍坐歌唱服侍，那孫某昂昂❼得意，料西京勢要惟我一人。

---

❹ 里甲：地方統治的基層單位，以十戶為一甲，十甲為一里。

❺ 勢要：有權勢；居要職。

❻ 腴：肥；肥美。

❼ 昂昂：即洋洋。

包公看見，性如火急，怎忍得住！忽一老僧從廊下經過，見包公在佛殿後，便問：「客是誰？」包公道：「某乃本府聽候的，明日府中要請包大尹，著我來叫廚子去做酒。正不知廚子名姓，住在哪裡。」僧人道：「此廚子姓謝，住居孫都監門首。今府中著此人做酒，好沒分曉❽。」包公問：「此廚子有何緣故？」老僧道：「我不說，爾怎得知。前日孫公子同張秀才在本寺飲酒，是此廚子服侍，待回去後，聞說張秀才次日已死。包老爺是個好官，若叫此人去，倘服侍未周，有些失誤，本府官怎了？」包公聽了，即抽身出開元寺，回到衙中。

次日，差李虎徑往孫都監門首提那謝廚子到階下。包公道：「有人告你用毒藥害了張秀才，從直招來，饒你的罪。」謝廚初則不肯認，及待用長枷收下獄中，獄卒勘問，謝廚欲洗己罪，只得招認用毒害死張某情由，皆由於孫某使令。包公審明，就差人持一請帖去請孫公子赴席，預先分付二十四名無情漢嚴整刑具伺候。不移時報公子來到，包公出座接入後堂，分賓主坐定，便令抬過酒席。孫仰道：「大尹來此，家尊尚未奉拜，今日何敢當大尹盛設。」包公笑道：「此不為禮，特為公子決一事耳。」酒至二巡，包公袖中取出狀一紙遞與孫某道：「下官初然到此，未知公子果有此事否？」孫仰看見是吳氏告他毒死他丈夫狀子，勃然變色，出席道：「豈有謀害人而無佐證？」包公道：「佐證已在。」即令獄中取出謝廚子跪在階下，孫仰未見謝廚，尚強口辯說，及見後，嚇得渾身水淋，啞口無言。包公著司吏將謝廚招認情由念與孫仰聽了。孫仰道：「學生有罪，萬望看家尊分上。」包公怒道：「汝父子皆是害民者，朝廷法度，我決不饒。」即喚過二十四名狠漢，將孫仰冠帶去了，登時揪於堂下打了五十，孫仰受痛不

❽分曉：主意；道理。

過，氣絕身死。包公令將屍首曳出衙門外，遂即錄案卷奏知仁宗，聖旨頒下：

孫都監殘虐不法，追回官誥❾，罷職為民；謝廚受雇工人用毒謀害人命，隨發極惡郡充軍；吳氏為夫伸冤已得明白，本處有司每月給庫錢贍養其家；包卿賑民公道，於國有光，就領西京河南府到任。

敕旨到日，包公依擬判訖。自是勢宦❿皆為心寒。

聽吾齋評曰：

帶一頂紗帽，便像老虎進城，陳留舉人知縣是也。舉人如此，進士可知。或又曰：如孫公子者老虎進城，就養出虎子來。為語今之老虎抬頭看看，有包獵戶在。雖然，今天下之肯入虎穴，以得虎子者有幾？

---

❾ 官誥：即告身，古代官員的委任狀。

❿ 勢宦：有權勢、居高官的人家。

殺假僧

話說東京城三十里有一董長者❶，生一子名董順，住居東京城之馬站頭，造起數間店宇，招接四方往來客商，日獲進益甚多，長者遂成一富翁。董順因娶得城東茶肆楊家女為妻，頗有姿色，每日事公姑甚是恭敬，只是嫌其有些風情，順又常出外買賣，或一個月一歸，或兩個月一歸。城東十里外有個船艄名孫寬，每日往來董家店最熟，與楊氏笑語，絕無疑忌，年久月深，兩下繾綣❷，遂成歡娛，相聚如同夫婦。

寬伺董順出外經商，遂與楊氏私約道：「吾與娘子情好非一日，然歡娛有限，思戀無奈。娘子不若收拾所有金銀物件，隨我奔走他方，庶得永為夫婦。」楊氏許之。二人遂指天為誓，乃擇十一月二十一日良辰，相約同去。是日楊氏收拾房中所有，專等孫寬來。黃昏時，忽有一和尚稱是洛州❸翠玉峰大悲寺僧道隆，因來此方抄化，天晚投宿一宵。董翁平日是個好善之人，便開店房，鋪好床席款待，和尚飯罷便睡。時正天寒欲雪，董翁夫婦閉門而睡。二更時候，寬叩門來，楊氏遂攜所有物色與寬同去。出得

❶長者：有德行者。多指性情謹厚的人。

❷繾綣：形容情意纏綿，感情好得離不開。

❸洛州：今陝西省商縣。

門外，但見天阻雨濕，路滑難行。楊氏苦不肯走，密告孫寬道：「路滑去不得，另約一宵。」寬思忖道：「萬一遲留，恐漏泄此事。」又見其所有物色❹頗富，遂拔刀殺死楊氏，卻將金寶財帛奪去，置其屍於古井中而去。未幾，和尚起來出外登廁，忽跌下古井中，井深數丈，無路可上。至天明，和尚小伴童起來，遍尋和尚不見，遂喚問店主。董翁起來，遍尋至飯時，亦不見楊氏，徑入房中看時，四壁皆空，財帛一無所留。董翁思量，楊氏定是與和尚走了，上下山中遍尋無蹤，遂問卜於巡官，巡官占云：「尋人不見，宜向東南角上搜尋。」董翁如其言，直尋至廁屋古井邊。但見蘆草交加，微露鮮血，忽聞井中人聲，董翁遂請東舍王三將長梯及繩索直下井中，但見下邊有一和尚連聲叫屈，楊氏已殺死在井中。王三將繩縛了和尚，吊上井來，眾人將和尚亂拳毆打，不由分說，鄉鄰里保具狀解入縣衙。知縣將和尚根勘，日夕拷打，要他招認。和尚受苦難禁，只得招認，知縣遂申解府衙。

包公喚和尚問及緣由，和尚長嘆道：「前生負此婦死債矣。從直實招。」包公思之：「他是洛州和尚，與董家店相去七百餘里，豈有一時到店能與婦人相通期約？必有冤屈。」遂將和尚散禁在獄。日夕根採，竟無明白。偶得一計，喚獄司將獄中所有大辟該死之囚，將他密地剃了鬚髮，假作僧人，押赴市曹❺斬首，號令三日，稱是洛州大悲寺僧，為謀殺董家婦事今已處決。又密遣公吏數人出城外探聽，或有眾人擬議此事是非，即來通報。諸吏行至城外三十里，因到一店中買茶，見一婆子，因問：「前日董翁家殺了楊氏，公事可曾結斷❻否？」諸吏道：「和尚已償命了。」婆子聽了，捶胸叫屈：「可惜這和

❹ 物色：諸色物品。

❺ 市曹：市中的通衢大道；市中心。

尚枉了性命。」諸吏細問因由。婆子道：「是此去十里頭有一船艄孫寬，往來董家最熟，與楊氏私通，因謀她財物故殺了楊氏，棄屍井中，與和尚何干？」諸吏即忙回報包公。

包公便差公吏數人密緝孫寬，枷送入獄根勘，寬苦不招認，令取孫寬當堂，笑咍❼之曰：「殺一人不過一人償命，和尚既償了命，安得有二人償命之理；但是董翁所訴失了金銀四百餘兩，你莫非撿得，便將還他，你可清脫其罪名。」寬甚喜，供說：「是舊日董家曾寄下金銀一袱，至今收藏小櫃中。」包公差人押孫寬回家取金銀來到，就喚董翁前來證認。董翁一見物色，認得金銀器皿及錦被一條：「果是我家物色。」包公再問董家昔日並無有寄金銀之事。又喚王婆來證，孫寬仍抵賴，不肯招認。包公道：「楊氏之夫經商在外，汝以淫心戲之成姦，因利其財物遂致謀害，現有董家物色在此證驗，何得強辯不招？」孫寬神魂驚散，難以遮掩，只得一筆招成，遂押赴市曹處斬；和尚釋放還山，得不至死於非命。

❻ 結斷：斷案；結案。

❼ 咍：音ㄏㄞ。譏笑；嗤笑。

賣皂靴

話說包公為開封府尹，按視治下，休息風謠。行到濟南府升堂坐定，司吏❶各呈進案卷與包公審視，檢察內中有事體輕可者，即當堂發放回去，使各安生業。正決事間，忽階前起陣旋風，塵埃蕩起，日色蒼黃，堂下侍立公吏，一時間開不得眼。怪風過後，了無動靜，惟包公案上吹落一樹葉，大如手掌，正不知是何樹葉。包公拾起，視之良久，乃遍示左右，問：「此葉亦有名否？」內有公人柳辛認得，近前道：「城中各處無此樹，亦不知樹之何名。離城二十五里有所白鶴寺，山門裡有此樹二株，又高又大，條幹茂盛，此葉乃是白鶴寺所吹來的。」包公道：「汝果認得不錯麼？」柳辛道：「小人居住寺旁，朝夕見之，如何會認差了？」

包公知有不明之事，即令乘轎去白鶴寺行香，寺中僧行連忙出迎，接入方丈坐定，茶罷，座下風生。包公憶昨日旋風又起，即差柳辛隨之而去，柳辛領諾，那一陣風從地下滾出方丈，直至其樹下而息，柳辛回覆包公。包公道：「此中必有緣故。」乃令柳辛鋤開看之，見一條破席包捲著一個十八、九歲的婦人在內，看驗身上並無傷痕，只唇皮迸裂，眼目微露，撬開口視之，乃一根竹籤直透咽喉。將屍掩了，再入方丈召集眾僧行問之。眾僧各道：「不知其故。」一時根究不出，轉歸府中，退入私衙後，近夜，

❶司吏：下級吏員。

秉燭默坐，自忖：「寺門裡緣何有婦人死屍？就是外人有不明之事，亦當埋向別處，莫非是僧行中有不良者謀殺此婦，無處掩藏，故埋樹下？」思忖良久，將近二更，不覺困倦，隱几而臥。忽夢見一青年婦人哭拜階下道：「妾乃城外五里村人氏，父親姓索名隆，曾做本府獄卒。妾名雲娘，今年正月十五元宵夜，與家人入城看燈，夜半更深，偶失伙伴，行過西橋，遇著一個後生，說是與妾同村，指引妾身回去。行至半路又一個來，卻是一個和尚。妾月下看見，即欲走轉城中，被那後生在袖中取出毒藥來，撲入妾口中，即不能言語，徑被二人拖入寺中。妾知其欲行污辱，思量無計，適見倒籬竹籤，被妾拔下，插入喉中而死。將妾隨行首飾盡搜撿去，把屍埋於樹下。冤魂不散，乞為伸理。」告罷輒去。

包公正待細問，不覺醒來，殘燭猶明，起行徘徊之間，見窗前遺下新皂靴一隻，包公計上心來。次日升堂，並不與人說知，即喚過親隨❷黃勝，分付：「汝可裝作一皮匠，密密將此皂靴挑在擔上，往白鶴寺各僧房出賣，有人來認，即來報我。」勝依言來到寺中，口稱叫賣僧靴。正值各僧行都閑在舍裡，齊來看買。內一少年行者❸提起那新靴來，看良久道：「此靴是我日前新做的，藏在房舍中未著，你如何偷在此來？」黃勝初則與之爭辯，及行者取出原隻來對，果是一樣。黃勝故意大鬧一場，被行者眾和尚奪得去了。勝忙走回報，包公即差集公人圍繞白鶴寺，捉拿僧行，當下沒一個走脫，都被解入衙中，先拘過認靴的行者來，靠前排下嚴刑法具，審問謀殺婦人根由。行者心驚膽落，不待用刑，從實一一招出逼殺索氏情由。包公將其口詞疊成案卷，當堂判擬行者與同謀和尚二人為用毒藥以致逼死索氏，押上

❷ 親隨：跟隨身邊侍奉的僕役。

❸ 行者：住在佛寺裡服雜役而未剃髮出家者的通稱。

街心斬首示眾；其同寺僧知情不報者，發配極惡州充軍。後包公回京奏知，仁宗大加欽獎，下敕有司為索氏塋❹其墳而旌表之。

聽五齋評曰：

雖說佛門廣大，原容不得姦盜邪淫，不像今之模糊道學❺，真偽無從而辯。不然，古井之一梢子不同於白鶴寺之雙靴者幾希。

---

❹ 塋：音ㄧㄥˊ。墳墓；做墳。

❺ 道學：宋代儒學思想，宣揚孔孟「道統」，發揮「性命義理」。後多用「道學」形容過分的拘執和迂腐的習氣。

忠節隱匿

卻說，常言道：「朝裡無人莫做官。」這句話深為有理；還有一句話：「家裡無銀莫做官。」這句話更為有理。怎見得？如今糊塗世界，好官不過多得錢而已；你若朝裡無人，家裡無銀，憑你做得上好的官，也沒有人與你辨得皂白❶。就如那守節的女子，若不是官宦人家，又沒有銀子送與官吏，也不見有什麼名色❷在那裡。如今說河南有個縣丞潘賓，居官時一文不要，西夏反，御邊有功。這樣一個好官，職分雖小，難得如此。做上司的原應該奏過朝廷，加升他的官職才是；竟索他銀千兩才許他保奏，可憐他這樣一個清正官員，哪裡來的銀子？怎不教人氣死！一日，包公坐赴陰床斷事，接得一紙狀詞，正是潘賓的：

告為匿忠事：居官不要一文，難道一文不值？御邊自守百雉❸，難道百雉無靈？風聞的每詐聾耳；保奏的只伸長手。陽世叩閽❹無路，陰間號天自鳴。上告。

---

❶ 皂白：黑白；是非。
❷ 名色：名目；稱號。
❸ 雉：指雉堞，城頭上排列如齒狀的矮牆，作掩護用。
❹ 閽：音ㄏㄨㄣ。宮門。

包公看罷道：「可憐可憐。潘賓果若為官清正，御邊有功，滿朝文武官員多多少少總不如你了。你在生時何不自鳴，死後卻對誰說？」潘賓道：「在生時就如啞子吃苦瓜一樣，沒有銀子送他，任你說得口酸，哪個管你三七二十一？可憐潘某生前既不得一個好名，死後如何肯服！」包公道：「待我回陽奏過朝廷，當贈你一個美名，留芳青史，豈不美乎？」潘賓道：「生前榮與死後名，總是虛空。但恨那要銀子的官，在生不能與我保薦，如今沒處出氣。」包公道：「有我老包在這裡，任他陰陽人等，哪有沒處出氣的！你但把要銀子的官寫下姓名與我，我自有處。」潘賓寫罷將上呈時，忽報門外有一個女子，口稱冤枉。包公道：「著他進來。」那女子進來跪下，呈上狀詞：

告為匿節事：夫作沙場鬼，從來未睹洞房花燭；妾作劍鋒魂，終身只想萬里長城。男未婚，女不嫁，四十歲自刎身亡；節不施，坊❺未建，微魂何所倚托？紅顏之薄命雖甘，污吏之不法宜正。合行自呈，不嫌露體。上告。

包公看畢道：「好個節女，如何官府不旌獎她？」女子道：「妾姓方氏，因丈夫死於邊疆，未曾婚嫁。妾不願改嫁二夫，直到四十二歲，無以度日，自刎身亡。府縣官貪賄，無奈妾家貧，默默而死，不與我標一個好名，故此含冤求伸。」包公道：「你且說府縣官的名姓來，我自有處。」女子說罷，包公援筆批道：

❺坊：指貞節牌坊。

審得：立忠立節，乃人生大行；表忠表節，尤朝廷大典。職係本處正官，為之舉奏可也，乃一匿其忠，清操之孤魂何忍？一匿其節，紅顏之薄命堪憐。風渺渺兮含哀，月皎皎兮在天。忠節合行旌賞；貪污俟❻用刑法。

批完道：「你們二人且出去，待我啟奏陽間天子、陰府玉皇上帝，叫你們忠臣節女自有享福之處，那些貪污的官員，叫他們有一日自然有吃苦的所在。」

❻俟：音ㄙˋ。等待。

巧拙顛倒

話說包公一日從赴陰床理事，查得一宗文案：

告為巧拙顛倒事：夫妻相配，莫道紅絲❶無據；彼此適當，方見皇天有眼。巧女子，拙丈夫。鴛鴦繡出難與語；脂粉施來徒自憎。世上豈無拙女子，何不將來配我夫？在彼無惡，在此無射❷。顛之倒之，得此戚施❸。上告。

包公看罷大笑道：「可笑人心不足，夫妻分上不睦。巧者原是拙之奴，何曾顛倒相陪宿。」說罷，將數語批在原狀子上，粘在大門外。須臾，那告狀女子見了，連聲叫苦叫屈，求見包公。包公道：「女子好沒分曉，如何連連叫屈？」女子道：「還是陰司沒有分曉，如何使人不叫屈？」包公道：「怎見得

---

❶ 紅絲：民間傳說，主管人間婚姻的月老用紅絲線綰繫夫婦之腳，於是雖然是讎敵之家、貧富不同、貴賤相隔、異鄉千里，而終成姻緣。

❷ 無射：不厭。詩經周頌清廟：「無射於人斯。」射，音一ˋ。

❸ 戚施：詩經邶風新臺：「燕婉之求，得此戚施。」毛傳云：「戚施，不能仰者。」按戚施即蟾蜍，四足據地，無頸，不能仰視，故名。後因以比喻貌醜駝背之人。

沒分曉？」女子道：「大凡人生世上，富貴功名件件都假，只有夫妻情分極是真的。但做男子的原有巧拙不同，做女子的亦有巧拙兩樣，若巧妻原配巧夫，豈不兩美？每見貌類嫫母❹行若桑間者，反配風流❺丈夫；以妾之貌，不在中女下，以妾之才，頗在中女上，奈何配著一個痴不痴、憨不憨、聾不聾、啞不啞這樣一個無賴子❻，豈不是注姻緣的全沒分曉？」包公道：「天下原無全美之事。國家兀自❼有興衰，人生豈能無美惡。都像你要揀好丈夫，那醜男子就該沒有老婆了。那掌婚司的各人定一個緣法在那裡，強求不得的。」再批道：

審得：夫婦乃天作之合，不可加以人力。巧拙正相濟之妙，那得間以私意。巧妻若要揀夫，拙夫何從得妻？家有賢妻，夫不吃淡飯，匹配之善，正在於此。這樣老婆舌❽，休得再妄纏。

批完又道：「你今既有才貌不能配一個好丈夫，來世定發你一個好處托生了，決不哄你，決不負你，你且去且去。」

聽五齋評曰：

---

❹ 嫫母：傳說中的醜婦，傳為黃帝的妃子。路史後紀：黃帝「次妃嫫母，貌惡德充。」嫫，音ㄇㄛˊ。

❺ 風流：風雅瀟灑。

❻ 無賴子：無用的人。

❼ 兀自：尚；還。

❽ 老婆舌：說話絮絮叨叨，糾纏不休。

可憐今之世界全被銀子遮昏了，那管你什麼忠臣，那管你什麼節婦。你若沒有銀子，咄，且走在一邊，沒有得到你說話。還有一件，若沒有銀子，自家也覺道說話不響的，想是自家也被銀子遮昏了。信乎！銀子的神通廣大，駿馬嘗馱呆漢走，巧妻常伴拙夫眠，自是解不得的，不消多說這樣老婆舌頭。

試假反試真

卻說臨安府❶民支弘度，痴心多疑，娶妻經正姑，剛毅貞烈。弘度嘗問妻道：「你這等剛烈，倘有人調戲你，你肯從否？」妻子道：「吾必正言斥罵之，人安敢近？」弘度道：「倘有人持刀來要強姦，不從便殺，將如何？」妻道：「吾任從他殺，決不受辱。」弘度道：「倘有幾人來捉住成姦，不由你不肯，卻又如何？」妻道：「吾見人多，便先自刎以潔身明志，此為上策；或被其污，斷然自死，無顏見你。」弘度不信，過數日，故令一人來戲其妻以試之，果被正姑罵去。弘度回家，正姑道：「今日有一光棍來戲我，被我斥罵而去。」再過月餘，弘度令知友于謨、應信、莫譽試之。于謨等皆輕狂浪子❷，聽了弘度之言，突入房去。于謨、應信二人各捉住左右手，正姑不勝發怒，求死無地。莫譽乃是輕薄之輩，即解脫其下身衣裙。于謨、應信見污辱太甚，遂放手遠站。正姑兩手得脫，即揮起刀來，殺死莫譽。嚇得于謨、應信走去。正姑是婦人無膽略，恐殺人有禍，又性暴怒，不忍其恥，遂一刀自刎而亡。于謨馳告弘度，此時弘度方悔是錯，又恐己妻外家❸及莫譽二家父母知道，必有後患。乃先去呈告

❶臨安府：今浙江省杭州市。
❷浪子：不務正業，專事遊蕩的青年。
❸外家：指岳父母家。

莫譽強姦殺命，于謨、應信明證。包公即拘來問，先審干證道：「莫譽強姦，你二人何得知見？」于謨道：「我與應信去拜訪弘度，聞其妻在房內喊罵，因此知之。」包公道：「可曾成姦否？」應信道：「莫譽才入即被斥罵，持刀殺死，並未成姦。」包公對支弘度道：「你妻幸未污辱，莫譽已死，這也罷了。」弘度道：「雖一命抵一命，然彼罪該死，我妻為彼誤死，乞法外情斷，量給殯銀。」包公道：「此亦使得。著令莫譽家出一棺木來貼你。但二命非小，我需要親去驗過。」及去相驗，見經氏刎死房門內，下體無衣；莫譽殺死床前，衣服卻全。包公即詰于謨、應信道：「你二人說莫譽才入便被殺，何以屍近床前？你說並未成姦，何以經氏下身無衣？必是你三人同入強姦已畢後，經氏殺死莫譽，因害恥羞，故以自刎。」將二人夾起，令從直招認。二人並不肯認。包公就寫審單，將二人俱以強姦擬下死罪。于謨從實訴道：「非是我二人強姦，亦非莫譽強姦，乃弘度以他妻常自誇貞烈，故令我等三人去試他。我二人只在房門口，莫譽去強抱，剝其衣服，被經氏閃開，持刀殺之，我二人走出。那經氏真是剛烈女流，想怒氣激憤，因而自刎。支弘度恐經氏及莫譽兩家父母知情，告他誤命，故搶先呈告，其實意不在求殯銀也。」弘度啞口無辯。包公聽了，即責打三十，又對于謨等道：「莫譽一人，豈能剝經氏衣裙，必汝二人幫助之後，見莫譽有惡意，你二人站開，經氏因刺死莫譽，又恐你二人再來，故先行自刎。經氏該旌獎，汝二人亦併有罪。」于謨、應信見包公察斷如神，不敢再辯半句。包公將此案申擬，支弘度秋後處斬❹，又旌獎經氏，賜之匾牌，表揚貞烈賢名。

❹ 秋後處斬：古人認為秋天於五行屬金，為肅殺之季，因此處決犯人多在秋季。

死酒實死色

話說有張英者，赴任做官，夫人莫氏在家，常與侍婢愛蓮同游華嚴寺。廣東有一珠客❶邱繼修，寓居在寺，見莫氏花容絕美，心貪愛之。次日，乃妝作奶婆，帶上好珍珠，送到張府去賣。莫氏與他買了幾粒，邱奶婆故在張府講話，久坐不出。時近晚來，莫夫人道：「天色將晚，你可去得。」邱奶婆乃去，出到門首復回來道：「妾店去此尚遠，妾一孤身婦人，手執許多珍珠，恐遇強人暗中奪去不便，願在夫人家借宿一夜，明日早去。」莫氏允之，令與婢愛蓮在下床睡。一更後，邱奶婆爬上莫夫人床上去道：「我是廣東珠客，見夫人美貌，故假妝奶婆借宿，今日之事乃前生宿緣。」莫夫人以丈夫去久，心亦甚喜，遂樂因承。自此以後，時常往來與之姦宿，惟愛蓮知之。

過半載後，張英升任回家。一日，晝寢，見床頂上有一塊唾乾，問夫人道：「我床曾與誰人睡？」夫人道：「我床安有他人睡？」張英道：「為何床上有塊唾乾？」夫人道：「是我自唾的。」張英道：「只有男子唾可自下而上，婦人安能唾得高？我且與你同此睡著，仰唾試之。」張英的唾得上去，夫人的唾不得上。張英再三追問，終不肯言。乃往魚池邊呼婢愛蓮問之，愛蓮被夫人所囑，答道：「沒有此事。」張英道：「有刀在此。你說了則罪在夫人，不說便殺了你，丟在魚池中去。」愛蓮吃驚，乃從直

❶珠客：販賣珍珠的客商。

說知。張英聽了，便想要害死其妻，又恐愛蓮後露醜言，乃推入池中浸死。

本夜，張英睡至二更，謂妻道：「我睡不著，要想些酒吃。」莫氏道：「如此便叫婢去暖來。」張英道：「半夜叫人暖酒，也被婢女所議。夫人你自去大埕❷中取些新紅酒來，我只愛吃冷的。」莫氏信之而起。張英潛躡其後，見莫氏以杌子❸襯腳向埕中取酒，即從後提起雙腳推入酒埕中去，英復入房中睡。有頃，諒❹已浸死，故呼夫人不應，又呼婢道：「夫人說她愛吃酒，自去取酒，何許多時不來，叫又不應，可去看來。」眾婢起來，尋之不見，及照酒埕中，婢驚呼道：「夫人浸死酒埕中了。」張英故作慌張之狀，攬衣而起，驚訝痛悼。

次日，請莫氏的兄弟來看入殮，將金珠首飾錦繡衣服滿棺收貯。因寄靈柩於華嚴寺，夜令二親隨家人開棺，將金珠首飾錦繡衣服盡數剝起。次日，寺僧來報說，夫人靈柩被賊開了，劫去衣財。張英故意大怒，同諸舅往看，棺木果開，衣財一空，乃撫棺大哭不已，再取些銅首飾及布衣服來殮之。因窮究寺中藏有外賊，以致開棺劫財，僧等皆驚懼無措，盡來磕頭道：「小僧皆是出家人，不敢作犯法事。」張英道：「你寺中更有何人？」僧道：「只有一廣東珠客在此寄居。」英道：「盜賊多是此輩。」即鎖去送縣，再補狀呈進。知縣將繼修嚴刑拷打一番，勒其供狀。邱繼修道：「開棺劫財，本不是我；但此乃前生冤債，甘願一死。」即寫供招承認。

❷ 埕：音ㄔㄥˊ。酒瓮。
❸ 杌子：小凳。杌，音ㄨˋ。
❹ 諒：推想。

那時包公為大巡❺，張英即去面訴其情，囑令即決繼修以完其事，便好赴任。包公乃取邱繼修案卷夜間看之，忽陰風颯颯❻，不寒而栗。自忖道：「莫非邱犯此事有冤？」反覆看了數次，不覺打睏，即夢見一丫頭道：「小婢無辜，白晝橫推魚沼而死；夫人養漢，清宵打落酒埕而亡。」包公即詰道：「你何以死？」即醒來，乃是一夢。心忖道：「此夢甚怪。但小婢、夫人與開棺事無干，只此棺乃莫夫人的。明日且看何如。」次日，調邱繼修審道：「你開棺必有伙伴，可報來。」繼修道：「開棺事實不是我；但若因此事死，亦是前生注定，死亦甘心。」包公想那夜所夢「夫人酒埕亡」之聯，便問道：「莫夫人因何身亡？」繼修道：「聞得夜間在酒埕中浸死。」包公驚異與夢中言語相合，但夫人養漢這一句未明，乃問道：「我已訪得此夫人因養漢被張英知覺，推入酒埕浸死。今要殺你甚急，莫非與你有姦麼？」繼修道：「此事並無人知，惟小婢愛蓮知之。聞愛蓮在魚池浸死，夫人又已死，我謂無人知，故為夫人隱諱，豈知夫人因此而死。必小婢露言，張英殺之滅口。」包公聽了此言，全與夢中相符，知是小婢無故屈死，故陰靈來告。

少頃，張英來相辭，要去赴任。包公寫夢中的話遞與張英看，英接看了，不覺失色。包公道：「你閨門不肅，一當去官；無故殺婢，二當去官；開棺賴人，三當去官。更赴任何為？」張英跪道：「此事並無人知，望大人遮庇。」包公道：「你自幹事，人豈能知！但天知地知你知鬼知，鬼不告我，我豈能知？你夫人失節該死，邱繼修姦命婦❼該死，只愛蓮不該死。若不淹死小婢，則無冤魂來告你，官亦有

❺ 大巡：巡道的俗稱。

❻ 颯颯：風聲。

得做，醜聲亦不露出，繼修自合就死，豈不全美！」說得張英羞臉無言。是秋將邱繼修斬首，即上本章奏知朝廷，張英治家不正，殺婢不仁，罷職不敘。

聽吾齋評曰：

莫氏以夫人而貽羞床笫，反不如正姑之剛烈。佛弟子觀不在富貴場中耶，夫人之罪宜加一等可。弘度之痴堪為絕倒❽，張英之疑是大學問。

❼ 命婦：古代婦女有稱號者，一般多指官員之母、妻而言。

❽ 絕倒：傾倒佩服。

氈套客

話說江西南昌府有一客人，姓宋名喬，負白金萬餘兩往河南開封府販賣紅花❶，過沈丘縣❷寓曹德克家。是夜，德克備酒接風，宋喬盡飲至醉，自入臥房，解開銀包，秤完店錢，以待明日早行。不覺間壁趙國楨、孫元吉一見就起謀心，設下一計，聲言明日去某處做買賣。次日，跟喬來到開封府，見喬搬寓龔勝家，自入城去了。孫、趙二人遂叩龔勝門叫：「宋喬轉來。」勝連忙開門，孫趙二人腰間拔出利刀，捉勝要殺，勝急奔入後堂，喊聲：「強人至此！」即令妻子往後走出。國楨、元吉將喬銀兩一一挑去，投入城中隱藏，住東門口。

喬回龔宅，勝將強盜劫銀之事告知，喬遂入房看銀，果不見了。心忿不已，暗疑勝有私通之意，即具狀告開封府。包公差張千、李萬拿龔勝到廳，審問道：「這賊大膽包身，通賊謀財，罪該斬首。」分付左右拷打一番。龔勝哀告：「小人平生看經念佛，不敢非為。自宋喬入家，過次夜寔遭強盜劫去銀兩，日月三光❸可證。小人若有私通，粉身碎骨亦當甘受。」包公聽了，喝令左右將勝收監，密探消息，一

❶ 紅花：一種中草藥，夏季開花，橘紅色，以花入藥。
❷ 沈丘縣：今河南省沈丘縣。
❸ 三光：指日、月、星。

年無蹤。包公沉吟道：「此事這等難斷。」自己悄行禁中❹，探龔勝在那裡如何，聞得勝在禁中焚香誦經，一祝云：「願黃堂❺功業綿綿❻，明伸勝的苦屈冤情」；二祝云：「願吾兒學書有進」；三祝云：「願皇天保佑我出監，夫婦偕老」。包公聽了自思：「此事果然冤屈，奈不得其實，無以放出。」又喚張千拘原告客人宋喬來審：「你一路來可在何處住否？」喬答道：「小人只在沈丘縣曹德克家歇一晚。」包公聽了此言退堂。

次日，自扮南京客商，徑往沈丘縣投曹德克家安歇，托買氈套，凡遇酒店無不進去飲酒，已經數月。忽一日，同德克往景寧橋買套，又遇店吃酒，遇著二人亦在店中飲酒，那二人見德克來，與他拱手動問：「這客官何州人氏？」克答道：「南京人氏。」二人遂與德克笑道：「如今趙國楨、孫元吉獲利千倍。」克道：「莫非得了天財❼？」那二人道：「他兩人去開封府做買賣，半月間，撿銀若干。就在省城置家，買田數頃，有如此造化❽。」包公聽了心想：「宋喬事必是這二賊了。」遂與德克回家，問及方才二人姓甚名誰。克道：「一個喚作趙志道，一個喚作魯大郎。」包公記了名字。次日，喚張千收拾行李回府，復令趙虎帶數十匹花綾錦緞，徑往省城借問趙家去賣。趙虎入其家，國楨起身問：「客人何處？」虎道：

---

❹ 禁中：獄中。

❺ 黃堂：古代太守衙中的正堂，後因以稱太守。

❻ 綿綿：延續不斷。

❼ 天財：飛來的橫財。

❽ 造化：運氣；福分。

「杭州人，名松喬。」楨遂拿五匹緞來看，問：「這緞要多少價？」松喬道：「五匹緞要銀十八兩。」楨遂將銀錠三個，計十二兩與訖。元吉見國楨買了，亦引松喬到家，仍買五匹，給六錠銀十二兩與之。虎得了此銀，忙奔回府報知。

包公將數錠銀分付庫吏藏在匣中，與別錠銀同放在內，喚張千拘宋喬來審。喬至廳跪下，包公將匣內銀與喬看，喬只認得數錠，云：「小的不瞞老爺說，江西銀子青絲出火，匣內只有這幾錠是小人的，望老爺做主，萬死不忘。」包公喚張千將喬收監，急差張龍、李萬往省城捉拿趙國楨、孫元吉，又差趙虎往沈丘縣拘趙志道、魯大郎。至第三日，四人俱赴廳前跪下，包公大怒道：「趙國楨、孫元吉，你這兩賊全不怕我，黑夜劫財，坑陷龔勝，是何道理？罪該萬死，好好招來。」孫、趙二人初不肯招認，包公即喚志道、大郎道：「你說半月獲利之事，今日敢不直訴！」那二人只得直言其情。楨與元吉俯首無詞，從直供招。包公令李萬將長枷枷起，捆打四十；喚出宋喬，即給二家家產與喬；發出龔勝，賞銀回家務業；又發放趙、魯二人回去；喝令薛霸、鄭昂押趙國楨、孫元吉到法場斬首示眾，自此道不拾遺，民皆安堵❾。

❾ 安堵：安居；不受騷擾。

陰溝賊

話說河南開封府陽武縣❶有一人，姓葉名廣，娶妻全氏，生得貌似西施❷，聰明乖巧，居住村僻處，止屋一間，少有鄰舍。家中以織席為生，妻勤紡績，僅可度活。一日，葉廣將所餘銀只有四兩之數，留一兩五錢在家，與妻作食用紡績之資，更有二兩五錢往西京做些小買賣營生。

次年，近村有一人姓吳名應者，年近二八，生得容貌俊秀，未娶妻室，偶經其處，窺見全氏，就有眷戀之心，隨即根問❸近鄰，知其來歷，陡然思忖一計，即討紙筆寫偽信一封，入全氏家向前施禮道：「小生姓吳名應，去年在西京與尊嫂丈夫相會，交契❹甚厚。昨日回家，承寄有信一封在此，分付自後尊嫂家或缺用，某當一任包足，候兄回日自有區處，不勞尊嫂憂心。」全氏見吳應生得俊秀，言語誠實，又聞丈夫托其周濟，心便喜悅，笑容滿面。兩下各自眉來眼去，情不能忍，遂各向前摟抱，閉戶同衾。雲雨纔罷，吳應乃笑道：「吾諒尊嫂與丈夫備嘗經慣，豈未識風流？」全氏道：「妾別夫君一載有餘，

❶ 陽武縣：今河南省原陽縣。

❷ 西施：古代美女。

❸ 根問：尋問；查問。

❹ 交契：相交投機。

往日歡會自以為兒戲，今日與賢叔接戰，方覺股栗❺，所謂『平生未識燈花開，倏❻到花開骨盡寒。』」

望君推心，今後交感之時，勿以見慣渾閑❼者相待。」吳應笑道：「自識制度，不待嫂說。」自此以後，全氏住在村僻，無人管此閑事，就如夫妻一般，並無阻礙。

不覺光陰似箭，日月如梭。葉廣在西京經營九載，趁❽得白銀一十六兩，自思家中妻單兒小，遂即收拾回程。在路曉行夜住，不消幾日到家，已是三更時分。葉廣自思住屋一間，門壁淺薄，恐有小人暗算，不敢將銀拿進家中，預將其銀藏在舍旁通水陰溝內，方來喚妻開門。是時其妻正與吳應歇宿，忽聽丈夫叫門之聲，即忙起來開門，放丈夫進來。吳應驚得魂飛天外，躲在門後，候開了門潛躲在外。全氏收拾酒飯與丈夫吃，略敘久別之情。食畢，收拾上床歇宿。全氏問道：「賢夫出外經商，九載不歸，家中極其勞苦，不知可趁得些銀兩否？」葉廣道：「銀有一十六兩，我因家中門壁淺薄，恐有小人暗算，未敢帶入家來，藏在舍旁通水陰溝內。」全氏聽了大驚道：「賢夫既有這許多銀回來，可速起來收藏在家無妨。不可藏於他處，恐有知者取去。」葉廣依妻所言，忙起出外尋取。不防吳應只在舍旁竊聽葉廣夫妻言語，聽說藏銀在彼，即忙先盜去。葉廣尋銀不見，因與全氏大鬧，遂以前情具狀赴包公案前陳告其事。

---

❺ 股栗：兩腿發抖，形容極度恐懼或興奮。

❻ 倏：音ㄕㄨˋ。極快地。

❼ 見慣渾閑：唐代白居易琵琶行詩：「司空見慣渾無事。」

❽ 趁：賺；積。

包公看了狀詞，就將其妻勘問，必有姦夫來往，其妻堅意不肯招認。包公遂發葉廣回家，再出告示，喚張千、李萬私下分付：「汝可將告示掛在衙前，押此婦出外枷號官賣，其銀還他丈夫，等候有人來看此婦者，即便拿來見我，我自有主意。」張、李二人依其所行，押出門外將及半日，忽有吳應在外打聽得此事，忙來與婦私語。張、李看見，忙扭吳應入見包公。包公問道：「你是什麼人？」吳應道：「小人是這婦人親眷，因見如此，故來看她。」包公道：「汝既是她親眷，可曾娶有內眷否？」吳應道：「小人家貧，未及婚娶。」包公道：「汝既未婚娶，吾將此婦官嫁於你，叫書吏說價，值三十兩，我這裡官賣，只要汝價銀二十兩，汝可即備來秤。」吳應告道：「小人家中貧難，難以措辦。」包公道：「既二十兩備不出，可備十五兩來。」吳應又告貧難。包公道：「誰叫你前來看他？若無十五兩，如今只要汝備十二兩來秤何如？」吳應不能推辭，即將所盜原銀熔過十二兩詣臺前秤。包公將吳應發放在外，又拘葉廣進衙問道：「你看此銀可是你的還不是你的？」葉廣認了又認，回道：「不是我的原銀，小人不敢妄認。」包公又叫葉廣出外，又喚吳應來問道：「我適間❾叫他丈夫到此，將銀給付與他，他道他妻子生得甚是美貌，心中不甘，實要銀一十五兩。汝可揭借❿前來秤兌領去，不得有誤。」吳應只得回家。包公私喚張、李分付：「汝可跟吳應之後，看他若把原銀上鋪煎銷，汝可便說我分付，其銀不拘成色，不要煎銷，就拿來見我。」張千領命，直跟其後。吳應又將原銀上鋪煎銷，張千即以包公言語說了，應只得將原銀三兩湊秤完足。包公又叫且出去，又喚葉廣認之，廣看了大哭：「此銀實是小人之物，不知

---

❾ 適間：剛才。

❿ 揭借：借債。

何處得來！」包公又恐葉廣妄認，冤屈吳應，又復以言詒之道：「此銀是我庫中取出，何得假認？」廣再三告道：「此銀是小人時時看慣的，老爺不信，內有分兩可辨。」包公復詰其實，即令一一試之，果然分厘不差，就拘吳應審勘，招供伏罪，其銀追完。將婦人脫衣受刑；吳應以通姦竊盜論罪，杖一百，徒三年。復將葉廣夫婦判合放回，始令夫婦如初，以全唱隨之誼。

聽吾齋評曰：

但凡盜情有在千里之外者，有在几席之近者，總以明遠為主。若陰溝之斷可謂明也已矣，氈套之訪可謂遠也已矣。

卷之四

三寶殿

話說福建福寧州❶福安縣有民章達德，家貧，娶妻黃蕙娘，生女玉姬，天性至孝。達德有弟達道，家富，娶妻陳順娥，德性貞靜，又買妾徐妙蘭，皆美而無子。達道二十五歲卒，達德有意利其家財，又以弟婦年少無子，常托順娥之兄陳大方勸其改嫁。順娥欲養大方之子元卿為嗣，以繼夫後，誓不改節，達德以異姓不得承祀，竭力阻擋，大方心恨之。

順娥每逢朔望及夫生死忌日，常請龍寶寺僧一清到家誦經，追薦其夫，亦時與之言詞。一清只說章娘子有意，心上要調戲她。一日，又遣人來請誦經超度，一清令來人先挑經擔❷去，隨後便到其家，見戶外無人，一清直入順娥房中去，低聲道：「娘子每每召我，莫非有憐念小僧的意？乞今日見捨，恩德廣大。」順娥恐婢知覺出醜，亦低聲答道：「我只叫你念經，豈有他意？可快出去！」一清道：「娘子

❶ 福寧州：今福建省霞浦縣。
❷ 經擔：裝經書的擔子。

無夫，小僧無妻，成就好事，豈不兩美。」順娥道：「我只道你是好人，反說出這臭口話來。我叫大伯懲治你死。」一清道：「你真不肯，我有刀在此。」順娥道：「殺也由你。我乃何等人，你敢無禮？」正要走出房來，被一清抽刀砍死，遂取房中一件衣服將頭包住，藏在經擔內，走出門外來叫聲：「章娘子！」無人答應，再叫二、三聲，徐妙蘭走出來道：「今日正要念經，我叫小娘來吩咐你。」走入房去，只見主母殺死，鮮血滿地，連忙走出叫道：「了不得，小娘被人殺死。」隔舍達德夫婦聞知，即走來看，尋不見頭，大驚，不知何人所殺，只有經擔先放在廳內，一清獨自空身在外。哪知頭在擔內，所謂搜遠不搜近也。達德發回一清去：「今日不念經了。」一清將經擔挑去，以頭藏於三寶殿❸後，一發無蹤了。妙蘭遣人去請陳大方來，外人都疑是達德所殺，陳大方赴包巡按❹處告了達德。

包公將狀批府提問，昌知府拘來審道：「陳氏是何時被殺？」大方道：「是早飯後，日間哪有賊敢殺人？惟達德左鄰有門相通，故能殺之，又盜得頭去。倘是外賊，豈無人見！」昌知府道：「陳氏家可有奴婢使用人否？」大方道：「小的妹性貞烈，遠避嫌疑，並無奴僕，只一婢妾妙蘭，倘婢所殺，亦藏不得頭也。」昌知府見大方詞順，便將達德夾起，勒逼招承，但頭不肯認。審訖解報包大巡，包公又批下縣詳究陳順娥首級下落結報。時尹知縣是個貪酷無能之官，只將章達德拷打，限尋陳氏之頭，且哄道：「你尋得頭來與他全體去葬，我便中文書放你。」累至年餘，達德家空如洗，蕙娘與女紡織刺繡及親鄰哀借度日，其女玉姬性孝，因無人使用，每日自去送飯，見父必含淚垂涕，問道：「父親何日得放出？」

---

❸ 三寶殿：佛教稱佛（指釋迦牟尼，也泛指一切佛）、法（即佛教教義）、僧為三寶，並常用以作為佛殿名。

❹ 巡按：即巡道。

達德道：「尹爺限我尋得陳氏頭來即便放我。」玉姬回對母親道：「尹爺說，尋得孀娘頭出，即便放我父親。今根究年餘，越無蹤跡，怎麼尋得出？我想父親牢中受盡苦楚，我與母親日食難度，不如待我睡著，母親可將我頭割去，當做孀娘的送與尹爺，方可放得父親。」母道：「我兒說話真乃當耍，你今一十六歲長大了，我意欲將你嫁與富家，或為妻為妾，多索幾兩聘銀，將來我二人度日。何說此話？」女道：「父親在牢受苦，母親獨自在家受餓，我安忍嫁與富家自圖飽暖。況得聘銀若吃盡了，哪裡再有？那時我嫁人家是他人婦，怎肯容我歸替父死。今我死則放回父親，保得母親，是一命保二命。若不保出父親，則父死牢中，我與母親貧難在家亦是餓死。我念已決，母親若不肯忍殺，我便去縊死，望母親割下頭去當孀娘的，放出父親，死無所恨。」母道：「我兒你說替父雖是，我安忍捨得。況我家未曾殺孀娘，天理終有一日明白，且耐心捱苦，從今再不可說那斷頭話❺。」母遂防守數日，玉姬不得縊死，乃哄母道：「我今從母命，不須防矣。」母聽亦稍懈怠。未幾日，玉姬縊死，母乃解下抱住，枕屍在股，痛哭一日，不得已，提起刀來又放下數次，不忍下手，乃想道：「若不忍割他頭來，救不得父，他亦枉死於陰司，亦不瞑目。」焚香祝之，將刀來砍，終是心酸手軟膽寒，割不得斷，連砍幾刀方能割下。母拿起頭來一看，一痛而絕，須臾蘇醒，乃脫自己身上衣服裹住女頭。次日，送在牢中交與丈夫，夫問其所得之故，黃氏答以夜有人送來，想其人念汝受苦已久，送出來也。章達德以頭交與尹知縣，尹爺自喜能賺得順娥頭出，此乃達德所殺是真，即坐定死罪，將達德一命犯解上。

巡按包公取頭相驗，見頭是新砍的，即怒達德道：「你殺一命已該死，今又在何處殺這頭來？順娥

❺ 斷頭話：斷絕話。

死已年餘，頭必腐臭，此頭乃近日的，豈不又殺一命？」達德推黃氏得來，包公將黃氏拷問，黃氏哭泣不已，欲說數次說不出來。包大巡奇怪，問徐妙蘭，妙蘭把玉姬自己縊死要救父親之事細說一遍，達德夫婦一齊大哭起來。包公再取頭看，果然死後砍的，刀痕並無血洇❻，官吏俱下淚。包公歎息道：「人家有此孝親之女，豈有殺人之父！」再審妙蘭道：「那日早晨有什麼人到你家來？」妙蘭道：「早晨並無人來，早飯後有念經和尚來，他在外叫，我出來，主母已死了，頭已不見了。」包公將達德輕監收候，分付黃氏常往僧寺去祈告許願，倘僧有調戲言語，便可向他討頭。

黃氏回家，時常往龍寶寺或祈籤❼，或求筶，或許願，哭泣禱祝，願尋得順娥的頭。往來慣熟，與僧言語。一清留之午飯，挑之道：「娘子何愁無夫，便再嫁個好的，落得自己快樂。」黃氏道：「我雖然肯嫁人，人也不肯娶犯人之妻，也沒奈何。」一清道：「娘子不須嫁，若肯與我好時，也濟得你的衣食。」黃氏笑道：「濟得我便好，若更得佛神保佑，尋得嬸嬸頭來與他交官，我便從你。」一清見肯允，把手來扯住道：「你但與我好事，我有靈牒❽，明日替你燒去，必牒得頭出來。」黃氏半推半就道：「你今日先燒牒，我明日和你好。若牒得出來，休說一次，我誓願與你終身相好。」一清引起欲心，抱住要姦。黃氏道：「你無靈牒只是哄我這件，我不信你。你果然有法先牒出頭來，待明日任你飽；不然，我豈肯送好事與你！」一清此時欲心難禁，說道：「只要和我好，少頃無頭，變也變一個與你。」黃氏道：

❻ 洇：音ㄧㄣ。液體著紙向四周散開。

❼ 祈籤：也稱求籤，舊時寺廟中備有編號竹籤，以供人向神佛問事凶吉。

❽ 靈牒：迷信者認為可以役使鬼神的憑信。

「我物現在，你變個頭來，即與你今日飽。若與你過手了，將你和尚頭來當麼？我不信你哄騙。」一清急要那件，不得已說出道：「以前有個婦人來寺，一行腳❾要之不肯，被他殺了，頭藏在三寶殿後。你不從，我亦殺你湊雙；肯，就將那頭與你。」黃氏道：「你裝此嚇我。先與我看，然後行事。」一清引出示之。黃氏道：「你出家人真狠心也。」一清又要交歡，黃氏推道：「先前與你閑講，引動春心，真是肯了。今見這枯頭，嚇得心碎魂飛，全不愛矣，決定明日罷。」那頭是一清親手殺的，豈不虧心，亦道：「我見此也心驚肉戰，全沒興了，你明日千萬來。」黃氏道：「我不來，你來我家也不妨，要我先與你過手，然後你送那物與我。」黃氏歸，召章門幾人，叫他直入三寶殿後拽出頭來，將僧一清鎖送包公，一夾便認，招出實情，即押一清斬首；仰該縣為陳氏、章氏玉姬樹立牌坊，賜以二匾，一曰「慷慨完節」，一曰「從容全孝」；又拆章達道之宅改立貞孝祠，以達道田產一半入祠，供奉四時祭祀之用費，家宅田產仍與達德掌管。

❾行腳：行腳僧，即雲遊僧。

二陰筶

話說山東唐州❶民婦房瑞鸞，一十六歲嫁夫周大受，至二十二歲而夫故，生男可立僅周歲，苦節守寡，辛勤撫養兒子，不覺可立已長成十八歲，能任薪水❷，耕農供母，甚是孝敬，鄉里稱服。房氏自思：「子已長成，奈家貧不能為之娶妻，傭工所得之銀，但足供我一人。若如此終身，我雖能為夫守節，而夫終歸無後，反為不孝之大。」乃焚香告夫道：「我守節十七年，心可對鬼神，並無變志。今夫若許我守節終身，隨賜聖、陽二筶；若許我改嫁，以身資銀代兒娶婦，為夫繼後，可賜陰筶❸。」擲下去果是陰筶。又祝道：「筶本非陰則陽，吾未敢信。夫故有靈，謂存後為大，許我改嫁，可再得一陰筶。」又連丟二陰筶。房氏乃托人議婚，子可立泣阻道：「母親若嫁，當在早年。乃守兒到今，年老改嫁，空勞前功。必是我為兒不孝，有供養不周處，憑母親責罰，兒知改過。」房氏道：「我定要嫁，你阻不得我。」

上村有一富民衛思賢，年五十歲喪室，素聞房氏賢德，知其改嫁，即托媒來說合，慨然以禮銀三十兩來交過。房氏對子道：「此銀你用木匣封鎖了與我帶去，鎖匙交與你，我過六十日來看你。」可立道：

❶ 唐州：今河南省唐河縣。
❷ 薪水：打柴汲水。
❸ 陰筶：兩隻杯筶都是平面向下。

「兒不能備衣妝與母，豈敢要母銀？母親帶去，兒不敢受鎖匙。」母子相泣而別。房氏到衛門兩月後，乃對夫道：「我意本不嫁，奈家貧，欲得此銀代兒娶婦，故致失節。今我將銀交與兒，為他娶了婦，便復來也。」思賢道：「你有此意，我前村佃戶呂進祿是個樸實人，有女月娥，生得莊重，有福之相，今年十八，與你兒同年，我便為媒去說之。」房氏回兒家謂可立道：「前銀恐你浪費，我故帶去。今聞呂進祿有女與你同年，可將此銀去娶之。」可立依允，娶得月娥入家，果然好個莊重女子。房氏見之歡喜，看兒成親之後，復往衛門去。

誰料周可立是個至孝執方人，雖然甚愛月娥，笑容款洽❹，卻不與她交合，夜則帶衣而寢。月娥已年長知事，見如此將近一年不變，不得已乃言道：「我謂你憎我，看你待我又是十分相愛，我謂你不知事，你又長大，說來你又百事曉得，如何舊年四月成親到今正月將滿一年，全不行夫婦之情，你先不與我交合，我今要強你交媾，雲雨歡合，不由你假至誠也。」可立道：「我豈不知少年夫婦意樂情濃，奈娶你的銀子是嫁母的，我不忍以賣母身之銀娶妻奉衾枕也。今要積得三十兩銀還母，方與你交合。」呂氏道：「你我空手作家，只足度日，何時積得許多銀？豈不終身鰥寡。」可立道：「終身還不得，誓終身不交，你若恐誤青春，憑你另行改嫁別處歡樂。」呂氏道：「夫婦不和而嫁，亦是不得已；若因不得情欲而嫁，是狗彘❺之行也，豈忍為之。不如我回娘家與你力作，將銀還了，然後歸來完娶；若供了我，銀越難積。」可立道：「如此甚好。」將月娥送至岳丈家去。

---

❹ 款洽：親密；親切。

❺ 彘：音ㄓˋ。豬。

至年冬，呂進祿將女送回夫家，月娥再三推托不去，父怒遣之，月娥乃與母言其故。進祿不信，與兄進壽敘之，進壽道：「真也。日前我在侄婿左鄰王文家取銀，因問可立為人何如。王文對我說道：『那人事母是孝子，對妻是呆子，因未還母銀不敢宿妻是實。』」進祿道：「我家若富，也把幾兩助他，我又不能自給，女又不肯改嫁，在我家也不是了局❻。」進壽道：「侄女既賢淑，侄婿又是孝子，天意必不久困此人。我正為此事已湊銀二十兩，又將田典銀十兩，共三十兩與侄女去，他後來有得還我亦可，沒得還我便當相贈他孝子。人生有銀不在此處用，枉作守虜❼何為？」月娥得伯父助銀，不勝欣喜，拜謝而回。父命次子伯正送姐姐到家，伯正便回。月娥回至房中，將銀擺在桌上看了一番，數過件數，乃收置櫥內，然後入廚房炊飯。誰料右鄰焦黑在壁縫中窺見其銀，遂從門外入來偷去，其房門雖響，月娥只疑夫回入房，不出來看。少時，周可立回來，入廚房見妻，二人皆有喜色，同吃了午飯，即入房去，不見其銀。問夫道：「銀子你拿何處去了？」夫不知來歷，問道：「我拿什麼銀子？」妻道：「你莫欺我，我問伯父借銀三十兩與你還婆婆，我數過二十五件，青綢帕包放在櫥內。方才你進來房門響，是你入房中拿去，反要故意惱我。」夫道：「我進到廚房來，並未入臥房去。你伯父甚大家財，有三十兩銀子借你？你把這見識❽來圖賴我，要與我成親。我定要嫁你，決不落你圈套。」呂氏道：「原來你有外交❾，

❻ 了局：即「了結」。意指問題得到解決，結束。
❼ 守虜：守財奴。
❽ 見識：計謀；手段。
❾ 外交：外面別有所愛的意思。

故不與我成親。拿了我銀去，又要嫁我，是我將銀催你嫁也，且何處得銀還得伯父？」可立再三不信。呂氏思想今夜必然好合，誰知遇著此變，心中十分惱怒，便去自縊，幸得索斷跌下，鄰居都來救了，卻去本司告首，無處追尋。

包公每夜祝告天地，討求冤白。卻有天雷打死一人，眾人聚看，正是焦黑，衣服燒得乾淨，渾身皆炭，只褲頭上一青綢帕未燒，有膽大者解下看是何物，卻是銀子，數之共二十五件。眾人皆道：「可立夫婦正爭三十兩銀子，說二十五件，莫非即此銀也？」將來秤過，正是三十兩，送呂氏認之。呂氏道：「正是。」眾人方知焦黑偷銀，被雷打死。未半晌，驚動呂進祿、進壽、衛思賢、房氏皆聞知來看，莫不共信天道神明，咸稱周可立孝心感格❿；呂月娥之義不改嫁，此志得明；呂進壽之仗義疏財；無不稱服。由是，衛思賢道：「呂進壽百金之家耳，肯分三十金贈侄女以全其節孝；我有萬金之家，只親生二子，雖捐三百金與你之前子亦不為多。」即寫鬮書⓫一扇，分三百金之產業與周可立收執。可立堅辭不受道：「但以母與我歸養足矣，不願產業也。」思賢道：「此在你母意何如。」房氏道：「我久有此意，欲奉你終身，或少延殘喘，則回周門。但近懷三個月身孕，正在兩難。」思賢道：「孕生男女，則你代撫養，長大還我，以我先室為母，汝子有母，吾亦有前妻；若強你回我家，則你子無母，你前夫無妻，是奪人兩天⓬也。向三百產業你兒不受，今交與你，以表二年夫婦之義。」將此情呈於包公，包公為之

❿ 感格：感通。
⓫ 鬮書：契約的一種。
⓬ 天：舊時對父、夫的代稱。

旌表其門。房氏次年生一子名恕，養至十歲還衛家，後中經魁⓭。

聽吾齋評曰：

黃玉姬斷頭救父，與周可立之還銀宿妻，似乎呆著。其實一念真誠，不知所謂孝也，又烏知所謂呆哉！若知如何為孝，便不落呆；若知如何為呆，便難言孝矣。吾正恐世人之不呆耳。

最難得者，呂進壽之助女姪也。今天下盡守財虜耳，間有託言齋僧布施，自謂功德無量，試看一清經擔中果是何物。有錢施於魔僧，何如助與孝子。思之，思之。

⓭經魁：科舉有以五經取士，每經各取一名為首，稱經魁。

乳臭不琱

話說潞州❶城南有韓定者，家道富實，與許二自幼相交。許二家貧，與弟許三作鹽客小用人❷，常往河口覓客商，趁錢度活。一日，許二與弟議道：「買賣我弟兄都會做，只是缺少本錢，難以措手❸。若只是商賈邊覓些微利趁口❹，怎能得發達？」許三道：「兄即不言，我常要計議此事，只是沒討本錢處。嘗聞兄與韓某相交甚厚，韓家大富，積有餘錢，何不問他借得幾千錢做本，待我兄弟加些利息還他，豈不是好？」許二道：「你說得是，只怕他不肯。」許三道：「待他不肯，再作主張。」許二依其言，次日，徑來韓家相求。韓定出見許二笑道：「多時不會老兄，請入裡面坐。」許二進後廳坐下，韓定吩咐家下整備酒席出來相待，二人對席而飲，酒至半酣，許二道：「久要與賢弟商議一事，不敢開口，誠恐賢弟不允。」韓定道：「老號自幼相知，有甚話但說不妨。」許二道：「要往江湖販些貨物，缺少銀兩湊本，故來見弟商議要借些銀子。」韓定道：「老兄還是自為，約伙伴同為？」許二不隱，直告與弟

---

❶ 潞州：今山西省長治市。

❷ 小用人：佣人；雇工。

❸ 措手：應付；著手。

❹ 趁口：度日；糊口。

許三同往。韓定初則欲許借之，及聞得與弟相共就生個事故推托說道：「目下要解官糧，未有剩錢，不能從命。」許二知其推托，再不開言，即告酒多，辭別而去。韓定亦不甚留。當下許二回家不快，許三見兄不悅，乃問道：「兄去韓某借貸本錢，想必有了，何又憂悶？」許二道知其意，許三聽了道：「韓某太欺負人，終不然我兄弟沒他的本錢就成不得事麼？須再計議。」遂復往河口尋覓客商去了不題。

時韓定有一養子名順，聰明俊達，韓甚愛之。一日，三月清明，與朋友郊外踏青，順帶得碎銀幾兩在身，以作逢店飲酒之資。是日，游至晚邊❺，眾朋友已散，獨韓順多飲幾杯酒，不覺沉醉，遂伏在興田驛半嶺亭子上睡去。卻遇許二兄弟過亭子邊，許二認得亭子上睡的是韓某養子，遂與許三說知。許三恨其父不肯借銀，猛然怒從心上起，對兄道：「休怪弟太毒，可恨韓某無禮，今乘此時四下無人，謀害此子以雪不借貸之恨。」許二道：「由弟所為，只宜謹密。」許三取利斧一把，劈頭砍下，命喪須臾。搜檢身上藏有碎銀數兩，盡劫剝而去，棄屍於途中。當地嶺下是一村人家，內有張一者，原是個木匠，其住房後面便是興田驛。張木匠因要往城中造作，趁早出門，正值五更初天，攜了器具，行至半嶺，忽見一死屍倒在途中，遍體是血，張木匠吃了一驚道：「今早出門不遇好采頭❻，待回家明日再來吧。」抽身回去。及午後韓定得知來認時，正是韓順，不勝痛哭，遂集鄰里驗看，其致命處乃是斧痕。跟隨血跡尋究，正及張木匠之家，鄰里皆道是張木匠謀殺無疑，韓亦信之，即捉其夫婦解官首告。本官審勘鄰證，合口❼指說木匠謀死，木匠夫婦有口不能分訴，仰天叫屈，哪裡肯招。韓定並逼勘問，夫婦不勝拷

❺ 晚邊：傍晚。

❻ 好采頭：骰子擲出的得勝點色，此指吉利的事情。

打，夫婦二人爭誣服。本司官見其夫婦爭認，亦疑之，只監繫獄中，連年不決。

是時包大尹正承敕旨審決西京獄事，道過潞州，潞州所屬官員出郭❽迎接。包公入潞州公廳坐定，先問有司本處有疑獄否。職官近前稟道：「別無疑獄，惟韓某告發張木匠謀殺其子之情，張夫婦各爭供招，事有可疑，至今監候獄中，年餘未決。」包公聽了乃道：「不論情之輕重，繫獄者動經一年，少者亦有半載，百姓何堪？或當決者即決，可開者即放之。都似韓某一椿，天下能有幾罪犯得出？」職官無言，懷慚而退。次日，包公換了小帽，領二公人自入獄中，見張木匠夫婦細問之。張木匠悲泣嗚咽，將前情訴了一遍。包公想：「被謀之人，不合頭上砍一斧痕，且血跡又落你家，今何不甘服？必有緣故，須再勘問。」次日，又提審問，一連數次，張木匠所訴皆如前言。正在疑惑間，見一小孩童手持一帕飯送來與獄卒，連說幾句私語，獄卒點頭應之。包公即問獄卒：「適那孩童與你說什麼話？」獄卒不敢直對，乃道：「那孩童報道，小人家下有親戚來到，令今晚早些回家。」包公知其詐，逕來堂上，發遣左右散於兩廊，呼那孩童入後堂，吩咐門子李十八取四十文錢與之，便問：「適見獄卒有何話說？」孩童乃是乳臭不琱❾之子，口快，直告道：「今午出東街，遇二人在茶店裡坐，見我來，用手招入店內，那人取過銅錢五十文與我買果子吃，我受了錢，卻教我獄中探訪，今有什麼包丞相審勘張木匠，看其夫婦何人承認。是此緣故，別無他事。」包公即喚張龍、趙虎吩咐道：「你同這孩子前往東街茶店裡，捉得

---

❼ 合口：眾口一詞。

❽ 郭：城外圍著城的牆，即外城牆。

❾ 乳臭不琱：乳臭，指小孩。琱，音ㄉㄧㄠ。「雕」的異體字，比喻言行謹慎。

那二人來見我。」張、趙領命，便跟孩童到東街茶店裡拿人，正值許二兄弟在那裡候孩童回報，張、趙搶進，登時捉住，解入公廳。包公便喝道：「你謀死人，奈何要他人償命？」初則許二兄弟還抵賴不肯認，包公令孩童證其前言，二人驚駭，不能隱瞞，供出謀殺情由。及拘韓定問之，韓定方悟當日許二來借銀兩不允，致恨之由。包公審決明白，遂將許二兄弟償命；放張木匠夫婦回家。民自此冤能伸矣。

妓飾無異

話說揚州離城五里，地名吉安鄉，有一人姓謝名景，以農為業，頗有些根基。養一子名謝幼安，娶得城裡蘇明之女為媳。蘇氏過門後甚是賢惠，大稱姑意。忽一日，蘇氏有房侄❶蘇宜來其家探親，謝幼安以為無賴之徒，頗怠慢之，宜懷恨而去。未過半月間，幼安往東鄉看管耕種，路遠不能回家。是夜，有賊李強聞知幼安不在家，乘黃昏入蘇氏房中躲伏。將及半夜，盜取其婦首飾，正待開房門走出，被蘇氏知覺，急忙喊叫有賊，李強懼怕被捉，抽出一把尖刀，刺死蘇氏而去。比及天明，謝景夫婦起來，見媳婦房門未閉，乃問：「今日尚早，緣何就開了房門？」喚聲不應，其姑進房問之，見死屍倒在地下，血污滿身，大叫道：「禍哉！誰人入房中殺死媳婦，偷取首飾而去。」謝景聽了，慌張無措，正不知賊是誰人。及幼安莊上回來，不勝悲哀，父子根勘殺人者，十數日不見下落，鄉里亦疑此事。蘇家不明，只道婿家自有緣故，假指被盜所殺。蘇宜深恨往日慢他之仇，陳告於劉大尹處，直告謝某欲淫其媳，不從，殺之以滅口。劉大尹拘得謝景來衙勘之，謝某直訴以被盜殺死奪去首飾之情。及劉大尹再審鄰里，都道此事未必是盜殺。劉大尹又問謝景道：「寧有盜殺人而婦不致爭鬧，與他徑離房中，內外並無一人知覺？此必是你謀死，早早招認，免受刑法。」謝景不能辯白，惟叫冤枉而已。劉大尹用長枷監於獄中

❶ 房侄：內侄。

根究，謝景受刑不過，只得誣服，雖則案卷已成而終未決，將近一年。適包公按行郡邑，來到揚州，審決獄囚。幼安首陳告父之枉情，包公復卷再問，謝景所訴與前情無異，知其不明，吩咐禁卒散疏謝景之獄，三、五日當究下落。

卻說李強既殺謝家之婦，得其首飾，隱埋未露，惡心尚未肯休。在城有姓江名佐者，極富之家，其子榮新娶，李強因乘人雜時潛入新婦房中，隱伏床下，伺夜深行盜。不想是夜房裡明燭到曉，三夜如此，李強動作不得，飢困已甚，只得奔出，被江家眾僕捉之，亂打一頓，商議次日解到劉衙中拷問。李強道：「我實有罪，但未嘗盜得你物，被打極矣，若放我不首❷官，則兩下無事；若送到官，我自有話說。」江懼其詐，次日不首於本司，徑解包衙。包公審之，李道：「我非盜也，乃是醫者，被他誣執到此。」包公道：「你既不是盜，緣何私入其房？」李道：「彼婦有僻疾，令我相隨，常為之用藥耳。」包公審問畢，私忖道：「女家初到，縱有僻疾，亦當後來，怎肯令他同行？此人相貌極惡，必是賊矣。」包公不厭煩，務在根究，那李強辯論婦家事體及平昔行藏❸與包公知之，及包公私到江家，果與李盜所言同。包公又疑盜若初到其家，則婦家之事焉能得知詳細；若與新婦同來，彼又不執為盜。思之半晌，乃令監起獄中。退後堂細忖此事，疑此盜者莫非潛入房中日久，聽其夫婦枕席之語記得來說。遂心生一計，密差軍牌❹一人往城中尋個美妓進衙，令之美飾，穿著與江家媳婦無異。次日升堂，取出李強來證。那李

---

❷ 首：出頭告發。

❸ 行藏：論語述而：「用之則行，捨之則藏」。後因以指出處或行止。

❹ 軍牌：即牌軍。

只道此婦是江家新婦，乃呼婦小名道：「是你請我治病，今反執我為盜。」妓者不答，公吏皆掩口而笑。包公笑道：「姦賊，你既平日相識，今何認妓為新婦？想往年殺謝家婦亦是汝矣！」即差公牌❺到李賊家搜取，公牌去時，搜至床下有新土，掘之，有首飾一匣，拿來見包公。包公即召幼安來認，內中揀出幾件首飾，乃其妻蘇氏之物。李強驚服，不能抵隱，遂供招殺死蘇氏之情及於江家行盜，潛伏三晝夜奔出被捉情由。審勘明白，用長枷監入獄中，問成死罪；復杖蘇宜誣告之罪；謝景出獄得釋。人稱神異。

聽五齋評曰：

兒童、妓女，本皆事外之人，而包公反借之明處決之事。信乎！人無大小，顧人所用何如耳。但得著時，傀儡❻可以破敵，何有於兒童，何況於妓女！

❺ 公牌：公差；牌軍。

❻ 傀儡：木偶。

遼東軍

話說廣州肇慶府，陳、邵二姓最為盛族。陳長者有子名龍，邵秀有子名厚。陳郎聰俊而貧，邵郎姦滑而富，二人幼年同窗讀書，皆未成婚。城東劉勝原是宦族，有女惇娘，容貌端莊，溫柔敦重，父愛之，嘗教女，講古今烈女傳❶，惇娘明敏，一聞父說便曉大意，年方十五，詩、詞、歌、賦件件皆通，遠近爭欲求聘。一日，其父與族兄商議道：「惇娘年已及笄，來議親者無數，我欲擇一佳婿，不論其人貧富，不知誰可以許否？」兄答道：「古人擇姻惟取婿之賢行，不以貧富而論。在城陳長者有子名龍，人物軒昂，勤學詩書，雖則目前家寒，諒此人久後必當發達。賢弟不嫌，我當為媒，作成這段姻緣。」勝道：「吾亦久聞此人。待我回去商議。」即辭兄回家，對妻張氏說將惇娘許嫁陳某之事，張氏答道：「此事由你主張，不必問我。」勝道：「你須將此意通知女兒，試其意向如何。」父母遂把適❷陳氏之事道知，惇娘亦聞其人，口雖不言，心深慕之矣。未過一月，邵宅命里媼來劉家議親，劉心只向陳家，推托女兒尚幼，且待來年再議。里媼去後，劉遣族兄密往陳家通意，陳長者家貧不敢應承。劉某道：「吾弟以令郎才俊軒昂，故願以女適從，貧富非所論，但肯許允，即擇日過門。」陳長者遂應允許親。劉某回報於

❶ 列女傳：古代記載重義輕生的女子或拚死保全貞節的女子事跡的書籍。

❷ 適：舊稱女子出嫁。

弟，勝大喜，喚著裁縫即為陳某做新衣服數件，只待擇取吉日送女惇娘過門。

是時邵某聽知劉家之女許配陳子，深懷恨道：「是我先令里嫗議親，卻推女年幼，今便許適陳家。」此恥不忿，心想尋個事端陷他。次日忖道：「陳家原是遼東衛❸軍，久失在伍，今若是發配，正應陳長者之子當行，除究此事，使他不得成婚。」遂具狀於本司，告首陳某逃軍❹之由。官府審理其事，冊籍已除軍名，無所根勘，將停其訟。邵秀家富有錢，上下買囑吏胥，攢成有司反覆原籍驗之，果是逃軍，乃拘陳某聽審。陳家父子不能辯理，軍批已出，陳龍發配遠行，父子相抱而泣。龍道：「遭值不幸，家貧親老，今兒有此遠役，此去惟慮父母無依，如何放心得下。」長者道：「雖則我年邁，親戚尚有，旦暮必來看顧；只你命愆❺，未完劉家之親，不知此去還有相會日否？」龍道：「兒正因此親事致恨於仇家，今受這大禍，親事尚敢望哉！」父子嘆氣一宵。次日，龍之親戚都來贈行，龍以親老囑托眾人，逕❻辭而別。

比及劉家得知陳龍遭配之事，吁嗟不已。惇娘於閨中知之，心如刀割，恨不及陳郎相見一面，每對菱花❼，幽情別恨，難以語人。次年春間，城裡大疫，劉女父母雙亡，費用已盡，家業凋零，房屋俱賣

❸遼東衛：轄區包括今遼寧省大部。

❹逃軍：逃兵。

❺愆：音ㄑㄧㄢ。罪過；過失。

❻逕：直接。

❼菱花：即菱花鏡，古代銅鏡映日則發出光影如菱花，故名。後以菱花代稱鏡子。

與他人。惇娘孤苦無依，投在姑娘家居住，姑憐念之，愛如己生。嘗有人來其家與惇娘議親，姑未知意，因以言試道：「汝知父母已喪，身無所依，先許陳氏之子，今從軍遠方，音耗不通，未知是生是死，當絕念矣。況今女孫青年，何不憑我再嫁一個美郎，以圖終身之計？」惇娘聽了泣謂姑道：「女孫聽得，陳郎遭禍本為我身上起，使女兒再嫁他人，是背之不義。姑若憐我，女兒甘守姑家，以待陳郎之轉，若倘有不幸，願結來世姻緣；若要他適，寧就死路，決不相從。」其姑見其烈，再不說及此事。自此惇娘在姑家謹慎守著閨門，不是姑喚，足跡不出堂，人亦少見面。

是年十月，海寇作亂，大兵臨城，各家避難遷逃，惇娘與姑亦逃難於遠方。次年，海寇平息，民乃復業。比及惇娘與姑回時，廳屋被寇燒毀，荒殘不堪居住，二人就租平陽驛旁舍安下。未一月，適有宦家子黃寬騎馬行至驛前，正值惇娘在廚炊飲，寬見其容貌秀美，便問左右居人，是誰家之女。有人識者，近前告以城裡劉某的女，遭亂寄居在此。寬次日即令人來議親，惇娘不允，寬以官勢壓之，務要強婚，來議者不息。其姑驚懼，對惇娘道：「彼父為官，若不許嫁，如何能夠在此停泊❽？」惇娘道：「彼要強婚，兒只有死而已。眼前姑且許他待過六十日父母孝服完滿，便議過門。須緩緩退之。」姑依其言，直對來議者說知，議親人回報於寬，寬喜道：「便過六十日來娶。」遂停其事。

忽一日，有三個軍家❾行到驛中歇下。二軍人炊飯，一軍人倚驛欄而坐，適惇娘見之，入對姑道：「你等日「驛中軍人來到，姑試問之從哪裡來，若是陳郎所在，亦須訪個消息。」姑即出見軍人問道：「你等且

❽ 停泊：逗留；居住。

❾ 軍家：即軍卒。

何衛來此？」一軍應道：「從遼東衛來，要赴信州⑩投文書。」姑聽說便道：「若是遼東來，遼東衛有陳龍你可識否？」軍人聽了，即向前作揖道：「媽媽何以識得陳龍？」姑氏道：「陳龍是妾女孫之夫，曾許嫁之，未畢婚而別，故問及他。」軍人道：「今女孫可適人否？」姑道：「專等陳郎回來，不肯嫁人。」軍人忽然淚下道：「要見陳某，我便是也。」姑大驚，即入內與惇娘說知。惇娘不信，出見陳龍問及當初事情，陳龍將前事說了一遍，方信是真，二人相抱而哭。二軍伙聞其故，齊歡喜道：「此千里之緣，豈偶然哉！我二人帶來盤纏錢若干，即與陳某今宵畢姻。」於是整備酒席，二軍待之舍外，陳龍、惇娘並姑三人飲於舍內，酒罷人散，陳龍與惇娘進入房中，解衣就寢，訴其衷情，不勝淒楚。次日，二軍伙對陳龍道：「君初婚不可輕離，待我二人自去投文書，回來相邀，與惇娘同往遼東，永諧魚水⑪之歡。」言畢逕去。於是陳龍留此舍中。與惇娘成親才二十日，黃寬知覺陳某回來，恐他親事不成，即遣僕人到舍中誘之至家，以逃軍撲殺之，密令將屍身藏於瓦窯之中。次日，令人來逼惇娘過門。惇娘憂思無計，及聞丈夫被寬所害，就於房中自縊。姑見救之，說道：「想陳郎與你只有這幾日姻緣，今已死矣，亦當絕念嫁與貴公子便了，何用自苦如此。」惇娘道：「女兒務要報夫之仇，與他同死，怎肯再嫁仇人？」其姑勸之不從，正沒奈何，忽驛卒報開封府包大尹委任本府之職，今晚來到任上，準備迎接。惇娘聞之，謝天謝地，即具狀迎包公馬頭呈告。

包公帶進府衙，審實惇娘口詞，惇娘悲哭，將前情之事逐一訴知。包公即差公牌拘黃寬到衙根究，

---

⑩ 信州：今江西省上饒市。

⑪ 魚水：比喻夫婦相得歡娛。

黃寬不肯招認。包公想道：「既謀死人，須得屍首為證，彼方肯服；若無此對證，怎得明白？」正在疑惑間，忽案前一陣狂風過，包公見風起得怪異，遂喝一聲道：「若是冤枉，可隨公牌去。」道罷，那陣風從包公座前復繞三匝⑫，那值堂公牌是張龍、趙虎，即隨風出城二十里，直旋入瓦窯裡而沒。張龍、趙虎入窯中看時，有一男子屍首，面色未變，乃回報包公。包公令人抬得入衙來，令惇娘認之。惇娘一見認得是丈夫屍身，痛哭起來。驗身上傷痕，乃是當日被黃寬捉去打死之傷。包公再提嚴審，黃寬不能隱，遂招服焉。疊成文卷，問寬償命，追錢殯葬，付惇娘收管；復根究出邵秀買囑吏胥陷害之情，決配遠方充軍；惇娘令親人收領，每月官給庫銀若干贍養度日，以便養活，終身守節，以全其烈志。

⑫匝：音ㄗㄚ。環繞一周叫做「一匝」。

岳州屠

話說岳州❶離城二十里，地名平江，有個張萬，有個黃貴，二人皆宰屠為生，結交往來，情好甚密。張萬家道不足，娶妻李氏，容貌秀俊。黃貴有錢，尚未有室❷。一日，張萬生辰，黃貴持果酒來賀，張萬歡喜，留待之，命李氏在旁斟酒。黃貴目視李氏，不覺動情，怎奈以嫂呼之，不敢說半句言語，飲至晚辭回。夜間想著李氏之容，睡不成寢，祇思量圖那李氏之計，捱到五更，心生一計，準備五、六貫錢，侵早來張萬家叫門。張萬聽得黃貴聲音，起來開了門接入，問道：「賢弟有甚事來我家這早？」黃貴笑道：「某親戚有幾個豬，約我去買，恐失其信，特來邀兄同去，若有利息❸，當共分之。」張萬甚喜，忙叫妻子起來入廚內備些早食。李氏便暖一瓶酒，整些下飯❹，出來見黃貴道：「難得叔叔早到寒舍，當飲一杯，以壯行色❺。」黃貴道：「驚動嫂嫂，萬勿見罪。」遂與張萬飲了數杯而行。天色尚早，趕

❶ 岳州：今湖南省岳陽市。
❷ 有室：結婚；成家。
❸ 利息：錢財；收益。
❹ 下飯：佐飯的菜肴。
❺ 行色：行旅出發前的氣象。

到龍江，日出晌午❻。黃貴道：「已行三十餘里，肚中飢餓，兄先往渡口坐著，待小弟前村沽買一瓶便來。」張萬應諾，先往渡口去了。須臾間，黃貴持酒來，有意算計，他一連勸張兄，飲了數杯，又無下酒的，況行路辛苦，一時昏沉醉倒。黃貴看得前後無人，腰間拔出利刀，從張萬脇下刺入，鮮血噴出而死。黃貴將屍抛入江中，屍沉，倉忙走回見李氏道：「與兄前往親戚家買豬，不遇回來。」李氏問道：「叔叔既回，兄緣何不同回？」黃貴道：「我於龍江口相別而回。張兄說要往西莊問信，想必靠晚就回。」言罷而去。李氏在家等到晚邊，不見其夫回來，自覺心下惶惶。過三、四日，杳無音信，李氏愈慌，正待叫人來請黃貴問個端的❼，忽黃貴慌慌張張走來道：「尊嫂，禍事到了。」李氏忙問：「何故？」黃貴曰：「適間我往莊外走一遭，遇見一起客商來說，龍江渡有一人溺水身死，我聽得往看之，族中張小一亦在，果見有屍首浮泊江口，認來正是張兄，脇下不知被甚人所刺，已傷一孔，我同小一看見，移屍上岸，買棺殮之。」李氏聽了，痛哭幾絕。黃貴假意撫慰，辭別回去。過了數日，黃貴取一貫錢送去與李氏道：「恐嫂嫂日用欠缺，將此錢權作買辦。」李氏收了錢，又念得他殯殮丈夫，又送錢物給度，甚感他恩。

才過半載，黃貴以重財買囑里嫗行媒，前往張家見李氏道：「人生一世，草茂一春。娘子如此青年，張官人已死日久，終日凄凄冷冷守著空房，何不尋個佳偶再續良姻？如今黃官人家道豐足，人物出眾，不如嫁與他成一對好夫妻，豈不美哉？」李氏曰：「妾甚得黃叔叔周濟，無恩可報，若嫁他甚好，怎奈

❻ 晌午：正午。

❼ 端的：清楚；確實。

往日與我夫相好，恐成親之後惹人議論。」里媼笑曰：「彼自姓黃，娘子官人姓張。正當匹配，有何嫌疑？」李氏允諾。里媼回信，黃貴甚是歡喜，即備聘禮，於其兄李元家迎接過門。花燭之夜，如魚似水，夫婦和睦，庭無逆言，行則連肩，坐則並股，不覺過了十年，李氏已生二子。

時值三月，清明時節，家家上墳掛紙❽。黃貴與李氏亦上墳而回，飲於房中。黃貴酒醉，乃以言挑其妻曰：「汝亦念張兄否？」李氏淒然淚下，問其故。黃貴笑曰：「本不該對你說，但今十年已生二子，豈復恨我！昔日謀死張兄於江亦是清明之日，不想你今能承我的家。」李氏帶笑答曰：「事皆分定，豈其偶然！」其實心下深要與夫報仇。黃貴酒醉睡去，次日忘其所言。李氏候貴出外，收拾衣貲逃回母家，以此事告知兄。其兄李元即為具狀，領妹赴開封府首告。包公即差公牌捉黃貴到衙根勘。黃貴初不肯認，包公令人問取張萬死屍檢驗，脇下傷一刀痕，「明白是你謀死」。用長枷監於獄中勘問，黃貴不能抵瞞，一一招服。乃判下：

謀其命而圖其妻，當處極刑，押赴市曹斬首；將黃貴家財盡歸李氏養贍，仍旌其門為義婦。後來黃貴二子因端陽競渡❾俱被溺死，天報可知。

聽五齋評曰：

看來天下女子中盡有丈夫：遼東軍之悍娘，未及嫁而守節不移，險阻備嘗之矣；岳

❽ 掛紙：掛紙錢，古代掃墓風俗的一種。

❾ 競渡：賽船。相傳屈原於端午日投汨羅江而死，俗因於是日舉行龍舟競渡，以示紀念。

州屠之李氏，雖改嫁而夫讎終報，貞義又何忝[10]焉。但軍以驛亭會，屠以清明敗，會合分離，豈偶然哉！

[10] 忝：辱。

久鰥

話說東京有一人，姓趙名能，是個飽學秀才，常自歎曰：「我一生別無所求，只要得一個賢淑老婆，又要美貌，又要清白有名色的人家，又要不論財的人家，又要自己中了進士然後娶。」哪曉得科場❶論不得才學，午年不中，酉年又不中❷，因此說親的雖多，東家不成，西家不就。時光似箭，日月如梭，看看年近三十，終是腳跟如線❸。這叫做有苦沒處說，悶悶而死。見閻君告道：

告為久鰥無婦事：注祿官不通，文字無靈；掌婚司無主，姻牘不明。不知有何得罪，觸犯二位大人。無一可意，年近三旬。乞臺查究，心冤少伸。上告。

包公看罷曰：「偏是秀才家數❹，免不得怨天尤人。」趙能曰：「不是趙某怨天尤人，語有云：不得其平物自鳴。每見陽世舉人、進士，文理不通的盡有，文理頗通的，屢試不第。又見痴呆漢子多有嬌

---

❶ 科場：科舉考試的場所。

❷ 午年不中二句：明、清時三年舉行一次科舉考試。自午年至酉年，正相隔三年。

❸ 腳跟如線：沒有根基、命運不濟的意思。腳跟，根基；根底。

❹ 家數：宋、元時稱講說書史故事的技藝為「說話」。家數，就是「說話」的門類。

美妾，軒昂丈夫反致獨守室居。哪得教人不怨！」包公曰：「陽間有虧人的官，陰間沒有虧人的理。福祿姻緣，天生注定，怨恨也是徒然。」趙能曰：「陰司沒有虧人的理，但如趙某這樣一個人，也不合到吃虧田地。或恐衙門人役作弊多端，就如陽間一樣的，因此教趙某這般零落❺，乞大人喚掌婚司查檢明白。」包公曰：「我最可惡見衙蠹❻作弊，秀才所言有理。」即著鬼吏請掌婚司來到。掌婚司曰：「案牘上並無趙能名字。」包公曰：「哪有這樣事？」再請注祿司來查。注祿司曰：「冊籍上並無趙能名字。」包公心下生疑，口中叫怪道：「天下有這樣事！陽間弊竇多端，陰司一發不好。」滿堂官吏各面面相視，不知如何。包公曰：「案牘也拿來我看，冊籍也拿來我看。」二司各各上呈，看時，並無改易情由。包公又問趙能曰：「你將誕生的年月日時寫上來。」趙能一一寫呈，包公遂將年月日時查對，二司簿上只有朱能名字，與趙能同年同月同日同時，包公心上明白，遂將趙能帶在一邊，送二司去訖。登時奏知天曹，恐朱能或是趙能。天曹傳旨：趙能改作朱能，當連科及第，入贅王相國之女。包公接了，即批道：

審得目前未遇之趙能，即將來連科之朱能也。因數奇❼而執中❽，遂一訴而兩事。文字無靈，發達有遲早之異；案牘不明，姻緣有配合之巧。三十有室，古之道乎；四十強事❾，未為晚也。不

---

❺零落：草木凋謝，比喻死亡、飄零。

❻衙蠹：指官衙中營私舞弊的官吏。

❼數奇：指命運不好，遇事多不利。奇，音ㄐㄧ。

❽執中：遵守中正之道，不偏不倚。

❾強事：即強仕，禮記曲禮上：「四十曰強，而仕。」後因稱四十歲為「強仕之年」。

得抱怨冥間，致陰官有不公之號；合行再往陽世，見大材無終屈之時。改姓重生，久鰥莫怨。

批完，放回陽間。後果一一如其言。

絕嗣

話說：「不孝有三，無後為大。」又道：「有子萬事足。」還有一說：「子息一事，強求不得。命裡有時終須有，命裡無時到底無。」怎知命裡有命裡無？大凡善人之門必多子孫，不善之門子孫必絕。那曉得天道反覆不常，善人之門有時而無嗣，不善之家有時而多子。東京城內有個張柔，頗稱行善，臨老無子；城外有個沈慶，種種作惡，盜跖無異，倒有五男二女，七子團圓。因此張柔死得不服，到閻君處，不免下一狀詞。告道：

告為絕嗣不宜事：諺云：積德多嗣。經云：為善有後。理所當然，事有必至。某三畏❶存心，四知❷質鬼；不敢自附善門，庶幾❸可免惡行。年老無嗣，終身遺恨。雖上天降罰不測，而公論為身稱冤。乞查前數，辨明後事。上告。

❶ 三畏：指君子有所畏懼的三件事。論語季氏：「君子有三畏，畏天命，畏大人，畏聖人之言。」

❷ 四知：後漢書楊震傳：有人夜謁楊震，贈十金，說：「深夜無知者。」楊震說：「天知，神知，我知，子知，何謂無知！」來人慚愧而去。

❸ 庶幾：將近；差不多。

包公看罷道：「哪有為善的反致絕嗣之理！畢竟你祖父遺下冤孽。到司善簿上查來。」鬼吏查報，善簿上並無張柔名字；包公命再司惡簿上查來，鬼吏查報，惡簿上有張柔名字，三代祖張異，作惡多端，因該絕嗣。包公曰：「你雖有行善好處，掩不得祖宗之惡，你莫怪天道不平。」張柔曰：「如何像沈慶這樣作惡，反生七子？」包公曰：「也與他查來。」鬼吏報曰：「沈慶一生作惡，應該絕嗣；只因他三代祖宗俱是積德的，因此不絕其後。」包公曰：「正是積善之家，必有餘慶；積不善之家，必有餘殃。大凡人家行善，必有幾代善，方叫做積善；幾代行不善，方叫做不善。豈謂天道真無報應？遠在兒孫近在身。張柔你一生既行得幾件善，難道就沒有報應於你？發你來世到清福中享些快活。那沈慶既多為不善，發他轉身為畜類，多受刀俎之苦。」批道：

審得：子孫乃祖宗繼述之所賴，祖宗亦子孫綿衍之所托。故瓜瓞❹延於始祖，麟趾❺徵其發祥。于公之門必大❻，王氏之蔭自垂❼。是以三代積善，方許後世多嗣。一念之至孝，不及改稔❽惡

❹ 瓜瓞：詩經大雅緜：「緜緜瓜瓞。」瓞，小瓜。後用為祝頌子孫昌盛之辭。瓞，音ㄉㄧㄝˊ。

❺ 麟趾：即麟之趾。詩經周南篇名，舊謂贊美周文王子孫繁衍而多賢。後人遂以「麟趾」比喻子孫的眾多與賢能。

❻ 于公之門必大：漢書于定國傳載，于定國之父于公為州縣司法官，量刑公允，被于公所判處的罪人對于公都不怨恨，從未造成過冤案。後其子孫多人為漢大臣。

❼ 王氏之蔭自垂：宋代司馬光涑水紀聞卷七記：宋人王祐為官多積陰德，古人相信因果報應宿命論說，故王祐說其後輩必有為三公者，並親手在庭園中植下三棵槐樹，作為標記。後其子王旦果然做了宰相。

之堂構⑨;數端之微善,何能昭象賢⑩之嘗及?雖非誣告,亦屬痴想。在生無應,轉世再報。批完,發去訖。

聽五齋評曰:

試官不取好文字,善門沒得好兒孫,一時不平,千古至恨,無足怪者。至若求全於老婆,何其有兒女態,無英雄氣乎!雖然,討老婆不著,教他怎麼見人?呵呵!老婆討得不好,不如不討;兒子養得不肖,不如不養,這樣兩句說話,閻君也要知道。

---

❽ 稔:指事物醞釀成熟。

❾ 堂構:即肯堂肯構,尚書大誥:「厥子乃弗肯堂,矧肯構!」唐代孔穎達疏道:「子乃不肯為堂基,況肯構立屋乎!」堂,立堂基。構,蓋屋。後世以「肯堂肯構」比喻子孫能繼承父業。

❿ 象賢:尚書微子之命:「殷王元子,惟稽古崇德象賢。」後以「象賢」指能效法先人之賢德。

耳畔有聲

話說開封府城內有一個仕宦人家，姓秦字宗祐，排行第七，家道殷富，娶城東程美之女為妻。程氏德性溫柔，治家甚賢，生一子名長孺，十數年，程氏遂死，宗祐痛悼不已。忽值中秋，淒然淚下，將及半夜，夢見程氏與之相會，語言若生，相會良久，解衣並枕，交歡之際若在生無異。雲收雨散，程氏推枕先起，泣辭宗祐曰：「感君之恩，其情難忘，故得與君相會。妾他無所囑，吾之最憐愛者，惟生子長孺，望君善撫之，妾雖在九泉亦瞑目矣。」言罷逕去。宗祐正待挽留之，驚覺來卻是夢中。次年宗祐再娶柳氏為妻，又生一子名次孺。柳氏本小戶人家出身，性甚狠暴，宗祐頗懼之。柳氏每見己子，則愛惜如寶；見長孺則嫉妒之，日夕打罵。長孺自知不為繼母所容，又不敢與父得知，以此栖栖❶無依，時年已十五。一日，宗祐因出外訪親，連日不回，柳氏遂將長孺在暗室中打死，吩咐家下俱言長孺因暴病身死，遂葬之於城南門外。逾數日，宗祐回家，柳氏故意佯假痛哭，告以長孺病死已數日，今葬在城南門外。宗祐聽得，因思前妻之言，悲不自勝，亦知此子必死於非命，但念忍而不敢言。

卻說，一日，包公因三月間出郊外勸農❷，望見道旁有小新墳一所，上有紙錢霏霏❸，包公過之，

---

❶ 栖栖：心不安定的樣子。

❷ 勸農：鼓勵耕作，古代地方官的職責之一。

忽聞身畔有人低聲曰：「告相公，告相公。」連道數聲。回頭一看，又不見人。行數步，又復聞其聲，至於終日相隨耳畔不歇。及回來又經過新墳，聽其愈明。包公細思之：必有冤枉。遂問鄰人里老：「此一座新墳是誰家葬的？」里老回曰：「是城中秦七官人名宗祐近日死了兒子，葬在此間。」包公遂令左右就與里老借鋤頭掘開，將墳內小兒屍身檢驗，果見身上有數傷痕。包公回衙，便差公人喚秦宗祐理究其事因。宗祐供：「是前妻程氏生男名長孺，年已十五，前日我因出外訪親回來，後妻柳氏告以長孺數日前急病而死，現葬在南門外。」包公知其意，又差人喚柳氏至，將柳氏根勘：「長孺是誰打死？」柳氏曰：「因得暴症身死。」不肯招認。包公拍案怒曰：「彼既病死，緣何遍身盡是打痕？分明是你不慈打死他，還要強賴！」吩咐用刑。柳氏自知理虧，不得已將打死長孺情由，盡以招認。包公判曰：「無故殺子孫，合問死罪。」遂將柳氏依條處決；宗祐實不知情，發回寧家。此案可為後妻殺前妻子者榜樣。

---

❸ 霏霏：指飄揚的樣子。

手牽二子

話說江州德化❶有一人，姓馮名叟，家頗饒裕，其妻陳氏，美貌無子，側室衛氏，生有二子。陳氏自思己無所出，誠恐一旦色衰愛弛，家中不貲之產皆妾所有，心存不平，每存妒害，無衅可乘。一日，馮叟欲置貨物遠行往四川買賣，臨行吩咐陳氏善視二子，陳氏假意應允。後至中秋，陳氏於南樓設下一宴，召衛氏及二子同來會飲。陳氏先把毒藥放在酒中，舉杯囑托衛氏曰：「我無所出，幸汝有子，家業我當與汝相共。他日年老之時，皆托汝母子維持，此一杯酒，預為我日後意思。」衛氏辭不敢當。於是母子痛飲盡歡而罷。是夜藥發，衛氏母子七孔流血，相繼而死。時衛氏年二十五歲，長子年五歲，次子三歲。當時親鄰大小莫知其故，陳氏乃詐言因暴病而死，聞者無不傷感。陳氏又詐哭甚哀，以禮葬埋。卻說馮叟在外，一日忽得一夢，夢見衛氏引二子泣訴其故。意欲收拾回家，奈因貨物未脫，不能如願。且信且疑，悶悶不悅。

將及三年後，適值包公訪察，按臨其地，下馬升廳，正坐間，忽然階前一道黑氣沖天，須臾不見天日。晡時❷方散，仍不大明朗。包公疑必有冤。是夜，左右點起燈燭，包公困倦，隱几而臥。夜至三更，

❶ 德化：今江西省九江市。

❷ 晡時：午後三時至五時。

忽見一女子，生得儀容美麗，披頭散髮，兩手牽引二子，哭哭啼啼，跪在階下。包公問道：「你這婦人居住何處？姓甚名誰？手牽二子到此有何冤枉？一一道來，我當與汝伸雪屈情。」那女子泣道：「妾乃江州衛氏母子。因夫馮叟往四川經商，主母陳氏中秋置酒，毒殺妾母子三人，冤魂不散。幸蒙相公按臨，故特哀告，望乞垂憐，代雪冤苦。」說罷，悲泣不已，移時再拜而退。包公次日即喚公差拘拿陳氏審勘道：「妾子即汝子一般，何得生此奇妒？害及三命，絕夫之嗣，莫大之罪，有何分辯？」陳氏悔服無語，包公擬斷凌遲❸處死。

後過二載，馮叟回家，畜一大母彘，一歲生數子，獲利幾倍，將欲售之於屠，忽作人言道：「我即君之妻陳氏也。平日妒忌，殺妾母子，受君之恩，絕君之嗣，雖包公斷後，上天猶不肯釋妾，復行絕惡之罰，作為母彘，今償君債將滿，未免過千刀之苦。為我傳語世上婦人，孝奉公姑，和睦妯娌，勿專家事，抗拒夫子；勿行妒忌，欺劏❹妾婢，否則他日之報同我之報也。」遠近聞之，肩摩踵接❺，皆欲競觀，其門如市。

---

❸ 凌遲：古代一種最殘酷的死刑，俗稱「剮刑」，常用以處置犯所謂「大逆」及「逆倫」等罪的人。

❹ 劏：音ㄘㄨㄛˊ。斬；割。

❺ 肩摩踵接：形容來往的人極多。踵，腳跟。

聽五齋評曰：

毒矣哉，婦人心也！癡矣哉，婦人算也。打死前妻之子，適以自打；鴆死側室之子，過於自鴆。包公斷後，上天猶不肯恕。其得罪於天，亦已堪矣。

卷之五

窗外黑猿

話說西京離城五里，地名永安鎮，有一人姓張名瑞，家道富足，娶城中楊安之女為妻。楊氏賢惠，治家有法，長幼聽從呼令。生一女名兆娘，聰明美貌，針黹❶精通。父母甚愛惜之，常言：「此女須得一佳婿方肯許聘。」十五歲尚未許人❷。瑞有二僕，一姓袁，一姓雍。雍僕敦厚而勤於事，袁僕刁詐而賣弄其主，一日，因怒於張，被張逐出。袁疑是雍獻讒言於主人，故遭遣逐，遂甚恨雍，每想以仇報之。

忽一日，張瑞因莊上回家，感冒重疾，服藥不效，延十數日。張自量不保，喚楊氏近前囑道：「我無男子，只有女兒，年已長大，倘我不能好，當即許人，休留在家。雍一為人小心勤謹，家事可托之。」言罷而卒。楊氏不勝哀痛，收殮殯訖，作完功果後，楊氏便令里嫗與女兒兆娘議親。女兒聞知，抱母大哭道：「吾父死未周年，況女無兄弟，今便將女兒出嫁，母親所靠何人？情願在家侍奉母親，再過兩年許

❶ 針黹：針線活。黹，音ㄓˇ。

❷ 許人：許配；許嫁。

嫁未遲。」母聽其言，遂停其事。

時光似箭，日月如梭，張某亡過又是三、四個月，家下事務出入，內外盡是雍僕交納，雍愈自緊密，不負主所托，楊氏總無憂慮。正值納糧之際，雍一與楊氏說知，整備銀兩完❸官，楊氏取銀一篋與雍入城，雍一領受待次日方去。適楊氏親戚有請，楊氏攜女同去赴席。袁僕知楊氏已出，抵暮入其家，欲盜彼財物，逕進裡面舍房中，撞見雍一在床上打點錢貫，袁僕怒恨起來指道：「汝在主人邊讒言逐我出去，如今把持家業，其實可恨。」就拔出一把尖刀來殺之，雍一措手不及，肋下被傷，一刀氣絕。袁僕收取銀篋，急走回來，並無人知。比及楊氏飲酒而歸，喚雍一不見，走進內裡尋覓，被人殺死在地。楊氏大驚，哭謂女道：「張門何大不幸？丈夫才死，雍一又被人殺死，怎生伸理？」其女亦哭，鄰人知之，疑雍一死得不明。時又有莊佃汪某，乃往日張之仇人，告首於洪知縣。洪拘其母女及僕婢十數人審問，楊氏哭訴，不知殺死情由。汪指賴❹其母女與人通姦，雍一捉姦，故被姦夫所殺。洪信之，勘令其招，楊氏不肯誣服，連年不決，累死者數人。其母女被拷打，身受刑傷，家私消乏。兆娘不勝其苦，謂母道：「女只在旦夕死矣，只恨無人看顧母親，此冤難明，當質❺之於神，母不可誣服招認，以喪名節。」言罷嗚咽不止。次日，兆娘果死，楊氏慼傷，亦欲自盡。獄中人皆慰勸之，方不得死。

明年，洪已遷去，包公來按西京。楊氏聞之，重賄獄官，得出陳訴。包公根勘其事，拘鄰里問之，

---

❸ 完：繳納。

❹ 指賴：指責；誣賴。

❺ 質：質疑；質問。

皆言雍一之死不知是誰所殺；然楊氏母女的無污行，可憐其死者不下數人矣。包公亦疑之，次日齋戒❻禱於城隍司道：「今有楊氏疑獄，連年不決，若有冤情，當以夢應，我為之決理。」祝罷回衙，秉燭坐於寢室。未及二更，一陣風過，吹得燭影不明，起身視之，彷佛見窗外一黑猿。包公問道：「是誰來此？」猿應道：「特來證楊氏之獄。」包公即開窗看來時，四下安靜，杳無人聲，不見那猿。沉吟半晌，計上心來。次日侵早升堂，取出楊氏一干人問道：「汝家有姓袁人來往否？」楊氏答道：「只丈夫在日，有走僕姓袁，已逐於外數年，別無姓袁者。」包公即差公牌拘捉袁僕，到衙勘問，袁僕不肯招認。包公又差人入袁家搜取其物，得篋一個，內有銀錢數貫，拿來見包公。包公未及問，楊氏認得，是當日付與雍一盛錢完糧之物。包公審得明白，乃問袁道：「殺死人者是汝，尚何抵賴？」令取長枷監於獄中根勘。袁僕不能隱，只得供出謀殺情由。包公遂疊成文案，問袁斬罪；汪某誣陷良人❼，發配遼惡遠方充軍。遂放出楊氏並一干人回家。人或言其女兆娘發願先死，訴神白冤之應。

❻齋戒：古人於祭祀之前，沐浴更衣，不飲酒，不喫葷，以示誠敬，稱之齋戒。

❼良人：清白的人。

港口漁翁

話說揚州有一人姓蔣名奇，表字天秀，家道富實，平素好善。忽一日有一老僧來其家化緣，天秀甚禮待之。僧人齋罷乃道：「貧僧山西人氏，削髮東京報恩寺，因為寺東堂少一尊羅漢寶像，近聞長者平昔好布施，故貧僧不辭千里而來。」天秀道：「此乃小節❶，豈敢推托！」即令琴童❷入房中對妻張氏說知，取白銀五十兩出來付與僧人。僧人見那白銀笑道：「不要一半完滿得此一尊佛像，何用許多？」天秀道：「師父休嫌少，若完羅漢寶像以後剩者，作些功果，普度眾生。」僧人見其歡喜布施，遂收了花銀❸，辭別出門。心下忖道：「適才見那施主相貌，目瞎❹下現有一道死炁❺，當有大災。彼如此好心，我今豈得不說與他知！」即回步入見天秀道：「貧僧頗曉麻衣之術❻，視君之貌，今年當有大厄，

❶ 小節：指細小而無關大體的事。
❷ 琴童：書童，侍奉士人的小童。
❸ 花銀：雪花銀，即白銀。
❹ 瞎：音ㄧㄚˊ。眼角。
❺ 炁：音ㄑㄧˋ。同「氣」。多見於道家的書，關尹子六化：「以神存炁，以炁存形。」
❻ 麻衣之術：即麻衣相法。相傳宋人錢若水少年時訪有名道者陳摶於華山，有一麻衣道者為之看相。後人作相法之術多托名於麻衣。

慎防不出，庶或可免。」再三叮嚀而別。天秀入後舍見張氏道：「化緣僧人沒話說得，相我今年有大厄，可笑可笑。」張氏道：「化緣僧人多有見識，彼既言之，正要謹慎。」時值花朝❼，天秀正邀妻子向後花園游賞，有一家人姓董，是個浪子，那日正與使女春香在花亭上戲耍，天秀遇見，將二人痛責一頓，董僕切恨在心。

才過一月，有一表兄黃美，在東京為通判❽，有書來請天秀。天秀接得書入對張氏道：「我今欲去。」張氏答道：「日前僧人說君有厄，不可出門，且兒子又年幼，不去為是。」天秀不聽，吩咐董家人收拾行李，次日辭妻，吩咐照管門戶而別。天秀與董家人並琴童行了數日旱路到河口，是一派❾水程。天秀討了船隻，將晚，船泊陝灣。那兩個艄子，一姓陳，一姓翁，皆是不善之徒。董家人深恨日前被責，懷恨在心，是夜密與二艄子商議道：「我官人箱中有白銀百兩，行裝衣貲極廣，汝二人若能謀之，此貨物將來均分。」陳、翁二艄笑道：「汝雖不言，吾有此意久矣。」是夜，天秀與琴童在前艙睡，董家人在後艙睡。將近三更，董家人叫聲：「有賊。」天秀夢中驚覺，便探頭出船外來看，被陳艄一刀刺死，就推在河裡；琴童正要走時，被翁艄一棍打落水中。三人打開箱子，取出銀子均分。陳、翁二艄依前撐回船去，董家人將財物走上蘇州去了。當下琴童被打昏迷，幸得不死，泅水❿上得岸來，大哭連聲。天色

❼ 花朝：舊俗以夏曆二月十二日為「百花生日」，稱作花朝節。
❽ 通判：明代州府官長，分掌糧運、農田水利等事。
❾ 一派：一片。
❿ 泅水：游泳；游水。泅，音ㄈㄨˋ。

漸明，忽上流頭有一漁舟下來，聽得岸邊上有人啼哭，撐舟過來看時，卻是十七、八歲的小童，滿身是水，問其來由，琴童哭告被劫之事，漁翁帶他下船，撐回家中，取衣服與他換了。乃問道：「汝還是要回去，還是在此間同我過活？」琴童道：「主人遭難，不見下落，如何回去得？願隨公公在此。」漁翁道：「從容為你訪問劫賊是誰，再作理會⑪。」琴童拜謝不題。

再說當夜那天秀屍首流在蘆葦港裡，隔岸便是清河縣，城西門有一慈惠寺。正是三月十五，會作齋事和尚都在港口放水燈⑫，見一屍首，鮮血滿面，下身衣服尚在。眾僧人道：「此必是遭劫客商，拋屍河裡，流停在此。」內中有一老僧道：「我等當發慈悲心，將此屍埋於岸上，亦是一場善事。」眾僧依其言，撈起屍首埋訖，放了水燈回去。是時包公因往濠州⑬賑濟，事畢轉東京，經清河縣過。正行之際，忽馬前一陣旋風起處，哀號不已。包公疑怪，即差張龍隨此風下落，張龍領命隨旋風而來，至岸中乃息，張龍回復，包公遂留止清河縣。包公次日委本縣官帶公牌前往根勘，掘開視之，見一死屍，宛然⑭頸上傷一刀痕。周知縣檢視明白，問：「前面是哪裡？」公人回道：「是慈惠寺。」知縣令拘僧行問之，皆言：「日前因放水燈，見一死屍不起流停在港內，故收埋之，不知為何而死。」知縣道：「分明是汝眾人謀死，尚有何說？」因此令將這一起僧人監於獄中，回覆包公。包公再取出根勘，各稱冤枉，不肯招

---

⑪ 理會：計較；打算。

⑫ 放水燈：舊時和尚做道場的項目的一種，在河面上放燈來祭祀水中的鬼魂。

⑬ 濠州：今安徽省鳳陽縣東。

⑭ 宛然：非常相似。

認。包公自思：「既是僧人謀殺人，其屍必丟於河中，豈肯自埋於岸上？事有可疑。」因令散監眾僧，將有二十餘日，尚不能明。

時四月盡間，荷花盛開，本處仕女有游船之樂。忽一日琴童與漁翁正出河口賣魚，正遇著陳、翁二艄在船上賞花飲酒，特來買魚。琴童認得是謀死他主人的，即密與漁翁說知，漁翁道：「汝主人之冤雪矣。今包大人在清河縣斷一獄事未決，留止在此，汝宜即往投告。」琴童連忙上岸，逕到清河縣公廳中，見包公哭告主人被船艄謀死情由，現今賊人在船上飲酒。包公聽罷，遂差公牌李、黃二人，隨琴童來河口，登時入船中將陳、翁二艄捉到公廳。包公令琴童去認死屍，回報哭訴：「正是主人，被此二賊謀殺。」包公吩咐重刑拷問。陳、翁二艄見琴童在證，疑是鬼使神差，一款招認明白，便用長枷監於獄中，放回眾僧。次日，包公取出賊人，追取原劫銀兩明白，疊成案卷，押赴市曹斬首訖。當下⑮只未捉得董家人。包公令琴童給領銀兩，用棺盛了屍首，帶喪回鄉埋葬。琴童謝了漁翁，帶喪轉揚州不題。後來天秀之子蔣士卿讀書登第，官至中書舍人。董僕得財成巨商，後來在揚子江⑯被盜殺死。天理昭彰，分毫不爽⑰。

⑮ 當下：當時。

⑯ 揚子江：今江蘇省儀徵、揚州市一帶的長江，古稱揚子江。

⑰ 爽：不合；違背。

聽吾齋評曰：

待下人最不宜刻毒寡恩，一味執法苛求，不惟不得其在使之力，且適足以殺其軀耳。

切莫謂此輩在我掌握中，任意鞭僕，若直待要經包大人手腳，那時悔之晚矣。

紅衣婦

話說江州在城有兩個鹽儈，皆慣通客商，延接往來之客。一姓鮑名順，一姓江名玉，二人雖是交契，江多詐而鮑敦厚，鮑儈得鹽商抬舉，置成大家，娶城東黃億女為妻，生一子名鮑成，專好游獵，父母禁之不得。一日鮑成領家童萬安出去打獵，見潘長者園內樹上一黃鶯，鮑成放一彈，打落園中。時潘長者眾女孫在花園游戲，鮑成著萬安入花園拾那黃鶯，萬安進前見園中有人，不敢入去。成道：「汝如何不撿黃鶯還我？」萬安道：「園中有一群女子，如何敢闖進去？待女回轉，然後好取。」鮑成遂坐亭子上歇下。及到午邊，女子回轉去後，萬安越牆入去尋那黃鶯不見，出來說知，沒有黃鶯兒，莫非是那一起女子撿得去了。鮑成大怒，劈面打去，萬安鼻上受了一拳，打得鮮血迸流。大罵一頓，萬安不敢做聲，隨他回去，亦不對主人說知。黃氏見家童鼻下血痕，問道：「今日令汝與主人上莊去也未曾？」萬安不應，黃氏再三問故，萬安只得將打獵之事說了一遍。黃氏怒道：「人家養子要讀詩書，久後方與父母爭氣；有此不肖，專好游蕩閑走，卻又打傷家人。」即將獵犬打死，使用器物盡行毀壞，逐於莊所，不令回家。鮑成深恨萬安，常要生個惡事揑他，只是沒有機會處，忍在心頭不題。

卻說江儈雖亦通鹽商，本利折耗，做不成家。因見鮑儈富豪，思量要圖他金銀。一日，忽生一計，前到鮑家叫聲：「鮑兄在家否？」適鮑在外歸來，入見江某，不勝之喜，便令黃氏備酒待之，江、鮑對飲。二人席上正說及經紀❶間事，江某大笑：「有一場大利息，小弟要去，怎奈缺少銀兩，特來與兄商議，須令著財本前去，方能入手。」鮑問：「甚事？」江答以「蘇州巨商有綾錦百箱，不遇價，願賤售回去。此行得百金本，可收其貨，待價而沽，利息何啻❷百倍。」鮑是個愛財的人，歡然許他同去，約以來日在江口相會，江飲罷辭去。鮑以其事與黃氏說知，黃氏甚是不樂，鮑某意堅難阻，即收拾百金，吩咐萬安挑行李後來。次日侵早，攜金出門，將到江口，天色微明。江某與僕周富並其侄二人，備酒先在渡上等候，見鮑來即引上渡。江道：「日未出，霧氣彌❸江，且與兄飲幾杯開渡。」鮑依言不辭，一連飲了十數杯早酒，頗覺醉意。江某務勸多飲，鮑言：「早酒不消❹許多。」江怒道：「好意待兄，何以推故？」即袖中取出秤錘擊之，正中鮑頂，昏倒在渡。二侄逕進縛殺之，取其金，投屍入江回來。比及萬安挑行李到江口，不見主人所在，等到日午問人，皆道未來。萬安只得回去見黃氏道：「主人未知從哪條路去，已趕他不遇而回。」黃氏自覺心動，怏怏而已。過了三、四日，忽報江某已轉，黃氏即著人問之，江某道：「那日等候鮑兄來，等了半日不見來，我自己開船而去。」黃氏聽了驚慌，每日令人四下尋訪，並無消息。鮑成在莊上聞知，忖道：「此必萬安謀死，故挑行李回來瞞過。」即具狀告於王知州，拘得萬安到衙根問，萬安苦不肯招，鮑成立地❺稟復，說是積年刁僕，是他謀死無疑。王知州信

❶ 經紀：經營買賣。

❷ 何啻：何止。啻，音ㄔˋ。

❸ 彌：瀰漫。

❹ 不消：無須；不必。

之，用嚴刑拷問，萬安受苦不過，只得認了謀殺情由，長枷監入獄中，結案已成，該正大辟。是冬，仁宗命包公審決天下死罪，萬安亦解東京聽審。問及萬安案卷，萬安悲泣不止，告以前情，又道：「前生當還主人死債耳。」包公忖道：「白日謀殺人，豈無見知者？若劫主人之財，則當遠逃，怎肯自回，為你告首？」便令開了長枷，散監獄中。密遣公牌李吉吩咐：「前到江州鮑家訪查此事，若有人問萬安如何，只說已典刑❻了。」李吉去了。

且說江某得鮑金，遂致大富，及聞萬安抵命，心常恍惚，惟恐發露❼。忽夜夢一神人告道：「你得鮑金致富，屈他僕抵命，久後有穿紅衫婦人發露此事，你宜謹慎。」江夢中驚醒，密記心下。一月餘，果有穿紅衫婦人，遣鈔五百貫來問江買鹽。江明白在心，迎接婦人到家，厚禮待之。婦人道：「與君未相識，何蒙重敬？」江答道：「難得娘子下顧，有失款迎，若要鹽便取好的送去，何用錢買？」婦人道：「妾夫在江口販魚，特來求君鹽腌藏，若不受價，妾當別買。」江只得從命，加倍與鹽。婦人正待辭行，值僕周富捧一盆穢水過來，滴污婦人紅衣。婦人甚怒，江賠小心道：「小僕失手，萬乞赦宥，情願償衣資錢。」婦人猶懷恨而去。江怒將僕縛之，撻二日才放。周富痛恨在心，逕來鮑家，見黃氏報說某日謀殺鮑順的事。黃氏大恨，正思議欲去首告。適李吉入見黃氏，稱說：「自東京來，缺少路費，冒進尊府，乞覓盤纏。」黃氏便問：「你自東京來，可聞得萬安獄事否？」李吉道：「已處決了。」黃氏聽了，悲

---

❺ 立地：立即；即刻。

❻ 典刑：處決的意思。

❼ 發露：揭露。

咽不止。李吉問其故，黃氏道：「今謀殺我夫者已明白，誤將此人抵命了。」李吉不隱，乃直告包公差人訪查之緣由，黃氏取過花銀十兩，令公人帶周富連夜赴東京，入府衙見包公首告前情。包公審實明白，隨遣公牌到江州，拘江玉一干人到衙，用長枷監於獄中根勘，江不能抵瞞，一一招認，定了案卷，問江某叔侄三人抵命，放了萬安；追還百金，給一半賞周富回去，鮑順之冤始雪。

烏盆子

話說包公為定州守❶日，有李浩者，揚州人，家私巨萬，前來定州買賣，去城十餘里，飲酒醉甚，不能行走，倒在路中睡去。至黃昏，有丁千、丁萬，見李浩身畔資財，路上同謀乘醉扛去僻處，奪其財物有百兩黃金，二人平分之，歸家遂與妯娌藏下。二人又相議道：「此人酒醒不見了財物，必去定州告狀，不如將他打死，以絕其根。」即將李浩打死，扛抬屍首入窯門，將火燒化。夜後，取出灰骨來搗碎，和為泥土，燒得瓦盆出來。

後定州有一王老，買得這烏盆子將盛尿用之。忽一夜起來小遺❷，不覺盆子叫屈道：「我是揚州客人，你如何向我口中小遺？」王老大驚，遂點起燈來問道：「這盆子，你若果是冤枉，請分明說來，我與你伸雪。」烏盆遂答道：「我是揚州人姓李名浩，因去定州買賣，醉倒路途，被賊人丁千、丁萬奪了黃金百兩，並了性命，燒成骨灰，和為泥土，做成這盆子。有此冤枉，望將我去見包太守。我在廳前供復此事，久後得報。」王老聽罷悚然，過了一夜。次日，遂將這盆子去府衙首告。包公問其備細，王老將夜來瓦盆所言訴說一遍，包公隨喚手下將瓦盆拾進階下問之，瓦盆全不答應。包公怒道：「這老兒將

❶ 定州守：定州，今河北省定縣。守，太守。

❷ 小遺：小便。

此事誣惑官府。」責令出去。王老被責，將瓦盆帶回家下，怨恨不已。

夜來盆子又叫道：「老者休悶，今日見包公，為無掩蓋，這冤枉難訴。願以衣裳借我，再去見包太守，待我一一陳訴，決無異說。」王老驚異。不得已，次日又以衣裳掩蓋瓦盆，去見包太守說知其情。包公亦勉強問之，盆子訴告前事冤屈。包公大駭，便差公牌喚丁千、丁萬。良久，公差押二人到，包公細問殺李浩因由，二人訴無此事，不肯招認。包公令收入監中根勘，竟不肯服。包公遂差人喚二人妻來根問之，二人之妻亦不肯招。包公道：「你二人之夫將李浩謀殺了，奪去黃金百兩，將他燒骨為灰，和泥作盆。黃金是你收藏了，你夫分明認著，你還抵賴什麼？」其妻驚恐，遂告包公道：「是有金百兩，埋在牆中。」包公即差人押其妻子回家，果於牆中得之，帶見包公。包公令取出丁千、丁萬問道：「你妻子卻取得黃金百兩在此，分明是你二人謀死李浩，怎不招認？」二人面面相視，難抵其詞，只得招認了。包公斷二人謀財害命，俱合死罪，斬訖；王老告首得實，官給賞銀二十兩；將瓦盆並原劫之金，著令李浩親族領回葬之。大是奇異。

聽五吾齋評曰：

謀財致富矣，紅衣敗其事；化骨為泥矣，烏盆訴其冤，可謂異矣。噫！必盡如紅衣之斷，而天下始有垂衣❸之化；必盡如烏盆之決，而天下始無覆盆❹之虞。

---

❸ 垂衣：尚書武成：「惇信明義，崇德報功，垂拱而天下治。」垂拱，垂衣拱手，古代形容天下太平無事，可無為而治。

❹ 覆盆：覆置的盆。抱朴子辨問：「是責三光不照覆盆之內也。」後因以比喻社會黑暗或沉冤莫白。

牙簪插地

卻說包公任南直隸❶巡按時，池州❷有一老者，年登八旬，姓周名德，性極風騷，心甚狡偽。因見族房寡婦羅氏，貌賽羞花，周德意欲圖姦，日日來往彼家，窺調❸稔熟。羅氏年方少艾❹，花心被德牽動。適一日，彼此交言偷情，相約深夜來會。是夜，羅氏見德來至，遂引就榻，共枕同衾，效鸞鳳于飛❺；嫩抱輕折，如鴛鴦戲水。倏爾年餘，不覺親鄰皆知通姦情緒。羅氏夫主親弟周宗海屢次微諫不止，只得具告於包公。包公看狀，暗自忖度：「八旬老子氣衰力倦，豈有姦情？」遂差張龍先拿周德到廳鞫拷。德泣道：「衰老就死，惟恐不贍❻，豈敢亂倫犯姦！乞老爺詳情。」包公愈疑，將德收監後，差黃勝拘羅氏到廳勘究，羅氏哭道：「妾寡居，半步不出，況與周德有尊卑內外之分，並不敢交談，豈有通姦情由？老爺詳情。」這二人言訴如一，甘心受刑，不肯招認。包公悶悶不已，退入後堂，茶飯不食。其嫂

❶ 南直隸：舊時江南省所轄各州府，直隸南京，稱南直隸，相當今江蘇、安徽兩省。

❷ 池州：今安徽省貴池縣。

❸ 調：挑逗。

❹ 少艾：年輕美好的女子。

❺ 于飛：詩經大雅卷阿：「鳳凰于飛，翽翽其羽。」本指鳳和凰相諧而飛，後用為男女好合的比喻。

❻ 不贍：意謂力有所不足。

汪氏問及叔何故不食？包公應道：「小叔今遇這場詞訟，難以分剖，故此納悶忘食。」汪氏欲言不便，即將牙簪插地❼，諭叔知之。包公即悟，隨升堂差人去獄中取出周德、羅氏來問，喚左右將此二人捆打，大喝道：「老賊無知，敗喪綱常❽，死有餘辜。」又指羅氏大罵：「潑婦淫亂，分明與德通姦，還要瞞我？」包公急令拿拶棍二副，把周德、羅氏拶起，各棒二百。那二人受刑不過，只得將通姦情由，從實供招。包公將周德、羅氏二人各杖一百，趕周德回家。牌喚周宗海到，押羅氏別嫁，周宗海領羅氏去訖。倫法肅然。

❼ 牙簪插地：牙簪為極脆易折之物，卻能插入地中而不斷，以此暗喻周德人雖老耄，而淫舉不已。

❽ 綱常：「三綱五常」的簡稱。

繡履埋泥

話說離開封府四十五里，地名近江，隔江有姓王名三郎者，家頗富饒，慣走江湖，娶妻朱娟，貌美而賢，夫妻相敬如賓。一日，王三郎欲整行貨❶出商於外，朱氏勸夫勿行，三郎依其言，遂不思遠出，只在本地近處做些營生。時對門有姓李名賓者，先為府吏，後因事革役，性最刁毒，好色貪淫，因見朱氏有貌，欲與相通不能。忽一日，侵早見三郎出門去了，李賓裝扮齊整，逕入三郎舍裡，叫聲：「王兄在家否？」此時朱氏初起，聽得有人叫，問道：「是誰叫三郎？早已上莊去了。」李賓不顧進退，直入內裡見朱氏道：「我有件事特來相托，未知即回麼？」朱氏因見李賓往日鄰居不疑，乃道：「彼有事未決，日晚方回。」李賓見朱氏雲鬢半偏，啟露朱唇，不覺欲心火動，用手扯住朱氏道：「尊嫂且同坐，我有一事告稟，待王兄回時，煩轉達知。」朱氏見李賓有不良之意，劈面叱之道：「汝為堂堂六尺之軀，不分內外，白晝來人家調戲人妻，真畜類不如。」言罷入內去了。李賓羞臉難藏而出，致恨於心，回家自思：「倘或三郎回來，彼妻以其事說知，豈不深致仇恨？莫若殺之以泄此忿。」即持利刃復來三郎家，正見朱氏倚欄若有所思之意，賓向前怒道：「認得李某麼？」朱氏轉頭見是李賓，大罵道：「姦賊緣何還不去？」李賓抽出利刃，望朱氏咽喉刺入，即時倒地，鮮血迸流，可憐紅粉佳人，化作一場春夢。李

❶ 行貨：泛稱商品、貨物。

賓脫取朱氏繡履走出門外，並刀埋於近江亭子邊不題。

再說朱氏有族弟念六，慣走江湖，適值船泊江口，欲上岸探望朱氏一面，天晚行入其家，叫聲無人答應，待至房中，轉過欄杆邊，寂無人聲。念六隨復登舟，覺其腳下履濕，便脫下置火上焙乾。其夜，王三郎回家，喚朱氏不應，及進廚下點起燈照時，房中又未曾落鎖，三郎疑惑，持燈行過欄杆邊，見殺死一人倒在地下，血流滿地，細觀之，乃其妻也。三郎抱起看時，咽喉下傷了一刀。大哭道：「是誰謀殺吾妻？」次日，鄰里聞知來看，果是被人所殺，不知何故。鄰人道：「門外有一條血跡，可隨此血跡去尋究之，便知賊人所在。」三郎然其言，集眾鄰里十數人，尋其腳跡而去，那腳跡直至念六船中而止。三郎上船捉住念六罵道：「我與你無冤無仇，為何殺死吾妻？」念六大驚，不知所為何事，被三郎捆到家，亂打一頓，解送開封府陳告。包公審問鄰里、干證，皆言謀殺人，血跡委實在他船中而沒。包公根勘念六情由，念六哭道：「我與三郎是親戚，抵暮到他家，無人即回。履上沾了血跡，實不知殺死朱氏情由。」包公疑忖道：「既念六殺人，不當取婦人履去。搜其船上，又無利器，此有不明之理。」令將念六監入獄中。遂生一計，出榜文張掛：「朱氏被人所謀，失落其履，有人撿得者，重賞官錢。」過一月間並無消息。

忽一日，李賓飲於村舍，村婦有貌，與賓通姦，飲至酒後，乃對婦道：「看你有心待我，我當以一場大富賜你。」婦笑道：「自君常來我家，何曾用半文錢？有甚大富，你自取之，莫要哄我。」李賓道：「說與你知，若得賞錢，那時再來你家飲酒，豈不奉承著我。」婦問其故，李賓道：「那日王三郎妻被人殺死，陳告於開封府，將朱念六監獄償命，至今未決，包大尹榜文張掛，如若有人撿得被殺婦人的履來報，重賞官錢。我正知其繡履下落，今說你知，可令你丈夫將去領賞。」婦道：「履在何處，你怎知之？」李賓道：「日前我到江口，見近江邊亭子旁似乎有物，視之卻是婦人之履並刀一把，用泥掩之。想必是被謀婦人的履。」村婦不信，及賓去後，密與丈夫說知。村民聞知，次日逕到江口亭子邊，掘開新泥，果有婦人繡履一雙，刀一把，忙取回家見婦。其婦大喜，所謂賓言得實，令其夫即將此物來開封府見包公。包公問：「從何處得來？」村民直告以近江亭子邊得來，埋在泥土中。包公問：「誰教汝在此尋覓？」村民不能隱，直告道：「是妻子說知。」包公自忖道：「其婦必有緣故。」乃笑對村民道：「此賞錢合該是你的。」遂令庫官給出錢五十貫賞給村民。村民得錢，拜謝而去。

包公即喚公牌張、趙近前，密吩咐道：「你二人暗隨此村民，至其家察訪，若遇彼妻與人在家飲酒，即捉來見我。」公牌領命而去。

卻說村民得了賞錢，欣然回家，見妻說知得賞的事。其婦不勝之喜，與夫道：「今我得此賞錢，皆是李外郎❷之恩，可請他來說知，取些分他。」村民然其言，即往李賓家請得他來。那婦人一見李賓，笑容滿面，越發奉承，便邀入房中坐定，安排酒漿相待，三人共席而飲。那婦道：「多得外郎指教，已得賞錢，當共分之。」李賓笑道：「留在汝家做酒，餘者當歇錢❸。」那婦大笑起來。兩個公人直搶進房中，將李賓並村婦捉了，解衙內稟知婦人酒間與李賓所言之事。包公便問婦人：「你何以知得被殺婦人埋履所在？」婦人驚懼，直告以李賓所教，包公審問李賓，賓初則還不肯招認，後被重刑拷打，只得

❷ 外郎：官衙中的書吏。
❸ 歇錢：住宿費。

供出謀殺朱氏真情。於是再勘村婦李賓因何來汝家之故，村婦難抵，亦招出往來通姦情由。包公疊成文卷，問李賓處決；配村婦於遠方。念六之冤方釋，聞者無不快心。

聽吾齋評曰：

一個八十歲老翁，倚老為姦，誰知包公之聰明更老；一個公門的滑吏，積滑成殺，誰知包公之機變更滑，又將焉逃！

老見似可恕，惟亂族房之寡婦不可恕；滑吏本可殺，貪村民之村婦更可殺！

蟲蛀葉

話說河南開封府新鄭縣，有一人姓高名尚靜者，家有田園數頃，男女耕織為業，年近四旬，好學不倦。然為人不善修飾，言行舉止異常，衣雖垢弊不浣❶，食雖粗糲❷不擇，於人不欺，於物不取，不戚戚形無益之愁，不揚揚❸動有心之喜。或時以詩書騁懷❹，或時以琴樽❺取樂。賞四時之佳景，覽江山之秀麗，流連花月，玩弄風光。或時以詩酒為樂，冬夏述作，春秋游賞。嘗謂其妻曰：「人生世間，如白駒過隙❻，一去難再；若不及時為樂，吾恐白髮易生，老景將至。」言罷即令其妻取酒消遣。正飲間，忽有新鄭縣官差人至家催秤糧差之事，尚靜乃收拾家下白銀，到市鋪內煎銷，得銀四兩，藏入袖內，自思：「往年糧差俱係里長收納完官，今次包公行牌，各要親手赴秤。今觀包公為官清正，宛若神明。」

---

❶ 浣：音ㄏㄨㄢˇ。洗。

❷ 糲：音ㄌㄧˋ。粗糙的米。

❸ 揚揚：得意的樣子。

❹ 騁懷：開暢胸懷。

❺ 樽：酒杯。此指飲酒。

❻ 白駒過隙：莊子知北遊：「人生天地之間，若白駒之過隙，忽然而已。」白駒，駿馬，一指日光。隙，縫隙。此形容光陰過得極快。

心懷肅畏，遂帶前銀另買牲酒香儀❼之類，逕赴城隍廟中許下良願，候在秤完之日即來賽還。祈禱已畢，將牲酒之類在廟中散福❽，不覺貪飲幾杯，再拜復出，出廟之時，前銀已落廟中。不防街坊有一人姓葉名孔者，先在鋪中見尚靜煎銷銀兩在身，往廟許願，即起不良之意，跟尾在尚靜身後，悄悄入廟，躲在城隍寶座下，見尚靜拜辭神出，即拾其銀回訖。尚靜回家，方覺失了前銀，再往廟中尋時，已不見蹤影。尚靜無可奈何，只得具狀逕到包公臺前告理。包公看了狀詞道：「汝這銀兩在廟中失去，又不知是何人拾得，難以判斷。」遂不准其狀，將尚靜發落出外。尚靜叫屈連天，兩眼垂淚而去。

包公因這件事自思：「某為民牧，自當與民分憂。」心中自覺不安，乃具疏文❾一道，敬詣城隍廟行香，將疏文焚於爐內，禱祝出廟回衙，令左右點起燈燭，將几案焚香放在東邊，包公向東端坐禱祝，坐以待旦，如此者三夜。是夜三更，忽然狂風大起，移時間風吹一物直到階下，包公令左右拾起觀看，乃是一葉，葉中被蟲蛀了一孔。包公看了已知其意，方才吩咐左右各去歇宿。

次日，包公喚張龍、趙虎吩咐道：「汝可即去府縣前後呼喚葉孔名字，若有人應者，即喚他來見我。」張、趙二人領命出衙，遍往市街，叫喊半日，東街有一人應聲而出道：「吾乃葉孔是也，不知尊兄有何見諭？」張、趙二人道：「包公有喚。」遂拘其人入衙跪下。包公道：「數日前有新鄭縣高尚靜在城隍廟裡失落去白銀四兩，其銀大小有三片，他在我這裡告你，我叫他去城隍廟裡拜討。吾亦知道是你拾得，

❼ 香儀：燒香的物品。
❽ 散福：祭祀後分食福物（祭品）。
❾ 疏文：僧道拜懺時所焚化的祝告文。

又不是去偷他的，緣何不把去❿還他？」葉孔見包公判斷通神，說得真了，只得拜服招認道：「小人在廟中焚香，因拾得此銀，至今尚未使用。既蒙相公神見，小人不敢隱瞞。」包公審了口詞，即令左右押葉孔回家取銀，復令再喚高尚靜到臺，將銀看認，果然絲毫不差。包公乃對高尚靜道：「汝落了銀子，係是葉孔拾得。我今與你追還，汝可把三兩五錢秤糧完官，更有五錢可分與葉孔以作酬勞之資。自後相見，不許兩相芥蒂⓫，記前讎誤相陷害。若告發到此，決不輕縱。」二人拜謝出府。高尚靜乃將些散碎銀兩備辦牲物並香燭紙錠⓬，逕往城隍廟還願，深感包公之德。

❿ 把去：拿去。

⓫ 芥蒂：細小的梗塞物。指喻積在心中的怨恨、不快。

⓬ 紙錠：紙製冥幣。

啞子棒

話說包公坐廳，有公吏劉厚前來復稱：「門外有石啞子手持大棒來獻。」包公令他入來，親自問之，略❶不能應對。諸吏遂復包公道：「這廝每遇官府上任，幾度來獻此棒，嘗遭勘斷，任官責打。爺臺休要問他。」包公聽罷思忖：「這啞子必有冤枉的事，故忍吃此刑，特來獻棒。不然，怎肯屢屢無罪吃棒？」遂心生一計，將啞子用豬血遍塗在臀上，假令斷訖，又以長枷枷於街上號令，暗差數個軍人打探：「若有人稱屈者，引來見我。」良久，街上紛然來看，有一老者嗟嘆道：「此人冤屈，今日反受此苦，惜哉！惜哉！」軍人聽得，便引老人至廳前見包公，包公詳問因由。老人道：「此人是村南石啞子，伊兄石全，家財巨萬，此人自小來原不能言，被兄趕出，應有家財，並無分與他。他每年告官，不能伸冤，今日又被杖責，小老因此感嘆。」包公聞其言，即差人去追喚石全到衙，問道：「這啞子是你同胞兄弟麼？」石全答道：「他原是家中養豬的人，少年原在本家莊地居住，不是親骨肉。」包公聞其言，遂將啞子開枷放了去，石全歡喜而回。

包公見他回去，再喚過啞子來教道：「你後若撞見石全哥哥，你去扭打他無妨。」啞子但點頭而去。一日，在東街外忽遇石全來到，啞子怨忿，隨即推倒石全，扯破頭面，亂打一番，十分狼狽。石全受虧，

❶ 略：大略；大致。

不免具狀投包公來告，言「啞子不尊禮法，將親兄毆打。」包公遂問石全道：「啞子若果是你親弟，他的罪過非小，斷不輕恕；若是常人，只作鬥毆論。」石全道：「他果是我同胞兄弟。」包公又喚啞子來問：「你怎麼把哥哥毆打，罪過非輕。」便將啞子勘杖七十，斷訖。卻喚石全問道：「這啞子既是親兄弟，如何不將家財分與他？還是汝欺心獨占。」石全無言可對。包公即差人押二人去，還將所有家財產業，各分一半。眾人聞之，無不稱快。

聽五齋評曰：

高尚靜是個高人，既因許願而失落銀子，明是神其吐之矣，何若又紛紛告狀？最可惡是兄弟爭財，石全固可殺，啞子亦安於義命而已，何必獻棒為？

割牛舌

話說包公守開封府時，有姓劉名全者，住在城東小羊村，務農為業，一日，耕田回來，復後再去，但見耕牛滿口帶血，氣喘而行。劉全詳看一番，乃知牛舌為人割去。全寫狀告於包公道：

告為殺命事：農靠耕，耕靠牛，牛無舌，耕不得，遭割去，如殺命。乞追上告。

包公看了狀詞，因細思之，遂問劉全：「你與鄰里何人有仇？」全無言對，但告：「望相公作主。」包公以錢五百貫與他，令歸家將牛宰殺，以肉分賣四鄰，若取得肉錢，可將此錢添買牛耕作。劉全不敢受，包公必要與之，全受之而去。包公隨即具榜張掛：「倘有私宰耕牛，有人捕捉者，官給賞錢三百貫。」劉全歸家，遂令一屠開剝其牛，將肉分賣與鄰里。其東鄰有卜安者，與劉全有舊仇，扯住劉全道：「今府衙前有榜，賞錢三百貫給捕捉私宰耕牛者不誤。你今敢令宰殺麼？」隨即縛住劉全，要同去見包公，不知劉全怎生解脫，按下不題。

卻說包公，是夜睡至三更得一夢，忽見一巡官帶領一女子乘鞍，手持一刀，有千個口，道是丑生人，言訖不見。覺來思量，竟不得明。次日早間升廳問事，值卜安來訴劉全殺牛之事。包公思念夜來之夢，與此事恰相符合。巡官想是卜字，女子乘鞍乃是安字，持刀割也，千個口舌也，丑生牛也。卜安與劉全必有冤仇，前日割牛舌者必此人也，故今日來訴劉全殺牛。隨即將卜安入獄根勘，獄吏取出刑具，置於卜安面前道：「從實招認，免受苦楚。」卜安懼怕，不得已乃招認，因與劉全借柴薪不肯，因致此恨，於七月十三日晚，見劉全牛在坡中吃草，遂將牛舌割了。獄吏審實，次日呈知於包公，遂將卜安依律斷決，長枷號令一個月，後來發放寧家。批道：

審得卜安，乃劉全之仇人也。挾仇害無知之物，心則何忍；割舌傷有用之畜，情則更惡。教宰牛而旋禁，略施巧術；分賣肉而來首，自謂中機。豈知令行禁違，情有深意。正是使心用心，反累其身。姑念鄉愚，杖懲枷儆❶。

批完，眾皆服包公神見。

❶ 儆：使人警醒，不犯過錯。

騙馬

話說開封府南鄉有一大戶，姓富名仁，家蓄上等騍馬❶一匹。一日，騎馬上莊收租，到莊遂遣家人興福騎轉回家。走到中途，下馬歇息。有一漢子姓黃名洪，說自南鄉來，乘著瘦騾一匹，見了興福，亦下騾兒停息，遂近前道：「大哥何來？」興福道：「我送東人❷往莊上收租來。」二人遂草坐敘話，不覺良久。洪忽心生一計道：「大哥你此馬倒好個膘腴。」福道：「客官識馬麼？」洪道：「曾販馬來。」福道：「吾東人不久用高價買得此馬。」洪道：「大哥不棄，願借一試。」興福不疑其歹，遂與之乘。洪須臾跨上雕鞍❸，出馬半里，並不回繮。興福心驚，連忙追馬。洪見趕來，加鞭策馬如飛，望捷路便走。那一匹好馬平空被刁棍拐騙而去。興福愕然無奈，自悔不及，只得乘著老騾轉莊，報主領罪。仁大怒，將福痛責一番，命牽騾往府中徑告。時包公正公座，興福進告。包公問：「何處人氏？」福道：「小人名興福，南鄉人，富仁家奴僕，有狀呈上。」

❶ 騍馬：雌馬。騍，音ㄎㄜˋ。
❷ 東人：東家；主人。
❸ 雕鞍：用彩繪裝飾的馬鞍。

告為半路拐馬事：潑④遭無賴，駕言⑤買馬，騎試半里，加鞭不知去向，止留伊騎原騾相抵。馬上郎不知誰氏之子，千金駿豈容脫騙⑥之姦。乞追上告。

包公問那個棍徒姓名，福備將前程告訴，道：「途遇一面，不知名姓。」包公責道：「鄉民好不知事，既無對頭下落，怎生來告狀？」興福哀告道：「久仰天臺善斷無頭冤訟，小民故此申告。」包公吩咐道：「我設下一計，看你造化如何。你歸家，三日後再來聽計。」興福叩頭而去。包公令趙虎將騾牽入馬房，三日不與草料，餓得那騾叫聲嘶鬧。

過了三日，只見興福來見包公，包公令牽出那騾，喚興福出城，張龍押後，吩咐依計而行，令牽從原路拐騙之處引上路頭，放繮任走，但逢草地，二人攔擋沖咄⑦，那騾徑奔歸路，不用加鞭，跟至四十里路外，有地名黃泥村，只見村裡一所瓦房旁一扇茅屋，那騾遂奔其家，直入茅屋嘶叫。洪出看見自己騾回，暗喜不勝。當時張龍同興福就於近邊鄰人家探訪，那黃洪昂然牽著一匹騍馬，竟去放在山中看養。龍隨即帶興福去認，興福見馬即走向前，勒馬牽過，洪正欲來奪，就被張龍一把扭住，連人帶馬押了，迤邐而行，往府中見包公。包公發怒道：「你這廝狼心虎膽，不曉我包某麼？誆騙路上行人馬匹，該當何罪？」洪事實理虧，難以抵對。包公吩咐張龍將重刑責打，枷號示眾，罰其騾歸官，杖七十趕出。與

④潑：咒罵之詞，含有惡劣、卑賤之意。

⑤駕言：傳言。

⑥脫騙：詐騙。

⑦咄：呵叱。

福不合與之試馬，亦量情責罰，當官領馬回去。遂批道：

審得黃洪，以無賴子見馬欺心，自負於伯樂❽之顧；興福以無知豎❾逢人托意，不思量趙氏❿之姦。豈知有馬不借人，逕被以騾而駁去。既不及追其人，又未經識其地。幸物類之有知，借路途以相逐。罪人斯得，名法莫逃，合行重究，從公處罰，昭示後人，休學騙馬。

聽五齋評曰：

牛有力田之勞，無舌終歸於斃，故殺之不為忍；騾有識路之性，放繮自得所歸，故餓之不為虐。妙在教他殺牛而又禁宰牛，肆人之舉自彰；餓騾三日而又令牽出，脫駁之家難掩。難知者可以智探，用巧者可以物徵。甚哉！恃姦自用而謂人不我知，不亦誣乎！

❽伯樂：相傳為古代的善相馬者。

❾豎：豎子，古時對人的一種蔑稱。

❿趙氏：指秦朝宦官趙高，曾對秦二世指鹿為馬。

卷之六

金鯉

話說揚州城東門有一儒家，姓劉名真，字天然，幼而聰明，樂讀詩書，未結婚姻，篤志芸窗❶，甘守清貧，一心祇慕功名兩字。當宋仁宗皇祐三年開科取士，即備行李前往東京赴試，爭奈盤纏稀少，在途中淹延❷日久，將到京都，科場已罷。劉真嘆道：「我如此命薄，不得就試。」收拾餘資，就賃❸開元寺僧房肄業❹。

不覺時光似箭，日月如梭，正遇上元佳節，京中大放花燈。彼時離城三十里通漕運❺處，地名碧油

❶芸窗：書齋。
❷淹延：展緩；推遲。
❸賃：音ㄌㄧㄣˋ。租借。
❹肄業：求學。
❺漕運：古代將江南糧食等運往京師的水路運輸。

潭，水深萬丈，有個千年金絲鯉魚成精，往常亦曾變成女子，行岸上迷惑客商泊舟。那夕正脫形❻出潭，聽得城裡放燈，即吐出一顆小珠，儼然❼是個十七、八歲丫鬟，手持燈籠，隨之慢慢行入城來，人看見無不牽情。將近五更，天色欲曙，看著殘燈猶未收，妖媚恐露其形，遂走入金丞相後花園內大池中隱形。元宵已過，妖魚不思歸潭。恰遇丞相有女名金線小姐，因帶侍女來花園內賞花，看見東架瓦盆上一叢紅白牡丹可愛，即著侍女折來觀玩，倚著池閣欄杆飲酒。忽見池中有個金鯉魚，揚鬚鼓❽口，游於水面，小姐見著，將飲殘那杯酒傾在池中，被妖魚一呑而盡。小姐笑視良久，回轉香閨。妖魚因知小姐好看牡丹，每夜噴氣飾之，牡丹顏色愈鮮，引得小姐日日來折玩不已。

春光將盡，初夏又臨。劉秀才在僧舍日久，囊篋蕭然❾，知己朋友又各回歸，思量沒奈何，乃寫下幾幅草字，往城中官宦家獻賣。一日，來到金丞相府前，適因丞相出探鄉友回府，見劉秀才將字在手中，即令取看之，連聲稱羨❿，遂帶入府內，問其鄉貫來因，見其人才不凡，乃留之西館⓫，教子弟讀書，即令家人去寺中搬取行李，安置一個所在，正近後花園東軒之側。劉真得遇丞相提攜，衣食充裕，益攻書史，但是府中翰墨往來，並皆劉手啟答，丞相甚愛重之。一夕，劉真偶步入花園中，正值小姐與二、三

❻脫形：變形。
❼儼然：很像真的。
❽鼓：凸出；張大。
❾蕭然：冷落的樣子，此指空無一物的意思。
❿稱羨：稱好。
⓫西館：此同「西席」，指家塾的教師或幕友。

侍女在花架下玩花，劉真看見失驚道：「久聞丞相有女，顏貌秀麗，果然不虛。後來小生若僥幸成名，得此佳人為配足矣。」道罷，恐人知覺，逕轉至軒下，因歌杜甫詩數篇以見志。

常言欲心一動，則邪便侵之，妖媚正欲迷惑個好男子，沒尋機會處，是夜探得劉真未寢，便變成小姐形跡，到真讀書館所叩其門戶。劉啟戶視之，正是日間所見的小姐，真愕然。妖媚道：「秀才不要驚恐，妾身省視爹娘已經睡去，聞君書聲清亮，特來請教。」真方安心，與之對坐榻上，談論頗久，妖形逞露，解衣就寢。天色將明，妖媚攬衣先起，謂真道：「今夜早來陪君。」言罷逕去。自此日去夜來，情意甚密，妖媚每來必將美食待真，真自謂佳遇，不勝之喜。一夕，妖媚備酒食來與真飲道：「君寓此處雖好，倘久後侍女知覺，報知父母，兩下丟醜。妾不如收拾閨中所有，同君逃回汝家，長為夫婦。」真道：「如若丞相著人根究，其罪怎逃？」妖媚道：「妾母最愛於我，且妾於君俱未議婚姻，縱使根究亦無妨事。」真依言，過了一宵，約定十四日夜，河下預備船隻，小姐收拾零碎銀兩，與真逕回揚州。比及丞相知真走去，亦不究問。

自妖媚去後，那朵牡丹花即枯死矣。金小姐朝夕思憶，染成病症，縱有良醫，不能調理，母憂切切問其病由，小姐乃道為牡丹之故。母與丞相說知小姐病因，丞相道：「此花惟揚州有。」即差家人帶金寶往揚州，不拘官宦民家，不惜重價買得回家。家人領命逕到揚州，遍訪此樣牡丹花，惟東門劉秀才家植有數叢。及家人訪到劉秀才家下，值真外出，祇見帘子下立著一個女子，問道：「是誰？」金家家人疑道：「好似我家小姐聲音。」近前認之，果是小姐，女子亦自道是小姐。恰遇劉真回來，家人亦認得是劉秀才，各痴呆半晌，莫知所為。真問家人來因，家人告以小姐思牡丹得病特來此買之。真笑道：「小姐隨我來此將近半年，哪裡又有一個小姐？」家人難明，次日著一會走路的漏夜回轉東京報知丞相。丞相不信，差公吏來揚州接回小姐，小姐竟不推辭，與劉真隨家人等轉回東京，入府見丞相。丞相看是小姐，驚疑未定，及其母出來道：「小姐在房中尚未起來，因何又有在此？」丞相問劉真緣故，劉真不隱，一一告知昔日在東軒相會之因由。丞相道：「汝必被妖所惑。」即乘轎入開封府見包公說知其事。包公差張龍拘到二小姐並劉真，於廳下細視之，果無二樣。乃命取軒轅⑫所鑄照魔鏡定其真偽，及左右將鏡懸於堂上，頃刻間妖魚吐開黑氣，昏了天日，衹聽得一聲響，黑氣四散，看時，堂下二小姐皆不見了。丞相與包公皆愕然，滿堂人無不失色。包公道：「丞相暫退，容遲幾日，定有下落。」丞相稱謝而去。包公著劉真在外伺候，將榜文張掛：「有知妖精、小姐下落者，給錢五千貫賞之。」次日侵早，往城隍廟中將牒章焚訖。真司真符領牒章遞送與城隍，城隍即遣陰兵遍處搜查是何妖怪。頃刻陰兵來報：「碧油潭千年金鯉魚作怪。」城隍具箚通知五湖四海龍君，務要捉拿妖魚解報。龍君得知此事，亦遣水族神兵，沿江湖捕捉妖魚。妖魚有靈通，水族神兵俱皆殺敗，無如之何。龍君奏於上帝，上帝遣天兵捉之，那妖越遍八荒⑬，如何拿得？怎奈包大尹日夕於城隍司裡追迫，城隍只得再通龍君，龍君閉住四角海門搜捉，妖魚卻被趕得緊急，走入南海。

時都下有一鄭某，平素好善，家中掛一張淡墨所畫懶妝的觀世音像，日日敬奉無厭。忽夜夢一素妝婦人向他道：「汝明日來河岸邊，引我見包大尹，穩取一場富貴。」鄭某醒來，次早到河邊看，果見一

⑫軒轅：即黃帝。
⑬八荒：八方荒遠之地。

中年婦人，手執竹籃，內放一小小金色鯉魚，立在楊柳樹下，等著鄭某來到，便說：「昨日，碧油潭金鯉魚為四海龍君追逼無路，奔入南海，藏入瓊蕊蓮花下，今被我哄入籃中罩定走不得。前日包大尹有榜文，給賞知得妖魚下落之人，可引我去，看他判出此條公案，給得賞錢來，一應贈爾。」鄭某大悅，忙引婦人到府衙，正值包公與金丞相在廳上議論此事。公吏報入，包公喚進問其來由，鄭某將婦人所言告知。包公道：「是此怪矣。」即令當堂放下魚籃，遂問之。那妖為佛力所伏，在籃裡一一供出迷人情由，攝去小姐現在碧油潭山側岩穴中。包公欲將此妖魚取出烹之，婦人道：「此千年靈氣所成，縱烹之亦不能死，老婦帶去自有發落。」包公然之，命庫吏賞錢五千貫與婦人去，婦人出門首將賞錢付與鄭某道：「報汝奉我三年之誠心，煩將此事傳於世上。」言訖不見。鄭某方悟是家中所奉觀音大士，將錢回家，請精工繪水墨觀音之像，手提魚籃，京都人效之，皆相傳繪，此即今所謂魚籃觀音是也。

比及包公差人去岩穴中尋取得金小姐到衙，已死去了，祇心頭略有微溫，令醫者診視，皆言將有緣生人氣引之可蘇。包公猛省，謂丞相道：「小姐莫非與劉秀才有夙緣？老夫今日當作冰人⑭，成就此段姻事。」乃喚過劉真以氣去呵小姐，小姐果然蘇來，左右見者皆道事非偶然。包公亦歡悅，命人送二人入丞相府中。是夕，劉真與小姐成親。次年，真登第，優等注官，在京不上數年，官至中書，生二子俱出仕。

---

⑭ 冰人：即媒人。

玉面貓

話說清河縣有一秀士❶施俊，娶妻何氏名賽花，容貌秀麗，女工精通。施俊一日聞得東京開科取士，道：「十年燈窗，豈宜錯過！」辭別妻室而行。與家童小二途中曉行夜住，飢餐渴飲，行了數日，已到山前，將晚，遇店投宿。原來那山盤旋六百餘里，後面接西京地界，幽林深谷，崖石嵯峨❷，人跡不到，多出精靈怪異。有一起西天❸走下五個老鼠，神通變化，往來莫測，或時變化老人出來，脫騙客商財物；或時變化女子，迷人家子弟；或時變男子，惑富家之美女。其怪以大小呼名，有鼠一、鼠二等稱，聚穴在瞰海岩下。那日，其怪鼠五正待尋人迷惑，化一店主人，在山前迎接過客，恰遇施俊生得清秀，便問其鄉貫來歷，施俊告以其實要往東京赴試的事，其怪暗喜。是夕，備酒款待之，與施俊對席而飲，酒中論及古今，那怪對答如流。施俊大驚，忖道：「此只是一店家，怎博學如此？」因問：「足下亦通學否？」其怪笑道：「不瞞秀士說，三、四年前曾赴兩漕試，時運不濟，科場沒分，故棄了詩書，開一小店，於本處隨時度日。」施俊與他同飲到更深，那怪生一計較，呵一口毒氣入酒中，遞與施秀士飲之，施俊不

❶ 秀士：即秀才。

❷ 嵯峨：山勢高峻。嵯，音ㄘㄨㄛˊ。

❸ 西天：指佛經中所說的西方極樂世界。

飲那酒便罷，纔下口即刻昏悶，倒於座上。小二連忙扶起，引入客房安歇，腹中疼痛難忍，小二慌張，又沒有尋醫人處，延至天明，已不知昨夜店主人在哪裡去了，勉強扶了主人再行幾里，尋一個店住下，方知中了妖毒。

卻說當下那妖怪逕脫身變做施俊模樣，便走歸來。何氏正在房中梳妝，聽得丈夫回家，連忙出來看時，果是笑容可掬。因問道：「才離家二十餘日，緣何便回？」那妖怪答道：「將近東京，途遇赴試秀士說道，科場已罷，士子都散，我聞得此話，遂不入城，抽身回來。」何氏道：「小二如何不同回？」妖怪道：「小二不會走路，我將行李寄托朋友帶回，著他隨在後。」何氏信之，遂整早飯與妖食畢，親朋來往都當是真的。自是那妖與何氏取樂，豈知真夫在店中受苦。又過了半月，施俊在店中求得董真人❹丹藥，調湯飲之，果獲安痊。比及要上東京，聞說科場已散，即與小二回來，緩緩歸到家中，將有二十餘日。小二先入門，恰值何氏與妖精在廳後飲酒，何氏聽見小二回來，便起身出來問道：「你為何來得恁❺遲？」小二道：「休說歸遲，險些主人性命難保。」何氏問：「是哪個主人？」小二道：「同我赴京去的，更問哪個主人？」何氏笑道：「你在路上躲懶不行，主人先回二十餘日了。」小二驚道：「說哪裡話，主人與我日則同行，夜則同歇，寸步不離，何得說他先回？」何氏聽了，疑惑不定。忽施俊走入門來，見了何氏，相抱而哭。那妖怪聽得，走出廳前，喝聲：「是誰敢戲吾妻？」施俊大怒，近前與妖相鬥一番，被妖逐趕而出。鄰里聞知，無不吃驚。施俊沒奈何，只得投見岳丈訴知其情。岳丈甚憂，

❹ 真人：道家稱修真得道或成仙的人。

❺ 恁：音ㄖㄣˋ。如此；這樣。

令具狀告於王丞相府衙。

王丞相看狀，大異其事，即差公牌拘妖怪、何氏來問。王丞相視之，果是兩個施俊。左右見者皆言：「除非是包大尹能明此事，惜在邊庭❻未回。」王丞相喚何氏近前細審之，何氏一一道知前情。丞相道：「你可曾知真夫身上有甚形跡為證否？」何氏道：「妾夫右臂有黑痣可驗。」王丞相先喚假的近前，令其脫去上身衣服，驗右臂上沒有黑痣。丞相看罷忖道：「這個是妖怪。」再喚真的驗之，果有黑痣在臂。丞相便令真施俊跪於左邊，假施俊跪於右邊，著公牌取長枷靠前吩咐道：「汝等驗一人右臂有黑痣者，是真施俊；無者是妖怪，即用長枷監起。」比及公牌向前驗之，二人臂上皆有黑痣，不能辨其真偽。王丞相驚道：「好不作怪，適間只一個有，纔問及便都有了。」且令俱收獄中，明日再審。

妖怪在獄中不忿，取難香❼呵起，那瞰海岩下四個鼠精商議便來救之。乃變作王丞相形體，次日侵早坐堂，取出施俊一干人階下審問，將真的重責一番。施俊含冤無地，叫屈連天。忽真的王丞相入堂，見上面先坐一個，遂大驚，即令公人捉下假的；假的亦發作起來，著公吏捉下真的。霎時間混作一堂，公人亦辨不得真假，哪個敢動手？當下兩個王丞相爭辯公堂，看者各痴呆了。有老吏見識明敏者，近前稟道：「兩丞相不知真假，縱辯論連日亦是徒然，除非朝見仁宗。」仁宗遂降敕宣兩丞相入朝，比及兩丞相朝見，妖怪作法神通，噴一口氣，仁宗眼目遂昏，不能明視，傳旨命將二人監起通天牢裡，候在今夜北斗上時，定要審出真假。原來仁宗是赤腳大仙❽降世，每到半夜，天宮亦能見之，故如此云。

❻ 邊庭：邊疆。
❼ 難香：迷信者認為能傳遞災禍、遇難信號的香。

真假兩丞相既收牢中，那妖怪恐被參出❾，即將難香呵起，瞰海岩下三個鼠精聞得，商量著第三個來救。那第三鼠靈通亦顯，變作仁宗面貌，未及五更，已占坐了朝元殿，大會百官，勘問其事。真仁宗平明出殿，文武官員見有二天子，各各失色，遂會同眾官入內見國母奏知此事，國母大驚，便取過玉印，隨百官出殿審視端的。國母道：「你眾官休慌，真天子掌中左有山河右有社稷的紋，看是哪個沒有，便是假的。」眾官辨驗之，果然只有真仁宗有此紋，一個沒有。國母傳旨，將假的監於通天牢中根勘去了。

那假的驚慌，便呵起難香，鼠一、鼠二聞知煩惱，商量道：「鼠五好沒分曉，生出這等大獄，事干朝廷，怎得脫逃？」鼠二道：「我只得前去救他們回來。」鼠二作起神通，變成假國母升殿，要取牢中一干人放了。忽宮中國母傳旨，命監禁者不得走透妖怪。比及文武知兩國母之命，一要放脫，一要監禁，正不知哪個是真國母。仁宗因是不快，憂思數日，寢食俱廢。眾臣奏道：「陛下可差使命往邊庭宣包公回朝，方得明白。」天子允奏，親書詔旨，差使臣往邊庭宣讀。包公接旨回朝，拜見聖上，奏要審理明白。退朝入開封府衙，喚過二十四名無情漢，取出三十六般法物，齊齊擺列堂下，於獄中取出一干罪犯來問，委的有二位王丞相，兩個施秀才，二國母，二仁宗。包公笑道：「內中丞相、施俊未審哪個真假，國母與聖上是假必矣。」且令監起，明日牒知城隍，然後判問。

四鼠精被監一獄，面面相覷，暗相約道：「包公說牒知城隍，必證出我等本相❿。雖是動作⓫我們

---

❽ 赤腳大仙：道教中的神仙。

❾ 參出：看破；識破。

❿ 本相：佛教把一切事物外觀的形象狀態稱之為「相」。本相，指事物的本來面目。

不得，爭奈上干天怒，豈能久遁？可請鼠一來議。」眾妖遂呵起雞香，是時鼠一正來開封府打探消息，聞得包丞相勘問，笑道：「待我做個包丞相，看你如何判理。」即顯神通變作假包公，坐於府堂上判事。恰遇真包公出牒告城隍轉⑫衙，忽報堂上有一包公在座。包公道：「這孽畜敢如此欺誑。」逕入堂上，著令公牌拿下，那妖怪走下堂來，混在一處，眾公牌正不知是哪個為真的，如何敢動手？堂下包公怒從心上起，抽身吩咐公牌：「你眾人謹守衙門，不得走漏消息，待我出堂方來聽候。」公牌領諾。包公退入後堂去，假的還在堂上理事，只是公牌疑惑，不依呼召。

且說包公入見李氏夫人道：「怪異難明，吾當訴之上帝，除此惡怪。汝將吾屍用被緊蓋床上，休得舉動，多則二晝夜便轉。」遂取領邊所塗孔雀血⑬漫嚼幾口，臥赴陰床上，直到天門。天使引見玉帝奏知其事，玉帝聞奏，命檢察司曹查究何孽為禍。司曹奏道：「是西方雷音寺五鼠精走落中界⑭作鬧⑮。」玉帝聞奏，欲召天兵收之。司曹奏道：「天兵不能收，若趕得緊急，此怪必走入海，為害尤猛。除非雷音寺世尊殿前寶蓋籠中一個玉面貓能伏之，若求得來，可滅此怪，勝如十萬天兵。」玉帝即差天使往雷音寺求取玉面貓。天使領玉牒到得西方雷音寺，參見了世尊，奉上玉牒，世尊開讀，與眾佛徒議之。有

⑪ 動作：此指處罰。
⑫ 轉：回轉；歸還。
⑬ 孔雀血：古代傳說孔雀的血有劇毒。
⑭ 中界：佛道認為上界為神佛所居，中界即人的世界，下界為陰世。
⑮ 作鬧：搗亂。

廣大師⑯進言：「世尊殿上離此貓不得，經卷甚多，恐防鼠耗，若借此貓去，有誤其事。」世尊道：「玉帝旨意焉敢不從？」大師道：「可將金睛獅子借之。玉帝若究，可說要留貓護經，玉帝亦不見罪。」世尊依其言，將金睛獅子付天使前去，回奏玉帝。玉帝召包拯，即欲交此獸，司曹見之奏道：「文曲星為東京大難來，此獸不是玉面貓，枉費其功，望聖上憐之，取真的與他去。」玉帝復差天使同包公來雷音寺走一遭，見世尊參拜懇求。初則世尊不允，有大乘⑰羅漢進道：「文曲星亦為生民之計，千辛萬苦到此，世尊以救生為心，當借之去。」世尊依言，令童子將寶蓋籠中取出靈貓，誦偈一遍，那貓遂伏身短小，付包公藏於袖中，又教以捉鼠之法。包公拜辭世尊，同天使回見玉帝，奏知借得玉面貓來。玉帝大悅，命太乙天尊⑱以楊柳水與包公飲了，其毒即解。

及天使送出天門，包公於赴陰床上醒來，已去五日矣。李夫人甚喜，即取湯來飲了。包公對夫人說知，到西天世尊處借得除怪之物來，休泄此機。夫人道：「於今怎生處置？」包公密道：「你明日入宮中見國母道知，擇定某日，南郊築起高臺，方斷此事。」夫人依命，次日乘轎進宮中見國母奏知，國母依奏，即宣狄樞密⑲吩咐南郊築臺，不宜失誤。狄青領旨，帶領本部軍兵向南郊按儀式築起高臺完備。包公在府衙裡吩咐二十四名雄漢，擇定是日前赴臺上審問。轟動東京城軍民，哪個不來看？當日真仁宗、

⑯ 廣大師：佛教中的人物。唐代以來封通曉佛教教義的僧人為大師。
⑰ 大乘：即大乘佛教，強調普渡眾生。
⑱ 太乙天尊：道教中的神仙。
⑲ 狄樞密：即狄青，宋代名將，曾任樞密使。

假仁宗、真國母、假國母與兩丞相、兩施俊，都立臺下，文武官排列兩廂，獨真包公在臺上坐，那假包公尚在臺下爭辯。將近午時，包公於袖中先取世尊經偈念了一遍，那玉面貓伸出一隻腳，似猛虎之威，眼內射出兩道金光，飛身下臺來，先將第三鼠咬倒，卻是假仁宗，鼠二露形要走，被神貓伸出左腳抓住，又伸出右腳抓了那鼠一，放開口一連咬倒，臺下軍民見者齊聲吶喊。那假丞相、施俊二鼠變身走上雲霄，神貓飛上，咬下一個是第五鼠，單走了第四鼠，那玉面貓不捨，一直隨金光趕去。臺下文武官見除了此怪，無不喝彩。包公下臺來，見四個大鼠，約長一丈，手腳如人，被咬傷處盡出白膏。包公奏道：「此吸人精血所成，可令各軍衛宰烹食之，能助筋力。」仁宗允奏，敕令軍卒抬得去了。起駕入朝，文武各朝賀，仁宗大悅，宣包公上殿面慰之，設宴待文武，命史臣略記其異。包公飲罷，退回府衙，發放施俊帶何氏回家，仍得團圓。向後，何氏只因與怪交媾，受其惡毒更深，腹痛，施俊取所得董真人丸藥飲之，何氏乃吐出毒氣而愈。後來施俊得中進士，官至吏部，生二子亦成名。

聽五齋評曰：

此兩宗公案，可謂幻絕，特摘而入之，誌幻也。噫！天下事如斯而已，何必幻，何必不幻？連吾之批評，亦誌幻也，亦何必誌幻，何必不誌幻？搆訟者，情極其假；聽訟者，又誰得其真？世無真包公，不見假包公；世無假包公，又誰識真包公？真真假假，總在包公肚裡。

又道「世人宜假不宜真」，這句話與這部書何如？

移椅倚桐同玩月

話說河南許州管下臨潁縣，有一人姓查名彝，文雅士也，少入縣庠，娶近村尹貞娘為妻，花燭之夜，查生正欲解衣而寢，尹貞娘乃止之曰：「妾意郎君幼讀儒書，當發奮勵志，揚名顯親，非若尋常俗子可比，今日交會，可無一言而就寢乎？妾今謬出鄙句，郎君若能隨口應答，妾即與君共枕；若才力不及，郎君宜再赴學讀書，今宵恐違所願。」言訖，查生即命出題。貞娘乃出詩句道：「點燈登閣各攻書。」查生思了半晌，未能應答，不覺面有慚色，遂即辭妻執燈逕往學宮而去。是時學中諸友見查生盡夜而來，皆向前問道：「兄今宵洞房花燭，正宜同伴新人，及時歡會行樂，何獨拋棄新人至此，敢問其故？」查生因諸友來問，即以其妻所出詩句告之諸友，咸皆未答而退。內有一人姓鄭名正者，平生為人極是好謔，聽得查生此言，隨即漏夜私回❶，逕往查生房內與貞娘宿歇。原來貞娘自悔偶然出此戲聯，實非有心相難他，不期丈夫懷羞而去，心中懊悔不及，及見鄭正入房，貞娘只謂查生回家歇宿，哪知是假的，乃問道：「郎君適間不能對答而去，今倏又回，莫非思得佳句，能對其意乎？」鄭正默然不答。貞娘忖是其夫懷怒，亦不再問。鄭正乃與貞娘極盡交歡之美，未及天明而去。及天明，查生回家，乃與貞娘施禮道：「昨夜承瞻佳句，小生學問荒疏，不能應答，心甚愧赧❷，有失陪奉。」貞娘道：「君昨夜已回，緣何

❶ 漏夜私回：趁著夜色遮掩悄悄地回去的意思。漏夜，深夜。

言此誣妾？」再三詰問其故，查生以實未回答之。貞娘細思查生之言，已知其身被他人所污，遂對查生道：「郎君若實未回，願郎君前程萬里，從今後可奮志攻書，不須顧戀妾也。」言罷，即入房中自縊。移時，查生知之，即與父母逕往，救之不及。查生痛悲，不知其故，昏絕於地。父母急救方醒，只得具棺殯葬貞娘。

不覺時光似箭，又是慶曆三年❸八月中秋節，包公按臨至臨潁縣，直升入公廳坐下。公廳庭前旁邊有一桐樹，樹下陰涼可愛，包公喚左右把虎皮交椅移倚在桐樹之下，玩月消遣，偶出詩句云：「移椅倚桐同玩月。」尋思欲湊下韻，半晌不能湊得，遂枕椅而臥。似睡非睡之間，朦朧見一女子，年近二八，美貌超群，昂然近前下跪道：「大人詩句不勞尋思，何不道：點燈登閣各攻書。」包公見對得甚工，即問道：「你這女子住居何處？可通名姓。」女子答道：「大人若要知妾來歷，除非本縣學內秀才可知其詳。」言訖，化陣清風而去。

包公醒時，輾轉尋思此事奇怪。次日出牌，吩咐左右喚齊臨潁縣學秀才，來院赴考。包公出論語中題目，乃是「敬鬼神而遠之」一句，與諸生作文，又將「移椅倚桐同玩月」詩句，出在題尾。內有秀才查彝，因見詩句偶合其妻貞娘前語，遂即書其下云：「點燈登閣各攻書。」諸生作文已畢，包公發令出外伺候。包公正看卷時，偶然見查彝詩句符合夢中之意，即喚查彝問道：「吾觀汝文章亦只是尋常，但對詩句大有可取，吾諒此詩句必請他人為之，非汝能作也。吾今識破，可實言之，毋得隱諱。」查彝聞

❷ 赧：音ㄋㄢˇ。因羞慚而臉紅。

❸ 慶曆三年：慶曆為宋仁宗年號。慶曆三年，為西元一〇四三年。

言，一一稟知。包公又問道：「吾想汝夜往學中之時，內中必有平日極善戲謔之人，知汝不回，故詐托汝之軀，與汝妻宿，污其身體，汝妻懷羞以致身死。汝可逐一說來，吾當替汝伸冤。」查彝稟道：「生員學中只有姓鄭名正者，平生極好戲謔。」包公聽罷，即令公差拘喚鄭正到臺審勘。鄭正初然抵死不認，後受極刑，只得供招：「貞娘詩句，查彝不能答對，懷羞到學與諸友言及此情，我不合起意，假身姦污，以致貞娘之死，甘罪招認是實。」包公取了供詞，即將鄭正依擬因姦致死一命，即赴法場處決。士論帖服。

龍騎龍背試梅花

話說順天❶任縣徐卿、鄭賢二人，同窗數載，卿妻只生一女，名淑雲；賢妻生有一子，名國材。二人後得高科，俱登朝議職，遂有秦晉❷之心，因無媒妁之言，乃以結襟為記，誓無更變。不覺光陰似箭，人事屢移。國材年至十八，聰明俊慧，無書不讀。不幸父母雙亡，不數年家資消乏。徐卿見他家貧，遂欲將女嫁與別家。國材亦不敢啟齒，情願寫下離書❸。淑雲性格乖巧，文墨素諳，聞知父母負約，不肯還配鄭郎，憂悶香閨，日食減少，不覺又過一年，宗師❹考試，材幸入泮宮，館於儒學西齋。淑雲聞材進學，悄使雪梅賚白銀十兩，金杯一雙，密送與鄭。雪梅逕往其家。訪問鄭官人在何處，國材堂叔鄭仁道：「你要尋他，可往儒學西齋去尋。」雪梅奔往儒學西齋，果見國材。雪梅道：「官人萬福。淑雲小姐拜上，具禮在此作賀。」國材見了，收其禮物，遂與雪梅道：「蒙小姐錯愛，今賜厚儀，揣分何當？但小生寫了休書，再不敢過望，自後莫來，恐人知之，貽辱小姐。」囑罷，送雪梅出學門回去。雪梅歸

❶ 順天：順天府，轄地包括今北京市、天津市及河北省部分地區。

❷ 秦晉：春秋時，秦、晉二國世為姻緣。後因以稱兩姓聯姻為「秦晉之好」。

❸ 離書：夫婦離婚的文書，也稱「休書」。

❹ 宗師：對學政的尊稱。

家見小姐備道鄭官人所說言語。淑雲道：「忠臣不事二主，烈女豈更二夫！縱使老爺要我改嫁，有死而已。」次日，著雪梅再往儒學去與鄭相公說，叫他二更時分到後園內，把金銀贈你，娶小姐回歸，材諾其言。不防隔牆學吏龐龍竊聽其所約，心萌一計，至夜來，恰遇國材與同窗友飲酒醉睡，龐龍投入園內，將槐樹一搖，那雪梅叫一聲：「鄭官人來也。」手中攜了白銀一封、金釵數副並情書一紙走將出來，低頭細看，這人形影長大，鄭官人形影短小，欲與不與，龐龍遂拔出利刀將雪梅一刀殺死，推入園池裡，取去金銀而走。那淑雲等到天明，不見雪梅回來，心中懷疑。這時國材醒來，已自天曉，記起昨日之約，今誤卻了大事，悶悶不已。

次日，徐卿不見雪梅，令家人遍處尋覓，尋到花園中，只見池邊有血跡，即喚眾人池內撈看，果然是雪梅被人殺死。池邊遺下一個紙包。卿令開那包來看，卻是一封情書。書略曰：

妻淑雲頓首拜：家君雖負約，妾志自堅貞。夫子今游泮，豈作負心人。特具白金百兩，首飾二副，乞作完娶之資。早調琴瑟之好，永和鸞鳳之音。本欲一面，奈家法森嚴，不克如願，遣雪梅轉達，幸祈留意是荷。

那徐卿看了大怒，遂具告於縣。知縣薛堂貪酷，知告生員鄭國材，即令快手❺捉拿到廳拘問，鄭國材不認其事。徐卿將淑雲書信對理，國材見是小姐親筆，啞口無言。薛堂將材拷打一番，收監聽決。徐卿是夜私送黃金百兩，賄托薛堂致死國材。薛堂受了那金子，也不論國材招與不招，只管呼令左右將材釘了

❺ 快手：也稱「快子」，衙役。

長枷問決，做一道文書解上順天府去。

是時順天府尹卻是包公。國材將前情逐一告訴，包公令張千將國材收監聽決。材自入禁中，手不釋卷，禁中人等無不欽羨，知禮者另加欽敬。適包公提監，聞材書聲不絕，心中暗想：「此子決非謀財害命之徒，後日必有大用。」遂出禁升堂理政一番。是夜祝告天地乃寢，夢見有詩一首於壁上。曰：

雪壓梅花映粉牆，龍騎龍背試梅花；世人若識其中趣，池內冤伸脫木才。

包公醒來，忖度半晌，方悟其意。次日升堂，拘喚龐龍來府究問。龐龍到廳訴道：「小的乃學吏，並無受賄，老爺虎牌❻來拘，有何罪過？」包公道：「這死囚好膽大包身！悄入徐園，殺死雪梅，得金銀若干，你還要強辯？」喝令李萬捆打，將長枷釘了。龐龍失色大驚，心想：「這樁密事，包公何得而知？真乃神人！」只得直招。包公問道：「你奪去金首飾二副，白銀一百，今還有幾多否？」龐龍道：「銀皆費盡，只有首飾未動。」遂差張千押龐龍回取首飾來，又責龐龍一百棍，囚入獄中。令人喚徐卿、淑雲到臺。包公喝道：「你這老賊重富輕貧，負卻前盟，是何道理？」令張千喚出鄭國材到廳，打開長枷，給衣帽與他穿了。又喚門子擺起香案花燭，令淑雲就在廳上與國材拜了夫婦，庫內給銀二十兩與國材安家。將金首飾還了徐氏回家，追龐龍家產變銀償還淑雲夫婦。將徐卿趕出。那夫婦叩頭拜謝包公而去。包公令公牌取出龐龍，押往法場，斬首示眾。申奏朝廷，將薛知縣配三千里。後鄭國材聯科及第，終不負其所志。

---

❻ 虎牌：虎頭牌，皇帝賜給大臣行使最高權力的虎頭金牌（伏虎形的信物）。

聽吾齋評曰：

天下惟有斯文中盜賊不可窮詰。鄭正以同筆硯之友脫冒新人，斯文中烏得有這樣人；若龐龍既為學吏，則宣廟❼一塊生肉亦素所親炙者，何不學好如此？噫，斯文其危乎！

❼ 宣廟：即文廟、孔廟。

奪傘破傘

話說有民羅進賢，二月十二日天下大雨，獨擎❶了一傘出門探友，行至後巷亭，有一後生求幫傘❷。進賢不肯道：「如此大雨，你不自備傘具，我一傘焉能遮得兩人！」其後生乃是城內光棍邱一所，花言巧計，最會騙人，因被羅生所辱，乃詭詞道：「我亦有傘，適間友人借去，令我在此少待，我今欲歸甚急，故求相庇，兄何少容人之量？」羅生見說，遂與他幫傘。行到南街尾分路，邱一所奪傘在手道：「你可從那裡去！」羅進賢道：「把傘還我。」邱一所笑道：「明日還罷，請了。」進賢趕上罵道：「這光棍！你幫我傘，還要拿到哪裡去？」邱一所亦罵道：「這光棍！我當初原不與你幫，今要冒認我的傘，是何道理？」羅進賢忍氣不住，扭打在包公衙門去。包公問道：「你二人傘有記號否？」皆道：「傘乃小物，哪有記號！」包公又問道：「可有干證否？」羅進賢道：「彼在後巷亭幫我傘，未有干證。」邱一所道：「他幫我傘時有二人見，只不曉得名姓。」包公又問：「傘值價幾多？」羅進賢道：「新傘乃值五分。」包公怒道：「五分銀物亦來打攪衙門，一處雖設了個，亦理不得許多事。」令左右將傘扯破，每人分一半去，將二人趕出去。密囑門子道：「你去看二人說些什麼話，依實來報。」門子回復道：「一

❶ 擎：舉著。

❷ 幫傘：此指求人合用一把傘。幫，傍；靠近的意思。

人罵老爺糊心不明，一人說，你沒天理爭我傘，今日也會著惱。」遂命皂隸拿他二人回來問道：「誰罵我者？」門子指羅進賢道：「是此人罵。」包公道：「罵本管地方官長，該當何罪？」發打二十。羅進賢道：「小人並不曾罵，真是冤枉。」邱一所執道：「明是他罵，到此就賴著。他白占我傘是的了。」包公道：「不說起爭傘，幾乎誤打此人，分明是邱一所白占他傘，我判不明，傘又扯破，故彼不忿，怒罵我。」邱一所道：「他貪心無厭，見傘未判與他，故輕易罵官。哪裡傘是他的？」包公道：「你這光棍，何故敢欺心？今尚且執他罵官，陷人於罪。是以我故扯破此傘試你二人之真偽，不然，哪裡有工夫去拘干證審此小事。」將一所打十板，仍追銀一錢以償進賢。適有前在後巷見邱一所騙幫者二人，其一乃是糧戶孫符，見包公審出此情，不覺撫掌❸道：「此真是生城隍也，不須干證。」包公拘問所言何事，孫符乃言邱一所幫傘之因，「羅進賢聽彼之言，後來相爭。今老爺斷得明白，故小人不覺歎服。」包公益知所斷不枉。

❸ 撫掌：拍手。

瞞刀還刀

話說有民鄒敬，砍柴為生。一日往山採樵，即挑入城內去賣，其刀插入柴內，忘記拔起，帶柴賣與生員盧日乾去，得銀二分歸家。及午後復去砍柴，方記得刀在柴內，忙往盧家去取。日乾小器不肯還。鄒敬在家取索甚急，發言穢罵。乾乃包公得意門生，恃此腳力❶，就寫帖命家人送縣。包公問及根由，知事體頗小，納其分上，將鄒敬責五板發去。

敬被責不甘，復往日乾門首大罵不止，日乾乃衣巾親見包公道：「鄒敬刁頑，蒙老師責治，彼反撒潑，又在街上大罵，乞加嚴治，方可警刁。」包公心上思量道：「彼村民敢肆罵秀才，此必刀真插在柴內，被他隱瞞，又被刑責，故忿不甘心。」乃命快手李節密囑道：「如此如此。」又將鄒敬鎖住等候。李節領命到盧日乾家中道：「盧娘子，那村夫罵你相公，送在衙內，先番被責五板，今又被責十板，你相公教我來說，如今把柴刀還了他罷。」盧娘子道：「我官人緣何不自來？」李節道：「你相公見我老爺，定要退堂待茶，哪裡便回得。」娘子信以為真，即將柴刀拿出還之。李節將刀拿回衙呈上道：「老爺，刀在此。」鄒敬道：「此正是我的刀。」日乾便失色。包公故意喝道：「鄒敬，休怪本官打你，你既要取刀，只該善言相求，他未去看，焉知刀在柴中？你便敢出言罵，且問你辱罵斯文該得何罪？我輕

❶ 腳力：原指代步的牲口，此指倚仗的意思。

放你只打五板，秀才的帖中已說肯把刀還你，你去又罵，今刀雖與你去，還該打二十板。」鄒敬磕頭求赦。包公道：「你在盧秀才面前磕頭請罪，便赦你。」鄒敬吃驚，即在日乾前一連磕了幾個頭，連忙走出去。包公乃責日乾道：「賣柴生理，至為辛苦，你忍瞞其柴刀，仁心安在？我若偏護斯文，不究明白，又打此人，是我有虧小民了。我在眾人前說你自肯把刀還他，令鄒敬叩謝，亦是惜汝廉恥兩字。」說得日乾滿面羞慚，無言可答而退。包公遣人到盧家賺出柴刀，是其智識；人前回護，掩其過愆，是其厚重；背後叮嚀，責其改過，是其教化。一舉而三善備焉。

聽五齋評曰：

傘刀雖小，廉斷則一使所訟者盡如傘與刀，千古無覆盆矣。

紅牙球

話說京中有一富家，姓潘名源柳，人稱為長者，原是官宦之家。有一子名秀，排行第八，年方弱冠❶，丰姿灑落❷。一日，清明時節，長者備祭儀登墳掛錢。其家有紅牙球一對，乃國家所出之寶，是昔日真宗❸賜與其祖的。長者出去後，秀帶牙球出外閑耍片時，約步行來，忽見對門劉長者家朱門瀟灑❹，帘幕半垂，下有紅裙，微露小小弓鞋，潘秀不覺魂喪魄迷，思欲見之而不可得。忽見一個浮浪❺門客❻王貴，遂與秀答言道：「官人在此伺候，有何事？」秀以直告。王貴道：「官人要見這女子有何難處？」遂設一計，令秀向前將球子閑戲，拋入帘內，佯與趕逐球子，揭開珠帘，便可一見。秀如其言，但見此女年方二八，杏眼桃腮，美容無比，與之作揖。此女名喚花羞，便問：「郎君緣何到此？」秀答道：「因閑耍失落一牙球，趕來尋取，觸犯娘子，望乞恕罪。」此女見秀丰儀出眾，心甚愛之，遂含笑道：「今

❶ 弱冠：古代男子二十歲行冠禮，後以代指男子二十歲。
❷ 灑落：灑脫；不拘謹。
❸ 真宗：宋真宗，宋代第三個皇帝。
❹ 瀟灑：蕭疏；淒清。
❺ 浮浪：輕浮。
❻ 門客：家塾的塾師。

日父母俱出踏青，幸汝相逢，機緣非偶❼，願與郎君同飲一杯，少敘殷勤。」秀聽罷，且疑且懼，不敢應聲。此女遂即扯住秀衣道：「若不依允，即告到官。」秀不得已遂從之。二人於香閨中對斟，逡巡❽飲罷，兩情皆濃。女子問道：「君今年青春幾何？」秀答道：「虛度十九春矣。」女子又問：「曾娶親否？」秀道：「尚未及婚。」女子道：「吾亦未嘗許人，君若不嫌淫奔之名，願以奉事君子。」秀驚答道：「已蒙賜酒，足見厚意。娘子若舉此情，倘令尊大人知之，小生罪禍怎逃？」女子道：「深閨緊密，父母必不知情，君子勿懼。」秀見女子意堅，情興亦動，二人同入羅帳，共偕鴛侶。雲收雨散，秀即披衣起來辭去。女子遂告秀道：「妾有衷曲❾訴君。今日幸得同歡，妾未有家，君未有室，何不兩下遣媒，結為夫婦？」秀許之，二人遂指天為誓，彼此切莫背盟。秀即歸家，日夜相思，如醉如痴，情懷不已，轉成憔悴。其父母再三問其故，秀不得已，遂以劉氏女相愛之情告之。父母甚憐之，即忙遣媒人去與劉長者議婚。劉長者對媒人道：「吾上無男子，只有花羞一女，不能遣之嫁出，納婿在家則可。」媒人歸告潘長者，長者思忖道：「吾亦只此一子，如何可出外就親，想是劉家故為此說推托，決難成就。」遂與秀說：「劉家既不願為婚，京中多有豪富，何愁無親？吾當別議他姻。」秀默然，遂成耽擱，後竟別議趙家女為配，因此潘秀與花羞女絕念。及成親之日，行裝盈門，笙簧嘹亮。是日，花羞在門外眺望見之，遂問小婢：「潘家今日何事如此喧鬧？」小婢答道：「潘郎娶趙家女，今日成親。」花羞聽了，追

---

❼ 偶：偶然。

❽ 逡巡：有所顧慮而徘徊或退卻。

❾ 衷曲：內心的情懷。

思往事，垂淚如雨，自悔自怨，轉思之深，說不出來，遂氣悶而死。父母哭之甚哀，竟不知其故。遂令僕王溫、李辛葬於南門外。

李辛回家，天色已晚，思想花羞女容顏可愛，心甚不忍捨，即告父母道：「今夜有件事外出一走。」父母允之。李辛至二更時候，乘月色微明，遂去掘開墳，劈開棺木，但見花羞女容貌如存。李辛思量：「可惜這娘子，與他屍骸合宿一宵，雖死亦甘心。」道罷，即揭起衣衾，與之同睡。良久，忽見花羞微微身動，眼目漸開，未幾，魂魄醒然，略能言，問：「誰人敢與我同睡？」李辛驚道：「吾乃你家之僕李辛。主翁令我葬娘子在此，我因不忍捨，乘今夜掘開棺木看看娘子如何，不意娘子醒來，實乃天幸。」花羞已省人事，忽憶家中前日的事，遂以其情告李辛道：「只因潘秀負盟，以致悶死。今天賜還魂，幸有緣遇汝掘開墳墓，再得重生。此恩無以為報，今亦不願回家，願與汝結為夫婦。棺木中所有衣服物件，盡與汝拿去。」李辛甚喜，仍然掩了墳墓，遂與花羞同歸，天尚未曉，到家叩門。其母開門見李辛帶一婦人同回，怪而問之，辛告其母道：「此女原在娼家，與兒相識數載，今情願棄了風塵，與兒為姻，今日帶歸見父母。」母信其言，二人遂成夫婦，情切相愛，人不知是花羞女也。李辛盡以其衣服首飾散賣別處，因而致富。

半年餘，偶因鄰家冬夜失火，燒至李辛房舍，花羞慌忙無計，可憐單衣驚走，無所適從，與李辛各散東西，行過數條街巷，栖栖無依。忽認得自家樓屋，花羞遂叩其父母之門，院子喝問：「誰人叩門？」花羞應道：「我是花羞女，歸來見爹娘一次。」院子驚怪道：「花羞已死半年，緣何又來叩門？必是鬼魂。明日自去通報你爹娘，多將金錢衣彩焚化與娘子，且小心回去。」院子竟不敢開門。花羞卻進不得，欲去不得，風冷衣單，空垂兩淚，無處投奔。忽見潘家樓上燈光灼灼閃閃，筵席未散，遂去叩潘家門，門公⑩怪問：「是誰扣門？」花羞應聲：「傳語潘八官人，妾是劉家花羞女，曾記得郎君昔日因戲牙球，遂得見一面，今夜有些事，特來投奔。」門公遂報潘秀，秀思忖怪異，若是對門劉家女，已死半年，想是鬼魂無依，遂呼李吉點燈，將冥錢衣彩來焚與之，秀自持寶劍隨身，開門果見花羞垂淚乞憐。秀告花羞道：「你父母乃是大富之家，回去覓取些香楮⑪便了，何故苦苦來纏我？」言罷，燒了冥錢，急令李吉閉了門。那花羞連聲叫屈不肯去，道：「你好負心人也！好不傷感。」秀大怒，復出門外揮劍斬之，遂閉門而臥。五更將盡，軍巡⑫在門外大叫：「有一個無頭的婦人在外，遍身帶血。」都巡遂申報府衙去了。

是時轟動街坊，劉長者聞得此事，懷疑不定。是夕，夢見花羞女來告稱：「我被潘八殺了，屍骸現在他家門外，乞爹爹代女伸雪此冤。」言訖，竟掩淚而去。長者睡覺來以此夢告其妻道：「花羞女想必是還魂，被人開了墓。」待明日去掘開墳墓看時，果然不見屍骸，遂具狀呈告於包公。包公即差人喚潘秀，不多時公差拘到，包公以盜開墳墓、殺了花羞事問之，秀不知其情，無言可應。包公根勘秀之原由，秀逐一具供劍斬鬼魂情由，包公疑而未決，將潘秀監收獄中，隨即具榜遍掛四門：「為捉到潘秀殺了花羞事，但潘秀不肯招認，不知當初是誰人開墓，救得花羞還魂，前來報知，給與賞錢一千貫。」李辛見

---

⑩ 門公：守門的老僕。

⑪ 香楮：香燭與紙錢。

⑫ 軍巡：城中防盜防火的軍卒，其官長稱都巡。

此榜，遂入府衙來告首請賞，一一具言花羞還魂事。包公遂判李辛不合開墳，致令潘秀誤殺花羞，將李辛處斬，潘秀免罪，放回寧家。後潘秀追思花羞之事，憂念深重，遂成羸⑬疾而死，是花羞女怨慾之報復也。

⑬羸：音ㄌㄟˊ。瘦弱。

廢花園

話說四川成都府有一人姓何名達，為人剛直，不肯屈下，年四十歲尚未有嗣。忽一日與叔子何隆爭論未分的產業，隆亦是個姦刁之徒，不容相讓，訟之於官，逮係干證，連年不決，以此兄弟致仇。何達欲思避身之計，來見姑之子施桂芳商議其事，桂芳原是宦族，幼習詩書，聰明才俊，尚未娶妻。那日見表兄來家，邀入舍中坐下，問其來由。達道：「只因訟事一節，連年煩憂，傷財涉眾，悔之莫及，思欲為脫身之計，未知適從，特來與弟商議。」桂芳道：「兄若不言，小弟當要告知，日前有故人韓節使官任東京，時遣人相請，兄何不整理行裝同小弟相訪一遭，且得游玩京城景致，得以避此是非。」達聞言大喜，即辭桂芳歸家，與妻說知，收拾衣資之類，約日與桂芳並家人許一離成都望東京進發。將行了二十餘日，望見東京城不遠，將晚，歇城東山店，明日侵早入城，訪問韓節使消息，人答道：「按巡郡邑，尚未轉衙。」以此桂芳與何達留止城東驛舍中，等待韓節使回來。清閑無事，每日二人只是飲酒尋芳，聞有景致處，即便觀玩。

一日，何達同桂芳游到一個所在，遙見樓閣隱隱，風送鐘聲。何達道：「前面莫不是佳境？與弟同前訪看。」桂芳隨步行來，卻是一古寺。二人入得寺來，卻遇二老僧在佛堂上講經，見有客至，便起身施禮，請入方丈，分賓主坐定。僧人問：「秀士何來？」桂芳答道：「訪故人不遇，特過寶剎觀覽。」

僧令童子奉茶，何、施二人茶罷，又令童子取鑰匙開各處門與何、施二人觀景。何、施登羅漢閣觀覽一番，衹見寺前一所樹林，幽奇蒼郁，古木森森，便問童子：「那一座樹林是何處？」童子答道：「原是劉太守所置花園，太守過後，今已荒廢多時，只一園林木而已。」桂芳聽罷，對何達說道：「試往游玩一番。」經游其地，但見園牆崩塌，砌石斜欹❶，狐蹤兔跡，交馳草徑。桂芳歎道：「昔人初置此園，豈期今日如是。」忽然何達說：「適才失落一手帕，內有碎銀幾兩，莫非在佛閣上，弟且少待，我去尋取便來。」言罷竟去。桂芳緩步行入竹林中，等久不來。忽有二女使從林外而入，見桂芳笑道：「太守請你議事。」桂芳問道：「你太守是誰？」女使道：「君去便知。」桂芳忘卻等候，遂隨二女使而去。比及何達來尋桂芳，不知所在，四下搜尋，並無消息，日色又晚，何達忖道：「莫非他等我不來，先自回舍去了？」即抽身轉驛舍來問。

當下桂芳被那女使引到一所在，但見明樓大屋，朱門繡戶，卻是一個官府第宅。堂上坐一仕宦，見桂芳來到，便下階迎進堂上賜坐，甚加禮敬。桂芳再三謙遜，其官宦道：「足下遠來，不必固辭。老夫避居此處十數年矣，人跡不到。君今相遇，事非偶然。吾有女年長，尚未許人，欲覓一佳婿不得，今願以奉君，幸勿見阻。」桂芳正不知如何答應，那仕宦便吩咐使女，備筵席與秀士今夕畢禮。桂芳惶懼辭讓，群女引之入室，錦帳繡幃，金碧輝煌，一美人出與相揖，遂諧伉儷。桂芳歡悅得此佳偶，真乃奇遇。自後再不見太守的面，但終日與群婦人擁簇嬉戲而已。

比及何達走回驛舍中，問家人許一：「曾見桂官人回來否？」許一道：「桂官人與主人一同出城未

---

❶ 斜欹：傾斜；歪向一邊。

轉。」何達驚疑，只恐在林中被大蟲❷所傷，過了一宵。次日再往寺中訪問，並無知者。何達至晚只得怏怏轉回驛舍。停候十數日，並沒消息，與家人商議，收拾回家。那往日官司未息，何隆訪得達歸，問及施桂芳沒有下落，即以何達謀死桂芳情由具狀告於本司。有司拘根其事，何達無辭相抵，遂被監禁獄中。何隆懷仇欲報，乘此機會，要問何達償命，衙門上下用了賄賂銀兩，各攢成本司官吏急推勘其事。何達弗能自明，受刑不過，只得招成了謀害之事，有司疊成文案，該正大辟，解赴西京決獄。

適是冬包公為護國張娘娘進香，跑到西京玉妃廟還願，事畢經過街道，望見前面一道怨氣沖天而起，便問公牌：「前面人頭簇簇，有何事故？」公牌稟道：「有司官今日在法場上決罪人。」包公聽罷忖道：「內中必有冤枉之人。」即差公牌報知，罪人且將審實，方許處決。公牌急忙回覆，監斬官不敢開刀，隨即帶犯人來見包公。包公根勘之，何達悲咽不止，將前事訴了一遍。包公聽了口詞，又拘其家人問之，家人亦訴並無謀死情由，只不知桂官人下落，難以分解。包公怪疑，令將何達散監獄中，再候根勘。

次日，包公吩咐封了府門，扮作青衣秀士，祇與軍牌薛霸、何達家人許一，共三人，竟來古寺中訪問其事。恰值二僧正在方丈閑坐，見三人進來，即便起身迎入坐定。僧人問：「秀士何來？」包公答道：「從四川到此，程途勞倦，特擾寶剎，借宿一宵，明日即行。」僧人道：「恐鋪蓋不周，寄宿盡可。」於是，包公獨行廊下，見一童子出來，便道：「你領我四處游玩一遍，與你銅錢買果子吃。」童子見包公面色異樣，笑道：「今年春間，兩個秀才來寺中游玩，失落了一個，足下今有幾位來？我不敢應承。」包公正待根究此事，聽童子所言，遂賠小心問之，童子敘其根由，乃引出山門用手指道：「前面那茂林

❷大蟲：老虎。

內，常出妖怪迷人。那日一秀士入林中游行，不知所在，至今未知下落。」包公記在心中，就於寺內過了一宿。次日同許一去林中行走，根究其事。但見四下荒寂，寒氣侵人，沒有一些動靜。正疑惑間，忽聽林中有笑聲，包公冒荊棘而入，只見群女擁著一男子在石上作樂飲酒。包公近前叱呵之，群女皆走沒了，只遺下施桂芳坐在林中石上，昏迷不醒人事，包公令薛霸、許一扶之而歸。過了數日，桂芳口中吐出惡涎數升，如夢方醒，略省人事。包公乃開府衙坐入公案，命薛霸拘何隆一干人到階下，審勘桂芳失落之由。桂芳遂將前情道知，言訖嗚咽，不勝其哀。包公道：「吾若不親到其地，焉知有此異事。」乃詰何隆道：「汝未知人之生死，何妄告達謀殺桂芳？今桂芳尚在，汝當何罪？」何達泣訴道：「隆因家業不明，連年結訟未決，致成深仇，特以此事欲置小人於死地。」包公信以為然。刑拷何隆，隆知情屈，遂一一招承。包公疊成文案，將何隆杖一百，發配滄州軍，永不回鄉；治下衙門官吏受何隆之賄賂，不明究其冤枉，誣令何達屈招者，俱革職役不恕；施桂芳、何達俱明無罪，各放回家。

聽五齋評曰：

李辛嘗開棺，必有個主張，但因開棺而活了花羞，不合私下相配，責以姦主之律，庶乎其可。潘秀殺死花羞，理難輕恕，況通姦有盟，律有可死之道，不識以為何如？二何以兄弟爭財，已該重究。隆之陷達，尤為可恨！

惡師誤徒

話說人家教育子弟，擇師為先，做先生的誤了學生終身大事，真實可恨。東京有個姓張的先生，名字叫做大智，生來一字不通，只寫得一本百家姓而已。那先生有一件好處，慣會謀人家好館，處了三年五載，得了七兩八貫，並不會教訓一字，把學生大事誤盡不顧。有個東家姓楊名梁，因見學生無成，死去告於包公臺下：

告為惡師誤徒事：易❶子而教，成人是望；夫子之患，在好為師。今某一丁不識❷，強謀人館。束脩❸爭多，何曾立教；誤子無成，殺人不啻。乞正斯文，重扶名教❹。上告。

包公看罷，大怒道：「做先生的誤了學生，其罪不小。」喚鬼卒速拿惡師張大智來。不多時，張大

❶ 易：交換。

❷ 一丁不識：即「不識一丁」。不識字；文盲。

❸ 束脩：脩，乾肉，十條乾肉為束脩。論語述而：「自行束脩以上，吾未嘗無誨焉。」後以「束脩」指致送教師的酬金。

❹ 名教：指以正名定分為主的禮教。

智到。包公道：「張大智，你如何誤了人家學生？」張大智道：「張某雖則不才，頗知教法，但凡教法要因人而施。學生生來下愚，叫做先生的也無可奈何。就是孔夫子有三千徒弟，哪裡個個做得賢人！況做先生的就如做父母的一樣，只要兒子好，哪裡要兒子不好！還有一件，孔夫子說道：『自行束脩以上，吾未嘗無誨焉。』又孟子說道：『待先生如此，其忠且敬也。』看來做主人家的也有難做處。因見楊某學生又蠢，禮數又疏，故未能造到大賢地位。」包公道：「楊梁你如何怠慢先生？」楊梁道：「因見先生不善教誨，故此怠慢他也須有的。」張大智道：「你見我不善教誨，何不辭了我另請別個？」楊梁道：「你見我怠慢你，何不辭了我到別家去？」二人折辯❺多時。包公喝道：「休得折辯，畢竟兩家都有不是處。」張大智又補一訴詞：

訴為誣師事❻：天因材篤焉，聖因人教哉。有朋自遠方來，亦將有以利吾國乎？自行束脩以上，三月不知肉味。上大人容某稟告，化三千惟天可表。上訴。

包公看罷笑道：「訴狀是這樣的了，待我考試先生一番，就見主人家的意思。」遂出下一個題目來，先生就做，又一字不通。包公道：「果然名不虛傳，主人慢師情該有的；先生誤了學生，罪同謀財殺命。但主人家既請了那先生，雖則不通，合當禮待，以終其事，不可壞了斯文體面。今罰先生為牛，替主人

❺ 折辯：對證；辯白。

❻ 訴為誣師事：此訴詞中的句子大都抄自論語等書，文辭不通，文意各異，撰者以此見惡師一字不通、誤人子弟之狀。

家耕田，還了宿債；罰主人為豬，今生捨不得禮待先生，來生割肉與人吃。」批道：

審得：師有師道，黑漆燈籠如何照得；弟❼有弟道，廢朽樗櫟如何雕得；主有主道，一毛不拔如何成得。先生沒教法，誤了多少後生，罰牛非過；主人無道理，壞了天下斯文，做豬何辭。從此去勸先生，不要自家吃草；自今後語主人，勿得來世受屠。

批完，各杖去訖。

❼弟：此指弟子、學生。

獸公私媳

話說西吳❶有姓施名行慶者，欲與媳宋氏私通，一日其子得知，遂自縊而死。行慶大喜，哪曉得其媳宋氏因痛夫身亡，越發不肯與行慶私通。只其子有一美妾，日夜與之交歡，聲聞合郡，人都稱為灰池。他有二孫，年紀尚幼，遂用厚禮聘下絕大孫媳，孫未有十歲，孫媳倒有十六歲，便接過門，盡自己受用。宋氏因醜聲著揚，不忿而死。未幾，行慶亦被惡鬼拿去。行慶反出狀告：

告為不孝事：婦德善事公姑為首，孝道承順意旨為先。媳婦某驕悍異常，凶惡無比。欲求不遂，心事徒掛；反加惡名，致遭屈死。至親宋存見證。孝義何在，合行嚴究。上告。

包公看罷，大怒道：「兒媳不孝，當得何罪？」再拘宋氏來審。鬼卒拘得宋氏來，宋氏亦訴道：

訴為新臺❷事：告不孝，妾不敢辭其名；叫灰池，人如何祟其號？與其扒灰，寧甘不孝。上訴。

---

❶ 西吳：指蘇州西面。吳，今江蘇省蘇州。

❷ 新臺：詩經邶風篇名。春秋時，衛宣公為兒子娶媳於齊國。宣公聞齊女美，便在黃河邊建造新臺，將齊女截留於新臺。衛人憎惡宣公扒灰惡行，作詩諷刺之。

包公看罷大怒道：「原來有這樣事！人非禽獸，惡得如此。施行慶，你怎麼做出這樣勾當，還告人不孝？」行慶再三抵賴。包公道：「我也聞得你的灰號，如何抵賴？」宋氏又將家醜細說一番。包公道：「宋存又是何人？」宋氏道：「就是灰友了。」包公又叫拘宋存來。包公道：「宋存，我一見你便有些厭氣❸，如何又與他做見證？可惡，可惡！先將宋存割去舌頭，省得滿嘴胡言。」又吩咐鬼卒割去行慶陽物，把火丸放在他二人口裡，肌肉皆爛，吹一口孽風，又化為人身。包公遂批道：

審得：經有新臺之恥，俗有扒灰之羞。施行慶何人？敢肆然為之，不顧禮義，毫無羞恥，真禽獸之不若矣，乃反出詞告媳不孝耶？天下有宋氏之不孝，幾不識孝道矣。更有宋存作證，甚是無禮。此事何事，此人何人，而硬幫相證乎？且余又何等衙門，輒敢如此，特加重罰以儆。

批完道：「施、宋二老，俱發去為龜；宋氏守節致死，來生做一卜龜先生❹，把二人的肚皮日夜火炙以報之。」各去。

聽吾齋評曰：

先生要好，主人家也要好。做先生的，莫要沒了本心；做主人家的，也不要瞎了眼睛。

---

❸ 厭氣：討厭。

❹ 卜龜先生：以龜甲占卜吉凶的人。

灰池罰為龜，是他本色，倒快活了他。做干證的，先割去舌頭，甚是臊脾❺。宋氏做卜龜先生，未知靈驗否？今人每每罵人以龜，殊不知古人用以卜，重之也，那裡有得這等老奴才做。

慣是灰池的人家，偏會怠慢先生，併先生的知友都怠慢了。那曉得慢先生之友，比慢先生更甚。真千世奴才，萬世忘八❻，剮❼之，剮之。

❺ 臊脾：喻痛快。

❻ 忘八：即王八，龜的俗稱。

❼ 剮：即凌遲，古代一種酷刑。

卷之七

獅兒巷

話說潮州潮水縣❶孝廉❷坊鐵邱村有一秀士，姓袁名文正，幼習儒業，妻張氏，美貌而賢，生個兒子已有三歲。袁秀才聽得東京將開南省❸，與妻子商議要去赴試。張氏道：「家中貧寒，兒子又小，君若去後，教妾靠著誰人？」袁秀才答道：「十年燈窗之苦，指望一舉成名。既賢妻在家無靠，不如收拾同行。」兩個路上曉行夜住，不一日到了東京城，投在王婆店中歇下，過了一宿。次日，袁秀才梳洗飯罷，同妻子入城玩景，忽一聲喝道前來，頭搭❹已近前，夫妻二人急躲在一邊，看那馬上坐著一位貴侯，不是別人，乃是曹國舅二皇親。國舅馬上看見張氏美貌非常，便動了心，著軍牌請那秀才到府中說話。

❶ 潮水縣：宋時潮州無潮水縣，「水」當為「陽」字之誤。潮陽，今廣東省潮陽縣。

❷ 孝廉：對舉人的稱呼。

❸ 南省：即尚書省，因尚書省位置在中書省、門下省之南，故名。此指尚書省舉行的科舉考試，也稱「省試」。

❹ 頭搭：古代官員出行前導的儀杖，亦作「頭踏」、「頭答」。

袁秀才聞得是國舅有請，哪裡敢推辭，便同妻子入得曹府來，國舅親自出迎，敘禮而坐，動問來歷。袁秀才告知赴試的事，國舅大喜，先令使女引張氏入後堂相待去了，卻令左右抬過齊整筵席，親勸袁秀才飲得酩酊大醉，密令左右扶向僻處用麻繩絞死，把那三歲孩兒亦打死了。可憐袁秀才滿腹經綸❺未展，已作南柯一夢❻。比及張氏出來要同丈夫轉店，國舅道：「袁秀才飲已過醉，扶入房中睡去。」張氏心慌，不肯出府，欲待丈夫醒來。挨近黃昏，國舅令使女說與他知：「說他丈夫已死的事，且勸他與我為夫人。」使女通知其事，張氏號啕大哭，要尋死路。國舅見他不從，令監在深房內，命使女勸諭不題。

且說包公到邊庭賞勞三軍，回朝復命已畢，即便回府。行過石橋邊，忽馬前起一陣狂風，旋繞不散。包公忖道：「此必有冤枉事。」便差手下王興、李吉隨此狂風跟去，看其下落。王、李二人領命，隨風前來，那陣風直從曹國舅高衙中落下。兩個公牌仰頭看時，四邊高牆，中間門上大書數字道：「有人看者，割去眼睛，用手指者，砍去一掌。」兩公牌一嚇，回稟包公，公怒道：「彼又不是皇上宮殿，敢如此亂道！」遂親自來看，果然是一座高院門，正不知是誰家貴宅。乃令軍牌請得一老人來問之，老人稟道：「是皇親曹國舅之府。」包公道：「便是皇親所設，亦無此高大，彼只是一個國舅，起甚這樣府院？」老人嘆了一聲氣道：「大人不問，小老哪裡敢說。他的權勢比當今皇上的還勝，有犯在他手裡的，便是鐵枷；人家婦女生得美貌，便拿去姦占，不從者便打死，不知害死幾多人命。近日府中因害得人多，白

❺ 經綸：原意為整理絲縷，引申為處理國家大事。此指政治才能。

❻ 南柯一夢：唐代李公佐南柯太守傳略稱：淳于棼夢至槐安國，被召為駙馬，任南柯太守，榮華富貴，顯赫一時。後與敵戰而敗，公主也死，被遣回。醒後見槐樹南枝下有一蟻穴，即夢中所歷。後人因稱夢境為「南柯」。

日裡出怪，國舅住不得，今閫府❼移往他處去了。」包公聽了，遂賞老人而去。即令牌軍打開門鎖，直到高廳上坐定，裡頭宏敞，恰似天宮。包公回衙即令王興、李吉近前，勾取馬前旋風鬼來證狀。二人出門，思量無計，到晚間乃於曹府門首高叫：「冤鬼到包爺衙內去。」忽一陣風起，一冤魂手抱三歲孩兒，隨公牌來見包公。包公見其披頭散髮，滿身是血，將赴試被曹府謀死，棄屍在後花園井中的事，從頭訴了一遍。包公又問：「既汝妻在，何不令他來告狀？」文正道：「妻子被他帶去鄭州三個月，如何能夠得見相公？」包公道：「汝且去，我與你准理❽。」說罷，依前化一陣風而去。次日升廳，集公牌吩咐道：「昨夜冤魂說，曹府後花園瓊花井裡藏得有千兩黃金，有人肯下去取來，分其一半。」王、李二公差回稟願去，吊下井中，二人摸著一死屍，十分驚怕，回衙稟知包公。包公道：「我不信，就是屍身亦撈起來看。」二人復又吊下井去，取得屍身起來，抬入開封府衙。

包公令將屍放於東廊下，便問牌軍曹國舅移居何處，牌軍答道：「今移在獅兒巷內。」即令張千、李萬備了羊酒❾，前去作賀他。包公到得曹府，大國舅在朝未回，其母郡太夫人大怒，怪著包公不當賀禮。包公被夫人所辱，正轉府，恰遇大國舅回來，見包公，下馬敘問良久，因道知來賀被夫人羞叱。大國舅賠小心道：「休怪。」二人相別。國舅到府煩惱，對郡太夫人道：「適間包大人遇見兒子道，來賀夫人，被夫人羞辱而去。今二弟做下逆理之事，倘被他知之，一命難保。」夫人笑道：「我女兒現為正

❼ 閫府：尊稱別人的全家。也作「閫第」。閫，音ㄏㄜˊ。

❽ 准理：准，允許。理，受理。

❾ 羊酒：羊和酒，餽贈之禮物。見史記盧綰列傳。

宮皇后，怕他怎麼？」國舅道：「今皇上若有過犯，他且不怕，怕甚皇后？不如寫書與二弟，叫他將秀才之妻謀死，方絕後患。」夫人依言，遂寫書一封，差人送到鄭州。二國舅看罷也沒奈何，只得用酒灌醉張娘子，正待持刀入房要殺，看他容貌不忍下手，又出房來，遇見院子張公，道知前情。張公道：「國舅若殺之於此，則冤魂不散，又來作怪。我後花園有口古井，深不見底，莫若推於井中，豈不乾淨？」國舅大喜，遂賞張公花銀十兩，令他縛了張氏，抬到園來。那張公有心要救張娘子，只待他醒來。不一時張氏醒來，哭告其情，張公亦哀憐之，密開了後門，將十兩花銀與張娘子作路費，教他直上東京包大人那裡去告狀。張氏拜謝出門，他是個閨中婦女，獨自如何到得東京？悲哀怨氣感動了太白金星⑩，化作一個老翁，直引他到東京，化陣清風而去。張氏驚疑，抬起頭望時，正是舊日王婆店門首，入去投宿。王婆認得，訴出前情，王婆亦為之下淚，乃道：「今日五更，包大人去行香，待他回來，可截馬頭告狀。」張氏請人寫了狀子完備，走出街來，正遇見一官到，去攔住馬頭叫屈。哪知這一位官不是包大人，卻是大國舅，見了狀子大驚，就問他一個沖馬頭的罪，登時用鐵鞭將張氏打昏了，搜檢身上有銀十兩，亦奪得去，將屍身丟在僻巷裡。王婆聽得消息忙來看時，氣尚未絕，連忙抱回店中救醒。過二、三日，探聽包大人在門首過，張氏跪截馬頭叫屈。包公接狀，便令公差領張氏入府中去廊下認屍，果是其夫。又拘店主人王婆來問，審勘明白，令張氏入後堂，陪侍李夫人，發放王婆回店。包公思忖先捉大國舅再作理會，即詐病不起。

上聞公病，與群臣議往視之，曹國舅啟奏：「待微臣先往問疾，陛下再去未遲。」上允奏。次日報

---

⑩ 太白金星：道教中的神仙名。

入包府中，包公吩咐齊備，適國舅到府前下轎，包公出府迎入後堂坐定，敘慰良久，便令抬酒來，飲至半酣，包公起身道：「國舅，下官前日接一紙狀，有人告說丈夫、兒子被人打死，妻室被人謀了，後其妻子逃至東京，有一官人處下狀，又被仇家打死，幸得王婆救醒，復在我手裡又告，已准他的狀子，正待請國舅商議，不知那官人姓甚名誰？」國舅聽罷，毛髮悚然。張氏從屏風後走出，哭指道：「打死妾身正是此人。」國舅喝道：「無故賴人，該得何罪？」包公大怒，令軍牌捉下，去了衣冠，用長枷監於牢中。包公恐走漏消息，閉上了門，將隨帶來之人盡行拿下。思忖捉二國舅之計，遂寫下假家書一封，已搜出大國舅身上圖書⑪，用朱印訖，差人星夜到鄭州，道知郡太夫人病重，急速回來。二國舅見書認得兄長圖書，即忙轉回東京，未到府遇見包公，請入府中敘話。酒飲三杯，國舅起身道：「家兄有書來，說道郡太病重，尚容另日領教。」忽聽後走出張氏，跪下哭訴前情，國舅一見張氏，面如土色。包公便令捉下，枷入牢中。

從人報知郡太夫人，夫人大驚，即將誥文來到開封府，恰遇著第二位國舅在廳上跪，夫人近前，將誥文說包公一遍，被包公奪來扯碎。夫人沒奈何，急來見曹娘娘說知其事。曹皇后奏知仁宗，仁宗亦不准理。皇后心慌，私出宮門來到開封府與二國舅說方便。包公道：「國舅已犯大罪，娘娘私出宮門，明日為臣見聖上奏知。」皇后無語，只得復回宮中。次日，郡太夫人奏於仁宗，仁宗無奈，遣眾大臣到開封府勸和。包公預知其來，吩咐軍牌出示：「彼各自有衙門，今日但入府者便與國舅同罪。」眾大臣聞知，哪個敢入府來？上知包公決不容情，怎奈郡太夫人旦夕在金殿哀奏，皇上只得御駕親到開封府，包

⑪ 圖書：即印章。

公近前接駕，將玉帶連咬三口，奏道：「今又非祭天地勸農之日，聖上胡亂出朝，主天下有三年大旱。」仁宗道：「朕此來端為二皇親之故，萬事看朕分上恕了他罷！」包公道：「既陛下要救二皇親，一道赦文足矣，何勞御駕親臨？今二國舅罪惡貫盈，若不依臣啟奏判理，情願納還官誥歸農。」仁宗回駕。包公令牢中押出二國舅赴法場處決。郡太夫人得知，復入朝哀懇聖上降赦書救二國舅，皇上允奏，即頒赦文，遣使臣到法場，包公跪聽宣讀，只赦東京罪人及二皇親，包公道：「都是皇上百姓犯罪，偏不赦天下，赦只赦東京！」先把二國舅斬訖，大國舅等待午時開刀。郡太夫人聽報斬了二國舅，忙來哭奏皇上。王丞相奏道：「陛下須通行頒赦天下，方可保大國舅。」皇上允奏，即草詔頒行天下，不論犯罪輕重，一齊赦宥。包公聞赦各處，乃當場開了大國舅長枷，放回府中，見了郡太夫人，相抱而哭。國舅道：「不肖深辱父母，今在死中復生，想母親自有人侍奉，為兒情願納還官誥，入山修行。」郡太夫人勸留不住。後來曹國舅得遇奇異，真人點化，入了仙班⑫，此是後話不題。

卻說包公判明此段公案，令將袁文正屍首葬於南山之陰。庫中給銀三十兩，賜與張氏，發回本鄉。是時遇赦之家無不稱頌包公仁德。包公此舉，殺一國舅而文正之冤得伸，赦一國舅而天下罪囚皆釋，真能以迅雷沛甘霖之澤者也。

⑫ 仙班：神仙的名籍。民間傳說，曹國舅為「八仙」之一。

桑林鎮

話說包公自賑濟陳州饑民，離任赴京來到桑林鎮宿歇。吩咐道：「我借東嶽❶廟歇馬三朝，地方倘有不平之事，許來告首。」忽有一個住破窯婆子聞知，走來告狀。包公見那婆子兩目昏眊，衣服垢惡，便問：「汝是何人，要告什麼不平事？」那婆子連連罵道：「說起我名，便該死罪。」包公笑問其由。婆子道：「我的屈情事，除非是真包公方斷得，恐你不是真的。」包公道：「你如何認得是真包公、假包公？」婆子道：「我眼看不見，要摸頸後有個肉塊的，方是真包公，那時方伸得我的冤。」包公道：「任你來摸。」那婆子走近前，抱住包公頭伸手摸來，果有肉塊，知是真的，在臉上打兩個巴掌，左右公差皆失色。包公也不嗔怒他，徐問婆子：「有何事？你且說來。」那婆子道：「此事只好你我二人知之，相公需要遣去左右公差方才好說。」包公即屏去左右。婆子知前後無人，放聲大哭道：「我家是亳州亳水縣❷人，父親姓李名宗華，曾為節度使，上無男子，單生我一女流，只因難養，年十三歲就入太清宮❸修行，尊為金冠道姑。一日，真宗皇帝到宮行香，見吾美麗，納為偏妃，太平❹二年三月初三日

---

❶ 東嶽：泰山的古稱。

❷ 亳州亳水縣：亳州，今安徽省亳縣。亳水縣，古無是縣名，當為撰書者所杜撰。

❸ 太清宮：道教觀名。太清，相傳為神仙的居處，故道教常以此名其宮觀。

生下小儲君❺，是時南宮劉妃亦生一女，只因六宮❻大使郭槐作弊，將女兒來換我小儲君而去，老身氣悶在地，不覺誤死女兒，被囚於冷宮❼，當得張院子知此事冤屈，六月初三日見太子游賞內苑❽，略說起情由，被郭大使報與劉后得知，用絹絞死了張院子，殺他一十八口，直待真宗晏駕❾，我兒接位，頒赦冷宮罪人，我方得出，為無人倚托，只得來桑林鎮覓食度日，萬望奏於主上，伸妾之冤，使我母子相認。」包公道：「娘娘生下太子時，有何留記為驗？」婆子道：「生下太子之時，兩手不直，一宮人挽開看時，左手有山河二字，右手有社稷二字。」包公聽了，即扶婆子坐於椅上跪拜道：「望乞娘娘恕罪。」令取過錦衣換了，帶回東京。

及包公朝見仁宗，多有功績，奏道：「臣蒙詔而回，路逢一道士連哭了三日三夜。臣問其所哭之由，彼道：『山河社稷倒了。』臣怪而問之：『為甚山河社稷倒了？』道士道：『當今無真天子，故此山河社稷倒了。』」上笑道：「那道士誑言之甚。朕左手有山河二字，右手有社稷二字，如何不是真天子？」包公奏道：「望我主把與小臣看明，又有所議。」仁宗即開手與包公及眾臣視之，果然不差。包公叩頭奏道：「真命天子，可惜只做了草頭王❿。」文武聽了皆失色。上微怒道：「我太祖皇帝仁義而得天下，

❹ 太平：即太平興國，宋太宗年號。

❺ 儲君：太子。

❻ 六宮：統指皇后及妃嬪等的住處。

❼ 冷宮：失寵的妃嬪所住之宮。

❽ 內苑：皇宮內的園庭。

❾ 晏駕：古代稱皇帝死亡的諱辭。

傳至寡人，自來無愆，何謂是草頭王？」包公奏道：「既陛下為嫡派⑪之真主，如何不知親生母所在？」上道：「昭陽殿⑫劉皇后便是寡人親生母。」包公又奏道：「臣已訪知，陛下嫡母在桑林鎮覓食。倘若聖上不信，但問兩班文武便有知者。」上問群臣道：「包文拯所言可疑，朕果有此事乎？」王丞相奏道：「此陛下內事，除非是問六宮大使郭槐，可知端的。」上即宣過郭大使問之，大使道：「劉娘娘乃陛下嫡母，何用問焉！此乃包公妄生事端，欺罔我主。」上怒甚，要將包公押出市曹斬首。王丞相又奏：「文拯此情，內中必有緣故，望陛下將郭大使發下西臺⑬御史外勘問明白。」上允其奏，著御史王材根究其事。

當時劉后恐洩漏事情，密與徐監宮商議，將金寶買囑王御史方便。不想王御史是個贓官，見徐監宮送來許多金寶，遂歡喜受了，放下郭大使，整酒款待徐監宮。正飲酒間，忽一黑臉漢撞入門來。王御史問是誰人，黑臉漢道：「我是三十六宮四十五院都節使⑭，今日是年節⑮，特來大人處討些節儀。」王御史吩咐門子與他十貫錢，賞以三碗酒。那黑漢吃了三碗酒，醉倒在階前叫屈。人問其故，那醉漢道：「天子不認親娘是大屈，官府貪贓受賄是小屈。」王御史聽得，喝道：「天子不認親娘，干你甚事？」

---

⑩ 草頭王：舊時指綠林中稱王的頭領。

⑪ 嫡派：即嫡傳，正宗的意思。

⑫ 昭陽殿：宮殿名。小說、戲曲中常以昭陽殿為皇后所居之宮。

⑬ 西臺：御史臺。

⑭ 都節使：官衙中的低級官吏。

⑮ 年節：新年。

令左右將黑漢吊起在衙裡，左右正吊間，人報南衙⑯包丞相來到。王材慌忙令郭大使復入牢中坐著，即出來迎接，不見包公，只有從人在外。王御史因問：「包大人何在？」董超答道：「大人言在王相公府裡議事，我等特來伺候。」王御史驚疑。董超等一齊入內，見吊起者正是包公，董超眾人一齊向前解了。包公發怒，令拿過王御史跪下，就府中搜出珍珠三斗，金銀各十錠。包公道：「你乃枉法贓官，當正典刑。」即令推出市曹斬首示眾。

當下徐監宮已從後門走回宮中去。包公即日以其財物具奏天子，仁宗見了贓證，沉吟不決，乃問：「此金寶誰人進用的？」包公奏道：「臣訪得是劉娘娘宮中使喚徐監宮送去。」仁宗乃宣徐監宮問之，徐監宮難以隱瞞，只得當殿招認，是劉娘娘所遣。仁宗聞知，龍顏大怒道：「既是我親母，何用私賂買囑？其中必有緣故！」乃下敕發配徐監宮邊遠充軍，著令包公拷問郭大使根由。包公領旨，回轉南衙，將郭大使嚴刑究問，郭槐苦不肯招，令押入牢中監禁。喚董超、薛霸二人吩咐道：「汝二人如此如此，查出郭槐事因，自有重賞。」二人徑入牢中，私開了郭槐枷鎖，拿過一瓶好酒與之共飲，因密囑道：「劉娘娘傳旨著你不要招認，事得脫後，自有重報。」郭大使不知是計，飲得酒醉了，乃道：「你二牌軍善施方便，待回宮見劉娘娘說你二人之功，亦有重用。」董超覷透⑰其機，引入內牢，重用刑拷勘道：「郭大使，你分明知其情弊，好好招承，免受苦楚。」郭槐受苦難禁，只得將前情供招明白。次日，董、薛兩人呈知包公，包公大喜，執郭槐供狀啟奏仁宗。仁宗看罷，召郭槐當殿審之。槐又奏道：「臣受苦難

⑯ 南衙：宋人習慣上稱開封府的官署為南衙。

⑰ 覷透：看破；看透。

禁，只得胡亂招承，豈有此事！」仁宗以此事顧問包公道：「此事難理。」包公奏道：「陛下再將郭槐吊在張家園內，自有明白處。」上依奏，押出郭槐前去。包公預裝下神機，先著董超、薛霸去張家園，將郭槐吊起審問。將近三更時候，包公禱告天地，忽然天昏地黑，星月無光，一陣狂風過處，已把郭槐捉將去。郭槐開目視之，見兩邊排下鬼兵無數，上面坐著的是閻羅天子。王問：「張家一十八口當滅麼？」旁邊走過判官近前奏道：「張家當滅。」王又問：「郭槐當滅否？」判官奏道：「郭大使尚有六年旺氣⑱。」郭槐聞說，叫聲：「大王，若解得這場大事，我與劉娘娘說知，作無邊功果致謝大王。」閻王道：「你將劉娘娘當初事情說得明白，我便饒你罪過。」郭槐一一訴出前情。左右錄寫得明白，皇上親自聽聞，乃喝道：「姦賊！今日還賴得過麼？朕是真天子，非閻王也，判官乃包卿也。」郭槐嚇得啞口無言，低著頭只請快死而已。

上命整駕回殿，天色漸明，文武齊集，天子即命排整鑾駕，迎接李娘娘到殿上相見，帝母二人悲喜交集，文武慶賀，乃令宮娥送入養老宮去訖。仁宗要將劉娘娘受油鍋之刑以洩其忿。包公奏道：「王法無斬天子之劍，亦無煎皇后之鍋。我主若要他死，著人將丈二白絲帕絞死，送入後花園中；郭槐當落鼎鑊⑲之刑。」仁宗允奏，遂依包公決斷。真可謂亙古⑳一大奇事。

---

⑱ 旺氣：迷信者指生命之氣。

⑲ 鼎鑊：大鍋，古代常用作殘酷的刑具。鑊，音ㄏㄨㄛˋ。

⑳ 亙古：時間上的延續不斷。亙，音ㄍㄣˋ。

聽五齋評曰：

弔國舅，斬御史，如此作為似乎太奇，不應旁若無人至此，但以閻羅、包老遇此疑獄，理或有之，不妨存之以表直臣戇㉑節。

㉑戇：音ㄓㄨㄤˋ。剛直。

斗粟三升米

話說河南開封府陳州管下商水縣，有一人姓梅名敬，少入郡庠，家道殷實，父母俱慶❶，只鮮❷兄弟。娶鄰邑西華縣姜氏為妻，後父母雙亡，服滿❸赴試，屢科不第，回家乃謂其妻道：「吾幼習儒業，將欲顯祖耀親，榮妻蔭子❹，為天地間一偉人。奈何蒼天不遂吾願，使二親不及見我成立大志已歿❺，誠天地間一罪人也。今無望矣。輾轉尋思，常憶古人有言：若要腰纏十萬貫，除非騎鶴上揚州。意欲棄儒就商，遨游四海，以伸其志，豈肯屈守田園，甘老丘林。不知賢妻意下如何？」姜氏道：「妾聞古人有云：在家從父，出嫁從夫。君既有志為商，妾當聽從。但願君此去以千金之軀為重，保全父母遺體，休貪路柳牆花❻。若得稍獲微利，即當快整歸鞭。」梅敬聽得妻言有理，遂收置貨物，徑往四川成都府經商，姜氏餞別而去。

---

❶ 俱慶：父母皆在的意思。

❷ 鮮：少。

❸ 服滿：舊制，父母死後守喪三年，期滿除去喪服，也稱「服闋」。

❹ 蔭子：古代官宦子弟可以先代官爵而受封，稱「蔭子」。

❺ 歿：音ㄇㄛˋ。死。

❻ 路柳牆花：此處指外面的輕浮女子。

梅敬一去六載未回，一日忽懷歸計，遂收拾財物，竟入諸葛武侯❼廟中祈籤。當禱祝已畢，求得一籤云：

逢崖切莫宿，逢湯切莫浴。

斗粟三升米，解卻一身曲。

梅敬祈得此籤，茫然不曉其意，只得起程而回。這一日舟子將船泊於大崖之下，梅敬忽然想起籤中「逢崖切莫宿」之句，遂自省悟，即令舟子移船別處，方移船時，大崖忽然崩下，陷了無限之物。梅敬心下大驚，方信籤中之言有驗。一路無礙至家，姜氏接入堂上，再盡夫婦之禮，略敘離別之情。時天色已晚，是夜昏黑無光。一時間❽姜氏燒湯水一盆，謂梅敬道：「賢夫路途勞苦，請去洗澡，方好歇息。」梅敬聽了妻言，又大省悟，神籤道「逢湯切莫浴」，遂乃推故對妻道：「吾今日偶不喜浴，不勞賢妻候問。」姜氏見夫言如此，遂不催促，即自去洗澡。姜氏正浴間，不防被一人預匿房中，暗將利槍從腹中一戳，可憐姜氏姣姿秀美，化作南柯一夢。其人溜躲房外去了。梅敬在外等候，見姜氏多久不出，執燈入往浴房喚之，方知被殺在地，哭得幾次昏迷。次日正欲具狀告理，又不知是何人所殺。卻有街坊鄰舍知之，忙往開封府首告梅敬無故自殺其妻。

包公看了狀詞，即拘梅敬審勘。梅敬遂以祈籤之事告知。包公自思：「梅敬才回，決無自殺其妻的

---

❼ 諸葛武侯：三國時蜀漢丞相諸葛亮曾官拜武侯，故以名。

❽ 一時間：一時之間。

理。」乃對梅敬道：「你出六年不回，汝妻美貌，必有姦夫，想是姦夫起情造意要謀殺汝，汝因悟神籤的話，故得脫免其禍。今詳觀神籤中語云：『斗粟三升米』，吾想官斗十升只得米三升，更有七升是糠無疑。莫非這姦夫就是康七麼？」梅敬道：「生員對鄰果有一人名喚康七。」包公即令左右拘喚來審，康七亦不推賴，叩頭供狀道：「小人因見姜氏美貌，不合❾故起謀心，本意欲殺其夫，不知誤傷其妻。相公明見萬里，小人情願伏罪。」包公押了供狀，遂斷其償命，即令典刑。遠近人人嘆服。

❾ 不合：不該。

聿姓走東邊

話說東京管下袁州❶有一人姓張名遲者，與弟張漢共堂居住。張遲娶妻周氏，生一子周歲。適周母有疾，著安童來報其女。周氏聞知母病，與夫商議要回家看母，過數日方與收拾回去。比及周氏到得母家，母病已痊，留住一月有餘。忽張遲有故人潘某在臨安為縣史，遣僕相請。張遲接得故人來書，次日先打發僕回報，許來相會。潘僕去後，遲與弟商議道：「臨安縣潘故人書來相請，我已許約而去，家下要人看理，汝當代我前往周家說知，就同嫂嫂回來。」弟應諾。

次日，張漢徑出門來到周家，見了嫂嫂道知：「兄將遠行，特命我來接嫂嫂回家。」周氏乃是賢惠婦人，甚是敬叔，吩咐備酒相待。張漢飲至數杯，乃道：「路途頗遠，須趁早起身。」周氏遂辭別父母，隨叔步行而回。行到高嶺上，乃五月天氣，日色酷熱，周氏手裡又抱著小孩兒，極是困苦難行，乃對叔道：「日正當午，望家裡不遠，且在林子內略坐片時，少避暑氣再行。」張漢道：「既是行得煩難，少坐一時也好，不如先抱侄兒與我先去回報，另覓轎夫來接。」周氏道：「如此恰好。」即將孩兒與叔抱回來，正值兄在門首候望，漢說與兄知：「嫂行不得，須待人接。」遲即雇二轎夫前至半嶺上，尋那婦人不見。轎夫回報，張遲大驚，同弟復來其坐息處尋之，委的不見。其弟亦疑謂兄道：「莫非嫂嫂有甚

❶袁州：今江西省宜春市。按袁州不屬東京管轄，此為小說家言。

物事忘在母家，偶然記起，回轉去取。兄再往周家看問一番。」遲然其言，徑來周家問時，皆云：「自出門後已半日矣，哪曾見他轉來？」張愈慌了，再來與弟說知，未有在家，二人穿林抹嶺遍尋，尋到一幽僻處，見其妻死於林中，且無首矣。張遲哀哭不止。當日即與弟雇人抬屍，用棺木盛貯了。次日，周氏母家得知此事，其兄周立極是個好訟之人，即扭張漢赴告於曹都憲❷，指稱張漢欲姦嫂氏，嫂氏不從，恐回說知，故殺之以滅口。曹信其然，用嚴刑拷打，張漢終不肯誣服。曹令都官❸根究婦人首級，都官著人到嶺上尋覓首級不得，便密地開一婦人墳墓，取出屍斷其首級回報。曹再審勘，張漢如何肯招，受不過嚴刑，只得誣服，認做謀殺之情，監繫獄中候決。

將近半年，正遇包大人巡審東京罪人，看及張漢一案，便喚張犯廳前問之，張訴前情，包公疑之：「當日彼夫尋覓其婦首級未有，待過數日，都官尋覓便有，此事可疑。」令散監張漢於獄中。遂喚張龍、薛霸二公牌吩咐道：「你二人前往南街頭尋個卜卦人來。」適尋得張術士到。包公道：「令汝代推占一事，須虔誠禱之。」術士道：「大人所占何事，敢問主意？」包公道：「你只管推占，主意自在我心。」推出一「天山遁」卦，報與包公道：「大人占得此卦，遁者，匿也，是問個幽陰之事。」包公道：「卦辭如何？」術士道：「卦辭意義淵深難明，須大人自測之。」其辭云：

遇卦天山遁，此義由君問。

❷ 都憲：副都御史的俗稱。

❸ 都官：都察院的屬官。

聿姓走東邊，糠口米休論。

包公看了卦辭，沉吟半晌，正不知如何解說，便令取官米一斗給賞術士而去。喚過六房❹吏司，包公問道：「此處有糠口地名否？」眾人皆答無此地名。

包公退入後堂，秉燭而坐，思忖其事，忽然悟來。次日升堂，喚過張、薛二公牌，拘得張遲鄰人蕭某來到，密吩咐道：「汝帶二公人前到建康地方旅邸之間，限三日內要緝訪張家事情來報。」蕭某以事干係情重，難以緝訪，慮有違限的罪，欲待推辭，見包公有怒色，只得隨二公人出了府衙，一路訪問張家殺死婦人情由，並無下落。正行到建康旅邸，欲炊晌午，店裡坐著兩個客商，領一個年少婦人在廚下炊火造飯，二客困倦，隨身臥於床上。蕭某悄視那婦人，面孔相熟，婦人見蕭某亦覺相識，二人看視良久。那婦人愁眉不展，近前見蕭某問道：「長者從哪裡來？」蕭某答道：「我萍鄉人氏姓蕭者便是。」婦人聞之是與夫同鄉，便問：「長者所居曾識張某否？」蕭某大驚道：「好似我鄉里周娘子！」周氏潸然淚下道：「妾正是張遲妻也。」蕭乃道知張漢為汝誣服在獄之故。周氏泣道：「冤哉！當日叔叔先抱孩兒回去，妾坐於林中候之。忽遇二客商挑著箬❺籠上山來，見妾獨自坐著，四顧無人，即拔出利刀，逼我脫下衣服並鞋，妾懼怕，沒奈何遂依他脫下。那二客商遂於籠中喚出一婦人，將妾衣並鞋與那婦人穿著，斷取其頭置籠中，拋其身子於林裡，拿我入籠中，負擔而行。沿途乞覓錢鈔，受苦萬端。今遇鄉

---

❹ 六房：地方官衙的吏役，分管吏、戶、禮、兵、刑、工等事務。

❺ 箬：音ㄖㄨㄛˋ。箬竹，竹子的一種，葉大而寬，可編器具。

里，恰似青天開眼，望垂憐恤，報知吾夫急來救妾。」言罷，悲咽不止。蕭某聽了道：「今日包爺正因張漢獄事不明，特差我領公牌來此緝訪，不想相遇。待我說與公牌知之，便送娘子回去。」周氏收淚進入裡面，安頓那二客商。蕭某來見二公牌，午飯正熟，蕭某以其情說與二人知之。張、薛二人午飯罷，搶入店裡面，正值二客與周氏亦在用飯。二公牌進前喝道：「包公有牌來拘你，可速去。」二客聽說一聲包爺，神魂驚散，走動不得，被二公牌綁縛了，連婦人直帶回府衙報知。包公不勝大喜，即喚張遲來問，遲到衙會見其妻，相抱而哭。包公再審，周氏逐一告明前事，二客不能抵諱，只得招認，包公令取長枷監禁獄中，疊成案卷。包公以張漢之枉明白，再勘問都官得婦人首級情由，都官不能隱瞞，亦供招出。審實一干罪犯監候，具疏奏達朝廷。不數日，仁宗旨下：

二客謀殺慘酷，即問處決；原問獄官曹都憲並吏司決斷不明，誣服冤枉，皆罷職為民；其客商貲帛賞賜鄰人蕭某；釋放張漢；周氏仍歸夫家；周立問誣告之罪，決配遠方；都官盜開屍棺取婦人頭，亦處死罪。

事畢，眾書吏叩問包公，緣何占卜遂知此事？包公道：「陰陽之數，報應不差。卦辭前二句乃是助語，第三句『聿姓走東邊』，天下豈有姓聿者？猶如聿字加一走之，卻不是個建字！『糠口米休論』，必為糠口是個地名，及問之，又無此地名，想是糠字去了米，只是個單康字。離城九十里有建康驛名，那建康是往來衝要之所，客商並集，我亦疑此婦人被人帶走，故命彼鄉里有相識者往訪之，當有下落。果然不出吾之所料。」眾吏叩服包公神見。

聽吾齋評曰：

大凡占決之事，不可不信，不可盡信。武侯一籤，術士一卦，何其有準耶？但易有云：「神而明之，存乎其人。」不以神明歸之鬼，而以神明歸之人，言當有變通之法在，若一味依靠卦斷，恐誤盡天下大事。

地窨

話說河南汝寧府❶上蔡縣，有巨富長者姓金名彥龍，娶周氏，生有一子，名喚金本榮，年二十五歲，娶妻江玉梅，年將二十，姣容美貌。忽一日，金本榮在長街市上算命，道有一百日血光之災❷，除非是出路躲避方可免得。本榮自思：「有契兄❸袁士扶在河南府洛陽經營，不若到他那裡躲災避難，二來到彼處經營。」回家與父母說知其故，金彥龍曰：「既如此，我有玉連環❹一雙，珍珠百顆，把與孩兒拿去哥哥家❺貨賣，值價一十萬貫。」金本榮聽了父言，即便領諾。正話間，旁邊走出媳婦江玉梅向前稟道：「公婆在上，丈夫在家終日只是飲酒，若帶著許多金寶前去，誠恐路途有失，怎生放心叫他自去？妾想如今太平時節，媳婦與丈夫同去。」金彥龍道：「吾亦慮他好酒誤事，若得媳婦同去最好。今日是個吉日，便可收拾起程。」即將珍珠、玉連環付與本榮，吩咐過了百日之後，便可回家，不可遠游在外，

❶ 汝寧府：今河南省汝南市。
❷ 血光之災：指見血或死亡的重大災禍。
❸ 契兄：盟兄。
❹ 玉連環：一種圓環相扣的玉器。
❺ 哥哥家：宋時父母輩對子侄輩的稱呼。

使父母掛心。金本榮應諾，辭別父母離家，夫婦同行。至晚，尋入酒店，略略杯酌。正飲之間，只見一個全真先生❻走入店來，那先生看著金本榮夫婦道：「貧道來此抄化一齋。」本榮平生敬奉玄帝❼，一心好道，便道：「先生請坐同飲。」先生道：「金本榮，你夫婦二人何往？」本榮大驚道：「先生所言，吾與你素不相識，何以知吾姓名？」先生道：「貧道久得真人傳授，吉凶靡❽所不知，今觀汝二人氣色，目下必有大災，切宜謹慎。」本榮道：「某等凡人，有眼無珠，不知趨避之方；況兼家有父母在堂。先生既知休咎，望乞憐而救之。」先生道：「貧道觀汝夫婦行善已久，豈忍坐視不救。今賜汝兩丸丹藥，二人各服一丸，自然免除災難；但汝身邊寶物牢匿在身。如汝有難，可奔山中來尋雪澗師父。」道罷相別。

本榮在路夜宿曉行，不一日將近洛陽縣。忽聽得往來人等紛紛傳說，西夏國❾王趙元昊❿興兵犯界，居民各自逃生。本榮聽了傳說之言，思了半晌，乃謂其妻江玉梅道：「某在家中交結個朋友，喚做李中立，此人在開封府鄭州管下汜水縣⓫居住，他前歲來我縣做買賣時，我曾多有恩於他，今既如此，不免去投奔他。」江玉梅從其言。本榮遂問了鄉民路徑，與妻直到李中立門首，先托人報知，李中立聞言，

❻ 全真先生：全真，是金代中期王重陽在山東所創的道教教派。全真先生，即是全真道的道士。
❼ 玄帝：道教信奉的北方之神。
❽ 靡：無。
❾ 西夏國：與遼、金先後成為與宋代鼎峙的地方政權，其地域包括寧夏、陝北及甘肅、青海的部分地區。
❿ 趙元昊：西夏國的開國皇帝。
⓫ 汜水縣：今河南省滎陽縣西汜水鎮。

即忙出迎本榮夫婦入內，相見已畢，茶罷，中立問其來由。本榮即告以因算命出來躲災之事，「承父將珍珠、玉連環往洛陽經商，因聞西夏欲興兵犯境，特來投奔兄弟。」中立聽了，細觀本榮之妻生得美貌，心下生計，遂對本榮道：「洛陽與本處同是東京管下，西夏國若有兵犯界，則我本處亦不能免。小弟本處有個地窨子⑫，倘賊來時，只從地窨中躲避，管取太平無事。賢兄放心且住幾時。」便叫家中置酒相待，又喚當值李四去接鄰人王婆來家陪侍。李四領諾去了，移時王婆就來相見，請江玉梅到後堂，與李中立妻子款待已畢，至晚，收拾一間房子與他夫妻安歇。

過了數日，李中立見財色起心，暗地密喚李四吩咐道：「吾去上蔡縣做買賣時，被金本榮將本錢盡賴了去。今日來到我家，他身邊有珍珠百顆，玉連環一對，你今替我報仇，可將此人引至無人處殺死，務要刀上有血，將此珠玉之物並頭上頭巾前來為證，我即養你一世，決不虛言。」李四見說，喜不自勝，二人商議已定。次日，李中立對金本榮道：「吾有一所小莊，莊內有一窨在彼，賢兄可去一看。」本榮不知是計，遂應聲道：「賢弟既有莊所，吾即與李四同往一觀。」當日乃與李四同去。原來金本榮寶物日夜隨身。二人走到無人煙之處，李四腰間拔出利刀道：「小人奉家主之命，說你在上蔡縣時曾賴了他本錢，今日來到此處，叫我殺了你，並不干我的事，你休得埋怨於我。」遂執刀向前來殺。本榮見了，唬得魂飛天外，連忙跪在地下苦苦哀告道：「李四哥聽稟：他在上蔡時，我多有恩於他，他今日見我妻美貌，恩將仇報，圖財害命，謀夫占妻，生此冤慘。乞憐我有七旬父母無人侍養，饒我殘生，陰功莫大。」李四聽了說道：「只是我奉主命就要寶物回去。且問汝寶物現在何處？」本榮道：「寶物隨身在此，任

⑫ 地窨子：地下室。窨，音ㄧㄣˋ。

君拿去，乞放殘生。」李四見了寶物，又道：「吾聞圖人財者，不害其命；今已有寶物，更要取你頭巾為證，又要刀上見血跡方可回報，不然，吾亦難做人情。」本榮道：「此事容易。」遂將頭巾脫下，又咬破舌尖，噴血刀上。李四道：「我今饒你性命，你可急往別處去躲。」本榮道：「吾得性命，自當遠離。」即拜辭而去。

當日李四得了寶物，急急回家與李中立交清楚。中立大喜，吩咐置酒，在後堂請嫂嫂江玉梅出來敘情。玉梅見天色已晚，乃對中立道：「叔叔令丈夫去看莊所，緣何此時不見回來？」李中立道：「吾家亦頗富足，賢嫂與我成了夫婦，亦夠快活一世，何必掛念丈夫？」玉梅道：「妾丈夫現在，叔叔何得出此牛馬⑬之言？心中豈不自恥！」李中立見玉梅秀美，乃向前摟住求歡，玉梅大怒，將中立推開道：「妾聞在家從父，出嫁從夫，妾夫又無棄妾之意，安肯傷風敗俗，以污名節！」李中立道：「汝丈夫今已被我殺死，若不信時，吾將物事拿來你看，以絕念頭。」言罷，即將數物丟在地下道：「娘子，你看這頭巾，刀上有血，若不順我時，想亦難免。」玉梅一見數物，哭倒在地。中立向前抱起道：「嫂嫂不須煩惱，汝丈夫已死，吾與汝成了夫婦，諒亦不玷辱了你，何故執迷太甚！」言罷，情不能忍，又強欲求歡。玉梅自思：「這賊將丈夫謀財殺命，又要謀我為妾，若不從，必遭其毒手。」遂對中立道：「妾有半年身孕，汝若要妾成夫婦，待妾分娩之後，再作區處；否則妾實甘一死，不願與君為偶。」中立自思：「分娩之後，諒不能逃。」遂從其言。就喚王婆吩咐道：「汝同這娘子往深村中山神廟邊，我有一所空房在彼，你可將他藏在此處，等他分娩之後，不論男女，將來丟了，待滿月時報我知道。」當日，王婆依言

⑬ 牛馬：罵人語，意為畜生，不是人。

領江玉梅去了。

話分兩頭。且說本榮父親金彥龍，在家思念兒子、媳婦不歸，音信並無。彥龍乃與妻將家私封記，收拾金銀，沿路來尋不題。

不覺光陰似箭，日月如梭，江玉梅在山神廟旁空房內住了數月，忽一日肚疼，生下一個男兒。王婆近前道：「此子只好丟在水中，恐李長者得知，連累老身。」玉梅再三哀告道：「念他父親痛遭橫禍，看此兒亦投三光出世，望乞垂憐，待他滿月，丟了未遲。」王婆見江玉梅情有可矜，心亦憐之，只得依從。不覺又是滿月，玉梅寫了生年月日，放在孩兒身上，丟在山神廟中候人抱去撫養，留其性命。遂與王婆抱至廟中，不料金彥龍夫妻正來這山神廟中問個吉凶，剛進廟來，卻撞見江玉梅。公婆二人大驚，問其夫在何處，玉梅低聲訴說前事，彥龍聽了，苦不能忍，急急具狀告理。

卻值包公訪察，緝知其事。次日，即差無情漢領了關文⓮一道，徑投鄭州管下汜水縣下了馬，拘拿李中立起解到臺，令左右將中立先責一百杖，暫且收監，未及審勘。王婆又欲充作證見，憑玉梅報謝。包公令金彥龍等在外伺候。且說金本榮，自離了汜水縣，無處安身，徑來山中撞見雪澗師父，留在庵中修行出家，不知父母妻子下落，心中憂愁不樂。忽一日，師父與金本榮道：「我今日教你去開封府抄化，有你親眷在彼，你可小心在意，回來教我知道。」金本榮拜辭了師父，徑投開封府來，遂得與父母妻子相見，同到府前。正值包公升堂，彥龍父子即將前事又哭告一番。包公即令獄中取出李中立等審勘，李中立不敢抵賴，一一供招，貪財謀命是實，強占伊妻是真。包公叫取長枷腳鐐肘鎖，送下死牢中去。將

⓮ 關文：緝拿罪犯的公文。

中立家財一半給賞李四，一半給賞王婆；追出寶物給還金本榮；李中立妻子發邊遠充軍。聞者無不快心。

龍窟

話說東京離城五里，地名湘潭村，有一人姓邱名惇，家業殷實，娶本處陳旺之女為妻。陳氏甚是美貌，卻是個水性❶婦人，因見其夫敦重，甚不相樂。時鎮西有個牙儈，姓汪名琦，生得清秀，是個風流浪子，常往來邱惇家，惇以契交兄弟情義待之，無問親疏，汪出入稔熟，常與陳氏交接言語。一日，汪琦來到邱家，陳氏不勝歡喜，延入房中坐定，對汪道：「丈夫到莊上算田租，一時未還，難得今日你到此來，有句話當要對你說知。權且請坐著，待我到廚下便來。」汪琦正不知是何緣故，只得應諾，遂安坐等候。不多時陳氏整備得一席酒肴入房中來，與汪琦對飲。酒至半酣，那陳氏有心，向汪琦道：「聞得叔叔未娶嬸嬸，夜來獨眠，豈不孤單？」汪答道：「小可❷命薄，姻緣遲緩，衾枕獨眠，是所甘願也。」陳氏笑道：「叔叔休瞞我，男子漢無有妻室，度夜如年。適言甘願，乃不得已之情，非實意也。」汪琦初則以朋友分上，尚不敢亂言，及被陳氏將言語調戲，不覺心動，說道：「賢嫂既念小叔孤單，今日肯憐念我麼？」陳氏道：「我倒有心憐你，只恐叔叔無心戀我。」二人戲謔良久，彼此乘興，遂成雲雨之交，正是色膽大如天，兩下意投之後，情意稠密，但遇邱惇不在家，汪某遂留宿於陳氏房中，邱惇全不

❶ 水性：此處作「水性楊花」解，指輕薄的女人。

❷ 小可：自稱謙詞。

知覺。

忽一日，邱之家僕頗知其事，欲報知於主人，又恐主人見怒；若不說知，甚覺不平。忽值那日邱惇正在莊所與佃戶算帳，宿於其家。夜半，邱惇對家僕道：「殘秋天氣，薄被生寒，未知家下亦若是否？」家僕答道：「只虧主人在外孤寒，家下夜夜自暖。」邱惇怪而疑之，便問：「你如何出此言語？」家僕初則不肯說，及至問得急切，乃直言主母與汪某往來交密之情。邱聽此言，恨不得一時天曉。次日，回到家下，見陳氏面帶春風，越疑其事。是夜，盤問汪某來往情由，陳氏故作遮掩模樣道：「你若不在家時，便閉上內外門戶，哪曾有人來我家？卻將此言誣我！」邱道：「不要性急，日後自有端的。」那陳氏懼怕不語。

次日侵早，邱惇又往莊所去了。汪某進來見陳氏不樂，問其故，陳氏不隱，遂以丈夫知覺情由告知。汪某道：「既如此，不須憂慮，從今我不來你家便息此事了。」陳氏笑道：「我道你是個有為丈夫，故有心從汝；原來是個沒志量❸的人。我今既與你情密，須圖終身之計，緣何就說開交❹的話？」汪某道：「然則如之奈何？」陳氏道：「必須謀殺吾夫，可圖久遠。」汪沉吟半晌，沒有計較，忽計從心上來，乃道：「娘子的有❺實願，我謀害之計有了。」陳氏問：「何計？」汪道：「本處有一極高山巔上原有龍窟，每見煙霧自窟中出則必雨；若不雨必主早傷。目下鄉人於此祈禱，汝夫亦與此會，候待其往，自

❸ 沒志量：沒出息；不長進。
❹ 開交：分開。
❺ 的有：確有；實有。

有處置的計。」陳氏喜道：「若完事後，其餘我自有調度。」汪宿了一夜而去。

次日，果是鄉人鳴鑼擊鼓，徑往山巔祈禱，邱惇亦與眾人隨登，汪琦就跟到窟前。不覺天色黃昏，眾人祈禱畢先散去，獨汪琦與邱惇在後，經過龍窟，汪戲道：「前面有龍露出爪來。」惇驚疑探看，被汪乘勢一推，惇立腳不定，墜入窟中。當下汪某跑走回來，見陳氏說知其事。陳氏歡喜道：「想我今生原與你有緣。」自是汪某出入其家無忌，不顧人知。有親戚問及邱某多時不見之故，陳氏掩諱，只告以出外未回。然其家僕見主人沒下落，甚是懷疑，又見陳氏與汪某成了夫婦之事，越是不忿，欲告首於官，根究其事。陳氏密聞之，遂將家僕逐趕出去。

後將近一月餘，忽邱惇復歸家。正值陳氏與汪某圍爐飲酒，見惇自外入，汪大驚，疑其是鬼。抽身入房中取出利刀呵叱，逐之出門。惇悲咽無所往，行到街前，遇見家僕，遂抱住主人問其來由。惇將當日被汪推落窟中的事說了一遍。家僕哭道：「自主不回，我即致疑，及見主母與汪某成親，想他必然謀害於你，待訴之官，根究主人下落，竟被他趕出。不意吉人天相，復得相見，當以此情告於開封府，以雪此冤。」惇依言，即具狀赴開封府衙門。包公審問道：「既當日推落龍窟，焉得不死，復能歸乎？」邱惇泣訴道：「正不知因何緣故。方推下的時節，窟旁皆茅葦，因傍茅葦而落，故得無傷。窟中甚黑，久而漸光，見一小蛇居中盤旋不動，窟中乾燥，但有一勺之水清甚，掬其水飲之，不復飢渴。想著那蛇必是龍也，常祝禱乞此蛇庇佑，蛇亦不見相傷，每於窟中輕移旋繞，則蛇漸大，頭角崢嶸❻，出窟而去，俄而雨下，如此者六、七日。一日，因攀拿龍尾而上，至窟外則龍尾掉搖❼，墜於窟旁茅叢去了。因即

❻ 崢嶸：突出的樣子。

歸家，正見妻與汪琦同飲，被汪利刀趕逐而出。特來具告。」言訖不勝痛哭。

包公審實明白，即差公牌張龍、趙虎，到邱家捉拿汪琦、陳氏。是時汪琦正在疑惑此事，不提防邱某已再生回家，竟具狀開封府，公牌拘到府衙對理❽。包公審問汪琦，琦訴道：「當時鄉人祈禱，各自早散回家，邱至黃昏誤落窟中，哪有謀害之情？又其家緊密，往來有數，哪有通姦之事？」此時汪某爭辯不已，包公著令公牌去陳氏房中取得床上睡席來看，見有二人新睡痕跡。包公道：「既說彼家門戶緊密，緣何有二人席痕？分明是你謀害，幸至不死，尚自抵賴！」即令嚴刑拷究，汪驚慌，不知所為，只得供招，疊成文案，將汪琦、陳氏皆定死罪；邱惇回家。見者欣喜。

聽五齋評曰：

予嘗說人家有義犬，天下無義友；犬無時而捨主，友無人不負恩。看此二宗，能不令人欲殺。雖然，人亦但自家存好心罷了，那裡能保他心之如我哉！

---

❼ 掉搖：擺動；搖動。

❽ 對理：對證；對質。

善惡罔報

話說：「善有善報，惡有惡報，莫道無報，只分遲早。」這幾句話是陰間法令，也是口頭常談；哪曉得這幾句也有時信不得。東京有個姚湯，是三代積善之家，周人之急，濟人之危，齋僧布施，修橋補路，種種善行，不一而足，人人都說，姚家必有好子孫在後頭。西京有個趙伯仁，是宋家❶宗室，他倚了是金枝玉葉，謀人田地，占人妻子，種種惡端，不可勝數。人人都說，趙伯仁倚了宗親橫行無狀，陽間雖沒奈何他，陰司必有冥報。哪曉得姚家積善倒養出不肖子孫，家私、門戶，弄得一個如湯潑雪；趙家行惡倒養出絕好子孫，科第不絕，家聲大振。因此姚湯死得不服，告狀於陰間。

告為報應不明事：善惡分途，報應異用；陽間糊塗，陰間電照❷；遲早不同，施受豈爽。今某素行問天，存心對日，潑遭不肖子孫，蕩覆祖宗門戶。降罰不明，乞臺查究。上告。

包公看完道：「姚湯，怎的見你行善就屈了你？」姚湯道：「我也曾周人之急，也曾濟人之危，也曾修過橋梁，也曾補過道路。」包公道：「還有好處麼？」姚湯道：「還有說不盡處，大頭腦不過這幾

---

❶ 宋家：宋朝。

❷ 電照：亮察、明瞭的意思。

件：只是趙伯仁作惡無比，不知何故子孫興旺？」包公道：「我曉得了，且帶在一邊。」再拘趙伯仁來審，不多時，鬼卒拘趙伯仁到。包公道：「趙伯仁，你在陽世行得好事！如何敢來見我？」趙伯仁道：「趙某在陽間雖不曾行善事，也是平常光景，亦不曾行甚惡事來！」包公道：「現有對證在此，休得抵賴。帶姚湯過來。」姚湯道：「趙伯仁，你占人田地是有的，謀人妻女是有的，如何不行惡？」趙伯仁道：「並沒有此事，除非是李家奴所為。」包公道：「想必是了。人家常有家奴不好，主人是個皇親，他就是個皇帝一般；主人是個進士，他就是個狀元一般；主人是個倉官❸、驛丞❹，他就是個樞密❺宰相一般；狐假虎威，借勢行惡，極不好的。快拘李家奴來！」不一時，李奴到。包公問道：「李家奴，你如何在陽間行惡，連累主人有不善之名？」李奴終是心虛膽怯，見說實了，又且主人在面前，哪裡還敢則聲。包公道：「不消究得了，是他做的一定無疑。」趙伯仁道：「乞大人嚴究此奴，以為家人累主之戒。」包公道：「我自有發落。」叫姚湯：「你說一生行得好事，其實不曾存得好心。你說周人、濟人、修橋、補路等項，不過捨幾文銅錢要買一個好名色，其實心上割捨不得，暗裡還要算計人，填補捨去的這項錢糧。正是暗室虧心，神目如電。大凡做好人只要心田❻為主；若不論心田，專論財帛，窮人沒處積德了。是以心田若好，一文不捨，不害其為善；心田不好，日捨萬文錢，不掩其為惡。你心田不

---

❸ 倉官：掌管倉庫的小官吏。

❹ 驛丞：舊時各府、州、縣設置驛丞，掌管驛站。

❺ 樞密：樞密使，宋代職掌全國兵政的官長，品級低宰相一等。

❻ 心田：佛教稱內心作「心田」，意謂善惡種子隨緣滋長，如田地生長五穀荑稗一樣。

好，怎教你子孫會學好？趙伯仁，你雖有不善的名色，其實本心存好，不過惡奴累了你的名頭，因此你自家享盡富貴，子孫科第連芳。皇天報應，昭昭❼不爽。」仍將李惡奴發下油鍋，餘二人各去。這一段議論，包公真正發人之所未發也。

---

❼ 昭昭：事理明辨。

壽夭不均

話說陰間有個注壽官，注定哪一年上死，準定要死的；注定不該死，就死還要活轉來。又道陰騭❶可以延壽，人若在世上做得些好事，不免又在壽簿上添上幾豎幾畫；人若在世上做得不好事，不免又在壽簿上去了幾豎幾畫。若是這樣說起來，信乎人的年數有壽夭不同，正因人生有善惡不同。哪曉得這句話也有時信不得。怎見信不得？山東有個冉道，持齋把素❷，一生常行好事，若損陰騭的，一無所為，人都叫他是個佛子；有個陳元，一生做盡不好事，奪人之財，食人之肝，人都喚他是個虎夜叉❸。依道理論起來，虎夜叉早死一日，人心暢快一日；佛子多活一日，人心歡喜一日。不期佛子倒活得不多年紀就夭亡了；虎夜叉倒活得九十餘歲，得以無病善終。人心自然不服了，因此那冉佛子死到陰司之中告道：

> 告為壽夭不均事：陰騭延壽，作惡夭亡；冥府❹有權，下民是望。今某某等為善夭，為惡壽。佛子速赴於黃泉，怕在生者不敢念佛；虎叉久活於人世，恐祝壽者盡皆效虎。漫云夭死是為脫胎❺，

---

❶ 陰騭：陰德。俗謂暗中做害人的事為「傷陰騭」或「損陰騭」。騭，音ㄓˋ。

❷ 持齋把素：喫素的意思。

❸ 夜叉：佛經上說是一種喫人的惡鬼。

❹ 冥府：陰間的官府，也稱「陰司」。

在生一日勝死千年。上告。

包公見狀即問道：「冉道，你怎麼就怨道壽夭不均？」冉道道：「怨字不敢說，但是冉某平素好善，便要多活幾年也不為過。恐怕陰司簿上偶然記差了，屈死了冉某也未可知。」包公道：「陰司不比陽間容易入人之罪，沒人之善，況夫生死大事，怎麼就好記差了！快喚善惡司並注壽官一齊查來。」不多時，鬼使報道：「他是口善心不善的。」包公道：「原來如此。」對冉道說：「大凡人生在世，心田不好，持齋把素也是沒用的；況如今陽間的人，偏是吃素的人心田愈毒，借了把素的名色，弄出拈槍❻的手段。俗語說得好，是個佛口蛇心。你這樣人只好欺瞞世上有眼的瞎子，怎逃得陰司孽鏡❼！你的罪比那不吃素的還重，如何還說不服早死？」冉道說：「冉某服罪了。但是陳元這樣惡人，如何倒活得壽長？」包公即差鬼卒拘陳元對審。陳元到了，包公道：「且不要問陳元口詞，只去善惡簿上查明就是。」不多時，鬼吏報道：「不差，不差！」包公道：「怎麼反不差？」鬼吏道：「他是三代積德之家。」包公道：「原來如此。一代積善，猶將十世宥之，何況三代？不比如今宦家子孫，專靠祖上威勢作惡無狀的，也應該多活幾年。但是陽世作惡，雖是多活幾年，免不得死後受地獄之苦。」遂批道：

審得：冉道以念佛而夭亡，遂怨陳元以作惡而長壽。豈知善不善論心田，不論口舌；哪曉惡不惡

---

❺ 脫胎：道教言得道的人，脫凡胎而得聖胎，便成神仙。

❻ 拈槍：強橫、霸道的意思。拈，耍弄。

❼ 孽鏡：傳說中陰間照人善惡的寶鏡。

論積累，不論一端。口裡吃素便要得長壽，將茹葷者盡短命乎？一代積善，可延數世，彼小疵者能不宥乎？佛其口而蛇其心，更加重罪；行其惡而長其年，難免冥苦。毋得混淆，速宜回避。

批完，二人首服而去。

聽五齋評曰：

這等糊塗世界，沒個出頭日子，往往求報於冥間，原是無聊之計耳，況冥間又不可測如此。雖然，政以其不測也，猶能使人懼耳。不則憊賴❽子弟不怕陽世尊官，說了地下閻羅便怕，此何以故？

---

❽憊賴：也作「潑賴」。無賴、醜惡、惡毒的意思。

三娘子

話說廣東潮州府揭陽縣有趙信者，與周義相交。義相約同往京中買布，先一日討定張潮艄公船隻，約次日黎明船上會。至期，趙信先到船，張潮見時值四更，路上無人，將船撐向深處去，將趙信推落水中而死，再艤❶船近岸，依然假睡。黎明，周義至，叫艄公，張潮方起。等至早飯過，不見趙信來。周義乃令艄公去催，張潮到信家，連叫幾聲，三娘子方出開門，蓋因早起造飯，夫去後復睡，故反起遲。潮因問信妻孫氏道：「汝三官人昨約周官人來船，今周官人等候已久，三官人緣何不來？」孫氏驚道：「三官人出門甚早，如何尚未到船？」潮回報周義，義亦回去，與孫氏家遍尋四處，三日無蹤。義思：「信與我約同買賣，人所共知，今不見下落，恐人歸罪於我。」因往縣去首明，為急救人命事，外開干證艄公張潮，左右鄰舍趙質、趙協及孫氏等。

知縣朱一明准其狀，拘一干人犯到官，先審孫氏，稱：「夫已食早飯，帶銀出外，後事不知。」次審艄公，張潮道：「前日周、趙二人同來討船是的。次日，天未明，只周義到，趙信並未到，附幫數十船俱可證。及周義令我去催，我叫『三娘子』，彼方睡起，初開大門。」三審左右鄰趙質、趙協，俱稱：「信前將往買賣，妻孫氏在家吵鬧是實。其侵早出門事，眾俱未見。」四問原告道：「此必趙信帶銀在

❶艤：停船靠岸。

身，汝謀財害命，故搶先糊塗來告此事。」周義道：「我一人豈能謀得一人，又焉能埋沒得屍身？且我家勝於彼家，又是至相好之友，尚欲代彼伸冤，豈有謀害之理！」孫氏亦稱：「義素與夫相善，決非此人謀害。但恐先到船，或艄公所謀。」張潮辯稱：「我一幫船幾十隻，何能在口岸頭❷謀人，怎瞞得人過？且周義到船，天尚未明，叫醒我睡已有明證。彼道夫早出門，左右鄰里並未知之，及我去叫，他睡未起，門未開，分明是他自己謀害。」朱知縣將嚴刑拷勘孫氏，那婦人香姿弱體，怎當此刑。只說：「我夫已死，我拚一死陪他。」遂招認「是我阻擋不從，因致謀死」，又拷究屍身下落，孫氏說：「謀死者是我，若要討他屍身，只將我身還他，何必更究！」再經府復審，並無變異。

次年秋讞❸，請決孫氏謀殺親夫事，該至秋行刑。有一大理寺❹左評事楊清，明如冰鑒❺，極有見識，看孫氏一宗案卷，忽然察到，因批曰：「敲門便叫三娘子，定知房內已無夫。」只此二句話，察出是艄公所謀，再發巡行官復審。時包公遍巡天下，正值在潮州府，單拘艄公張潮問道：「周義命汝去催趙信，該叫三官人，緣何便叫三娘子？汝必知趙信已死了，故只叫其妻！」張潮聞此話，愕然失對。包公道：「明明是汝謀死，反陷其妻。」張潮不肯認，發打三十；不認，又夾打一百，又不認；乃監起。再拘當日水手來，一到，不問便打四十。包公道：「汝前年謀死趙信。張潮艄公訴說是你，今日汝該償

---

❷口岸頭：港口；碼頭。

❸秋讞：古代在秋天處決犯人，處決前覆審罪狀，稱秋讞。讞，音ㄧㄢˋ。審判定罪。

❹大理寺：古代中央審判機關，職掌審判刑獄案件。有評事等屬官。

❺冰鑒：鑒，鏡子。冰鑒，言鏡潔如冰，比喻明察秋毫。

命無疑。」水手一一供招：「因見趙信四更到船，路上無人，幫船亦不覺，是艄公張潮移船深處推落水中，復撐船近岸，解衣假睡。天將亮周義乃到。此全是張潮謀人，安得陷我？」後取出張潮與水手對質，潮無言可答。乃將潮償命；孫氏放回；罷朱知縣為民。可謂獄無冤民，朝無昏吏矣。

賊總甲

話說平涼府有一術士，在府前看相，眾人群聚圍看，時有賣緞客畢茂，袖中藏帕，包銀十餘兩，亦雜在人叢中看，被一光棍手托其銀，從袖口而出，下墜於地。茂即知之，俯首下撿，其光棍來與相爭。茂道：「此銀是我袖中墜下的，與你何干？」光棍道：「此銀不知何人所墜，我先見要撿，你安得冒認？今不如與這眾人，大家分一半有何不可？」眾人見光棍說均分，都來幫助。畢茂哪裡肯分，相扭到包公堂上去。光棍道：「小的名羅欽，在府前看術士相人，不知誰失銀一包在地，小的先撿得，他妄來與我爭。」畢茂道：「小的亦在此看相人，袖中銀包墜下，遂自撿取，彼要與我分。看羅欽言談似江湖光棍，或銀被他剪綹❶，因致墜下，不然我兩手拱住，銀何以墜？」羅欽道：「剪綹必割破衣袖，看他衣袖破否？況我同家人進貴在此賣錫，頗有本錢，現在南街李店住，怎是光棍？」包公亦會相面，見羅欽相貌不良，立令公差往南街拿其家人並賬目來看，果記有賣錫賬目明白，乃不疑之。因問畢茂道：「銀既是你的，可記得多少兩數？」畢茂道：「此散銀身上用的，忘記數目了。」包公又命手下去府前混拿兩個看相人來問之，二人同指羅欽身上去道：「此人先見。」再指畢茂道：「此人先撿得。」包公道：「羅欽先見，還口說出麼？」二人道：「正是。聽得羅欽說道：那裡有個甚包。畢茂便先撿起來，見是銀子，

❶ 剪綹：竊取別人身上的財物。綹，音ㄌㄧㄡˇ。

因此兩下相爭。」包公道：「畢茂，你既不知銀數多少，此必他人所失，理合與羅欽均分。」遂當堂分開，各得八兩而去。

包公令門子俞基道：「你密跟此二人去，看他如何說。」俞基回報道：「畢茂回店埋怨老爺，他說被那光棍騙去。羅欽出去，那兩個干證索他分銀，跟在店中，不知後來如何。」包公又令一青年外郎任溫道：「你與俞基各去換假銀五兩，又兼好銀幾分，汝路上故與羅欽看見，然後往入鬧處去，必有人來剪綹的，可拿將來，我自賞你。」任溫遂與俞基並行至南街，卻遇羅欽來。任溫故將銀包解開買櫻桃，俞基亦將銀買，道：「我還要買來請你。」二人都買過，隨將櫻桃食訖，徑往東岳廟去看戲。俞基終是個小後生，袖中銀子不知幾時剪去，全然不知。任溫眼雖看戲，只把心放在銀上，要拿剪綹賊。少頃，身旁眾人挨擠甚緊，背後一人以手托任溫的袖，其銀包從袖口中挨手而出，任溫乃知剪綹的，便伸手向後拿道：「有賊在此。」兩旁二人益挨進，任溫轉身不得，那背後人即走了。任溫扯住兩旁二人道：「包爺命我二人在此拿賊，今賊已走脫，你二人同我去回復。」其二人道：「你叫有賊，我正翻身要拿，奈人擠住，拿不著。今賊已走，要我去見老爺何干？」任溫道：「非有他故，只要你做干證，見得非我不拿，只人叢中拿不得。」地方❷見是外郎、門子，遂來助他，將二人送到包公前，說知其故。

包公問二人姓名，一是張善，一是李良。包公道：「你何故賣放此賊？今要你二人代罪。」張善道：「看戲相擠人多，誰知他被剪綹，反歸罪於我。望仁天詳察。」包公道：「看你二人姓張姓李，名善名良，便是盜賊假姓名矣。外郎拿你，豈不的當❸！」各打三十，擬徒二年，令手下立押去擺站❹。私以

❷ 地方：里正、地保之類。

帖與驛丞道：「李良、張善二犯到，可重索他禮物，其所得的原銀，即差人送上，此囑。」邱驛丞得此帖，及李良、張善解到，即大排刑具，驚嚇道：「各打四十見風棒❺！」張善、李良道：「小的被賊連累，代他受罪。這法度我也曉得，今日解到辛苦，乞饒蟻命❻。」即托驛書吏手將銀四兩獻上，叫三日外即放他回。邱驛丞即將這銀四兩親送到衙。包公令俞基來認之，基道：「此假銀即我前日在廟中被賊剪去的。」包公發邱驛丞回，即以牌去提張善、李良到，問道：「前日剪綹任溫的賊可報名來，便免你罪。」張善道：「小的若知，早已說出，豈肯以自己皮肉代他人枉受苦楚？」包公道：「任溫銀未被剪去，此亦罷了；但俞基銀五兩零被他剪去。衙門人的銀豈肯罷休！你報這賊來也就罷。」李良道：「小的又非賊總甲❼，怎知哪個賊剪綹俞基的銀子？」包公道：「銀子我已查得了，只要得個賊名。」李良道：「既已得銀兩，即捕得賊，豈有賊是一人，用銀又是一人？」包公以四兩假銀擲下去：「此銀是你二人獻與邱驛丞的，今早獻來。俞基認是他的，則你二人是賊無疑。又放走剪任溫銀之賊，可速報來。」張善、李良見真情已露，只得從實供出：「小的做剪綹賊者有二十餘人，共是一伙。昨放走者是林泰，更前日羅欽亦是，這回禍端由他身上而起。尚有其餘諸人未犯法。小的賊有禁議❽，至死也不相扳❾。」

❸ 的當：恰當；妥善。

❹ 擺站：在驛站服苦役的意思。站，驛站。

❺ 見風棒：即殺威棒。

❻ 蟻命：小命。

❼ 賊總甲：即賊頭目。總甲，地方上的鄉長、保長之屬。

❽ 禁議：禁忌。

再拘林泰、羅欽、進貴到，勒羅欽銀八兩與畢茂去訖。將三賊各擬徒二年；仍派此二人為賊總甲，凡被剪綹者仰差此二人身上賠償。人皆嘆異。

聽五齋評曰：

所貴乎評事官者，將以評其不平也，如三娘子之辨，可謂平矣。今日評事官，不過依樣畫葫蘆⑩耳。

剪綹賊最難捉，如孝肅⑪公是能道剪綹者。雖然，豺狼當道，安問狐狸⑫。今之剪綹者，寧獨街頭光棍哉！

---

⑨ 扳：音ㄆㄢ。同「攀」。攀扯入人於罪之意。

⑩ 依樣畫葫蘆：宋代魏泰東軒筆錄記：宋初翰林學士承旨陶穀欲為宰相，宋太祖笑曰：「頗聞翰林草制，皆撿前人舊本，改換詞語，此乃俗所謂依樣畫葫蘆耳。」不用。後常用以比喻照式模倣，毫無創新的做法。

⑪ 孝肅：包公死後謚「孝肅」。後世也用以借稱包公。

⑫ 豺狼當道二句：謝承後漢書記：張綱受命巡按州縣濫官污吏，便道：「豺狼當路，安問狐狸！」遂上疏劾奏當國權臣梁冀貪暴無道十五事。後以「豺狼當道」比喻殘暴的惡人當權，以「狐狸」指雞鳴狗盜之輩。

卷之八

江岸黑龍

話說西京有一姓程名永者，是個牙儈之家，通接往來商客，令家人張萬管店，凡遇往來投宿的，若得經紀錢，皆記了簿書。一日，有成都幼僧姓江名龍，要往東京披剃給度牒❶，那日恰行到大樹坡，就投程永店中借歇。是夜，江僧獨自一個於房中收拾衣服，將那帶來銀子鋪於床上，正值程永在親戚家飲酒回來，見窗內燈光露出，近前視之，就看見了銀子。忖道：「這和尚不知是哪裡來的，帶這許多銀兩。」常言道財物易動人心，不想程永就起了個惡念，夜深時候，取出一把快利尖刀，挨❷開僧人房門進去，喝聲道：「你謀了人許多財物，怎不分我些？」江僧聽了大驚，措手不及，被程永一刀刺死，就掘開床下土埋了屍首，收拾起那衣物銀兩，進房睡去。次日起來，就將那僧人銀兩去做買賣，未數年，起成大家，娶了城中富室許二之女為妻，生下一子，取名程惜，容貌秀美，愛如掌上之珠，年紀稍長，不事詩

❶ 度牒：中國古代度僧（即准許出家）歸政府掌握，經審核合格得度後，政府所發給的證明文件，稱為度牒。

❷ 挨：音ㄞˇ。推。

書，專好游蕩。程永以其只得一個兒子，不甚拘管他；或好言勸之，其子反怒恨而去。

一日，程惜央匠人打一把鼠尾尖刀，遇暇日❸逕來到父親厚愛的兄弟嚴正家來。嚴正見是程惜，心下甚喜，便令黃氏妻安頓酒食，引惜至偏舍款待。嚴正問道：「賢侄難得到我家，莫非程兄有請否？」惜聽得問及父親，不覺恨激於心，怒目反視，欲說又難於啟口。嚴怪而問道：「侄有何事？但說無妨。」惜道：「我父是個賊人，侄兒必要刺殺之。已準備利刀在此，特來通知叔叔，明日便下手。」嚴正不聽此事便罷，一聞他說，嚇得魂飛天外，魄散九霄，乃道：「侄兒，父子至親，休要說此大逆之話。倘若外人知道，了不得禍患。」惜道：「叔叔休管，管教他身上掘個窟窿。」言罷，抽身走起去了。嚴正驚慌不已，將其事與黃氏說知。黃氏道：「此非小可，彼未曾與夫說知，或有不測，尚可無疑；今既來我家說知，久後事露如何分說？」嚴正道：「然則如之奈何？」黃氏道：「為今之計，莫若先去告首官府，方免受累。」嚴正依其言，次日，具狀到包公衙內首告。

包公審狀，甚覺不平，乃道：「世間哪有此等逆子！」即拘其父母來問，程永直告其子果有謀弒❹之心，得走入倉窖裡方免。究其母，母亦道：「不肖子常在我面前說要弒父親，屢屢被我責譴，彼不肯休。」拘其子來根勘之，程惜低頭不答；再喚程之鄰里數人，逐一審問，鄰里皆道其子有弒父的意，身上不時藏有利刀。包公令公人搜惜身上，並無利刀。其父復道：「昨日行刺，必是留在睡房中。」包公差張龍前到程惜睡房搜檢，果於席下搜出一把鼠尾尖刀，回衙呈上。包公以刀審問程惜，程惜無語。包

---

❸ 暇日：空閑之日。

❹ 弒：古代稱臣殺君、子殺父母的行為。

公不能決，將鄰里一干人犯都收監中，退入後堂。自忖道：「彼嫡親父子，並無他故，如何其子如此行凶？此事深有可疑。」思量半夜，輾轉出神。「或彼父子，莫非前生結有冤愆。」將近四更，忽得一夢。正待喚渡艄過江，忽江中現出一條黑龍，龍背上坐一神君，手執牙笏❺，身穿紅袍，來見包公道：「包大人休怪其子不肖，此乃是二十年前之事。」道罷竟隨龍而沒。包公俄而驚覺，思忖夢中之事，頗悟其意。

次日升堂，先令獄中取出程某一干人審問。喚程永近前問道：「你成的家私還是祖上遺下的，還是自己創起的？」程永答道：「當初曾做經紀，招接往來客商，得牙錢成家。」包公道：「出入是自己管理麼？」程永道：「執理簿書皆由家人張萬之手。」包公即差人拘張萬來，取簿書視之，從頭一一細看，中間卻寫有一人姓江名龍，是個和尚，於某月日來宿其家，甚注得明白。包公憶昨夜夢見江龍渡江之事，豁然明白，就獨令程永進屏風後說與永道：「你子大逆，依律該處死，只汝之罪亦所難逃。你將當年之事從直供招，免累眾人。」程永含糊答道：「吾子不孝，既蒙處死，此乃甘心。小人別無甚事可招。」包公道：「我已得知多時，尚想瞞我？江龍幼僧告你二十年前之事，你還記得麼？」程永聽了「二十年前幼僧」一句，毛髮悚然，倉皇失措，不能抵飾，只得直吐供招。包公審實，復出升堂，差軍牌至程家客舍睡房床下，掘出死屍，當下回報，果然掘出一僧人屍首，骸骨已朽爛，惟面肉尚留些。包公將程永監收獄中，鄰里干證並行釋放。因思其子必是幼僧後身，冤魂不散，特來投胎取債，乃喚其子再審道：「彼為你的父親，你何故欲殺之？」其子又無話說。包公道：「赦你的罪，回去別做生計，不見你父如

❺ 笏：音ㄏㄨˋ。古代大臣上朝拿著的手板。

何？」程惜道：「某不會做甚生計。」包公道：「你若願做什麼生理❻，我自與你一千貫錢去。」惜道：「若得千貫錢，我便買張度牒出家為僧罷了。」包公的信其然，乃道：「你且去，我自有處置。」次日，委官將程永家產變賣千貫與程惜去。遂將程永發去遼陽充軍，其子竟出家為僧。噫！投胎報應者，不獨一程氏子矣。

❻ 生理：賴以謀生的職業、工作。

牌下土地

話說鄭州離城十五里王家村，有兄弟二人，常出外為商，行至本州地名小張村五里牌，遇著個客人，乃是湖南人，姓鄭名才，身邊多帶得有銀兩，被王家弟兄看見，小心陪行，到晚邊將鄭才謀殺，搜身上得銀十斤，遂將屍首埋在松樹下。兄弟商量，身邊有十斤銀子，帶得艱難，趁此無人看見，不如將銀埋在五里牌下，待為商回來，卻取分之。二人商議已定，遂埋了銀子而去。後又過著六年，恰回家，又到五里牌下李家店安住。次日侵早，去牌下掘開泥土取那銀子，卻不見了。兄弟思量：「當時埋這銀子，四下並無人見，如何今日失了？」煩惱一番，思忖只有包待制❶見事如神，遂同來東京安撫衙陳狀，告知失去銀兩事情，包公當下看狀，又沒個對頭，只說五里牌偷盜，想此二人必是狂夫，不准他狀子。王客兄弟啼哭不肯去。包公道：「限一個月，總需要尋個著落與你。」兄弟乃去。

又候月餘，更無分曉，王客復來陳訴。遂喚陳青吩咐道：「來日差你去追一個兇身❷。今與你酒一瓶、錢一貫省家，來日領文引。」陳青歡喜而回，將酒飲了，錢收拾得好。次日，當堂領得公文去鄭州小張村追捉五里牌。陳青復稟：「相公，若是追人，即時可到；若是追五里牌，他不會行走，又不會說

❶ 包待制：待制，宋代加賜文臣的榮譽官銜，以備皇帝顧問、諮詢。包公曾任天章閣待制，故人稱「包待制」。

❷ 兇身：兇手。

話，如何追得？望老爺差別人去。」包公大怒道：「官中文引，你若推托不去，即問你違限的罪。」陳青不得已只得前去，遂到鄭州小張村李家店安歇。其夜，去五里牌下坐一會，並不見個動靜。思量無計奈何，遂買一炷香錢，至第二夜來焚獻牌下土地❸，叩祝道：「奉安撫文引，為王客來告五里牌取銀子十斤，今差我來此追捉，土地有靈，望以夢報。」其夜，陳青遂宿於牌下，將近二更時候，果夢見一老人前來，稱是牌下土地。老人道：「王客兄弟沒天理，他豈有銀寄此？原係湖南客人鄭才銀子十斤，與王客同行，被他兄弟謀殺，其屍首現埋在松樹下，望即將鄭才骸骨並銀子帶去，告相公為他伸冤。」言罷，老人便去。陳青一夢醒來，記得明白。次日，遂與店主人借鋤掘開松樹下，果有枯骨，其邊掘開地泥五尺，有銀十斤。陳青遂將枯骨、銀兩俱來報安撫。包公便喚客人理問，客人不肯招認，遂將枯骨、銀子放於廳前，只聽冤魂空中叫道：「王客兄弟須還我性命！」廳上公吏聽見，人人失色；枯骨自然跳躍起來。再將王客兄弟根勘，抵賴不得，遂一一招認。案卷既成，將王客兄弟問擬謀財害命，押赴市曹處斬；鄭才枉死無親人，買地安葬，餘銀入官。噫！非失銀，王客焉能告理；非告官，鄭才焉得申冤。此土地以搬運法❹拈弄❺賊人，亦甚奇矣。

聽五齋評曰：

❸ 土地：古代神話中管轄一個小地面的神，也稱「社神」。

❹ 搬運法：古代神話傳說中，能將物品憑空從甲地搬運至乙地的法術。

❺ 拈弄：引惹；作弄。

常言：「莫道善惡無報，祇因來遲來早。」今觀一報於二十年後，一報於六年後，且問報得是遲是早？但是有報，遲亦是早。

木印

話說包公一日與從人巡行，往河南進發，行到一處地方名橫坑，那三十里程途都是山僻小路，沒有人煙。當午時候，忽有一群蠅蚋❶逐風而來，將包公馬頭團團圍了三匝，用馬鞭揮之，才起而又復合，如是者數次。包公忖道：「蠅蚋嘗戀死人之屍，今來馬頭繞集，莫非此地有不明的事？」即喚過李寶喝聲道：「蠅蚋集我馬首不散，莫非有冤枉事？汝隨前去根究明白，即來報我。」道罷，那一群蠅蚋一齊飛起，引著李寶前去，行不上三里，到一嶺畔松樹下，直鑽入去。李寶知其故，即回復包公。包公同眾人親到其處，著李寶掘開二尺土，見一死屍，面色不改，似死未久的。反覆看他身上，別無傷痕，惟陽囊碎裂如粉，腫尚未消。包公知被人謀死，忽見衣帶上繫一個木刻小小印子，卻是賣布的記號，包公令取下，藏於袖中，仍令將屍掩了而去。到晚邊，只見亭子上一伙老人並公吏在彼迎候，包公問眾人：「何處來的？」公吏稟道：「河南府管下陳留縣宰❷，聞得賢侯❸經過本縣，特差小人等在此迎候。」包公聽了，吩咐：「明日開廳與我坐二、三日，有公事發放。」公吏等領諾，隨馬入城，本縣官接至館驛中

❶ 蚋：音ㄖㄨㄟˋ。蚊子一類的昆蟲。

❷ 縣宰：縣令。

❸ 賢侯：舊時用作士大夫之間的尊稱。

歇息。

次日，打點衙門與包公升堂幹事。包公思忖：「路上被謀死屍離城郭不遠，且死者只在近日，想謀人賊必未離此。」乃召本縣公吏吩咐道：「汝此處有經紀賣上好布的喚來，我要買幾匹。」公吏領命，即來南街領得大經紀張愷來見。包公問道：「汝做經紀，賣的哪一路布？」愷覆道：「河南地方俱出好布，小人是經紀之家，來者即賣，不拘所出。」包公道：「汝將眾人各樣布各揀一匹來我看，中意者即發價買。」張愷應諾而出，將家裡布各選一匹好的來交。堂上公吏人等哪個知得包公要驗此死屍一事，只說真是要買布用。比及包公逐一看過，都無那個印號，恰好看到一匹，與前小印字號暗合，包公遂道：「別者皆不要，只用得此樣布二十匹。」張愷道：「此布日前太康縣客人李三帶來，尚未貨賣，即大人用得，就奉二十匹。」包公道：「可著客人一同將布來見。」張愷領諾，到店中同賣布客人李三拿了二十匹精細上好的布送入。包公復取木印記對之，一些不差，乃道：「布且收起。汝賣布客伴還有幾人？」李三答道：「共有四人。」包公道：「都在店裡否？」李三道：「今日正要發布出賣，聽得大人要布，故未起身，都在店裡。」包公即時差人喚得那三個來，跪在一堂。包公用手捻著鬚髯❹微笑道：「汝這起劫賊，有人在此告首，日前謀殺布客，埋在橫坑半嶺松樹下，可快招來！」李三聽說即變了顏色，強口辯道：「此布小人自買來的，哪有謀劫之理？」包公即取印記著公吏與布號一一合之，不差毫釐，強賊尚自抵賴。喝令用長枷將四人枷了，收下獄中根勘，四人神魂驚散，不敢抵賴，只得將謀殺布商劫取情由，招認明白，疊成案卷。判下為首謀者合該償命，將李三處決；為從三人發配邊遠地方充軍；經紀

❹ 鬚髯：鬍子；鬍鬚。髯，音ㄖㄢˊ。

家供明無罪。判訖，審得死商係某處人氏，遝差人前往，召得其子來，悉以布疋給還之。其子方知父被人謀死，感泣拜謝包公，將父之屍骸帶回家去。可謂生死沾恩。

石碑

話說浙江杭州府仁和縣❶，有一人姓柴名勝，少習儒業，家亦富足，父母俱慶，娶妻梁氏，孝事舅姑。勝弟柴祖，年已二八，俱各成婚。一日，父母呼柴勝近前教訓道：「吾家雖略豐足，每思成立之難如升天，覆墜之易如燎毛❷，言之痛心，不能安寢。今名卿士大夫的子孫，但知穿華麗衣，甘美食，諛其言語，驕傲其物，遨游宴樂，交朋集友，不以財物為重，輕費妄用，不知己身所以耀潤者，皆乃祖乃父平日勤營刻苦所得。汝等不要守株待兔，吾今欲令次兒柴祖守家，令汝出外經商，得獲微利，以添用度。不知汝意如何？」柴勝道：「承大人教誨，不敢違命。只不知大人要兒往何處經商？」父道：「吾聞東京開封府極好賣布，汝可將些本錢就在杭州販買幾挑，前往開封府，不消一年半載，自可還家。」柴勝遵了父言，遂將銀兩逕至杭州販布三擔，辭了父母妻子兄弟而行。在路夜住曉行，不消幾日，來到開封府，尋在東門城外吳子琛店裡安下發賣。未及兩三日，柴勝自覺不樂，即令家童沽酒散悶，貪飲幾杯，俱各酒醉。不防吳子琛近鄰有一夏日酷者，驀見柴勝帶布入店，即於是夜三更時候，將布三擔盡行盜去。次日天明，柴勝酒醒起來，方知布被盜去，驚得面如土色，罔知所措，就叫店主吳子琛近前告訴

❶ 仁和縣：今浙江省杭州市。

❷ 燎毛：形容迅速、容易。燎，延燒。毛，毛髮。

道：「你是有眼主人，吾是無眼孤客；在家靠父，出外靠主。何得昨夜見吾醉飲幾杯，行此不良之意，串盜來偷吾布？汝為典守的人，難辭其責，你今不根究來還，我必與汝興訟。」吳子琛辯說道：「吾為店主，以客來為衣食之本，安有串盜偷貨之理！」柴勝並不肯聽，一直徑到包公臺前首告。包公道：「捉賊見贓，方好斷理；今既無贓，如何可斷？」不准狀詞。柴勝再三哀告，包公即將子琛當堂勘問，吳子琛辯說如前，包公思判不得，即喚左右將柴勝、子琛收監。次日，吩咐左右，徑往城隍廟行香，意欲求神靈驗，判斷其事。不意一連行香三日，並無分毫報應。包公無可奈何，祇得取出柴勝二人跪下，問道：「汝布又不知何人盜去，至今三日不見蹤影，如何斷得明白？」遂即將二人各責十板，發放回家去畢。

卻說夏日酷當夜盜得布匹，已藏在村僻去處，即將那布首尾記號盡行塗抹，更以自己印記印上，使人難辨。擺布停當，然後零碎往城中去賣，多落在徽州客商汪成鋪中，夏賊得銀八十，並無一人知覺。包公因將柴勝責打發回吳店之後，次日忽然生出一計，令張龍、趙虎將衙前一個石碑抬入二門之下，要問石碑取布還客。其時府前眾人聽得，皆來聚觀。包公見人來看，乃高聲喝問：「這石碑如此可惡！」喝令左右打它二十。包公喝打已畢，無將別狀來問。移時，又將石碑來打，如此三次，直把石碑扛到階下。是時眾人聚觀者越多，包公即喝令左右將府門閉上，把內中為首者四人捉下，觀者皆不知其故。包公作怒道：「吾在此判事，不許閑人混雜。汝等何故不遵禮法，無故擅入公堂？實難饒你罪責，今著汝四人將內中看者報其姓名，內有糶米者即罰他米，賣肉者罰肉，賣布者罰布，俱各隨其所賣者行罰。限定時刻，汝四人即要拘齊來秤。」當下四人領命，移時之間，各樣皆有，四人進府交納。包公看時，內有布一擔，就喚四人吩咐道：「這布權留在此，待等明日發還，其餘米、肉各樣，汝等俱領出去退還原主，不許克落違誤。」四人領諾而出。包公即令左右提喚柴勝、吳子琛來。包公恐柴勝妄認其布，即將自己夫人所織家機二匹試之，故意問道：「汝認此布是你的否？」柴勝看了告道：「此布不是，小客不敢妄認。」包公見其誠實，復從一擔布內抽出二匹，令其復認。柴勝看了叩首告道：「此實是小人的布，不知相公何處得之？」包公道：「此布首尾印記不同，你這客人緣何認得？」柴勝道：「其布首尾印記雖被他換過，小人中間還有尺寸暗記可驗。相公不信，可將丈尺量過，如若不同，小人甘當認罪。」包公如其言，果然毫末不差。隨令左右喚前四人到府，看認此布是何人所出。四人即出究問，知徽州汪成鋪內得之，包公即便拘汪成究問，汪成指是夏日酷所賣。包公又差人拘夏賊審勘，包公喝令左右將夏賊打得皮開肉綻，體無完膚。夏賊一一招認，不合盜客布三擔，只賣去一擔，更有二擔寄在僻處鄉村人家。包公令公牌跟去追究，柴勝、吳子琛二人感謝而去。包公又見地方、鄰里俱來具結：夏日酷平日做賊害人。包公即時擬發邊遠充軍，民害乃除。

聽吾齋總評：

打石牌而追布，那時無布客人布看，又如何追得布出，此田單火牛❸、孫臏減竈❹之

❸田單火牛：史記田單列傳記，戰國時，燕、齊兩國交戰，齊將田單收得千牛，縛刀於牛角，在牛尾上縛上油脂物，燒之，牛因尾燒痛而怒奔向燕軍，齊軍隨牛後衝殺，燕軍大敗。

❹孫臏減竈：史記孫子吳起列傳記，戰國時齊、魏兩國交戰，齊將孫臏知魏人悍勇，素輕視齊兵，就使用減竈之計，齊軍入魏境首日為十萬竈，次日為五萬竈，又次日減為三萬竈。魏將龐涓中計，認為齊兵怯戰而逃亡

故智也，祇可一不可二矣。如前著經紀買來纔足。

過半，率軍急追，結果中伏大敗，龐涓自殺。

屈殺英才

話說西京有個飽學生員，姓孫名徹，生來絕世聰明，又且苦志讀書，經史無所不精，文章立地而就，俗話說得好，要吟詩就吟詩，要答對就答對，要講春秋就講春秋，要說禮記就說禮記，人人道他是個才子，個個說是上品，科場中有這樣人，就中他頭名狀元也不為過。哪曉得近來考試，文章全做不得準，多有一字不通的，試官反取了他；三場❶精通的，試官反不取他。正是「不願文章服天下，只願文章中試官」，若中了試官的意，精❷臭屁也是好的；不中試官意，便錦繡也是沒用。怎奈做試官的自中了進士之後，眼睛被簿書看昏了，心肝被金銀遮迷了，哪裡還像窮秀才在燈窗下看得文字明白，遇了考試，不覺顛之倒之，也不管人死活。因此，孫徹雖則一肚錦繡，難怪連年不捷。

一日，知貢舉官❸姓丁名談，正是姦臣丁謂❹一黨。這一科取士，比別科又甚不同。論門第不論文章，論錢財不論文才，也雖說道粘卷糊名❺，其實是私通關節，把心上人都收盡了，又信手抽幾卷填滿

❶ 三場：科舉考試一般考三場，詩、賦、文各一場。

❷ 精：極、甚之意。

❸ 知貢舉官：唐、宋時特派主持會試的大臣。

❹ 丁謂：北宋宰相，通過勾結宦官，獨攬朝政，後被貶官而死。舊小說、戲曲中以他為大姦臣。

了榜，就是一場考試完了。可憐孫徹又做孫山外人❻。有一同窗友姓王名年，平昔一字不通，反高中了，不怕不氣殺人。因此孫徹竟鬱鬱而死，來到閻羅案下告明：

告為屈殺英才事：皇天無眼，誤生一肚才華；試官有私，屈殺七篇錦繡；科第不足重輕，文章當論高下。糠秕❼前揚，珠玉沉埋；如此而生，不如不生；如此而死，怎肯服死？陽無法眼，陰有公道。上告。

當日閻羅見了狀詞大怒道：「孫徹，你有什麼大才，試官就屈了你？」孫徹道：「大才不敢稱，往往見中的沒有什麼大才。若是試官肯開了眼，平了心，孫徹當不在王年之下。原卷現在，求閻君龍目鑒察。」閻君道：「畢竟是你文字深奧了，因此試官不識得。我做閻君的原不曾從幾句文字考上來，我不敢像陽世一字不通的，胡亂看人文字；除非是老包來看你的，就見明白。他原是天上文曲星，決沒有不識文章的理。」

當日就請包公來斷，包公把狀詞看了一看，便嘆道：「科場一事，受屈盡多。」孫徹又將原卷呈上，包公細看道：「果是奇才。試官是什麼人？就不取你！」孫徹道：「就是丁談。」包公道：「這廝原不識文字的，如何做得試官？」孫徹道：「但看王年這一個中了，怎麼教人心服！」包公吩咐鬼卒道：「快

❺粘卷糊名：自宋以後的科舉考試中，凡試卷都粘起糊住考生姓名，然後給試官批閱，以防試官徇私舞弊。
❻孫山外人：猶言名落孫山，意即落第。
❼糠秕：米糠和癟穀，比喻微末無用的人或物。

拘二人來審。」鬼卒道：「他二人現為陽世尊官，如何輕易拘得他？」包公道：「他的尊官要壞在這一出上了。快拘來。」不多時，二人拘到。包公道：「丁談，你做試官的如何屈殺了孫徹的英才？」丁談道：「文章有一日之長短，孫徹試卷不合，故不曾取他。」包公道：「他的原卷現在，你再看來。」說罷，便將原卷擲下來。丁談看了，面皮通紅起來，緩緩道：「下官當日眼昏，偶然不曾看得文字。」包公道：「不看文字，如何取士？孫徹不取，王年不通，取了，可知你有弊。查你陽數尚有一紀❽，今因屈殺英才，當作屈殺人命論，罰你減壽一紀；如推眼昏看錯文字，罰你來世做個雙瞽❾算命先生；如果賣字眼關節，罰你來世做個雙瞽沿街叫化❿，憑你自去認實變化。王年以不通幸取科第，罰你來世做牛吃草過日子，以為報應。孫徹你今生讀書不曾受用，來生早登科第，連中三元⓫。」說罷，各各頓首無言。獨有王年道：「我雖文理不通，兀自寫得幾句，還有一句寫不出來的。今要罰年吃草，陽世吃草的不亦多乎？」包公道：「正要借你去做一個榜樣。」即批道：

審得試官丁談，稱文章有一日之短長，還不如說閱卷有一時之得失，然總是枝梧⓬的話頭⓭，實

❽一紀：古時把十二年算做一紀。
❾瞽：瞎眼。
❿叫化：乞丐。
⓫三元：古代以鄉試、會試、殿試的第一名為解元、會元、狀元，合稱「三元」。
⓬枝梧：也作「支吾」。說話含混、搪塞。
⓭話頭：話語；說話。

錢財有輕重之分別。不公不明，暗通關節；攜張補李，屈殺英才。總而論之，不明之罪小，不公之罪大。若陽世勘問，尚可藉親故囑託，存縉紳體面；一至陰司，分毫無可引慝。罰作雙瞽同也，而算命先生與沿街叫化之異，則不明不公之分別見矣。雖然，猶不至於失腳為異類，以視王年之罰作牛者，似帶紗帽的還勝如帶頭巾⑭的。至孫徹之早掇巍科⑮於來世，庶幾於佛家所謂果報⑯。是耶，非耶？

批完，做成案卷，把孫徹的原卷一併粘上，連人一齊解往十殿⑰各司去看驗。

⑭ 帶頭巾：頭巾為平民百姓的裝束，與官吏帶烏紗帽的相對。

⑮ 巍科：猶言最高之科第。

⑯ 果報：即因果報應。

⑰ 十殿：唐末以後，漢傳佛教有「十殿閻王」之說，此十王分居地府十殿。後來道教也衍用此說。

侵冒大功

話說朝廷因楊文廣❶征邊，包公奉旨犒賞三軍，馬頭過處，忽一陣旋風吹得包公毛骨悚然，中有悲號之聲。包公道：「此地必有冤枉。」即叫左右曳住馬頭，宿於公館，登赴陰床。忽見一群小卒，共有九名，紛紛告功，淒慘之狀，怨氣沖天：

告為侵冒大功事：兵凶戰危，自古為然。將官亡身許國，士卒輕生赴敵，如為虎食之供，猶入梟羹之沸。生祈官賞半爵，故不惜萬死；死冀褒封片紙，故不求一生。今總兵❷游某，奪人之功，殺人之頭，了人之命，滅人之口。坐帷幄❸何顏折衝❹，殺犬鷹空思獲獸。痛身等執戟荷戈，止送自己性命；拚身冒死，反肥主帥身家。頸血淋漓，願肉骨於幽司；刀痕慘毒，請斧誅於冥道。燒寒灰而復照，在此日也；煙冰窟以生陽，更誰望哉！上告。

❶ 楊文廣：北宋名將楊業之孫，楊延昭之子，戰功卓著，官至步軍都虞候。民間傳說中，楊文廣被說成是楊延昭之孫。

❷ 總兵：舊武將官名。

❸ 帷幄：軍中帳幕。

❹ 折衝：挫敗敵人攻擊。

包公看罷道：「你九名小卒，怎能殺退三千韃子❺？」小卒道：「正因說來不信，故此游總兵將我們的功勞錄在自己名下去了。就如包老爺這樣一個青天，兀自不肯輕信。」包公帶笑道：「你從直說來。」小卒道：「當初韃子勢甚凶猛，游總兵領小卒五百人直撞過去，殺敗而回。夜來小卒們不忿，便思量去劫寨營。共是九名，一更時分摸去，四下放起火來，三千韃子一個不留。回到本營，指望論功升賞；莫說是不升我們的官，就是留我們的頭還好。哪曉得游總兵將此功竟做在自己的名下，又將我們九人殺卻以滅口。可憐做小卒的，有苦是小卒吃，有功是別人的；沒功也要切頭❻，有功又要切頭。」包公聽了道：「有這樣事！」喚鬼卒快拿游總兵來審問。

不移時游總兵到。包公道：「好一個有功總兵，你如何把九名小卒的功做了自己的功！既沒了他的功，饒了他性命也罷了，怎麼又殺了他？你只道殺了他就滅了口，哪曉得沒了頭還要來首告。」吩咐鬼卒將極刑根勘，總兵一款招認道：「是游某一時差處，不合冒認他功，又殺了他，乞放還人間，旌表九人。」包公大怒道：「你今生休想放回陽間，叫你吃不盡地獄之苦。」須臾，一鬼卒將一粒丸丹放入總兵口中，遍身火發，肌肉銷爛，不見人形。鬼卒吹一口孽風，復化為人。總兵道：「早知今日受這般苦，就把總兵之位讓與小卒，也是情願的。」小卒在旁道：「快活快活！不想今日也有出氣的日子。」

正說話間，忽然門外喊聲大震，一個個啼哭不住，山雲黯淡，天日無光。鬼卒報道：「門外喊的喊，哭的哭，都是邊上百姓，個個口內稱冤，不下數千餘人。」包公道：「只放幾名進來，餘俱門外聽候。」

---

❺ 韃子：即韃靼，古時對蒙古人的稱呼。

❻ 切頭：砍頭；斬首。切，音ㄑㄧㄝ。

鬼卒遂引二名邊民到公廳跪下。包公道：「有何冤枉，從直訴來。」邊民道：「只為今日閻君勘問游總兵事，特來訴冤。小人等是近邊百姓，常遭胡馬擄掠，哪曉得這樣還是小事。一日胡馬過來，殺敗而去。游總兵乘勝追趕，倒把我們自家百姓殺上幾千，割下首級來受封受賞，可憐可憐！這樣苦情不在閻君案下告，叫我們在哪裡去告？」包公道：「有此異事，游總兵永世不得人身了！怎麼滿朝有多少人都做了肉塊子❼？」鬼卒復拿一粒丸丹放在總兵口中，須臾，血流滿地，骨肉如泥。鬼卒吹一口孽風，又化為人形。邊民道：「快活快活！但一人萬剮也抵不得幾千民命。」包公道：「傳語你們同受冤的百姓，既為胡虜受冤，休想報總兵一人之冤，可去做幾千厲鬼殺賊，九名小卒做厲鬼首領，殺得賊來，我自有報效處。著游總兵，永墮一十八重地獄，不得出世。」執筆批道：

審得：為將貴立大功，立功在能殺敵。今游某為將而不自立功，對敵而不能殺敵，無為貴將矣。夫不能立功猶可，沒人之功以為己功，奈何？沒人之功猶可，又併殺有功之人以滅其口，雖有智者，不能解也。不能殺敵猶可，多殺邊人以當讎，奈何？又即將邊人之首級反割下以邀封賞。有仁心者，固如是乎？今即殺游一人之身，尚不足以償九人之命，而況枉殺邊人數千之命乎！總之，死有餘辜，永沉淪於地獄；報有未盡，宜罰及於子孫。則後更有犯游某之罪者，皆永不出世，而世應無游某此等人生於世矣。

批完，押總兵入地獄去。仍以好言好語慰小卒並百姓人等，安心殺賊。兩項人各歡喜而去。

---

❼ 肉塊子：即肉傀儡，宋時用兒童扮演的傀儡戲。

扯畫軸

話說順天府香縣❶有一鄉官知府❷倪守謙，家富巨萬，嫡妻生長男善繼，臨老又納寵梅先春，生次男善述。善繼慳吝愛財，貪心無厭，不喜父生幼子分彼家業，有意要害其弟。守謙亦知其意，及染病，召善繼囑道：「汝是嫡子，又年長，能理家事。今契書帳目家資產業，我已立定分關❸，盡付與汝。先春所生善述，未知他成人否，倘若長大，汝可代他娶婦，分一所房屋數十畝田與之，令勿飢寒足矣。先春若願嫁可嫁之，若肯守節，亦從其意，汝勿苦虐之。」善繼見父將家私盡付與他，關書開寫分明，不與弟均分，心中歡喜，乃無害弟之意。先春抱幼子泣道：「老員外年滿八旬，小妾年方二十二，此孤兒僅周歲，今員外將家私盡付與大郎，我兒若長成人，日後何以資身？」守謙道：「我正為汝青年，未知肯守節否，故不把言語囑咐汝，恐汝改嫁，則誤我幼兒事。」先春發誓道：「若不守節終身，粉身碎骨，不得善終。」守謙道：「既如此，我已準備在此。我有一軸記顏❹交付與你，千萬珍藏之。日後，大兒

---

❶ 香縣：當作香河縣，今河北省香河縣。
❷ 知府：舊官名，一府之長官。
❸ 分關：分家業的文契。
❹ 記顏：肖像畫。

善繼倘無家資分與善述，可待廉明官來，將此畫軸去告，不必作狀，自然使幼兒成個大富。」數月間，守謙病故。

不覺歲月如流，善述年登十八，求分家財，善繼霸住，全然不與，且說道：「我父年上八旬，豈能生子？汝非我父親骨肉，故分關開寫明白，不分家財與汝，安得又與我爭執？」先春聞說，不勝忿怒，又記夫主在日曾有遺囑，聞得官府包公極其清廉，又且明白，遂將夫遺記顏一軸，赴衙中告道：「氏幼嫁與故知府倪守謙為妾，生男善述，甫❺周歲而失怙❻，遺囑謂嫡子善繼不與家財均分，只將此畫軸在廉明官處去告，自能使我兒大富。今聞明府清廉，故來投告，伏念作主。」包公將畫軸展開看時，其中只畫一倪知府像，端坐椅上，以一手指地，不曉其故。退堂，又將此畫掛於書齋，詳細想道：「指天謂我看天面，指心謂我察其心，指地豈欲我看地下人分上？此必非是。叫我何以代他分得家財使他兒子大富！」再三看道：「莫非即此畫軸中藏有甚留記？」乃拆開視之，其軸內果藏有一紙，書道：「老夫生嫡子善繼，貪財昧心；又妾梅氏生幼子善述，今僅周歲，誠恐善繼不肯均分家財，有害其弟之心，故寫分關，將家業並新屋二所盡與善繼；惟留右邊舊小屋與善述。其屋中棟左邊埋銀五千兩，作五埕；右間埋銀五千兩，金一千兩，作六埕。其銀交與善述，准作田園。後有廉明官看此畫軸，猜出此畫，命善述將金一千兩酬謝。」

包公看出此情，即呼梅氏來道：「汝告分家業，必須到你家親勘。」遂發牌到善繼門首下轎，故作

❺ 甫：剛；才。

❻ 失怙：詩經小雅蓼莪：「無父何怙？」後以稱喪父為失怙。怙，依靠。

與倪知府推讓形狀，然後登堂，又相與推讓，扯椅而坐，乃拱揖而言道：「令如夫人❼告分產業，此事如何？」又自言道：「原來長公子貪財，恐有害弟之心，故以家私與之。然則次公子何以處？」少頃，又道：「右邊一所舊小屋與次公子，其產業如何？」又自言道：「此銀亦與次公子。」又自辭遜道：「這怎敢要他，學生自有處置。」乃起立四顧，佯作驚怪道：「分明倪老先生對我言談，緣何一刻不見了，豈非是鬼？」善繼、善述及左右看者無不驚訝，皆以為包公真見倪知府。由是同往右邊去勘屋，包公坐於中棟，召善繼道：「汝父果有英靈，適間顯現，將你家事盡說與我知，叫你將此小屋分與汝弟，你心下如何？」善繼道：「憑老爺公斷。」包公道：「此屋中所有的物盡與汝弟，其外田園照舊與你。」善繼道：「此屋之財，些小物件，情願都與弟去。」包公道：「適間倪老先生對我言，此屋左間埋銀五千兩，作五埕，掘來與善述。」善繼不信道：「縱有萬兩亦是我父與弟的，我決不要分。」包公道：「亦不容汝分。」命二差人同善繼、善述、梅先春三人去掘開，果得銀五埕，一埕秤過果一千兩。善繼益信是父英靈所告。包公又道：「右間亦有五千兩與善述，更有黃金一千兩，適聞倪老先生命謝我，我決不要，可與梅夫人作養老之資。」善述、先春母子二人聞說，不勝歡喜，向前叩頭稱謝。包公道：「何必謝我，我豈知之？只是你父英靈所告，諒不虛也。」即向右間掘之，金銀之數，一如所言。時在見者莫不稱異。包公乃給一紙批照❽與善述母子執管，竟自出門而去。包公真廉明者也。

❼ 令如夫人：對他人之妾的尊稱。

❽ 批照：批文；證明。

味❶遺囑

話說京中有一長者，姓翁名健，家資甚富，輕財好施，鄰里宗族，加恩撫恤，出見鬥毆，輒為勸諭；或遇爭訟，率為和息；人皆愛慕之。年七十八，未有男兒，只有一女，名瑞娘，嫁夫楊慶，慶為人多智，性甚貪財，見岳丈無子，心利其資，每酒席中對人道：「從來有男歸男，無男歸女，我岳父老矣，定是無子，何不把那家私付我掌管。」其後，翁健聞知，心懷不平，然自念實無男嗣，只有一女，又別無親人，只得忍耐。鄉里中見其為人忠厚而反無子息，常代為嘆息道：「翁老若無嗣，天公真不慈。」

過了二年，翁健且八十矣，偶妾林氏生得一男，取名翁龍。宗族鄉鄰都來慶賀，獨楊慶心上不悅，雖強顏笑語，內懷慍悶❷。翁健自思：「父老子幼，且我西山暮景❸，萬一早晚間死，則此子終為所魚肉❹。」因生一計道：「算來女婿總是外人，今彼實利吾財，將欲取之，必姑與之，此兩全之計也。」過了三月，翁健疾篤，自知不起，因呼楊慶至床前泣與語道：「吾只一男一女，男是吾子，女亦是吾子；

❶ 味：體會；體察。「味」字，清嘉慶李西橋序本龍圖公案作「審」字。
❷ 慍悶：含怒；鬱悶。
❸ 西山暮景：猶言日薄西山，是人老將死的意思。
❹ 魚肉：殘害的意思。

但吾欲看男而濟不得事，不如看女更為長久之策。吾將這家業盡付與汝管。」因出具遺囑，交與楊慶，且為之讀道：「八十老翁生一子，人言非是吾子也，家業田園盡付與女婿，外人不得爭執。」楊慶聽讀訖，喜不自勝，就在匣中藏了遺囑，自去管業。不多日，翁健竟死，楊慶得了這許多家業。

將及二十餘年，那翁龍已成人長大，深諳世事，因自思道：「我父基業，女婿尚管得，我是個親男有何管不得？」因托親戚說知姐夫，要取原業。楊慶大怒道：「那家業是岳父盡行付我的，且岳翁說那廝不是他子，安得又與我爭？」事久不決，因告之官，經數次衙門，上下官司俱照遺囑斷還楊慶，翁龍心終不服。

時包公在京，翁龍密抱一張詞狀徑去投告。包公看狀即拘楊慶來審道：「你緣何久占翁龍家業，至今不還？」楊慶道：「這家業都是小人外父❺交付小人的，不干翁龍事。」包公道：「翁龍是親兒子，即如他無子，你只是半子❻，有何相干？」楊慶道：「小人外父明說他不得爭執，現有遺囑為證。」遂呈上遺囑。包公看罷笑道：「你想得差了。你不曉得讀，分明是說，『八十老翁生一子，家業田園盡付與』，這兩句是說付與他親兒子了。」楊慶道：「這兩句雖說得去，然小人外父說，翁龍不是他子，那遺囑已明白說破了。」包公道：「他這句是瞞你的。他說，『人言非』是一住，頭下接去『是我子也』。」楊慶道：「小人外父把家業付小人，又明說別的都是外人，不得爭執。看這句話，除了小人都是外人了。」包公道：「只消自家看你兒子，看你把他當外人否？這外人兩字分明連上『女婿』讀來，蓋他說，你女

❺ 外父：岳父。

❻ 半子：舊稱女婿為半子。

壻乃是外人，不得與他親兒子爭執也。此你外父藏有個真意思在內，你反看不透。」楊慶見包公解得有理，無言可答，即將原付文契一一交還翁龍管業，允服供招。知者稱為神斷。

聽五齋評曰：

嫡子而奪庶子之業，女壻而奪岳家之產，自是千古不平，何必看畫軸，何必看遺囑，然後斷歸哉？

箕帚帶入

話說河南登州府霞照縣有民黃士良，娶妻李秀姐，性妒多疑。弟士美，娶妻張月英，性淑知恥。兄弟同居，妯娌輪日打掃，箕帚逐日交割。一日，黃士美往莊取苗，及重陽日，李氏在小姨家飲酒，只有士良與弟婦張氏在家，其日輪該張氏掃地，張氏將地掃完，即將箕帚送入伯姆❶房去，意欲明日免得臨期交付，此時士良已出外，絕不曉得。及晚，李氏歸見箕帚在己房內，心上道：「今日嬸娘掃地，箕帚該在伊房，何故在我房中？想是我男人扯他來姦，故隨手帶入，事後卻忘記拿去。」晚飯後問其夫道：「你今幹甚事來？可對我說。」夫道：「我未幹甚事。」李氏道：「你今姦弟婦，何故瞞我！」士良道：「胡說，你今日酒醉，可是發酒瘋了？」李氏道：「我未酒瘋，只怕你風騷忒❷甚，明日斷送你這老頭皮❸，休連累我。」士良心無此事，便罵道：「這潑賤人說出沒忖度❹的話來！討個證見來便罷，若是

❶ 伯姆：弟妻稱嫂子語。

❷ 忒：音ㄊㄜˋ。太。

❸ 老頭皮：宋真宗徵召楊樸，楊妻臨別贈詩道：「更休落魄貪杯酒，亦莫猖狂愛詠詩。今日捉將官裡去，這回斷送老頭皮。」老頭皮，即老頭。

❹ 忖度：推測；估量。

懸空誣捏，便活活打死你這賤婦！」李氏道：「你幹出無恥事，還將打來嚇我，我便討個證見與你。今日嬸娘掃地，箕帚該在他房，何故在我房中？豈不是你扯他姦淫，故隨手帶入！」士良道：「他送箕帚入我房，那時我在外去，亦不知何時送來，怎以此事證得？你不要說這無恥的話，恐惹旁人取笑。」李氏見夫賠軟，越疑是真，大聲呵罵。士良發起怒性，扯倒亂打，李氏又罵及嬸娘身上去。張氏聞伯與姆終夜吵鬧，潛起聽之，乃是罵己與大伯有姦，意欲辯之，想：「彼二人方暴怒，必激其廝打。」又退入房去，卻自思道：「適我開門，伯姆已聞，又不辯而退，彼必以我為真有姦，故不敢辯。欲再去說明，他又平素是個多疑妒忌的人，反觸其怒，終身被他臭口❺。且是我自錯，不合送箕帚在他房去，此疑難洗，污了我名，不如死以明志。」遂自縊死。

次早飯熟，張氏未起，推門視之，見縊死梁上。士良計無所措，李氏道：「你說無姦，何怕羞而死？」士良難以與辯，只遣人跑去莊上報弟知，及士美回問妻死之故，哥嫂答以夜中無故彼自縊死。士美不信，赴縣告為生死不明事。陳知縣拘士良來問：「張氏因何縊死？」士良道：「弟婦偶沾心痛之疾，不禁苦痛，自忿縊死。」士美道：「小的妻子素無此症，若有此病，怎不叫人醫治？此不足信。」李氏道：「嬸娘性急，夫不在家，又不肯叫人醫，只輕生自死。」士美道：「小人妻性不急，為人口納怕羞，此亦不信。」陳公將士良、李氏夾起，士良不認，李氏受刑不過，乃說出掃地之故，因疑男人扯嬸入房有姦，兩人自口角廝打，夜間嬸娘縊死，不知何故。士美道：「原來如此。」陳公喝道：「若無姦情，彼不縊死。欺姦弟婦，士良你就該死的了。」勒逼招承定罪。

❺臭口：作為口實的意思。

過了五載，其年正值包公巡行審重犯之獄，及閱欺姦弟婦這卷，黃士良上訴道：「今年小囚該出了。人生世上，王侯將相終歸於不免，死何足惜？但受惡名而死，雖死不甘。」包公道：「你經幾番錄了，今日更有何冤？」士良道：「小人本與弟婦無姦，可剖心以示天日，今卒陷如此，使我受污名；弟婦有污節；我弟疑兄、疑妻之心不釋。一獄三冤，何謂無冤？」包公將文卷前後反復看過，乃審李氏道：「你以箕帚證出夫姦，是你明白了。且問你當日掃地，其地都掃完否？」李氏道：「前後都掃完了。」又問道：「其糞箕放在你房，亦有糞草否？」李氏道：「已傾乾淨，並無渣草。」包公又道：「地已掃完，渣草已傾，此是張氏自己以箕帚送入伯姆房內，以免來日臨期交付，非干士良扯他去姦也。若是士良扯姦，地未必掃完而後扯，糞箕必有渣草；若已傾渣草而扯，又不必帶箕帚入房。此可明其絕無姦矣。其後自縊者，以自己不該送箕帚入伯姆房內，啟其疑端，辯不能明，污名難洗，此婦必畏事知恥的人，故自甘一死而明志，非以有姦而慚。李氏陷夫於不赦之罪，誣嬸以難明之辱，致叔有不釋之疑，皆由潑婦無良，故逼無辜鬱死，合以威逼擬絞；士良該省發。」士美磕頭道：「吾兄平日樸實，嫂氏素性妒忌，亡妻生平知恥。小的昔日告狀，只疑妻與嫂氏爭忿而死，及推入我兄姦上去，使我蓄疑不決。今老爺此辯極明，真是生城隍，一可解我心之疑，二可雪吾兄之冤，三可白亡妻之節，四可正妒婦之罪。願萬代公侯。」李氏道：「當日丈夫不似老爺這樣辯，故我疑有姦；若早些辯明，我亦不與他打罵。老爺既赦我夫之罪，願同赦妾之罪。婦人愚魯以致妄疑，今知悔能改。」士美道：「死者不能復生，亡妻死得明白，我心亦無恨，要他償命何益？」包公道：「論法應死，吾豈能生之！」此大可為妒婦之儆戒❻。

❻ 儆戒：使人警醒，不犯過錯。儆，音ㄐㄧㄥˇ。

房門誰開

話說有民晏誰賓，污賤無耻。生男從義，為之娶婦束氏，誰賓屢挑之，束氏初拒不從，後積久難卻，乃勉強從之。每男外出，則夜必入婦房姦宿。一日，從義往賀岳丈壽，束氏心恨其翁，料夜必來，乃哄翁之女金娘道：「你兄今日出外去，我獨自宿，心內驚怕，你陪我睡可好？」金娘許之。其夜，翁果來彈門，束氏潛起開門，躲入暗處。翁遂登床行姦。野意將完，乃道：「一嫂你物事真好，我今日興不淺。」不應。翁又道：「一嫂你物事似白面一般，何不應我一句？」金娘乃道：「父親是我也，不是嫂嫂。」誰賓方知是錯，然雲闌雨罷，悔無及矣，便跳身走去。

次日早飯，女不肯出同餐，母不知其故，其父心知之，先飯而出。母再去叫，女已縊死在嫂嫂房內。束氏心中害怕，即回娘家達知其事。束氏之兄束棠道：「既然他家這樣沒倫理，當去告首他絕親，接妹歸來另行改嫁，方不為彼所染。」遂赴縣呈告，包公即令差人去拘，晏誰賓情知惡逆，天地不容，即自縊死。後拘眾干證到官，束棠道：「晏誰賓自知大惡彌天，王法不容，已自縊死；晏從義惡人孽子，不敢結親，願將束氏改嫁，例有定議，各服其罪。餘人俱係干證，與他無干；小的已告訴得實；乞都賜省發；眾人感激。」

包公見狀中情甚可惡，且將來審問道：「束氏原與翁有姦否？」束棠道：「並無。」包公道：「即與翁無姦，今翁已死，何再求改嫁？」東棠道：「禽獸之門，惡人之子，不願與之結親，故敢懇求改嫁。」包公道：「金娘在東氏房中睡，房門必閉，是誰開門？」東棠道：「那晏賊已躲房中在先。」包公道：「晏賊意在要姦誰？」東棠道：「不知。」東氏道：「彼意在我，誤及於女。」包公道：「你二人相伴，何不喊叫起來？」東氏道：「小妾怕羞，且未及我，何故喊起？」包公終不信，將東氏夾起道：「必你先與翁有姦，那一夜你睡姑床，姑睡你床，故陷翁於錯誤。」東氏受刑不過，乃從直招認。包公道：「你與翁通姦，罪本該死；你叫姑伴睡，又自躲開，陷翁於誤，陷姑於死，皆由於你，死有餘辜。」本秋將東氏處決，又移文去拆毀晏誰賓之宅，以其地開瀦水❶之池，意晏賊之肉犬豕不屑食之。

聽五齋總評：

觀人不於其所勉，而於其所忽。以糞草之有無，辨其無姦；以房門之開閉，辨其有姦。此非特訟者不及打點❷，亦聽訟者不暇致詳。二事可為師法。

---

❶ 瀦水：水停留的地方。

❷ 打點：指托請。

卷之九

兔戴帽

話說武昌府江夏縣❶民鄭日新，與表弟馬泰自幼相善，新常往孝感販布，後泰與同往一次，甚是獲利。次年正月二十日，各帶紋銀二百餘兩，辭家而去，二日到陽邏驛。新道：「你我同往孝感城中，一時難收多貨，恐誤日久。莫若二人分行，你往新里，我去城中何如？」泰道：「此言正合我意。」入店買酒，李昭乃相熟店主，見二人來，慌忙迎接，即擺酒來款待，勸道：「新年酒多飲幾杯，一年一次。」飲幾壺，二人皆醉，力辭方止，取銀還昭，昭亦再三推讓，勉強收下。三人揖別，新往城中去訖，臨別囑泰道：「隨數收得布匹，陸續發夫挑入城來。」泰應諾別去。行不五里，酒醉腳軟，坐定暫息，不覺睡倒。正是：醉夢不知天早晚，起來但見日沉西。忙趲❷路行五里，地名叫做南脊，前無村，後無店，心中慌張。偶在高崗遇吳玉者，素慣謀財，以牧牛為名，泰偶遇之。玉道：「客官，天將晚矣，尚不歇

❶ 武昌府江夏縣：今湖北省武漢市。

❷ 趲：音ㄗㄢˇ。趕；快走。

宿？近來此地不比舊時，前去十里，孤野山岡，恐有小人。」泰心已慌，又被吳玉以三言四語說得越不敢行，乃問玉道：「你家住何地？」玉道：「前面源口就是。」泰道：「既然不遠，敢借府上歇宿一宵，明日早行，即當厚謝。」玉佯辭道：「我家又非客店酒館，安肯留人歇宿？我家床鋪不便，憑你前行亦好，後轉亦好，我家決住不得。」泰道：「我知宅上非客店，但念我出外辛苦，亦是陰騭。」再三懇求。玉佯轉道：「我見你是忠厚的人，既如此說，我收了牛與你同回。」二人回至家中，玉謂妻龔氏道：「今日有一客官，因夜來我家借宿，可備酒來吃。」母與龔氏久惡玉幹此事，見泰來甚是不悅，泰不知，以為怒己，乃緩詞慰道：「小娘休惱，我自當厚謝。」龔氏睨視❸以目一丟，泰竟不知其故。俄而玉妻出，乃召入泰來，其妻只得擺設厚席，玉再三勸飲，泰先洒才醒，又不能卻玉之情，連飲數杯甚醉，玉又以大杯強勸二甌，泰不知杯中下有蒙藥❹在內，飲後昏昏不知人事，玉送入屋後小房安歇。候更深人靜，將泰背至左旁源口，又將泰本身衣服裹一大石背起，推入蔭塘❺，而泰之財寶盡得之矣。其所害者非止一人，所為非止一次也。

日新到孝感二、三日，貨已收二分，並未見泰發貨至。又等過十日，日新自往新里街去看泰，到牙人楊清家，清道：「今年何故來遲？」新愕然道：「我表弟久已來你家收布，我在城中等他，如何久不發布來？」清道：「你那表弟並未曾到。」新道：「我表弟馬泰，舊年也在你家，何推不知？」清道：

❸ 睨視：眼睛斜著向旁邊看。睨，音ㄋㄧˋ。

❹ 蒙藥：蒙汗藥，服後使人昏暈的迷藥。

❺ 蔭塘：被草木遮蔽的池塘。

「他幾時來？」新道：「二十二日同到陽邏驛分行。」滿店之人皆說沒有，新心中疑惑，又去問別的牙家，皆無。是夜，清備酒接風，眾皆歡飲，新悶悶不悅。眾人道：「想彼或往別處收買貨去，不然，人豈會不見？」新想：「他別處皆生，有何處去得？」只宿過一晚，次早往陽邏驛李昭店問，亦道自二十二日別後未轉。乃自忖道：「或途中被人打搶？」新一路探問，皆說今新年並未見打死人；又轉新里街問店中眾客是幾時到，都說是二月到的。新乃心中想道：「此必牙家見他銀多身孤，利財謀害，亦未見得。」新謂清道：「我表弟帶銀二百兩來汝家收布，必是汝謀財害命。遍問途中並無打搶；設若途中被人打死，必有屍在；怎的活活一人哪裡去了？」清道：「我家滿店客人，如何幹得此事！」新道：「你家店中客人都是二月到的，我那表弟是正月裡來的，想孤客夜到，故受你害。」清道：「既有客到，鄰里豈無人見？街心謀人，豈無人知？你平白黑心說此大冤。」二人爭論，因而相打。新寫信雇一人馳報家中，次日具狀告縣。

孝感知縣張時泰准狀行牌。次日楊清亦具訴狀，縣主❻遂行牌拘集一干人犯齊赴臺前聽審。縣主問：「日新你告楊清謀死馬泰，有何影響❼？」新道：「姦計多端，彌縫自密，豈露蹤影？乞爺嚴究自明。」清道：「日新此言皆天昏地黑，瞞心昧己。馬泰並未來家，若見他一面，甘心就死。此必是日新謀死，佯告小的，以掩自己。」新道：「小人分別在李昭店買酒吃過，各往東西。」縣主便問李昭，昭道：「是日到店買酒，小的以他新年初到，照例設酒，飲後辭別，一東一西，怎敢胡言。」清道：「小的家中客

❻ 縣主：即縣令、知縣。

❼ 影響：此指根據。

人甚多，他進小的家中，豈無人見？本店有客伴❽可問，東西有鄰里可察。」縣主即各拘來問道：「你們見馬泰到楊清店否？」客伴皆道不見。新道：「鄰里皆伊相知，彼縱曉得亦不肯說；客伴皆是二月到的，馬泰乃正月到他家裡，他們哪裡得知。大抵馬泰一人先到，楊清方起此不良之心，乞爺法斷償命。」縣主見鄰里客人各皆推阻，勒清招認。清本無辜，豈肯招認？縣主喝令將清重責三十，不認，又令夾起，受刑不過，乃亂招承。縣主道：「既招謀害，屍在何處？原銀在否？」清道：「實未謀他，因爺爺苦刑，當受不起，只得屈招。」縣主大怒，又令夾起，即刻昏迷，久而方醒。自思不招亦是死，不若暫且招承，他日或有明白，遂招道：「屍丟長江，銀已用盡。」縣主見他招承停當❾，即釘長枷，斬罪已定。

未及半年，適包公奉旨巡行天下，來到湖廣歷至武昌府。是夜，詳察案卷，閱至此案，偶爾精神困倦，隱几而臥，夢見一兔，頭戴帽子，奔走案前。既覺，心中忖忖：「夢兔戴帽，乃是冤字。想此中必有冤枉。」次日，單調楊清一起勘審。問李昭則道「吃酒分別是的」，問楊清、鄰店皆道「未見」，心中自思：「此必途中有變。」次日，托疾不出坐堂，微服帶二家人往陽邏驛一路察訪，行至南脊，見其地甚是孤僻，細察仰觀，但見前面源口鴉鵲成群，圍住蔭塘岸邊。三人進前觀之，但見有一死人浮於水面，尚未甚腐。包公一見，令家人徑至陽邏驛討驛卒二十名，轎一乘，到此應用。驛丞知是包公，即喚轎夫自來迎接，參見畢，包公即令驛卒下塘取屍。其深莫測，內有一卒趙忠稟道：「小人略知水性，願下水取之。」包公大悅，即令下塘，泅至中間，拖屍上岸。包公道：「你各處細搜，看有何物？」趙忠一直

❽ 客伴：客人。

❾ 停當：妥當。

邊下，見內有死屍數人，皆已腐爛，不能得起，乃上岸稟知包公。包公即時令驛卒擒捉上下左右十餘家人，問道：「此塘是誰家的？」眾道：「此乃一源灌蔭之塘，非一家非一人所有。」包公道：「此屍是何處人的？」皆不能識。將十數餘人帶至驛中，路上自思：「這一干人如何審得，將誰問起？安得人人俱加刑法？」心生一計，回驛坐定。驛卒帶一干人進，包公著令一班跪定，各報姓名，令驛書❿逐一細開其名呈上。包公看過一遍乃道：「前在府中，夜夢有數人來我臺前告狀，被人謀死，丟在塘中。今日親自來看，果得數屍，與夢相應；今日又有此人名字。」佯將朱筆亂點姓名，紙上一點，高聲喝道：「無辜者起去，謀死人者跪上聽審。」眾人心中無虧，皆走起來，惟吳玉嚇得心驚膽戰，起又不是，不起又不是。正欲起來，包公將棋鼓一敲罵道：「你是謀人正犯，怎敢起去！」吳玉低首無言。喝打四十，問道：「所謀之人乃是何等之人，從直招來，免動刑法。」吳玉不肯招認，包公令取夾棍夾起，乃招承道：「此乃遠方孤客，小人以牧牛為由，見天將晚，遂花言巧語，哄他到小的家中借歇，將毒酒醉倒，丟入塘中，皆不知姓名。」包公道：「此未爛屍首，今年幾時謀死的？」吳玉道：「此乃今春正月二十二日晚下謀死的。」包公自思：「此人死日恰與鄭日新分別同時，想必是此人了。」即喚李昭來問。驛卒稟道：「前日往府聽審未回。」包公令眾人各回，將吳玉鎖押。

次日，包公起馬往府，府中官僚人等不知所以，出郊迎接，皆問其故。包公一一道知，眾皆嘆服。又次日，調出楊清等略審，即令鄭日新往南脊認屍明白回報，取出吳玉出監勘審。乃問清道：「當時你未謀人，為何招承成獄？」清道：「小人再三訴告並無此事，因本店客人皆說二月到的，鄰里都怕累身⓫，

❿ 驛書：驛站書吏。

各自推說不知，故此張爺生疑，苦刑拷究，昏暈幾絕。自思：不招亦死，不若暫招，或有見天之日。今日幸遇青天，訪出正犯，一則老爺明察沉冤，次則皇天不昧。」包公令打開楊清枷鎖，又問日新道：「你當時不察，何故妄告？」新道：「小人一路遍問，豈知這賊彌縫如此縝密，小人告清，亦不得已。」包公道：「馬泰當時帶銀多少？」新道：「二百兩。」又問吳玉道：「你謀馬泰得銀多少？」玉道：「只用去三十兩，餘銀猶在。」包公即差數人往取原贓，其母以為來捉己身受刑，乃赴水而死。龔氏見姑赴水，亦同跳下，公差救起。搜檢原銀，封鎖家財，令鄰里掌住，公差帶龔氏到官。龔氏稟道：「丈夫凶惡，母諫成仇，何況於妾？婆婆今死，妾亦願隨。」包公道：「你既苦諫不從，與你無干，今發官嫁；日新，本該問你誣告的罪，但要你搬屍回葬，罪從免擬。」日新磕頭叩謝。吳玉市曹斬首。

⑪ 累身：連累自身。

鹿隨獐

話說大田縣高村坡有一峻嶺，名曰枯蹄嶺，上通大田，下往九溪。有一販布孤客往鄉收賬，路經其地。山凹有一人家姓張，兄弟二人，名祿三、祿四，假以砍薪為名，素行打搶，遇有孤客，便起歹意。客欲問路，望見二人迤邐而來，近前拱手問道：「此去二十九都❶多少路程？」祿三答道：「只有半日之遙。你從何來？」客道：「我在各鄉收賬回家，聞此處有一條小路甚是便捷，不意來此失路，望二位指引。」祿四道：「過嶺十里即是大路。」客以為真是樵夫，遂任意行去，及到前途，乃是峻嶺絕路，只得坐於石上等人借問。忽見祿四兄弟盤山而來，一刀揮下，客未曾提防，刀中頸項，連砍四刀，登時氣絕。二人搜其腰間，得碎銀七、八兩，又有銀簪二根，兄弟將屍埋掩山旁，將銀均分。條爾半年有餘，毫無人知。

適有近地錢五秀、范體忠兩家爭山界不明。錢五秀訪知包公巡行，即往告狀時，包公親自往山踏勘，五秀得理，斷山與他管照❷，范體忠受刑問罪。包公吩咐回衙，來在山旁，忽狂風驟起，包公思想半晌，莫非此地有甚冤枉？即令二人於各處尋覓，於山旁有一死屍，被獸掘開土塊，露屍在外，二人回覆。包

---

❶ 都：古代行政區劃名，廣雅釋地：「五里為邑，十邑為都。」

❷ 管照：管理；照看。

公親往視之，令左右起土開看，見頸項上四刀，乃知被人謀死，復令左右為之掩覆。回衙，不知誰人謀死，無計可施。包公道：「我日斷陽間，夜斷陰間，這件事我陽間不得明白，要向陰間討個真實消息。」便登赴陰床，叫陰司手下人吩咐道：「枯蹄山旁謀殺一人，露出屍首，帶了重傷，不知此屍身是誰殺死，必有冤魂到此告狀，汝等俱各伺候，放他進來。」話畢，霎時陰風慘慘，燭影不明，遂覺精神困倦，隱几而臥，似夢非夢。須臾，一人身血淋漓，前有一獐，後有一鹿隨之，慌忙而竄。包公驚覺，不見手下眾人，渾如一夢。心下思想：「莫非枯蹄山旁有叫張祿者？」天明升堂，密差二人往彼處覓訪，「如有張祿，拿來見我。」二人應諾而去。及至枯蹄訪問，果有姓張名祿三、祿四者兄弟二人，不敢往捉，回衙見包公道：「小的奉差訪拿張祿，其地果有張祿三、祿四兄弟二人。」包公道：「既有此人名，叫書吏可發牌，火速拿來見我。」二人復去拘得至官審問。包公喝道：「你二人搶劫客人貨物，好生直招，免受重刑。」二人強硬不認，包公喝令左右將二人各責六十重杖，兄弟受刑不起，只得從實招道：「有一客人，往鄉收賬回家，因迷失路途，小的伴指令入僻處殺死是實。今蒙訪出，此亦冤魂不散。」包公見他招明，即判處決。聞者痛快。

聽吾齋評曰：

吳玉與張祿兄弟謀財殺人等耳，而玉尤巧，以牧牛為根腳❸，以指路為因由，候日西為行鹿❹之時，將指宿為陷命之所，捧缶❺杯為鴻門之飲❻，視蔭塘為奇貨之窟，其

❸ 根腳：家世；出身；職業。

害死馬泰與祿兄弟之刀殺過客緩急❼稍殊，慘傷則一，痛哉！客乎抱本❽受幾許艱辛，出外經幾許跋涉，稍聚數年貲貨，陡遭一人兇殘，不惟喪本，甚且殞身❾，宜乎死不甘心，白兔戴帽來訴枉；靈難瞑目，鹿隨獐走哭沉冤，夢中示現如此乎！其慘戚可思也。張祿之謀，無屍親告發，無官府勘究，狂風驟起，死屍纔見，非出人力。獨馬泰之死，既經張縣令審問，則地方之阨塞當知，豈宜令源口作噬民虎口；地方之遇暴當嚴，豈宜令蔭塘作喪客冤塘？若云夜半行兇，當究其害身於何處；若云更闌抬出，當究其棄骨於何江。乃竟朦朧判斷，苟且成招，致令冤魂抱恨於九泉，重囚叫屈於深獄，為民父母者，可如是乎？今之受百里❿寄者，何處不然，能不為之長嘆！

❹鹿：指所要獵獲的對象。
❺缶：音ㄈㄡˇ。大肚小口的瓦器。
❻鴻門之飲：即鴻門宴。秦末，劉邦攻占秦都咸陽，遣兵據函谷關。項羽統大軍屯鴻門，欲消滅劉邦。經人調解，劉親至鴻門請罪。項羽設宴，其謀臣范增欲在席間刺殺劉邦，終於未成，劉邦乘隙脫險。
❼緩急：情勢寬舒或急迫。
❽本：本錢。
❾殞身：死亡。
❿百里：百里之地。指一縣。

遺帕

話說池州府青陽縣民趙康，家私巨富，生子嘉賓，恃財恣性，姦淫博弈，徹夜謳歌。一日，命僕跟隨在後，徑往南莊閑游，偶見二女子，年方二八，淡妝素服，自然雅潔，觀不厭目，盡可賞心。問僕人道：「此誰家婦？」僕道：「此山後丘四妻、妹，因夫出外經商，數載未回，常往庵廟求籤。」嘉賓道：「你去問他，家中若少銀米，隨他要多少，我把借他。」僕道：「伊親頗富，縱有不給，必自周濟。」賓是夜想二婦的顏色❶竟不能寐。次日飯後，取一錠銀子約有十兩，往其家調姦，二婦貞節不從，厲色罵詈，叫喊鄰人。賓見不可，拂袖而出，思謀無策，即著僕去請友人李化龍、孫必豹二人來莊，令莊人備酒，飲至半酣，二友道：「今日蒙召，有何見諭？」賓道：「今日一事甚掃我興，特請二位同設一計。」二人問道：「何事？快請教。」賓道：「昨日閑游，偶遇丘四妻、妹二人朝神過此，貌均奇絕。今上午將銀一錠到彼家只求一樂，不惟不許，反被惡言罵詈，故拂我意。」二人道：「此事甚易。」賓道：「兄有何妙計，請教一二。」友道：「今夜候至三更，將一人後山吶喊，兩人前門進去擒此二婦，放在山窠❷，任你擺布，何難之有？」賓道：「此計甚妙。」是夜，飲酒候至三更，瞞了莊人，私自潛出，把一人在

---

❶ 顏色：容顏；容貌。

❷ 山窠：鳥獸的巢穴。窠，音ㄎㄜ。山洞。

山後吶喊，二人向前衝門而進，佣工人即忙起看，二人就將工人綁縛丟入地下，使不能出喊。遂入房中，只捉得曾氏一人——不意丘四妹子因家有事，傍晚接回——三人將曾氏捉入山中平窠內，三人輪幹，每人二次，曾氏苦楚不勝。至天微明，三人散去，賓不意遺一手帕在旁。

次早，鄰人方知曾氏家被劫，眾人入看，解放工人，即報丘四妹家。許阜夫婦往看，遍覓無蹤，尋至山窠，只聽哀哀叫苦，三人近看，羞不能遮，不能動止。許阜背回曾氏，不能言語，惟以手指肚而已，姑會其意，知為下身污積，陽為膨脹，乃設法輕洩，盡去其陽，再以湯灌久之，略蘇，方能言語。姑道：「因何如此？」曾氏羞言，姑問再三，乃道：「昨夜三更，正欲安睡，二人衝門而進，我以為賊，起身卻走，穿衣不及，二人進房捉上山去，三人強姦，求死不得。」姑曰：「三人你認得否？」曾氏道：「昏月之下認人不真。」許阜拾得白綾手帕，解開一看，只見帕上寫有嘉賓之名，乃是戲婦所贈。其妻知之，乃告夫許阜道：「昨日上午，嘉賓將銀一錠來家求姦，被我罵去，想必不甘心，晚上湊合光棍來捉強姦，幸我不在，不然亦難逃矣。」許阜聽了妻子言語，即具狀首於包公。

呈首為獲賓強姦事：鷹鸇❸搏擊，鳩雀無遺；虎豹縱橫，犬羊無類。淫豪趙嘉賓，逞富踐踏地方，兩三坵❹度荒秀麥，止供群馬半餐；恃強派食莊戶，百十斤抵債洪豬❺，不夠多人一嚼。無犯平

❸ 鸇：音ㄓㄢ。古書中說的一種猛禽，形似鷂鷹。
❹ 坵：指用田塍隔開的水田。
❺ 洪豬：大豬。

民涙汪汪，常遭箠楚⑥；有貌少婦眉蹙蹙⑦，弗洗污淫。值傾一樽，又滿一樽；方見用幾貫，更填幾貫。金銀包膽，姦宿匪彝⑧。瞰舅丘四遠出，來家擲銀調姦，舅婦曾氏，貞節不從，喊鄰逐出，惡即串黨數人，標紅抹黑，執斧持刀，夤夜明火入室，突衝擒入山窠，彼此更番，輪姦幾死。次早覓獲，命若懸絲，遺帕存證，四鄰驚駭痛恨。黑夜入人家，老稚聞風股栗；山塢姦婦人，樵牧見影膽寒。不啻斜陽閉戶，止聲於夜啼之兒；真同明月滿村，吠瘦乎守家之犬。見者睡不貼席，即如越王句踐臥薪⑨；聞者夢不至酣，酷似司馬溫公警木⑩。山路滾滾兮塵飛，合村洋洋乎鼎沸⑪。懇天驗帕剿惡，燭姦正法。若因姦而誣之以盜，似乎畫蛇添足；惡扮盜以曲成⑫其姦，誰謂相鼠⑬無牙。遺帕不止乎絕纓⑭，荒野倍慘於暗室。萬民有口，三尺有法。上告。

---

⑥ 箠楚：鞭打。

⑦ 蹙蹙：音ㄘㄨˋ。緊皺雙眉的樣子。

⑧ 匪彝：匪，非。彝，彝倫；倫常。

⑨ 越王句踐臥薪：春秋時，越王句踐被吳國打敗，便臥薪嘗膽，志圖復讎。此處形容村民晚上如睡在木柴上，不能安眠。

⑩ 司馬溫公警木：宋人王應麟困學紀聞卷五記：司馬光（封溫國公）「以圓木為警枕，少睡則枕轉而覺。」警木即警枕。

⑪ 鼎沸：形容局勢不安定，嘈雜吵鬧。

⑫ 曲成：周易繫辭上：「曲成萬物而不遺。」唐人孔穎達疏：「言隨變而應，屈曲委細，成就萬物。」後用為委曲成全的意思。

⑬ 相鼠：詩經鄘風篇名，詩言人無禮儀、羞恥，那還不如老鼠之有皮、有齒。

包公即拘齊人犯，先問鄰右蕭興等道：「你是近鄰，知其詳否？」興道：「是夜之事，小人通未知之。次早起來，聽得佣工人喊叫，眾人入內，看見工人綁入地下，遂即解放，報知許阜夫婦，覓至山窠才獲曾氏，不能行止，遺帕在旁是的，餘事不知，不敢妄言。」包公道：「旁遺有帕，帕上既有嘉賓的名，必是他無疑了。」賓道：「小人三日前遺此帕於路，並未在山；況一人安能捉人而綁人？此皆夙仇誣陷。」阜道：「日間分明是你擲銀調戲，二婦喊罵才出，是晚被劫，並未去財，況有手帕硬證；若是賊劫必定擄財，何獨姦婦？乞老爺嚴刑拷出同黨，以伸此冤。」包公喝叫將賓重打二十，令其招認，賓仍前巧言爭辯，包公令將原被告二人一起收監，鄰證發出。私囑禁子道：「你謹守監門，若有甚閑人來看嘉賓，不可令他相見，速拿來見我，明日賞你；若洩漏賣放，杖六十革役！」禁子道：「不敢。」包公退堂，禁子坐守。不移時，有二人來監門前呼賓，禁子開了頭門，守堂皂隸齊出，扭住二人，進堂敲梆，包公升堂。禁子道：「獲得二人，俱皆來探嘉賓的。」包公問明姓名，喝道：「你二人同姦曾氏，嘉賓先已招出，正欲出牌捕捉，你卻自來湊巧。」二人面皆失色，兩不相照。化龍道：「並無小人兩個，彼何妄扳？」包公道：「嘉賓說，若非你二人，他一人必幹此事不得，從直招來！」化龍道：「彼自幹出，妄扳我等！」包公見其詞遁，乃令各打二十，不招，又將二人夾起，遠置廊下。監中取嘉賓出來，但見夾起二人，心中慌張。包公高聲罵道：「分明是你這賊強姦曾氏，我已審出；二人係你同姦，彼已

⑭ 絕纓：纓，帽帶。說苑復恩：楚莊王宴請群臣，席間燭光忽然熄滅，有人暗拉王姬的衣服，被王姬摘下冠纓。王姬告訴莊王，要求查辦。莊王不肯，命群臣都摘下冠纓歡飲。後來吳兵來攻，有一人抗敵特別英勇。此人就是那個被摘纓的人。此指遺帕之惡遠大於絕纓，因此不能如楚莊王一樣赦免罪犯。

招承道是你叫他，非管他事，故將他夾起。」嘉賓更自爭辯不已，仍令夾起，嘉賓畏刑乃招道：「是日，小人不合到其家擲銀，被他罵出，遂叫二人商議，計出化龍。乞老爺寬刑。」包公道：「你二人先說妄扳，嘉賓招明，各畫供招來。」三人面面相視，無言抵答，只得招認。當即判道：

審得趙嘉賓，不羈浪子，恃富荒淫，罔知官法之如爐；尚倚爪牙，擒姦婦女，勝若探囊而取物。棍徒化龍等，既不能盡忠告以善道，抑且相助而為非；又不能陳藥石之箴規⓯，究且設謀以從欲。明火衝家，綁縛工人於地下；開門擒捉，輪姦曾氏於山中。敗壞紀綱，強姦不容於寬宥；毋分首從，大辟用戒乎刁淫。

三人皆坐斬決，曾氏夫婦完聚。

⓯箴規：規諫勸誡。

借衣

話說開封府祥符縣❶縣學生員沈良謨，生一子名猷，英年妙士。里人趙家莊進士趙士俊，妻田氏，年將半百無子，只生一女名阿嬌，有沉魚落雁之容，閉月羞花之貌，時與沈良謨子猷結為秦晉。未經一載，良謨家遭水患所淹，因而家事蕭條。士俊見彼落泊，思與退親，其女阿嬌賢淑，謂母田氏道：「爹爹既將我配沈門，寧肯再適他人？」田氏見女長成，急欲使之成親，奈沈猷不能遣禮為聘。一日，士俊往南莊公出，田氏竟令蒼頭❷往沈猷家，請猷往見，將銀與彼作聘。猷聞大喜，奈身懸鶉❸百結，遂往姑娘家借衣。姑娘見侄到，問其到舍有何所議？沈猷道：「岳母見我家貧，昨遣人來叫我，將銀與我以作聘禮，然後親迎。奈無衣服，故到此欲向表兄借用，明日侵早奉還。」姑娘聞得亦喜，留午飯後，立命兒王倍取套新衣與侄兒去。誰料王倍是個歹人，聞得此事即托言道：「難得表弟到我家，須消停❹一日去，我要去拜一知友，明日即回奉陪。」故不將衣服借之，猷只得在姑娘家等。王倍自到趙家，詐稱

❶ 祥符縣：古縣名，在今河南省開封市西南。

❷ 蒼頭：古代私家所屬的奴隸，後來用作僕隸的通稱。

❸ 懸鶉：鶉鳥尾禿，像補綻百結，形容衣服破爛。

❹ 消停：停留；停待。

是沈猷，田夫人同女阿嬌出見款待，見王倍禮貌荒疏。田氏道：「賢婿是讀書的人，為何粗率如此？」倍答道：「財是人膽，衣是人貌。小婿家貧流落，居住茅屋，驟見相府，心不敢安，故致如此。」田夫人亦不怪他，留之宿，故疏放❺其女夜出與之偷情。次日，收拾銀八十餘兩，又金銀首飾、珠寶等約值百兩，交與倍去。彼只以為真婿，怎知提防。倍得此金銀回來見猷，只說他去望友而歸，又纏住一日，至第三日，猷堅要去，乃以衣服借之。

及猷到岳丈家，遣人入報岳母，田夫人驚怪，出而見之，故問道：「你是吾婿，可說你家中事與我聽。」猷一一道來，皆有根據。但見言詞文雅，氣象雍容，人物超群，真是大家風範。田夫人心知此是真婿，前者乃光棍假冒，悔恨無及。入對女道：「你出見之。」阿嬌不肯出，只在帘內問道：「叫你前日來，何故直至今日？」猷道：「賤體微恙，故今日來。」阿嬌道：「你早來三日，我是你妻，金銀皆有；今來遲矣，是你命也。」猷道：「令堂遣盛價❻來約以銀贈我，故造次❼至此；若無銀相贈亦不關甚事，何須以前日今日為辭。我若不寫退書❽，任你守至三十年，亦是我妻。令尊雖有勢，豈能將你再嫁他人！」言罷即起身要去。阿嬌道：「且慢，是我與你無緣，你有好妻在後，我將金釧一對，金釵二股與你去讀書，願結下來生姻緣。」猷道：「小姐何說此斷頭的話？這釵釧與我，豈當得退親財禮乎？

❺ 疏放：不拘束；放任。
❻ 盛價：對人家僕人的敬稱。
❼ 造次：魯莽；輕率。
❽ 退書：退婚的文書。

憑你令尊與我如何，我便不肯。」阿嬌道：「非是退親，明日即見下落，你速去則得此釵鈿；稍遲，恐累及於你。」猷不懂，在堂上端坐。少頃，內堂忙報小姐縊死。猷還未信，進內堂看之，見解繩下，田夫人抱住痛哭，猷亦淚下如雨，心痛悲傷。田夫人促之出道：「你速出去，不可淹留。」猷忙回姑娘家交還衣服，告知其故。王倍聞云，自悔既已脫銀，又得姦宿，不知此女這等性急便死。後王母知之，切責之，心甚驚疑，不數日而死。倍妻游氏，亦美貌賢德，才入王門一月，見倍幹此事，罵道：「既得其銀，不當污其身，你這等人，天豈容你！我不願為你婦，願求離歸娘家。」倍道：「我有許多金銀在，豈怕無婦人娶！」即為休書離之。

再說趙士俊，數日歸家，問女死之故。田夫人道：「女兒往日驕貴，淩辱婢妾，日前沈女婿自來求親，見其衣冠襤褸，不好見面，想以為羞，遂自縊死。亦是他一時執迷，與女婿無干。」士俊說道：「我常要與他退親，你教女兒執拗不肯，今來玷我門風，惱死我女兒，反說與他無干！我偏要他償命。」即寫狀與家人往府赴告：

告為姦殺女命事：情莫切於父子，事莫大於死生。痛女阿嬌，年甫及笄，許聘獸野沈猷，未及于歸❾，猷潛來室，強逼成姦，女重廉恥，懷慚自縊。竊思閨門風化所關，男女嫌疑有別。先後是伊妻子，何故寅年要吃卯年糧；終久是伊家室，不合今日先討明日飯。生者既死，同衾合枕之姻緣已絕；死者不生，償命抵死之法律難逃。人命關天，哭女動地。上告。

❾于歸：詩經周南桃夭：「之子于歸，宜其家室。」于，往。後世因稱女子出嫁為于歸。

趙進士財富勢大，買賄官府，打點上下。葉府尹拘集審問，一任原告偏詞，干證妄指，將沈猷擬死，不由分訴。

將近秋時，趙進士寫書通知巡行包公，囑將猷處決，勿留致累。田夫人知之，私遣家人往訴包公，囑勿便殺。包公心疑道：「均是婿也。夫囑殺，妻囑勿殺，此必有故。」單調沈猷，詳問其來歷，猷乃一一陳說，包公詰道：「當日趙小姐怨你不早來，你何故遲來三日？」猷道：「因無衣冠，在表兄王倍家去借，苦被纏留兩日，故第三日才去。」包公聞得，心下明白。乃裝作布客往王倍家賣布。倍問他買二匹，故高抬其價，激得王倍發怒，大罵道：「小客可惡。」布客亦罵道：「諒你不是買布人。我有布價二百兩，你若買得，情肯減五十兩與你，休欺我客小。」王倍道：「我不做客，要許多布何用？」布客道：「我料你窮骨頭哪得及我！」王倍暗想家中現有銀七、八十兩，若以首飾相添，更不止一百五十兩，乃道：「我銀生放⑩者多，現在者未滿二百，若要首飾相添我盡替你買來。」布客道：「只要實買，首飾亦好。」王倍隨兌出銀六十兩，又以金銀首飾作成九十兩，問他買二十擔好布。包公既賺出此贓，乃召趙進士來，以金銀首飾交與他認。趙進士大略認得幾件，看道：「此釵鈿多是我家物，因何在此？」包公再拘王倍來問道：「你脫趙小姐金銀首飾來買布，當日還有姦否？」王倍見包公即是前日假裝布客，真贓已露，情知難逃，遂招承道：「前者因表弟來借衣服，小的果詐稱沈猷先到趙家，小姐出見，夜得姦宿。今小姐縊死，表弟坐獄，天臺察出，死罪甘受。」包公聽著其情可惡，重責六十，即時死於杖下。

趙進士聞得此情，怒氣衝天道：「脫銀尚恕得，只女兒被他污辱懷慚死了，此恨難消。險些又陷死

⑩ 生放：放債。

女婿，誤害人命，損我陰騭，今必更窮追其首飾，令他妻亦死獄中，方洩此忿。」王倍離妻游氏聞得前情，自往趙進士家去投田夫人說：「妾游氏，自到王門，未滿一月，因夫脫貴府金銀，妾惡其不義，即求離異，已歸娘家一載，與王門義絕，彼有休書在此可證。今聞老相公要追首飾，此物非我所得，望夫人察實垂憐。」趙進士看其休書，窮詰來歷，果先因夫脫財事而自求離異，乃歎息道：「此女不染污財，不居惡門，知禮知義，名家女子不過如是。」田夫人因念女不已，見夫稱游氏賢淑，乃道：「吾一女愛如掌珠，不幸而亡，今願得汝為義女，以慰我心，你意何如？」游氏拜謝道：「若得夫人提攜，是妾之重生父母。」趙進士道：「汝二人既結契母子，今游氏無夫，沈女婿未娶，即當與彼成親，當作親女婿相待何如？」田夫人道：「此事真好，我思未及。」游氏心中喜甚，亦道：「從父親母親尊意。」即日令人迎請沈猷來，入贅趙家，與游氏成親，人皆快焉。

異哉，王倍利人之財，而橫財終歸於無；污人之妻，而己妻反為人得。天網恢恢，疏而不漏，此足徵矣。

聽吾齋評曰：

如今官府出門拜客，先封書帕⑪；如今平人待人接物，祇重衣衫。看此帶帕走之趙嘉賓，竟且服上刑⑫；有衣穿之王倍，不能保妻子，又是一個大變局。

⑪ 書帕：舊時風俗，官吏奉使出差回京，必刻一書，以一書一帕為餽贈的禮品。

⑫ 上刑：重刑；死刑。

壁隙窺光

話說廬州府❶霍山縣南村，有一人姓章名新，素以成衣為業，年將五十，妻王氏少艾，淫濫無子。新撫兄子繼祖養老，長娶劉氏，貌頗嬌嬈。有桐城縣二人來霍山縣做漆❷，一名楊雲，一名張秀，與新有舊好，遂寄宿焉，日久愈厚，二人拜新為契父母，出入無忌，視若至親。楊雲與王氏先通，既而張秀皆然。一日新叔侄往鄉成衣，楊雲與王氏正在雲雨，被媳撞見。王氏道：「今日被此婦撞見不便，莫若污之以塞其口。」新叔侄至夜未回，劉氏獨宿。楊雲掇❸開劉氏房門，劉氏正在夢寐，楊雲上床抱姦，手足無措，叫喊不從，王氏入房以手掩其口助楊雲恣行雲雨，劉氏不得已任其所寢，張秀亦與王氏就寢。由是二人輪宿，楊雲宿姑，張秀宿媳；楊雲宿媳，張秀宿姑。新叔侄出外日多，居家日少，如是者一年有餘。四人意甚綢繆，不意為新所覺，欲執未獲。楊、張二人與王氏議道：「老狗已知，莫若陰謀殺之，免貽後患。」王氏道：「不可，我你行事衹要機密些，彼獲不到，無奈你何。」

叔侄回來數日，新謂繼祖道：「今八月矣，家家收有新穀。今日初一不好去，明日早起，同往各處

❶ 廬州府：今安徽省合肥市。

❷ 做漆：做漆工活。

❸ 掇：音ㄉㄨㄛˊ。挖；撬。

去討些穀回來喫用。」次日清早，與侄同出，二處分行，新往望江灣略近，繼祖往九公灣稍遠。新賬先完，次日午後即回，行至中途，突遇楊、張二人做漆回家，望見新來，交頭附耳，前計可行，近前問道：「契父回來了，包裹、雨傘我等負行。」行至一僻地山中，天色傍晚，二人扯新進一深源，新心慌大喊，並無人至，張秀一手扭住，楊雲於腰間取出小斧一把，向頭一劈即死，乃被腦骨陷住，取斧不出。倏忽風動竹聲，疑是人來，忙推屍首連斧丟入蓮塘，恐屍浮出，將大石壓倒。二人即回，自謂得志，言於王氏。王氏聽得此言，心膽俱裂，乃道：「事已成矣，切不可令媳婦知之，恐彼言語不謹，反自招禍。」皆道：「此言誠是。」王氏又道：「倘繼祖回尋叔父，將如之何？」張秀道：「我有一計，你若肯依，包管無事。」王氏道：「計將安出？」張秀道：「繼祖回來，你先問他，若說不見，即便送官，誣以謀死叔父。若陷得他死罪，豈不兩美。」王氏、楊雲皆道：「此計甚妙，可即依行。」初六日，繼祖回到家中，王氏問道：「叔何不歸？」繼祖愕然道：「我昨在望江灣住，欲等叔同回，都說初三日下午已回。」王氏變色道：「此必是你謀害！」扭結投鄰里鎖住，自投擊鼓。

正值朝廷差委包公巡行江北，縣主何獻可出外迎接，王氏將謀殺事具告。包公接得此詞，素知縣主吏治清明，刑罰不苟，即批此狀與勘審。當差汪勝、李標，即刻拿到鄰右蕭華，里長徐福，一起押送。縣主道：「你叔自幼撫養，安敢負恩謀死，屍在何方？從直招來。」繼祖道：「當日小人與叔同出，半路分行，小人往九公灣，叔往望江灣。叔帳先完，次日即回。昨日小人又到望江灣邀叔同回，眾人皆道已回三日，可拘面證。小人自幼叨叔嬸厚恩，撫養娶婦，視如親子，常思圖報未能，安忍反加殺死？乞爺細審詳察。」王氏道：「此子不肖，漂蕩家資，嗔叔阻責，故行殺死，乞爺爺嚴刑拷究，追屍殮葬，斷償叔命。」縣主喚蕭華上平臺下問道：「繼祖素行如何？」華道：「繼祖素行端莊，毫無孟浪❹事，事叔如父，漂蕩嗔責，小人不敢偏屈。」縣主令華下去，又問徐福：「繼祖素行可端正？」徐福所答，默合華言。福又欲言，縣主喝止，乃佯怒道：「你二人受繼祖買囑，本該各責二十，看你老了。」縣主知非繼祖，沉吟半晌，心生一計，喝將繼祖重打二十，即釘長枷，乃道：「限爾三日令人尋屍還葬。」令牢子收監；發王氏還家。王氏叩頭謝道：「青天爺爺神見，願萬代公侯。」喜不自勝。

縣主乃問門子道：「繼祖家在何處？」門子道：「前村便是。」二人直至門首，各家睡靜，惟王氏家尚有燈光，縣主於壁隙窺之，見兩男兩女共席飲酒。楊雲笑道：「非我妙計，焉有今日？」眾皆笑樂，惟劉氏不悅道：「好好，你便這等快樂，虧了我夫無辜受刑，你等心上何安？」楊雲道：「只要你我四人長久享此快樂，管他則甚。大家飲一大杯，趁早好去行些樂事。」王氏道：「都說何爺明白，亦未見得。」楊雲道：「閑話休說。」乃抱住劉氏：「你今日這等不悅，我與你在此樂一樂，為你解憂。」劉氏口中不言，心內怒起，乃道：「人要人面，眾人跟前，何可幹此？」回頭不顧。王氏道：「老爺限三日後追屍還葬，你放得停當否？」二人道：「丟在蓮塘深處，將大石壓住，不久即爛。」王氏道：「這等便好。」再飲大杯，撤去碗盞。張秀問劉氏道：「事齊乎？事楚乎？」劉氏不答，二人爭宿。王氏道：「休要爭鬧，闊開大床，四人共睡，盤桓而樂，豈不美哉！」皆道：「善！」遂同床而睡，極盡人間之樂。豈知禍起蕭牆。縣主大怒回衙，令門子擊鼓點兵，眾人莫知其故。兵齊，乘轎親抵繼祖家，將前後圍定，衝開前門，楊、張二人不知風從何起，見官兵圍住，遂向後走，被後面官兵捉住，並捉男婦四人

❹ 孟浪：鹵莽。

回衙，每人責三十收監。

次早出堂，先取繼祖出監，問道：「你去望江灣，路上可有蓮塘否？」繼祖思忖良久道：「只有山中那一丘蓮塘，在裡面深源山下。」即開繼祖枷鎖，令他引路，差皂快二十餘人，親自乘轎直至其地，果然人跡罕到。繼祖道：「蓮塘在此。」縣主道：「你叔屍在此塘內。」繼祖聽了大哭，跳下塘中，縣主又令壯丁幾人下去同尋，直至中間，得一大石，果有屍首壓於石下，取起抬上岸來，見頭骨帶一小斧，取之洗開，見斧上鑿有楊雲二字，奉上縣主。縣主問道：「此誰名也？」繼祖道：「是老爺昨夜捉的人名。」又問：「二人與你家何等親？」繼祖道：「是叔之契子。」遂驗明傷處，回縣取出男婦四人，喝將楊雲、張秀各打四十，令他招承，不認，乃丟下斧來：「此是誰的？」二人心慌，無言可答。喝令夾起，二人面面相覷，苦刑難受，乃招道：「小人與王氏有姦，被彼知覺，恐有後禍，故爾殺之。」縣主道：「你既知覺察姦情為禍；豈不知殺人之禍尤大！」再重打四十，枷鎖重獄。縣主謂王氏道：「親夫忍謀，厚待他人，此何心也？」王氏道：「非關小婦人事，皆彼二人操謀，殺死方才得知。」縣主道：「既已得知，合當先首；胡為又欲陷繼祖於死地？你說何爺不明，被你三言四語就瞞過了，這潑賤❺可惡！」重打三十。又問劉氏道：「你與同謀陷夫，心何忍乎？」劉氏道：「此事實未同謀，先是媽媽與他二人有姦，挾制塞口，不得不從。其後用計謀殺，小婦人毫不知情，乞爺原情宥罪。」縣主道：「起初是姑挾制，後來合當告夫，雖未同謀，亦不宜委曲從事。」減等擬絞；援筆判斷楊雲、張秀論斬；王氏凌遲；繼祖發回寧家。當中包公，隨即依擬，可謂法正冤明矣。

---

❺ 潑賤：罵女人的話。

梢上得穴

話說山西太原府陽曲縣生員胡居敬，年方十八，父母雙亡，又無兄弟，家道清淡，未有妻室。讀書未透，偶考四等，被責歸家，發憤將家資田宅變賣，得銀六十兩，將往南京從師讀書。至江中遭風覆舟，舟中諸人皆溺死，居敬幸抱一木板在手，隨水流近淺處，得一漁翁安慈救之，以衣服與換，又以銀贈為盤纏。居敬拜謝，問其姓名居止之處而去。居敬思回家則益貧無依，況久聞南京風景美麗，不如沿途覓食，挨到那裡又作區處。及到南京，遍謁朱門，無有肯施濟之者，衣衫襤褸，日食難度。乃入報恩寺求為和尚，掃地燒香卻又不會，和尚要逐他去。一老僧率真道：「你會幹什麼事？」居敬道：「不才山西人氏，忝❶係生員，欲到京從師，不意途中覆舟，流落至此，諸事不會幹，倘師父憐念，賜我盤纏，得還鄉井，永不忘恩。」僧率真道：「你歸途甚遠，我焉能贈你許多盤纏？況你本意要到京從師，今便歸去，亦虛跋涉一番。不如我供膳，你在寺中讀書，倘讀得好時，京城內今亦有人在此寄學，赴考豈不甚便。」居敬想：「在寺久住，恐僧徒厭賤。」遂乃結契率真為義父，拜寺中諸僧為師兄弟。由是一意苦心讀書，晝夜不息。過了三年，遂出赴考，果選入場，本科即登高第，僧率真亦自喜作成❷有功。

---

❶ 忝：辱，自謙之詞。
❷ 作成：成全；照顧。

先時居敬雖在寺三年，罕得去閑游，既中舉之後，諸師兄多有相請者，乃得遍游各房。一日，信步行到僧悟空房去，微聞棋聲在上，從暗處尋見有梯，遂直上樓去，見二婦人在樓上著棋，兩相怪訝。一婦人問道：「誰人同你到此？」居敬道：「我信步行來。你是甚婦人？乃在此間！」婦人道：「我乃漁翁安慈之女，名美珠，被長老❸脫騙在此。」居敬道：「原來是我恩人之女。」美珠道：「官人是誰？我父於你有甚恩？」居敬道：「今寺中舉人就是我，前者來京墮水時，蒙令尊救援，厚恩至今未報，今不意得會娘子，我當救你。」美珠道：「報恩且慢，你快下去。今年有一郎官誤行到此，亦被長老勒死，若還撞見，你命難保。」居敬道：「悟空是我師兄，同是寺中人，見亦無妨。」又問：「那一位娘子是誰？」美珠道：「他名潘小玉，是城外楊芳之妻，獨自行往娘家，被長老以麻藥置果子中逼他食，因迷留在別寺中，夜間抬入此來。」說話不覺已久，悟空登樓來，見敬賠笑道：「賢弟何步到此？」居敬道：「我偶然行來，不意師兄有此樂事。」

悟空即下樓鎖了來路的房門，更喚悟靜同來，邀居敬至一空房去，四面皆是高牆，將繩一條，剃刀一把，砒霜一包送與胡居敬道：「請賢弟受用何物，免我二人動手。」居敬驚道：「我同是寺中人，怎把我當外人相防？」悟空道：「我僧家有密誓願，祇削髮者是我輩中人，得知我輩事；有髮者，雖親父子兄弟至親不認，何況契弟？」居敬道：「如此則我亦願削髮罷。」悟靜道：「休說假話，你歷年辛苦，今始登科，正享不盡富貴之時，你說削髮瞞誰？今不害你，你明日必害我。」居敬指天發誓道：「我若害你，我明日必遭江落海，天誅地滅。」悟空道：「縱不害我，亦傳說害我教門。你今日雖儀秦❹口舌

❸長老：佛教對住持僧的尊稱，也用來稱呼年長德尊的僧人。

也是枉然，再說一句求饒，我要動手。快些，免惱我肚腸。」居敬泣道：「我受率真師父厚恩，願見一面拜謝他而死。」悟空道：「你求師父救你，亦是求閻王饒命。」須臾，悟靜叫率真至，居敬泣拜道：「我是寺中人，見他私事亦甚無妨。今師兄要逼我死，望師父救我。」率真尚未言，悟空道：「一人之命小，寺門之法長。自古入空門即割斷骨肉，哪顧私恩！你今求救，率真肯救你否？」率真道：「居敬兒，是你命合休，不須煩惱，死後我必埋葬你在吉地，做功德超度你來生再享富貴。倘昔日在江中溺死，屍首尚不能歸土，哪得食這幾年衣祿？你求救則死益緊。我只一句話，決救不得你死。」居敬見說得硬，乃泣道：「容我緩死何如？」三僧道：「若是外人，決不肯緩他，在你且放緩一步。但今日午時起，明日午時要交命。」三僧出去，鎖住牆門。

居敬獨立空房中，只有一索懸於梁上，一凳與他墊腳自縊，並一把小刀，一包砒霜，餘無一物在旁，屋宇又高，四面皆牆壁。居敬四面詳察，思計在心。近晚來，以凳子打開近牆壁孔，取一直枋❺用索繫住；又用刀削壁經為釘，腳襯凳子登其釘，手抱柱以襯其腳，索繫於腰，扳援而上，至於三川枋上，以索吊上直枋，將枋從下撞上，果打開一桷子❻，見有穴而出。居敬自思：「此場冤忿焉得不報！況且新科舉人，若是默默，倘聞於眾年家❼，豈不斯文掃地。」遂一一告知同榜弟兄，聞者無不切齒抱恨，或

---

❹ 儀秦：為古代著名的辯士。秦，蘇秦，戰國時洛陽人，曾掛關東六國相印，說六國合縱以伐秦國。儀，張儀，戰國時魏人，曾任秦相，為秦遊說關東諸國與秦連橫，瓦解了齊、楚聯盟。

❺ 枋：建築物中在兩柱之間起聯繫作用的橫木。

❻ 桷子：方形的椽子。桷，音ㄐㄩㄝˊ。

助之資，或為之謀，議論已定，方欲在包公案下申詞。

不道悟空、悟靜三人，過了三日，想居敬舉人必然身死，且憂且喜。三人同來啟門一視，並不見蹤跡，你我相視，彼此愕然失色道：「這事如何是好！此房四壁如鐵桶，緣何被他走出？」三人密尋，果見其走處有穴。三人相議：「若是閑人且不打緊，他是新科舉人，況他同年皆曉得在我寺中，倘去會試，不見其人，必來我寺中根尋，我們如何答對？若是居敬不死走出去，必來報冤，他是舉人，我是僧家，卵石非敵，不若先下手為強。」率真道：「此事如何處？」悟空道：「不如做你的名具一張狀紙，先在包爺臺前告明：見得居敬舉人在我寺中娶二娼婦，無日無夜酣歌唱飲，一玷斯文，二壞寺門，苦口相勸，未之能從。於本月某日寺中野游至曉不回來，日後恐累及寺中，只得到爺臺前告明。」如此主意，即去告狀。包公還未施行，只見居敬舉人亦來告狀。包公看了狀詞，即至寺中重責三僧，搜出二女，配與居敬，以美珠為長房，小玉為次房。

後次年，居敬連登進士，除授荊州❽推官，到夏口❾江上，見悟空、悟靜、率真在鄰船中。居敬立在船頭，令手下拿之。二僧心虧，知無生路，投水而死。率真跪伏求赦。居敬道：「你三年供我為有恩，臨危不救為無情。倘當日被你輩逼死，今日焉得有官？將以你恩補罪，無怨無德，任你自去，今後再勿見我。」

---

❼ 年家：科舉中同榜登科者互稱「年家」。

❽ 荊州：今湖北省江陵市。

❾ 夏口：又稱漢口，為夏水（漢水下游的古稱）注入長江處。

聽吾齋評曰：

通姦夫謀死親夫，王氏之不及狗行固也。然兇手乃隔縣之漆客，則遠方人信不可以久留。護徒子勒殺契子❿，率真之全無人心見矣。然禍根猶樓上之棋聲，則禪房中信不可以常住。留意留意，記著記著。

❿ 契子：義子。

黑痣

話說金華府有一人，姓潘名貴，娶妻鄭月桂，生一子才八月，因岳父鄭泰是月生辰，夫婦往賀。來至清溪渡口，與眾人同過渡。婦坐在船上，子飢，月桂取乳與子食，其左乳下生一黑痣，被同船一個光棍洪昂瞧見，遂起不良之心。及下船登岸，潘貴乃攜月桂往東路，洪昂扯月桂要往西路。潘貴道：「你這等無恥，緣何無故扯人婦女？」昂道：「你這光棍可惡！我的妻子如何爭是你的？」二人廝打，昂將貴打至嘔血，二人扭入府中。知府邱世爵升堂，遂乃問道：「你二人何故廝打？」潘貴道：「小人與妻同往鄭家慶賀岳父生日，來在清溪渡口，與此光棍及眾人等過渡，及過上岸，彼即紊爭❶小人妻子，說是他的，故此二人廝打，被他打至嘔血。」洪昂道：「小人與妻同往慶賀岳父生日，同船上岸後，彼紊爭我妻，乞老爺公斷，以剪刁風。」府主一時錯愕，乃喚月桂上來問道：「你果是誰妻？」月桂道：「小婦人原嫁潘貴。」洪昂道：「我妻素無廉恥，想當日與他有通姦之私，今日故來做此圈套。乞老爺詳情。」府主又問道：「你妻子何處可有記驗？」昂道：「小人妻子左乳下有黑痣可驗。」府主令婦人解衣，看見果有黑痣，即將潘貴重責二十，將其婦斷與洪昂去，把這一干人犯趕出。

適包公奉委巡行，偶過金華府，徑來拜見府尹，及到府前，只見三人出府，一婦與一人抱頭大哭，

❶ 紊爭：亂爭。

不忍分別；一人強扯婦去。包公問道：「你二人何故啼哭？」潘貴就將前事細說一番。包公道：「帶在一旁，不許放他去了。」包公入府拜見府尹，禮畢，遂說道：「才在府前見潘貴、洪昂一事，聞貴府已斷，夫婦不捨，抱頭而哭，不忍別去，恐民情狡猾，難以測度，其中必有冤枉。」府尹道：「老大人必能察識此事，隨即送到行臺❷，再審真偽。」包公唯唯出去。府尹即命一起人犯可在包爺衙門外伺候。

包公升堂，先調月桂審道：「你自說來，哪個是你真丈夫？」月桂道：「潘貴是真丈夫。」包公道：「洪昂曾與你相識否？」月桂道：「並未會面。昨日在船上，偶因子飢取乳與食，被他看見乳下有痣，那光棍即起謀心，及至上岸，小婦與夫往東路回母家，彼扯往西路，因而厮打紊爭，二人扭往太爺臺前，太爺問可有記驗，洪昂遂以痣為憑，太爺不察，信以為實，遂將小婦斷與洪昂。乞爺嚴究，斷還丈夫，生死相感。」包公道：「潘貴既是你丈夫，他與你各有多少年紀？」月桂道：「小婦今年二十三歲，丈夫二十五歲，成親三載，生子方才八月。」包公道：「有公婆否？」月桂道：「公喪婆存，今年四十九歲。」包公道：「你父母何名姓？多少年紀？有兄弟否？」月桂道：「父名鄭泰，今八月十三日五十歲，母張氏，四十五歲，生子女共三人，二兄居長，小婦居幼。」包公道：「帶在西廊伺候。」又叫潘貴進來聽審，包公道：「這婦人既是你妻，叫做何名？姓誰氏？多少年紀？」潘貴道：「妻名月桂，鄭氏，年二十三歲。」以後所言皆合。包公又令在東廊伺候，喚洪昂聽審。包公道：「你說這婦人是你的妻，他說是他妻子，何以分辨？」昂道：「小人妻子左乳下有黑痣。」包公道：「那黑痣在乳下，取乳出養兒子，人皆可見，何足為憑？你可報他姓名，多少年紀。」洪昂一時無對，久之乃道：「秋桂乃妻名，

❷ 行臺：元代在地方依中央官制設行御史臺，簡稱行臺，職掌監察權。

今年二十二歲，岳父姓鄭，明日五十歲。」包公道：「成親幾年？幾時生子？」洪昂道：「成親一年，生子半歲。」包公怒道：「這廝好大膽，無故爭占人妻，還自強硬。」重打四十，發配邊外充軍。若依府擬，潘貴夫婦幾於夫東而婦西矣。

青冀

話說同安縣城中有龔昆，娶妻李氏，家最豐饒，性多慳吝。適一日岳父李長者生日，昆備禮命僕長財往賀，臨行囑道：「別物可遜他受些，此鵝決不可令他受了。」長財應諾而去，及到李長者家，長者見其禮亦喜，又問道：「官人何不自來飲酒？」長財道：「偶因俗冗，未得來賀。」長者令廚子受禮，廚子見其禮物菲薄，擇其稍厚者略受一二，遂乃受其鵝。長財意甚趑趄❶，其主極嚴，慮回家主人見責，飲酒幾杯，悶悶挑其筐而回。回到近城一里外，見墈❷下田中有一群白鵝，長財四顧無人，乃下田揀其大者捉一隻，放在魚池盡將毛洗濕，放入籠中。誰知鵝僕者名招祿，偶回家去，在山旁撞見長財，籠中無鵝，及復來田，但見長財捉鵝放入籠中而去。招祿且叫且趕，長財並不理他，只管行去。行了一望路，偶遇招祿主人在縣回來，招祿叫聲：「官人，前面挑籠的盜了我家鵝，可速拿住。」其主聞知，一手扭住。長財放下，乃道：「你這些人好無禮，無故扯人何干？」主道：「你盜我鵝，還說扯你何干？」二人爭鬧。偶有過路眾人，乃為息爭道：「既是他盜的鵝，眾人與你解釋，可捉轉入群鵝中，如即合伙，就是你的；如不合伙，相追相逐，定是他的。」長財道：「眾人言之有理，可轉去試之。」長財放出鵝

❶ 趑趄：猶豫觀望。

❷ 墈：音ㄎㄢˋ。高的堤岸。

來入於群中，眾鵝見其羽毛皆濕，不似前樣，眾鵝相追相逐，並不合伙。眾人皆道：「此鵝係長財的，你主僕二人，何欺心如此？可捉還他。」其主被眾人搶白，覺得無趣，乃將招祿大罵。招祿道：「我分明前路見他籠中無鵝，及到田時，見他捉鵝上岸，如何鵝不合伙？」心中不忿，必要明白，二人扭打。

偶值包公行經此地，見二人打鬧，問是何事？二人各以其故言之。包公細看其鵝，心中思忖：「說是招祿之鵝，何為不合其伙？說是長財的，他豈敢平白賴人？其中必有緣故。」想得一計，叫二人各自回家，帶鵝縣中，吩咐明早來領去。

次日，公差喚二人進衙領鵝，包公親看，乃道：「此鵝是招祿的。」長財道：「老爺，昨日憑眾人皆說是小人的，今日如何斷與他去？」包公道：「你家住城中，養鵝必是粟穀；他居住城外，放在田間，所食皆草菜。鵝食粟穀，撒糞必黃；如食草菜，撒糞必青。今糞皆青，你如何混爭？」長財乃道：「既說是他的，昨日為何放彼群鵝之中相逐相追，不合他伙？」包公道：「你這奴才還自強辯！你將水洗其毛皆濕，眾鵝見其毛不同，安有不追逐者乎？」鵝給還祿，喝左右重責長財二十板趕出。邑人聞之，一縣傳頌，皆稱包公為神明云。

聽五齋評曰：

斷妻不問痣之黑白，斷鵝必驗糞之青黃，大有主見。好官，好官！

和尚皺眉

話說包公為縣尹，偶一夜夢見城隍送四個和尚來，三個開口笑，一個獨皺眉。醒來疑異。次日十五，即往城隍廟行香，見廟中左廊下有四個和尚，因記及夜間所夢的事，遂吩咐衙役先回，乃喚四和尚問道：「你等和尚為何不迎接我？」一和尚答道：「本廟久住者當迎接，小僧皆遠方行腳，昨晚寄宿在此，今日又往別寺去，孤雲野鶴，故不趨奉貴人。」包公見有三個和尚粗大，一個和尚細嫩，不似男子樣，心中生疑，因問道：「和尚何名？」一個答道：「小僧名真守，那三個都是徒弟，名如貞、如誨、如可。」包公問道：「和尚會念經否？」真守道：「諸經卷略曉一二。」包公哄他道：「今是中秋之節，往年我在家常請僧念經保安，今幸遇你四人，可在我衙中誦經一日，以保在官清吉。」即帶四僧入衙去。包公命後堂擺列香花蠟燭，以水四盆與僧在廊邊洗澡，然後誦經。其三僧已洗，獨如可不洗，推辭道：「我受師父戒，從來不洗澡。」包公以一套新衣服與他換道：「佛法以清淨為本，哪有戒洗澡之理。縱有此戒，今為你改之。」命左右剝去褊衫❶，見兩乳下垂，乃是婦人。

包公令鎖了三僧，將如可問道：「我本疑你是婦人，故將洗澡來試，豈是真要念經乃請你等行腳僧。你這淫亂婦人，跟此三僧逃走，好好從頭招出緣由來。」婦人跪泣道：「小妾是宜春縣孤村褚壽之妻，

❶ 褊衫：貼肉之衣衫。褊，窄小的。

家有婆婆七十餘歲。因舊年七月十四晚，這三個和尚來借宿，妾夫褚壽辭道，我乃孤村貧家，又無床被，不可以歇。這和尚說道，天晚無處可去，他出家人不要床被，只借屋下坐過一夜，明早即去。遂在地打坐誦經。妾夫見他不肯去，又憐他出家人，備具齋飯相待，開床與他歇。誰料這禿子心歹，取出戒刀將妾夫殺死，妾與婆婆開門將走，被他拿住，將婆婆亦殺死，強把妾來削髮。次日，放火燒屋，將僧衣、僧鞋逼妾同去，用藥麻口，路上不能喊叫，略不能行，又將我打。妾思丈夫、婆婆都被他殺死，幾回思想殺他報冤，奈我婦人膽小不敢動手。昨晚正是十四夜，舊年丈夫、婆婆被殺之日適值周年，這三個買酒暢飲，妾暗地悲傷，默禱城隍助妾報冤。今老爺叫他入衙，妾道是真請他念經，故不敢告此情。早知老爺神見疑我是婦人，故將洗澡試驗，妾早已說出了。今日乃城隍有靈，使妾得見青天，報冤雪恨，雖即死見丈夫、婆婆於地下，亦無所恨。」包公道：「你從三個和尚污辱一年，若不說出昨夜禱祝城隍一事，我今日必以你為淫賤，決難免於官賣；你今說默禱城隍求報婆婆、丈夫的冤，此乃是實事，我昨夜正夢城隍告我。今與夢相合，方信城隍有靈，這三禿子天理合該擬斬。」堂上起文書將婦人送還母家，另行改嫁。

西瓜開花

話說包公糶穀賑濟回京，偶從溫州府經過，忽一夜夢四個西瓜，一個開花。醒來時方半夜，思之不知其故。次日去拜府官王給事，遇三個和尚在街說因果❶，及回，其和尚猶未去。見其新剃頭綠似西瓜一般，因想起夜來的夢，即帶三個和尚入衙問道：「你三人何名？」一老的答道：「小僧名雲外，他二個名雲表、雲際，皆是師兄弟。」又問道：「你居住何寺？」雲外道：「小僧皆遠方行腳，隨地游行，身無定居。昨到本府在東門侯思正店下暫住，亦不在此久居。」又問道：「你四個和尚如何衹三個出來？」雲外道：「只是三人，並無別伙。」包公命手下拿侯思正來問道：「昨日幾個和尚在你店內？」侯思正道：「三個。」包公道：「這和尚說有四個，你瞞起一個怎的？」思正道：「更有一個雲中和尚，心好養靜，只在樓上坐禪，不喜與人交接，這三個和尚叫我休要與人說，免人參謁，擾亂他的禪心。」包公賺出，即令手下去拿雲中來。及到，見其眉目秀美若婦人一般，即跪近案桌前泣道：「妾假名雲中，實名四美。父親賁文，同妾及母親並一家人招寶，將赴任為典史❷，到一高嶺處，不知是何地名，前後無人，被這三僧殺死父母並招寶，轎夫各自奔走，只留妾一人，強逼剃髮，假裝為僧，流離道路，今已半

---

❶ 說因果：僧侶向俗眾宣說佛教的因果報應之說。

❷ 典史：知縣下掌管緝捕、監獄的屬官。

年。妾苟延貪生，正欲向府告明此事，為父母報仇，幸老爺行香洞察真情，乞鑒惡僧之慘，為妾父母伸冤。」包公聽了判道：

審得僧雲外、雲表、雲際等，同惡相濟，合謀朋姦。假扮方外❸之游僧，朝南暮北；實為人間之蠹狗，行狠心污。污行不畏神明，惡心哪恤經卷！賁文職授典史，跋涉前程；四美跟隨二親，崎嶇峻嶺。三僧凶行殺掠，一家命喪須臾。死者拋骨山林，風雨暴露；生者辱身緇衲，蓬梗飄零❹。慈悲心全然失喪，穢垢業休問祓除❺。若見清淨如來❻，定受烹煎之譴；倘有阿鼻地獄❼，永墮牛馬之途。佛法遲且報在來世，王刑嚴即罪於今生。梟此群凶，方快眾忿。

移文投送兩院，當發所司，即以三僧決不待時，梟首示眾。又為賁四美起文書解回原籍，得見伯叔兄弟。有大商賀三德新喪妻，見四美有貌，納為繼室，後生子賀怡然，連登科甲，初選赴任，過一峻嶺，見三堆骸骨如生，怡然憫之，即令收葬。母賁氏出看嶺上風景，泣道：「此即當日賊僧殺我父母處。」乃咬指出血去點骸骨❽，血皆縮入，即其父母遺骸，隨帶回去安葬。而招賓一堆骨，則為之埋於亭邊，立石

❸ 方外：世外，謂超然於世俗禮教之外，後因稱僧道。

❹ 蓬梗飄零：形容身世如蓬草一樣流落、飄泊無依。梗，草莖。飄零，飄泊。

❺ 祓除：古代習俗，為除災去邪而舉行的一種儀式。祓，音ㄈㄨˊ。

❻ 清淨如來：釋迦牟尼的尊號之一。清淨，佛教稱遠離罪惡與煩惱。

❼ 阿鼻地獄：佛教認為人在生前做了壞事，死後要墜入地獄受苦。阿鼻，梵文「無間」的音譯，意謂痛苦無有間斷。

碑為記。

聽吾齋評曰：和尚要拐好人的，請多看看。

❽出血去點骸骨：古代傳說，人刺血點骸骨，如是親人的遺骸，血即透入骨中。古代常有以此鑒別親人遺骸的傳說。

卷之十

銅錢插壁

話說龍陽縣❶羅承仔，平生為人輕薄，不遵法度，多結朋伴，家中房舍寬大，開場賭博，收入頭錢❷，慣作保頭，代人典當借貸，門下常有敗壞猖狂之士出入，往來早夜不一。人或勸道：「結友須勝己，亞己不須交。」承仔道：「天高地厚，方能納污藏垢。大丈夫在天地之間，安可分別清濁，不大開度量容納眾生。」或又勸道：「交不擇人，終須有失。一毫差錯，天大禍端。常言『火炎崑岡❸，玉石俱焚』，汝奈何不懼？」承仔答道：「一尺青天蓋一尺地，豈能昏蔽？只要我自己端正，到底無妨。」由是拒絕人言，一切不聽。

忽然同鄉富家衛典家財鉅萬，金銀廣積，夜被賊劫，五十餘人手執刀槍火把，衝開大門，劫掠財物。

---

❶ 龍陽縣：今湖南省漢壽縣。

❷ 頭錢：聚賭抽頭所得的錢。

❸ 火炎崑岡：此語出自尚書胤征。炎，燒。崑岡，古代傳說中的產玉之山。

賊散之後，衛典一家大小個個悲泣，遠近親朋俱來看慰。此時承仔在外經過，見得眾人勸慰，乃嘆道：「蓋縣之富，聲名遠聞，自然難免劫掠，除非貧士方可無憂無慮，夜夜安枕。」衛典一聽羅承仔的話，心中不悅，乃謂其二子道：「親戚朋友個個憫我被劫，獨羅承仔乃出此言。想此劫賊俱是他家賭博的光棍，破蕩家業，無衣少食，故起心造謀來打劫我。若不告官，此恨怎消！」於是寫狀具告於巡行包公衙門。

包公看了狀紙，行牌並拘原告衛典、被告羅承仔等，重加刑罰審問。羅承仔受刑至極，執理辯道：「自古為窩家者，皆有賊人扳扯，皆有贓證，皆當捉獲。今衛典被劫，未經捉獲一個，又無贓證，又無賊人扳扯，平地風波陷害小人，此心何甘？」衛典道：「羅承仔為人既不事耕種，又不為商賈，終日開場賭博，代作保頭，聚集多人，皆面生無籍之輩，豈不是窩賊？豈不可剪除！」包公叱道：「羅承仔不務本，不安分，逐末❹行險，誰不疑乎？作保頭，開賭局，窩戶所出決矣；但賊情重事，窩家首謀最上捉獲，其次贓證，又次扳扯，三者俱無，難以窩論。衛典之告，大都因疑誣陷之意居多，許令保釋，改惡從善，後有犯者，當正典刑。」羅承仔心中歡喜，得免罪愆，謹守法度，不復如前作保開賭，人皆悅其能改過自新，獨有衛典心下不甘道：「我本被賊打劫，破蕩家計，告官又不得理，反受一場大氣，如何是好？」終日在家抱怨官府。包公訪知，自忖道：「承仔決非是盜，真盜不知何人？」故將衛典重責二十板，大罵道：「刁惡奴才，我何曾問差了？你自不小心失盜，那強盜必然遠去了，該認自家的晦氣，反來怨恨上官！」即命監起。

❹ 逐末：逐，追逐。末，古代以農業為「本」，工商業為「末」。

城中城外人等皆知衛典被打被監，官府不究盜賊事情。由是真賊鐵木兒、金堆子等聞得，心中大喜，乃集眾伙買辦酒肉，還謝神願，飲至夜深，各各分別，笑道：「人說包爺神明，也只如此。但願他子子孫孫萬代公侯，專在我府做官，使我們得其自在，無驚無擾。」不覺是夜包公思想衛典被劫告狀，不服問斷，必有大屈，若不親行訪察，何以得其真情。乃布衣小帽，私出街市，及行至城隍廟西，適聽眾賊笑語，心中想道：「願我子孫富貴誠好，但無驚無擾的話，卻有可疑。必是賊徒感我監起衛典，不究賊情，故安心樂意，有此語言。」遂以小錐畫三大「錢」字於牆上。轉過觀音閣東，又聽人語：「城隍爺真靈，包公爺爺真好；若不得他糊塗不究，我輩齊有煩惱。」包公心中又想道：「說我真好固是，但齊有煩惱的話又更可疑，此言與前所聽者俱是賊盜的話。」即以三銅錢插在壁間，歸來安歇。

明日望旦，同眾官往城隍廟行香，禮畢，即乘轎至廟西街，看牆上有三「錢」字處，命民壯圍屋，拿得鐵木兒等二十八人。又轉觀音閣東，尋壁上有三大錢處，亦令手下圍住，拿得金堆子等二十二人，歸衙鞫問。先將鐵木兒夾起罵道：「衛典與你何仇，黑夜強劫他家財富？」鐵木兒等再三不認。包公道：「你們願我長來做此官，得以自在，無驚無擾，奈何不守法度，致為劫賊！」木兒聽得此言，各各破膽，從實招認：「不合打劫衛典家財均分是實，罪無可逃，乞爺超活蟻命。」復將金堆子等夾起問道：「汝等何故同鐵木兒等劫掠衛典？」金堆子等甚刁甚姦，一毫不認。包公怒道：「汝等眾人都說『城隍爺爺甚靈，包公爺爺甚好』，今日若不招認，個個『齊有煩惱』！」堆子等聽得此言，人人落魄，個個喪膽，遂一一招認劫衛典，誠犯重罪，但乞寬宥。包公當即判道：

審得鐵木兒、金堆子等豺虎其心，蹻跖❺其行，欺天玩法，操戈於黑夜；明火衝門，劫財於白晝。輕視人命如草芥，軟艾❻不顧；重貪民貲若甘旨，擄劫無遺。三四人含冤撲地；五十賊大笑出門。強劫民財，已犯大辟，殺傷數命，尤當上刑。首從據律無分，處決候秋不赦。衛典所告得實，追贓給與寧家。

❺蹻跖：跖，指盜跖。蹻，音ㄐㄩㄝˊ。即莊蹻，戰國時人，與跖齊名，舊時指為劇盜之首領。

❻軟艾：軟，柔媚。艾，少女美貌。

蜘蛛食卷

話說山東兗州府鉅野縣鄭鳴華，家道殷富，生子名一桂，姿容俊雅，因父擇配太嚴，年長十八，未為聘娶。其對門杜預修家，有一女名季蘭，性淑有貌，因預修後妻茅氏欲主嫁與外侄茅必興，預修不肯，以致延到十八歲亦未許人。鄭一桂覷見其貌，千方百計得與通情，季蘭年長知事，心亦歡喜，每夜潛開豬門引一桂入宿，將次半載，兩家父母頗知之。季蘭後母茅氏在家吵鬧後，遂關防甚密；然季蘭有心向一桂，怎能防得？一日，茅氏往外家去，季蘭在門首立候一桂，約他夜來。其夜，一桂復往，季蘭道：「我與你相通半載，已懷了三個月身孕，你可央媒來議婚，諒我父亦肯；但繼母在家，必然阻擋，今乘他往外公家去，明日千萬留心。此事成則姻緣可久，不然，妾為你死矣。縱有他人來娶我，妾既事君，決不改節於他人。」鄭一桂欣然應諾。至次日五更，季蘭仍送一桂從豬門攛出。適有屠戶蕭升早起宰豬，正撞見了，心下忖道：「必是一桂與預修之女有通，故從他豬門而出。」蕭升亦從豬門挨入，果見女子在偏門邊倚立，蕭升向前逼他求歡。季蘭道：「你是何人？敢這等膽大！」蕭升道：「你養得一桂，獨養不得我？」季蘭哄道：「彼要娶我，故私來先議；若他不娶，則日後從你無妨。」即抽身走入房去，鎖住了門。蕭升只得走出，心中焦躁，想道：「彼戀一桂後生，怎肯從我？不如明日殺了一桂，使他絕望，諒季蘭必得到手。」次日，一桂稟知於父要娶季蘭。鄭鳴華道：「幾多媒來議豪家女子，我也不納，今娶此不正之女為媳，非但辱我門風，抑且被人取笑。」一桂見父不允，憂悶無聊，至夜靜後又往季蘭家，行到豬門邊，被蕭升突出拔刀殺之，並無人見。次日，鄭鳴華見子被殺，不勝痛傷，只疑是杜預修所殺，遂赴縣具告。

本縣朱知縣拘問，鄭鳴華道：「亡兒一桂與伊女季蘭有姦，伊女囑我兒娶他，我不肯允，其夜遂被殺，更有是誰？」杜預修道：「我女與一桂姦情有無，我並不知。縱求嫁不允，有女豈無嫁處，必須強配？其初求嫁之也何親？其終殺之也何讎？他告我遣女誘他男成姦，今又稱我女求嫁不允，此皆是虛砌之詞，望老爺詳察。」朱知縣問季蘭道：「有無姦情？是誰殺他？惟汝知之，從實說來。」季蘭道：「先是一桂千般調戲，因而苟合，他先許娶我，後來我願嫁他，皆出真心，曾對天立誓，來往已將半載。殺死之故不知，是誰，妾實不知。」朱知縣道：「你通姦半載，父親知道，因而殺之是真。」遂將杜預修夾起，再三不肯認，又將季蘭上了夾棍。季蘭心想：「一桂真心愛我，他今已死，幸我懷孕三月，倘得生男，則一桂有後；若受刑傷胎，我生亦是枉然。」遂屈招道：「一桂是我殺的。」朱知縣道：「一桂是你情人，偏忍殺他？」季蘭道：「他悔不娶我，故此殺了。」朱知縣道：「你在室未嫁，則兩意投合，情夫而同親夫。始焉以室女通姦，終焉以妻子殺夫，淫狠兩兼，合應抵償。」鄭鳴華、杜預修皆信為真。再過六個月，生下一男，鳴華因無子，此乃是他親孫，領出養之，保護甚殷❶。

過了半年，包公巡行到府，夜觀杜季蘭一案文卷，忽見一大蜘蛛從梁上墜下，食了卷中幾字，復又上去。包公心下疑異，次日即審這樁事。杜季蘭道：「妾與鄭一桂私通，情真意密，怎肯殺他？只為懷

❶ 殷：深厚；周到。

胎三月，恐受刑傷胎，故屈招認。其實一桂非妾所殺，亦不干妾父的事，必外人因甚故殺之，使妾枉屈抵命。」包公道：「你更與他人有情否？」季蘭道：「只是一桂，更無他人。」包公心疑蜘蛛食卷之事，意必有姓朱者殺之，不然乃是朱知縣問枉了，乃道：「你門首上下幾家，更有甚人，可歷報名來。」鳴華歷報上數十名，皆無姓朱者，只內一人名蕭升。包公心疑蜘蛛一名蛸蛛，莫非就是此人？再問道：「蕭升作何生理？」答言：「宰豬。」包公心喜道：「豬與蛛音相同，是此人必矣。」乃令鳴華同公差去拿蕭升來做干證。公差到蕭升家道：「鄭一桂那一起人命事，包爺喚你。」蕭升忽然迷亂道：「罷了！當初是我錯殺你，今日該當抵命。」公差喝道：「只要你做干證！」蕭升乃驚悟道：「我分明見一桂問我索命，何故卻是公差？此是他冤魂來了，我同你去認罪便是。」鄭鳴華方知其子乃是蕭升所殺，即同公差鎖押到官，蕭升一一招認道：「我因早起宰豬，見季蘭送一桂出門，我便去姦季蘭，他說要嫁一桂，不肯從我。次夜因將一桂殺之，要圖季蘭到手。詎❷料今日露出情由，情願償命，再無他說。」包公即判道：

審得：鄭一桂係季蘭之情夫，杜季蘭是一桂之表子❸。往來半載，三月懷胎；圖結良緣，百世偕老。陡為蕭升所遇，便起分姦之謀，恨季蘭之不從，遇一桂而暗刺。前官罔稽實跡，誤擬季蘭於典刑；今日訪得真情，合斷蕭升以償命。餘人省發，正犯收監。

---

❷ 詎：豈；怎。

❸ 表子：姘婦。

當時季蘭稟道：「妾蒙老爺神見，死中得生，犬馬之報，願在來世。但妾身雖許鄭郎，奈未過門，今兒子已在他家，妾願鄭郎父母收留入家，終身侍奉，誓不改嫁，以贖前私奔之醜。」鄭鳴華道：「日前亡兒已欲聘娶，我嫌汝私通非貞淑之女，故此不允；今日有拒蕭升之節，又有願守制之心，我當收留，撫養孫兒。」包公即判季蘭歸鄭門侍奉公姑。後季蘭寡守孤子鄭思椿，年十九登進士第，官至兩淮運使❹，封贈母杜氏為太夫人。鄭鳴華以擇婦過嚴，致子以姦淫見殺；杜預修以後妻掣肘，致女以私通招禍。此二人皆可為人父母之戒。

聽五齋評曰：

看鐵木兒、金堆子等天降下一班劇盜，風吹來一陣囚徒，到底是死的，那時衹爭遲早之間耳。生大可恨，死何足惜！獨杜季蘭未許鄭門，肯為情夫終身守制，教子成名，人情所難。敬服，敬服。

---

❹ 兩淮運使：兩淮，宋代地區名，轄地包括今安徽省、江蘇省北部和河南省一部。運使，即轉運使，宋代負責一路錢糧轉運的官員。

屍數椽

話說世間事情都盡分上，越中❶叫做說公事，吳中❷叫做講人情。那說分上的進了迎賓館，不論或府或縣，坐定就說起，若是那官肯聽便好，笑容也是有的，話頭也是多的；略有些不如意，一個看了上邊的屋聽著，一個看了上邊的屋說著，俗說叫做僵屍數椽子。譬如人死在床上，有一時棺材備辦不及，將面孔向了屋上邊，今日等，明日等，直等到停當了棺木，方好盛殮，故叫屍數椽。那說分上的，聽分上的，各仰面向了上邊，恰便是僵屍數椽子的模樣。以此勸做官的，決不到沒棺材的地位，何苦去說分上，聽分上，先去操演那數椽子的功夫！

話休煩絮❸，卻說東京有個知縣，姓任名事，凡事只聽分上，全不顧些天理。不說上司某爺書到，即說同年某爺帖來，作成鄉里說人情，不管百姓遭殃禍。那說人情的得了銀子，聽人情的做了面皮；那沒人情的就真正該死，不知屈了多少事，枉多少人。忽一日聽了監司❹齊泰的書，入了一個死罪，舉家

❶越中：今浙江省杭州、紹興市一帶。
❷吳中：今江蘇省蘇州附近地區。
❸煩絮：言語累贅、瑣碎。
❹監司：宋時監察州縣官吏政績的機構的泛稱。

流離。那人姓巫名梅，可憐上天無路，入地無門，竟屈死了，來到陰司，心上想道：「關節不到，只有包老爺，他一生不聽私書，又且夜斷陰間，何不前往告個明白？」是夜，正遇包公在赴陰床斷事，遂告道：

告為徇情枉殺事：生抱沉冤，死求申雪。身被贓官任事聽了齊泰分上，枉陷一身致死，累害合門遷徙。嚴刑酷罰，平地陡成冤地；挈老攜幼，良民變作流民。兒女悲啼，縱遇張遼❺聲不止；妻子離散，且教鄭俠❻畫難如。只憑一紙書，兩句話，猶如天降玉旨；哪管三番拷，四番審，視人命如草芥。有分上者，殺人可以求生；無人情者，被殺還該再死。上告。

包公看畢大怒道：「可恨可恨！我老包生平最怪的是分上一事。考童生❼的聽了人情，把真才都不取了；聽訟的聽了人情，把虛情都當實了。」叫鬼卒拘拿聽分上的任知縣來，不多時拿到階前跪下。包公道：「好個聽人情的知縣，不知屈殺了多少人！」任知縣道：「不干知縣之事。大人容稟，聽知縣訴來。」

訴為兩難事：讀書出仕，既已獲宴鹿鳴❽之舉；居官赴任，誰不思勵羔羊❾之節。今身初登進士，

---

❺張遼：三國魏大將，曾率軍大敗東吳孫權，致使吳地人以張遼名來恐嚇小兒，止其啼哭。

❻鄭俠：北宋福建人，曾繪流民圖獻給宋神宗。

❼童生：指應科舉考試未入學者。

❽鹿鳴：鹿鳴宴。唐代鄉舉考試後，州縣長官設宴請得中的舉子，在宴會上歌誦詩經小雅鹿鳴篇。明、清沿此，

才任知縣，位卑職小，俗薄民刁。就縉紳說來，不聽不是，聽還不是；據百姓怨去，不問不明，問亦不明。竊思徇情難為法，不徇難為官。不聽在鄉宦，降調尚在日後；不聽在上司，罷革即在目前。知死後被告，悔當日為官。上訴。

知縣將訴狀呈上道：「要聽了分上，怕屈了平民；若不聽他分上，又怕沒了自己前程。因說分上的是齊泰，乃本職親臨上司，不得不聽。」包公聽了，忙喚一卒再拘齊泰來。齊泰到時，包公道：「齊泰，你做監司之官，如何倒與縣官討分上？」齊泰道：「俗語說得好，蒼蠅不入無縫的蛋，若是任知縣不肯聽分上，下官怎的敢去講分上？譬如老大人素嚴關防，誰敢復以私書干謁？即天子有詔，亦當封還，何況監司乎！這屈死事情，知縣之罪，非下官之過也。再容下官訴來。」

訴為惹禍嫁禍事：自古縣官最難做，然而宰治亦有法。賄絕苞苴⑩，則門如市而心如水；政行蒲葦⑪，始里有吟而巷有謠。今任知縣為政多訛，枉死者何止一巫梅？徇情太甚，聽信者豈獨一齊泰！說不說由泰，聽不聽由任。你若不開門路，誰敢私通關節？直待有人告發，方出牽連嫁害。

於鄉試放榜次日，宴請考中的舉人和試官，歌鹿鳴詩，作魁星舞，稱作為鹿鳴宴。

⑨ 羔羊：詩經召南篇名。詩序：「召南之國化文王之政，在位皆節儉正直，德如羔羊。」

⑩ 苞苴：餽贈的禮物，引申指賄賂。

⑪ 蒲葦：中庸：「夫政也者，蒲盧也。」朱熹注：蒲盧，即蒲葦，也就是蘆葦。其意是以蘆葦順風而偃，來比喻為政當順民情而治。

冤有頭，債有主，不得移甲就乙；生受私，死受罪，難甘扳東扯西。上訴。

包公聽了道：「齊泰，據你說來甚是有理。你說，知縣不肯聽分上你就不肯講分上了，這叫責人則明，恕己則昏了。你若不肯講分上，怎麼有人尋你說分上？」任知縣連叩頭道：「大人所言極是。」巫梅道：「果然爺爺明見萬里，乞筆下超生。」包公道：「聽分上的不是，講分上的也不是。聽分上的耳朵忒軟，罰你做個聾子；講分上的口齒忒會說，罰你做個啞子。」巫梅道：「任知縣還有一件可取，他考試兩番童生，並不聽一名分上。」包公道：「這件可取，祇為屈殺一條人命，姑罰作三年聾子，即遇名醫好乃罷。若考童生聽了一名上，便免不得終身做個啞子。」即判道：

審得：任事做官未嘗不明，只為要聽分上便不公；祇為要保官，故聽分上。齊泰當道未嘗不能，只為要說分上便不廉；祇為貪得財，故說分上。今說分上者罰為啞子，使之要說說不出；聽分上的罰為聾子，使之要聽聽不得。所以處二人之既死者可也。如現在未死之官，不以口說分上而用書啟，不以耳聽分上而看書啟，又將如何？我又自有處法。說分上者罰之以中風之痼疾，兩手俱痿⑫而寫不動，必欲念與人寫，而口啞如故，卻又念不出矣；聽分上者罰之以頭風⑬之重症，兩

⑫ 痿：身體某部分萎縮或喪失機能的病。

⑬ 頭風：一種頭痛的病症，時發時止，經久不愈。

眼俱瞎而看不見，必欲使人代誦，而耳聾如故，卻又聽不著矣。如此加譴，似無剩法。庶幾天理昭彰，可使人心痛快。

批完道：「巫梅，你今生為上官聽了分上枉死了你，來生也賞你一官半職。」俱各去訖。

鬼推磨

話說俗諺道：「有錢使得鬼推磨。」卻為何說這句話？蓋言憑你做不來的事，有了銀子便做得來了，故叫做鬼推磨，說鬼尚且使得他動，人可知矣。又道是「財至十萬，可以通神」，夫神，最靈者也，無不可通，何況鬼乎？可見當今之世，惟錢而已。有錢的做了高官，無錢的做個百姓；有錢的享福不盡，無錢的吃苦難當；有錢的得生，無錢的得死。總來，不曉得什麼緣故，有人鑽在錢眼裡，錢偏不到你家來；有人不十分愛錢，錢偏望著他家去。重起來這樣東西果然有個神附了他，輕易求他求不得，不去求他也自來。

東京有個張待詔❶，本是痴呆漢子，心上不十分愛錢，日逐發積起來，叫做張百萬。鄰家有個李博士❷，生來乖巧伶俐，死在錢裡，東手來西手就去了，因見張待詔這樣痴呆偏有錢用；自家這樣聰明偏沒錢用，遂鬱病身亡，將錢神告在包公案下。

告為錢神橫行事：竊惟大富由天，小富由人。生得命薄，縱不能夠天來湊巧；用得功到，亦可將

❶ 待詔：宋、元時代對手藝工人的尊稱。

❷ 博士：宋時對從事某種職業的人的稱呼，如茶博士、酒博士。

就以人相當。何故命富者不貧，從未聞見養五母雞二母彘，香爨❸偏滿肥甘；命貧者不富，哪怕他去了五月穀二月絲❹，豐年不得飽暖。雨後有牛耕綠野，安見貧窶❺田中偶幸獲增升斗；月明無犬吠花村，未嘗富家庫裡以此少損分毫。世路如此不平，神天何不開眼？生前既已糊塗，死後必求明白。上告。

包公看畢道：「那錢神就是注祿判官了，如何卻告了他？」李博士道：「只為他注得不均勻，因此告了他。」包公道：「怎見得不均勻？」李博士道：「今世上有錢的坐在青雲裡，要官就官，要佛就佛，要人死就死，要人活就活。那沒錢的就如坐在牢裡，要長不得長，要短不得短，要死不得死，要活不得活。世上同是一般人，緣何分得不均勻？」包公道：「不是注祿分得不均勻，錢財有無，皆因自取。」李博士道：「東京有張百萬，人都叫他是個痴子，他的錢偏用不盡；小的一生人都叫我伶俐，錢神偏不肯來跟我。若說錢財有無都是自取，李博士也比張待詔會取些。如何這樣顛倒？乞拘張待詔來審個明白。」移時鬼卒拘到。包公道：「張待詔，你如何這樣平地發跡，白手成家，你在生敢做些歹事麼？」張待詔道：「小人也不會算計，也不會經運❻，今日省一文，明日省一文，省起來的。」包公道：「說得不明

---

❸ 爨：音ㄘㄨㄢˋ。竈；燒火煮飯。

❹ 五月穀二月絲：唐代聶夷中詠田家：「二月賣新絲，五月糶新穀，醫得眼前瘡，剜卻心頭肉。」極寫田家寅喫卯糧的窮困生活。

❺ 貧窶：貧窮。窶，音ㄐㄩˋ。

❻ 經運：經營。

白。」再喚注祿判官過來問道：「你做注祿判官就是錢神了，如何卻有偏向？一個痴子與他百萬，一個伶俐的到底做個光棍！」注祿判官道：「這不是判官的偏向，正是判官的公道。」包公道：「怎見得公道？」判官道：「錢財本是活的，能助人為善，亦能助人為惡。你看世上有錢的往往做出不好來，驕人，傲人，謀人，害人，無所不至，這都是伶俐人做的事，因此，伶俐人我偏不與他錢。惟有那痴呆的人，得了幾文錢，深深的藏在床頭邊，不敢胡亂使用，任你堆積如山，也只平常一般，名為守錢虜是也，因此，痴呆人我偏多與他錢。見張待詔省用，我就與他百萬，移一窖到他家裡去；見李博士姦滑，我就一文不與，就是與他百萬也不夠他幾日用。如何叫判官不公道？」包公道：「好好，我正可惡貪財浪費錢的，叫鬼卒剝去李博士的衣服，罰他來世再做一個光棍。但有錢不用，要他何幹？有錢人家盡好行些方便事，窮的周濟他些，善的扶持他些，徒然堆在那裡，死了也帶不來，不如散與眾人，大家受用些，免得下民有不均之嘆。」叫注祿官把張待詔錢財另行改注，只夠他受用罷了。批道：

審得：人心以不足而冀有餘，天道以有餘而補不足。故勤者有餘，惰者不足，人之所以挽回造化也；又巧者不足，拙者有餘，天之所以播弄愚民也。終久天命不由乎人，然而人定亦可以勝天。所以純聽天不得，純任人亦不得。今斷李博士罰作光棍，張待詔量減餘貲，庶幾處以半人半天之分，而可免其問天問人之疑者也。以後，居民者常存大富由天小富由人的念頭，居官者勿召有錢得生無錢得死的話柄。庶無人怨之業，並消天譴之加。

批完，押發去。又對注祿判官道：「但是，如今世上有錢而作善的，急宜加厚些；有錢而作惡的，急宜分散了。」判官道：「但世人都是痴的，錢財不是求得來的，你若不該得的錢，雖然千方百計求來到手，一朝就拋去了。」

聽五齋評曰：

好笑今之聽訟者，抬出一牌放告牌❼，就如挖了金窖子。聽分上的，作成別人得錢；不聽分上的，又伸手到照壁❽邊。作成別人，固是無用，伸手壁邊，則何益矣？錢神，物也，堆積如山，未必能帶得去；留與子孫，未必能守得長。這樣兩重公案，各宜書寫一通。

---

❼ 放告牌：公布官府開堂受理案件的時間的告示。

❽ 照壁：廳堂前的照牆。此句意指私下接受賄賂。照壁邊，是不為人注意的角落處。

栽贓

話說永平縣❶周儀，娶妻梁氏，生女玉姝，年方二八，姿色蓋世，且遵母訓，四德❷兼修，鄉里稱賞。六、七歲時許配本里楊元，將行禮親迎，為母喪所阻。土豪伍和，因往人家取討錢債，偶過周儀之門，至於東牆，回頭顧盼，只見玉姝倚闌刺繡，人物甚佳，徘徊眷戀，遂問其僕道：「此誰家女子？其實可愛。」僕道：「此是周家玉姝。」和道：「可配人否？」僕道：「不知。」和遂有心，日夜思慕，造謀設計，相央魏良為媒。良見周儀，談及：「伍和家資巨萬，田地廣大，世代殷富，門第高華，欲求為公家門婿，使我為媒，萬望允從。」周儀答道：「伍宅家勢富豪，通縣所仰。伍官人少年英傑，眾人所稱，我豈不知？但小女無緣，先年已許配本處楊元矣。元乃連姻疊婭，世代結親，千金❸雖未受，而一醮❹則無改。請辭之。」魏良回報於和道：「事不諧矣，彼多年已許聘楊元，不肯移易。蓋聘禮雖未接，海誓山盟則已訂定。」和怒道：「我之家財人品，門第勢焰，反出楊元之下。況又未曾行禮，奈何

---

❶永平縣：今湖南省靖縣。

❷四德：據周禮天官九嬪為婦德、婦言、婦容、婦功，是古代禮教認定婦女應當具有的四種德行。

❸千金：此指聘金。

❹醮：指女子嫁人。

辭我？我必以計害之，方遂所願。」魏良道：「古人說得好，爭親不如再娶，官人何必苦苦戀此？」和終不聽，欲興訟端。周儀知之，遂托原媒擇日送女適楊元家，成就姻緣，杜絕爭端。

和聞之，心中大怒，使人密砍杉木數株，浸於楊元門首魚池內，興訟報仇，乃作狀告於永平縣主秦侯案下，原被告並鄰里干證一一拘問。鄰里皆道：「杉木果係伍和墳山所產，實浸楊元門首池中，形跡昭昭，不敢隱諱。」楊元道：「爭親未得，伐木栽贓，圖報仇恨，冤慘何堪？」伍和道：「盜砍墳木，驚動先靈，死生受害，苦楚難當。」秦侯道：「伍和何必強辯？汝實因爭親未遂，故此栽贓報恨。」遂打二十板，問其反坐之罪。判道：

審得：伍和與楊元爭娶宿仇，連年釁起。自砍杉木，魆浸元池，黑暗圖賴，其操心亦甚勞，而其為計何甚拙也！里鄰實指，蓋徒知元池有贓，而不知贓之在池由於和所丟耳。元係無辜，和應反坐。某某干證人等，俱落和套術中，姑免究。

此時，伍和詭謀不遂，怒氣沖沖，痛憾楊元：「我不致此賊於死地，誓不甘休！」思思慮慮，常欲害元。一日，忽見一丐子覓食，與他酒肉，問道：「汝往各處乞食，還是哪家豐富，齊整良善，肯施捨錢米濟汝貧民？」丐子應道：「各處大戶人家俱好乞食；但只有楊元長者家中正在整酒做戲還願，無比快活，甚好討乞，我們往往在那裡相熟，好多乞得些。」伍和道：「做戲完否？酒吃罷否？」丐子道：「還未完，明日我又要往他家。」伍和道：「他家東廊有一井，深淺何如？與眾共否？」丐子道：「只是他家獨自打水，且甚是深，看戲者多在井欄上坐。」伍和道：「我再賞你酒肉，托你一事，肯出力幹否？若幹得來，還有一錢好銀子謝你。」丐子道：「財主既肯用我，又肯謝我，即要下井去取黃土我也下去，怎敢推辭。」伍和道：「也不要你下井，只在井上用些工夫。」語畢，遂以酒肉與他。丐者醉飽之後，問：「幹甚事？」伍和道：「你今已醉，在我這裡住宿，明日酒醒，早飯後我對你說。」及至次日清晨，伍和問丐者道：「酒醒乎？」丐者道：「酒已醒，我要往楊元家看戲。」伍和遂以金銀首飾一包付與丐者道：「托你帶此往楊家，密密丟在井中，千萬勿洩機關，只好你知我知。」丐者領過，即便出伍家門。行至前途，見一賣花粉簪釵者，遂生利心。坐於偏僻所在，展開伍和包裹一看，只見金釵一對，金簪二根，銀釵一對，銀簪二根，心中大喜，將米二斗，碎銀三分，買銅錫簪釵換了金銀的，依舊包好，擠入楊元家看戲，將此密丟井中，來日報知伍和，討賞銀一錢。伍和隨即寫狀，仍以竊盜事情指贓搜檢等情奔告巡行衙門包公臺下。

包公准狀後，即行牌該縣拿人搜贓。伍和指稱金銀首飾贓在井中，即憑應捕里甲乾井搜檢，果得一包金銀首飾。楊元一見不能辯脫，本縣起解見包公。包公鞫問再三，楊元死不肯認。包公道：「井在你家，贓在你井中，安能辭得？」重刑疊加，楊元受刑已極，竟不認盜。包公遂呼伍和道：「你這首飾是何人打的？」伍和道：「打金者是黃美，打銀者是王善。」包公即拘得黃美、王善來問道：「此金銀首飾是你二人與伍和打造的。」黃美道：「小人與他打金的，不曾打銅的。」王善道：「小人為他打銀的，不曾打錫的。」包公一聞銅錫之言，心中便知此事有弊，且將楊元監起，伍和喝出，即令得力公牌鄧仕密密跟隨伍和，看他在外與何人談論，即急急扯來報我。鄧仕悄地隨和行至市中，只見和問丐子道：「前日托你幹事，已送謝禮一錢，何故將銅錫換去金銀？」丐者答道：「何敢為此事？」和道：「包爺拘黃美、王善兩匠人認出。」丐者無言。鄧仕當下拿丐者回報，包公將丐者夾起道：「你何故換去伍和金銀首飾？」丐者膽落，只得直招道：「伍和托我拿首飾丟在楊元廊下井中，小人見財起心，換了他的是實，其物尚在身上，即獻老爺臺前，乞超活蟻命。」此時包公深怒伍和，遂加嚴刑，竟問反坐，和縱有百口，不能強爭。判道：

審得伍和，狠毒萬分，刁姦百出。栽贓陷楊元，冤沉井底；用錢賄丐子，事敗市中。前假杉木為姦，已坐誣罔；茲以首飾搆訟，更見姦心。用盡機謀，徒然禍己；難逃罪罟❺，竟爾害身。陷人之心太甚，欺天之惡彌彰。擬以要衢徒役，用警群梟；剪汝太劇凶囂，以昭大法。楊元無罪加身，丐者徇私量罰。

❺罟：網。

扮戲

話說建中❶鄉土磽瘠❷，風俗浮靡，男女性情從來濫惡。女多私交不以為恥，男女苟合不以為污。居其地者，惟欲豐衣足食，穿戴齊整華靡，不論行檢卑賤，穢惡弗堪。有謠言道：「酒日醉，肉日飽，便是風流稱智巧，一聲齊唱俏郎君，多少嫦娥❸爭鬧吵。」此言男子輩之淫亂也。又有俚語道：「多抹粉，巧調脂，高戴髻，穿好衣，嬌打扮，善支持，幾多人道好蛾眉。相看盡是知心友，晝夜何愁東與西。」言女子輩之淫縱也。聞有賢邑宰觀風考俗，欲革去其淫污以成清白，奈習俗之染既深，難以朝夕挽回。能革淫惡之跡，未必能革其淫惡之心；能遏其淫亂於一時，未必能遏其淫亂於永久。

有一富家楊半泉，生男三人，長曰美甫，次曰善甫，幼曰義甫，俱浮浪不羈，素越禮法，常窺東鄰戚屬于慶塘嬌媳劉仙英，容貌十分美麗，知其心中懊恨夫婿年幼，情欲難遂，日夜憂悶，星前月下，眼去眉來，意在外交，全無忌憚。美甫兄弟三人遂各調之，既係累世姻婭，又為比鄰密邇，仙英雖無不納，然鍾情則在善甫。慶塘夫婦亦知其情，但以子幼無知，媳婦稍長，欲動情趣，難以防閑；又念善甫懿戚❹，

❶建中：指今福建省。

❷磽瘠：地質堅硬不肥沃。磽，音ㄑㄧㄠ。

❸嫦娥：此喻美女。

瞰近戚鄰，若加捉獲，彼此體面有傷，只得含忍模糊，候子長大。然善甫雖戀仙英，仙英心下殊有所不足。蓋以善甫錢財雖充盈，儀容雖修飾，但胸中無學術，心上有茅塞❺，琴、棋、書、畫、吹、彈、歌、舞，俱未諳曉，難作風流佳婿，縱善甫巧於媚愛，過為奉承，仙英亦唯唯諾諾而已，私通四載有餘，真情一毫未吐。忽於中秋佳節，風清月朗，市人邀集浙西子弟扮戲，慶賞良夜，嬌喉雅韻，上徹雲霄。仙英高玩西樓，更深夜靜，聞得子弟聲音嘹亮，憑欄側耳，萬分動心，恨不得插翅飛入其懷抱。次夜，善甫復會仙英，問道：「昨夜風月清勝無邊，何獨遠我而不共登高樓，親近廣寒❻問嫦娥樂事耶？」善甫道：「本欲來相伴，偶有浙人來扮戲，父兄親戚大家邀往玩耍，不能私自前來，恐或遇人齒牙❼，故爾負罪粧前。」仙英因問道：「夜深時歌喉響徹霄漢者為誰？」善甫道：「非他人，乃正生❽唐子良，其人二十二歲，神色丰姿，種種奇才，相之者皆道尚有貴顯日子，非終身作戲人物。乃問其家世，果係一巨宦子弟，讀書既成，只為性好耍樂，故共眾子弟出游。」仙英聞子良為人精雅風流，更加動念。次日，乃語其姑道：「公公指日年登六十，花甲一週，亦非等閑可比，自然各處親友俱來稱觴❾祝壽，少不得設酒宴賓，必須請子弟演戲幾日。今聞得有浙戲在此，善於歌唱搬演，合用之以與大人慶壽，勸諸賓盡

❹ 懿戚：至親。
❺ 茅塞：比喻人的思路閉塞或愚昧不懂事。
❻ 廣寒：神話說月亮上有廣寒宮。此指月亮。
❼ 齒牙：此是成為他人話柄的意思。
❽ 正生：戲曲中扮男性主角的演員。
❾ 稱觴：舉杯祝賀。觴，酒樽。

歡而散。」其姑喜而嘆曰：「古人說子孝不如媳孝，此言不虛。」遂勸慶塘道：「人生行樂耳，況值老官人華誕，海屋添籌⑩，斗星炫耀，凡諸親友，一一皆來慶壽，必置酒開筵，款待佳客，難得有好浙戲在此，必須叫到家中做上幾臺。」慶塘初尚不允，及聽妻言再三，遂叫戲子連扮二十餘日。

仙英熟視正生唐子良著實可愛，遂私奔外廳，默攜子良同入臥房，交合甚歡。做戲將畢，子良思想：「戲完豈可久留他家與仙英長會？」乃思一計，密約仙英私奔而歸，但不知仙英心下何如。子良當夜與仙英雲雨之時，私相謂道：「今你家戲完，我決不能長久同樂，你心下如何？」仙英道：「我亦無可奈何。」子良即起拐帶之心，甜言蜜語對英說：「我有一計，莫若同你私奔我家。」仙英道：「我家重重門鎖，如何走得？」良道：「你後門花園可逾牆而走。」英道：「如此便好。」遂約某日某夜逾牆逃出，同子良一齊而歸。彼時設酒日久，慶塘夫婦日夜照顧勞頓，初不提防。至次日早晨，喊叫媳婦起來炊爨，連喊幾聲不應，直至房中臥床，不見蹤影，乃頓足搥胸哭道：「我的媳婦決然被人拐去！」乃思忖良久道：「拐我媳婦者決非別人，只有楊善甫這賊子，受他許多年欺姦污辱，含忍無奈，今又拐去。」不得不具狀奔告包公道：

告為滅法姦拐事：婚姻萬古大綱，法制一王令典。梟豪楊善甫蓋都喇虎⑪，猛氣橫飛，恃猗頓⑫

⑩ 海屋添籌：宋人蘇軾東坡志林三老語：「嘗有三老人相遇，或問之年，……一人曰：『海水變桑田時，吾輒下一籌，爾來吾籌已滿十間屋。』」後因以「海屋添籌」用來祝壽。

⑪ 蓋都喇虎：蓋，壓倒。都，都市。喇虎，即喇唬，詐騙之徒。

⑫ 猗頓：戰國時大商人，以經營河東鹽池致巨富。

丘山之富，濟林甫⑬鬼蜮⑭之姦。欺男雛懦，稔姦少婦劉仙英，貪淫不已。本月日三更時分，拐串奔隱遠去，盜房貲一洗。痛身有媳如無媳，男有妻而無妻。惡妄如林如雲，今又恣姦恣拐；地方不啻溱洧⑮，風俗何殊鄭衛⑯？上告。

包公天性剛明，斷事神捷，人人咸服，遂准慶塘之狀，即便差人捉拿被告楊善甫。善甫嘆道：「老天屈死我也。劉仙英雖與我平素相愛，今不知被誰人拐去，死生存亡，俱不可知，乃平白誣我姦拐，情苦何堪。我必哭訴，方可暴白此冤。」遂寫狀奔訴：

訴為捕風捉影誰憑誰據事：風馬牛⑰自不相及，秦越人⑱豈得相聞。澆⑲俗靡靡⑳，私交擾擾㉑。

⑬林甫：李林甫，唐代宰相，權勢顯赫，對人口蜜腹劍。當政時吏治敗壞，為古代大姦臣。

⑭鬼蜮：比喻用心險惡，暗中傷人。

⑮溱洧：詩經鄭風篇名。溱、洧，兩河名。鄭國風俗，每年三月上巳日，在此兩河邊舉行招魂驅邪的儀式，為鄭國士女遊春之地。

⑯鄭衛：春秋時兩古國名，時稱鄭、衛民風淫靡。

⑰風馬牛：語見左傳僖公四年：「君處北海，寡人處南海，唯是風馬牛不相及也。」喻事物之間毫不相干。

⑱秦越人：秦，陝西。越，浙東。兩地之人相距極遠。

⑲澆：刻薄。

⑳靡靡：委靡不振的樣子。

㉑擾擾：動亂不寧的樣子。

慶媳仙英苟合貪欲，通情甚多。今月某夜，不知何人潛拐密藏，蹤跡難覓。慶執仇誰為證佐？竟平白陷身無辜。且惡逞指鹿為馬之姦，捏畫蛇添足之狀；教猱升木㉒，架空㉓告害；臺不劈冤，必遭栽陷。上訴。

包公詳看善甫訴狀，忖道：「私交多年，拐帶有因，安能辭其罪責。」乃呼楊善甫罵道：「汝既與仙英私通多年，必知英心腹事情。今仙英被人拐去，汝亦必知其緣故。」甫道：「仙英相愛者甚多，安可架陷㉔小人拐去。」包公道：「仙英既多情人，汝可一一報來。」善甫遂報楊廷詔、陳汝昌、王懷庭、王白麓、張大宴、李進有等，一一拘到臺下審問，皆道：「仙英私愛之情不虛，但拐串一節全然不曉。」包公即把善甫及眾人一一夾起敲打，全無一人肯招，眾口咸道：「仙英淫奔之婦，水性楊花，飄蕩無比，不知復從何人逃了，乃把我們一班來受此苦楚，死在九泉亦不甘心。」慶塘復稟包公道：「拐小人媳婦者楊善甫，與他人無干，只是善甫故意放刁，扯眾人來打渾㉕。」包公再審眾人，口詞皆道：「仙英與眾通情是真，終不敢妄言善甫拐帶，乞爺爺詳察冤情，超活一派無辜。」

包公聽得眾人言語，恐善甫有屈，且將一干人犯盡行收監。夜至二更，焚香祝告道：「劉仙英被人拐去，不識姓名，不見蹤跡，天地神明，鑒察冥冥，宣速報示，庶不冤枉無辜。」祝畢，隨步入西窗，

㉒ 教猱升木：詩經小雅角弓：「毋教猱升木。」猱，猿類，善攀援。後用以比喻多此一舉。

㉓ 架空：沒有根據。

㉔ 架陷：架空陷害。

㉕ 打渾：胡鬧。

只聽得讀書聲音，仔細聽之，乃誦綢繆㉖之詩者，「子兮子兮，如此良人何」，包公想道：「此唐風也，但不知是何等人品？」侵晨起來，梳洗出堂，忽聽衙後有人歌道：「戲臺上好生糖，甚滋味？分明涼。」包公愓然㉗悟道：「必是扮戲子弟姓唐名子良也。」升堂時，投文簽押㉘既完，又取出楊善甫來鞫問道：「慶塘家曾做戲否？」答言：「做過。」「有姓唐者乎？」答言：「有唐生名子良者。」又問：「何處人氏？」回言：「衢㉙之龍城人。」包公乃假劫賊為名，移關衢守宋之仁臺下道：「近因陣上獲有慣賊，強人㉚自鳴極稱，龍寇㉛唐子良同行打劫多年，分贓得美婦一口，金銀財物若干，煩緝拿赴對以便問結。」宋公接到關文，急急拿子良解送包公府衙。子良見了包公從直訴道：「小人原是宦門苗裔㉜，習學儒書有年，只因淡泊㉝，又不能負重生理，遂合伙做戲。前在富翁于慶塘家做慶壽戲二十餘臺，其媳劉仙英心愛小人，私奔結好，願隨同歸，何嘗為盜？同伙諸人可證。」包公既得真情，遂收子良入監，又移拿仙英來問道：「汝為何不義，背夫逃走？」仙英道：「小婦逃走之罪固不能免，但以雛夫稚弱，情欲弗

㉖ 綢繆：詩經唐風篇名。
㉗ 愓然：急速；忽然。
㉘ 簽押：簽署。
㉙ 衢：衢州，今浙江衢州市。
㉚ 強人：強盜；匪徒。
㉛ 龍寇：龍城縣強盜。
㉜ 苗裔：後代子孫。
㉝ 淡泊：此指不熱衷於功名。

遂，故此喪廉恥犯此罪愆，萬乞原宥。」包公呼于慶塘父子問道：「此老好不無知！兒子口尚乳臭，安用此淫婦，無怪其奔逃也。」慶塘道：「小人暮年生三子，愛之太過，故早娶媳婦輔翼孱兒㉞。總乞老爺恩宥。」包公遂問仙英背夫逃走，當官發賣；唐子良不合私納淫奔，楊善甫亦不合淫姦少婦，楊廷詔諸人等俱擬和姦徒罪；于慶塘誣告反坐，重加罰贖，以儆將來；人人快服。判道：

審得劉仙英，芳姿豔色，美麗過人，穢行淫情，濫惡絕世；恥乳臭之雛夫，養包藏之譎漢㉟，衽席㊱私通，喪名節而不顧，房帷苟合，甘污辱以何辭；在室多情郎，失身已甚，偷情通戲子，背夫尤深；酷貪雲雨之歡，極陷狗彘之辱；依律官賣，禮給原夫。子良納淫奔之婦，曷可稱良？善甫恣私姦之情，難以言善；俱擬徒罪，以警淫濫。廷詔諸人悉係和姦，法條難赦；慶塘一身宜坐誣告，罰贖嚴刑。掃除遍邑之淫風，挽回萬姓之淳化㊲。

聽五齋評曰：

栽贓以思陷盜，吾知其不仁甚矣。扮戲最易引姦，是亦不可以已乎？

㉞ 孱兒：軟弱無能之子。孱，音ㄘㄢˋ。

㉟ 譎漢：欺詐之徒。譎，音ㄐㄩㄝˊ。

㊱ 衽席：床席。

㊲ 淳化：淳厚的教化。

蓺器燈盞

話說永從縣❶李馬英，才高學博，鄉會❷聯登，殿試二甲❸，選為泰州知州。及到任，恪守官箴，動遵王法，城狐社鼠❹，絕跡潛蹤，學校日崇，吏胥日畏，市無閑語，野有清評❺，皆道泰州何幸得此賢侯。只是遇了親故年家，略要聽些分上。奈何一日病疾流連，延及街市，延及官府，馬英不忍坐視，往往慰諭，數日間，病染馬英身上，竟不能起。乃呼其妻趙氏道：「我本期與淑人❻百歲快樂，今天限我年，不能強生塵世，汝宜扶柩還歸故鄉，教誨汝子接紹我書香，無令失所。」語畢遂終。趙淑人哀痛不勝，撫棺自縊。按院❼聞知，悉行弔禮，急奏朝廷，降旨旌表馬英為良臣，淑人為烈女，馳驛還鄉，立祠享祭。

❶ 永從縣：今貴州省黎平縣南永從鎮。

❷ 鄉會：鄉試；會試。

❸ 二甲：殿試成績分三甲，第四名以下若干人為二甲，授進士出身。

❹ 城狐社鼠：穴居在城垣、社祠中的狐鼠，比喻依勢為姦的賊人。

❺ 清評：即清議，公正的評論。古時指鄉里或學校中對官吏的批評。

❻ 淑人：古時三品官之妻的封號。

❼ 按院：巡按院。

厥❽子羅大郎素性凶狂，又無學術，父官清苦，宦囊久虛，食用奢華，家貲消滅，不守禮法，流入棍徒，恣惡恃強，橫行鄉曲❾，游手好閑，混為盜賊。一日，坐於南橋，忽見銀匠石堅送其親戚水朝宗於渡口，慮其酒醉，買有甆❿器燈盞六枚，執其包裹而囑之道：「此物件須珍重，不可恍惚⓫。」朝宗道：「是我自家所當心者，何必叮嚀。」遂別去。大郎聽了此言即起謀心道：「石銀匠送此人再三囑咐，必是傾瀉⓬銀子回家。」遂急急趕至前途，欲謀所有。望見龍泉渡邊，聞得朝宗醉呼渡子阮自強撐船渡河，自強道：「我有病不能撐船，汝自家撐去。」朝宗帶醉跳上渡船，大郎連忙踏上船道：「我與你撐去。」一篙離岸，二篙漸遠，三篙至中流⓭。天色昏沉，夜晚悄黑，兩岸無人，漫天禍起，即將朝宗推入深水中，取其包裹登岸而去，只遺下雨傘一把在船。次日，阮自強令男去看船，拾還家中。是夜，大郎謀得朝宗包裹，悄地打開，並無銀兩，只有甆器燈盞六枚，心中慘然不悅，自嗟自怨，不能為情，乃援筆而題龍光廟後門道：「你好差，我好錯，只因燈盞雷⓮。若要報此仇，除是馬生角⓯。」題畢，將

---

❽ 厥：其；他的。

❾ 鄉曲：鄉里。

❿ 甆：即「瓷」字。

⓫ 恍惚：神思不定。

⓬ 傾瀉：將碎銀鎔鑄成整塊。

⓭ 中流：河中心。

⓮ 雷：雷雷，象聲詞。

⓯ 馬生角：馬頭生角，比喻不可能實現的事。

燈盞打破鯎行歸家。

越二日，朝宗之子有源在家，心下驚恐，乃道：「我父前日入城謁石親，至今未還，是何遲滯？」遂往城訪問。石堅道：「我前日苦留令尊，他急急要回，正帶酒醉，並無他物，只有燈盞六枚，雨傘一把。汝可隨路訪問。」有源如其言，寸寸節節⑯，訪問不已，直至渡口，問及阮自強。自強道：「前日晚上，有一醉漢同人過渡，不知何人撐過，遺下雨傘一把，我收得在此。」有源一見雨傘即號泣道：「此是我父的雨傘，今在你家，必是你謀死我父性命。」即投明鄰右人等，寫狀告於本縣：

告為仇不共戴事：蝗蟲不捕，田少嘉禾；蠹害未除，庭無秀木。天臺若不剿盜，商旅怎得安寧。喇虎阮自強，駕船渡子，慣害平民。每每當頭搶貨，似虎啣羊；往往貼肉剝衣，如筍剝殼。本月日傍晚，父朝宗幸得蠅頭⑰，回經馬足，酒醉過船，撐至中流，打落深水，登時絕命，不見屍跡。次日根究伊家，雨傘現證。泣父江皋⑱翹首，正愁聞烏鳥⑲之音；渡口息肩，卻誤入綠林⑳之境。劍寒三尺雪，見則魂飄；口喝一聲雷，聞而腸裂。在惡哄接客商，明人實為暗賊；謀殺財命，蜜口變作腹刀。乞准斷填。上告。

---

⑯寸寸節節：仔仔細細。
⑰蠅頭：指蠅頭小利。
⑱江皋：水邊的高地。
⑲烏鳥：烏鴉，古人認為其叫聲為不祥之兆。
⑳綠林：比喻強盜橫行的地方。

此時，馮世泰作縣尹，一見有源告狀，即為准理：「人命關天，事非小可。我當為汝拘拿被告人審明，償汝父命，庶幾泉下可無怨兒。」遂差人拘拿阮自強，強不得已乃赴縣訴狀：

訴為漏斬陷斬事：人命重根因，不得無風而吹浪；強盜重贓證，難甘即假以為真。謀財非些小關係，殺命犯極大罪刑。痛身撐渡為生，迎送有年，陡因疾病，臥床半月，未出門戶。前夜昏黑，不知何人過船，遺下雨傘一把，次早兒往洗船拾歸。有源尋父見傘，誣身謀害。且路當衝要，誰敢私自謀人？既有謀人，因何不匿傘滅跡？丁姓之火，難將移在丙頭；越人之貨，豈得駕稱秦產。有源難免無言，當為死父報真仇：天臺固自有法，乞為生民緝真犯。上訴。

馮大尹既准自強訴詞，遂喚水有源對理。有源哭謂：「自強謀殺父命，沉匿父屍，極惡大變，理法難容。若非彼謀，何為傘在他家？鄉里可證。」自強哭訴：「臥病半月，未曾出門，兒拾雨傘，白日青天，左右多人共見，哪有謀害情由？設有謀情，必然藏匿其傘，怕見蹤跡，豈肯令人得知，更叫汝來首我？乞拘里甲鄰右審問端詳，便見明白。」馮侯乃拘鄰里何富、江濱到縣鞫問。二人同聲對道：「自強撐渡三年，毫無過惡，病患半月，果未出門，兒子洗船拾傘，果是日中，此乃左右眾人眼同面見。有源之父被謀，未知真實，安得誣陷自強！」有源即稟：「這何富、江濱皆是自強切近心腹，皆受自強銀兩賄賂，故彼此互為回護，若不用刑，決不直吐。」馮侯遂將二人夾起，再三拷問，二人哭辯道：「小人與自強只是平常鄰居，何為心腹？自強家貧且久病，何來賄賂？一言一語，皆是天理人心，公平理論，豈敢曲為回護？莫說夾死小人，即以刀截小人頭，亦不敢說自強謀人性命。」馮侯聞得兩人言語堅確，始終無一毫軟款㉑，喝手下收起刑具，將自強監禁獄中；干證原告喝出在外，退入私衙想了一宵。明日清早，喬裝打扮，逕往龍泉渡頭訪個虛實。但聽人言紛紛，皆說：「自強不幸，病未得痊，又遭此冤枉，坐獄受苦，不若在家病死，更得明白不污。」隨即過渡再訪，人言亦皆相同。馮侯心中嘆息道：「果然人言自強真是受誣，不知謀殺朝宗者果是何人？」心中自猜自疑，又往龍光廟密訪，並無消息。四顧看來，但見廟後門題得有數句字道：「你好差，我好錯，只因燈盞霍。若要報此仇，除是馬生角。」馮侯看此數句話頭，意必有冤枉在內，且豈有馬生角之理？就換了衣帽去見上司包公面言此事。包公道：「馬生角是個馮字，你姓馮，此冤枉的事畢竟你能究出。」

馮侯別了包公，隨即回衙。次日升堂，差人至龍光廟拿廟主來問道：「汝廟中數日有何人常來？」廟主道：「並無人來。只有一人，小人曾認得是城中人叫羅大，日前來廟中戲耍。」縣主又問道：「可問汝借物否？」廟主答道：「借物沒有，我只看見他在桌上拿一枝筆，步到廟後寫得幾個字。」縣主即差人拘拿羅大至縣，遂以「馬生角」問道：「汝家有一馬生角否？」羅大聽縣主之言，心中悚然，失色答道：「不知。」縣主道：「龍光廟後詩汝可知否？」羅大俯首無言。縣主大怒，用重刑拷究，羅大受刑不過，一口招認謀死朝宗之由。當即據招申詳包公，包公判道：

審得羅大，派出㉒官門，身歸賊黨。飢寒不忍，甘心謀害他人；貨財無資，肆意劫掠過客。聞石

㉑ 軟款：柔弱；服軟。
㉒ 派出：出身；源出。

堅之囑水人，趕至渡口，殺朝宗而坑阮渡，埋歿波心。雖因燈盞之誤，實欺神廟之靈。黑夜殺人，天眼昭昭難掩；白日填命，王法凜凜無私。自強之誣由茲洗雪，有源之憤賴是展舒。一死之辜既伏，九泉之冤可伸。暫時置之重獄，秋後加以典刑。

床被什物

話說廣東惠州府河源街上，有一小使❶行過，年可八、九歲，眉目秀美，丰姿俊雅。有光棍張逸稱羨不已道：「此小使真美貌，稍長便當與之結契。」李陶道：「你只知這小使美，不知他的母親更美貌無雙，國色第一。」張逸道：「你曉得他家，可領我一看，亦是千載奇逢。」李陶即引他去，直入其堂，果見那婦人真比姮娥❷妙絕。婦人見二面生人來，即驚道：「你是什麼人，無故敢來我家？」張逸道：「問娘子求杯茶吃。」婦人道：「你這光棍！我家不是茶坊，敢在這裡討茶吃！」走入後堂去了，全然不睬。張、李見其貌美，看不忍捨，又趕進去。婦即喊道：「白日有賊在此，眾人可速來拿！」二人起心，即去強抱道：「強賊不偷別物，只要偷你。」婦人高聲叫罵，卻得丈夫孫誨從外聽喊聲急急進來，認得是張、李二光棍，便持杖打之，二人不走，與孫誨廝打出大門外，反說孫誨妻子脫他銀去不與他姦。孫誨即具狀告縣：

告為獲實強姦事：朋黨聚麀❸，與山居野育者何殊；帟幃不飾，比牢餐棧栖者無別。棍惡張逸、

❶ 小使：小廝；小兒。

❷ 姮娥：即嫦娥。

李陶，乃嫖賭刁頑，窮凶極惡；自稱花酒神仙，實係綱常蟊賊。窺誨出外，白晝來家，挾制誨妻，強抱恣姦，妻貞不從，大聲叫喊，幸誨撞入，彼反行凶，推地亂打，因逃出外，鄰里盡知。白日行強，夫傷妻辱。一人之目可掩，眾人之口難箝。痛惡奮身爭打，勝如采石先登❹；喊聲播聞，恰似昆陽大戰❺。恨人如羅剎❻，幸法有金剛。急告。

柳知縣即拘原被告里鄰聽審。張、李二人亦捏將孫誨縱妻賣姦脫騙伊銀等情具訴來呈。孫誨道：「張、李二人強姦我妻，小的親自撞見，反揪在門外打，又街上穢罵。有此惡棍，望老爺除此兩賊。」李陶道：「孫誨你忒殺欺心，裝捏強姦，人安肯認。本是你妻與我有姦，得我銀三十餘兩，替你供家。今張逸來，你就偏向張逸，故爾與你相打，你又罵張逸，故逸打你。今你脫銀過手，反捏強姦，天豈容你！」張逸道：「強姦你妻只一人足矣，豈有二人同為強姦？只將你妻與鄰里來問便見是強是通。」柳知縣道：「若是強姦，必不敢扯出門外打，又不敢在街上罵，即鄰里也不肯依。此是孫誨縱妻通姦，這二光棍爭風相打又打孫誨是的。」各發打三十收監，又差人去拿誨妻，著將官賣。

---

❸ 聚麀：聚姦的意思。麀，音ㄧㄡ。母鹿。

❹ 采石先登：采石，即采石磯，位於安徽省馬鞍山市長江東岸，江面較狹，形勢險要，自古為江防重地。南宋虞允文曾大敗金兵於此。

❺ 昆陽大戰：西元初，漢光武帝劉秀率精兵三千在昆陽大敗王莽軍的主力四十餘萬人。昆陽，古縣名，在今河南省葉縣。

❻ 羅剎：佛經中的惡鬼名。

誨妻出叫鄰右道：「我從來無醜事，今被二光棍捏我通姦，官要將我發賣，你眾人也為我去呈明。」鄰里有識事者教道：「柳爺昏暗不明，現今待制包爺在此經過，他是朝中公直好人，必辨得光棍情出，你可去投之。」誨妻依言，見包公轎過，便去攔住說：「妾被二光棍人家調戲，喊罵不從，夫去告他，反說與我通姦。本縣太爺要將妾官賣，特來投生。」包公命帶入衙，問其姓名、年紀、父母姓名及房中床被動用什物，婦人一一說來，包公記在心上。即寫一帖往縣道：「聞孫誨一起姦情事，乞賜下一問。旋即奉上，僭請幸恕。」柳知縣甚敬畏包公，即刻差吏連人並卷解上。包公問張逸道：「你說通姦，婦女姓甚名誰？他父母是誰？房中床被什物若何？」張逸道：「我近日初與通姦，未暇問其姓名，他女兒做上娼，怕羞辱父母，亦不與我說名。他房中是斗床、花被、木梳、水粉盒、青銅鏡、漆鏡臺等項。」包公又問李陶：「你與他相通在先，必知他姓名及器物矣。」李陶道：「那院中妓女稱名上娼，只呼娘子，因此不知名，曾與我說他父名朱大，母姓黃氏，未審他真假何如。其床被器物，張逸所說皆是。」包公道：「我差人押你二人同去看孫誨夫婦房中，便知是通姦強姦。」及去到房，則藤床、錦被、牙梳、銀粉盒、白銅鏡、描金鏡臺。誨妻所說皆真，而張、李所說皆妄。包公仍帶張、李等入衙道：「你說通姦，必知他內裡事如何。孫婦房中物件全然不知，此強姦是的。」張逸道：「通姦本非，只孫誨接我六兩銀子用去，奈他妻不肯從。」包公道：「你將銀買孫誨，何更與李陶同去？」李陶道：「我做馬腳❼耳。」包公道：「你與他有熟？幾時相熟的，做他馬腳？」李陶答對不來。包公道：「你二人先稱通姦，得某某銀若干，一說銀交與夫，一說做馬腳。少頃使情詞不一，反覆百端，光棍之情顯然。」各打二十。

❼ 馬腳：即馬泊六，舊時撮合男女搞不正當關係的人。

便判道：

審得張逸、李陶，無籍棍徒，不羈浪子。違禮悖義，罔知律法之嚴；戀色貪花，敢為禽獸之行。強姦良民之婦女，毆打人妻之丈夫；反將穢節污名，借口通姦脫騙。既云久交情稔，應識孫婦行藏。至問其姓名，則指東駕西而百不得一二；更質以什物，則捕風捉影而十不得二三。便見非閫里之舊人，故不曉房中之常用。行強不容寬貸，斬首用戒刁淫。知縣柳某，不得其情，欲官賣守貞之婦；輕用其箠，反刑加告實之夫。理民反以冤民，空食朝廷廩祿❽；聽訟不能斷訟，哪堪父母官銜！三尺之法不明，五斗之俸❾應罰。

復自申上司去，大巡即依擬將張逸、李陶問強姦處斬；柳知縣罰俸三月；孫誨之妻守貞不染，賞白絹一匹，以旌潔白。

聽吾齋評曰：

❽ 廩祿：俸祿；官俸。

❾ 五斗之俸：晉書陶潛傳：「吾不能為五斗米折腰，拳拳事鄉里小人邪！」五斗米，為陶潛的官俸。此指知縣的俸祿。

非盜而陡然為盜，挫劫了甆器燈盞；未姦而強自認姦，那知他床被什物。究竟為盜者賍物未得分毫，坐以大盜處決；認姦者婦女未得到手，反擬強姦斬首。噫！此時悔晚矣。戒之！慎之！

玉樞經

話說岳州❶之野有一古廟，背水臨山，川澤險峻，黃茅綠草，一望無際，大木參天而蔽日者不知其數。內有妖蛇藏於枯木之中，食人無數，身大如桶，長十餘丈，舌如利刀，眼似銅鈴，風雨往往生於其上，人皆畏而事之，過者必以牲牢❷獻於其下，方可往來；不然，風雨暴至，雲霧晝暝，咫尺不辨，隨失其人，如是者有年。

值鄭宗孔執任岳州府尹，書吏等遠接，俯伏叩頭。府尹道：「勞汝眾等如此遠接。」眾人等道：「小的一則分該遠接，二則預報爺爺得知，小的地方有一異事。」遂將道旁古廟枯木藏蛇，要人奠祭；不然，疾風暴雨吹吸人去，不知生死等事情，將此原由說了一遍。府尹大笑道：「焉有此理！」越二日，道經廟邊，果不設奠，遽然而往，未及一里，大風振作，飛沙走石，玄雲黑霧，自後擁至，回頭見甲兵甚眾，追奔者似千乘萬騎趕來，自分必死。府尹未第時曾誦玉樞經❸，見事勢既迫，且行且誦，不絕於口。須臾，則雲收風息，天地開闢，所追兵騎竟不復有，全獲其性命，得至岳州蒞任。各縣縣尹大小官員參見

❶岳州：今湖南省岳陽市。

❷牲牢：古代稱作祭品的牲畜。

❸玉樞經：道教經咒之一，傳說有避災驅邪的功效。

禮畢，既而與各官坐談，敘及：「古廟枯木之中巨蛇成精，食人無數，日前本府書吏軍民出關接我，報說此事，我深不信。及至其所，行未一里，果見狂風猛雨如此如此。今請問列位賢宰，此妖猖獗，民不聊生，卻將如何殄❹滅？一則為國治民，二則與民除害，皆我等分所當為。」各縣尹答道：「卑職下僚，德輕行薄，何能祛之？幸有老府尊❺職任憲司，風清海宇，虎化渡河❻，可以返風，可以滅火，不讓劉琨❼之德政，可並元規之十奇❽，何患此妖之不屏跡❾！」說罷，各各禮揖而別。

次日，府尹升堂，叫城中男婦老幼俱要虔誠齋戒，沐浴賁香，跟我叩謁城隍三朝❿。府尹具疏禱於案前。城隍見府尹帶領男婦老幼誠心齋戒，又鄭宗孔生平正大，鬼伏神欽，乃將蛇精害民事情，一一陳奏玉帝。玉帝在九重天上嘗照見宗孔念玉樞經，虔誠感應，即差天兵、五雷大神，前去岳州古廟枯木中殛⓫死蛇精，不得遲延。又吩咐道：「那包拯雖為陽官，實兼陰職，可攝其精靈⓬。」天兵乘馬持槍，

---

❹殄：盡；絕。

❺老府尊：對知府的尊稱。

❻虎化渡河：後漢書儒林傳：「劉昆……為江陵令，時縣連年火災，昆輒向火叩頭，多能降雨止風。徵拜……弘農太守。先是崤、黽驛道多虎災，行旅不通。昆為政三年，仁化大行，虎皆伏子渡河。……詔問昆曰：『前在江陵，反風滅火，後守弘農，虎化渡河……。』」後以此贊頌官吏有政績。

❼劉琨：西晉將領，在并州刺史任上，招撫流亡，勸民農桑，甚有德政。

❽元規之十奇：晉朝庾亮，字元規，曾數為地方官，甚有德政，為民所稱譽。

❾屏跡：指除去妖孽。屏，屏除；排除。

❿三朝：三天。

雷神揮火持斧，同往托夢，包公令登赴陰床偕行。一時擁至其所，登時天昏地黑，猛雨滂沱，疾風迅雷，電光閃灼，府縣人民駭得無處奔逃。須臾間，只聽得一聲霹靂震地，蛇精登時殛死。移時，天開明朗，眾口嘵嘵⑬，俱道是鄭爺德感天地，殛死蛇精。眾皆往看，果見巨蛇斷作兩截，人骨聚集成堆。報知府尹，府尹同各官一齊躬詣其所觀看，見者無不驚駭。府尹吩咐將蛇精焚卻，燒了一日一夜，才成灰燼。於是岳州人民戶戶稱慶，皆道：「非鄭爺誠心格⑭天，至德動神，曷克臻⑮此？」

上司聞知鄭侯至德通神明，忠誠格天地，惠澤被生民，與百姓除害有功，遂賚獎勵，以彰其美。未及一載，見其才德攸⑯宜，改調大邦濟南府府尹，岳州父老黎民不忍其去。適當包公在朝中奉使巡行其地方，眾各奔投保留：

呈為保留循良以安黔首⑰以庇地方事：本府居界一隅，路通三省⑱，貯賦下於休寧，兵荒首於東

⑪殛：殺死。

⑫精靈：指人之魂魄。

⑬嘵嘵：亂叫亂嚷的樣子。

⑭格：感通。

⑮曷克臻：曷，怎麼。克，能夠。臻，達到。

⑯攸：所；如。

⑰黔首：古稱百姓。

⑱三省：指湖北、湖南、四川三省。

南。幸賴鄭宰父母⑲，愷悌⑳宅心㉑，勵精圖治，越自下車㉒之始，首殄妖魔；繼以彈絲㉓之餘，每容民隱。省耕問稼，視民飢猶己飢；斷獄詳刑，處公事如家事。和息不標紙價㉔，罪贖悉報循環。葺社倉㉕備四時凶歉，賑貧乏免老幼流亡。糧派分限催征，民咸稱便；差役當堂檢點，吏難售欺。裁濫冗總甲百餘，鄉間不擾；摘潛伏劫寇十數，烽火無驚。門扃㉖懲頑，狐鼠之姦頓息；本皂勾犯，衙胥之暴何施？禁牛而牛利皆蠲㉗，疏鹽㉘而鹽弊盡革。常例㉙全除纖悉，鋪戶不取分毫。操若玉壺冰㉚，邁今從政㉛；澤如金莖露㉜，紹古循良㉝。抑且樂育英才，作新學校，士

---

⑲ 父母：父母官的意思。

⑳ 愷悌：語見禮記表記。和易教化之意。

㉑ 宅心：存心。

㉒ 下車：禮記樂記：「武王克殷，反商，未及下車，而封黃帝之後於薊。」後稱官吏到任為「下車」。

㉓ 彈絲：意同「彈弦」。彈奏弦樂。此指鄭府尹勤於政事，休息時仍然處理民政。

㉔ 標紙價：標示賣物價錢的標籤。

㉕ 社倉：即義倉。

㉖ 扃：音ㄐㄩㄥ。門。

㉗ 蠲：免除。

㉘ 疏鹽：鹽，指鹽法。疏，疏導。宋、明時鹽由國家專賣，後來鹽法敗壞，流弊百出。

㉙ 常例：常例錢，古代官衙吏員按慣例收取或公開索要的小費。

㉚ 玉壺冰：南朝宋鮑照代白頭吟：「直如朱絲繩，清如玉壺冰。」後用以比喻人高潔的品格、情懷。

㉛ 從政：當官者。

沾時雨，人坐春風，遍地弦歌㉞，滿門桃李，兒童幸依慈母，子弟慶得宗師。蒙德政之未幾，聞調任之在即，班塵㉟將起，冠繖㊱難留；撫我之日幾何，瞻依之情孔亟㊲。攀轅心切，臥轍心遑㊳。矧㊴今飢饉漸臻於頻仍，盜賊交馳於鄰境；非仗長城㊵之寄，曷遺貼席㊶之安。幸際天臺按臨郡邑，伏乞軫憂㊷時變，俯徇㊸輿情㊹，奏善政於九重㊺，另撥調任；留福星於一路，用奠子元㊻。

㉜金莖露：金莖，指漢武帝所作承露盤的銅柱。東漢班固西都賦：「撫仙掌以承露，擢雙立之金莖。」傳說飲此露可益壽成仙。此謂惠政如甘霖解民困苦。

㉝循良：舊稱官吏守法而有治績者。

㉞弦歌：此指禮樂教化。

㉟班塵：周易屯卦：「乘馬班如。」班，盤旋，引申為旋歸、返歸。班塵，返歸車輛揚起的塵土。

㊱繖：「傘」的異體字。冠繖，官員出行時所用的儀仗。

㊲孔亟：孔，很。亟，急切。

㊳攀轅心切二句：白氏六帖事類集卷二十一：漢代臨淮太守侯霸「被征，百姓攀轅，臥轍，不許去。」即牽挽車轅，臥倒在車道上，不讓車子走。舊時用為挽留賢明官吏之辭。

㊴矧：音ㄕㄣˇ。況；況且。

㊵長城：此指捍衛家鄉的保障。

㊶貼席：安睡的意思。

㊷軫憂：傷痛、憂懼。

㊸徇：從；曲從。

㊹輿情：眾人的情緒。

㊺九重：帝王所居之所，此借指帝王。

非獨黎庶㊼更生，且俾士林稱慶。上呈。

包公隨即奏請俯從民願，留守舊邦，暫時紀功優獎，指日不次超升。輿論允孚㊽，人心共快。

㊻ 子元：子民；百姓。

㊼ 黎庶：黎民；庶民。即眾百姓。

㊽ 允孚：信服。

三官經

話說奉化縣監生程文煥，娶妻李氏，三十無子，意欲求嗣。嘗聞慶雲寺中有神最靈，求子得子，遂與妻李氏商議，欲往一游。夫妻齋戒已定，虔備香禮，清早往寺參神，祝告已畢，僧留齋飯後，往游勝景經閣。夫婦倦坐方丈，文煥忽覺精神不爽，隱几而臥。李氏坐側有一僧名如空，見李氏花容月貌，又見文煥睡臥，遂近前調戲之。李氏性本貞烈，大罵：「禿子無知，我何等樣人，敢大膽如此？」因而驚醒文煥，如空遁去。文煥詰其故，李氏道：「適有一禿驢，見你倦眠，近前調戲，被我罵去。」文煥心中暴躁，遂乃高聲罵詈：「明日赴縣，必除此賊，方消此氣。」倏而眾僧皆知，恐他首縣，私相議道：「此夫婦來寺天早，並無人見，莫若殺之以除後患。況此婦出言可惡，因禁此地，久後不怕不從。」商議已定，出而擒住，如空持刀欲殺文煥，煥見人多，寡眾不敵。又有數僧強扯李氏入於別室，欲肆行姦，李氏不從。一僧止道：「此時焉能肯從，且囚之別室，以厚恩待他，後必肯從。」眾依其言，禁於淨室。文煥被眾僧欲殺，自思難免，乃道：「我一人在寺，猶如砧肉。既奪吾妻，想你必不放我，但容我自死何如？」如空道：「不可，必要殺方除其禍。」中有一老僧見其言可憐，乃道：「今既入寺，安能走得？但禁於淨室，限在三日內容他自死也罷。」眾乃依命，送往一淨室，人跡罕到，四面壁立高牆。眾僧與砒霜一包，繩索一條，小刀一把，囑道：「憑你自用。」鎖門而去。文煥自思一時雖說緩死，然終不能脫此天羅❶。室內椅凳皆無，只得靠柱磉❷而坐。平生好誦三官經❸，聞能解厄，乃口念不輟。

是時包公奉委巡行浙江，經歷寧波而往臺州，夜宿白嶠驛，夢見二將使入見，說道：「吾奉三官法旨，請君往游慶雲寺」。包公道：「此去路有多少遠？」將使道：「五十餘里。」包公與之同行，到一山門，舉目觀看，有金字匾曰：「敕建慶雲寺」。入寺遍游，至一淨室，毫無所有，只因一猛虎在內，蹲踞柱磉。俄而驚醒，乃思：「此夢甚是奇異，中間必有緣故。」

次日升堂，驛丞參見。包公問道：「此處有慶雲寺否？」驛丞道：「此去五十里有一慶雲寺，寺中甚是廣闊，其僧富厚。」包公道：「今日吾欲往寺一游。」即發牌起馬，徑到山門，眾僧迎接。包公入寺細思，與夢中所游景致毫無所異，深入四面游觀，皆夢中所歷，過一經閣，入左小巷，達一淨心齋，而又入小室，旁有一門上鎖，恍若夜間見虎之處。包公令取鑰匙開來觀看。僧稟道：「此室自上祖以來並不敢開。」包公道：「因何不開？」僧云：「內禁妖邪。」包公道：「豈有此理！內縱有妖邪，我今日必要開看，若有禍來，吾自當之。」僧不敢開。命軍人斬鎖而入，果見一人餓倒柱下，忙令扶起，以湯灌之才醒。急傳令出外，四面緊圍。不意包公斬開門時，知者已走去五、六十人，但軍人在外見僧走得慌忙，不知其故，心疑之，僅捉獲一、二十人。少頃，聞內有令出圍寺，只獲老僧、僧童三十人。包公與文煥酒食，久而能言。訴道：「生係監生程文煥，奉化縣人氏，三十無嗣，夫婦早入寺中進香，日

❶ 天羅：即天羅地網的省文。

❷ 磉：柱下石。

❸ 三官經：元始天尊三官寶號經的簡稱。三官，道教所奉的三神，傳說天官賜福、地官赦罪、水官解厄。

午倦睡，生妻坐側，孰意如空調戲生妻，妻罵驚覺，與僧辯論，觸怒眾僧，持刀要殺，再三哀求自死，方送入此地，與我繩索一條，小刀一把，砒霜一包，絕食三日。生平只好誦三官經，坐於此地，口誦心經。今日幸大人拔救，勝若再生父母。」包公嘆道：「昨晚我夢見二將使道，奉三官法旨請吾游此寺中，隨使而至，見此室有猛虎蹲踞。今日到此，其夢中所見境界分毫不差，賢契獲救即平日善報。令正❹今在何處？」文煥道：「被眾僧捉去，今不知在於何地。」包公將眾僧拷問，僧招道：「此婦貞烈，是日不肯從姦，眾人將他送入淨室，酒飯款待，欲誘之，他總不肯食，遂自縊死，埋於後園樹下。」包公令人起出，文煥痛哭異常。包公勸止道：「令正節烈可稱，宜申奏旌表。」其僧老者、幼者皆杖八十還俗；其壯而設謀者，毋分首從，盡行誅戮。即判道：

審得慶雲寺淫僧劫空、如空等，惡熾火坑，不顧釋迦之法；心沉色界❺，罔循佛氏之規。監生程文煥遍寺行香，窺視行藏已久；攜妻李氏求神求後，覬覦美麗堪佳。心猿意馬，趁夫睡而戲調其婦；罵言詈語，觸僧怒而欲殺其夫。懇饒刀刃，求願寬容，判鸞鳳於一時，拆鴛鴦於頃刻。拘執李氏於禪房，款待佳肴百品；囚禁文煥於幽室，受用死路三條。節哉李氏，不飲盜泉❻而心寧自縊；善哉文煥，不甘就死而已誦真經。睡至更闌，感將使請游僧寺，神馳寤寐，夢白虎蹲踞柱旁。

---

❹ 令正：舊時稱呼對方嫡妻的敬詞。舊以嫡妻為正室。

❺ 色界：佛教三界之一，為離食、淫欲的有情居處。

❻ 盜泉：古泉名，故址在今山東省泗水縣東北。淮南子說山川：「曾子之廉，不飲盜泉。」後以此比喻通過不正當手段得來的東西。

是以往寺遨游，恍若夢中境界；入院巡視，斬開室內關門。文煥從危獲救，終當大用；李氏自縊全節，即賜旌獎；劫空、如空等逼姦陷命，律應梟首；合寺老幼等，黨惡匿非，杖罪還家；寺院火焚，錢糧入官。

判訖，將劫空、如空等十人斬首示眾；其老幼等受杖還家。包公又責文煥道：「賢契心明聖經，子息前緣，命應有子，不待禮佛，自舉麟兒❼；倘命無嗣，縱便求神，何能及哉？況你夫婦早出夜回，亦非士大夫體統。日後務宜勉旃❽，毋惑妄誕。」文煥唯唯謝罪。包公令將屍殮葬，官給棺衾，樹坊墓前，匾旌貞烈節婦李氏之墓，立廟祀焉。其後文煥出監聯登，官至侍郎，不娶正妻，只娶一妾，生二子。而猛虎之夢，乃虔誦三官經之報應也。

聽五齋評曰：

如今世上人善者少而不善者多，憑你教之以聖賢，臨之以官法，究竟不見善者多而不善者少。男子婦人，白髮黃童❾，只信得佛道兩門，說了念佛看經，無不洗心陽慮。

然則茲編用佛菩薩開場，而以玉樞、三官經結束，意在斯乎？

---

❼ 麟兒：稱呼對方兒子的敬詞。

❽ 勉旃：漢代楊惲報孫會宗書：「願勉旃，毋多談。」旃，「之」的意思；勉旃，猶謂勉之。

❾ 黃童：幼童頭髮黃色，故稱「黃童」。

包公案後集

姦盜奇案

話說鄭州高平鄉有一位第而不仕❶的秀才，姓高名應龍，家財豪富。妻室王氏，生一子叫德成，三歲時，王氏一病身亡。高應龍因內助無人，託媒婆代為作伐❷，續娶繼室。那媒婆訪得同鄉有汪鍾民之妻李氏，十分姿色，又因他是有夫之婦，不便啟齒，遂用了一計，約汪鍾民到家，治酒款待。酒至半酣，媒婆用言挑他說道：「天地間人情最親近者，是那幾點？」汪鍾民本是個無賴之徒，極口❸答道：「父母是人的至親，除了父母而外，妻子兒女，無非是假。」媒婆見他意甚輕薄，就將高秀才要娶他妻子的意思告明：「你大爺如若肯得答允此事，當有重金相酬。」汪鍾民已吃得酒醉模糊，不顧天倫，當下說道：「這件事要得我承認，除非五百兩銀子不可。」媒婆滿口答應。兩人說定，便去通知高秀才。高秀才喜不可言，擇了吉日，交給五百兩銀子，由媒婆轉交汪鍾民。他貪圖這些銀兩，也不問李氏肯與不肯，強行寫了退婚，並說：「你隨我過一世，也是窮苦，沒有升騰❹。不如配與高秀才，你有了好處過安樂

---

❶ 第而不仕：科舉及第而未曾做官。

❷ 作伐：做媒。

❸ 極口：滿口。

❹ 升騰：飛昇、騰達。此指脫離貧窮，過上好日子。

光陰，我又有了銀子可以度日。」李氏聞言，大哭一場，硬著心腸，忍痛與高應龍結婚。

那汪鍾民得了銀子，日夜游蕩，未到二年工夫，已將五百兩揮霍得乾乾淨淨。有一班酒肉朋友，當面嘲笑他說道：「你只有一個老婆，現在銀子用完了，人財兩空，怎麼過活呢？」汪鍾民一聽，心中大悔，不該做此無禮亂倫之事，左思右想，無法可施，就去向高應龍為難，欲扭稟告官。這應龍到底是讀書文人，深怕驚官動府，與自己身家名譽，要受法律裁制，當時應龍用好言安慰，準貼汪鍾民十兩銀子一月的生活費，方才了結。

自此一連過了十餘年，高應龍忽然得病，一命歸陰，平日積蓄的餘資，盡歸李氏所有。其子高德成心中不服，即向李氏索取，要平半均分。李氏此時本心已改變，欲將一份現金吞吃，打算再與前夫去團圓，因正色說道：「你父親遺下多少餘資，你有什麼憑證呢？」高德成知道沒有實在證據，就忍氣不露聲色，買囑家人訪察李氏將銀子藏在何處。數日後，家人探得銀子藏在廂房地窖中，悄悄的告訴小主人。高德成心生一計，等到黃昏時候，乃在外面牆壁下面挖了一個洞穴，爬進房去，欲開地窖盜銀。事有湊巧，這天夜裡，李氏暗將前夫汪鍾民偷引入房，躲在床底下，兩人預備設法，亦要盜銀子私下逃走。那高德成剛剛爬了進去，李氏發覺房內有響動，心知有異，大呼捉賊。家人從睡夢中驚醒，各執棍棒，擁進房來。高德成心中一慌，急急從洞門逃走，已來不及，左腿中了一棒，大叫一聲，昏死過去。這時候汪鍾民在床下，唬得絲絲抖抖❺的喘氣不息。家人聽得喘息聲音，大家齊嘈嚷道：「床下還有一賊呢。」說著提燈揭開床板，檢查搜獲，果然有一人蹲在那裡，遂不由分說，如鷹抓燕雀一般，捉出來一看，原

❺ 絲絲抖抖：哆嗦，顫動的樣子。

來還是主母的前夫；再去看那洞穴下的偷兒，正是小主人。眾家人見此光景，你望著我，我瞧著你，箇箇發呆。李氏此時也就唬慌了。停一刻，高德成悠悠氣轉還魂，一見汪鍾民被綁，知道李氏私通前夫，要透弄❻家財，遂責備李氏道：「我是姓高的兒子，兒子取父財不為盜，你何故把我當做賊人？」李氏也責備道：「我是汪家的人，你父親用財帛強娶有夫之婦，現在他已死了，妻歸前夫不為姦，你敢阻止我麼？」高德成道：「前夫雖能再合，但不可私會，私會即是犯法。」李氏道：「父財固能索取，亦不派你穿穴私偷，私偷即是盜賊。」於是兩人各執一詞，辨白理由，勢不兩立。驚動宗族鄰舍人等，齊來勸解私地息事，免得被外人恥笑。李氏定要帶金銀去歸前夫，高德成堅不承認，親友無能力調停。大眾商議：「此案不經官，勢難平息。最好我們同到開封府包大人處控告，單看如何著落。」計議停當，就用高德成做原告，寫了狀詞。其文云：

告為通姦前夫吞沒現金妨礙家庭懇求依法辦理事：竊民先父高應龍在日，曾憑媒妁娶汪李氏為繼室，由乃夫汪鍾民自願脫離夫妻關係。詎李氏心懷叵測，平日陰圖蓄積，有千金之多。自本年某月某日，先父病終，繼母即不安於室，舊情未斷，膽敢將前夫潛引入室，祕密通姦。及民發覺進房檢查，伊竟以賊人對待，將民杖責幾至死地。考此種行為，非但透弄家財，污辱門第，其實欲吞沒民之全部財產。長此以往，民即隱忍不言，繼母李氏豈肯輕易干休，勢必毒手謀害民命。似此悍淫之婦，存心之惡，蓄意之險，實乃民之不共戴天之一大仇敵也。為此特具狀呈鈞座，伏乞

❻透弄：播弄；侵吞。

恩准，俯念民幼弱無能，迅予將李氏拘提法辦，治以應得之罪。倘使民能保全身家性命，豈徒身受者感德無既❼，則民之先祖父母及先父母，於九泉之下，亦當頌二天❽之德也。謹狀。

開封府包大人據狀後，即飭❾差張龍、趙虎去傳原被告兩造❿及其親族一干人等，到府堂審訊。高德成供道：「先父高應龍，於某年某日續娶繼母李氏，不料今年先父忽一病去世。繼母不合再私通前夫，並吞吃私蓄餘款。昨夜民人偶至李氏臥室內，突見前夫汪鍾民與彼姦宿，民稍加溫言責備，李氏反說妻歸前夫不為姦。此種行為，令人不解，伏乞青天老爺明斷。」包公又提李氏審訊，問道：「你既嫁與高應龍為妻，丈夫死了，應該從子，怎麼又戀姦前夫的呢？」李氏供道：「小婦人本係有夫之婦，緣因高秀才用金錢強娶良家婦女，現在他既死，我理當復歸前夫。再則原告說我吞沒現金，毫無證據，乃是信口誣栽，懇求大人鑒情公斷。」包公又提眾證人先後嚴訊，眾人有的說原告理由充足，有的說被告理由充足，等等不一，各是一詞。包公核斷之下，遂宣判道：

高李氏復合前夫，與法並不犯罪。惟高應龍在日遺下現金，理應歸其子所有。至於高德成夤夜穴

❼ 無既：無盡。

❽ 二天：後漢書蘇章傳：「人皆有一天，我獨有二天。」意謂除天有恩於我外，還有恩人惠顧我。後用以對人謝恩之辭。

❾ 飭：音ㄔˋ。命令，上級對下行文用詞。

❿ 兩造：指訴訟的當事人雙方，即原告和被告。

壁，效穿窬⑪之舉，似有犯罪之狀，姑念年幼無知，免加刑罰。使高應龍不娶此有夫之婦，兒子何由而盜取財寶，李氏亦何由而通姦前夫？此事乃巧於相當，可稱天理循環，報應不爽。爾等毋庸異議。

宣判已畢，原被告雙方不敢違拗，遵諭而退。於是高李氏攜帶百金與前夫汪鍾民去過活，高德成子承父業，兩下脫離關係，其案遂告結束。當時人都稱頌包公善於調停。是案之似姦非姦似盜非盜的原委⑫，而得用法之當矣。

---

⑪ 穿窬：從牆上打洞爬過去偷竊。

⑫ 原委：原因；原由。

義狐

話說湘州（按地理志❶湘州即今之湖南）余家莊之東，有一座草菴，年久失修，無有僧人居住，只有來往行人在此休息。一日，余家莊有個年少的農民叫余學海，荷鋤往田中工作，至日落西山時候歸家，路過草菴門前，因見房屋殿宇破舊不堪，他就停住步，四面閑望了一會兒。剛要動身，忽見一個少年，眉清目秀，斯文氣象，由草菴後面而來。余學海便上前和他兩人相見，並問他姓名，那少年答道：「小弟姓胡名月人，幼年父母雙亡，六親無靠，就在這菴內暫住。」余學海見他言語舉動老誠，心中愛慕，兩下敘談良久，至黃昏時分方才分別。從此二人常常來往，日久遂結交為朋友。

那天，余學海就請胡月人入市飲酒，開懷暢飲。酒吃終場，二人品茶閑談，學海偶然問胡月人：「祖上籍貫是那裡人氏？」胡月人笑著說道：「弟與兄已成知己朋友，不妨從實以告，我並非是人，乃草菴中多年狐狸，能變人形。但既與兄交好，絕無殘害之意，請兄不必懷疑。」余學海一聽，心中暗思道：「狐狸精的魔力很大，我何不將心腹之事告知，請他幫助一臂之力。」打定主意，遂微笑說道：「兄既不欺愚弟，你我不妨談些肺腑之言。」胡月人道：「老兄有何心事，可從實說明，倘能效勞，無不盡力幫忙。」余學海起身說道：「三年前為兄的曾姘鄰居周四嫂，兩下約定，天長地久，永無更改。不料舍

❶ 地理志：此指古代正史中的地理志。

弟余學淵亦私地裡與周四嫂結交，事很祕密。在倫理上論起來，弟姦兄妻，是為盜嫂。我先前用好言勸止舍弟，怎奈他恃強不聽，要是同他毆打，我的力量又不敵。懷恨在心，已有二年。今你老弟既不相欺，務請你助我殺死舍弟，以出心頭之恨。」胡月人聽了這話，不由暗吃一驚，心中忖量道：「我仗著修行不殺人的道德，好不容易修成正果。今余學海對付胞弟，要下此無情惡毒手段，實屬慘無人道，我若答允了，活活的要枉殺人命，如不答允，有傷朋友之義。」沉思良久，陡生一計在心，遂佯為答應，並說道：「弟沒有兵器，不便下手，須得一件合手的器械，再等到機會，你來草菴會我，無論何時，弟總不致悞。」余學海大喜。兩下同出酒店，分途回去。

學海到家，恰巧他的弟弟學淵正從周四嫂處回家，學海明知，故意慇懃誘騙道：「賢弟，你我同胞所生，為了一個姘婦，幾傷手足之情。但刻下田禾收穫在即，你可隨我或早或晚，往田中去看望看望。」學淵道：「此乃正理，明天我同你去便了。」學海暗暗歡喜。晚飯後，兄弟倆各自安息。初更以後，學海輾轉睡不安寧，就起身穿好衣服，偷開房門，欲找一件兵器，忽見牆壁上掛著一枝打獵的長槍，因即取下來，連夜出門，送到草菴中。果見胡月人在廟前，獨自閑步賞月，見了余學海，遂問道：「大哥黌夜到此，莫非已有可圖的機會嗎？」學海點點頭，就將用計誘騙兄弟的話告訴一遍，並說：「此刻特地送信與兄，明日晚上，我與舍弟在菴後假意鬥毆，你出其不意，開槍擊斃他。月色之下，兄要照準，不可悞傷。」胡月人領諾。余學海將槍遞過手，得意洋洋的揖別而回。胡月人自言自語道：「余學淵無禮欺兄，理當該死。但是那周四嫂，自己也有丈夫，不是余學海的嫡妻，何能說是盜嫂呢？況且骨肉之間，兄有過，弟當規勸，弟有過，兄要勸誡。今余學海自己不正，偏生要害死胞弟，心腸未免太殘忍！我與他結交，倘有一點不到之處，亦不免謀害於我。等到臨時，再作道理。」於是歸草菴休息，一夜無話。

次日下午已過，胡月人就攜帶長槍，潛伏於亂草之中。約摸半個時辰，果然瞧見余學海，仝❷一位黑漢踏步趕來，走到近處，學海忽然停住步，張目怒向兄弟責備道：「我屢次勸你習好，你竟不聽。自今日起，你要再與周四嫂私下來往，定不相饒！」余學淵大怒，揮拳就打，弟兄倆交鬥起來。胡月人在草棵❸中，伸頭探望，乘他糾結不解，遂猛擊一槍，余學海兄弟二人雙雙斃命。既而又將凶器拋入水內，以滅其跡。胡月人依舊變做狐狸，真箇是神鬼不知。至第二日早晨，有行人經過草菴，猛見男屍骸兩具，不由大驚，仔細觀看，認得是余家兄弟兩個，那人即飛奔往余家莊報信。學海家中，只有七十歲的老母，一聽兩個兒子被殺，魂飛天外，悲痛之餘，左鄰右舍代為報官。湘州官府以此案主要犯一時難追，只得出票緝拿，遲延半年，未分青紅皂白。

余母思子心切，帶了姪兒，在湖南各地逢人呼冤，又說地方官不肯出力。這個消息轟動遠近。事有湊巧，適包公巡按至湘州，當地官員早有榜文張貼，准許民家有冤枉事來報。因此余母得了這信，就扶杖至府大堂，擊鼓喊冤。包公在內衙與眾官歡宴，忽見王朝入內稟道：「啟大人，今有一老婆子在外堂訴冤甚疾。」包公聞言，即刻停盃不飲，官員不敢怠慢，陪侍巡按出堂。包公升了公座，喝令帶上原告。差役領命，拘余母上堂，跪在階下。包公抬頭一看，見余母老朽不堪，不覺心中起了惻隱之心，遂問道：「你這年老的人，有何不解冤枉，敢到本府堂上鳴鼓，可有狀詞嗎？」余母道：「某月某日，我的兩個

❷ 仝：即「同」的異體字。

❸ 草棵：草叢。

兒子學海、學淵往田內看護莊稼，不知為何被人殺死，至今未得凶犯，懇求大人處理。」包公皺眉道：「你兒子平日與什麼人結交呢？」余母道：「他兩個務農為生，安分守己，沒有交際。」包公越發不樂，暗思這又是無頭案，不怪地方官沒有力量拿獲凶手，遂吩咐道：「你且回家，本府要私訪一遭。三日後，你隨傳隨到，再聽候審理。」余母叩頭而退。包公退堂後，喚心腹有幹❹的差役王朝、馬漢來前說道：「你二人改換便衣，今天夜裡，隨本府出去訪案。」二人領命。包公用過晚膳後，即化裝書生模樣，黃昏以後，同兩個差役悄悄出城，只因人地生疏，不知從那條路走去是好，就信步直向東行。行了半個時辰，且行且望，只見滿天星月，萬里清風，不知不覺的已走了十餘里。猛抬頭見東南上有個破廟，就向破廟而來。剛到廟旁，忽然一陣陰風。從頭頂刮過，覺得毛骨筋酥，包公叫的聲「哎喲」，旋即鎮定心神，在路牌石頭上坐下，略略休息。王朝、馬漢侍立在旁，寸步不離。停一刻兒，包公打個呵欠，兩眼朦朧，彷彿似夢非夢，似睡非睡，恍惚之中，見月光之下有一少年，手執古董玩器，在月下舞弄，既而又見他化作一條狗子，左腿抱瓜，右腿將古董器的口打破，復對包公笑了一笑，依舊變做人形而去。包公連叫奇怪奇怪，忽然驚醒。王朝、馬漢問道：「大人為何失驚，莫非有什麼凶兆不成？」包公道：「休要多講，趕速進城。」於是二差役領路，連夜趕回城去。已交五更，包公換了衣服升堂，湘州府不敢怠慢，急忙上堂參見。包大人問道：「此地離城十數里外，可有什麼古廟呢？」府臺回道：「卑職不知。大人所問有甚緣由？」包公道：「適才本府出城，夢見一人手執古董，在月下玩弄，照字理推詳，古旁有月，乃是『胡』字。那殺害余學海兄弟者，一定是姓胡。又月下有一人，那兇手定是名叫『月人』。明日可出

❹ 有幹：有才幹的。

票捉拿胡月人，此案即有水落石出。」湘州府一聽，深佩服包公有高見卓識。等到天明，旋簽發拘票，命四個幹差❺花仁、苗義、蘇慶、茅祥，著他們出城去訪緝胡月人，不得有誤。四名差人領命去訖。第一日，東西南北四處鄉村，訪了又訪，並無消息可探，只得回衙報告。包大人怒道：「你等俱是酒囊飯袋，明日再無著落，重責不饒。」花仁等見上司動怒，唬得冷汗直流，連聲領諾而退。次日又出外去，用心打探，那裡訪得到，仍然空手回報。一連三日，竟無從捕捉兇手。包公也就納悶起來，細將夢中所見情形推詳一番，猛然醒悟道：「本府愚啦。這件案乃是妖怪所為，叫差役何處捉拿呢。」湘州府不知何故，便問其中原委，包公道：「本府所見那人能變狗，狗即犬也，犬旁有瓜，是個『狐』字。又將古董器的口打碎，『董』字去了頭，只剩底下一個『里』字，再加犬旁，是個狐狸的『狸』字。這案定是狐狸所為。但妖怪決不會無故殺人，其中另有一段委曲，本府亦不得而知。且待供下香案，將那妖怪拘來，便有明白。」湘州府遵命，著堂差在府大堂上設上几案，點起香燭。包公改換朝服，頭戴烏紗，至香案頂禮拜畢，祝告一場，即命王朝取出拘妖鏡，對天井外面，向空中晃了晃。包公高聲叫道：「前因余學海兄弟被妖殺害，凡屬狐狸，可至本府案前候訊。」話言未了，半空裡一陣陰風，拍面驚人，風聲過去，一隻老大的九尾狐狸落下地來，跪在案前不動。包公喝問道：「你這孽畜，上帝有好生之德，所以不殺盡你們，因何膽敢殺人，罪犯天條？快些招來，不然，休想活命。」狐狸戰戰兢兢的稟道：「大人息怒，小妖有一言上告。那余學海與我本是交好朋友，只因他兄弟倆同姘一婦，名叫周四嫂，余學海與弟已成情敵，某日託小妖，乘其不備，要結果兄弟的性命，小妖一聽，因思此人無情無義，故而一槍殺了他兩

❺ 幹差：幹練的公差。

個。這是實在供詞，求大人筆下超生，恕小妖無罪。自此以後，斷然不敢妄為。」包公搖頭伸舌道：「怪不得你。照這樣子，你反是義妖。但向後不問有罪無罪之人，總不合你殺害人命。今饒你初次，放你回去，苦心修煉，以成正果。」狐狸千恩萬謝，化作清風而去。湘州府及上下差役，無一不膽寒。包公當下寫了判文，次日著花仁等往余家莊，將余母帶到府堂，叩見包公。包公面諭宣判文道：

余學海兄不容弟，暗施毒計，教唆狐狸殺人，殊屬大逆不道。狐狸雖說是妖，尚有義氣，一槍而兩殺之。此正合著「兄弟鬩於牆，外禦其侮」❻，家庭爭執，兄弟不和，未有不歸於兩傷者。

余母聽罷判文，大哭不止，包公道：「你家兒子兄弟不容，自取滅亡，所算自相殘害，你何必傷心呢？」余母道：「我不哭其他的痛苦，只恨百年之後無人送終，故而傷心。」包公遂與湘州府商議，令余家同族著子弟過房承祧❼，余母叩謝而去。聞者莫不咋舌❽，至今湘州猶有戒子弟之遺風焉。

❻ 兄弟鬩於牆二句：語出詩經小雅常棣。意謂兄弟在家裡爭吵，但有外敵來犯，就共同抵禦。鬩，音ㄒㄧˋ。

❼ 承祧：宗法制度中指承繼先代。祧，音ㄊㄧㄠ。古代稱遠祖的廟祠。

❽ 咋舌：驚訝，害怕得說不出話來。

張孝子

話說江寧府❶屬龍潭懷義鄉張邵莊，有個村民姓張名立仁，娶妻邵氏，年十七，生一子。至二十歲上，張立仁忽然病亡，遺下孤兒寡婦，家徒壁立❷，是赤貧無以度日，既乏親戚，又少族黨，所以邵氏沒處倚靠，決意改節從良，心中又不捨拋棄三歲之子，弄得進退兩難，終日啼哭不止。不料貼鄰有個王子有，與張家是外表親戚，為人嗇刻無比。自張立仁去世後，王子有見邵氏美貌姿色，心竊愛慕，又聽得他要改嫁，正中機關，遂密地裡遣一能言的老婆子至張家，對邵氏代表王子有的意思說道：「王先生照理法上沒有娶你的道理，但他極欲與大嫂結交。你如果表面上託言守節，暗地裡與他來往，每月津貼十兩銀子給你過活，以免母子拆散，外觀上又能完貞全節。況且你們兩家只隔了一巷，如果用木梯從牆上來往，外人怎得而知。此事一舉兩得，大嫂以為何如呢？」邵氏被老婆子一番鼓動，心已改變，即答允從姦。於是老婆子回報王子有，就照計而行，與邵氏苟合。每天晚上人定❸即來，雞鳴便去，鄰舍絲毫不知。但見邵氏家庭過活甚是豐富，又看不出什麼破綻，大家都疑惑他丈夫去世有餘資遺下，母子可

❶ 江寧府：今江蘇省南京市。
❷ 壁立：謂房間中除四壁外，空無一物，極言其貧窮。
❸ 人定：指夜深人靜的時候。

以度日。

可是古人有兩句成語說過的：天下事，要得人不知，除非己莫為。張邵氏與王子有通姦，起初固然要避人耳目，來往的時候甚為祕密。後來日期多了，色膽如天，漸漸不避。王府的家人頗知其事，但吃主人飯，誰敢胡亂洩漏姦情？因是又過了二、三年，邵氏的兒子名士傑，已長到八歲，生得伶俐乖巧。王子有私與邵氏商議道：「你的兒子在面前，一動一靜不無礙眼，最好打發冤家離眼前。」邵氏從其計，取五十兩銀子，令士傑出去就外傅❹讀書，宿膳俱不准回家。士傑明知母親行為不正，但兒不拿母姦，只得隱痛在心。越數年，那天因逢清明節，士傑奉先生之命，回家祭掃墳墓，因泣諫母親道：「自古姦淫之事，誰人得善終？母親從此需要改過自新。」邵氏大怒，手舉家法毒打姣兒，口中罵道：「你這畜生，膽敢面斥母親之過，下次再敢多言，休想活命！」張士傑無法可施，只得跪地求饒。邵氏方才息怒，旋即勒逼兒子出門，無事不准回家。士傑怎敢違拗，含淚出門，心中恨王子有已入骨，於是往街坊上買了一把菜刀，藏在袖中，青天白日裡闖入王府。適王子有正用午飯，士傑見了仇人，忿不顧身，走上前一刀砍中咽喉，殺死王子有。家丁等齊來捉拿兇手，張士傑並不畏怯，束手就擒，即日送往官廳。邵氏聽得此信，亦自刎而亡。當時鄉鄰人等都以為張士傑一日殺死兩條人命，人命關天，大家齊到官裡去報案。地方官王釗，為人清廉，一見兩家報案，即刻升堂，審訊張士傑道：「你為什麼要白晝殺人？若王子有與你母親有什麼不正當的關係，不妨在本官案下從實招供，饒你一命。不然，殺人者按律要抵償的。」張士傑見問，惟閉目啼哭不已，卒不吐露實情。王大人百計開導，引騙他招供，張士傑始終不肯招出一

❹ 外傅：古代稱管教導學業的師傅。

字。審理了半晌，王大人見沒有口供，又因兩條命案，兇手現獲，不得不按律處治，竟判了死刑，將張士傑出斬。士傑引頸受刑，毫無怨言。王劍既殺了兇犯，屍具交鄉鄰備棺收殮。張家遂絕了宗支❺。鄉里莫不哀痛，內有好事的人，欲用片石表其墓，即請某先生作文。那先生就是教授張士傑的老師，姓周名洪，當下聽了這話，也覺得傷心，正欲提筆作文，忽見學生張士傑陰魂站在面前，搖搖手似乎求先生不要作文的樣子，周先生投筆於地含淚嘆道：「你不要顯露這冤枉，是何意見，難道還怕死嗎？」張士傑陰魂搖頭作揖而去。周先生悶悶不樂，自此遂閉門不出。

過了半年，適仁宗皇帝大開南選❻，廣招天下士子。周洪就備了川資❼，上京應試，路過開封府，天色已晚，就投客店住宿。半夜的當兒，夢見張立仁陰靈至榻前泣而說道：「我的兒子為父報仇，以致殺身，求先生至包大人處控告，代為伸冤，表明孝子之心。」言訖而去。周先生一夢驚醒，渾身冷汗交流，左思右想，抱定宗旨，代學生訴冤，即起身燃著油盞，在燈下修了狀詞。次日天明，梳洗畢，即持狀逕往開封府衙門而去。走到半途，忽然一陣陰風將手中狀紙刮去，飄入天空，不知去向。周洪大驚，定睛看時，又見張士傑鬼魂站在面前，嗚嗚哭泣，慘不可言，彷彿求先生不要去告官。周先生怒道：「你父前來求我，你又來阻止我，叫我如何辦法呢？」張士傑聽得此言，怪哭了一聲而去。周洪呆了半晌，神志如迷。不料包公出衙站香❽，人夫轎馬，簇擁而來，周洪不知迴避，被張龍、趙虎一把拖住大喝道：

---

❺ 宗支：宗族的支派。

❻ 南選：即省試、會試。古代尚書省也名南省，故省試也稱「南選」。

❼ 川資：旅費。

「你這人好生大膽，包大人在此，敢擋道嗎？」說著拘了周洪，至轎前叩見包公。包公喝問道：「你姓甚名誰，那裡人氏，為何擋本府行道？快快招來。」周洪被包大人這一喝問，方才轉過神來，幸而自己理直氣壯，並不駭怕，當下跪稟道：「大人在上聽稟，生員本姓周名洪，江寧府龍潭人氏。只因上年有張士傑學生，不知所為何事，白日裡殺死生母，又殺死近鄰王子有，地方官審理不明，竟將張士傑處死刑。當時鄉里人民多知他是冤枉，但又無的確證據，所以冤沉莫白。日前生員上京趕考，在某客店內投宿，夜半見乃父張立仁陰靈向生員請求代為訴冤。不料今日走到路上，被狂風刮去狀紙，又見學生士傑前來阻止，似乎求我不必伸冤。因此生員驚呆如痴，不想誤犯大人衝撞之罪，此乃實情。」包公道：「照你所言，這案一定是為姦情而起。」周洪道：「現在人已死了，沒有對證，究不知是何委曲，懇求青天大人代為表明孝子心境。」包公遂吩咐打道回衙，帶住原告，同至府堂。當日包公沐浴齋戒，在靜休室內供設張士傑父子靈牌，又用招魂旛向空中招喚，至半夜展辰，果見兩個男鬼披頭散髮而來。包公身居中位，左張龍，右趙虎，見了兩個冤魂，包大人便命二鬼各就牌位，然後問道：「張士傑你為何殺死人命？本府替你辨別冤枉，可將實情供出。」士傑稟道：「小的因向王子有借貸未遂，所以激怒，格殺於他，並無別樣情節。」包公笑道：「你真乃太迂了，身死之後，還不吐露真實，難道怕揚你母親的醜名麼？」張立仁代答道：「大人有所不知，我的兒子本心已殺了仇人，只得自己認為兇手，若說明事實，一則以彰母過，一則以貽父辱，所以甘願自身抵命，終不願說母親的過失。只求大人賜一碑，敘明此事，我父子在九泉亦瞑目了。」包公點頭稱是，遂命二鬼退歸陰司，二鬼拜謝而去。包公即連夜修好判文，

❽ 站香：燒香；行香。

次日早晨喚周洪上堂，宣讀判文云：

照得張士傑童年，為父報仇，當官自認兇手，不招隱情，是為殺人要犯而死，此乃孝子。若當堂供認，不獨有預謀殺人之罪，抑且明顯其母之過矣。惟卒不吐實，寧可殞身。斯人也，可謂善處人倫之變矣。本府不書明其實，那死者，乃一凶徒，何以勸化於人；表書其實，既彰孝子之名，反又傷孝子之心。今題其名曰張孝子。咨爾周洪為徒訴冤，可稱良師，飭爾回家將張孝子之墓勒石志銘，以旌其孝。此判。

周洪聽罷判文，俯伏叩首。包公面諭道：「張士傑不欲顯母親淫污之過，要算大孝。你回去替他立嗣，凡事遵諭而行。」周洪拜謝出衙，連夜趕回龍潭，將此事遍告鄰舍人等。數日後，包公又行文到王大人，罰他出私囊五百金給周洪，重行替張士傑安葬，立起石碑，表明事實。聞者莫不快心。

善人幾遭惡事

話說河南歸德府❶地方俱是旱地，年歲時常失收，五穀不登，人民困苦。清河鄉有一富翁，姓焦名道高，號稱員外，家財巨萬，積穀盈倉，是該地的第一首戶。那一年又值饑饉，百姓餓死於道路者甚多。焦道高見地方上一種慘象，心中不忍坐視貧民餓斃，即與紳董❷謀議，欲將家中歷年所積的餘穀，完全賑濟窮民，但自己力量有限，要求各紳董協力幫助，方可支持。不料那些紳董多是嗇刻鬼，當時勉強答允。焦道高信以為真，趕回家去，手書了一張紅簽子，貼於門外，上面說的是：

茲因歲歉民飢，鄙人不忍心獨自溫飽，今欲將歷年存穀，盡數賑貸鄉鄰，每戶限領一擔。即日起，凡屬飢民各具囊篋來領粟，過三日不來領時，粟盡則無糧，幸勿自誤。

紅簽貼了半日，附近的一般難民均皆得到這信，於是不約而同，大家各持笆斗❸蔴袋，四方八處，男男女女，老老幼幼，如風雲會合似的而來。焦道高一面命辦事人分先後散籌碼，然後憑籌給糧。由早

❶ 歸德府：今河南省商丘市。

❷ 紳董：指鄉紳。

❸ 笆斗：用竹或柳條編成的器物。

至中，由中到晚，一天的工夫，已散去千擔。到第二日上，領賑的饑民愈聚愈多，先來的都已照領，後來的沒有糧散，不由亂喊亂叫嘈嚷起來。焦道高親至門外，對眾貧民說：「你們不必性急，我一人原本不能濟事，等我去催促各紳董的米粟來，明日你們即可照領。」眾難民鳴謝而退。焦道高旋即差家丁往各處催促紳董發粟，不能遲誤。那曉得這一班土豪劣紳有心捉弄焦員外，到此刻個個反了面孔，都不承認，反而對家丁說：「你家員外自動情願，現在糧完了就算，何必又要向我們索取？我們要做善舉，何必要相幫他呢？」家丁聽了此言，大失所望，飛奔趕回，報告焦員外，說明各紳董完全變卦。焦員外大怒，只急得面如土色，要是再發糧時，奈倉穀已盡，要是就此不發粟，那些未有糧的難民，怎肯干休，勢必鬧出意外之事，沉思半會兒，別無妙計，惟有再將家中所吃的千擔香粳❹準備發散各戶。於是次日早晨，那班乞糧的百姓紛紛前來，焦員外吩咐辦事員每人只給五斗，共計又開發二千餘戶。還有一千多人，真實沒有糧了。焦員外格外著急，又令家人開庫房，發出數千兩銀子，散給未有糧的，大家方才道謝退去。

至第三日，焦員外即撕去紙條。不料上午的時候，忽然有十數名大漢匆匆至焦府門前，聲言要見員外。家丁等見這些人不是良善之輩，把持門口，回言：「員外出去有事，不在家中。」大漢等不問三七二十一，昂頸直入。家丁們沒法，只好放他們進門，在外廊坐下，索酒食充飢。家丁悄悄地告知員外，員外吩咐給酒食與各人。飽餐之後，仍不肯去，非得每人要五十兩銀子，不然就打進後堂，與員外拚命，說著各自放開紙包，吃下毒藥。家丁等見已肇禍，唬得魂不附體，飛報員外說：「眾惡奴這次來要坐害❺

❹ 香粳：有香味的粳米。

你老人家。」焦員外聞言，氣得手足俱冷，急命家人施救時，奈那些大漢受毒過深，同時完全喪命。焦員外真魂從頭頂冒出，正要著人去請紳董來商議此事如何了結，忽見門公來報，現有張員外、李員外、王鄉紳、胡秀才等齊來。焦員外步出大門迎接，與各人見禮畢，邀入後堂，就將情形告知。四位紳董，假作失驚之狀，往外廂來，一見死屍橫七豎八，故意說道：「老員外何故害死這許多人？」焦員外急道：「我與他們素不相識，又無怨恨，怎忍下此毒手！」張員外等冷笑一聲說：「人命關天，我們毫無干涉，但你不害他們，難道是他們坐害不成？」說著大家不辭而別。焦員外氣得目定口呆，大恨道：「天老爺！我焦道高活到六十歲，未曾作惡，今日反遭此等大禍。正是世界上宜姦不宜忠，宜惡不宜善了。」家丁勸道：「事已如此，需要將此案了結，方可平安。」焦員外道：「天下事自有公理。我既沒有謀害人命，何必駭怕！」遂拿出五十兩銀子，命家丁去買棺材，以便給大漢等收屍。誰知此事完全是紳董等作祟。至天色傍晚的時候，歸德府已有拘票到來，四名差役，如狼似虎的，不由分說，將焦員外上了刑具，押解出門，星夜拘到府衙。朱府臺升堂，喝問道：「焦道高，你是有身家❻的人，年歲飢荒，應該補助貧民，怎麼胡亂施毒藥謀殺鄉鄰？現有眾紳士作證，代苦主伸冤，你可快些供認。」焦員外聽了這話，不由怨氣填胸，奮怒答道：「府臺在上，民人見鄉鄰今年五穀失收，特開私倉賑濟，已達五百萬金之巨，何能殺人呢？至於今天早晨，這一班人，不知是那裡的無賴之徒，無故服毒而亡。既有紳董作證，這一定就是他們教唆反坐。要求府臺明鑒。」朱府臺大怒，傳集張員外等訊問，他們一口同音，指明是焦道

❺ 坐害：害人。

❻ 身家：身份；家業。

高謀殺人命。朱府臺遂喝令動大刑，焦員外大叫道：「大人不妨祕密調查民人是否善惡。」說時遲那時快，差役走下來，拖住焦道高，杖責四十。可憐他年老之人，怎經得起這般刑責，早已昏倒在地，不省人事。須臾甦醒❼過來，連聲叫屈不止。朱府臺吩咐帶被告下鄉相驗，隨即傳集檢驗吏仵作一干人等，自己乘轎出衙，逕往清河鄉。保甲人夫在焦府門前搭起屍場，將各屍具抬來候驗。仵作身穿皂衣，逐一驗明，回報府臺說道：「驗得各死者委實中毒而亡。」書記官填明了屍格❽，復將焦員外嚴加訊問，員外有口難分。在旁閑看的農民，聲勢洶洶，齊代焦員外喊冤。朱府臺深恐人民作亂，即刻打道回衙，心中細思：「要是不明不白的將焦道高處死，又怕公理難逃；要是宣告無罪，又怕各鄉紳動怒。」躊躇了半晌，只得把被告收監，改期再訊。焦員外既入了監牢，痛不欲生，幸虧那些禁子知道他是冤枉，不時送些酒食，並勸他不要傷心痛哭，焦員外道：「我受此莫大之冤，何日才得脫離牢籠呢？」禁子道：「這事不難，憑你真實未做虧心事，吉人自有天相。在我看來，你最好到開封府包大人處控告。天下皆知包文正❾鐵面無私，你這件命案，落到包公手裡審理，管教你黑天翻白，得伸冤枉。」焦員外不覺轉憂為喜，向禁子商議良久，在監內自己提筆，做了一張狀詞。其略云：

告為反坐栽誣命案冤沉莫白請求雪枉事：竊民焦道高世居歸德府清河鄉，家資巨萬。禍因本年雨

---

❼甦醒：從昏迷中醒過來。

❽屍格：記錄勘錄死者情況的文案。

❾包文正：舊戲文小說中對包拯的稱號。

水失調，五穀不登，當地旱災，人民餓斃者不可勝數，民不忍千家飢而一家飽，因即會同紳董商議，出私粟賑濟飢民，詎伊等口是心非，挾詐術欺民，准許補助米粟若干。民素推誠待人，信以為實，因而開倉，未到三日已賑出五百萬金之巨數，難民未得糧食者尚有千人，嗷嗷待哺⑩。民進退兩難，只得催促紳士作速發糧，誰知張棟材、李穀人、王虎臣、胡笠樵等頓改前約，一口回絕。民痛恨之餘，勉力又散出千金，稍救飢民於萬一。詎某日早晨，突有不知姓名之壯漢十餘人，闖入民家，始則坐索酒食，繼則敲詐，每人要五十兩銀子，民不勝詫異，正擬前去詢問意見，詎伊等受張棟材等祕密委託，有意坐害，竟一起服毒而亡。民受此意外之變，本擬請鄰舍人等作證，同去鳴官，那料伊等已先出首，擅作人命干證，替苦主伸冤。朱府臺不能鑒情察理，憑一面之詞，硬將民拘押，百般刑責，屈氏招認。在民本無犯罪地步，況人命之重，何由胡亂承招。但身繫囹圄，命在旦夕，苟不上憲告發，則民一死，黑濁混淆，皂白難分，冤沉海底，何年何月，甫得明瞭真相。為此不得已，具狀越法上陳，伏乞青天念民之愚，恤民之冤，傳集朱府臺及張等到案審理。民倘有半字虛言，願甘梟首。倘得黑天翻白，則雖死之日，不啻猶生之年也。冒昧上告，不勝待罪之至。謹狀。

焦員外寫畢狀詞，封固完備，就煩禁子祕密遣人送到家中，著兒子焦龍往開封府告狀。焦龍即日收拾行李川資，辭別老母，星夜趲程，未到三日，已抵開封。那天正值包大人出衙拈香，焦龍遂頭頂狀紙，攔

⑩ 嗷嗷待哺：比喻災民哀號，待人救濟。

馭⓫喊冤，王朝、馬漢即報告包公：「啟大人，今有一少年，口稱有天大冤枉，要見青天伸冤。」包公喝道：「帶上來。」王朝領命，即將焦龍帶至轎前跪下，包公道：「你是那方人氏，為什麼膽敢攔馭告狀？呈上狀詞來。」焦龍先將年齡籍貫略述一遍，然後即將狀紙交與王朝，轉呈包公。包公拆開一看，言語甚是懇切利害，旋喝問道：「你父膽敢告發朱府臺。你快將本案的原委供來。」焦龍遂由頭至尾，如何賑濟，如何發生命案，如何被官酷刑嚴審，前後的情節，詳細說出。包公大怒，吩咐回衙，即刻坐堂，復將焦龍重審一過，與狀詞相符，當下即簽了票子，著張龍、趙虎兩個幹差往歸德府提回原被告人犯，張、趙二人領命去訖。數日後，朱府臺、焦道高、張棟材等六名俱到。包公升坐後，先傳府臺上堂，冷笑著問道：「你是朝廷命官，民間有事，應該秉公辦理，怎麼糊糊模模，不分皂白，即枉陷良民呢？」朱府臺拱手說道：「只因原告張棟材一口指認，說焦道高預謀殺人，故而下官即傳被告審訊，但未有非刑逼供，伏乞年兄⓬寬恕。」包公即命他退下，復提焦道高上堂，問道：「那一班死者，與你可有瓜葛嗎？」焦道高道：「民人對與這些鄉民素不認識，不知他們如何前來服毒坐害，此事完全是張棟材等主使教唆，青天老爺問他們便能明白。」包公道：「你與他們是幾時會議賑濟，後來他們為什麼又不承認呢？」焦道高就將本鄉遭旱災情形，以後「不忍貧民餓死，便與張等商量，當時他們四人准許，每人各出一百擔米粟。不料民人的倉穀賑完，向他們催促時，忽然不理不睬。最後出事的一日，他們四人齊來，民將此事告知，伊等即冷笑不止，說民謀殺人命。在這一點上，他四人即不能無嫌疑的處分。不料朱府

⓫ 馭：原意駕駛車馬，此指轎子。

⓬ 年兄：科舉時代同年考中者互稱「年兄」。

臺竟與他等串同一局，意在處民於死地，然後瓜分民的全部家財。不然，我開倉賑貸，又不是壞事，何能有這許多冤家前來賣命呢？」言訖叩頭流血不止。包公錄下供詞，復提張棟材等四人上堂，先問年齡姓名畢，即細問委曲。張棟材起初抵賴，後被包公指實要害，只得完全供認，並說：「那十餘個窮民，是我們用銀子買通，故而坐害焦員外，這是實話，求青天從輕發落。」包公錄了口供，命各人簽押，即當堂宣判道：

焦道高開私倉救濟窮民，是仁義之舉；張棟材等買囑惡奴坐害良民，是禽獸之行；朱府臺職居權衡地位，不能依法而行，是違法瀆職。焦道高無罪釋放。朱府臺姑念朝廷命官，削職為民。張棟材等姦宄行為，罪不容誅，論律宜處死刑。夫有善不旌，何以懲惡；有過不罰，何以勸人？是則本府秉公用法，無偏無倚，其各凜遵毋違，而犯罪者，當即執行，迫不容緩。此判。

包大人宣判畢，即當堂開釋焦員外，罷免朱府臺職權，張棟材等四人處斬。於是焦道高之案，方得明白解決。可見善有善報，惡有惡報，人生天地間，天理國法人情，不可全行忘卻也。

失節全孤

話說湖北孝感縣東北地方，有座鄉鎮，叫榆林鎮。該鎮有個讀書的文士蔣汝忠，娶妻何氏，逾年生下一子。汝忠家道小康。有一年除夕晚上，忽然失慎焚燬房屋一切用物，不啻有千金損失。夫妻痛恨之下，就請親友幫助，草草起了三間茅屋棲身。汝忠因此鬱悶成病，臥床不起，臨終時，握住何氏的手，含淚說道：「我與你指望同偕到老，過安樂光陰。不料天不從人願，遭此火劫。但我現在命在旦夕，我死之後，你母子無有依靠，日久必要受罪。今我與你約好，蔣氏四代單傳，到了我只存此幼子。日後你等我三年孝滿，可以改嫁，不拘何人，只要能養你們母子不受凍餓，即是你的丈夫。但刻下尚有餘資，能可支持一、二年，如果食盡，你就照事做罷。」囑咐畢，汝忠閉目不更言，停了半日，嗚呼哀哉，伏維尚饗❶了。何氏遵丈夫遺命，撫養孤兒，終日對靈守孝，足不出戶。

不料同鎮有個輕薄少年叫吳義，平日見何氏美貌秀色，心中巴不能與他結交，此刻一見蔣汝忠病亡，正所謂是極好的機會，即請王三嫂過去向何氏議婚。何氏嘆氣道：「先夫遺囑，命我食盡即嫁。目前我母子還能敷衍數月，且待幾時再議吧。」王三嫂探得何氏實在口氣，即回去答覆吳義。吳義大喜，籌備金錢以待。果不其然，三月之後，何氏家中斷了煙火之食，王三嫂又來撮合，百計勸導，何氏只得答允。

❶ 嗚呼哀哉伏維尚饗：舊時祭文中的結語。此指死亡。

約好日期，即攜帶幼子，逕往吳宅與吳義合巹成禮。剛剛滅燭上床，忽聽窗外有人嘆息，何氏識得聲音似前夫蔣汝忠的陰魂，不由觸動愁腸，旋即起身，隔窗向故夫嗚咽哭泣著說道：「夫呀！你有遺言，今日我與吳義成親，並非我私嫁，你何故前來作祟呢？」汝忠陰魂亦嗚咽對何氏說道：「我心中不捨姣兒，特來探望，偶見你與後夫成為夫婦，我的心如刀刺，故而失聲悲嘆，不是來作祟的。」言訖，又嗚嗚哭將起來。吳義見此光景，心中又駭怕又發怒，急急披衣下床，正色對汝忠陰靈說道：「自今而後，我不另眼看待你的兒子，教某不得好死！」汝忠一聽，拱手相謝，頓時陰魂不見。吳義心膽俱裂，當夜與何氏勉強成禮。三朝之後，吳義果然親愛何氏之子。何氏雖失身改節，但心中一時一刻都想念故夫，常常見吳義不在家，燈前月下，偷彈眼淚，哭得如淚人相似。

自此一連過了三年，吳義偶為一件小事，舉杖責其子兩下，何氏當丈夫面前，不好啼哭。是夕初更以後，聽得窗戶外面有人咽咽哭泣。吳義知是蔣汝忠之魂，惶恐謝罪道：「我一時之怒，薄責令郎，請君不必介意。」汝忠責備道：「我妻改嫁於你，專為撫養孤兒。你今無故虐待我子，我何能干休！」說著拾起瓦礫一塊，從窗縫擊進，無巧不巧，擊中吳義頭腦，鮮血淋淋，竟爾一命而亡。何氏見後夫暴斃，唬得魂飛魄散，要尋自盡，又不捨其子，於是抱定宗旨，聽天留命。次日，榆林鎮人士聽得吳義無故身死，大家都以為是何氏謀害親夫，即由紳董出首，至孝感縣報案。縣長于仁即飭差將何氏捕獲，一面親往相驗，驗得死者吳義，生前係中凶器喪命，當時著紳董備棺收殮，又將其子連同何氏一併帶入縣署，審訊道：「你因何事謀殺親夫？」何氏爬上一步，口稱：「青天明鏡高懸，小婦自嫁吳義以來，夫婦相敬如賓。只因故夫蔣汝忠陰魂於昨天夜裡忽然前來，說後夫虐待幼兒，即用瓦片擊斃。此乃實情，求縣長秉公辦理。」于縣長怒道：「胡說，人死如泥土，安有鬼魂作祟，敢傷人命！你這巧言舌辯的淫婦，不動非刑，諒不肯招。」喝令一聲「拶起來！」執堂差答應，即將何氏按倒，三根繩木收緊，何氏大叫一聲，悠悠氣絕。于縣長吩咐用冷水噴面，停一刻，何氏還過魂來，哭著說著喊冤枉不止。于知縣問他招是不招，何氏一把抱住姣兒，叫聲：「心肝，為娘被你受累了。」其子亦大哭不止。母子倆哭做一團，見者莫不傷心。于知縣見這般光景，只得命將何氏收押。何氏就被枷帶鎖，與兒子一同入監。

這時候，蔣汝忠的鬼魂見妻兒俱入獄受苦，他只恨陰陽相隔，不能通融，左思右想，沒有計策，即一陣陰風逕往開封府包大人處訴冤。其時正值包公在後堂飲酒，汝忠不敢入內，就在外面啼哭，其聲甚尖，聽之令人毛骨悚然。包公一聽，不由寒毛直豎，旋即站起身來，向庭外招呼道：「何方的冤鬼，膽敢深夜到本府堂上作祟？有甚冤枉，不妨上堂告訴，本府脫去朝服，在前堂聽稟。」說著就改換便衣，帶了王朝、馬漢，至前堂坐定。猛見一陣陰風，燈光昏暗慘淡之中，見一男鬼立於庭下，包公問道：「你是那裡的屈死鬼，到此鳴冤？從實講來。」汝忠陰魂嗚嗚泣訴道：「小鬼本身沒有冤枉，只因髮妻何氏改嫁吳義，吳義虐待我的孤兒，因此我逞忿，用瓦片打死了他，現在連累何氏母子受罪。只求大人解釋此事。」言訖，化陣陰風而去。包公定一定心神，即命王朝、馬漢前來，說道：「適才那個男鬼，言語有頭無尾，教本府一時難得明白。你二人可往南方各縣調查，如有此案者，可將人犯帶回，不得有誤。」二差領命，星夜出城，先在附近縣分訪察數日，沒有此事，於是又往南方。恰巧至孝感縣，正值于大人坐堂審理何氏，何氏供詞，似與在包大人處告訴的鬼魂有些相同，當下王朝即遞上公事，求見于縣長，說明奉包公之命來迎提何氏一案。于仁聽得開封府的命令，暗吃一驚，知道本案有委曲，即將何氏母子交與王朝，著人保護往開封府去。在途數日，已抵目的地。馬漢先上堂見包公交差，然後王朝押上何氏，俯伏堂下。包公問道：「你可是吳何氏嗎？」何氏道：「是的。」包公又問：「你為什麼要謀殺親夫呢？」何氏就將故夫蔣汝忠臨終遺囑如何，後來如何嫁與吳義，如何前夫擊斃後夫，根根底底❷，訴說一遍。包公心中有素❸，即發了公事，行文到孝感縣，著于知縣飭傳榆林鎮的紳董，快來候訊。不一日，眾人俱到開封，齊集府堂。包公升座，先將紳董訊過年齡籍貫，旋又將何氏提來，詳細訊問。何氏所供，與前相同。包公又問其子：「可曾見你母親用什麼凶器打死後父？」其子說：「我母親與阿爺甚和睦，沒有打死他，是鬼魂用瓦片打的。」說罷哭將起來。包公核斷之下，寫數行判文，當眾宣告云：

> 蔣何氏從故夫之遺命，食盡改嫁，淑德堪嘉。蔣汝忠陰魂用瓦片擊吳義，是一時之忿。使吳義不虐待幼子，何得犯咒而亡？陰陽一理，報應昭彰。何氏無罪釋放，撫育孤兒，他日長成婚配生子，主兩家宗支，毋得異議。此判。

包公宣罷判文，復用大義勸戒何氏一番。何氏叩頭拜謝，即日領其子，與紳董等同回榆林鎮，仍在吳家過活。何氏發憤延師教子。後來其子長大成人，竟得功名上進，娶妻生子。

何氏活到五十餘歲，一夕夢故夫蔣汝忠至榻前，說道：「吳義已轉放入輪迴。你的陽壽已盡，可隨我同歸泉下去吧！」何氏驚醒，將夢中所見告其子。數日後，果然得病，不肯服藥，一命歸陰。其子遂

❷ 根根底底：事情詳細經過，方方面面。

❸ 有素：有數。

辦衣衿棺木，做齋禮七，合葬於故父之墓，以遂雙親之志。後人都稱頌何氏甘辱一身，保全其子，所失者小，所全者大，傳為千古美談。

牛通人性替主伸冤

話說開封府離城十里外，有個王家莊，莊主王春和，世代務農為生。家中畜牛一頭，其子名季玉，十歲時，終日與牛為嬉戲，時而攀牛角執牛尾，牛皆不動，有時王季玉坐在牛身旁，牛或以鼻鼽❶兒頭頂，抑或以舌舐他手掌，季玉絲毫不怕。王春和就命兒子牽牛往郊外啃草，季玉與牛玩弄熟了，來去都不牽牛纏繩，他在前走，牛即相隨在後，季玉出牛亦出，季玉歸家牛亦歸家，足有二年之久，王春和甚是歡喜。

忽有一天早飯後，季玉依舊出去放牛，至下午時候未曾回來。其父正要著人去尋找，只見那牛狂奔到家，滿頭濺有血跡，以角觸門，向主人跳蹦咆哮不已。王春和心知有變即隨牛出門。牛掉頭回舊路，發開四蹄，如飛馬一般，直向郊外趕來。王春和愈加吃驚，盡力追趕，趕至一帶草溪邊，牛忽伏地不動。春和上前一看，草地上有一攤血跡，旁邊有一根棗木棒，不見兒子的蹤影，頓覺魂飛，知道兒子為歹人殺死，大哭一場。牛亦咆哮悲鳴，遲延了半晌，方隨主人而歸。王春和終日啼哭，不知誰是兇手，因對牛說道：「畜生，你與小主人十分親愛，現在他為你而死，你如曉得兇手在那裡，不妨替主伸冤。」說也奇怪，那頭牛聽得主人之言，頭點三點，眼淚汪汪，給他草料都不吃，只是團團繞轉不已。過一日，

❶ 鼽：同「嗅」字。

那天正是月之初一日，牛忽掙斷纏繩，直奔大路，趕往城裡去。王春和恐怕牛再失蹤，隨後且追且望，約莫半個時辰，不覺已到開封府衙門前。其時恰巧包公行香回衙，忽見一頭水牛闖至轎前，前蹄俯伏，哴哴❷悲鳴，眾差不由猛吃一唬，旋即報告大人。包公道：「牛乃畜生，有什麼冤枉事，這又奇了，且待本府親自觀看。」於是張龍、趙虎扶住包大人下轎，至牛前展目一看，只見牛的眼眶裡珠淚滾滾，見了包公，復又高聲哞了兩哞，似乎要伸冤的樣子。包公喝聲說道：「孽畜，你有冤枉，不妨領本府手下兩個差人往目的地探訪實情，然後總替你伸冤。」那牛見包公說這話，旋即爬起身來，掉頭就走。包公便命張龍、趙虎跟住他前去，自己率領餘差，打道回衙。

且說張、趙二人一路隨住牛直向西南行去，轉過兩條大路，約莫有六、七里路遠，前面是一座土山，山下有許多草棚所住的人家，都是獵戶和樵子居住，那牛也不向東向西，單單的直奔當中一家，站在門前，向張龍、趙虎咆哮不已。張龍是個有幹的差役，當下對住丟了個眼色，二人即踏步進了草棚，抬頭一看，見兩個大漢正吃早飯。張龍留神一望，見二人多是凶眉惡眼，知道不是好人，即正色問道：「你二人是兄弟還是朋友？」那年長的漢子起身說道：「我們是獵戶，這是我的二弟。你兩個是那裡來的冒失鬼，盤問什麼？」張龍道：「我們是包大人的心腹幹差，因為一樁疑案，是門外一頭牛引我們二人到此，大約凶徒就是你弟兄。」那大漢一聽，好像冷水澆頭，陡吃一驚，連忙入內，欲取棍棒抵抗。張龍、趙虎大喝一聲，趕上去先捉住一個。比及那漢子奔出來時，見二弟被捉，自己心中一慌，逃避不及，遂被擒住，上了背綁，押解出門。牛見差人捉住兇手，依舊領道，逕往開封府來。未有一刻，已到衙門，

❷ 哴哴：音ㄌㄤˋ。象聲詞。

早有王朝出來迎著，拘二犯同進府堂。包公升座後，喝令帶上兇手，兩個惡奴戰戰兢兢的跪倒，不敢抬頭。包大人問道：「下跪者是何人？」二賊齊道：「小的毛文、毛武便是。」包公道：「你們作何生涯？可知剛才那頭水牛領公差去將你二人捉來，大概你兩個總不是好人。」毛文正要辯白，忽見馬漢上堂報告道：「啟大人，今有鄉民自稱王春和，因家中走失一條耕牛，追蹤至此，求大人定奪。」包公道：「帶他上堂，本府有要事面問。」於是馬漢出衙門外，將王春和帶進大堂，跪於東首。包公問道：「你是王春和嗎？你家這頭牛，為何逃到本府衙門，有什麼冤枉呢？」王春和稟道：「兩日前民人著兒子季玉牽牛出去吃草，不料牛歸人不歸，民當時心知有異，即隨牛去尋找，不見兒子的蹤跡，祇見滿地鮮血，又有棗木棒一根，照情形看來，一定是被賊人所害，但不知所為何事。民即對牛說道：『你能替主報仇，不妨領捉兇徒。』因此牛即兩日不食，今天早上忽然掙斷繮繩，追之不及，不想逃到府堂門前。」包公又問張龍、趙虎：「在何處捉住此二人？」張龍即將「牛引路至某處土山下，站在毛文門前，故而小人即進去查問，詎料他二人，竟恃強要與我們動手，小的就知他兩個決不是好人，所以才將他拘來。」包公點點頭，遂吩咐抬上銅頭虎鍘。毛文、毛武不由魂飛天外，連叫道：「小人願招供，請求大人不要動刑。」包公喝道：「快些招來。」毛文遂絲絲抖抖的供道：「兩日前，我與兄弟毛武同往土山打獵，忽見郊外有一童子在那裡牧牛。怪我弟見物起意，就要去盜牛，我阻止不得，就幫同下手，一棒打死那童子，指望牛盜走。誰知畜生亦有人心，竟與我二人角鬥了半會兒，不能取勝，他即逃走。不知今日早晨怎麼又引公差到我家中。」包公笑道：「好狗才！盜牛罪小，殺人罪大。」即當堂令二人畫押，判決斬罪。因面諭王春和道：「你的兒子仇人已捕，本府當處斬不饒。惟該牛頗有人心，替主報仇，千古少有，你可回去好生看待，養他到老。」王春和領命而退。包公便書明毛文、毛武罪狀，限午時出斬。二賊引頸受刑，劊子手手起刀落，兩顆血淋淋的人頭落地，這是作惡的結果。

嗚呼，毛氏兄弟為貪盜一牛之利，反而殺身，豈非天理不容嗎！王季玉雖遭慘斃，幸得該牛伸明冤枉，亦可謂死得有名了。

黃秀才拒姦遭命案

話說河南登封縣鬼谷山之傍，有一黃梅村，村中有位黃紹文秀才，少年及第，舉動卻是老誠。同村有個梅徐氏，丈夫新亡，徐氏芳心未艾❶，意欲擇一才貌雙全秀士以託終身，選了良久，竟不得合意之人。一日，坐在門前閑望，偶見黃秀才經過，徐氏留神望看，真夠是美貌郎君，心中就很注意，要同他議婚。可是黃紹文既有妻室，又是讀書人，怕他不允，徐氏就生了一計。越數日，那天正逢七月新秋天氣，黃秀才在園內乘涼，一陣陣涼風吹來，身子清爽，就興高采烈，往書院挑燈讀文章，吟哦之聲，直達園外。不料徐氏便偷進花園，闖入書齋，滿面推笑，向黃紹文調笑。黃紹文大怒，正色說道：「大嫂差矣。男女配合，須遵周公之禮❷；況你又是節婦，我何能亂倫，以損陰德呢！」徐氏道：「小婦因青春失伴，見君丰姿秀美，故而不顧羞醜，夤夜前來。君若有同情，何不惜春風一度，以遂片刻之歡？」說著，又上前去搭訕，紹文拒絕厲聲道：「你這婦人，毫無廉恥。世界上只有男子求女，那有女子求男。我勸你早早回去，若再不走，一發喊那就失盡你的臉面。」言訖，怒氣不已。徐氏羞慚無地，心中一恨，頓覺臉紅，滿面含羞而退。黃紹文冷笑著說：「世間竟有這般賤人！」徐氏聽了這話，更覺得難堪，於

❶ 未艾：未止；未絕。

❷ 周公之禮：周公，周武王之弟旦，曾定周禮。此指婚禮。

是羞變為怒，急匆匆的跑回家去，咽咽啼哭良久，收淚，暗恨黃紹文不該當面羞辱孀婦❸。「我既受他這場羞辱，還有臉面去見人嗎！」遂越想越苦，越苦越無生人樂趣，頓萌厭世自殺之念，關起房門，對燈書了絕命書一紙，掖在身畔，悄悄地出門，乘著月色，逕往黃紹文的後園，在一株槐樹下，解了絲羅腰帶繫在樹上，自縊而亡。

次日天明，黃府家人打掃花園，猛抬頭見園牆邊槐樹上，一個女子吊死了，不由大驚，飛步上前解救時，已經面如灰色，嗚呼哀哉。家丁格外著慌，奔回廳堂，報與主人，說：「大事不好，今天夜裡，一個少年婦人在園內自盡，不知是那裡人，特來報知。」黃紹文一聽，猶如晴空降下個霹靂，戰抖抖的說道：「這這就不好了。」旋即踉踉蹌蹌的步入園門，走到近處一看，認得是夜來的徐氏，因失聲恨道：「徐氏呀，我與你近日無仇，往日無怨，因何陷害於我？」家丁在旁插嘴說道：「此時外面無人知道，可以祕密掩埋，免得倡揚出去，驚官動府，名利兩虧。」黃紹文點頭稱是，即命兩三名家丁，在園內古井旁邊掘了土坑，將徐氏屍身草草埋訖，覆平泥土，果然外面人不知。當日村中男女人等，傳說梅徐氏失蹤，有說他私下與姘夫逃走，有的說他投河自盡，決不疑惑死在黃秀才家花園裡面。黃紹文頗為耽憂，終日疑慮不安，過了數日，也就不放在心。

有一天，一個家丁阿五在街坊上飲酒，酒醉歸家，被紹文看見，就責備他幾句說：「你下次再貪杯誤事，定即停歇❹。」阿五懷恨在心，過了一日，向紹文請假回家，託言有要事，紹文坦然不疑，准許

❸ 孀婦：寡婦。

❹ 停歇：休息。此指解雇、送回家。

告假。阿五一溜煙出門，他那裡是回家，直向登封縣衙門告狀。事有湊巧，那位縣長李茂通，與黃紹文幼年是同學朋友，後來因為同年登科，黃紹文名落孫山，又見李茂通署任本縣縣長，為蝗蝻❺成災，李知縣見災民無以度日，就向當地紳士起捐補賑，黃紹文抗捐不付，因此兩下結了仇恨。這一天阿五去告發主人害死梅徐氏，李知縣大喜，發名帖著差人去請黃秀才到縣商議要事。黃紹文應請而去，與縣長見禮畢，略談時務。李茂通起身說道：「下官請年兄到此無別，只因外人傳說，老哥某月某日害死本村寡婦梅徐氏，屍身埋在古井之旁。我以為老哥是讀書之士，決不會做這違條犯法之事，所以請你前來問個明白。」黃紹文一聽，暗吃一驚，心中想道：「此事只有府中人等知道，李知縣又怎麼曉得這般清切的呢？索性不承認為妙。」遂佯笑一聲，說道：「縣長此言從何而起，莫非要敲詐愚弟不成？」李知縣正色道：「現有人證，你還說本縣栽誣你嗎？」隨命差人在屏風後喚出阿五。黃紹文一見阿五，知道事機敗露，頓時面如土色，不能發言。李知縣喝聲：「左右與我拿下來。」差役領命走上前，如鷹抓燕鵲相似，將黃紹文捉住，上了手銬，押上大堂。李知縣身坐公座，把堂木一拍，喝問道：「你既讀書，須知禮法，為何謀斃寡婦？還是因姦不遂，下此毒手，還是另有緣故？」黃紹文此刻不敢用書獃子脾氣，低頭稟道：「生員原是聖門子弟，豈敢枉法殺人！祇因梅徐氏，某夕更深闖進書齋，向我調戲，我當時立意拒絕，並用大義婉勸他。不料他回去之後，至下半夜竟來尋死，不知是何意見？」李知縣道：「胡說！自古只有柳下惠坐懷不亂，你係何等人，豈有見色不貪之理！揆❻其情，度其理，一定是你逼他成姦，

❺ 蝻：僅有翅芽還沒生成翅膀的蝗蟲。

❻ 揆：揆度；揣測。

又怕他與你勢不兩立，就將他勒斃，是呢不是呢？」黃紹文連呼冤枉，李知縣大怒，吩咐先收監。一面帶同仵作人等出城，由阿五領道，至黃梅村，直入黃府花園，在井旁掘起梅徐氏屍首，面色如生。仵作檢驗良久，只有頸項裡一道紫痕致命，其餘部位並無傷痕，忽然在衣袋內搜出一紙，即刻呈與大人，並報明驗屍格。李知縣將那張紙頭拆開一看，原來是絕命書，書中源源本本，有數行小字，其略云：

孀婦梅徐氏，年二十五歲，謹以生平際遇之不幸，引諸筆端，訴於仁人君子之前。氏生三歲，即喪父；五歲時，舅奪母志，改嫁王松。既而長成，由叔父作主，嫁夫梅林。指望夫唱婦隨，同偕到老。誰知丈夫二年前一病身亡，家徒壁立，思衣不能遮其體，思食不能充其飢，忍飢受凍，已垂數十月。今者偶見黃紹文品行端方，私心竊動，不揣冒昧，夤夜效文君❼之舉，求歡未遂，反遭羞辱，羞憤交集，亦無面目偷生，為此特出數語，表明心境，出此下策，自縊而亡。惟黃紹文既明人倫之義，不應當面詬詈，令人難受。氏捨一命，亦非嫁禍於人，特一時之忿。此事不發現則已，一經發現，尚希官長薄責黃紹文，幸毋置之大辟，而陷害正人，重罹氏來生之罪也。率爾❽數語，為最後長畢人世之言，而又為傷心之絕命書也。噫！

李知縣看畢，贊嘆多時，旋命黃府家人將梅徐氏收屍，一面打道回衙，提出黃紹文，審訊道：「你無庸抵賴，現有絕命書，分明是你調戲寡婦，既又百般羞辱，以致威逼人命。」黃紹文格外駭怕，不知

❼ 文君：漢代卓文君，四川臨邛人。詩人司馬相如至其家，文君新寡，相如彈琴挑之，文君夜奔相如。

❽ 率爾：貿然；輕率貌。

是究竟什麼絕命書，只是叩頭呼冤。李知縣遂判定黃紹文徒刑十年，紹文大哭入監。

過了三月，適包公私訪到登封縣。黃秀才夫人王氏，那天夜裡忽見乃姑至榻前說道：「我兒子受梅徐氏的人命冤枉，李知縣公報私仇，性命不保。剋下幸有包大人私訪到此，汝明日早晨可到三岔路口，但見穿皂衣的相士，你即跪地喊冤，那人就是黑面包文正，他一定是要辦理這案的。」王氏點頭，正要再問，忽覺一陣陰風驚醒：「夢中分明是婆婆前來，教我代夫伸冤。但夢寐之事，不可不信。」遂起身穿衣，等到天明，瞞住家人，悄悄地出門，剛要動步，果見村南來了一位黑臉文士，因迎將上去，俯伏在地，連呼：「大人，小婦有莫大之冤，懇求青天伸理。」那人果然就是包公，因問道：「你姓甚名誰，為著何事，在此呼冤？」王氏遂將姓名及所為的情節，始終根由，告訴一遍。包公道：「你隨我來。」於是包公在前，王氏在後，同往登封縣衙門。

這時候李知縣剛剛升堂，突見一個黑漢走進大堂，後面一個婦人，因大喝道：「何方的醜鬼，膽敢私闖公堂！左右拿下來。」包公不慌不忙，冷笑一聲道：「你拿就拿我，何必吆五喝六，這些勢力來壓誰人！我且問你，黃紹文與梅徐氏一案，你是怎麼辦法的？」李知縣萬分不料是包大人到此，因怒道：「本縣做一縣之主，自有裁制權。你是何人，膽敢前來干涉，可是要吃官司嗎？」包公見他言三語四❾，恐怕吃了眼前虧，反為不美，遂在袖內現出一隻玉獅。原來這玉獅，是仁宗欽賜包公佩身之寶，大小百官皆知道。此刻李知縣一見包公現此寶貝，不由魂不附體，離坐下跪，口稱：「大人，卑職誤犯尊顏，得罪之至。」包公道：「罷了，你且起身。」於是李縣長戰戰兢兢的爬起身來，邀包公上坐，恭維不迭。

❾ 言三語四：胡說亂道。

包公大喝道：「快提黃紹文出監，本府親自審訊。」李知縣毫不怠慢，命差役提出紹文候審。包公升座問道：「黃紹文，你將梅徐氏起根的原委從實招來，本府秉公辦理。」紹文遂將那天出門從徐氏門前經過，以後他來調戲不從，就坐害人命等情，如此如彼，告述一遍。包公向李知縣道：「既徐氏有絕命書，呈上來。」知縣不敢隱抗，只得呈上。包公由頭至尾看了一遍，冷笑道：「照這書上理由，梅徐氏分明是羞忿而死，並非是黃紹文謀害。你怎麼不問青紅皂白，混用蒙蔽手段，是何道理呢？」李知縣無言可對，連連作揖，求饒不止。包公遂酌奪案由，當堂宣判云：

梅徐氏少年守寡，芳心未艾，無怪有私奔調戲之事。黃紹文大義拒絕，不從姦合，頗合君子之行。惟不該當面侮辱，以致該婦含羞自盡，罪亦不容辭。今依法律免大辟之刑，姑罰千金厚恤死者之家。至李知縣用法不當，有失官方，本府行當奏本朝廷，候旨定奪。此判。

黃紹文聽得包公如此判斷，喜出望外，叩頭不止。包公道：「姑念你是讀書之人，著即罰千金給死者家屬，此乃兩全其美。」黃紹文遵諭叩謝而退。包公就備本入京劾奏李茂通不法。數日後，朝廷旨下，罷免李知縣之職，此案遂得結束。但是梅徐氏與黃紹文，若說是無怨，亦不應有這般人命之舉；既說有怨，亦不當求官薄責。或曰：此乃由於黃紹文惡言激出命案。蓋言之不謹，令人難受之所致也。

賣妹喪妻

話說萊州❶有一商人尹兆和，胞妹名玉英，妻趙氏，夫妻二人販賣皮貨為生。有一次，兆和偕妻妹往河南開封府販賣大宗皮貨，不料市價陡落，蝕本千金。兆和又得病纏綿數月，竟將二千兩本錢化盡，衣食不能兩全，遂與妻子商議道：「你我在窮途受困，無親戚幫扶，勢必活活餓斃。我的意思，要與你脫離夫妻關係，你是怎樣心意？」趙氏附耳道：「人情最親者夫妻與父母，何忍分離！最好將你胞妹出賣幾百金，你我也好回家。」尹兆和亦低聲道：「此計甚好。但哥哥賣胞妹，人道有乖。需要用個妙法滅人議論才好呢！」趙氏道：「此事不難。只要設個假圈套，表面上你對人談說要賣妻子，等銀子到手，我即暗地逃走，住在某處。前途不追更加其好，萬一追逼緊要，你就再央人說合，將妹妹玉英賠償，豈不是再好沒有嗎！」尹兆和從其議，即日託客店內兩個夥計，一名錢在心，一名萬士成，在外面張羅機會。該當湊巧，本城有一位暴富土戶叫余道梅，欲娶繼室，事被錢、萬二人得知消息，即往說合，談定五百兩聘金，由他二人擔保，約於某日行事。錢、萬二人回客店通知尹兆和，只報三百兩數目。尹兆和大喜，與妻子暗地約好。到了吉日，即帶趙氏前去，憑媒兌過銀兩。余道梅即與趙氏合巹成禮。至半夜時候，趙氏忽然大叫腹痛，嘔吐不安，道梅只當是受了寒涼，旋即命人去燒薑湯，趙氏道：「不必，我

❶萊州：今山東省掖縣。

向來有此病，但一經暴發時，只須在空地上吸收清氣，便可霍然❷。」余道梅不知是計，就准他入園內散步。趙氏東張西望，見園牆不高，乘著月色，越牆逃走，另往一家客店居住。這裡余道梅至四更時分，親自去看趙氏，不見蹤影，大驚失色，既而復又大怒。天色已亮，即往某客店向錢在心、萬士成二人交涉，欲扭稟訴訟。錢、萬二人轉向尹兆和揪扭說：「人家說我們串弄放鴿子❸，我們不得過門❹，你休想站乾淨地步。否則將原數銀子歸原主，兩下罷休。」尹兆和求饒道：「二位仁兄息怒。俗語有言：『賣人者與買人者，雙方都有罪。』今趙氏既然逃走，我情願將胞妹去賠償。在余君雖失一再婚婦人，反而得一美女，豈不是好麼？」錢、萬二人就將此言轉告余道梅，道梅大喜，從之，即逼令交出其妹。尹兆和復向其妹玉英要求，玉英決不疑惑兄長有預謀要賣自己，當時只得含淚答允，隨錢、萬二人同往余家。道梅見玉英如花似玉，加倍歡喜，又酬謝媒妁五十兩。不料尹玉英見余道梅年紀老大，更兼醜陋不堪，心中大恨，遂立志不允成婚。余道梅謀於錢在心、萬士成，二人道：「這事我們不管了。」道梅無法，就用強逼令從婚。玉英乃一弱質女子，見勢頭不好，恐遭污辱，遂以頭觸梳妝臺臺角，腦漿迸裂。余道梅見已鬧出人命，又驚又怒，當下請了訟師，捉住錢、萬二人，往開封府去控告。尹兆和聽了這信，即將銀子打成包裹，偷出店門，逕往某處客棧內與妻相會，告明前情，說道：「我們趕緊走吧！」剛剛出門，忽見那一家店老闆帶領夥計追蹤前來，一見趙氏大喝道：「你這惡婦，潛逃至此，活活坑殺你的夫

❷ 霍然：迅速；快。此指痊癒。

❸ 放鴿子：也稱「放白鴿」，舊時以女色為誘餌騙錢財的騙局。

❹ 過門：原指女子嫁到男家，後引申為渡過難關。

妹，又連累旁人。」說著命夥計上前，獲住尹兆和夫婦，送往開封府包大人衙門。這裡余道梅已將狀詞遞進，包公即刻升堂，吩咐將原被告兩造及嫌疑犯一齊帶上，王朝呈上狀詞，包公讀其詞云：

告為朋串騙局詐財坐害人命事：竊民余道梅於某日由某客店夥錢在心、萬士成二人說合，娶萊州人尹兆和之妻趙氏為室，聘金五百。詎伊夫婦預謀騙局，於合巹之夜，趙氏託言肚痛，欲入園內散步，即越牆逃走。比及民發覺，向被告交涉時，被告復將其妹玉英賠償，懇求息事。誰知玉英挾恨，竟爾自殺身亡。竊維尹兆和既不合設騙局於前，又不當逼乃妹於後，推其意，非陰圖詐財，反坐人命而何！為此具狀上陳，伏乞恩准，迅將被告及嫌疑犯人等一體治罪，以安良懦，而整刁風，實為公德兩便。謹呈。

包公看畢狀詞，拍案大怒，即傳余道梅上堂盤詰一切，道梅所供與狀詞相符。又提錢在心、萬士成二人嚴訊，二人供稱：某日，由尹兆和委託，如何嫁與余道梅為妻，趙氏如何逃走，玉英自殺情形，告訴明白。包公道：「原告出五百兩，你們怎麼說三百兩的呢？分明是漁利。」二人語塞。包公又提尹兆和夫婦至案前，詢過年齡籍貫，然後究問以上情形，兆和供道：「此事完全是民妻趙氏主張，欲賣我胞妹，怕人議論，就設成此局。民也是一時之誤，聽了他的計策，故而竟害胞妹喪命。」包公就問趙氏：「為何要賣夫妹？」趙氏矢口否認，包公大怒，喝令動刑，趙氏到底心虛，隨又改口哀求道：「小婦願招供。」包公喝道：「從實招來。」趙氏不得已，就將丈夫要同他脫離關係，自己便主張設此圈套，怎樣長那樣短，前後的事，說了一遍。包大人錄供後，即將各人供詞合併酌奪，按律尹趙氏應該抵償乃姑，余道梅強娶再婚婦，是亦違法之舉；錢在心、萬士成於中漁利，律所不容，遂當堂宣判道：

尹兆和貧而賣妻，古今少有；尹趙氏謀鬻夫妹，實出奇聞。余道梅家資巨萬，不應強娶有夫之婦；錢在心、萬士成圖利朋串，是皆有罪。今依律處治：余道梅逼幼女從婚，行雖正而心則惡，以致該女自殺，所費聘金著即補助尹兆和之貧，免加罪名。尹趙氏既乖人倫，尤違法律，處死刑。錢在心、萬士成各處五年監禁。此判。

包公宣判畢，吩咐先將趙氏、錢在心、萬士成執行送監，然後諭余道梅說：「論例你亦有罪，今免爾罪刑，具結回家。」又諭尹兆和道：「你妹已死，著趙氏抵償。你的死罪既恕，活罪難饒，鞭笞一百，放爾回鄉。」尹兆和求饒不得，挨責負痛出衙，流落客寓，將息痊癒，收拾行李，另往他方。三日後，包大人即提出趙氏處斬，其案遂結束。後人以此事若非包大人核斷，正不知是何解決。愚謂尹兆和雖未主謀，但與妻同意，害殺胞妹，未遭法網，亦云幸矣。

曹氏謀斃親夫

話說湖北鄖城縣❶之東，離城三里，有座湯邵村，村中有湯發高者，在本縣充捕快，妻曹氏，是寡婦從婚。一天，縣主王化南初次上任，即有鄉民報案妻害親夫，妻被家屬捕獲，姦夫在逃。王知縣即命湯發高等出去捕捉兇手。湯發高為人最喜貪杯，這天訪案未著，夜晚歸家與曹氏商議道：「此案兇犯很難捉拿。」曹氏道：「縣主只管要拿姦夫，不顧差役辛苦。照我看來，這差使是不能幹的，不如乘此逃走為上，到他方去另謀生活，比較做捕快受官方節制，豈不逍遙十倍嗎？」發高惑其言，當晚痛飲多時，至三更過後，與曹氏將家中所有的物件，僱了船隻，運往河南而去。次日王知縣點卯❷，單單的不見湯發高，即著差人去尋良久，回報此人已經逃走，縣主大怒。後將那件命案，多方審訊，始審出原委，將淫夫淫婦正法不提。

且說湯發高一路到了河南，他有個胞兄名發興，在第一樓酒店做堂倌，發高就來投靠。兄弟不是外人，當然要維持一切。可是發高疏懶成性，低下的事絕不肯幹，因此夫妻二人坐吃三餐，平日又無積蓄，不到三月，衣服物件盡歸典庫。曹氏不免口出怨言，發高罵道：「我先前是安安逸逸的日光，現在窮了，

❶鄖城縣：在今河南省。

❷點卯：舊時官署卯時開始辦公，吏役按時報到，叫應卯，官員查點人數叫點卯。

你就看不起我嗎？」夫妻倆爭吵不已。曹氏自此早出晚歸，在外面暗訪新交。

事有湊巧，與發興同事的朋友姓范名玉珊，見曹氏常常來去，姿色不俗，心中就生愛慕，因乘間與他私下談話，情投意合，遂發生不解的現象。一日，范玉珊趁湯發高出外閑游，便闖入他家，與曹氏春風一度，情意更深。玉珊道：「你我相交，實乃三生有幸。但你夫是個眼中釘，不拔去終覺礙眼，你有什麼法子可想呢？」曹氏眉頭一皺，計上心來，遂與玉珊附耳授計道：「如此如此，包管教他性命不保。」玉珊大喜，兩下約好，即分手而去。次日午後，就買了些魚肉美酒到湯家，向發高說道：「老哥身在窮困之鄉，十分寂寞，小弟今日特來奉陪，暢飲一醉，以表寸心。」發高大喜，命曹氏烹調五味，入席對酌，你一杯我一盞的喝個不停，吃個不休，至下午時，湯發高已有九分醉意。曹氏向范玉珊丟了個眼色，玉珊會意，接連又勸三杯。湯發高不覺酩酊大醉，伏在桌上，呼呼鼾睡，鼻息如雷。曹氏就除下一隻帳鉤，放在火內燒得通紅，先叫范玉珊將湯發高扳倒，褪下褲子，將屁眼爬開，用被蒙住他頭部，旋即把帳鉤猛力向屁眼裡一穿，直抵心肺。湯發高欲待發喊，又在醉鄉，頭上又有被蒙住，只得嗚嗚喊了兩聲，手足亂抖了一陣，命喪九泉。曹氏見丈夫已死，對范玉珊說道：「你趕快走呀。」玉珊領諾，逃之大吉。曹氏復又將發高屍身搬上床去，用被覆好，至第二日早晨，假作失驚之狀，急呼左鄰右舍，哭哭啼啼的訴說丈夫暴病身亡，一面託人去往第一樓報信。湯發興聽說兄弟凶信，旋即趕來，但心中頗為疑惑有變，於是假託給死者穿衣為由，渾身上下檢驗良久，既無致命傷痕，又乏斑點，不好深究，就掏出私囊，買棺木收殮。曹氏身穿重孝，假意虛情，啼哭不已。三日後，棺柩權且浮葬荒郊。此事竟無一人知道，惟有湯發興納悶在心，終日不樂。這天晚上，就買了些紙錁❸至故弟柩前焚化畢，即祝告道：「我弟陰靈不散，倘死得不明，你今夜可託一兆，為兄終當代你伸冤。」祝罷回家，天時已交初更。是夜夢寐之中，果見胞弟靈魂前來，向乃兄咽咽哭了良久，以後手指胸膛，又指屁眼，說道：「請兄切記勿忘，這就是我的傷痕。」言訖，揮淚而去。湯發興大叫一聲，忽然驚醒，只記得手指胸膛，心中暗思道：「我弟莫非服毒死的。」遂連夜起身，輾轉沉思，決意要報仇。次日早晨，即進店向老闆告假。冤枉湊巧，那范玉珊剛剛進門，頭上有一張白紙條子，再一細看，好像是夜來自己所焚的紙錁未曾燒完的白紙，不覺心中大疑，放在肚內不聲不響，持了小包裏出門。一路且行且想，自言道：「照范玉珊這兩日神色不安，形跡頗令人可疑，莫非我弟就是他害死不成？」越想越疑惑，抱定主張，直奔開封府來。到了衙門前，一見府堂威儀整肅，又不敢進去，就在外面跑來跑去。遲延半日，忽一人由內而出，大喝道：「你這人在此鬼鬼祟祟的作何勾當，敢是要報案嗎？」湯發興硬著頭皮，拱手說道：「我是來報案的。」那人說道：「既然報案，可隨我來。」發興便跟住他直進大堂，包公問道：「趙虎，你在外面帶的誰人來？」趙虎稟道：「小人詢問此人，他說要報案。」說著反身道：「你跪下去見大人。」湯發興雙膝跌跪，包公問道：「你姓甚名誰，那裡人氏，為什麼事情前來告狀，可有稟帖嗎？」湯發興道：「青天在上，民人姓湯名發興，三十六歲，湖北鄖城縣人氏，因為胞弟湯發高某日無故身亡，昨天夜裡夢中與他相見，他說胸膛有傷痕，囑我報仇伸冤。今天早上，又見酒店內同事范玉珊形色不正。主犯就是他，所以不揣冒昧特來告訴，乞大人恩准。」包公喝道：「你的案由前後不符，何能挾嫌妄告！那死者可另有什麼人呢？」發興道：「我弟有妻室曹氏。」包公愈加怒道：「他既有妻，你又無的確證據，更是不合法啦。」

❸ 紙錁：紙錢；冥幣。

發興鎮定心神，爬上一跪稟道：「大人請息雷霆之怒。那曹氏雖然是我弟妻室，數月以來，夫妻不和，恐與范玉珊有祕密行為。求大人仔細審理，自有水落石出。」包公見他一番話說得有理，遂吩咐將告發人收監，等拿到被告再為發落。張龍、趙虎領命，將湯發興押入監牢去訖，上堂覆命。包公就著他二人先到第一樓去捉范玉珊，再去拿湯曹氏。張、趙二差得令，步出衙門，直奔目的地。不一時，將男女兩個齊齊捕到，交差畢。包公即刻升座，先問范玉珊道：「你是那裡人，與湯曹氏可有通姦事嗎？」玉珊心內早已著慌，表面上裝做鎮靜的樣子道：「青天聽稟，民人與湯發興同事，對於曹氏，不但無通姦之事，而且素不相識。」包公道：「你可知道湯發高身死，得的何病？」玉珊回言又不曉得，包公冷笑道：「惡奴不動刑，諒不肯招認。」喝令重責四十大板。執堂差按住玉珊，唰唰啪啪責打一頓，打得皮開肉綻，哼聲不止。包大人喝道：「你招是不招呢？」玉珊連叫冤屈不止：「小人是素安本分的良民，此事無頭無腦，叫民如何招認。況且死者如果中什麼毒物斃命，大人定能驗出傷痕。今無影無形的屈殺好人，民死亦不服。」包公一聽，氣得暴跳如雷，喝聲將范玉珊收監；打道排衙❹，押曹氏前去驗屍。眾差見大人發怒，不敢怠慢，前護後擁出衙。人夫轎馬行了片時，已到湯發高墓所，由地保❺掘開泥土，開棺相驗。仵作將湯發高屍身檢驗良久，並無致命的部位，只得回報大人。包公怒道：「你們完全沒用，這般明白的屍身，驗不出傷來嗎？張龍，你去幫驗。」張龍皺著眉，勉強領命，暗思：「仵作既無能為驗傷，我益發難了。」悶悶沉沉的走過來，對仵作說道：「我曩日聽大人說過的，大凡死者驗傷疑難，須

❹ 打道排衙：排列衙役，喝道前行。

❺ 地保：里正、鄉長一類人物。

將內部的要害仔細驗明，你們可知道嗎？」仵作一聽，恍然大悟，即用銀條，先從口內插入腹中，俄而抽出，沒有變色。又從屁眼內剛剛插進，忽覺有物擋住，再將糞門爬開一看，皮肉焦黑，再用夾鉗伸入內去，竟鉗出一根銅條，旋即飛報包公。遂命將屍身依舊入棺收殮，掩埋訖，押著曹氏回衙。升堂嚴加鞫訊，堂下陳設虎頭銅鍘，曹氏已是心膽俱裂，絲絲抖抖的連呼冤枉，包公冷笑道：「賤淫婦，現在證物俱全，還要舌辯嗎？快動大刑。」差役走下去，抬過銅鍘，四名小校舉起鍘來，如利刃一般，曹氏大叫一聲，唬得昏死過去，停一刻，悠悠氣轉，放聲大哭道：「大老爺，善有善報，惡有惡報，我今日悔之晚矣。」遂尊聲「青天在上，怪只怪小婦一時心起不良，謀害親夫是實，與范玉珊並無關係。」包公道：「憑你一人怎麼害得死你丈夫嗎？」曹氏心中一想：「招供也是死，不招供亦是亡，索性不招吧。」即緊閉雙目，咽咽哭泣不已。包公大怒，喝令提出湯發興、范玉珊核審。差役奉命入監去，一刻辰光，二人提到。包公先問湯發興道：「你弟生前係受銅條炮烙⑥而亡，但是被告范玉珊和曹氏為兇犯無疑，你是怎樣瞧出破綻的呢？」湯發興道：「只求青天考問姦夫淫婦，替先弟伸冤，大人不啻公侯萬代。」說著叩頭流血，號泣不止。包大人即命將范玉珊夾棍拶起來，堂差答應一聲，如鷹抓燕鵲，三根木收緊，范玉珊喊聲哎唷，昏死堂下，既而又甦醒，連叫：「小人願招了。」包公遂命鬆刑，左右扶起玉珊，絲抖抖的將害湯發高情形供認一遍。包公轉問曹氏道：「姦夫已經招認，你還不招嗎？」曹氏迫於無奈，只得一五一十的承招。包大人即照二人之供，核準判斷二人絞決，遂宣判道：

⑥ 炮烙：相傳是商朝所用的一種酷刑，用銅柱加炭使熱，令罪人行其上。此所謂「炮烙」僅就燒紅銅條炙人這一點而言，與商朝炮烙之刑有所不同。

范玉珊通姦湯曹氏，謀斃親夫，大逆無道，今依法處絞刑。湯發興代弟伸冤，可謂天性至情，著即具領屍結運柩還鄉，擇地安葬。此判。

湯發興叩頭拜謝而去。包公旋命張龍、趙虎，將兇犯二人執行出監，綁赴刑場絞決。可憐姦夫淫婦，只圖了一時快活，誰想就正法而亡。天地間若非法律以束縛警戒，作惡者還不知要怎麼樣枉法呢！

毒蛇吞食牧羊兒

話說宿遷縣蓮花湖之東，有座深山，叫雙峰山，山下有個農戶，竇榮是其姓名，家中畜羊千頭，每年春秋兩季往各地販賣。但家內無有多人，就雇了同村王大年之子阿林，到他家牧羊。阿林每日趕群羊往雙峰山吃草，至晚歸家，竇榮點查數目少羊三隻，就痛責阿林，栽誣他私下偷賣於人。阿林大呼冤枉，說道：「我明日去當留心察訪。」竇榮依言。次日又將羊趕入山中，自己故意閃在暗處探看，果然有兩條大蟒蛇從山洞穿出，各食羊三頭。阿林大恨，又因手無兵器，不敢抵抗，急忙奔回家去告訴父親。事有湊巧，適其父王大年出去有事，不在家中。阿林只得又趕回山中去照顧群羊，不料那些羊完全不見，原來被蓮花湖強盜盜走。阿林見羊盡數失落，不敢歸見主人，坐在草地上痛哭多時，淚盡眼中出血，昏昏迷迷，忘記下山。至日暮時候，兩條大蛇復出，竟吞食阿林。那畜羊主人不見阿林回家，疑惑不定，趕往山前山後四處尋找，不見蹤影，頓時心頭大怒，飛步回去，與王大年揪扭。大年怎知這些委曲，詢問根由，竇榮喝道：「你兒子盜羊逃走，我已損失千金，何能輕易與你干休呢？」王大年辯白道：「你失羊事小，我兒子失落事大，你來責備我，我還要同你要人。」於是兩人各執一詞，爭吵不已，鄰舍亦無人調解，竟往宿遷縣控告。縣主周進仁將雙方理由審訊一遍，並無證據，面諭「二人各自暫回，待本縣偵查真相，再為傳訊。」當時兩人只得遵命。周縣主差兩名捕快，往雙峰山左近訪探。山上多是草木，亦無居民，那裡探得出實在消息。又詢問王大年貼鄰，鄰人回言：「王阿林真實沒有此事。」捕快便趕回縣衙，稟覆縣主。周進仁即批回此案不受理。竇榮心不干休，帶了百金，逕往河南城內，與朋友商議作何辦法。其友替他主張，到開封府控告，請某刀筆❶代書狀詞。其略云：

告為竊盜潛逃事：竊民竇榮原籍宿遷縣人氏，家中畜羊千頭，因照料無人，於某年某日，雇同里王大年之子阿林牧羊。詎往雙峰山時，每日恆亡羊三頭。至第四日，伊竟盜羊潛逃。曾向本縣訴訟，周縣主不予受理。民受此莫大損失，何能甘心，因而越法上控，懇求拘提王大年到案法辦，賠償民之巨數損失，實為德便。謹呈。

狀詞投呈開封府。包大人據狀後，即著王朝、馬漢將原告提到，當堂審訊。竇榮供稱：「某日少羊三頭，某日阿林盜羊逃走，求府大人鑒情辦法。」包公道：「王阿林乃是童子，千羊之多，他一人如何盜得走？是必另有委曲。」竇榮道：「此事定有乃父王大年同謀，意在希圖重利。伏乞青天明鑒。」包公准予收理，命原告候訊。一面發了公事❷，著幹差張龍、趙虎星夜趕往宿遷縣，著周縣主協同捕捉被告王大年，交張、趙二差帶回開封府。半月時期，人已提到。包公立刻坐堂，傳到原告，當庭對訊。王大年供道：「民人之子阿林於某日牧羊失蹤後，迄今沒有回家，原告反坐民串同竊盜。此事實乃冤枉。」言訖，流淚不止。包公道：「你兒子既失蹤，因何至今不追究的呢？」王大年道：「民家有數口，日食全靠我一

❶ 刀筆：即刀筆吏，古代指辦理文書的小吏，後世用以稱訟師，喻其筆如利刀，能殺傷人。
❷ 公事：官事；案件。

人度活，又無積蓄，因此沒有力量告官。」包公又道：「那雙峰山附近可有居民麼？」王大年說：「只有草木森林，並無百姓居住，平常亦人跡罕到。」包公心中有素，轉問竇榮道：「你畜羊有幾年？平日在什麼地方牧放？」竇榮道：「民畜羊有十年之久，在平陽地上牧羊，未曾往雙峰山去過。」包公遂命將王大年暫押，又喚王朝、馬漢率同竇榮，往目的地，買羊十頭，放在山上，羊終日不收，但看有什麼動靜。王朝等領命，星夜趕奔宿遷縣而來，在途十餘日，方抵竇榮家中。住宿一宵，次日攜帶山羊數隻，送上雙峰山，他們三人在遠處探望。至日中時候，忽然見兩條大蛇，直撲羊吞食，一個不留。王朝大叫：「孽畜，你害人不淺！」說也奇怪，那兩條巨蟒眼若銅鈴，吐舌欲來吃人。馬漢大驚，三人飛步逃走，奔回家中，喘息良久，商議道：「照這樣情形，此山的毒蛇，定將王阿林吃掉了。這件事，反是冤枉王大年。」竇榮道：「蛇雖毒，何能食盡千羊，其中仍不免有委曲。」馬漢道：「休要多講。我們且吃酒，酒後再作道理。」於是三人同飲，至夕陽西下，方才飲畢。王朝和馬漢二人至郊外散步，偶見兩個大漢且行且談。一人說道：「此地有個畜羊的主戶，數月前在雙峰山失落千羊，被強徒盜走，至今沒有水落石出，大概無形消滅了。」說著走著，已去的遠了。王朝聽得明明白白，轉身對馬漢說道：「適才這兩人話中有因，莫非是強盜不成？」馬漢說道：「多一事不如省一事，不必再管強盜了。」於是二人同回竇家，向竇榮說：「你趕快去覓兩枝槍來，我們要去結果毒蛇。」竇榮領諾，向獵戶借得兩枝土槍，跟隨二差到雙峰山下，天色已晚，燃著燈火，在四面伺察。至初更以後，果然見兩蛇齊出，下澗飲水，簌簌有聲。王朝輕咳一聲，與馬漢二槍齊發，蛇遂喪命。當夜三人收拾行囊趕路，沿途飢餐渴飲，耽擱數日，方到開封府，叩見大人交差，並將所探的事實告明。包公吩咐傳出被告，當堂復訊一遍。竇榮仍求伸冤，包公怒道：「此事起點，完全在毒蛇身上。王大年既喪一子，還能賠償你的損失嗎？人命事大，你要貼他五十兩了結。」竇榮不敢再辯，只得聽官判決。包公遂裁奪宣判云：

王阿林牧羊被毒蛇吞食，佐證明白。竇榮損失千羊，實乃無辜。第死者不可復生，失者不可復得，乃天之定數，徒爭訟無益也。爾等各遵諭勿違。此判。

包公宣罷判文，即當庭開釋。王大年，勸導一番，著他二人各安生業，勿再爭訟。王大年千恩萬謝，竇榮忍氣吞聲，納悶而去。是案始告終結。愚謂包公此斷，可謂善於調停。獨蓮花湖的強盜獲千羊而無一毫累及，亦云幸矣。

許笑山夫妻離而復合

話說陳州府本城有個文士，姓許名笑山，為人忠厚，妻孟氏，賢而有德。只因近鄰有位王伯宏，亦是書生，最喜好搬弄是非。一日，至許宅飲宴，席間偶見孟氏美貌姿色，不啻王嬙❶、西施，心中就起惡念，既而散席後，裝做酒醉的樣子，不能動彈。許先生即命家丁在書齋內收拾床鋪，給他安息。王伯宏睡到下午時候，踉踉蹌蹌的跑回家去，臨行對家丁說道：「明天我請你的主人到我家赴宴。」言訖就走。家丁將此言轉告許笑山，笑山說道：「他是醉後的話，不足取信。」遂不介意。次日王伯宏果然不來邀請。至第三天，恰巧許先生被親友請了去有事，王伯宏乘間闖入許府，與孟氏相見，言語嬉戲。孟氏大怒，命家丁逐出。伯宏懷恨在心，無以發洩，當天晚上，寫了幾句標語，末尾又畫一隻烏龜，至更深人靜的時候，偷偷摸摸貼在許宅大門上。合該出事，偏生許笑山至半夜回來叩門，手持燈籠，猛見一張紙條，展目一看，上面有四句俗語道：

烏龜許笑山，妻兒私偷漢。若問姦夫姓，就是王小安。

許笑山看見這般侮辱之語，心頭火起，一拳兩腳，衝開門扇，直進臥房，將孟氏拖下床來，大罵毒打。

❶王嬙：即漢代的王昭君，出塞和親匈奴，與西施同為古代美女。

孟氏不知為著何事，啼哭不已，既而又被笑山指著罵道：「賤人你與王小安私通，他是何等之人，快快招來。不然立刻送你殘生。」孟氏格外著急，回言沒有此事，許笑山怒狀未息，氣忿忿的取出紙筆，寫了一紙休書：

> 立休書人許笑山，年二十六歲，陳州本府城人。幼稟父母之命，媒妁之言，娶妻孟氏為室。詎本婦多有過失，玷辱門風，姑念夫妻之情，不忍言明。茲特將所有奩具一切，交孟氏帶回娘家，聽憑改嫁，絕無反悔。此係自願，並非他人強迫所致。今憑此照。（大宋某年某月某日）

許笑山寫畢休書，悶悶沉沉的等到天明，命家丁將孟氏的妝奩用具通同搬運出房，雇船逐他出門。孟氏萬分無奈，向丈夫說道：「你我平日夫妻感情很好，不料天降禍事臨身。自今而後，生死離別了。」言訖，抱頭大哭，如淚人相似。許笑山心如鐵石，立意不承認，強迫孟氏快快滾出去。孟氏硬著心腸，登舟回娘家。母親接著詢問何事，孟氏閉目大哭不已，絕不說出緣因。其母百般勸慰，始收淚將所遭冤枉告訴明白，其母大怒，欲與女婿交涉，孟氏阻止道：「母親不必了。你婿正在氣忿中，你何必效婦孺見識，與他賭氣呢？」母親乃止。過了三日，差鄰婦王大嫂去看許笑山。只見他與王伯宏二人飲酒，言語談笑，一見王大嫂前來，潑口大罵孟氏無恥賤人。王大嫂見這般光景不好啟齒，惶恐謝罪而退。自此兩家遂斷絕往來。

可是王伯宏見許笑山內助無人，就生了一計，用五十兩銀子去請某刀筆，找個空子誣攀許笑山。某刀筆是走通衙門的老手，打聽某日新近捉來一個大盜，尚未拷問，就去暗地通知，著他堂訊之時供出許某人，包管你得活命。那大盜答允。某刀筆即與王伯宏祕密計議，預備吞吃許笑山全部家財。兩人約好，各自回家。三日後陳州府大人坐堂嚴訊大盜劫案，問他：「同黨有多少人，窩家在那裡？」大盜即供出許笑山坐地分贓。府臺大怒，立刻出公事，命差人去捉許笑山。笑山不知，唬得魂飛天外，被捉到府裡，摜在地下。府臺拍案問道：「你是讀書之士，該知禮法，怎麼私通大盜呢？」許笑山大驚失色，說道：「生員幼讀父書，早有功名之志；長承師訓，慚無經緯之才❷。讀孔聖之微言❸，思舉直而措枉❹；觀王珪之疏論❺，想激濁以揚清❻。何能與盜來往，自罹法網！乞大人明鏡高懸。」府臺見許笑山言語成章，出口斯文，心中就有些不忍，遂命將他收監。許笑山披枷帶鎖，打入監牢。王伯宏見許家主人出事，心願已遂，私下託人說合，欲賣他的住宅，一時又無受主，只好慢慢再作區處。這消息傳到孟氏耳中，聽說丈夫有難，終日啼哭，欲替夫伸冤。適包公到陳州放糧，公事已畢，就在府衙休息。孟氏打聽實在，與母親商議，即請求表弟柴安代書狀詞，其文云：

告為沉冤莫白懇求雪枉事：竊告訴人許孟氏，因丈夫許笑山，於某月某日，不知為何，為盜仇攀，身繫囹圄，迄今三月，生死未決，冤枉莫伸。氏與丈夫原已脫離關係，今見其無辜受枉，若不代

❷經緯之才：指治理國家之才幹。

❸微言：含義深遠精微的言辭。

❹措枉：廢棄邪曲的人。

❺王珪之疏論：王珪，唐初人，唐太宗時任諫議大夫，屢向唐太宗進諫，推誠納善，每存規益。

❻激濁以揚清：尸子君治：「水有四德，……揚清激濁，蕩去滓穢，義也。」後用為除惡獎善之義。

為告訴，則身死之後，皂白難分，清濁不辨，為此特具數語，謹呈欽差大人，伏乞恩准，將氏夫提出審訊，倘撥開雲霧，得見青天，不啻再造之天也。冒昧上陳，不勝懇切。謹狀。

柴安寫畢狀詞，交給孟氏。孟氏身穿布服，逕往府衙，擊鼓伸冤。差役上前詢問，孟氏口稱有天大冤枉，求見欽差大人，差役就拘進大堂，入內稟告。包公即刻升堂，喝問：「下跪何人，因甚事來訴冤？」孟氏稟道：「罪婦許孟氏，為丈夫許笑山無辜受冤，特來告狀。」言訖，呈上狀詞。包公展目一看，詞意清切，旋又問道：「你既與丈夫脫離關係，何必又來替他訴冤呢？」孟氏就將往日如何離婚，今日如何不忍，「特地懇求大人伸明委曲，一則以全小婦人夫妻之義，一則以免丈夫受冤。」包公聽罷，即命提出許笑山及該盜犯。不一刻，二人提到。包公先問笑山與該盜可有關係，笑山稟道：「生員終日在家讀書，外面閑事不管，不知這盜犯為何要誣攀？」包公又說：「你為何要休妻？現在他來告狀，你心下可服從嗎？」許笑山含淚不答。包公又喝問該盜說：「許笑山與你素不認識，你受何人指使，要攀良民，從實招來，饒你一命。」那盜犯稟道：「罪人本姓王名松，三月前，曾向某大商家劫搶，後來天理不容，被捉經官。不料本城有某刀筆，暗地裡教唆罪人栽攀許笑山，他准我活命。」包公大怒，隨命執堂役立提某刀筆到案。片刻工夫，人已提到。包公舉目一看，見他面色兇惡，喝罵道：「你這該死的惡奴，無端陷害好人，是何道理？」刀筆戰戰兢兢的說道：「小人原不敢違法，傷天害理，只因王伯宏平地風波，教我如此，意欲吞沒許姓的家財，故而出此陰謀。」包公聽了這話，大發雷霆，著四名差人去立拿王伯宏。誰知他早已聞風逃走，差人在他家中搜尋多時，未得兇犯，只得回報。包公遂出通令閉城捉拿，城中各處戒備。亂了半日，在一座和尚廟毛廁所捉住王伯宏，押解進衙。於是包公坐夜堂審訊，責問王伯宏：「為何要離間許笑山夫妻，謀佔他的財產？」伯宏起初抵賴，後經某刀筆證明，只得供認道：「民人因酒醉見孟氏美貌，求姦未遂，故而用此毒手。不料天理昭彰，報應不爽，現在悔之晚矣。求大人從輕發落。」包公遂轉問孟氏：「是何日他與你調戲？」孟氏恍然大悟，就將如何戲弄情形，及貼標語的原委告明。包公勃然大怒，按律處治判王伯宏大辟之刑，宣判道：

許笑山夫妻感情甚好，王伯宏見美起意，離間骨肉，謀佔財產，實屬妨害家庭。某刀筆教唆盜犯，誣扳良民，天理既滅，法律何存！茲判許笑山夫婦團圓，王伯宏處死，某刀筆監禁十年，該盜仍照原案法辦。此判。

宣判畢，孟氏喜出望外，叩頭謝恩。包公勸諭道：「你們夫妻向無不合，祇因小人唆弄，致發生此變，乃意外之舉。自今而後，著即復合，不准異議。」許笑山納頭拜謝，攜帶孟氏回家。即日裝回奩具物件，慶賀團圓。包公命將某刀筆執行送監，王伯宏斬首示眾，該案遂告結束。後人以此事禍起蕭牆，若非包大人處斷，許笑山夫妻萬難離而復合。

黃貞婦坊

話說山東渤海臨淄縣有黃廷璋者，母滕氏，妻朱氏。廷璋幼年讀書不成，家中無以度日，攜帶母妻，流落江湖，賣藥草餬口。偏生他時運不通，日食三餐，不能如願。這一次飄流到河南，適該處年歲饑饉，生活加倍維艱。黃廷璋無計可施，乃與母親計議，欲賣其妻以求活。母親含淚良久，不出一言。廷璋即向朱氏說道：「你我夫妻本屬同林鳥，刻下衣食不周，母親又老，不能活活餓斃。況且你失節事雖大，致母餓死事尤大。」朱氏無奈，只得曲從，因說道：「今與你相約，我日後倘得生還，仍為夫婦。」廷璋垂淚道：「承你救活我母一命，他日我要是忘其根本，神人共殛❶。」朱氏大哭允許。黃廷璋即託人說合，將妻嫁與本城富商李天壽，聘金三百兩交給廷璋，並不浪費，惟供給母親衣食，自己粗茶淡飯而已。

可是古人有一句俗語：「福無雙至，禍不單行。」有個穿窬的偷兒，與廷璋附近，打聽他賣妻有一筆餘資，昏夜穴壁，閃入其室，開箱盜去二百五十兩。黃廷璋從此又是赤貧，常常痛不欲生。這消息傳到朱氏耳中，這天晚上，與李天壽就寢，枕蓆之間，咽咽啼哭不已。天壽怪而問道：「你還是嫌我年老，不能天長地久？還是思念前夫呢？」朱氏毅然說道：「妾身已屬於君，安敢嫌老？不過我的心中感念舊

❶ 殛：殺死。

夫之恩，雖即刀斧在目前，亦不能斷此念也。」天壽百般勸慰，並許其自己身死之後，另撥一分家私，與你過活，朱氏心中稍安。過了月餘，黃廷璋母子竟爾餓死。李天壽得知，祕密不告訴朱氏。日久有個使女，偶對朱氏洩漏其事，朱氏也不痛哭，癡坐良久，遂拿出五兩銀子，將自己生平際遇及再婚情形告知使女，央求他往街坊上請位先生，做張絕命書。使女哀其苦，偷往外面半日回家，暗將那絕命書交與朱氏。朱氏不露聲色，悄悄地上樓，開窗躡身墜樓而亡。家人聽得響聲，趕去探看，不由大驚，奔告李主人。天壽魂飛天外，急令家人將屍身抬到廳上，一面到開封府報案，請求相驗。未到半日，包大人帶同仵作及張龍、趙虎等出衙，逕往李宅。李天壽早已預備停當，恭迎包公入府，至客廳設下公座。包大人命將死者檢驗。仵作奉命去驗時，在朱氏身畔抄出一紙，餘無他物，連忙趕回稟覆道：「啟大人，照死者女性李朱氏，生前係跌斷足骨，五臟破裂而亡。現有一紙，請大人觀看。」包公接過手，展開看時，其詞云：

> 小婦朱氏，今與人世長別矣。顧念死者不可復生，爰將生前不幸艱苦，寓言於筆，訴諸正人君子之前。氏前夫黃廷璋，原籍山東臨淄縣人氏，緣因讀書未就，流落江湖，求一飽而不能如願，一家三口，行將餓斃矣。夫遂與氏謀，出婦以養姑。氏雖不德，頗知大義，因而涕泗曲從。再婚李天壽，蒙其另眼看待，何樂如之。第氏所以隱忍受玷者，以為能活姑與夫之命，詎姑與夫竟爾餓斃。氏心中如針刺，轉思後夫李天壽年已七十，究屬風燭瓦霜❷，使不數年而即世，氏年紀尚小，

---

❷ 風燭瓦霜：風中燭火，瓦上霜，喻不能長久。

天壽之子必不留我。與其再貽辱於將來，何不自盡於此刻，故而自尋短見，墜樓而死。倘蒙官府審理，尚希鑒氏之苦，憫氏之愚，得尺寸旌獎，即不啻死而復甦也。

包公看畢，失聲嘆息道：「黃朱氏以養姑養夫的緣故，萬分不得已而失身再醮，乃竟無救於姑與夫，事與願違，徒遭污辱，無怪痛而拚一命自盡。照他心意，固屬抱無窮遺恨，令人可悲。」遂宣諭道：「李天壽並非暴虐其妾，論律無罪，著即給朱氏厚禮喪葬。本府當表奏朝廷，請旌表節。」言訖吩咐回衙。李天壽即遵官諭，備辦衣衿棺木，做齋禮七，超度亡魂。數日後，仁宗皇帝旨下，命李天壽在城南豎立牌坊。包公親自書一石匾，上題四個大字道「矢志流芳」。於是河南合境人民皆知黃朱氏坊。相傳數百年，至明末李闖王❸作亂，其坊遂拆毀云云。

---

❸ 李闖王：即明末農民義軍首領李自成，號闖王。

狡僕舞弊

話說包公在幼年未登科時，與一族弟包義成，二人甚是知己，情若同胞。後來包公做了開封府，義成求他介紹舉薦官職，包公屢次表薦，無奈沒有優缺，延宕三年。雲南某縣知事病亡，包義成就補了這個缺分，臨行將夫人孔氏寄居京城，自己只帶了一名男僕吳懷仁赴任，親友各借貸百兩以充行費。義成到任後，該縣荒涼不堪，離家又遠，以致音信難通，二年之久，竟未得一家書。孔氏在京中日久，資斧用盡，向親友處借用不少，要往雲南，又無人護送，因此兩地相隔，不啻千山萬水。有一天，包義成在官，命僕吳懷仁買物件，懷仁竟將五十兩銀子賺入私囊，回見大人，假作惶恐之狀，說：「銀子被強盜半途劫去。」包知縣就責其不當心，立即停歇，逐出衙門。吳懷仁歸家不得，懷恨包義成入骨，左思右想，陡生一計，向衙內眾同事的東借西假，湊成五十兩碎銀，連夜趕奔河南。在途數月，方抵京城，預先請一測字先生代寫一張遺囑書，然後逕往包府，叩見孔氏夫人，哭訴道：「主人到任未有三月，得病而亡，棺柩寄在玉佛寺。今期限已滿，和尚逼令運柩回籍。小人手內無錢，只得單身回來，請夫人作主，早早預備川資，去迎大人棺柩。」說著又在懷內摸出遺囑書，呈與孔氏觀看。其略云：

孔氏內子：我自離家後，未數月，偶得時疫，始則誤當傷風，迨醫家再三診治，方知其非，纏綿半月，竟爾病入膏肓，不可救藥。轉思大丈夫視死如歸，洵❶不足畏，但吾所繫念者，家無餘蓄，我一死，爾必受凍餒。今與你約，憑你心意，能守節三年再醮更善。萬一嫌青春寂寞，隨時隨地聽你自由。惟須立嗣以主包氏宗支，餘無所囑。人之將死，其言也善。是在卿切誌以自勉之。」

孔氏看畢遺囑，與夫隔別二年，連手跡也分別不出，當做丈夫真個病亡，頓時大哭不休，良久收淚。自己方寸已亂，就命家丁去請眾親戚來商議家庭大事。不料那些戚友聞信，非但不來，反而持券前來索債。孔氏格外悽慘，與胞弟孔兆華討論如何辦法，兆華說道：「婦人之義，全節為大。至於債務等情，不妨變賣田地房產償還。」孔氏依言，對眾人說明，改日自有著落，大家始各散。吳懷仁見計已行，向孔氏請假回家，旋逃入海島，與盜匪聯絡，未有數月，竟溺水淹死。這是作惡的果報。

卻說孔氏與胞弟主張將房產出賣，那日立契成交，共計得千金，把各債權一一交還清楚，手內分文沒有，終日獨坐香閨，百般痛苦。有一天下午時候，忽有兩個公差至門前詢問：「此處可是包縣長的府上嗎？」一位老家人上前答話，問道：「公差是那裡來的？現在包知縣據說已死於官，府中只有夫人，你們問他作甚？」公差詫異道：「大人現在雲南署任，是誰說他死了？」老家人聽了這話，加倍疑惑不定，連忙含笑說道：「你們適才的話是虛是實？」公差正色道：「誰同你說戲言。我們就是大人差來迎接夫人的，豈有虛偽之理！」老家人大喜，轉身入內告訴主母。孔氏將信將疑，步出房門，著請公差相見。二人入內堂，俯伏見禮畢，將奉命前來如此如彼，詳細告知。孔氏如夢初醒，方知此事完全是吳懷

❶ 洵：誠然；實在。

仁舞弊，遂把他回來送信的一切說明，現在他已回家。差人道：「既然這該死的奴才如此作惡，趕緊捉他到官究辦。」孔氏依言，著老家人去尋找時，那裡找得著，回來報知主母。孔氏怒不可遏，乘轎逕往開封府求見包公。包公傳進問道：「弟婦到此，有甚事故？」孔氏便把男僕欺主偽造遺囑等情說了一番，「現在田地房產已經變賣，請府臺作主。」包公拍案怒道：「那吳懷仁現在躲避，一時難以捉拿。你應該早日來通知本府，才是道理，怎麼直到今日方來報告？」孔氏低頭說道：「那時候我只以為凶信，決不會誑報，不意竟被他詭計陷害，幾乎累我失節。只求大人代我贖回田產，氏即有面目去見丈夫。不然，今日願當大人之面撞死階前。」包公又氣又怒，吩咐孔氏暫退：「待本府入陰司查看生死簿，但看吳懷仁是生是死。」孔氏拜謝，乘轎回府。包大人即沐浴齋戒，當晚初更以後，睡上攝魂床，悠悠氣絕，直入酆都❷城，至鬼門關上。早有崔判官來迎，見禮畢，問道：「不知大人今天入幽冥要查什麼案卷？」包公道：「有煩判官將生死簿拿來，本府要查吳懷仁惡奴。」判官聞言，即命小鬼呈上簿子。包公揭開逐一檢查，果然有吳懷仁一名屈死鬼：「某月某日是溺水而亡。閻君因他在日偽造欺主，判決萬劫❸畜生，押在陰山❹背後，受半陰半陽的活罪，永不超生。」包公看畢，交還簿子，與判官揖別，仍回開封府。至三更過後，真魂入竅，還過陽來，坐起身子，將睡眼揉了一揉，看看室中油盞，尚有微亮餘光，即挑著燈火，喚聲「趙虎快來。」趙虎聽得大人還魂，急忙上前叩見。包公道：「你到天明，快去通知

❷ 酆都：舊時迷信者認為是冥司的所在地。

❸ 劫：佛教認為世界經歷若干萬年毀滅一次，重新再開始，這樣一個週期叫做一「劫」。

❹ 陰山：舊時迷信傳說的陰世地獄的所在地。

孔氏，著他轉達某某受主到堂候訊，不得有誤。」趙虎領命而去。包公便入私衙休息。停一刻，天色明亮，趙虎即出衙往包府送信。孔氏得信後，即命老家人先去約胞弟孔兆華，以後連同買房產的業主周印臣到開封府去候審。趙虎見大人交過差，包公升堂，傳孔氏曉諭道：「本府昨夜入陰曹地府，查得吳懷仁已被水淹死，此乃惡報。惟周印臣所買包義成田地房產，兩下悔交，照數償還銀子。包孔氏著即日隨差往雲南見夫。孔兆華勸姊守貞，頗有人心，可往姊夫衙門辦事。」諭畢，各人叩謝。包公發出千金交給周印臣回家，言訖退堂。

孔氏與胞弟一道回府，收拾行裝，雇了官船往雲南而來。沿途水路滔滔，行程數月，始抵某縣。包義成聽說夫人已到，乘轎往碼頭迎接，夫妻見面，各訴前情，義成驚訝不已，抱頭大哭一場。同回衙內，給夫人沐浴更衣，在後堂設宴，合家歡樂。包義成道：「怪本官當日不該逐出吳懷仁，竟生出這些是非。可見待奴僕之道，要恩義兼盡。世間豪富之家，被奴僕唆弄傾家蕩產者，蓋有之矣。此固不善待傭役之所致也。」

皇天不負苦心人

話說平原縣（平原縣，按地理志古來趙國，即趙公子勝❶所封食邑，在絳州❷）陳留鎮有個姓陳世家，兄弟二人，兄名宇人，娶妻馬氏，弟名安人，娶妻姚氏。弟兄倆是鄉秀❸出身，家財豪富。在大宋仁宗皇帝十一年間，陳安人忽然得病而亡，遺下一子名秀芳。姚氏痛夫去世，立志守節，領著孤兒。不料同年八月間，忽遭火劫，損失萬金。陳宇人難以恢復家業，只得另起一宅草堂，與弟婦同居。姚氏見家道中落，深怕夫兄有歹意，就請親族與宇人分居。親族盤查根底，沒有餘資，臨時負債數百兩，便主張著宇人負擔二分，姚氏負擔一分。姚氏說道：「夫兄乃是男子，即有債務，可以維持。我乃一個孀婦，子女又幼小，何能承認呢？」既而又爭競良田美地，親族大怒，齊駁他理由不充足，是過份要求。宇人說道：「我弟不幸早亡，孤兒寡婦，是不能擔負債務。所有一切的債務，歸我償還罷了。」親族說道：「祖上的家私，何消何厚，不照股均分，日後定有糾葛。」宇人搖頭道：「古人云『手足之情不可傷』，況我弟夭逝，我同弟婦爭執，外人定要議論我不是嗎！」親族見他這般說法，不覺暗笑其愚，於是全部

❶ 趙公子勝：即趙勝。戰國「四公子」之一，趙人，號平原君，養食客三千人。
❷ 絳州：今山西省新絳縣。
❸ 鄉秀：秀才。

財產，聽憑姚氏挑選一個上等分子，立分書紙各執一張，各立門戶，各揸❹煙灶。那些債權人見陳家分居停當，大家持券前來催還本利。陳宇人見眾債主迫不容緩，只得僅產完功，償還債務，過了半年，遂一貧如洗。親族見他窘困，都罵他是書獃子：「你現在窮了，姚氏豐衣足食，你向他借貸，分文也不肯接濟，如何是好呢？」宇人微笑道：「各位不要過慮。自古道：『皇天不負苦心人。』我雖目下受窘，倘天老爺不絕我，衣食總不見得缺乏。」親友一聽，含笑而退。宇人毫不怨恨，向當地富戶租了幾畝田地耕種。有餘暇工夫，即教授兒子讀書。長子名立中，天性聰敏，凡父親所教，悉能過目不忘。宇人心中暗喜，巴巴結結❺的餬度日光❻。

二年後，適朝廷考選人才，各府州縣放榜。陳宇人即命長子赴縣投考，考試之後，竟得中頭名。於是陳宇人不啻陡生富貴，一般親族人等齊來恭賀，立時改換門楣。惟有姚氏見姪兒功名上進，即痛責兒子秀芳要用心讀書，光耀門第。秀芳生性愚鈍，被母親一番教訓，恨不能立刻巴❼個功名到手，以遂心願，當下唯唯應命。過了月餘，姚氏盤問他的功課，仍然沒有進步，遂大罵道：「你父親早死，我苦心守節，指望你能發憤自修，得以出人頭地，不料你竟不習好，叫我倚望何人呢？」言訖，手提家法，要打秀芳。秀芳一唬，飛步出門，逃入伯父家中，啼哭不休。陳宇人問他為甚事，秀芳說：「母親要打我

---

❹ 揸：音ㄓ。拄持。

❺ 巴巴結結：意謂勞勞碌碌，處境艱難不易。

❻ 餬度日光：勉強維持生活。

❼ 巴：拿；抓住。

呢，請伯父收留我，我不敢回家去了。」宇人遂勸他住哭，就收在家裡，與兒子一起讀書。

光陰似箭，不覺秋去冬來，漸到年終。仁宗皇帝有皇榜發給各州：次年三月初六日，京城大開南選。榜文一出，普天之下一般讀書的文士，莫不踴躍，個個希望名登金榜。這時候陳宇人就命長子立中攜帶書箱，進京應試。姚氏聽得此信，就向夫兄陳宇人要求，著姪兒帶自己兒子秀芳去一同應試。宇人笑道：「弟婦你愚了，國家開科取士，並非兒戲之事，文學不造到成就地位，何能胡亂去考，豈不枉而無功嗎？」姚氏始終不信，恨恨回家，暗思：「我夫若是在日，一定要送子上京，今時附人的驥尾❽，就分出兩樣心腸。」遂越想越惱恨，拍案大怒道：「陳宇人呀，你既不顧骨肉之情，也難怪我傷天害理！」於是籌備五十兩銀子，暗中買通一個無賴之徒叫毛七，請他在半途刺殺姪兒陳立中，此銀即作為酬勞。毛七志在貪利，滿口應承，即日藏利器在身，打聽陳立中從旱道進京，他旋即由官道追趕，沿途很為小心注意。趕了七天七夜，不覺精神疲倦，便坐在路旁休息。約莫半個時辰，忽見一人，背後一個童子肩擔行李，迎面而來。毛七凝神一看，正是陳立中，不由大喜，遂執刀在手，等立中到面前，也不問三七二十一，惡狠狠的舉起一刀，照準他咽喉戳來。立中大驚，急忙避讓，一跤跌倒。說時遲那時快，毛七刀到處，用力過猛，刀尖從立中頭頂過去，刺入土中。既而大驚，急忙返身逃走。立中大叫道：「朋友，我與你一面不識，你何故要白日攔路行刺？」毛七格外著慌，狂奔不迭。冤枉湊巧，恰好包公命張龍、趙虎往平原縣訪案，回頭路過此地，聽陳立中說「行刺」二字，又見毛七抱頭飛奔，二差見這樣情形，心知有異，即緊跨數步，趕上去捉住毛七，押到陳立中面前。趙虎道：「你們是那裡人氏，為什麼事在此爭吵？」

---

❽ 附人的驥尾：比喻依附他人以成名。

立中說道：「敝處平原縣，我名叫陳立中，往京趕考。不料在此地，忽有此人膽敢行刺，幸得蒼天保佑，未遭其鋒。但不知他是那方人氏，敢如此胡行？」趙虎轉問毛七道：「你姓甚名誰？還是攔路劫財，還是受人教唆，要中途殺人？快招快招，免爺爺下手。」毛七怒道：「你既捉住我，殺便殺，何必多問。」張龍大怒，取出蔴繩將毛七綑綁，帶住陳立中，星夜趕回開封。不一日到了衙門，上堂稟告大人，先說往平原縣訪案未著情形，以後又說：「在半途捉住兇犯一名，現已帶來，候大人審理。」包公聞言，旋命押進人犯。陳立中跪在階下，自己敘過年齡籍貫，並說路遇刺客。包公旋問毛七道：「你是盜匪是刺客，從實招來，免動大刑。」毛七一見包大人面貌好像活閻羅，早已魂不附體，絲絲抖抖的稟道：「小人姓毛名七，平原縣某鄉的偷兒，只因陳姚氏見姪兒立中上京應試，未曾將他的兒子秀芳帶去同考，因此懷恨在心，用五十兩銀子酬勞，小人貪利心切，即追蹤至某處，與立中在途相遇，指望一刀結果他性命，不料行刺不成功，反被公差捉住。此乃實情。」包公又轉問立中：「是否可有此事？」立中就將父親與嬸母分居，如何謙讓，嬸母如何苛求，前前後後，詳細說明。包公道：「照這樣子，你父對於姚氏很是親愛，姚氏不明大義，悞欲害人。毛七受賄私行暗刺，罪不容恕。這也是忠厚的報應。但你既入黌門，本府當玉成其美。」立中叩頭求從輕處治。包公遂宣判道：

毛七貪財，行刺秀士，罪狀昭顯。陳姚氏嫉妒嫡姪，惡婦歹謀。幸事機敗露，吉人自有天相。姑念骨肉至親，免加深究。惟毛七素行不軌，死罪可恕，活罪難饒，著鞭笞四十，發回原縣充軍三年，以儆將來。此判。

陳立中聽罷判文，千恩萬謝。包公遂喝令將毛七責四十大板，即日披枷帶鎖，著王朝押解，送回平原縣充軍。毛七懊悔莫及，忍氣吞聲受刑。出開封府，王朝沿途拘押，數日始抵平原縣，當堂交過差。平原縣縣主柴國忠不敢怠慢，即照包公判決，將毛七交給地保領去充軍。王朝回去覆命，不提。

卻說陳立中無心趕考，星夜趕回家鄉，將上事告知父母。陳宇人大怒，喚姚氏到家，當面痛責道：「我與你一脈傳流，誰教你用此毒計，欲陷害我的兒子。不是包大人處理明白，何能與你干休！」姚氏惶恐謝罪，涕泣不已。馬氏遂勸導一番，姚氏羞慚無地，願兩家重行同居，宇人依允。於是復憑親族說合，姚氏把家財交出，聽夫兄管理。後來陳立中連陞三級，姚氏之子亦得進學，世代同居。此就俗語有言：「推誠待人，皇天不負。」陳宇人能以恩義感化惡悍之弟婦，以成其名，此皆讀書養氣之學之所致也。

附錄

一、宋史包拯傳

包拯字希仁，廬州合肥人也。始舉進士，除大理評事，出知建昌縣。以父母皆老，辭不就。得監和州稅，父母又不欲行，拯即解官歸養。後數年，親繼亡，拯廬墓終喪，猶徘徊不忍去，里中父老數來勸勉。久之，赴調，知天長縣。有盜割人牛舌者，主來訴。拯曰：「第歸，殺而鬻之。」尋復有來告私殺牛者，拯曰：「何為割牛舌而又告之？」盜驚服。徙知端州，遷殿中丞。端土產硯，前守緣貢，率取數十倍以遺權貴。拯命製者才足貢數，歲滿不持一硯歸。

尋拜監察御史里行，改監察御史。時張堯佐除節度、宣徽兩使，右司諫張擇行、唐介與拯共論之，語甚切。又嘗建言曰：「國家歲賂契丹，非禦戎之策，宜練兵選將，務實邊備。」又請重門下封駁之制，及廢錮贓吏，選守宰，行考試補蔭弟子之法。當時諸道轉運加按察使，其奏劾官吏多摭細故，務苛察相高尚，吏不自安，拯於是請罷按察使。

去使契丹，契丹令典客謂拯曰：「雄州新開便門，乃欲誘我叛人，以刺疆事耶？」拯曰：「涿州亦嘗開門矣，刺疆事何必開便門哉？」其人遂無以對。

歷三司戶部判官，出為京東轉運使，改尚書工部員外郎、直集賢院，徙陝西，又徙河北，入為三司戶部副使。秦隴斜谷務造船材木，率課取於民；又七州出賦河橋竹索，恆數十萬，拯皆奏罷之。契丹聚兵近塞，邊郡稍警，命拯往河北調發軍食。拯曰：「漳河沃壤，人不得耕，邢、洺、趙三州民田萬五千頃，率用牧馬，請悉以賦民。」從之。解州鹽法率病民，拯往經度之，請一切通商販。

除天章閣待制、知諫院。數論斥權倖大臣，請罷一切內除曲恩。又列上唐魏鄭公三疏，願置之坐右，以為龜鑒。又上言天子當明聽納，辨朋黨，惜人才，不主先入之說，凡七事；請去刻薄，抑僥倖，正刑明禁，戒興作，禁妖妄。朝廷多施行之。

除龍圖閣直學士、河北都轉運使。嘗建議無事時徙兵內地，不報。至是，請：「罷河北屯兵，分之河南兗、鄆、齊、濮、曹、濟諸郡，設有警，無後期之憂。借曰戍兵不可遽減，請訓練義勇，少給糇糧，每歲之費，不當屯兵一月之用，一州之賦，則所給者多矣。」不報。徙知瀛州，諸州以公錢貿易，積歲所負十餘萬，悉奏除之。以喪子乞便郡，知揚州，徙廬州，遷刑部郎中。坐失保任，左授兵部員外郎、知池州。

復官，徙江寧府，召權知開封府，遷右司郎中。拯立朝剛毅，貴戚宦官為之斂手，聞者皆憚之。人以包拯笑比黃河清，童稚婦女，亦知其名，呼曰「包待制」。京師為之語曰：「關節不到，有閻羅包老。」舊制，凡訟訴不得徑造庭下。拯開正門，使得至前陳曲直，吏不敢欺。中官勢族築園榭，侵惠民河，以故河塞不通，適京師大水，拯乃悉毀去。或持地券自言有偽增步數者，皆審驗劾奏之。

遷諫議大夫、權御史中丞。奏曰：「東宮虛位日久，天下以為憂，陛下持久不決，何也？」仁宗曰：「卿欲誰立？」拯曰：「臣不才備位，乞豫建太子者，為宗廟萬世計也。陛下問臣欲誰立，是疑臣也。臣年七十，且無子，非邀福者。」帝喜曰：「徐當議之。」請裁抑內侍，減節冗費，條責諸路監司，御史府得自舉屬官，減一歲休暇日，事皆施行。

張方平為三司使，坐買豪民產，拯劾奏罷之；而宋祁代方平，拯又論之；祁罷，而拯以樞密直學士權三司使。歐陽脩言：「拯所謂牽牛蹊田而奪之牛，罰已重矣，又貪其富，不亦甚乎！」拯因家居避命，久之乃出。其在三司，凡諸筦庫供上物，舊皆科率外郡，積以困民。拯特為置場和市，民得無擾。吏負錢帛多縲繫，間輒逃去，並械其妻子者，類皆釋之。遷給事中，為三司使。數日，拜樞密副使。頃之，遷禮部侍郎，辭不受，尋以疾卒，年六十四。贈禮部尚書，謚孝肅。

拯性峭直，惡吏苛刻，務敦厚，雖甚嫉惡，而未嘗不推以忠恕也。與人不苟合，不偽辭色悅人，平居無私書，故人、親黨皆絕之。雖貴，衣服、器用、飲食如布衣時。嘗曰：「後世子孫仕宦，有犯贓者，不得放歸本家，死不得葬大塋中。不從吾志，非吾子若孫也。」初，有子名繶，娶崔氏，通判潭州，卒。崔守死，不更嫁。拯嘗出其媵，在父母家生子，崔密撫其母，使謹視之。繶死後，取媵子歸，名曰綖。有奏議十五卷。

二、包公案評論摘錄

（前略）拯字希仁，以進士官至禮部侍郎，其間嘗除天章閣待制，又除龍圖閣學士，權知開封府，立朝剛毅，關節不到，世人比之閻羅，有傳在宋史（三百十六）。而民間所傳，則行事率怪異，元人雜劇中已有包公「斷立太后」及「審烏盆鬼」諸異說；明人又作短書十卷曰龍圖公案，亦名包公案，記拯借私訪夢兆鬼語等以斷奇案六十三事，然文意甚拙，蓋僅識文字者所為。後又演為大部，仍稱龍圖公案，則組織加密，首尾通連，即為三俠五義藍本矣。

（魯迅中國小說史略）

（前略）坊間現有一部包公案，又名龍圖公案，乃是一部雜記體的小說。這書是晚出的書，大概是明、清的惡劣文人雜湊成的，文筆很壞；其中的地理、歷史、制度，都是信口開河，鄙陋可笑。書中地名有南直隸，可證其為明朝的書。但我們細看此書，似乎也有一小部分，來歷稍古。如烏盆子一條，即是元曲盆兒鬼的故事，但人物姓名不同罷了。又如桑林鎮一條，記包公斷太后的事，與元朝雜劇抱妝盒（說見下）雖不同，卻可見民間的傳說已將李宸妃一案也堆到包拯身上去了。又如玉面貓一條，記五鼠鬧東京的神話，五鼠先化兩個施俊，又化兩個王丞相，又化兩個宋仁宗，又化兩個太后，又化兩個包公，後來包公奏明玉帝，向西方雷音寺借得玉面貓，方才收服了五鼠。這五鼠的故事大概是受了西遊記裡六耳獼猴故事的影響；五鼠鬧東京的故事又見於西洋記（即三保太監下西洋），比包公案詳細的多；大概包公案作於明末，在西遊西洋之後。五鼠後來成為五個義士，玉貓後來成為御貓展昭，這又可見傳說的變遷與神話的人化了。

雜記體的包公案後來又演為章回體的龍圖公案，那大概是清朝的事。三俠五義即是從這裡面演化出來。但龍圖公案仍是用包公為主體，而三俠五義卻用幾位俠士作主體，包公的故事不過做個線索，做個背景，這又可見傳說的變遷；而從包公案演進到三俠五義，真不能不算是一大進步了。

（胡適中國章回小說考證三俠五義序）

宋之最能斷獄者曰包龍圖，幾於婦豎皆知。然包公所斷之案，見於史者，不過一事，餘皆小說家掠他人之美，而為包公有也。宋史本傳：包名拯，字希仁，廬州合肥人。舉進士。其性峭直，惡吏苛刻，務敦厚，雖甚嫉惡，未嘗不推以忠恕，則與小說所載，不無小異。其知天長縣時，有盜割其鄰家之牛舌者，鄰來訴縣，拯曰：「第歸殺而鬻之。」尋復有來告私殺牛者，拯曰：「何為割牛舌而又告之？」盜驚服。世因之演為龍圖公案，而此事獨遺，則又令人所不解者也。包公後至龍圖閣直學士，故稱包龍圖。嘗知開封府，貴戚宦官，為之斂手，人皆憚之，以其笑比黃河清云。案中有僧墜眢井屍血染衣事，實向敏中所斷之案，小說家掠為包公有也。宋史稱：向敏中判西京，有僧暮過村舍，求宿不許，乃寢門外。是夜有盜入其家，攜一婦並囊衣，踰牆出。僧窺見之，恐其事之將累己也，夜半亡去。走荒草中，忽墜眢井。適踰牆婦人為人所殺，投屍井中，血染僧衣，主人蹤跡得之，捕僧送官，僧不堪掠，遂自誣服。獄成，敏中疑之，遣吏密訪。吏飲於村店，有嫗聞其自府來，問：「僧獄如何矣？」吏偽曰：「已笞死。」嫗歎息曰：「彼婦人實此村某甲所殺也。」吏往捕獲，並得其贓，僧始得釋。今小說家收入包公案中。

案中兩人爭傘事，實漢時薛宣所斷之案，與包公無涉。據風俗通：宣為臨淮太守，一人持疋縑，到市賣之，遇雨，將縑披戴，彼一人求共庇蔭，因授一頭與之，雨霽當別，各持不舍，皆云縑為我有，因共詣府。宣曰：

「縑直數百錢耳，何足紛紛？」呼吏斷縑，各與其半。使一吏追聽二人作何語，歸報一喜一怨，因捕喜者責之，使償其縑。今小說易縑為傘，亦收入包公案中。

案中蒼蠅告狀事，亦有來歷。益都耆舊傳載：嚴遵為揚州刺史，行部，有蠅數頭遮於前，驅之不去，乃隨之行。聞道旁女子哭而不哀，問之。曰：「夫遭焚死。」遵勅吏舁屍驗之，得鐵錐貫頂，拷問女子，乃供以淫殺夫，坐大辟。今案中以蒼蠅告狀為布商謀財害命事，而以鐵錐貫頂之謀殺親夫為又一案，且以一案化作兩案，此雜劇案中案一齣所從出也。

小說謂包公日斷陽事，夜斷陰事，此說亦有所本。包拯本傳載時人語云：「關節不到，有閻羅包老。」此蓋言其正直無私，有如神明也。後人因之，遂以十殿中之閻羅，屬之包公矣。

（錢靜方小說叢考）

宋人之最著者，曰包龍圖，幾於婦豎皆知。考孝肅之為人，宋史本傳，稱其性峭直，惡吏苛刻，務敦厚，雖甚疾惡，而未嘗不推以忠恕，則與世所傳，亦小異矣。惟史載其知天長縣時，有盜割人牛舌者，主來訴，拯曰：「第歸，殺而鬻之。」尋復有來告私殺牛者，拯曰：「何為割牛舌而又告之？」盜驚服。則亦頗有鉤距之術，世所衍為龍圖公案者，或即由此也。至元人百種曲，有斷立太后事，此乃借李宸妃事為之。考宋史，「李宸妃，杭州人，初入宮為章獻太后侍兒，真宗以為司寢，已而生仁宗，章獻以為己子。仁宗即位，妃嘿處先朝嬪御中，終太后世，仁宗不自知為妃所出。明道元年，疾革，進位宸妃，薨，年四十六。後章獻太后崩，燕王為仁宗言『陛下乃李宸妃所生』。仁宗號慟，尊為皇太后。」是李宸妃本末如是，安有如俗所傳者哉！直以為章獻所抑，當時本有死於非命之說，故傳之後世，猶有此紛紜之論耳。按王銍默記載：「有王氏女，自言得幸神宗，生子冷青，以繡抱肚為驗。趙概、包拯鞫得其姦詐狀，並處死。」則與世所傳適相反也。而默記又載：「張茂實太尉，章聖之子，尚宮朱氏所生。章聖畏懼劉后，凡後宮生皇子、公主，俱不留，以與內侍張景宗，令撫視，遂冒姓張。」又云：「厚陵為皇太子。茂實入朝，至東華門外，居民樊用者，迎馬首連呼曰：『虧你太尉！』茂實皇恐，執詣有司，以為狂人而黜之。」是當時此等異說甚多，宜流傳之今，以為口實也。（小浮梅閒話）

明鄭仲夔耳新云：周季侯令仁和，有神君之稱，出嘗行，忽怪風起，吹所張蓋，捲落紗帽翅，執蓋人請罪，曰：「小人因張清風，遂至冒觸。」周沉思良久，屬能幹捕差二人，令往拘張清風。兩人商曰：「捕風捉影，安有此理！」乃相與登酒樓。樓上有談某疾篤，諸醫無效，一人曰：「若請張青峰去，必有生理。」二差因問張青峰狀，潛往其家，值張遠出，拘其妻至縣，周訊之。婦曰：「渠本非吾夫，吾夫病，請渠調治，渠見妾姿容，投毒致夫死，復謀娶妾。一日，渠酒後自吐真情，妾即欲尋死，因念無人伸冤，偷生至此，今遇天臺，冤伸有日。但渠為某氏延去，須就其處拘之。」周命前差往拘之，一訊果服。龍圖公案中捕落帽風一事，蓋即此事改削成之。其餘諸案，亦多見於它書，而傅會為包孝肅者，不能歷舉也。（花朝生筆記）

（蔣瑞藻小說考證）

專家校注考訂　古典小說戲曲大觀

世俗人情類

- 紅樓夢　饒彬校注
- 脂評本紅樓夢　馬美信校注
- 金瓶梅　劉本棟校注
- 老殘遊記　田素蘭校注
- 平山冷燕　張國風校注
- 品花寶鑑　徐德明校注
- 野叟曝言　黃珅校注
- 綠野仙踪　葉經柱校注
- 禪真逸史　黃珅校注
- 海上花列傳　姜漢椿校注
- 九尾龜　楊子堅校注
- 醒世姻緣傳　袁世碩、鄒宗良校注
- 三門街　嚴文儒校注
- 花月痕　趙乃增校注
- 孽海花　葉經柱校注
- 魯男子　黃珅校注
- 遊仙窟　玉梨魂（合刊）　黃瑚、黃珅校注
- 筆生花　黃明校注
- 浮生六記　陶恂若校注

公案俠義類

- 水滸傳　繆天華校注
- 兒女英雄傳　繆天華校注
- 三俠五義　張虹校注
- 七俠五義　楊宗瑩校注
- 小五義　李宗為校注
- 續小五義　文斌校注
- 蕩寇志　侯忠義校注
- 綠牡丹　劉倩校注
- 羅通掃北　劉倩校注
- 楊家將演義　楊子堅校注
- 萬花樓演義　陳大康校注
- 粉妝樓全傳　陳大康校注
- 七劍十三俠　張建一校注
- 包公案　顧宏義校注
- 海公大紅袍全傳　楊同甫校注
- 施公案　黃珅校注

歷史演義類

三國演義　饒彬校注
東周列國志　劉本棟校注
東西漢演義　朱恒夫校注
隋唐演義　嚴文儒校注
說岳全傳　平慧善校注
大明英烈傳　楊宗瑩校注

神魔志怪類

西遊記　繆天華校注
封神演義　楊宗瑩校注
濟公傳　楊宗瑩校注
三遂平妖傳　楊東方校注
南海觀音全傳　達磨出身
傳燈傳（合刊）　沈傳鳳校注

諷刺譴責類

儒林外史　繆天華校注
官場現形記　張素貞校注
文明小史　張素貞校注

鏡花緣　尤信雄校注
二十年目睹之怪現狀　石昌渝校注
何典　斬鬼傳　唐鍾馗平
鬼傳（合刊）　鄔國平校注

擬話本類

拍案驚奇　劉本棟校注
二刻拍案驚奇　徐文助校注
喻世明言　徐文助校注
警世通言　徐文助校注
醒世恒言　廖吉郎校注
今古奇觀　李平校注
豆棚閒話　照世盃（合刊）　陳大康校注
石點頭　李忠明校注
十二樓　陶恂若校注
西湖佳話　陳美林、喬光輝校注
西湖二集　陳美林校注

型世言　侯忠義校注

著名戲曲選

竇娥冤　王星琦校注
漢宮秋　王星琦校注
梧桐雨　王星琦校注
琵琶記　江巨榮校注
第六才子書西廂記　張建一校注
牡丹亭　邵海清校注
荊釵記　趙山林校注
荔鏡記　趙山林、趙婷婷校注
長生殿　樓含松、江興祐校注
桃花扇　陳美林、皐于厚校注
雷峰塔　俞為民校注

小五義

清・無名氏／編著　李宗為／校注

本書是《三俠五義》的續書，前四十回情節主要是描述白玉堂誤入銅網陣而死，蔣平、智化等人到君山盜取其骨殖，並用計收服了君山寨主鍾雄；四十一回之後以諸俠聚集襄陽破銅網陣為綱，在過程中依次引出諸俠的後代小五義。武打場面驚心動魄，鬥智情節扣人心弦，全書精彩不斷，高潮迭起，值得一讀。